저자 **이윤옥**(李潤玉, 1958~)은 문학평론가로,
서울에서 태어나 이화여자대학교 불어불문학
과를 졸업했다. 저서로 『비상학, 부활하는 새,
다시 태어나는 말―이청준 소설 읽기』 『시를
읽는 즐거움』 『옛날이야기』 『그림을 보는 즐거
움』 등이 있고, 열화당판 『별을 보여드립니다』
(이청준 5주기 기념출판)를 엮고, 문학과지성
사판 <이청준 전집>(전 34권)의 텍스트 서지
비평을 맡아 쓰고 엮었다.

이청준
평전

이청준 평전

초판 1쇄 발행 2023년 7월 31일
초판 2쇄 발행 2023년 9월 11일

지은이 이윤옥
펴낸이 이광호
주간 이근혜
편집 이근혜 김필균 이주이 허단 방원경 윤소진 유하은
마케팅 이가은 최지애 허황 남미리 맹정현
제작 강병석
펴낸곳 ㈜문학과지성사
등록번호 제1993-000098호
주소 04034 서울 마포구 잔다리로7길 18 (서교동 377-20)
전화 02)338-7224
팩스 02)323-4180(편집) 02)338-7221(영업)
대표메일 moonji@moonji.com
저작권 문의 copyright@moonji.com
홈페이지 www.moonji.com

ⓒ 이윤옥, 2023. Printed in Seoul, Korea

ISBN 978-89-320-4189-6 03810

이청준
평전

이윤옥
지음

문학과지성사

일러두기

1. 이 책에서 인용한 이청준의 소설은 문학과지성사판 〈이청준 전집〉
   (전 34권, 2010~2017)에서 발췌했다.
2. 이 책의 맞춤법은 국립국어원의 '한글 맞춤법'에 따르는 것을 원칙으로 하되,
   띄어쓰기는 본사의 내부 규정에 따랐다. 단, 인용문 가운데 글의 분위기에
   영향을 준다고 판단되는 방언이나 구어체 표현, 의성어·의태어 등은 필자나
   화자의 의도를 살려 그대로 두었다.
3. 각종 표제에 사용된 부호는 다음과 같다. 중단편소설, 수필, 논문은 「 」,
   장편소설, 단행본, 잡지는 『 』, 연작, 전집, 시리즈는 ' ', 방송 프로그램, 영화,
   그림, 음악은 〈 〉로 표시했다.

그의 오연(傲然)함을 그리며

그가 죽었다. 그런데 나는 그가 죽었는지 살았는지 잘 모르겠다. 어쩌면 그는 평생, 그토록, 간절히, 원했던 다른 곳으로 가볍게 날아갔을 수도 있다. 그렇다면 그는 결국 이곳으로 다시 돌아올 것이다. 아무리 가볍게 날아올라도 깃들 둥지는 이곳뿐이니까. 정말 그렇다면 우리는 어느 햇살 좋은 날, 홀연히 돌아온 그를 지금 여기 어디에선가 다시 만나리라.

병원으로 가는 차 안에서 내 머리에 떠오른 생각은 대충 이런 것이었다. 아니다. 그때 나는 단 한 문장에 사로잡혀 있었다. '다 끝났다.' 세 시간 전쯤 빠져나온 병원 지하주차장에 차를 다시 세울 때까지 나는 그 문장을 무수히 되뇌었다. 내 머리는 저절로 돌아가는 기계 같았다. 주차장으로 내려가는 꼬불거리는 굽은 선, 거대한 짐승의 창자를 닮은 그 선 위에서 어쩌면 한 번쯤 다른 생각을 한 것도 같다.

나는 지금 소설가 이청준의 삶을 글로 다시 살아보려고 한다. 지극히 평범한 내가 우리 소설사에 우뚝 선 크고 높은 산 이청준이 걸어간 길을 되짚으려는 것은 단순한 호기심 때문이 아니다. 어쩌다 보니 나는 그와 인연을 맺었고 약속을 했다. 인연은 소중했지만 약속은 피하고 싶었다. 하지만 이제 어쩔 수 없다. 이미 세상에 없는 사람과 한 약속은 지켜야 한다. 나는 힘이 닿는 데까지 성실하게 그의 삶을 복원할 것이다. 다만 나는 그가 아니고, 또 그일 필요도 없으니 처음부터 끝까지 관찰자의 눈을 버리지 않을 작정이다. 이청준이 내게 바란 자세도 그런 것이었다.

나는 되는대로 먹고 내키는 대로 잠자면서 뒹굴뒹굴 하루를 보내기 좋아하는 타고난 게으름뱅이다. 뒹굴뒹굴 보내는 하루는 대부분 책 읽기로 채워졌고 이청준과의 인연도 그 덕분이었다. 아는 사람은 알겠지만 그의 소설을 읽는 재미는 다른 무엇과도 바꾸기 어렵다. 나는 그런 소설을 쓴 소설가를 진심으로 존경했다. 외경에 찬 눈으로 볼 수밖에 없는 사람에 대해 평전을 쓰다니, 말이 안 된다. 이청준이 갑자기 아프지 않았다면 나는 여전히 게으름뱅이로 남았을 것이다. 그와 나 사이에 평전에 대한 말이 몇 번 오고 갔을 때, 나는 더 피할 수 없음을 알았다. 내가 그의 평전 쓰기를 망설였던 이유는 단 하나뿐이었다. 잘 쓸 자신이 없었다.

죽은 뒤 나올 평전에 대한 그의 생각은 어떤 것이었을까? 내가 평전을 쓰기로 약속한 뒤 이청준은 삶의 갈피에 끼워둔 이런저런 이야기를 많이 했다. 만났을 때 미처 하지 못한 이야기는 전화로 들려줬다. 나는 그 어느 때보다 신경이 날카로웠다. 평소에는 어디 두었는지 곧잘 잊어버리던 휴대전화를 1년 동안 손에서 놓지 못할 지경이었다.

내 생각에 소설가 이청준은 좋은 평전 작가이기도 하다. 『당신들의 천국』(1974~1975)과 『낮은 데로 임하소서』(1981)는 그가 소설로 쓴 평전이다. 특히 『당신들의 천국』은 평전의 전범(典範)을 품은 소설이다. 그가 죽기 3, 4개월 전이었던 것 같다. 『당신들의 천국』 이야기를 하면서, 나는 그에게 벼르던 것을 물었다. 내게는 정말 중요한 물음이었다.

평전을 쓰는 사람이 잊지 말아야 할 하나가 있다면?

평전은 쓰는 사람과 대상이 겨루는 상상력 싸움이다. 대상이 소설가일 경우는 더욱 그렇다. 소설가는 작품으로 교묘히 자기합리화를 시도했을 테니까. 어떤 경우라도 쓰는 사람의 상상력이 대상의 상상력에 지면 안 된다. 그러면 그 평전은 실패하고 만다.

이청준은 이어서 진지하게 말했다.

부디 네 상상력이 내 상상력을 이겨서 내가 꾀한 모든 자기합리화를 벗겨 내 맨얼굴을 보여주길 바란다.

그는 정말 자신의 맨얼굴에 그 정도로 자신이 있었을까?

그때 나는 그런 의문을 품었는데, 답은 '아니다'. 그는 다른 사람이 쓸 평전을 자서전처럼 여겼던 것 같다. '자서전 쓰기'는 이청준의 초기 작품부터 열쇠말의 기능을 가진다. 그가 20대에 쓴 장편소설 『씌어지지 않은 자서전』을 떠올리면 분명히 알 수 있다. 이청준이 생각하는 자서전 쓰기는 자기구원이라는 끝을 향해 가야 한다. 자서전이 한 개인을 구원하기 위한 글쓰기라면, 소설은 만인의 구원을 위한 글쓰기이다. 그래서 소설가는 자서전을 소설로 완성해야 한다. 이청준은 평전을 쓰는 내가 그 정도 엄격함을 갖고 자신의 삶을 돌아봐주기를 바랐던 것 같다.

이청준의 맨얼굴에 대한 엄격함을 자신감으로 오해하면 난감한 일이 벌어진다. 그가 죽은 뒤 내가 만났던 한 사람이 그런 경우다. 이청준과 그는 호형호제하는 것은 물론 집안끼리도 허물없이 드나들 정도로 가까웠다. 게다가 그 사람은 말과 글을 통해 소설가의 생전과 사후 두루 그에 대한 존경과 애정을 숨기지 않았다. 그런 사람이 내게 한 말은 뜻밖이었다. 그는 이청준의 '내적 오만함'(그의 표현)에 대해서 매우 적극적으로 말했다. 그에 따르면 이청준은 늘 자신이 최고여야 한다고 생각하며 세속적으로 인정받고 싶어 하는 강한 욕망을 가졌다. 나는 이청준에 대한 그 사람의 거침없는 비판과 날 선 비난을 들으며 문득 궁금해졌다. 내적 오만함과 세속적 인정욕구가 없는 사람이 좋은 작가가 될 수 있을까? 사실 이청준이 가진 내적 오만함에 대해서는 여러 형태로 여러 사람이 말하고 있다. 그중 김치수의 증언은 훨씬 부드럽다. 대학 때 청준이는 우리가 모여서 열띤 토론을 할 때도 늘 한 걸음 뒤에 물러서서 보고만 있었어. 어찌 보면 세상을 다 아는 듯한 태도이기도 했지. 그런데 그건 오만함이라기보다 오연함, 더 나아가 의연함이라고 해야 맞아. 이청준은 그런 오연함으로 자신의 맨얼굴을 응시하고 싶었을 것이다.

이청준은 초기작 「병신과 머저리」(1966)를 비롯해 여러 소설에서 직간접적으로 자서전과 자서전을 쓰는 자세에 대해 말했다. 쓰는 주체와 대상이 같은 자서전 쓰기는 자신의 잘못을 똑바로 응시하고 인정한 뒤, 부끄러움과 참회가 있어야 가능하다. 내 생각에는 평전 쓰기도 자서전 쓰기와 같다. 그러면서도 주체와 대상이 다른 평전은 대상의 자기변명이나 합리화를 허용하지 않고, 대상을 더욱 가혹하게 검증할 수 있다는 장점이 있다. 물론 나는 이청준이 자서전을 썼다면 내가 쓴 평전보다 더 자신에게 엄격했으리라 믿는다. 그는 평소 자기 잘못에 대해 다소 지나칠 만큼 견디기 어려워했기 때문이다.

나는 평전을 처음 썼다. 평전 쓰기는 생각보다 훨씬 어려웠다. 앞으로는 이런 형식의 글을 쓸 일이 없을 것이다. 어찌어찌 글을 마친 지금, 내 바람은 하나뿐이다. 이 글이 종이책이 되어 나왔을 때, 몸을 내준 나무에게 지금보다 덜 부끄러웠으면 좋겠다.

평전은 여러 사람의 도움이 있어야 쓸 수 있다. 나도 이 글을 쓰는 데 많은 사람의 도움을 받았다. 기꺼이 도움을 준 그분들과 표지화를 그린 서용선 화백, 책을 만든 이근혜 편집주간을 비롯한 여러 분, 문학과지성사, 광주서중일고 총동창회, 재경광주서중일고 총동창회에 깊이 감사드린다.

2023년 7월
이윤옥

차례

일화들

1.

이청준은 호남 최고 명문 광주일고에서 공부를 매우 잘했다. 당시 인문계 명문 고등학교 상위권 학생은 대부분 서울대 법대를 지망했다. 특히 이청준처럼 기댈 곳 하나 없는 가난한 시골 출신 학생의 가장 이상적인 출셋길은 법대를 나와 법관이 되는 것이었다. 법관의 길은 명예뿐 아니라 마음만 먹으면 좋은 배우자와 부를 얻을 수 있는 확실한 방법이었다. 몰락한 집안을 일으킬 분명한 길. 하지만 이청준은 법대가 아니라 독문과를 선택했다. 서울대 법대를 나와 사법시험을 거쳐 법조계에 몸담은 고등학교 동창 이진영 등의 말에 따르면, 이청준의 성적은 서울대 법대를 가기에 충분했다. 그런데 왜? 그 이유 중에는 사회적 통념상 그가 다가갈 수 없는 한 여자가 있다. 그가 법대를 포기한 것은 큰 문제였다. 그는 이진영처럼 광주 부잣집 아들이 아니었기 때문이다. 그는 몹시 가난한 시골 홀어머니 아들이었고, 고향 진목리의 모든 사람이 기대를 걸고 있던 마을의 천재였다. 가족뿐 아니라 고향 사람들 모두 그가 법관이 되어 금의환향하길 손꼽아 기다렸다. 그때가 되면 진목리에도 길이 넓어지고 송사에서도 혜택을 얻는 등 서광이 비칠 것이다. 그가 법대가 아니라 독문과로 진학한 것은 그 모든 소망을 저버리는 일이었다. 그러니 이청준이 그 후 20여 년 고향에 가지 못했던 사정도 짐작이 간다. 그런데도 그는 내게 법대 수업을 청강하려고 독문과에 갔다고 엉뚱한 소리를 했다. 그는 대학입학시험 합격자 발표 한 시간 전쯤, 몸을 의탁하고 있던 현씨집에서 나왔다.

떨어질 것이 분명하니 절에 가서 밥을 얻어먹겠다는 생각이었다. 계림서점 앞에서 라디오 발표를 들었다. 그때는 서울대 합격자를 라디오에서 알려줬는데, 붙었다.

이청준이 들려준 이 일화 중 법대 청강을 위해 독문과에 갔다는 것과 불합격이 분명해 절로 들어가려 했다는 것은 거짓이다. 그에게는 자신의 뛰어남을 드러내지 않는 정도가 아니라, 일부러 이야기를 만들어 스스로를 낮추는 독특한 면이 있다. 이 일화와 같은 계열로 등단 얘기가 있다. 이청준은 오래전 내게 신춘문예에 일곱 번 정도 낙방한 뒤 「퇴원」(1965)이 당선되었다고 했다. 나는 그때도 좀 이상하다고 생각했다. 대학 4학년 때 『사상계』 신인상으로 등단한 그가 언제 일곱 번이나 낙방할 시간이 있었으며, 또 그 작품들은 어떤 것인가? 하지만 그때는 그 정도로 생각하고 지나갔다. 나는 평전을 써야 할 입장이 되어서야 비로소 응모한 곳과 작품에 대해서 물었다. 이청준은 잠시 가만히 있더니 이렇게 말했다. 사실은 「퇴원」이 처음 응모한 작품이다. 다른 사람들, 특히 글을 쓰는 후배들을 생각했다.

이것은 흔히 말하는 겸손함이나 위악과는 좀 다르다. 자신의 잘남을 드러내지 않으려는 삼감, 타인의 아픔에 대한 깊은 배려, 의연함과 부끄러움 같은 것이 뒤섞인 자신과의 거리두기에 가깝다. 실제 타계 후 살펴본 등단 전 작품들, 육필 초고 등을 보면 「퇴원」 이전에 완성된 작품은 없다. 「아벨의 뎃상」 「승천」처럼 습작 몇 편 정도가 있을 뿐이다. 두 습작은 후에 「병신과 머저리」 「줄광대」가 된다.

2.

이청준은 온갖 고난을 이겨내고 서울대학을 졸업한 뒤 「퇴원」 덕에 사상계사에 입사했다. 사상계사는 그때 이미 돌이킬 수 없을 만큼 쇠락해서, 등단도 하고 취직도 했지만 그의 처지는 여전했다. 처지가 달라지기는커녕, 돈을 벌게 되었으니 고향에 있는 어머니와 홀로된 형수, 조카들을 책임져야 한다는 부담은 더 커질 수밖에 없었다. 졸업 후 그는 서울이라는 도시에서 낙오되지 않고 어떻게든 살아남기 위해 매일매일 치열한 싸움을 벌여야 했다. 그때 사상계사는 종로2가에 있었다. 어느 날 그가 YMCA 앞을 지나가는데(그는 늘 그 길을 갔을 것이다. 출근, 퇴근, 그 밖에 잡지에 실을 글감을 찾아) 뒤에서 누가 "청준아" 하고 불렀다. 돌아보니 문학평론가 김현이 불문과 친구들과 걸어오며 환하게 웃었다. 그 모습을 본 이청준의 첫 느낌은 반가움이나 놀람 같은 것이 아니었다. 자신만만하고 당당함. 그는 늘 그랬어. 대학 때처럼 여전히 자신만만하고 당당했지. 이청준은 지적 수준이 비슷하다고 여겼던 김현에게서 부자, 도시인 등 자신이 갖지 못한 것들을 예민하게 느꼈다. 그로 인한 열등감과 복수심 같은 것이 이청준으로 하여금, 김현을 모델로 한 『조율사』의 지훈을 가난한 홀어머니의 지나치게 똑똑한 아들로 만들었을 것이다. 사실 가난한 홀어머니의 비범한 아들은 이청준이다.

3.

이청준은 술자리나 밥자리에서 굳이 다른 사람에게 술이나 밥을 권하지 않았다. 가끔 예외가 있었지만, 그저 각자 알아서 마시고 먹으면 그만이라는 생각이었을까. 어쨌든 연장자가 먹을거리를 강권하지 않는 것은 좋은 일이다.

1999년 1월 11일은 매우 춥고 바람이 강하게 불던 날이었다. 그날 이청준은 이화여대에서 특강을 했고, '청사모'(청준을 사랑하는 사람 모임) 사람들 중 이대 동창들이 그와 저녁을 먹을 예정이었다. 특강은 저녁을 먹기에는 이른 시간인 4시 무렵에 끝났다. 이청준은 애주가답게 맥주를 마시자고 제안했다. 우리는 매서운 바람과 무시무시한 추위를 뚫고 이대를 가로질러 정문으로 나왔다. 문제는 청사모 중에 술꾼이 한 명도 없었다는 점이다. 우리는 칼 같은 겨울바람이 부는 이대 앞을, 적당한 술집을 찾아 지하로 내려가고 더 깊은 지하로 내려가고 6층으로 올라가고 난리법석을 떨며 반시간 이상 헤맸다. 참다못한 이청준이 신촌역 앞에 있는 민속주점 비슷한 곳으로 들어갔다. 주점 안은 따뜻하지 않았다. 너무 추워요. 저기 있는 가스난로 좀 갖다줄래요? 주인은 간단히 거절했다. 난로는 그 주변 손님들이 나간 뒤에나 우리 차지가 될 수 있다고 했다. 그 손님들은 결국 우리와 거의 같은 시각에 주점을 나섰다. 춥다고 아우성치는 여자들에게 오불관언이던 이청준이 생맥주를 연달아 석 잔이나 비우며 한마디 했다. 밖이 추우면 안에다 불을 때시오. 그날 그를 따라 생맥주를 단숨에 들이켠 우리는 온몸이 본격적으로 덜덜 떨리고 이가 딱딱 마주치는 기막힌 경험을 했다. 어째 더 추워요. 추위가 뼛속까지 들어간 것 같아요. 이청준은 그 말에도 아랑곳하지 않고 안주로 나온 파전을 먹으며 다시 술을 마셨다.

4.

김환희가 우스개처럼 작명한 '청사모'는 이름에 걸맞게 가끔 이청준을 만났다. 청사모에는 들고 나는 사람들이 있었지만, 변치 않는 고정 멤버는 나와 김환희, 최현, 김선두, 김영남이었다. 여자들은 모두 이화여대 불문과 선후배였다. 이청준을 만날 때, 여자들은 당연히 그의 친한 친구인 문학평론가 김현을 떠올렸다. 김현은 서울대 불문과 교수였지만 이대 대학원에서 여러 해 강의했다. 김현의 절친한 친구인 이대 불문과 교수 김치수가 신군부 치하에서 해직되었기 때문이다. 김현은 김치수가 강의했던 프랑스 평론을 그가 복직할 때까지 담당했다. 당시 미국 유학 중이던 김환희는 아니지만, 나와 최현은 운좋게 그의 강의를 전부 들었다. 내가 지금 '운 좋게'라는 표현을 쓰는 것은, 김현의 강의가 두고두고 학생들 입에 회자될 만큼 명강의였기 때문이다. 나는 그를 통해 어려운 신비평이론과 롤랑 바르트를 비롯한 이론가들을 지나치게 편안하게 만났다. 김환희는 그의 수업을 듣지 못한 것을 두고두고 아쉬워했다. 내 석사논문 지도교수이기도 했던 김현은 1990년 48세의 이른 나이에 병으로 죽었다. 우리는 이청준과 만났을 때, 여러 번 김현 이야기를 했다. 골치 아픈 평론을 다루는 수업 내용이 쉽고 명쾌하다, 키가 크고 멋있다, 호탕하고 자신만만하다, 그냥 좋다, 등등. 그때 우리는 청사모가 아니라 현사모였다. 이청준이 어느 날 말했다. 빨리 잘 죽었네.

5.

이청준을 생각하면 자주 떠오르는 따뜻한 장면이 있다. 부일미술상을 수상한 김선두의 수상기념 전시회가 2005년 1월 초에 부산에서 열렸다. 이청준은 청사모의 일원인 고향 후배의 전시회에 청사모 전체를 이끌고 참석했다. 우리는 전시회 개막 전날 서울역에서 KTX를 타고 부산에 갔다. 기차 안에서 그는 약장수가 되어 진짜 약을 팔았고, 부산에서는 다음 날 아침 내 커피를 한 모금 빼앗아 먹었다. 그가 내게서 커피를 빼앗아 마신 것이 처음 있는 일은 아니었다. 술을 잘 못 마시는 나는 그와 만날 때 자주 커피를 마셨다. 술집 근처에는 대부분 커피 전문점이 있었다. 그렇게 서울에서, 가끔 장흥에서, 부산처럼 낯선 도시에서, 그는 늘 술을 마셨고 나는 커피를 마셨다. 아니, 그는 술과 함께 커피도 한 모금 마셨다. 부산에서 우리가 머문 호텔은 해운대 바닷가에 있었다. 잠을 설친 나는 새벽 5시 무렵 벌써 문을 연 인근 스타벅스에서 따뜻한 아메리카노를 한 잔 사서 바닷가를 거닐며 마시고 있었다. 그때 어디선가 이청준이 다가와서 아무 말 없이 손을 내밀었다. 내가 커피를 건네자 그는 천천히, 딱 한 모금을 마신 뒤 웃으며 말했다. 에그, 맨날 커피만 마시고. 언제나 내 커피를 한 모금만 마시는 이청준. 그것은 그가 보여주는 친근함의 표시였다. 어쩌다 내가 커피를 마시지 않으면, 커피를 사 마시라고 성화였다. 그렇게 사 온 커피를 그는 꼭 한 모금 마시며 즐거워했다. 커피값을 내거나, 두 모금을 마시거나, 마신 후 미소를 보이지 않은 적이 단 한 번도 없다. 그런 작은 일도 습관이 되나 보다. 한 모금만, 그가 어디서 다가오지 않을까, 나는 요즘도 커피를 사 들고 나오면서 실없는 기대에 가슴이 자주 아프다.

6.

이청준이 부산 가는 기차 안에서 판 약은 판피린이었다. 그는 여행을 다닐 때 판피린을 잊지 않고 가져간다고 했다. 그와 비슷한 연배 중에는 매일 판피린을 마시는 사람들이 종종 있었다. 돌아가신 내 어머니도 그랬다. 어머니는 아침, 점심, 저녁, 하루 세 번씩 판피린을 끼니처럼 챙겨 마셨다. 한 번이라도 거르면 머리가 아파 견디기 힘들어했다. 판피린에는 중독 성분이 있음에 분명했다. 하지만 이청준이 그 정도로 판피린을 애용한 것 같지는 않다. 나는 그를 오래 알고 지냈지만, 기차 여행 전까지는 그가 판피린을 마시는 것을 본 적이 없었다. 이청준은 머리가 아프다는 김환희에게 여러 약이 든 하얀 비닐봉지에서 판피린을 꺼내 권했다.

"한 병에 만 원이오."

"예?" 아무 생각 없이 약을 마시려던 김환희는 놀라 되물었다.

"판피린이 무슨 만 원이에요?"

"그냥 판피린이 아니니까." 이청준은 싱글싱글 웃으며 즐거워했다.

"돈이 없으면 외상으로 주리다."

"그냥 판피린인데요, 뭐."

"아니, 특별하다니까. 잘 봐요. 신제품 허브 판피린!"

김환희와 나는 그 말에 약병을 살펴봤다. 자세히 보지 않아도 늘 보던 어머니의 판피린과 달랐다. 약병을 감싼 종이가 파란색이 아니라 밝은 초록색이었다. 허브 판피린이라니! 이청준은 허브 판피린의 장점과 약을 구할 수 없는 기차 안에서 뜻밖에 얻게 된 멋진 신제품 음용 기회의 가치에 대해 일장 연설을 했다. 만 원도 매우 싼 가격이다. 머리가 아픈 사람은 10만 원을 주고라도 먹을 수밖에 없는데, 파는 사람의 관대함이 가격을 만 원으로 책정했다. 다시 말하지만 돈이 없다면, 아니 있어도 외상으로 주겠으니, 마셔라. 숨겨두었던 그의 개구쟁이 기질이 유감없이 발휘된 장면이었다. 기차 안의 우리는 모두 크게 웃었고, 김환희는 외상을 긋고(이청준의 표현) 신제품 허브 판피린을 마셨다.

장흥

1939~1954

1장
태어나다

이청준은 1939년 8월 9일 전남 장흥 회진면 진목리에서 아버지 이남석(李南石)과 어머니 김금례(金今禮)의 5남 3녀 가운데 4남으로 태어났다. 그의 형제는 책에 따라 7남매 혹은 8남매라고 해서 다소 애매하다. 하지만 그 스스로 형제가 8남매, 즉 5남 3녀이고 자신은 4남이라고 밝힌 글이 있다. 그렇다면 그에게는 흔적을 남기지 않은 남자 형제가 한 명 있었다는 말인데, 바로 3남인 것 같다.

> 형제는 원래 8남매였지요. 5남 3녀였는데 내가 다섯 살 때쯤 기억으로는 4남 3녀로 줄어 있었고…… 열 살쯤 됐을 때는 2남 3녀로 줄어 있었고…… (대담 「이청준의 생애연표를 통해서 본 인문주의적 사유와 새로운 교육문화를 위한 이야기들」)*

이청준은 유일한 동생인 돌쟁이 막내 5남의 죽음을 산문에서 언급

---

* 이청준과 문학평론가 정현기가 1998년 10월 22일 나눈 대담. 앞으로 이 대담은 「이청준의 생애연표」로 표기한다.

했다. 글에서조차 흔적이 없는 3남은 돌도 되지 못한 채 태어나자 곧 죽었던 것 같다. 이청준의 남은 형제는 3남 3녀였다. 그들 가운데 그에게 정신적으로 가장 큰 영향을 끼친 사람은 큰형이었고, 실생활에서는 둘째형이 깊은 그림자를 드리웠다. 큰형은 장차 이청준의 예술과 철학과 정서에 비할 바 없이 넓고 풍성한 가르침을 주었고, 둘째형은 일상적인 생존을 위협할 만큼 가족 전체의 삶을 나락에 떨어지게 했다.

이청준의 이름은 큰형이 지었다. 스스로 '괴팍한 이름'이라고 부른 '청준'은, 그가 유명 소설가가 된 뒤 사람들이 아호(雅號)로 오해했을 정도로 독특한 이름이다. 큰형은 쇠북 종(鍾)이 돌림인 항렬자를 벗어나면서까지 아우의 이름에 맑을 청(淸)을 넣었다. 이청준에 따르면 어린 시절에는 이 이름을 제대로 불러주는 사람이 별로 없었다. 더욱이 맑을 청은 재물과 인연이 없어서 이름에 잘 쓰지 않는 글자라고 한다. 큰형이 굳이 청준이라는 이름을 고집한 정확한 이유는 알 수 없다. 하지만 그 이름은 글쓰기 외길을 걸어 마침내 큰 소설가가 되는 사람에게 매우 잘 어울린다.

시골에서 이 이름 때문에 지닌 콤플렉스가 있었어요. 제대로 부르는 사람이 없었으니까. 그때 시골에서는 이런 이름이 없었어요. 부르는 것부터 '정춘'이, '청춘'이 다 다르게 부르고…… 부르는 게 왜 이렇게 편하지 못할까? 하고요. 애들은 놀려먹고, 도대체 제대로 불러주는 사람이 없었으니까. 선생님들도 틀리게 부르고…… (「이청준의 생애연표」)

이청준이 태어난 우리나라는 일제에 강점당해 주권을 빼앗긴 상태였다. 여섯 살을 꽉 채운 나이에 해방을 맞은 그는 식민지 상태의 나라, 더 정확히 고향 회진에 대한 기억을 갖고 있다. 그 마을도 다른 마을과 같은 상황이었겠지만, 단 하나 다른 점이 있었다. 그때 회진은 나라의 남쪽 끝에 있는 궁벽한 해변마을이었는데 서양 신문물을 상징하는 교회가 굳건히 자리 잡고 있었다. 1905년에 신자 가정을 순회하는 형태로 시작된 진목교회는 우리나라 최초의 교회들 중 하나로, 1921년 노회로부터 정식으로 교회 설립 허가를 받고, 초가집 두 칸 예배당을 신축했다. 일제강점기에 교회는 종교시설인 동시에 마을 사람들의 계몽을 담당하는 교육기관이자, 자유로운 만남과 소통을 가능하게 했던 새로운 광장이었다. 많은 독립운동가와 신식학교가 기독교계라는 것을 기억하자. 특히 여전히 남성 중심의 봉건적인 사고가 지배하는 사회에서 교회는 부녀자들에게 없어서는 안 될 해방구 역할을 했다. 이청준의 누나들에게도 마찬가지였다. 그는 교회를 드나들며 야학에서 글을 배우던 누나들의 어깨너머로 한글을 터득해 스스로 읽고 쓸 수 있게 되었다.

교회에서 야학을 열고 있었거든. 청준이는 교회에 다니지 않았지만 예배당 밖에서 안을 들여다보며 귀동냥으로 한글을 깨쳤어. 국민학교 입학 전에 글을 모두 읽어서 배울 것이 없었지. (이종금)

이청준이 선생을 통해 배운 글은 한자뿐이었다. 진목리에는 교회와 함께 전근대적 교육기관인 서당이 있었다. 전근대적이라고 말했지만 진목리의 서당은 대대로 마을 인재들을 길러내는 매우 훌륭한 학교였다. 「심지연」은 서당에 대한 글이다. 이청준은 서당에서 가장 뛰어난 학생이었다. 해방이 될 무렵 여섯 살이었던 이청준은 한글과 한자를 자유롭게 읽고 쓸 줄 알았다.

부모와 형제들

아버지 이남석은 아담한 키에 수려한 용모를 지닌 몰락한 양반가 자손이었다. 그가 진목리에 자리 잡고 일가를 이루는 과정은 이청준의 미완성 유작 『신화의 시대』에 자세히 묘사되었다. 어린 나이에 홀어머니와 함께 고향이지만 타향보다 더 낯선 장흥으로 이주한 이남석은 가진 것 없고 배운 것 없어도 영리한 두뇌와 부지런함을 지녔고, 무엇보다 '남돌이 고집'이라고 불리는 악착스러움과 끈기를 가진 사람이었다. 이청준이 태어날 무렵 이남석의 집은 안정된 상태에서 재산을 늘려가는 중이었다.

> 우리 집안은 원래 선대에서 고향 고을을 등지고 나가 살다 일찍이 혼자되신 할머니 때에 이르러 어린 아버지를 앞세우고 돌아와 새살림을 일구기 시작한 처지였다. 그러니 지닌 것이 많지 못한 데다 일찍부터 가계를 도맡아야 했던 아버지는 동네 주변에 논밭 매물이 나올 때마다 힘에 닿는 대로 여기저기 새 전답을 사 모았다. (「다랑논과 뙈기밭」)

이남석은 처자식과 함께 살 집의 뼈대를 세웠고 농지도 어느 정도 사 모았다. 이후에도 그는 글자 그대로 근면 성실만으로 10여 년에 걸쳐 집을 완성하고 땅을 늘려나갔다. 아버지가 살아 있는 동안 이청준은 번듯한 집에 일꾼을 두고 소를 부리며 농사를 짓는 꽤 알부잣집 아들이었다.

> 삼촌(김용호는 이청준을 삼촌이라 불렀다) 아버지는 사람들이 '남돌이 고집'이라고 부를 정도로 성격이 강하고 아주 똑똑했어. 당시 그 집은 상머슴을 둘 정도로 집안이 유족했지. (김용호)

이남석은 기댈 언덕도 학식도 없이 오로지 자신의 몸 하나로 낯선 고을에서 일가를 이뤘다. 이것은 지금도 그렇지만 당시에도 매우 놀라운 일이었다.

어머니 김금례는 양하리의 유복한 양반가 딸이었다. 김금례는 큰 키에 예쁘다기보다 잘생긴 여자였다. 그녀가 천둥벌거숭이 이남석과 혼례를 올린 데는 피치 못할 사정이 있었다. 김금례가 어렸을 때 천관산 암자의 스님이 그녀에 대해 예언과 당부를 한 적이 있다. 김금례는 부모 복과 재물 복을 두루 얻어 태어났지만 그걸 누려야 할 수명이 짧다는 것이었다. 그 액운을 벗을 방도는 불공이나 재물 공양이 아니었다.

> 어머니 김금례(金今禮) 집안, 그러니까 내 외가는 살 만한 집안이었는데 어렸을 때 중이 와갖고 내 어머니 상을 보니 일찍 죽겠다고 했대요. 어른들이 놀라 어찌했으면 좋겠소 하니까 중이 말하기를, 아주 가난한 집안 고단한 놈한테 보내라, 하더래지! 그런 인물을 찾는 중에, 상놈한테 보낼 수는 없고, 양반 뼈대인데 중인 행세하다가 고단한 신세에 놓여 있는 아버지와 결혼을 시켰다는 거예요. (「이청준

의 생애연표」)

"이 아이에겐 그 모두가 부질없는 노릇이오. 다만 한 가지 명념해 이행할 바는 아이가 다행히 혼기까지 무사히 자란다면 그 신랑감을 심히 미천한 집안의 외아들 단손(單孫)받이로 골라서 짝 지워줘보도록 하시오. 〔……〕" (『신화의 시대』)

이남석이 바로 스님이 말하던 아주 가난한 집안의 고단한 놈, 미천한 집안의 외아들 단손받이였다. 두 사람은 1919년에 혼인하고 2년 뒤에 첫아들 이종훈을 낳았다. 이후 1939년 이청준이 출생할 때, 두 사람에게는 이미 18세에서 5세에 이르는 2남 3녀의 자녀가 있었다.

족보에 따르면 이청준의 할아버지 이인영은 1857년 정사생으로 1898년 사망했고, 묘는 낙안에 있다. 배우자는 광산 김씨 덕회(德會)의 여(女)로만 나올 뿐 이름을 알 수 없다. 김덕회는 구례나 낙안의 군수나 그에 버금가는 지위의 관리였던 것 같다.

우리 증조부(이인영)가 삼 형제 막내였는데, 진사 아들이었어요, 시골 양반이지. 막내가 좀 나았던 모양이에요. 아버지 진사가 막내만 예뻐하니까 형 둘이 어떻게 구박을 했는지, 양반 개 같은 놈이라고 중인 갓을 쓰고, 한문 공부는 했으니까, 집을 나갔어요. 나간 곳에 관아가 있는데 그 부근에서 떠돌다가 의원 행세를 해가지고 원님 딸 병을 고쳤다고 해요. 그래서 원님 딸을 마누라로 얻은 거예요. 노인네까지도 조모 얘기를 잘 모르지마는 당신 시어머니가 그 시어머니를 모셨으니까 전해 들은 거지요. 그 아들이 형제를 두었는데 그 아우가 부산 쪽으로 외입(外入)을 나가버렸어요. 조모 되는 양반은 아들 하나 데리고 살았지요. (「이청준의 생애연표」)*

둘 사이에 규남이 탄생했다. 족보의 규남이 이청준의 아버지 남석이다. 남석은 남쪽의 돌이라는 뜻이다. 그가 규남이라는 정식 이름을 두고 '남쪽' 태생을 강조하는 이름을 얻게 된 데는 이유가 있다. 아버지가 중인 행세를 했지만 씨는 양반 씨로 남쪽 고향으로 가라 해서 그렇게 지었다고 한다. 남석은 아버지 이인영을 낙안에 묻은 뒤 장흥으로 이주했다. 장흥은 그에게 낯설었지만 타향이 아니었다. 이청준의 유작 『신화의 시대』를 보면 남석이라는 이름의 유래와 이주 등에 대해서 알 수 있다.

'규남'은 1897년생이고 배우자 김금례는 1899년생이다. 두 사람은 1919년 초, 몹시 추운 음력 섣달에 혼인했다. 족보에 오른 이규남과 김금례의 자식은 종훈(종백 1921년 신유생), 종덕(종승 1934년 갑술생), 종청(청준 1939년 기묘생)뿐이다. 규남과 남석이 한 인물이듯 종훈은 종백, 종덕은 종승, 종청은 청준이다.

여기서 자칫 고리타분하게 여겨질지도 모를 족보를 언급하는 이유는, 할아버지와 아버지, 형제들 모두 이청준의 삶에 매우 큰 영향을 주었기 때문이다. 그는 자신의 가계에 깊은 애착을 갖고 있었다. 특히 조부 이인영, 아버지 이남석, 큰형 이종훈을 이어 가계를 완성하는 정

---

* 1998년 대담 당시 이청준은 조부와 증조부를 혼동한 것 같다. 이인영은 이청준의 증조부가 아니라 조부다. 이청준이 혼동하지 않았다면 대담을 글로 옮기는 과정에서 빚어진 오류일 수 있다. 이 대담글에는 장흥의 진산 이름인 '천관'이 여러 번 '청관'으로 잘못 쓰여져 있기도 하다.

점으로 자신을 생각했던 것 같다. 내가 아는 이청준은 전통적인 가부장적 세계관을 몹시 꺼려했지만 자신의 집안과 관련해서는 전혀 다른 태도를 가진 꽤 복잡한 사람이었다.

이청준에게는 두 형과 세 누나가 있었다. 이쯤에서 그의 가족관계를 다시 상기해보자. 이청준의 아버지 이남석과 어머니 김금례의 자녀는 다음과 같다.

맏아들 종훈(鍾勳, 1921년)-맏딸 종업(鍾業, 1924년)-둘째딸 종금(鍾金, 1927년)-셋째딸 종임(鍾任, 1930년)-둘째아들 종덕(鍾德, 1934년)-막내아들 청준(清俊, 1939년)

이청준이 태어났을 때, 두 형과 세 누나는 모두 출가 전이었다.

가족의 죽음

이청준은 여섯 살에 해방을 맞았다. 식민지 시대는 우리나라 남쪽 끝 가난한 해변마을에 살던 그의 가족에게 큰 영향을 준 것 같지 않다. 그들은 국가 체제에 대한 거대담론에는 관심을 두지 않고, 식구들 나름대로 열심히 하루하루를 살던 단란한 가족이었다. 그런 그의 가족이 해방 전후로 여덟 식구에서 다섯 식구로, 다시 네 식구로 줄어든다. 사라진 세 사람은 가장인 아버지를 포함해 장남, 막내 모두 남자였다. 남은 식구는 어머니와 두 누나와 작은형, 이청준이었다. 큰누나 이종업은 이남석이 살아 있던 1944년 이전에 출가한 터였다. 이종업은 어릴 때 소아마비를 앓아서 다리를 절었지만 심성이 밝고 온화했다. 그녀는 자신만큼 품성이 좋은 배우자 진내우(陳乃佑)를 만나 양하에서 평안한 삶을 살았다. 작은누나 이종금도 아버지 사망 직후 산저에 사는 이병열(李柄烈)에게 출가해, 집에는 어머니와 이청준과 둘째 형, 셋째누나만 남게 된다.

아버지의 죽음에 눈물을 쏟으며, 실컷 울어버릴 수라도 있었던 것은 그 아버지 생전에 혼인날을 받았다가, 당신의 장례를 치른 지 반년도 못 되어 식구들 곁을 떠나가게 된 누님 한 사람뿐이었다. (「울음소리」)

어쨌든 그 누님의 울음소리를 끝으로, 남자 세 사람의 죽음과 한 누님의 출가를 겪게 된 우리 집 형편은 불과 그 2년 사이에 여덟 명 가족이 어머니 한 분과 열일곱 살짜리 누님, 열세 살짜리 형, 그리고 나까지 모두 네 식구의 단출한 가족이 되어 있었다. (「어린 날의 추억 독법(讀法)」 중 '죽음')

시집가기 1년 전 정월에 큰오빠가 죽었어. 1년 후 3월에 혼례 날짜를 잡아놨는데, 2월에 아버지가 돌림병을 얻었고, 발병한 지 불과 사흘 만에 돌아가셨지. 직접 사인은 돌림병이었지만 사실은 큰오빠 죽음으로 얻은 화병이 원인이야. 나는 망연자실했지만 결국 아버지 장례를 치른 후 잡아놓은 날짜에, 그러니까 스무 살에 구평리로 시집가고 말았네. (이종금)

이남석의 집은 큰딸이 시집간 뒤에도 여덟 식구, 혼인한 큰아들 덕에 맞은 며느리를 포함하면 잠시나마 아홉 식구로 북적였다. 그랬던 집안의 식구가 3년 만에 넷으로 줄어들었다. 도대체 그동안 무슨 일이 있었을까?

「가위 밑 그림의 음화와 양화」에 보면 "내 나이 갓 여섯"에 아버지가 돌아가셨고, "스물여섯 살 된 큰형"은 먼저 폐결핵으로 쓰러져 갔으며, "돌쟁이 막내동생"은 큰형보다 한 해 전인 1944년에 가버렸다. 이청준은 자신은 물론 가족의 나이도 때로는 세는나이로, 때로는 만나이로 쓴다. 심지어 같은 글에서도 나이의 기준이 뒤죽박죽인 경우가 있다. 「가위 밑 그림의 음화와 양화」가 그런 경우다. 아버지 이남석이 사망한 1946년에 이청준은 만 나이로 갓 여섯이었고, 1945년에 큰형은 세는나이로 스물여섯이고 만 나이로는 스물넷이었다. 돌쟁이 막내동생은 다른 글에서는 세 살짜리로 지칭된다.

> 내 나이 겨우 여섯 살이 되던 해의 어느 봄날 새벽, 나는 처음으로 세 살짜리 내 아우의 죽음을 보았다. 식구들은 홍역으로 죽어간 그 아우의 죽음을 별로 슬퍼하지 못했다. 〔……〕 철이 든 누님들은 어머니를 그렇게 위로하며, 2년 넘어 건넌방에 누워 있던 맏형만을 걱정했다. 〔……〕 하지만 그로부터 반년쯤 지난 뒤 막내의 대신 죽음도 보람 없이 맏형마저 끝내 불귀의 객이 되어 가자 이번에는 식구들의 쌓인 슬픔이 한꺼번에 폭발했다. 그리고 그 슬픔은 다시 아버지를 쓰러뜨렸다. 맏형의 죽음에 대한 충격 때문에 두문불출, 기력을 잃고 안방 아랫목에 화를 끓이고 누워 계시던 아버지는 이듬해 초봄 기어코 당신의 생애를 닫아 가신 것이었다. (「울음소리」)

식구들의 나이가 어찌 됐든, 이청준은 아버지와 단둘이 삶은 고구마를 들고 막내의 묘를 찾았던 일화를 산문과 소설 등 여러 글에서 반복해서 썼다. 그만큼 그 장면은 어린 이청준에게 매우 뚜렷하게 남아서, 나중에 그는 막내의 돌무덤을 혼자 찾아가기도 했다.

아버지는 웬일로 그 산길을 가시면서 익은 맹감이나 산꽃들을 눈에 띄는 족족 모두 꺾어 모으고 계셨다. 그러시느라 집을 나설 때 내게 맡겨두신 고구마를 내가 멋모르고 거의 먹어치우는 것을 모르고 계셨던 모양이었다. 우리는 마침내 어느 골짜기의 한 작은 돌다물(어린아이의 무덤을 돌로 쌓아 만든 것) 앞에서 걸음을 멈춰 섰다. 그리고 아버지는 그제서야 내게 들려 온 고구마를 그간 반 이상이나 먹어치운 것을 아시고는 왠지 잠시 어이가 없어하는 표정이 되셨다. 그런 나를 아버지는 별로 나무라지도 않으셨다.

"허허, 그놈 참. 네 동생 걸 네 녀석이 먼저 빼앗아 먹었구나. 허기사 유명은 달라도 형제간은 형제간이니……"

갑자기 무슨 큰 죄라도 지은 듯싶어진 내게 아버지는 전에 없이 너그럽고 부드럽게 말씀하시고는 그나마 아직 먹다 남은 고구마를 돌다물 사이에다 끼워 넣어주셨다. 그리고 다시 당신이 길을 오시면서 꺾어 오신 들꽃이랑 맹감 줄기들을 돌다물 이곳저곳에 꽂아주시고는 비로소 아무 거리낌도 없는 서러운 울음소리를 터뜨리셨다. (「가위 밑 그림의 음화와 양화 1」)

그중에는 일찍이 나이 어려 죽은 내 아우의 짧고 애처로운 삶의 사연을 조용히 간직하고 있는 곳도 있었다. '중성골'이라는 마을 건너의 한 산골 떨밭(돌자갈밭)께에는 유아기에 죽은 동네 어린애들의 돌무덤이 많았다. 〔……〕 그런데 그해 가을 녘 어느 날 오후, 나는 무심 스레 아버지의 산행을 따라갔다가 그 조그만 아우의 돌무덤 틈새에 내게 들려 간 햇고구마 한 알과 근처의 산꽃들을 고루 꺾어 꽂아주며 긴 한나절 하염없이 목이 메이며 앉아 있던 아버지를 보고부터는 그 골짜기와 돌무덤들이 조금도 무섭지가 않았다. 무서워하기보다 그 1년 뒤 아버지께서 돌아가신 뒤로는 나 혼자 때때로 나뭇지게를 들 쳐 지고 그 솔바람 소리와 산꿩 울음소리밖에 들려오는 것이 없는 적 막스런 골짜기를 찾아 올라가 전날의 아버지처럼 아우의 돌무덤에 붉은 산나리나 익은 맹감 줄기 따위를 꺾어다 꽂아주며 제 막막한 그 리움을 못 견뎌하곤 하였다. (「유년(幼年)의 산을 다시 탄다」)

1944년 막내를 시작으로 이듬해인 1945년에 큰형, 1946년에 아버 지가 차례로 세상을 떠났다. 장남의 죽음에 상심해 있던 아버지(이청 준과 이종금은 아버지 죽음의 원인이 '화병'이라고 말했다)는 설상가상 으로 돌림병에 걸렸는데, 사람들 이야기로는 천연두였던 것 같다. 돌 림병이라는 평범하지 않은 원인으로 죽음을 맞은 그의 시신은 제대로 된 절차도 없이 가묘의 형태로 묻혔다.

〔……〕 스물여섯 살 된 큰형이 당신보다 먼저 폐결핵으로 쓰러져 갔을 때, 이 자식아, 이 몹쓸 놈아! 혼절을 하시듯 울부짖으며 친지분 들에게 사지를 질질 끌리다시피 하시면서 아들의 방을 나가시던 아 버지, 〔……〕 (「가위 밑 그림의 음화와 양화 1」)

청준이 아버지께서는 천연두에 걸려 돌아가셨어. 전염병이어서 장례를 구색 맞춰 치를 수가 없었지. 대문이 아니라 담을 트고 시신이 나갔는데 무덤도 옛골재(자기 밭)에 초분을 했거든. 그랬다가 한 번 옮기고 결국 소지에 모셨지. 큰형 무덤은 아버지 무덤 발치에 있어. 둘째형 무덤은 아마 양하에 있을걸. (친척 이종칠)

삼촌(이청준) 아버지는 돌림병으로 돌아가셨어. 그래서 골목으로 나가지 못하고 매장도 할 수 없었지. 결국 담을 트고 시신을 내보내 밭에다 초분을 했어. 나중에 이장했지. 큰누나 '처님'은 다리를 절었어. 아버지가 돌아가시기 전에 출가했는데, 남편이 진내우라고 아주 좋은 분이셨지. 작은누나 '작은년'은 부친 사망 직후에 출가했어. (김용호)

홍역보다 큰 발진이 아버지 온몸을 덮었어. (이종금)

성실하고 단단한 가장과 똑똑한 장남의 죽음은 남은 가족에게 벗어날 수 없는 길고 끈질긴 시련을 남겼다. 더구나 당시 나라는 식민지에서 막 벗어나 제대로 된 틀이 없는 상태였다. 아직 어린 이청준은 자신이 처한 상황을 정확히 깨달을 수 없었을 것이다. 하지만 그는 머지 않아 가난의 징표인 허기와 싸우게 된다. 어린 시절 내내 그가 얼마나 허기에 지쳐 있었던지 후일 『씌어지지 않은 자서전』 같은 소설과 여러 산문에 그 사정이 절실히 나온다. 미리 말하자면 이청준은 "스물여덟 살"에 "남자가 먼저 죽는 가문"인 집안의 하나 남은 아들, 독자가 되고 만다. 지금은 그의 정신적 분신이라고 할 수 있는 큰형과 그의 죽음에 대해 살펴보기로 하자.

큰형 이종훈

1921년 태어난 이종훈(1921~1945)은 키가 크고 두뇌가 비상했다. 그의 큰 키와 남자답게 생긴 외모는 어머니에게서 물려받았다. 반면 이청준은 아버지의 아담한 키와 예쁘장한 얼굴을 닮았다. 큰아들이 태어날 무렵 이남석은 일가의 토대를 단단히 다져 집안을 안정시켰고, 이종훈이 성인이 되었을 때는 소와 농토와 머슴을 갖춘 꽤 부잣집을 만들었다. 이종훈은 그런 집안 맏아들로 외모와 두뇌는 물론 성품도 골고루 뛰어난 재사(才士)였다. 무엇보다 우리가 그에게서 눈여겨보아야 할 것은 예술에 대한 재능과 애호였다. 그는 문학과 음악에 매우 경도되었고 그만큼 그 분야에서 알찬 성취를 이뤘다. 그가 20대 초반에 죽지 않았다면 이청준을 능가했을지도 모를 일이다. 이종훈과 이청준은 외모를 빼고는 모든 것이 닮은 형제였다. 이청준은 아주 어린 시절 4, 5년 같이 살았을 뿐인 큰형을 자신의 분신처럼 여겼다. 심지어 그는 요절한 형의 삶을 **함께, 대신** 살고 있다고 말할 정도다. 4, 5년이라고 하지만 나이 차와 큰형의 발병 등으로 두 사람은 한집에서도 거의 떨어져 지냈다. 집안의 장자인 이종훈에게는 혼자 쓸 수 있는 자기만의 방이 있었다. 그는 그 방에서 책을 읽거나 병을 다스리며 홀로 지냈다. 두 형제의 친밀감은 삶의 기억이 아니라 기록의 기억이 만들었다. 이청준은 엄청난 독서가였던 형이 남긴 책과 기록에 파묻혀 지냈다. 그는 소설가가 된 뒤 산문이나 소설에서 끊임없이 큰형을 소환하는데, 큰형은 그가 자라는 내내 죽지 않고 곁에서 함께한 정신적 지주였다.

이종훈은 초등학교를 졸업하고 불행히 상급학교에 진학하지 못했다. 여기서 '불행히'라고 한 것은, 당시 학생들은 대부분 가난이나 부실한 학업 성취 탓에 중학 진학을 하지 못했는데, 이종훈의 학업 중단은 그런 이유가 아니었기 때문이다. 그는 자신이 어쩔 수 없는 유전적 눈 질환을 앓고 있었다. 드물게 나타났지만 꽤 치명적인 이 병은 집안 남자들에게만 전해졌다. 그나마 다행인 것은 형제들 중 이종훈만 그 고통을 겪었다는 점이다. 만일 이청준에게 증상이 나타났다면, 생각만 해도 아찔하다. 우리는 그가 쓴 작품을 갖지 못했을 것이다.

이종훈은 책을 통해 많은 지식을 얻었다. 놀라운 독서가였던 그는 그 어느 상급학교에서 공부한 사람보다 학식이 풍부했다. 이종훈은 일정한 수준을 지닌 책에 그 정도 수준의 해석과 평가를 내릴 수 있는 사람이었다. 책갈피 사이사이에 자신의 생각을 적어 넣었다. 큰형만큼 책 읽기의 대가인 이청준은 형이 남긴 책의 내용과 함께 그 책에 대한 진지한 해석과 평가를 동시에 읽을 수 있었다. 이런 혜택이 누구에게나 주어지지는 않는다. 이청준은 큰형 덕분에 매우 희귀한 책 읽기 기회를 가질 수 있었다.

이청준이 태어난 이듬해 무렵 큰형 이종훈은 동네 처녀 서천심과 사랑하는 사이가 된다. 그는 1940년이나 1941년에 그녀와 혼인한 것 같다. 시기가 불분명하지만 두 사람이 맺어진 것은 분명하다. 이청준은 너무 어린 나이여서 두 사람에 대한 구체적인 기억이 별로 없었지만, 세 누나들을 통해 큰형과 형수에 대한 이야기를 모두 알고 있었다. 그가 다섯 살일 때 죽은 큰형과 형이 사랑했던 형수는 이청준의 남은 삶에 뚜렷이 각인된다. 단편 「그 가을의 내력」에도 그 흔적이 있다.

이청준이 태어났을 때 이종훈은 미혼으로 회진어업조합에 다니고 있었다. 중학교에 가지 못한 이종훈의 회진어업조합 취직은 파격적인 일이었다. 하지만 그의 능력을 아는 마을 사람들은 누구도 이의를 제기하지 않았다. 그는 일을 잘했고 월급은 모두 자신을 위해 썼다. 그가 돕지 않아도 될 만큼 가계가 유족했기 때문이다. 이종훈에게 마음대로 쓸 수 있는 꽤 많은 돈이 정기적으로 생긴다는 사실은 뜻밖의 결과를 낳았다. 그는 누구보다 문학과 음악, 특히 신식 대중음악인 가요를 사랑하는 사람이었다. 문학 애호는 책만 있으면 채워질 수 있었지만 음악은 달랐다. 가요를 즐기려면 축음기와 음반이 있어야 했다. 그시절 축음기는 서민이 살 수 있는 물건이 아니었다. 음반은 축음기보다 쌌지만 여전히 비싼 물품이었고, 목포 같은 대도시에서나 팔아서 회진이나 장흥읍에서는 구할 수 없었다. 이종훈은 여러 달 월급을 모아 축음기를 샀고 목포까지 가서 최신 유행가요를 담은 음반을 구해왔다. 신식음악, 특히 유행가에 대한 그의 관심과 재능은 일대에 잘알려져 있었다. 키도 크고 멋쟁이였던 이종훈은 가수를 꿈꿔서, 목포에 갔을 때 당대 최고 가수 이난영의 사진을 얻어 오기도 했다.

큰형님은 노래를 아주 잘 불렀어. 이난영의 독사진을 갖고 있었는데, 사진 뒤에 '교환사진'이라고 쓰여 있었지. 아마 독사진을 서로 교환하지 않았을까? 아무튼 사진 속 이난영은 반팔 차림에 대단한 멋쟁이였어. 나는 그런 차림의 여자를 처음 봐서 몹시 감탄했고, 아직도 그 모습이 생생히 기억나. 머리에는 하얀 모자 비슷한 것을 쓰고 있었는데, 당시에는 반팔 차림 여자가 없었거든. (김용호)

여담이지만 이청준은 이종훈과 달리 노래에 소질이 없었다. 나는 그가 노래를 부르는 모습을 본 적이 딱 한 번 있다. 전남도민가(全南

道民歌)였던가? 이청준은 노래를 잘하지 못했지만 그렇다고 가요에 무관심하지는 않았다. 그는 최신 유행가요가 아니라 흘러간 옛 노래를 좋아했다. 옛 노래는 이청준 자신이 아니라 이종훈이 좋아했던 노래다. 형이 사랑했던 노래에서 그는 마음의 안식처와 고향을 느꼈던 것 같다. 「현장 사정」은 온통 그 노래들로 된 소설이다.

이종훈이 월급을 모아 축음기를 산 일은 당시 마을 사람들에게 회자될 만큼 큰 사건이었다. 이종훈의 동생들인 이청준의 누나들을 비롯한 동네 처녀들이 거의 매일 그의 집에 모여 노래를 듣고 불렀는데, 당시 이런 정황이 『신화의 시대』에 고스란히 나온다. 이종훈은 신문물에서 소외된 벽지 해변마을에 놀라운 신문화의 세례를 주었다. 축음기가 있는 그의 집은 매일 밤마다 마을 처녀들이 모여서 노래를 배우고 듣고 부르는 광장이 되었다. 마을 처녀들은 일종의 신식문화공동체를 이뤘다. 남자와 달리 여자는 여전히 전근대적 상황에서 벗어나지 못하던 시절이었다. 이종훈은 그의 축음기와 음악을 혼자 즐기지 않고 원하는 마을 사람들과 함께 나눴다. 다른 마을에 사는 축음기 가진 사람들이 모두 이종훈 같지는 않았다. 그러기에는 축음기가 지나치게 비싸고 귀한 물건이었다. 그의 책들이 이청준 단 한 사람에게 영향을 주었다면 축음기와 음반들은 모든 마을 처녀를 신문물로 이끌었다. 진목교회와 함께 이종훈의 축음기는 진목리를 다른 마을과 뚜렷하게 구분되는 개화된 공간으로 만들었다. 처녀들은 대부분 글을 읽고 쓸 줄 알았으며 신문물을 통해 새로운 정서와 정체성을 가질 수 있는 기회를 얻었다. 처녀들만이 아니었다. 밤마다 이종훈의 집에 모일 수는 없었지만, 젊고 늙음을 떠나 거의 모든 부녀자가 새 문화 세례를 받았다. 여자들은 자존감이 높아졌고 자유로운 연애에 눈떴다.

자유연애의 맨 앞에 이종훈의 연인이 있었다.

이종훈이 사랑에 빠져 혼인한 여자는 한마을에 살던 서천심이다. 누이들이 큰오빠와 올케를 매우 좋아했던 점으로 볼 때, 서천심은 품성이 좋았던 것 같다. 서천심은 진목리의 딸만 넷인 집안의 맏이로 이종훈처럼 초등학교만 다녔다.

고향 사람들의 한결같은 증언에 따르면 서천심은 미모가 대단했는데, 얼굴은 물론 몸매도 매우 아름다웠다고 한다. 그래서 그런지 마을에는 그녀를 둘러싼 상서롭지 못한 소문이 있었다. 그때 진목리에서 서천심과 이종훈, '요안'의 삼각관계는 아주 유명한 사건이었다. '요안'은 이청준의 둘째누나 이종금이 기억하는 이름으로 기독교가 깊게 뿌리내렸던 마을 상황을 고려할 때, '요한'이라는 이름 계열이 아닐까 여겨진다. 서천심은 이종훈이 아니라 요안과 먼저 알고 지낸 것 같다. 서천심과 요안이 어느 정도 친밀했는지 분명하지 않지만, 동네 사람들은 둘을 꽤 진지한 연인 사이로 알고 있었다. 그러던 차 종훈이 그녀를 사랑하게 됐고 천심 역시 종훈을 사랑했다. 두 사람의 사랑이 매우 깊었던 것은 의심의 여지가 없다. 하지만 종훈의 부모, 특히 아버지 이남석은 두 사람의 결혼을 반대했다. 서천심은 마을이 다 아는 삼각관계 소문의 주인공이었다. 이남석이 보기에 그녀는 불량한 행실에 더해 아들이 없는 가난한 딸부자 집 맏딸이기도 했다. 그렇다 해도 이남석은 두 사람을 막을 수 없었다. 종훈은 집안의 극심한 반대에도 천심을 '업어 날랐다'는 말을 듣는 결혼을 강행했다. 이청준의 아내는 시어머니가 맏아들에 대해 한마디도 하지 않았지만, 이종훈의 제사 때 밥을 두 그릇 놓아서 그가 결혼한 사실을 알았다고 했다. 맏아들의 결혼에 대한 이야기는 어머니 김금례에게는 일종의 금기나 정신적 상처였다.

서천심은 이종훈과 결혼했지만 잠시 함께 살았을 뿐 남편이 폐결핵에 걸리기 전 친정으로 돌아갔다. 표면상 이유는 친정어머니가 죽어서 살림을 돌보기 위해서였다. 이 부분은 다소 이해하기 어렵다. 천심의 집에는 그녀 말고도 딸이 셋이나 더 있었다. 설사 그들이 모두 출가했다 하더라도, 서천심이 마음만 먹으면 언제나 들를 수 있는 한동네의 친정으로 아예 되돌아갔다? 무슨 다른 이유가 있지 않았을까? 아무튼 천심이 친정에 가 있는 동안 '요안'과 다시 교류한다는 소문이 퍼졌다. 이 소문은 소문일 뿐 사실이 아니었을 것이다. 요안이 천심을 찾아왔을 수는 있지만 천심이 그에 응해 어떤 연애 관계에 빠지지는 않았음이 분명하다. 당시에 종훈과 천심은 따로 살았지만 여전히 교류가 있었고, 시누이 이종금의 증언도 그 사실을 뒷받침하고 있기 때문이다. 게다가 그들은 부부였다. 그러나 소문은 결혼 전 연애사와 맞물려 소문의 속성 그대로 부풀려져 이청준의 아버지에게 전해졌다. 이남석은 그 소문을 듣고 분노해서 천심을 어딘지 알 수 없는 먼 곳으로 보냈다. 그러는 동안 종훈은 폐결핵에 걸리고 정기적으로 병원에 다녔다. 그는 병원에 간다고 나가서 아내와 만났다. 그런 식으로 그들은 다른 사람들이 모르게 한쪽이 죽을 때까지 계속 만나고 있었다. 둘은 그사이 딸을 하나 낳았다고 하는데, 그 딸의 후일에 대해서는 알려진 것이 전혀 없다.

이종훈은 1945년 1월 죽었다. 진목리에서 가장 지적이고 낭만적이며 훤칠하고 매력적인 청년이 어느 날 불치병인 폐결핵에 걸려 허무하게 죽었다. 그의 죽음은 누구보다 아버지 이남석에게 치명적이었다. 종훈이 죽은 후 천심과 주고받은 많은 편지 뭉치가 나왔다. 이청준의 아버지는 그때 비로소 둘을 갈라놓은 것을 뼈저리게 후회했다. 두 사람의 편지는 어린 이청준도 읽었던 것 같다. 그것도 그냥 한번 훑어보는 정도가 아니라 큰형의 일기장과 함께 혼자, 조용히, 생각하고 느끼고 판단하며 여러 번 반복해서 읽었으리라.

그중에서도 그 형의 일기장과 그의 생시에 주고받은 백여 통 가까운 편지들은 나의 상상력을 가장 활발히 움직이게 하는 것들이었다. 글자를 해독하면서 한 장 한 장 풀어 읽어나가기 시작한 일기장과 편지의 내용들은 형이 살아 있을 때의 생각과 이웃 간의 일들을 가장 구체적이고 실감 있게 느낄 수 있는 것들이었다. 그리고 맏형의 삶과 그 삶의 모습을 가장 가까이서 분명하게 떠올려 보여주는 것들이었다. (「다시 돌아보는 헤매임의 내력(來歷)」)

나는 그 형의 기록을 만나기 위하여 지루함을 참으며 책을 읽었고, 그리고 그 형을 만나서(심지어 행간들에 그어 넣은 그 한 가닥 옆줄에서마저도) 형과 함께 거기서 이야기를 하였다. 그리고 그러한 나의 독서 버릇은 다락방 가득한 형의 묵은 책 더미 속에서 일기장을 겸한 본격적인 독후감 노트를 찾아내게 됨으로써 더욱더 은밀스런 즐거움으로 변했다. 나는 언제나 그 형과만 지냈다. 책과 노트 속에서 형을 만나 그 형의 꿈과 소망과 슬픔들을 은밀히 이야기 들었다. (「어린 날의 추억독법」 중 '삶')

이청준의 기록에 의하면 이종훈은 편지와 일기뿐 아니라 많은 것을 남겼다—쓰던 만년필, 펜대, 펜촉, 잉크 따위 필기용구, 갖가지

노트, 기타와 바이올린 같은 악기, 악보, 사진첩, 다락방에 가득 쌓인 신문과 잡지 뭉텅이, 남도(南道) 소리가 담긴 축음기 음반들.

사람이 세상을 떠났을 때 남겨진 유품은 그가 어떤 사람이었는지 보여준다. 종훈이 남긴 필기구와 공책은 이청준이 "국민학교 6년을 꼬박 다 쓰고도 남을" 양이었고, "신문 더미는 그 후 이웃 마을 과수원에서 방충봉지 종이로 몇 해를 두고 져 날랐을 정도였다".

이청준의 둘째누나 이종금에 따르면 종훈이 죽은 뒤 천심은 재가했지만, 상대자가 요안은 아니었다. 그러다 천심도 곧 폐결핵에 걸려 친정으로 돌아왔다. 그녀는 종훈에게서 전염되었을 것이다. 아들과 같은 병에 걸려 친정으로 쫓겨 온 천심의 소식을 듣고 종훈의 어머니, 즉 예전 시어머니가 죽을 끓여 그녀를 찾아갔다. 천심은 그녀에게 잘못했다고 용서를 빌었고, 그 후 다른 어느 날 종훈의 집에 찾아와 새삼 통곡하며 사죄했다. 두 번의 사죄 이후 천심이 친정에서 투병하다 죽기까지 종훈의 어머니가 자주 찾아갔다. 두 사람의 교류와 거기에서 느껴지는 진심과 애틋함으로 볼 때, 혼인한 서천심과 요안 사이의 소문은 다시 말하지만 사실이 아니었을 것이다. 이종금의 기억으로는 이종훈과 서천심이 결혼 후 사망하기까지 4, 5년 정도 흘렀다.*

이청준은 큰형이 그에게 세 가지 경험과 버릇을 남겼다고 고백했다.

종합하면, 앞서간 맏형의 삶과 죽음은 나에게 다음의 세 가지 경험과 버릇들을 남기고 있었던 것같이 생각된다.

* 「이어도」의 천남석이라는 인물의 이름은 이청준의 아버지 이름에 흔하지 않은 성씨 '천'이 결합된 것이다. 이청준에게 큰형수의 비극은 아버지와 연결되어 기억된 것 같다.

첫째는 맏형의 삶과 죽음이 나에게 무엇보다도 먼저 그 인간의 삶에 대한 깊은 비밀에 관심을 갖게 한 것이었고, 둘째는 현실이 아닌 독서 쪽에서 이 세계와 인간의 삶을 배우게 하였다는 것이었다. 〔……〕 나의 독서 버릇은 결국 그런 식으로 나에게 이 세계와 세상 사람들의 삶을 현실의 경험으로서가 아니라 내면의 정신으로 경험하게 하고 나 자신의 삶도 또한 활동적 현장성보다는 사유적 내면화의 과정을 지향하게 만들어낸 것이었다.

그리고 마지막 세번째의 경험은 그러한 내면적 삶의 당연한 요구에 의한 간절한 자기표현의 욕망이었다. 나는 내가 읽고 생각하고 느낀 것들을 어떤 형식으로 해서든지 글로써 흔적을 적어 남기고 싶어하게 되었다. (「다시 돌아보는 헤매임의 내력」)

위 글에서 보듯이 큰형 이종훈은 이청준이 소설가가 되는 데 결정적인 영향을 끼친 사람이다. 큰형으로 인해 이청준은 현실이 아닌 책 읽기에서 세계와 인간의 삶을 배우고, 그 결과 세계와 사람들의 삶을 현실이 아니라 내면의 정신으로 경험한다. 이런 경험은 그를 활동적 현장성보다 사유적 내면화에 경도되게 하는데, 사유적 내면화의 지향은 필연적으로 글쓰기로 이어진다. 내면적 삶은 글쓰기 같은 예술을 통해서만 자기표현에 이를 수 있기 때문이다.

지적 호기심이라고까지 말할 순 없더라도 문자 세계인 소설에 호기심이 일기 시작한 것은 초등학교 3학년 무렵 동네 교회 성탄절 연극에서 박계주 님의 『순애보』라는 소설 이야기를 접하고부터서였다. 우리 집 작은 서가에 그 책이 끼여 있었기 때문인데, 그렇게 세상 이야기가 책 속에 담겨 있을 수도 있고, 소리 없는 문자로 잠들어 있던 이야기가 눈앞에 생생하게 다시 살아날 수도 있다는 사실이 놀랍고 신기하기 그지없었다. 더욱이 그 책갈피들에는 그 책들을 남기고 돌아가신 맏형님의 독서 메모가 간간이 곁들여 있어, 그 형의 숨결과 목소리가 내 호기심을 더욱 북돋웠다. 하여 나는 이후부터 집안 어른들의 심한 걱정과 감시(그 감시는 주로 어린것이 싹수머리 없이 어른들 연애 이야기에 빠져들 위험을 걱정해서였지만, 그리고 그 시절 나는 주위 여자애들이나 이성에 대한 호기심을 그 소설 이야기 속에 해소하렸던 게 당연하지만)를 무릅쓰고, 그 책장에서 김래성 님의 『백가면』에서부터 이광수, 김동인, 박종화 님 들을 거쳐 저 위고의 『장발장』에 이르기까지 연애와 사랑, 전쟁과 역사 따위, 문자 속에 펼쳐지는 온갖 선악 세계의 비밀스런 장막을 들춰 엿보기에 바빴다. 그리고 그렇듯 문자 속에 감춰진 세계에 대한 호기심은 결국 우리 역사나 종교, 삶 안팎의 비밀로까지 이어져 내 소설질과 문학의 터와 바탕을 이루어왔지 않았나 싶기도 하다. (「나어린 호기심의 질주」)

이청준은 학령보다 3년 늦게 초등학교에 입학했다. 위 글에서 언급한 3학년 무렵에 그는 6학년 나이였고, 이미 책을 통해 큰형의 정신세계와 삶을 나름대로 함께 나누고 있었다. 이종훈과 서천심이 사귀고 혼인하고 죽는 4, 5년 동안 이청준은 너무 어려 두 사람에 대해 구체적이고 직접적인 것을 알기 어려웠다. 하지만 두 사람의 사랑이 얼마나 깊었는지는 잘 알았던 것 같다. 이종금은 큰오빠에 대해서 말하는 내내 "두 사람이 얼마나 좋아했는데"를 셀 수 없이, 말끝마다 되뇌었다. 이청준의 아내 남경자도 남편이 아니라 시누이인 이종금에게 이 말을 여러 번 들었다고 했다. 이청준은 분신에 가까운 형에 대해 말을 많이 아꼈다. 말을 아낀 정도가 아니라, 이종훈과 서천심에 대해 글은 물론 사석에서도 전혀 언급하지 않았다. 우리는 그가 두 사람을 어떻게 생각했는지 작품을 통해 알 수밖에 없다. 그는 두 사람의 이야기를 자신의 마지막 작품으로 오래 마음에 품은 소설, 하지만 미완성 유작으로 남은 『신화의 시대』에서 제대로 그릴 생각이었다. 세 부로 구상된 이 대하소설 한가운데인 2부는 온전히 이종훈에게 바쳐질 예정이었다. 그런데 2부는 이종훈과 서천심이 막 연애를 시작한 설레는 상태에서 멈췄다. 영원한 설렘만 있을 뿐 비극적 결말이 없으니 어쩌면 다행일까?

이청준은 『순애보』로 시작된 책 읽기를 통해 가시적인 세계 뒤에 또 하나의 세계가 있음을 깨달았다. 그에게는 그 세계가 더 본질적으로 느껴졌던 것 같다. 알다시피 그가 읽은 책들은 큰형의 책들로 제 나이에 어울리지 않았고, 책 읽기를 이끌어줄 사람도 없었다. 어린 시절 우연히, 자발적으로 시작하게 된 다양하고 복잡하며 어렵지만 유혹적인 책 읽기는 그에게 결정적인 영향을 미쳤다. 그것은 일종의 분열이기도 했다. 그는 지나칠 만큼 예민하고 똑똑한 아이였는데, 현실은 언제나 견딜 수 없을 만큼 엉망진창이었다. 아버지의 죽음 이후 시작된 집안의 몰락은 회복되기는커녕 갈수록 끝이 보이지 않을 지경이었다. 끔찍한 현실은 대학을 졸업하고 사회에 나와 혼인을 한 이후에도 오랫동안 나아지지 않았다. 그 오랜 시간을 그는 현실의 배면을 이루는 다른 세상에 대한 믿음으로 견뎌냈다.

산문 「보이지 않는 세계의 힘」과 「어린 날의 추억독법(讀法)」에는 이청준이 어린 시절 읽은 책들이 여럿 나온다. 박계주의 『순애보』, 김

제1부 장흥

내성의『백가면』, 방인근의『새출발』, 마해송의 동화들, 김말봉의『밀
림』『찔레꽃』, 박종화의『다정불심』, 이광수의『무정』『흙』, 김동인의
『배따라기』, 빅토르 위고의『레 미제라블 불쌍한 사람들』, 도스토옙
스키의『죄와 벌』등.

　　그러면서 마침내 우리 곁에는 실제의 삶이나 세상 이외에 또 하
나 보이지 않는 세계가 존재함을 알게 되었고, 그 보이지 않는 세계
가 실제의 삶보다도 어느 면 훨씬 더 흥미롭고 질서정연하며 참된 세
계라는 느낌까지 어슴푸레 지니게 되어갔다. 〔……〕 현상 너머에 본
질적 참세계(이데아의 세계)가 숨어 존재한다는 플라톤의 '모방론'
이나, 유년 시절 책 읽기에 취한 나머지 실제의 세상을 가짜로, 책 속
의 세계를 진짜 세계로 오인했다는 사르트르의 고백(『말』)들은 오랜
기간 내 세계인식의 한 축을 이루어왔으니까. (「보이지 않는 세계의
힘」)

　　어머니고 누님이고 살아 있는 사람들은 오히려 나의 주위에서 희
미하게 멀어져가고, 죽어 간 형이 누구보다 똑똑히 나에게서 천천히
되살아난 것이었다. 그리고 그 형의 삶은 내가 그의 꿈과 소망과 슬
픔들을 변함없는 그리움으로 대신 살아드리기로 다짐한 나의 삶 속
에서 누구보다 절실한(적어도 나에게는) 여생을 이어가게 된 것이었
다. 아니 나는 그 형의 죽음과 부활로 인하여 사람이란 원래가 육신
의 죽음만으로는 끝나지 않는 또 다른 생명이 있음을 본 것이다. (「어
린 날의 추억독법」 중 '삶')

큰형 이종훈은 곧 이청준이고, 사르트르의 고백은 이종훈의 책 속에서 진짜 세계를 보았던 이청준의 고백이기도 하다.

「석화촌」과 『신화의 시대』

1968년에 발표된 「석화촌」은 민담과 설화를 바탕으로 한 토속세계를 보여준다. 이 소설은 그런 점에서, 이청준의 초기 작품들 중에서 매우 특이한 자리를 차지한다. 「석화촌」은 민담, 전설, 설화를 포함하는 신화의 세계가 다뤄지는 후기 작품과 연결될 뿐 아니라, 저 세상이 이 세상이고 저곳이 이곳이라는 이청준 소설의 핵심 중 하나가 처음 나타나는 소설이다. 이청준은 이 핵심 사고를 강씨 청년을 통해 형상화한다. 강씨 청년은 「석화촌」에서 작가의 시선을 담당한 인물로 주인물 별녜가 무슨 생각을 하고 있는지 환히 꿰뚫고 있다.

「석화촌」의 공간은 이청준의 고향 마을 회진을 그대로 옮겨놓았다. 지형은 물론 마을 사람들이 돌을 심어 굴을 기르는 과정 모두 허구가 아니라 사실이다. 실재하는 회진을 고스란히 재현한 공간에서 허구의 사람들이 오래된 이야기를 살고 있다. 그중 작가의 시선을 맡은 강씨 청년은 폐결핵을 앓고 있는 대단히 지적인 사람으로 이청준의 큰형 이종훈과 많은 부분 겹친다. 발표작에서 강씨 청년은 거무와 별녜처럼 물에 빠져 죽은 뒤 바닷가로 밀려와 다시 석화촌으로 돌아온다. 그런데 발표작과 달리 작품집에 실린 수정본에서는 강씨 청년이 사라지고 별녜와 거무만 죽어서 바닷가로 돌아온다. 이청준이 수정본에서 강씨 청년을 배제한 이유는 무엇일까? 그나저나 「이어도」의 천남석도 물에 빠져 죽은 뒤 자신이 살던 뭍으로 귀환한다.

『신화의 시대』는 이청준이 젊은 시절부터 마지막 작품으로 꼭 쓰겠다는 원(願)을 가졌던 소설이다. 그의 수십 년에 걸친 창작 과정은 이 소설에서 완성될 예정이었다. 나는 그가 이 소설에 얼마나 애착을 가졌는지 알고 있다. 문제는 이청준이 자신의 이른 죽음을 예측하지 못했다는 것이다. 그는 『신화의 시대』를 끝내지 못할 것이라는 사실을 죽기 1년 전까지 몰랐다. 그래서 그는 이 소설의 1부를 완성하는 데 1년 반을 보낸 뒤, 이후 천천히 공들여 쓸 작정이었다. 우리는 그가 서두르지 않고 써 내려간 1부를 읽은 뒤 탄식할 수밖에 없다. 실화를 바탕으로 한 이 소설이 무엇보다 얼마나 재미있는지 알게 되기 때문이다. 매우 오랜 시간 구성되고 숙성된 이 소설의 인물들과 이청준의 실제 가족들, 고향 사람들은 사실과 허구의 경계를 알 수 없을 만큼 서로 닮았다. 『신화의 시대』의 인물은 거의 모두 실제 살았던 사람들이다.

『신화의 시대』는 이청준이 10년에 걸쳐 완성하려고 한 필생의 대작이자, 자신의 뿌리를 파헤쳐간 자전적 소설로, 전체 3부작으로 구상됐다. 1부는 작가의 고향 고을 선바위골에 흘러들어 온 광녀 자두리를 비롯해 선바위골 사람들의 이야기, 작가의 조부가 모델인 이인영을 중심으로 한 집안 내력과 정착 과정, 작가의 어머니에 해당되는 외동댁의 이웃 약산댁 아들 태산의 신비한 출생과 성장, 출향담으로 구성된다. 태산은 2부의 두 주인공 중 한 명으로, 짧지만 파란만장한 삶을 살다 갈 신화적 인물이다. 이청준은 생전에 2부 얼개를 다 짜놓았지만, 그중 1장만 끝낼 수 있었다. 이청준은 2부에서 태산과 외동댁의 아들 종운을 두 축으로, 정치와 예술이 중심이 되는 '사회학적 상상력'과 '인문학적 상상력'이 현실에서 발현되는 양상을 그려나갈 계획이었다. 이어지는 3부는 종운의 아우인 작가 자신을 주인공으로 그릴 예정이었다. 인문학적 상상력을 바탕으로 하는 3부 주인공인 소설가의 삶은 2부 태산과 종운의 삶을 발전적으로 지양하고, 지향하는 새로운 '베끼기'라 할 수 있다. 3부의 주인공 이름은 '이종청'이 아닐까. 왜냐하면 『신화의 시대』는 자전적 소설인 만큼 배경이 되는 공간, 인물들의 이름, 가족관계 등이 사실과 일치하는 경우가 매우 많기 때문이다. 예를 들어 이남석의 가계와 집짓기 과정은 물론 회령리 등 지명, 이남석, 자두리 등 인명이 그렇다. 이청준은 처음 1부 주인공 이름을 두고 '종운'과 '종백' 사이에서 고민했다. 그중 '종백'은 큰형 이종훈의 또 다른 실명으로 족보에 오른 이름이었다. 마찬가지로 이청준의 족보에 오른 이름은 '이종청'이다. 『신화의 시대』에 나오는 중요 인물과 실제 인물관계는 다음과 같다.

이인영: 이청준의 조부 이인영.

이남돌: 이청준의 아버지 이남석. 그는 실제로 남쪽 씨앗이라는 뜻인 '남돌'로 불렸다.

웃녘댁(이인영의 처): 이청준의 조모로 구례 김덕회의 딸.

외동댁 김씨: 이남석의 처이자 이청준의 어머니인 김금례.

이종운(외동댁 아들): 이청준의 큰형 '이종훈'.

약산댁: 이청준의 옆집에 살던 김민호의 어머니. 일명 섭섭이 할머니. 김금례보다 10여 세 연상.

태산(약산댁 아들): 김민호.

이규성(이남돌의 동생): '규성'은 이인영의 형 이병영의 아들 이름으로, 실제로 사라진 것 같다.

　이종훈은 이청준의 분신에 가깝다. '분신'은 이청준의 문학과 삶을 이해하는 데 매우 중요한 개념이다. 그에게는 '나'뿐 아니라 여자, 가족, 사회까지 분신이 존재하는데, 분신은 제주도와 이어도처럼 현실과 이상의 이분으로 나가거나, 역으로 현실과 이상의 분리에서 탄생한다. 이청준에게는 현실과 이상이 일반적인 이분법으로 설명 가능한 것이 아니다. 이상을 품은 현실을 근저로 하는 그의 세계관에서 현실과 이상은 서로 등을 맞대고 있는 배면인데, 분신이 바로 그런 것이다. 이청준이 법대가 아닌 문과를 선택한 이유 중 하나도 큰형과의 동질성을 바탕으로 한 것이 아닐까, 『신화의 시대』 2부를 빌려 짐작할 수 있다. 『신화의 시대』에서 이청준의 분신인 큰형은 집안이나 마을 사람들의 바람이나 믿음과 달리, 사범학교로 진학해 선생님이 되는 대신 '가수'의 길(예술가의 길)을 택한다. 이종훈과 이청준이 세속적인 출세가 아니라 예술가가 되기로 결심한 것은, 바로 「지배와 해방」에서 천명했듯 세상을 "자유로 지배"하려는 의지의 표현이다.

　사람은 먹고 입고 자는 일보다 자신이 진심으로 소망하는 길에서 제 삶의 참값을 이룰 수 있다는 사실, 그걸 위해선 다른 누구의 눈길도 아랑곳을 않은 채 세상의 모습까지 자신이 원하는 식으로 바꿔보고 그릴 수 있다는 식의 청년의 생각과 삶의 방식은 마지못해 여태껏 상급학교 진학의 굴레에 시달려온 좋운에겐 더없는 충격이자 구원의 복음이 아닐 수 없었다.

"〔……〕 그림을 그리는 일이란 세상만물에 제 생각이나 소망을 담는 일이기도 하니까. 그런 뜻에선 세상을 자기 식으로 지배하고픈 욕망의 표현이기도 한 거구."(『신화의 시대』)

이 문장에서 '그림을 그리는 일'을 '글을 쓰는 일'로 바꿔도 뜻은 같다. 다음 문장도 마찬가지다.

그림 그리는 일이 보이는 것 뒤에 숨은 제 내력을 찾아내는 노릇이라니, 그리고 그 내력이나 역사라는 것 속에 참모습이 담겨 있는 거라니. (『신화의 시대』)

여기서 잠시 김태산을 살펴보아야겠다. 태산의 모델은 김민호다. 김태산과 김민호, 두 사람은 천재 소리를 듣던 어린 시절과 상급학교 유학, 사회주의 활동 등을 공유한다. 하지만 김민호와 달리 신화적 출생 과정을 거쳐 '큰산'의 아들이라는 이름을 갖게 되는 태산은 『신화의 시대』에서 가장 소설적인 인물이다. 그래서 김민호와 김태산은 공통되는 이름자를 갖지 않는다. '태산'은 어떤 한 부부가 아니라 온 마을이 함께 품고 낳은 아이다. 김태산은 「키 작은 자유인」과도 연결된다. 거기에 보면 김장굴과 김태산, 지사순의 모델들이 누구인지, 그들이 어째서 자유인인지 알 수 있다. 이 소설 중 '이중 노출의 초상'은 김장굴과 김태산에 대한 글이다. 김장굴에게는 근동 일대에 크게 이름이 알려진 아들이 있는데, 그는 김태산처럼 일제 때 대처로 나가 사범학교를 졸업한 뒤 조국 광복과 사회운동에 투신한 젊은 사상가였다. '이중 노출의 초상' 덕에 우리는 미완으로 끝난 김태산의 장차 행로를 짐작할 수 있다. 그는 "6·25전란 중 사망 소식이 전해질 때까지 도피와 옥고와 영광이 교차한 우여곡절의 삶을 살고 간 젊은 풍운아였다".

이청준은 모두 세 집이 살고 있는 막다른 골목 끝집에서 태어났다. 세 집 중 한 집에 '섭섭이 할머니'가 살고 있었다. '섭섭이 할머니'는 『신화의 시대』속 태산의 모델 김민호의 어머니이다. 김민호는 회진에서 이청준과 쌍벽을 이루는 천재로 회자되었던 사람이다. '살아 있는 동화책'인 섭섭이 할머니는 이청준의 산문집 『야윈 젖가슴』의 주인공이기도 하다. 이청준은 "동화나 동시를 소설이나 성인 시 못지않게 좋아한다"고 고백할 만큼 동화에 큰 관심과 애착을 갖고 있었는데, 그가 쓴 몇몇 동화의 원재료를 제공한 사람이 섭섭이 할머니이다.

> 동화 쓰기는 옛 유년 시절로 돌아가는 일종의 기억 여행이랄 수 있으니 쉽고 즐거운 일일 수 있을뿐더러, 동화는 만인 공유의 정서 세계에 바탕한 문학 장르라는 점에서 각자의 경험이나 성장 경로가 다른 독자를 좇는 소설보다 보편적 공감력을 지닌다고 할 수 있을 터이다. (「동화 문장의 눈높이」)

섭섭이 할머니도 이청준의 어머니처럼 남편을 잃은 처지로 밤마다 그의 집으로 마실을 와 이야기하며 놀다 갔다. 책을 살 형편도 못 됐고 살 만한 책도 없었던 시골에서, 어린 이청준은 두 사람에게 많은 이야기를 들으며 자랐다.

> 그러나 내가 정말로 놀란 것은 내가 그토록 많은 이야기를 지니고 살아왔다는 사실 때문이 아니었다. 그것을 여기서 자랑하려는 것

도 물론 아니다. 내가 거기서 진실로 놀란 것은 그 이야기들을 내가 어디서 어떻게 들어 지니게 되었느냐는 사실을 깨달음에서였다. 〔……〕 나는 그 할머니와 나의 어머니에게 새삼 놀라고 감사를 드리지 않을 수 없었다. 아아, 그분들이 내게 그토록 많은 것을 주셨다니. 그 가난하고 남루하고 배운 것 없어 보이던 분들이…… 그것은 단순한 옛이야기가 아니었다. 그것은 나의 삶의 뿌리요 주춧돌이 된 것들이었다. 왜냐하면 우리의 옛이야기들은 바로 우리 조상들의 삶의 지혜의 모음이며 그 꿈의 뿌리가 되고 있기 때문이다. (「살아 있는 동화책」)

'나무꾼과 선녀 이야기, 은혜를 갚고 죽은 까치와 두꺼비 이야기, 억울하고 안타까운 아기장수 이야기, 바보 이야기, 도깨비 이야기……' 어머니와 이웃집 할머니는 이야기꾼 이청준을 만든 또 다른 사람들이다.

청준이는 사랑이 많았고 이야기를 참 잘했어. 섭섭이 할머니가 청준이를 품에 안고, "아가, 얘기 좀 해봐라", 자주 그러셨지. 그러면 청준이는 자분자분 이런저런 얘기를 재미있게 잘했거든. 그날 하루 있었던 얘기, 자기 얘기…… 그때 이미 이야기꾼 자질이 있었던 건지. (이종금)

이청준의 둘째누나 이종금은 어린 동생에게 있던 자질을 두 가지로 요약했다. '사랑'이 많았고 '이야기'를 잘했다. 그는 소설가가 되기 위해 태어났던 것 같다.

2장
초등학교에 가다

입학과 선생님들

1939년 출생한 이청준은 1945년이 아니라 1948년에 대덕동초등학교에 입학했다. 그가 학령보다 3년 늦게 초등학교에 간 데는 사연이 있다. 당시는 해방 직후 어수선한 시기여서 장흥의 행정구역도 바뀌었는데, 그의 집이 있던 대덕면은 대덕면과 회진면으로 나뉘었다. 더구나 막내와 큰형에 이어 아버지까지 집안 남자들의 죽음이 이어져서 어머니는 어린 이청준의 학업에 신경을 쓰지 못했다.

> 그러니 행정 명칭이 바뀌어서 본적은 '대덕면'인데 지금 동네는 '회진면 진목리'라고 해야 돼요. 결국 요것 때문에 나는 초등학교를 여덟 군데나 떠돌아다녔어요. (「이청준의 생애연표」)

이청준은 1948년 9월 1일 '대덕동국민학교'에 입학해서 1954년 3월 22일 졸업했다. 그가 가을에 입학해서 봄에 졸업한 이유는, 입학 때 아직 학제가 개편되지 않았기 때문이다. 우리나라 학제는 이청준이 4학년이던 1951년에 6-3-3-4년제로 확정되었다. 앞에 보았듯이 그는 입학 당시 이미 한글을 깨쳤고 한문도 상당한 수준이어서 공부를 매우 잘했다. 초등학교 재학 시절에 이청준이 공부하는 것을 본 적이 없다는 증언들이 줄을 이었다. 그때 그의 처지는 「허기의 연」 같은 수필이 있을 정도로 가난했다. 하지만 그는 고난이 끊이지 않는 생활에도 1등을 단 한 번도 놓친 적이 없었다.

청준이는 너무 영리해서 국민학교 다닐 때 공책도 거의 없었어. 듣는 즉시 다 머리로 들어갔거든. 학교에 가기 전에 서당에 다녔어. 우리 동네(회진면)는 예부터 한학이 유명했지. 하루에 네 자나 여덟 자를 배우기 때문에 보통 7, 8개월 이상 걸리는 천자문을 청준이는 단 며칠 만에 떼었어. 그뿐인가. 논어와 맹자도 다 떼고 갔지. 당시 서당은 봄, 가을 합쳐 일곱 달 다녔는데, 그 기간 동안 청준이가 뗀 책을 보면 얼마나 영리한지 알 만하지. (이종칠)

아버지가 돌아가셨을 때 청준이가 서당에 다녔어. 그런데 서당에서 돌림병 때문에 못 오게 했지. 그 애가 공부 욕심이 많아서 몹시 속상해했어. 당시 진목교회에서는 야학을 열고 여자들에게 글을 가르쳤는데, 청준이가 교회에 다니지는 않았지만 예배당 밖에서 안을 들여다보며 귀동냥으로 한글을 깨쳤지. (이종금)

선생님이 부족해서 학교에서는 오전 수업만 하고 파한 적이 많아. 선생님들이 청준이에게 동급생들을 자주 가르치게 했지. 그 정도로

똑똑했어. (이전우)

우리는 똑똑한 어린이 이청준의 이야기를 들려준 사람들 중에 독바우 이전우(李畑雨)를 기억해야 한다. 그는 나와 만난 자리에서 "청준이는 머리가 너무 좋아"라는 말을 두 마디에 한 번 정도 덧붙였다. 이전우의 집은 이청준 집안의 종가였다. 그는 항렬로 이청준보다 아래였지만 종갓집을 이을 정통 장자였다. 귀한 그를 사람들은 다소 거친 발음의 '독바우'라고 불렀다. 당시 진목리는 윗동네와 아랫동네로 나뉘었는데, 종가는 120여 가구가 사는 윗동네에 있었고 이청준의 집은 아랫동네에 있었다. 이전우의 집이 얼마나 잘살았으며, 또 어떻게 마을의 중심 역할을 했는지는 소설 『신화의 시대』나 여러 산문에 나타나 있다. '어릴 적 추석의 기억'이라는 부제가 붙은 산문 「밤나무 동산으로 추석을 가꾼 어른들」에는 종가 어른들을 중심으로 종중산인 안산에 심은 밤나무에 대한 따뜻한 추억이 들어 있다.

추석이 다가오면 나는 무엇보다 그 어린 시절의 동네 안산 숲 밤타작 잔치가 먼저 떠오르곤 한다. 그리고 그 시절 어른들의 넉넉한 마음씨와 웅숭깊은 지혜에 새삼 감사와 경탄을 금치 못하곤 한다. 돌이켜보면 그것은 그 시절 나름의 모듬살이 질서와 자연 친화 교육 기능을 수행한 면도 있었지만, 그보다 도대체 그 살기 가파른 시절에 마을 어른들이 아니었다면 우리는 그 가을철 명절날을 위해 무엇을 기다릴 수 있었으며, 그 추석은 또 얼마나 맥없고 초라했을 것인가. 그리고 이제는 이리저리 떠나 사는 사람들에게 그 고향의 추석은 두고두고 무엇으로 남을 수 있었을 것인가. (「밤나무 동산으로 추석을 가꾼 어른들」)

　이전우와 이청준은 윗동네와 아랫동네로 나뉘어 살았으며, 한 사람
은 종가의 부와 권위를 누리는 자손이었고 한 사람은 가장도 없는 홀
어머니의 가난한 막내아들이었다. 하지만 이전우와 7촌 당숙인 이청
준 두 사람은 추석마다 밤 타작을 함께했다. 선한 품성을 지닌 이전우
는 똑똑했던 이청준과 부딪치는 일 없이 평소에도 잘 어울렸다. 어린
이청준을 기억하는 사람들은 그가 몹시 개구쟁이였다고 한결같이 말
했다. 독바우도 김용호도 이종칠도 누나도 모두. 그는 가지 끝까지 올
라가는 위태로운 나무타기를 즐겨서 '염소 새끼'라는 별명을 얻기도
했다. 옆집에 살던 김용호가 밥을 먹으면 "똥 먹냐?"고 자주 놀렸다.
늦봄에는 '뒤깔'(도랑, 고랑)로 목욕하러 갔다 둠벙에 빠져 허우적대
기 일쑤였다. 세 집이 모여 사는 이청준 집골목은 후미진 곳이어서 교
미하는 개들이 종종 있었다. 그런 개들에게 서로서로 장난을 치기도
했다…… 이 같은 일화는 끝이 없다. 그런 놀이를 주도하는 사람은 늘
이청준이었다.

　이청준은 세상을 떠나기 전 마지막 한 달 반을 병원에서 보냈다. 나
는 그때 그가 평생 살고 있던 세계가 무엇인지 새로 알게 되었다. 그
것은 그의 소설 표제처럼 '가위 밑 음화와 양화'의 세계였다. 가위눌
린 상태에서 보는 불분명한 세계와 선명한 세계. 삶에 내재하며 이청
준을 끈질기게 따라다닌 두 세계는 초등학교 시절에 이미 완성되었
다. 그 하나인 양화의 세계, 선명하지만 두렵거나 무섭지 않고 행복하
기만 한 세계를 독바우가 대표한다. 이청준은 병실에서 나에게 독바
우 이야기를 여러 번 했다. 이청준이 만년에 쓴 동화와 산문의 주된

세계가 바로 그와 나눈 세계였다. 그래서인지 두 사람 모두 초등학교를 졸업하고 도시로 나왔지만 둘 다 그때 기억을 매우 따뜻하게 간직하고 있었다.

이청준은 제 나이보다 3년이나 늦게, 어렵게 들어간 초등학교조차 한국전쟁 등 복잡한 상황 때문에 이리저리 옮겨 다닐 수밖에 없었다. 그가 입학한 학교는 인가가 나지 않은 임시학교로, 사실 학교라고 부르기 어려웠다. 해방 후 겨우 3년이 지난 가난한 어촌 마을에는 학교가 자리를 잡을 상황이 아니었고, 입학 2년 후인 1950년에는 한국전쟁까지 일어났다. 이청준은 이처럼 불안정한 상황에서 초등학교를, 잠시 다닌 마을회관 학교까지 포함해 모두 열 번 가까이 옮겨 다녔다. 매번 다른 지방 다른 학교로 전학을 간 것이 아니니 그가 다닌 초등학교 자체가 문제였다고 할 수 있다.

이청준이 다닌 초등학교들

1. 1948년 1학년, 해변학교 입학. 해변학교는 교사 자격이 없는 마을 청년 강진다가 이끌던 학교다.

2. 1949년 2학년, 유자격 교사가 분교장으로 부임했다. 수업은 해변을 떠나 포구 마을회관에서 했다. 2학기에 이열, 전정자가 교사 낙성식을 위해 임시로 한 학기 먼저 부임했다.

3. 1950년 3학년 봄에 회진동국민학교가 교실 네 개짜리 정식 교사에서 개교했다. 신축교사 낙성식은 1949년 가을에 열렸다. 전정자 교사가 1950년 이청준의 3학년 담임이 되었다. 이후 교사 자격증이 없는 강진다가 학교를 그만두었다. 한국전쟁 때 방화로 신축교사가 전부 소실되었다. 방화 범인은 잡지 못했고

누군지도 몰랐다.

4. 3학년 2학기에는 텐트로 된 가교사에서 수업을 이어나갔다. 돌 개똥(영화 〈천년학〉 세트장 근처)에 2층짜리 교사를 신축하기 시작했다.

5. 1951년 4학년 1학기에 선자마을 마을회관으로 등교했다. 학생 들은 오전 수업이 끝나면 탱자섬까지 가서 모래 따위를 나르는 등 신축교사 건설에 동원됐다.

6. 4학년 2학기 중간에 진목리 정자나무 옆에 있던 마을회관으로 옮겨 수업했다. 이청준은 4학년을 이곳에서 마쳤다. 이때 담임 은 그에게 나쁜 기억을 남겨 수필에서도 언급된 신○○이었다.

7. 1952년 5학년 1학기에 연동 마을회관으로 옮겨 2, 3개월 수업 을 했는데, 연동은 선학동 마을과 진목리 사이에 있다.

8. 연동에 이어 산저 마을회관에서 5학년 1학기를 보냈다.

9. 5학년 2학기 가을에 드디어 2층짜리 신축교사가 완공되었다. 그런데 신축교사도 다시 방화로 소실되었다. 이번에도 범인을 잡지 못했고 알 수도 없었다. 당시 진목리는 공산주의와 민주 주의 두 세력의 치열한 다툼장이었다. 1953년 6학년 1학기 봄 에 처음으로 학예회다운 학예회를 했다.

10. 1953년 6학년 2학기에 회진동국민학교 자리로 옮겨 새 학교를 완공했다. 이청준의 6학년 담임은 친척 형인 이종남이었다.

마을에서 먼발치로 바다를 내려다보면서 십 리쯤 산길을 돌아가면 회진이라는 작은 포구 마을이 있고, 그 포구 마을에 들어가는 입구께 의 한 낮은 언덕배기 위에 역시 눈 아래로 바다를 내려다보게 지어진

네 교실짜리 목조 초등학교 건물이 앉아 있었다. (「수줍던 여선생님」)

1948년 새 독립 정부가 수립될 무렵, 그 남쪽 시골 바닷가 초등학교 분교는 그 마을 출신 유지 청년 '강 선생님' 한 분밖에 정식 교사도 교실도 없었다. 그래 그 강 선생님은 1, 2, 3학년 세 학급에 백 명 남짓한 아이들을 오전 오후반으로 나누어 걸상도 없는 김 보관 창고와 바닷물이 빠져나간 뒤쪽 모래톱을 번갈아 오가며 당신 혼자 한글도 가르치고 산수도 가르치고 보건, 음악도 가르치셨다. (「농부가 되신 옛 선생님」)

멍석과 가마니를 간 해변학교부터 1950년 전시에 불타버린 학교까지 환경은 열악했지만, 여러 선생님들을 만난 초등학교 시절은 이청준에게 각별한 추억과 큰 문학적 자산을 남겼다. 만년의 동화는 대다수가 이때의 추억을 바탕으로, 교습이 아니라 체험을 통해 사람과 세계가 직접적으로 만나는 모습을 보여준다. 그 시절이 남긴 유산으로 선생님들을 살펴보기 전에 언급해야 할 동창생이 있다. 이청준과 6년 내내 한 반이었던 김동래이다. 이청준이 글에서 'ㅍ네'로 지칭하는 그녀는 귀한 무남독녀여서 액운을 막기 위한 거친 이름 '퐂녜'로 불렸다. '퐂녜'는 팔았다는 뜻으로 한자로는 매녀(賣女)와 통한다. 그래서 김동래의 다른 이름은 김매녀이다. 이청준의 산문 「여자 동창생은 누님으로 변한다」 「누님으로 변한 옛 여자 동창생」은 김동래에 대한 글이다. 그녀는 또 「마음의 빗장을 열고」 같은 산문에도 등장한다. 무엇보다 그녀는 이청준의 소설 「인문주의자 무소작 씨의 종생기」의 핵심 이야기인 '꽃씨 할머니'의 제공자이다. 김동래의 이야기가 없었다면 그 소설도 없다.

> 그렇듯 나무와 함께 머릿속에 떠오르는 사람 중의 하나가 남녘 고
> 향 고을 회진포구의 초등학교 동창녀다. 〔……〕 하기야 그런 그녀에
> 게선 나 또한 심신이 몹시 괴롭던 어느 가을날 저녁 생선매운탕이 끓
> 고 있던 술청 화덕가에 마주 앉아 저 '꽃씨 할머니'의 전설을 전해 듣
> 고 마음이 많이 가라앉은 일이 있을뿐더러 뒷날의 졸작 「인문주의자
> 무소작 씨의 종생기」를 구상하게까지 되었거니와, 지난 이야기 중 회
> 진포구 인근의 할미꽃 군락지로 우리를 안내해 간 것도 다름 아닌 그
> 녀였으니까. (「누님으로 변한 옛 여자 동창생」)

김동래에게 '꽃씨 할머니' 전설을 들려준 사람은 4학년 때 부임한
숫기 없는 총각 선생 김기은이었다.

김기은과 함께 선생님들 중에서 꼭 기억해야 할 중요한 사람들이
있다. 한국전쟁 직전 사라진, 풍금을 가져온 초대 교장 이열과 전정자
는 물론 강진다와 팔촌 형 이종남이 그들이다. 이청준은 후에 이열의
사진을 입수해 죽을 때까지 간직했는데, 산문 「수줍던 여선생님」부터
장편 『흰옷』에 이르기까지 그 시절이 모체가 된 작품이 많다. 이열과
전정자, 강진다, 김기은은 『흰옷』은 물론 여러 작품에 등장하며, 이종
남은 상급학교를 꿈꿀 수 없었던 처지의 이청준을 중학교에 진학시킨
사람이다.

> 생존해 계신 분 가운데, 맨 처음 『흰옷』이란 작품 때문에 그 선생
> 님 소개가 됐지요. 6학년 때 담임했던 팔촌 형님, 이름은 이종남(李

鍾南), 또 초등학교 때 그 선생님이 '강진다'라고, 한글로만 써요. 그리고 기억나는 양반이…… 내가 그 양반 사진을 이만큼 확대해서 우리 집에다 보관하고 있는데, 초대 교장으로 부임하면서 풍금을 하나 가지고 왔더라고. 그 얘기 쓴 게 장편 『흰옷』이에요. 이열 교장이라고…… 지금 장흥교육청 문서 찾아보면 아무것도 안 남아 있어. 그럴 이유가 있어요. 이 양반이 초대 교장으로 부임하면서 풍금을 가져왔는데 비로소 학교 같은 모양이 생긴 거예요. 학교 같은 소리도 나고. 그때 같이 오신 전정자(全貞子)라는, 아주 멋쟁이 여선생님이 오셨어요. 그 양반이 날 예뻐해주셨죠. 교실에 100명 가까이 맨바닥에 앉아 있는데 내가 키가 큰 편이라 저 뒤에 앉아 있는데 그 뒤를 왔다 가면서 춥지, 그러면서 스카프를 깔고 앉으라고 주시는 거예요. (……!) 그리고는 6·25 직전 어디론가로 가셨는데 소식도 모르고, 그 혼란 통에 돌아가셨을 거예요. (나는 그의 이 이야기 장면 속에 숨겨진 뜨거운 가슴을 느낀다. 장면만 잘 꾸미면 이 선생 눈물 보는 건 여반장일 터이다.) 풍금은 여선생님이 주로 치고, '넓고 넓은 바닷가에, 고기를 잡으러' 뭐 그런 노래를 불렀는데……!

김기은(金基殷) 선생님도 기억에 생생해요. 교육 경험이 부족한 초임이었지만 얼마나 열심히 가르치셨는지, 초등학교 선생님이시지요. (「이청준의 생애연표」)

좋은 선생님들을 만난 이청준의 초등학교 시절은 한편으로 허기와 동의어이며, 허기는 곧 연(鳶)이기도 하다. 그에게는 보이지 않는 허기의 얼굴과 모습이 연으로 구체화되는데, 점심 끼니를 챙길 수 없는 가난이 그로 하여금 온종일 밖에서 연을 날리게 했기 때문이다. 장편

『씌어지지 않은 자서전』을 비롯해 얼마나 많은 소설과 산문에 허기의
연이 나오는지. 그런데 여기서 하나 눈여겨볼 것이 있다. 이청준에게
연은 배고픔과 동의어지만 낯선 세상에 대한 동경이면서 가능성이기
도 했다. 실을 통해 지금 여기에 묶인 연은 배고픔이지만, 언젠가 실
이 끊어진다면? 그는 실을 벗어나 날아오른 연을 상상하면서 산 너머
미지의 세계에 대한 꿈을 키운다. 그래서 그의 글에서 허기의 연은 새
세상에 대한 기대와 희망의 연이기도 하다. 그는 연을 날리며 허기가
주는 긴장과 고통을 극한까지 견뎌낼 수 있었다. 어린 그는 이미 허기
의 끝에 자유와 비상이 있음을 어렴풋이 알았다.

> 허기가 더할수록 긴장도 더했고, 긴장을 할수록 몸이 묘하게 공중으
> 로 둥둥 떠오르고 있는 듯한 기분 좋은 쾌감이 솟아나곤 하였다.
> 나는 나의 허기를 지우게 될 저녁 시간을 될수록 늦게까지 참고 기
> 다리면서, 기다리는 시간을 아껴가면서, 기묘한 허기의 쾌감을 즐기
> 고, 그 허기의 긴장을 즐기는 것이었다.
> 그리고 그 멀고 외로운 나의 사랑스런 허기의 얼굴 ── (「어린 날의
> 추억독법」 중 '보리밭, 연, 허기')

"처음부터 점심 끼니라는 게 없었던 셈이었다"고 고백할 만큼 배고
픈 시절이었지만, 이청준에게 초등학교 시절은 매우 중요하다. 그때
이청준은 **큰형**이 남긴 책을 통해 보이지 않는 또 하나의 세계, 실재 세
계만큼 중요한 세계가 존재함을 느끼고 깨달았다. 뿐만 아니라 그는
이후 만날 모든 여자의 원형으로 기능하게 될 **전정자**를 만났고, 한국
전쟁 때는 장차 그의 세계관과 소설론에 큰 영향을 미칠 **'전짓불 체험'**

을 했다. 한국전쟁은 그에게 전짓불 체험과 함께 '**아기장수**'의 밑그림 역할을 할 인물을 각인시켰다. 그는 '키 작은 자유인'에 속하는 **외종형**으로, 이청준의 소설에서 '아기장수'는 진정한 구원자의 상징이다.

전정자

이청준의 삶에 중요한 역할을 한 여자는 많지 않다. 「눈길」의 어머니는 일반적인 여자의 범주에 들지 않는다. 이청준에게 어머니는 여자이기 이전 혹은 이후의 사람으로 오로지 어머니 그 자체일 뿐이다. 어머니를 제외하고 그가 만난 여자들 중, 그의 삶에 영향을 줄 만큼 비중 있는 경우는 손가락으로 꼽을 만하다. 여자를 만나 친근하고 내밀한 관계를 맺을 가능성이 그에게만 닫혀 있었던 것은 아니다. 오히려 그 반대라고 하는 편이 사실에 가까운데, 그는 그렇게 하지 않았다.

이청준은 매우 솜씨 좋은 소설가다. 사람과 사회에 대한 묵직한 주제를 다룬 작품들이 때로는 추리소설을 연상시킬 정도로 긴장과 밀도를 잃지 않는다. 게다가 인물의 형상화에서도 나무랄 데가 없다. 문제는 소설 속 여자가 대부분 정형화되어 입체적이지 못하다는 점이다. 왜 그럴까? 그의 소설 속 여자는 많은 경우 평면적인 납작한 인물이며, 그녀들이 드러내는 심리 상태도 같은 여자가 보면 사실적이지 않을 때가 많다. 한마디로 그녀들은 이 사회에 실제로 존재하는 여자와 별로 닮지 않아서 이차원 종이 속에나 있음 직하다. 사실 이청준의 소설에는 그런 여자조차 별로 없고 주요 인물은 대부분 남자다.

이청준의 여자들이 평면적으로 그려질 징후는 등단작인 「퇴원」의

'미스 윤'에서부터 엿보인다. 탁월한 예술가인 이청준이 여자를 그리는 데는 어째서 그토록 서툴까? 그에게는 이른 시기부터 머리와 가슴에 자리 잡은 이상적인 여인이 있었기 때문이다. 극단적으로 말해서 이청준에게 여자는 그 여인의 이미지와 실재하는 아내 둘뿐이다. 더 나쁜 것은 실재하는 아내가 어느 정도 이상적인 여인의 그림자로 기능한 시기가 있었다는 점이다. 좀 과장하자면, 이청준에게는 실재하는 여자가 부재한다. 그 원인을 찾아가다 보면 지나치게 이상화된 시원(始原)의 여자, 전정자가 있다.

전정자는 1949년 늦여름에 회진초등학교에 부임해 1950년 초여름에 학교를 떠났다. 그녀가 학교에 재임한 기간은 1년이 채 되지 않으며, 이청준의 담임을 맡은 기간은 겨우 한 학기에 그친다. 그런데도 전정자는 그에게 어머니나 누나와 다른, 그렇다고 선생님도 아닌 이성, 여자의 원형으로 뚜렷하게 자리 잡는다. 이청준은 작품을 통해 평생 전정자를 소환한다. 그녀는 초기 소설과 수필은 물론 만년의 동화나 소설, 수필에 이르기까지 끈질기게 모습을 드러낸다. 이청준에게 전정자가 어떤 의미인지 알지 못하면 그의 어떤 소설 전체나 부분을 잘못 이해할 수도 있을 지경이다. 전정자는 그만큼 이청준의 삶은 물론 글쓰기에도 매우 큰 영향을 미친 중요한 존재다.

전정자는 가난한 시골에서 보기 드문, 아니 볼 수 없던 **젊고 아름답고 지적인 도시 여자**였다. 그 여선생이 가난하고 어리지만 매우 영리한 시골 아이에게 사는 내내 지울 수 없는 그림자를 드리웠다. 이청준은 또래에 비해 올됐고 3년이나 늦게 초등학교에 입학했다. 그는 전정자 선생을 실제로는 사춘기 초입의 나이에 만난 것이다. 죽은 큰형의 책 속 세계에 몰두해 있던 이청준에게 궁벽한 해변마을이나 동급생 여자아이들은 결코 성에 차지 않았을 것이다. 전정자 선생은 어느 날 마술처럼 책 속에서 걸어 나온 여자였다. 그에게 전정자는 선생이기 이전에 그가 읽은 책 속에, 이상의 세계에 살던 여자의 현현(顯現)이었다. 그는 단숨에 여선생에게 사로잡혔고 결코 헤어날 수 없었다. 여선생이 그의 눈앞에 나타난 것만큼 재빨리 사라졌기 때문이다. 전정자는 이열 초대 교장과 함께 학교 낙성식을 돕기 위해 정식 부임보다 한 학기 먼저 풍금을 가지고 회진초등학교에 부임했다.

1949년의 늦여름 어느 날, 그 여객선 한 척을 타고 여선생 한 분이 학교를 찾아왔다. 그때까진 아직 학교에도 없던 풍금 한 대를 배에 싣고서였다. 여선생은 그때 가을철로 예정되어 있는 신축교사 낙성식을 즈음한 우리들의 학예회 연습을 도우러 온 분이었다. (「어린 날의 추억독법」 중 '여선생과 피난민')

이열과 전정자는 좌익 계열의 사람들이었다. 노래를 잘했던 이종칠의 증언은 그들이 어떤 사상을 가진 사람들이었는지 분명히 보여준다.

어느 날 이열 교장의 명령으로 음악 선생이 나에게 사흘 동안 집중적으로 공산당 노래를 가르쳤어. 사흘 후 장흥읍에 이열 교장과 음악 선생과 함께 갔지. 거기 장흥국민학교에서 이북 사람들이 식을 할 때 그 노래를 불렀어. "아침은 빛나라 이 강산~" 공산당은 미군 지프를 빼앗아 타고 왔었던 기억이 나. (이종칠)

이종칠은 그때 노래를 여전히 기억하고 있었다. 그에게 '공산당 노래'를 가르쳤던 이열과 전정자 두 사람은 한국전쟁이 터지면서 함께 학교에서 사라졌다. 그들의 흔적은 어디에도 없었고 그저 산으로 들어가 빨치산이 되었다가 죽었다는 소문뿐이었다.

이청준에게는 여선생에 대한 현실적 깨달음의 시간이 절대적으로 부족했다. 전정자가 좀더 오래 그곳에 머물렀다면, 아니 적어도 정상적인 과정을 거쳐 다른 곳으로 갔다면, 그래서 훗날 두 사람이 만날 여지가 조금이라도 있었다면 사정은 달라졌을 것이다. 하지만 전정자의 오고 감은 신화적인 서사를 완성하는 데 조금도 부족함이 없을 지경이었다. 여선생은 바다에서 와서 산으로 들어가 사라졌다. 게다가 함께 온 도시의 상징물인 풍금을 가지고, 풍금 소리와 함께. 이청준은 전정자에게서 〈아기별 삼형제〉〈고향의 봄〉〈3월〉〈뱃노래〉〈기러기〉를 비롯해 많은 노래를 배웠다. 그때 학생들은 "기껏 옛 창가나 유행가류나 흥얼거리던 아이들"이었다. 그래서 그런지 이청준은 전정자의 외적 특징과 함께 풍금과 노래를 평생 잊지 못했다. 산문에 나오는 다음 글들을 보면 이청준에게 풍금(노래)과 함께 새겨진 전정자의 모습이 얼마나 아름다운지 알 수 있다.

선생님은 전교생 앞에서 자신이 함께 가지고 온 풍금을 치면서 〈아기별 삼형제〉니 〈고향의 봄〉이니 하는 노래들을 가르쳤고, 계집아이들 무용을 가르칠 때는 그 계집아이들 앞에서 풍금도 치고 춤도 춰 보이고 하면서 열심히 연습을 계속해나갔다. (「수줍던 여선생」)

누님처럼 친절하고 자상하고 그리고 언제나 그 향긋한 냄새가 흘러나오는 긴 머리칼과 밝은 햇살처럼 예쁘게 웃음 짓는 선생님의 맑디

맑은 얼굴, 축음기 속에서라도 튀어나온 듯한 그 그립도록 아득하고 정겨운 노래 소리…… (「어린 날의 추억독법」 중 '여선생과 피난민')

이청준은 사실을 거의 변형하지 않고 소설 「여선생」을 썼다. 전정자의 특징은 이 소설에 자세히 나온다. 「여선생」에서는 이청준의 이름만 '진'으로 바뀌었을 뿐, 전정자조차 실명으로 지칭된다. 그만큼 이 소설은 소설이라고 하기 어렵다.

그러니까 이 이야기는 나의 어린 시절의 일이고 진이라는 소년은 바로 나 자신인 것이다. 이야기하기가 쑥스러워 삼인칭 서술을 한 것이다. 이야기 중에 종종 일인칭 서술처럼 보이는 부분이 나타나는 것은 그 때문이리라. (「여선생」, 작가의 글)

이청준에게 전정자는 다른 세계에서 기적처럼 나타났다 사라진 첫사랑의 여인이었다. 선생의 옷을 입은 전정자는 마음에 품을 수 있을 뿐 결코 닿을 수 없는 존재였다. 그렇다 해도 이청준에게 전정자는 여전히 사랑하는 여인이었다. 그 점은 한 반 아이들이 모두 알고 있을 정도였다.

—진이는 전정자 선생님을 즈네 색씨 삼고 싶어 한다. (「여선생」)

이청준은 사춘기에 접어들 무렵 만난 첫사랑 전정자를 순수하고 깊게 사모했다. 「여선생」 속에 나타나는 전정자의 특징은 이후 그가 생각하는 이상적인 여인의 기준이자 속성이 된다.

「여선생」에 나오는 전정자의 특징

① 도시 여자

무엇보다 새 여선생님의 얼굴이 너무 예쁘고 차림새가 멋있다는 점이 더욱 그렇게 생각되었다. 〔……〕 뽀얗게 희고 예쁜 얼굴을 한 여자 한 사람이 그 마당으로 들어서더니 선생님을 찾았다. 여자는 이 마을에서는 한 번도 볼 수 없었을 만큼 멋있는 파마머리를 하고 있었고 눈이 부시도록 잘게 주름을 잡은 치마에 코가 반짝거리는 뾰족구두를 신고 있었다.

② 노래 애호

그리고는 몇몇 아이들의 손을 잡고 걸으며 무척도 기분이 좋은 듯 노래를 부르자고 했다. 〔……〕 그러더니 선생님은 배가 바로 눈 아래를 지나가자 또 노래를 부르자고 했다. 〔……〕 이 새 여자 선생님에게서 마음을 놓기 시작한 것은 이때부터였다. 바다를 내려다보며 노래를 부르는 선생님의 즐거운 얼굴을 보면서 진이는 인사말을 할 때 이 학교에 온 게 기쁘다고 하던 선생님의 말이 정말일 거라고 생각하였다.

③ 바다를 담은 눈

길에서 내려다보는 그 바다는 시원스럽고 아름다웠다. 새로 온 여자 선생님도 그렇게 생각한 모양이었다. 선생님은 그 바다를 가장 멀리까지 바라볼 수 있는 산 고갯길에 이르자 길가 잔디 위로 펄썩 주저앉으며 좀 쉬어 가자고 했다. 그리고는 '아 아름다워, 정말로 꿈같은 풍경이야' 하면서 눈을 가늘게 뜨고 그 바다를 내려다보는 것이었다.

④ 부드러운 손의 감촉

그는 이 세상에서 가장 부드러운 것이라 믿고 있는 그 선생님의 손의 감촉을 언제나 손끝에 지니고 있었다. 그는 아직까지 그렇게 조그

맑고 부드러운 손을 만져본 일이 없었다.

⑤ 향기

그것은 선생님의 어디에선가 늘 은은하게 풍겨 나오고 있는 화장 냄새였다. 〔……〕 장터를 가거나 명절 같은 때 동네 처녀들이 바르고 나서는 코가 아프도록 독한 그런 화장 냄새와는 종류가 달랐다. 독하기는커녕 냄새가 나는지 안 나는지 어렴풋하게 코를 스치면서도 오래도록 코끝에 남아서 어떤 때는 집에 가서까지도 문득 그 냄새를 맡을 것 같곤 하는 그런 냄새였다. 진이는 무엇보다 그 냄새가 좋았다. 그리고 그런 냄새를 가지고 있는 선생님이 좋았다. 〔……〕 무엇보다도 그는 선생님의 그 은은한 화장 냄새를 맡지 않고는 배길 수가 없었다.

⑥ 소문(행실이 나쁘다는)

그러나 그 뒤에 청년들이 여자 선생에 대해서 퍼뜨린 소문은 이상하게도 좋은 것이 아닌 듯했다. 〔……〕 그러면서 여자의 고향은 여수 쪽이며, 여자는 그 남자를 보내고 나서도 또 회진포의 어떤 놈팽이와 밤으로 따로 만나는 일까지 있다고 했다.

이 모든 여선생의 특징 중에서 가장 중요한 것이 '향기'다. 「여선생」의 본문은 물론 이 소설에 붙인 작가의 글에서조차 온통 향기가 넘쳐서, 일일이 다 예를 들 수 없을 정도다. 그런 만큼 전정자를 잇는 계열의 인물들은 적어도 향기는 반드시 공유한다. 향기가 무엇인가? 그것은 분명 존재하지만 볼 수도 만질 수도 없다. 이청준에게 자리 잡은 시원의 여자는 바로 그런 것이다.

그러다 얼마 전, 우연한 일로 나는 실로 오랜만에 고향을 찾게 된 일이 있었다. 그 길을 다시 가볼 수 있었다. 물론 내 딴의 감상과 그 여선생의 추억 그리고 오랫동안 나의 감각 어디에 지워지지 않고 남아 있던 여선생의 화장 냄새를 간직한 채. (「여선생」, 작가의 글)

그리고 그만큼 선생님과 선생님의 냄새가 그리워졌다. (「여선생」, 마지막 문장)

이청준은 만년에도 여선생에 대한 글쓰기를 멈추지 않았다. 그 결과 전정자 선생의 화장 냄새, 향기는 작가의 죽음으로 끝나지 못한 마지막 소설 『신화의 시대』의 지윤옥까지 이어진다. '그리운 것은 멀리 있어야 한다', 어느 날 꿈처럼 나타났다가 꿈처럼 사라진 여선생이 이청준에게 새긴 명제이자 그의 산문의 표제이기도 하다. 이 명제는 이청준에게서 살과 피를 가진 여자를 실질적으로 배제한다.

여기서 전정자에 대한 다른 소설 몇 편을 간단히 살펴보자. 그녀에 대한 소설은 대부분 그렇지만 「돌아온 풍금 소리」도 작가의 자전적 요소로 채워졌다. 이청준이 다닌 해변 임시학교와 선생님들, 입학 시기 등이 소설 속 묘사와 대부분 일치한다. 그의 은사인 강진다와 전정자는 소설에서 양진모와 전영옥이 되는데, 두 선생은 『흰옷』에서도 큰 역할을 한다. 『흰옷』도 이청준의 자전적 소설로, 주인공이 다니는 바닷가 임시분교와 선생님들, 정식학교 설립과 화재, 풍금 등 초등학교와 관련된 것을 비롯해, 마을과 인물의 이름이 모두 사실 그대로다. 특히 이열은 이청준이 다닌 초등학교 교장의 실명이고, 전정옥은 전정자, 회령리는 회진리, 선유리는 선자리의 변형이다. 『흰옷』의 초고

제1부 장흥

에는 발표작과 달리 인명과 지명이 전정자, 선자리처럼 실명 그대로 쓰였다. 이 소설에서도 여선생은 여전히 '바다를 담은 눈'과 '향기'를 지닌다.

이청준의 소설에는 오랜 세월이 지나도 죽지 않는 노래에 대한 기억이 종종 나온다. 그런 경우 다른 기억을 바래게 하고 사라지게 만드는 시간이 노래에게는 아무 영향도 주지 못한다. 노래는 시간의 흐름 속에서도 여전히 싱싱하게 살아 있다. 노래의 불멸성은 어떤 인물에게는 빛인 동시에 평생을 지배하는 사슬이 된다. 『흰옷』과 초등학교 선생님들이 주 인물인 「빛과 사슬」의 노래 또한 그런데, 이청준에게는 전정자의 노래(풍금)가 그런 것 같다.

한국전쟁과 전깃불 체험

1950년 6월 25일 한국전쟁이 일어났다. 이청준이 살던 남녘 끝 마을도 전쟁에서 자유로울 수 없었다. 자유롭기는커녕 전쟁은 장흥을 한반도 그 어느 곳보다 혹독하고 잔인하게 휩쓸었다. 지배세력이 우익에서 좌익으로, 공산당에서 국군으로 매일매일 바뀌었다. 이념이 무엇인지조차 몰랐던 마을 사람들은 지배세력에 따라 하루하루 좌우익을 넘나들며 옮겨 다녀야 했다. 어제의 적에게 협력한 사람은 오늘 배신자가 되어 죽어 나갔고, 그렇게 살해된 그들이 내일이면 영웅이 되었다. 삶은 백척간두에 있었고, 자신이 누구 편인지 감히 드러내놓고 말할 수 있는 사람은 아무도 없었다. 배신자나 부역자를 찾는 수색에 앞장선 사람은 대부분 가까운 이웃이었다. 세상에서 사람이 제일

무섭고 아는 사람일수록 더 위험했던 그 시절을 이청준은 '백정 시대'
라고 불렀다.

1950년 8월 중순, 이청준의 외가에 큰 비극이 닥쳤다. 몰락한 양반
가였던 친가와 달리 외가는 부와 명예와 넉넉한 인심을 두루 갖춘, 마
을의 중심을 이루는 집이었다. 베풂에 인색하지 않았던 외가였지만
전쟁이 터지자 소작인 등 몇몇 마을 사람이 인민군을 등에 업고 외가
사람들을 학살했다. 일제강점기 때부터 초등학교 교사였던 이청준의
외종형 한 사람이 해방이 되자 '민족청년단' 활동을 한 것이 빌미가
되었다. 도망친 다른 외종형 하나를 빼고는 외숙 부부를 포함해 일가
가 모두 '반동 가족'으로 몰려 죽임을 당했다.

> (달아난) 외종형도 어머니도 그 여름을 우리는 그렇게 모두 쫓김
> 속에 살았다. 외종형은 바로 자신의 죽음에 쫓겼고 어머니는 그 마지
> 막 남은 친정 조카의 쫓김을 마음으로 뒤따르며 당신도 함께 끝없이
> 쫓기고 있었다. 아니 어머니와 외종형뿐만이 아니었다. 그 시절은 모
> 두가 너나없이 그렇게 쫓기고들 있었다. '반동'도 부역자도, 그런 딱
> 지가 붙지 않은 사람들도 그 시절엔 누구나 차례를 바꿔가며 죽음의
> 그림자와 공포에 쫓기고들 있었다. 〔……〕 그 쫓김의 피를 말리는 공
> 포감…… (「백정 시대」)

1950년 가을, 이청준은 쫓김의 공포감이 극한에 이르는 저 유명한
'전짓불 체험'을 한다. 그가 만년의 「지하실」에 이르기까지 여러 소설
과 산문에서 반복해서 말하는 '전짓불 체험'은 매우 극적이고 상징적
이다. 그래서 어떤 이는 이 체험이 실재하지 않았을 것 같다고 여기

고, 또 어떤 평론가는 이청준이 꾸며낸 허구라고 단정한다. 하지만 그들은 모두 틀렸다. 이청준은 전짓불을 평생 잊지 못할 만큼 매우 강렬하게 체험했다. 나는 그에게 직접 그 놀랍고 치 떨리는 상황과 경험을 여러 번, 적어도 열 번 넘게 들었다. 이청준에게 삶은 '전짓불 체험'을 경계로 달라졌다. 그가 문학의 길로 들어섰을 때, 내면 깊이 들어 있던 그 체험은 생생하게 글로 되살아난다. '전짓불 체험'은 이청준의 세계관을 이해하는 데 중요한 핵심이다.

> <u>내가 직접 겪은 일만을 말하자.</u> 〔······〕 한번은 가까운 동네 청년 하나가 막 방으로 뛰어들어 이불을 뒤집어쓰고 있는데, 그를 쫓던 발자국 소리가 금세 뒤를 이어 방문 앞에 멎어섰다. 전짓불빛이 창문을 몇 차례 훑더니 이어 급하게 주인을 찾는 소리가 뒤따랐다. 어머니는 부러 잠결을 가장하며 거 누구요, 문을 열고 두릿두릿하고 있었다. 눈부신 전짓불빛이 방 안 가득히 쏟아져 들어왔다. 〔······〕
> 그 여름 이미 얼굴 없는 취조자로 나를 몇 차례나 진저리치게 했던 그 전짓불! 그 전짓불 뒤에서 물어오는 소리에 어머니가 졸음기 끼인 소리로 대답했다. (「백정 시대」)

이청준의 어머니는 전짓불에 쫓기던 청년이 누구인지 모르니, 그가 반동인지 아닌지도 모른다. 마찬가지로 그를 쫓는 사람이 어느 편인지도 모른다. 더구나 어둠 속 전짓불 앞의 사람은 환한 빛 속에 온전히 전신을 다 드러내게 되지만 그 뒤의 사람은 얼굴조차 보이지 않는다. 그가 누구인지 짐작도 할 수 없는 상태로 답을 해야 하는 절박함. 만일 상대를 잘못 추측해 정반대 편임을 고백한다면? 전짓불 체험은 바로 그런 것이다. 전짓불은 자신의 정체를 철저히 숨긴 모든 폭력의 원형으로, 양심에 따른 선택과 정직한 자기진술을 불가능하게 만든다. 그런 전짓불이 『씌어지지 않은 자서전』이나 「소문의 벽」 같은 소설 여기저기에서 번쩍인다.

> ──작가는 그 전짓불 뒤에 숨은 사람의 정체가 무엇이든 그들과 상관없이 정직한 자기진술만 하면 그만이다. 그것이 작가의 양심이라는 것 아닌가. 나의 이야기는 다만, 그러나 나에게서는 이미 그 양심이라는 것이 나의 의지하고는 아무 상관도 없이 지켜질 수 없게 되고 있다는 것뿐이다. 전짓불이 용서하지 않기 때문이다. 전짓불이 어떤 식으로든 선택을 요구하기 때문이다. 아니 나에게는 어떤 선택의 여지조차 없다. 그런 것은 알지도 못한 새에 나는 언제나 누군가의 편이 되어 있곤 하는 것이다. 그리고는 가혹한 복수를 당하곤 한다. (「소문의 벽」)

이청준은 소설이라기보다 고백록에 가까운 연작소설 '가위 밑 그림의 음화와 양화' 2편 「전짓불 앞의 방백(傍白)」에서 '전짓불 체험'에 대해 보다 직접적으로 설명한다.

> 내 개인적인 체험에 불과한 일이기는 하지만, 저 혹독한 6·25의 경험 속의 공포의 전짓불(다른 곳에서 그것에 대해 쓴 일이 있다), 그 비정한 전짓불빛 앞에 나는 도대체 어떤 변신이나 사라짐이 가능했을 것인가. 앞에 선 사람의 정체를 감춘 채 전짓불은 일방적으로 '너는 누구 편이냐'고 운명을 판가름할 대답을 강요한다. 그 앞에선 물론

어떤 변신도 사라짐도 불가능하다. 대답은 불가피하다. 그리고 그 대답이 빗나가 편을 잘못 맞혔을 땐 그 당장에 제 목숨이 달아난다. 불빛 뒤의 상대방이 어느 편인지를 알면 대답은 간단하다. 그러나 이쪽에선 그것을 알 수 없다. 그것을 알 수 없으므로 상대방을 기준하여 안전한 대답을 선택할 수가 없다. 길은 한 가지. 그 대답은 자기 자신의 진실을 근거로 한 선택이 될 수밖에 없다. 그것은 바로 제 목숨을 건 자기 진실의 드러냄인 것이다. 그 밖의 다른 길은 없는 것이다.

마지막에 가선 자기 진실에 기대어 그것을 지키는 것뿐. 위험하긴 하지만 거기서밖에는 자신을 버티고 설 자리가 마련될 수 없으리라는 참담한 이야기다. (「전짓불 앞의 방백」)

이청준에 따르면 전짓불은 "정체를 드러내지 않는 폭력이나 강제, 강압적인 요소로 해석할 수" 있다. 그런 전짓불이, 원초적 체험과 이후의 경험을 바탕으로 작가의 내면에서 오랜 시간 담금질되며 형이상학적인 가치를 얻게 된다. 이청준은 "내 소설을 감시하는 두 개의 전짓불"로 '개성(개인적 진실)'과 '사회 공의'를 드는데, '개성'과 '사회 공의'는 훗날 10여 년에 걸쳐 완성된 두 연작 '남도 사람'과 '언어사회학 서설'로 이어진다. 두 연작이 천착한 '존재적 삶'과 '관계적 삶'이 바로 '개성'과 '사회 공의'이다. 이청준은 두 개의 전짓불에 쫓기면서 끊임없이 선택을 강요당하지만 선택은 불가능하다고 말한다. 그것은 선택의 문제라기보다 자신과 세상이 벌이는 싸움의 문제라 할 수 있다. 놀라운 것은, 그에게서 둘은 선택의 대상이 아니라 조화와 통합의 대상으로까지 끌어올려진다는 점이다. 개성과 사회 공의를 대립의 관계로만 볼 때 쫓기는 자의 역설적 권리가 생길 수 있고, 필경은 거기

의지하는 이점을 챙길 수 있기 때문이다. 이 엄혹한 논리는 뒷날 가해자와 피해자를 다루는 소설에 그대로 적용된다. 이청준은 피해자가 오로지 피해자임을 주장할 때 생길 수 있는 문제를 직시한다.

그것은 이를테면 내 소설을 감시하는 두 개의 전짓불인 셈이다. 말할 것도 없이 하나는 개인적 진실 쪽에서요, 다른 하나는 사회적 공의(당국과 독자는 그런 점에서 같은 편의 검열관들이다) 쪽에서다. (「전짓불 앞의 방백」)

두 개의 전짓불 중 개성과 연결된 사람이 외종형이다. 한국전쟁 중 몰살된 외가에서 유일하게 도망갔던 외종형(외삼촌의 둘째아들)은 1950년 9·28수복 후 집으로 돌아왔다. 사람들은 마을 유지의 자손이자 지식인이었던 그가 당연히 가족의 복수를 하리라고 믿었다. 그는 그렇게 하지 않았다. 복수는커녕 그는 이듬해 암수 염소 한 쌍을 데리고 산으로 들어가 홀로 살다 죽었다. 이청준은 외종형이 산으로 들어가기 전에 일러주었던 말을 평생 좌우명처럼 여겼다.

9·28수복 후, 내 외종형 한 분은 천신만고의 피신길 끝에 경찰 부대와 함께 고향 마을로 돌아왔다. 외가댁 가족이 몰살을 당하던 날 내의 바람으로 야반 탈출을 해 간 뒤로 생사의 종적을 모르던 분이었다. 그 형이 돌아오자 주위에서들은 지레 무서운 보복극을 예상하고 두려움에 떨었다. 반대로 가까운 집안사람들은 그 화려한 복수극과 함께 일대를 호령할 위세를 기대했다. 〔……〕
시골 국민학교에선 제법 머리가 괜찮다는 소리를 듣던 내가 그 형을 찾아가기라도 할라치면, 공부해서 벼슬 얻을 생각 마라, 위에 서서 사람을 다스리려고도 말고, 어느 한쪽에 끼어 살려고도 하지 마라, 아직은 그 뜻을 잘 알 수 없는 말들을 혼잣소리처럼 일러오곤 할 뿐이었다. (「전짓불 앞의 방백」)

당시 시골에서는 공부를 잘하면 "으레 군수, 경찰서장이나 판검사를 꿈꾸던" 시절이라는 것을 상기하자. 외종형은 사람들 앞에 나서지 않았고 누구를 함부로 원망조차 하지 않았다. 한마디로 그는 이청준이 생각하는 일상의 영웅이었다. 그런 외종형이 이청준에게 미친 영향은 매우 깊다. 그는 『조율사』에서 사촌 형(외종형) 그대로 나오며, 연작 '소매치기, 글쟁이, 다시 소매치기'에서는 육촌 형이 되고, 만년의 소설 『신화를 삼킨 섬』에서는 설화 속 아기장수로 변형된다. 그들은 모두 불사신이다. 소설 속 그들은 매번 죽음에서 부활한다. 그들은 사람들로 하여금 삶을 살아가게 하는 꿈과 힘을 주는 구원자이다. 「목포행」에서 소설가인 '나'는 육촌 형의 "거인적인 불멸의 생존"을 확인하러 목포로 간다. '나'는 세상살이에 지칠 때마다 죽었다 살아났다는 풍문만 있을 뿐 만날 수 없는 육촌 형에게서 새로운 힘을 얻어 다시 일어난다. 그것은 소설을 쓰지 못하는 소설가들에 대한 이야기인 『조율사』에서도 마찬가지다.

그렇게 하여 규혁 형은 내게 어떤 불사조 거인 같은 신비한 존재가 되고 있었다. 언제나 죽었다는 소문이 있고, 그리고는 또 살아 있다는 풍문과 함께 새로운 죽음이 전해지곤 하는 그였다. (『조율사』)

전정자와 외종형, 이청준은 한국전쟁을 전후해 그의 삶에 영원히 새겨질 두 사람과 만나고 헤어졌다. 두 사람이 사라진 후 이청준의 초등학교 시절은 점점 심해지는 가난과 허기로 채워졌다. 그는 '천재'였지만 너무 가난해서 중학교에 갈 수 없었다. 그런데 운명이 그를 그렇게 내버려두지 않았다. 이청준은 6학년 담임 이종남 덕에 광주서중에 진학한다.

제2부

광주

1954~1960

3장
중학교에 가다

이청준은 1954년 4월 광주서중학교에 입학해서 1957년 졸업했다. 그 시절 진목리에서는 초등학교를 졸업하고 상급학교에 진학하기가 매우 어려웠다. 무엇보다 가난 때문이었다. 어른들은 중학교 진학을 소망하는 아이들을 대부분 '내년에 가라'면서 고향에 주저앉혔다. 내년이 다시 내년이 되고 또 내년으로 이어지면서 아이들은 자연스럽게 진학을 포기했다. 다른 집보다 더 가난했던 이청준의 집도 마찬가지였다. 문제는 그가 공부를 너무 잘했다는 점이다. 친척 형이기도 했던 6학년 담임 이종남은 그런 동생을 그냥 두고 볼 수 없었다. 이종남은 당시 주변 사람들에게 이청준에 대해서 이렇게 말하고는 했다. "저놈이 별놈이 될 거다. 한번 가르치면 모조리 입력이 된다. 가르칠 것이 없다."

이종남은 대덕초등학교를 다니다가 광주서석초등학교로 전학한 뒤 명문 광주서중을 졸업했다. 6년제 서중을 5년에 마친 것을 볼 때 그 역시 수재였던 것 같다. 이종남은 서중을 졸업한 뒤, 미군정이 임명한 초등학교 준교사 자격을 얻었다. 그는 이청준과 같은 항렬의 집안 친척으로 이청준의 어머니를 숙모라고 불렀다.

　　학교 성적이사 항상 일등이었제. 하도 아까워서 집안 간을 떠나서 나하고 고재출 교장 선생님하고 같이 청준이 집에 가서 그 숙모님한테 사정을 했어. 숙모님 재력으로는 도저히 진학시킬 형편이 아니었어. "어떻게 시험만 보게 합시다." 내가 뭔 생각을 했냐 하면 일단 합격만 되면 아무리 곤란해도 치마끈을 졸라매고서라도 끝을 맺을 것 같아서. 우리가 데리고 광주에 올라가서 서중학교에 응시를 시켰제…… (이종남)

　　시어머니 말이, 선생님이 하도 시험을 보라고 해서, 그럼 시험이나 봐라 했던 건데, 떨어질 줄 알았는데 덜컥 서중에 붙어서 어찌나 근심을 하셨는지 모른다고 하더라고. (김귀심)

　　이종남은 이청준의 친척 형이었고, 광주서중 선배였으며, 초등학교 스승이기도 했다. 이렇게 세 가지 인연으로 만난 이종남이 아니었으면 이청준은 초등학교를 졸업하고 진목리에 남았을 것이다. 훗날 삶이 너무 고달플 때 이청준은 이렇게 고백했다. "글쎄, 그분들 아니었으면 고향에 남아 지금쯤 뱃사람이 됐든지…… 그것도 그리 나쁘지 않았을 텐데……"

　　하다 보니 나는 요즘의 내 타성적인 글쓰기 작업에까지 자주 회의가 일곤 하는데, 그럴 때면 으레 저 국민학교 졸업 무렵 내게 애써 중학교 진학을 주선하신 옛 은사님들까지 애꿎게 원망스러워질 때가

허다할 지경인 것이다. 그분들의 권고나 주선이 아니었다면 나는 아
마 지금쯤 남쪽 고향 고을에서 남루하나마 건강하고 경험 많은 농사
꾼으로, 혹은 작은 배의 선주 겸 선장 정도로, 모든 것이 비슷비슷하
고 일사불란하기만 한 이 도시에서의 글쓰기 흉내질보다는 훨씬 더
정직하고 당당한 나의 삶을 살아가고 있을 게 아닌가. (「독창적인 삶
만이 진짜 삶이다」)

대덕동초등학교 교장인 고재출에게는 중학교 시험을 보러 광주에
갈 예정인 조카가 장흥읍에 살고 있었다. 이종남과 고재출은 그 아이
와 함께 시험이라도 볼 수 있게 해달라고 이청준의 어머니를 설득했
고, 마침내 고재출이 조카와 함께 그를 광주로 데려갈 수 있었다. 이
청준이 내게 얘기한 그때 기억이 하나 있다. 당시 묵었던 여관 천장에
는 알전구가 하나 달려 있었다. 알전구는 두 방을 가르는 벽 위쪽을
뚫은 천장에 달려, 하나가 두 방을 모두 비출 수 있었다. 방 둘에 전구
가 하나 달린 구조였다. 진목리에는 전기가 들어오지 않았기 때문에
그것조차 처음 본 그에게는 몹시 환하고 신기했다.

하지만 내가 실제로 그 천관산을 처음 넘은 것은 중학교 입학시험
(당시엔 국가고시)을 치르기 위해 장흥읍엘 나가면서였다. 하지만 그
것은 알전구 전깃불을 처음 켜보고 신기해하던 하룻밤 동안의 일이었
고, 그 큰산 너머 세상으로 나와 살기 시작한 것은 1954년 봄 광주의
한 중학교에 입학해 다니면서부터였다. (「떠남과 돌아옴의 길목」)

이종남은 이청준을 단지 시험만 보게 하는 데 그치지 않았다. 광주

서중은 호남에서 최고 명문 중학교였다. 이청준의 동창인 이진영 등에 따르면 광주뿐 아니라 호남 전체에서 지원하는 학교였기 때문에, 집안이 유족한 아이들은 모두 광주서중을 목표로 과외를 받았다고 한다. 이종남은 과외는커녕 참고서 한 권 살 수 없었던 이청준에게 자신이 가진 자료들을 아낌없이 빌려주었다.

> 시골에서 중학교 진학 공부를 한답시고 정규 교과서만 붙들고 지내는 나에게 당신의 교습자료들을 모조리 참고서로 빌려주시던 6학년 때의 담임선생님도 생각난다. (「산성화하는 아이들」)

그 시절 중학교 입학은 나라에서 관리하는 국가고시인 연합고사 성적이 좌우했다. 개별 중학교 입시는 국가고시 후 학교별 입학시험을 다시 보는 방식이었기 때문이다. 이청준은 초등학교 6학년 12월 5일에 국가고시를 봤는데, 점수가 매우 좋았다. 광주서중은 국가고시를 기본으로 2월에 면접 정도를 볼 예정이었다. 이청준은 국가고시 점수를 믿고 실컷 놀며 공부를 하지 않았다. 이제 며칠 뒤 면접만 보러 가면 되는 상황이었는데 국가고시가 무효화되는 초유의 사태가 벌어져 다시 시험을 치러야 했다. 재시험 끝에 이청준은 광주서중에 10등 안팎의 성적으로 입학하게 되었다. 이종남과 이진영에 따르면, 이청준은 중학교 입학 직후에 시행된 호남 전체 시험에서 1등을 했다. 광주서중 교장 강봉우 선생은 이 사실을 전체 조회에서 언급했다.

> 그 전에 연합고사가 있었지, 장흥군. 거기서 청준이가 2등인가를 했어. 그래가지고 서중도 아주 우수한 성적으로 합격했지. 서중학교

때는 호남 경시대회에서 1등을 해서 전교생이 모인 조회 시간에 교장이 청준이를 불러내어 다른 학생들에게 "이청준이를 봐라. 저기 장흥군 진목리 시골에서 자란 이런 수재가 있다. 너희들은 도시에서 태어나서 왜 열심히 하지 않느냐? 청준이를 본받아라" 했다는 말을 들었어. (이종남)

청준이를 처음 안 것은 입학 직후였어. 전국 시험이 있었거든. 그때 호남에서 1등을 했지. 운동장 조회 때 강봉우 교장이 진목리에서 태어나 처음 기차를 타고 온 이청준이 1등 했다고 말하셔서 전교생에게 알려졌지. 서중 입학 성적도 아주 좋았지만 그 정도는 아니었던 것으로 알아. (이진영)

입학과 게 자루

이청준은 한국전쟁 휴전 직후인 1954년에 광주서중학교에 입학했다. 중학교가 자리한 광주는 그에게 도시 체험을 가능하게 했다. 이청준이 호남에서도 끝자락에 있는 시골 진목리에서 광주서중에 입학한 것은 기적에 가까운 일이었다. 더욱이 그의 입학 성적은 매우 좋았고, 고단한 3년을 보낸 뒤 받은 졸업 성적 또한 그렇게 좋았다. 무엇보다 다행인 것은 당시 그에게는 몰락한 상태였지만 돌아갈 집이 아직 있었다는 점이다.

「키 작은 자유인」을 보면 그가 어머니와 함께 광주의 친척집에 가져갈 게를 잡은 날은 1954년 4월 3일이었고, 중학교 입학일은 4월 5일이었다.

> 1954년 4월 3일 오후. 고향 마을 산모퉁이의 한가한 바닷가 개펄
> 바닥. 어머니와 나는 썰물 진 개펄을 헤매며 게를 잡고 있었다. 나는
> 그해 이른 봄 광주의 한 중학교 입학시험에 합격하여 개학날이 이틀
> 뒤로 다가와 있었다. 내일이면 나 혼자 고향집과 어머니를 떠나 광주
> 의 한 친척집으로 더부살이를 가야 했다. 어머니는 빈손에 아이를 맡
> 기러 보낼 수가 없어, 일테면 그 미안막이 선물로 갯가에 지천으로
> 나와 노니는 게라도 한 자루 잡아 보내려는 것이었다. 그 시절 어려
> 운 시골의 봄철 살림엔 그 밖의 다른 치렛거리를 마련할 길이 없었기
> 때문이었다. (……)
> 그리고 이튿날, 나는 아직도 살아 바글거리는 게 자루를 짊어지고
> 왼종일 3백 리 버스 길에 시달리며 내 숙식을 의탁할 광주의 외사촌
> 누님네를 찾아갔다. (「키 작은 자유인」)

어머니는 아들을 광주로 보내면서 게 자루뿐 아니라 등록금과 중
학 3년간 몸을 의탁할 친척집에 줄 생활비를 마련해 보냈다. 이청준
이 광주에서 지내게 될 친척집은 어머니 김금례의 조카딸 집이었다.
그는 그 집에 들어갔다 나오게 된 전후 사정을 내게 간략히 말한 적
이 있다. 가난한 어머니가 어려운 처지에 마련해준 생활비는 3년은커
녕 한 달도 못 가 사라졌다. 돈을 받고 이청준을 맡았던 외사촌 누나
는 자신이 계주였던 계가 깨지는 큰 사고 때문이라고 변명했다. 풍비
박산이 난 누나 집에서 나온 이청준의 삶은 고난의 연속으로 그 후 행
적을 정확히 알 수 없다. 내가 여러 번 물었을 때 그는, 고향 사람인 이

규배의 하숙집에 함께 살기도 했지만 그저 이리저리 떠돌았다며 끝내 입을 다물었다. 이규배는 뒷날 이청준이 입대할 때 짐을 맡겼던 사람이다.

어매가 밭 팔고 논 팔고 돈을 마련해 친척 누나에게 주었어요. 그런데 계를 하다 잘못돼 다 없앴다고. 뒤에 안 사실이지만 계는 하지도 않았고 자기가 모조리 써버렸던 거예요. 그러니 나를 내치지도 못할 처지였지만 나도 거기 있을 상황이 아니어서…… 그때부터 고생길에 접어들었지요. 그 사람은 그 후에도 내가 돈을 조금 버는 것 같으면 늘 불러주겠다며 많이 빼앗아 갔어요. 한마디로 악연이에요.
(2008년 4월 25일 이청준과의 대화)

이청준은 다행히 공부를 매우 잘했던 덕에 이제 겨우 중학교에 입학한 소년이었지만 가정교사를 할 수 있었다. 담임선생님을 통해 보결로 들어온 아이를 소개받으면서 시작된, "한 집안에서 처지가 매우 어중간한 군식구인" 가정교사 노릇은 중학교 1학년 때부터 대학 졸업 때까지 계속된다. 그러는 동안 이청준은 '배신'이 무엇인지 체득한 것 같다. 고등학교 때 그는 전교 1, 2등을 다투는 성적에 학생회장이기도 했다. 그 덕에 여러 번 부잣집 아이들 가정교사 자리를 얻어 들어갔다. 그들은 자식을 좋은 고등학교, 좋은 대학교에 보내주면 이청준의 대학 학비를 책임지겠다고 약속했다. 약속은 매번 지켜지지 않았다. 그들이 지불한 가장 큰 대가는 몇몇 집에서 기껏 다른 아이를 소개해 준 것이었다. 이청준은 그 많은 부잣집 중 단 한 집만, 학비가 아닌 다른 점에서 좋은 인연으로 남았다고 말했다. 그 집이 장차 보게 될 현씨집이다.

그런데 광주 친척 누나는 이청준 어머니가 맡긴 돈만 없앤 것이 아니었다. 그녀가 돈보다 앞서 버린 것은 이청준과 어머니가 하루 종일 잡아 선물로 보낸 게가 들어 있는 자루였다.

그러나 막상 그 집에까지 도착하고 보니 게 자루는 이미 아무 소용도 없는 꼴이 되어 있었다. 게 자루 따위가 변변한 선물거리가 될 수도 없는 터에, 덜컹대는 찻길에 종일을 시달리다 보니, 자루 속의 게들은 이미 부스러지고 깨어져 고약스레 상한 냄새를 풍기고 있었다. 나는 그 게 자루가 그토록 초라하고 부끄러울 수가 없었다. 그것이 내 남루한 몰골이나 처지를 대신하고 있기라도 하듯이 그 외사촌네 사람들 앞의 자신이 그토록 누추하고 무참하게 느껴질 수가 없었다. 하여 그 누님이 코를 막고 당장 그 상한 게 자루를 쓰레기통에다 내다 버렸을 때, 나는 마치 그 쓰레기통 속으로 자신이 통째로 내던져 버려진 듯 비참한 심사가 되고 있었다. (「키 작은 자유인」)

게 자루는 버려져도 되는 것이 아니었다. 사실 누님은 잘못이 없다. 버스에 부대끼며 광주까지 온 게는 모조리 부서지고 상했기 때문에 먹을 수 없었다. 고약한 냄새를 풍기는 상한 게들은 버릴 수밖에 없었지만, 누님이 이청준이 없거나 보지 못할 때 게 자루를 버렸으면 어땠을까. 그랬다면 어린 소년의 가슴에 숨어 뒷날 문학으로 발아할 씨앗이 사라졌을 테니 그 또한 아쉽지 않다. 도시의 쓰레기통에 버려진 게 자루에는 이청준이 그때까지 고향에서 가꾸어온 "꿈과 지혜와 사랑"과 "가난과 좌절, 원망과 눈물"을 포함한 "어린 시절의 삶 전체"가 담겨 있었다. 이청준에게 게 자루는 결코 버릴 수도 버려질 수도 없는 "숙명의 씨앗 자루"였다.

이것은 내가 연전에 내 유년과 어머니를 회고한 어느 글의 한 대목이거니와, 돌이켜보면 그때 그 궁색스런 게 자루와 거기 함께 담겨 버려진 어머니의 정한(情恨)은 그러나 두고두고 내 삶과 문학의 숨은 씨앗, 가냘프나마 그 발아(發芽)와 생장력의 원천이 되어왔지 않았나 싶다. (「꽃처녀 시절로 돌아가신 어머니」)

하고 보면 옛날 내 초라하고 남루한 상광길의 게 자루는 이날까지 오래오래 내 삶을 모양 짓고 이끌어온, 보잘것은 없으나마 그런대로 소중한 꿈과 진실의 씨앗, 무엇보다 내 나름의 자유인의 모습과 그에 대한 꿈의 씨앗이 함께 깃들어온 셈이었다. (「키 작은 자유인」)

이청준은 쓰레기통에 버려진 게 자루와 함께 자신의 지난 삶 전체가 버려진 것처럼 여겼다. 그 경험은 이후 광주와 서울로 이어지는 도시에 대한 반감으로 확산된다. 그가 살던 익숙한 세상은 가난한 시골이었고 게 자루가 버려진 세상은 낯설고 화려한 도시였다. 그는 당시 "남루하고 부끄러운 시골뜨기 자신을 그대로 쓰레기통에 던져버리고 유족하고 자랑스런 도회인으로 다시 태어나기를 소망했"으며, 그에게 도회 학교 진학 목적이었던 입신양명(立身揚名)이란 바로 도회살이에 떳떳하게 끼어들기에 다름 아니었다고 고백한다.

중학교 시절부터 광주 간 것이 내게는 확실히 내가 살던 세상하고 도회하고 다르다는 것을 알게 했지요. 도회지에 대한 복수심이랄까 하는 게 구체적으로 그때 생겼어요.

그때 내가 시골에서 가져온 가난이든 뭐든 씨앗을 메고 왔을 텐데…… 나는 그때 그 씨앗을 틔우지 않고는 고향에 안 간다고 생각했어요. (「이청준의 생애연표」)

이청준이 시골의 삶을 쓰레기통에 버린 도시에 복수심을 가진 것은 자연스러운 일이었다. 복수심은 그가 삶을 살아가는 데 매우 중요한 씨앗으로 기능한다. 스스로 밝혔듯이 그가 글쓰기를 필생의 업으로 삼게 만든 중요 원인이 바로 복수심이기 때문이다.

문학이란 것이 이름 없는 가운데서 무엇인가 붙들고 늘어지는 짓거리라 그때 내가 버렸다고 생각하던 씨앗이 지금까지 남아 있었다는 생각이 드니까 징그럽다는 생각이 들어요. 삶도 징그럽고 문학도 징그럽고…… (「이청준의 생애연표」)

이청준은 2002년에 「들꽃 씨앗 하나」를 발표했는데, 그 소설을 읽다 보면 예순이 넘은 작가의 가슴에서 여전히 숨 쉬고 있는 숙명의 씨앗을 느낄 수 있다.

여기서 궁금한 점이 있다. 몹시 가난했던 이청준의 어머니는 어떻게 돈을 마련했을까? 등록금 정도라면 모르겠지만 3년 동안 지낼 생활비까지? 거짓 계 사고로 사라진 돈은 정말 그 정도의 액수였나? 이청준이 중학교 1학년을 끝낼 즈음인 섣달에 그의 형 이종덕과 혼인한 김귀심은 그 돈에 대해 이렇게 말했다. 시어머니가 막내아들을 광주

조카딸에게 맡길 때 꽤 큰돈을 주었다. 조카딸이 그 돈을 맡아 불려주겠다고 약속했으며, 거기서 숙식비도 해결할 작정이었다. 가난한 시어머니는 목숨처럼 여기던 소를 팔아서 그 돈을 마련했다. 그런데 돈이 불어나거나 3년 생활비가 해결되기는커녕 계가 깨지면서 소를 판 돈도 다 날렸다. 이종덕은 이후 그 일로 줄곧 어머니를 원망하며 괴롭혔다. 이런 과정과 상황은 이종덕 아내의 말이니 믿을 만하다.

시아재(이청준)가 광주서중에 입학하면서 몸을 의탁했던 누님은 시어머니 남동생 딸이오. 그 누님이 인공(人共) 지나고 혼자돼서 일수놀이를 했제. 본전은 놔두고 이자만 갖고도 대학까지 갈 수 있게 돈을 불려주겠다고 해서 줬는데, 시아재는 일 원도 못 받고 중학교 때부터 몹시 어렵게 학교를 다녔고. (김귀심)

이청준은 큰 꿈을 갖고 천관산을 넘었지만 현실은 꽃길이 아니었다. 꽃길은커녕 중학교 입학은 앞으로 30여 년 이상 이어질 힘들고 어려운 가시밭길의 시작이었다. 그렇지만 중학교 시절이 이청준에게 온통 고난만 준 것은 아니었다. 무엇보다 그는 초등학교에 이어 중학교에서 평생 잊지 못할 참스승들을 만났다.

선생님들

이청준이 중학교에 입학했을 때 교장이었던 강봉우(姜鳳羽)는 그에게 각별한 관심과 사랑을 보내준 사람이다. 강봉우는 입학식 훈화에서부터 "광주에서 처음 기차를 보았다는 시골뜨기 이청준"의 탁월함을 언급했다. 뿐만 아니라 그는 3년 뒤 광주서중 졸업식 때 다른 학교로 전근 간 상태였는데, 초청 연사로 축사를 하면서 다시 이청준을 언급했다.

> 그 교장 선생님이 중학교 졸업할 때는 다른 학교로 가셨는데 내 졸업식 때 오셨더구먼. 그때 축사로 하시는 말씀에 "시골 촌놈, 이청준 그놈! 하도 어렵게 학교를 다녀서 학년을 다 끝낼 수 있을까 했는데…… 오늘 이 녀석이 좋은 성적으로 졸업하는 것 보니까 흐뭇하다"고…… (「이청준의 생애연표」)

이청준은 강봉우를 평생 스승으로 존경했다. 예순 살이 되었을 때 그는 "지금도 그 어른은 내 정신적 지주"라고 말했다. 소설 「선생님의 밥그릇」은 그가 중학교 1학년 때 담임선생 에피소드에 "강봉우 선생님 얘기를 요즘 말로 패러디"해서 쓴 글이다.

「선생님의 밥그릇」에 '노진(魯璡)'으로 나오는 중학교 1학년 담임 노진환은 "새 교풍과 학과목, 근엄한 표정의 선생님들 앞에 어딘지 기가 조금씩 움츠러든 반 아이들, 특히 이곳저곳 벽지 시골에서 올라와 낯선 도회살이를 갓 시작한 심약한 지방 출신 아이들을 또래 친구처럼 즐겁게 잘 보살펴주신 분이었다". 그가 반을 관리하고 지도하는 방식은 일종의 유희나 게임 같은 것으로 받아들여질 만큼 부드럽고 편해서, 이청준 같은 심약한 시골 아이들도 긴장을 놓을 수 있었다. 「선생님의 밥그릇」은 "그 옛 시절 선생님의 또 다른 유희성 단속 놀음 한 가지", 점심 도시락 단속에 대한 이야기다. 그는 가난해서 점심 도시락을 싸 오지 못하던 제자를 위해 평생 자신의 밥그릇에서 절반을 덜어놓고 먹었다. 이청준은 그런 선생에게서 "너무도 벅차고 뜨겁고 자애로운 은애(恩愛)"를 본다.

강봉우와 노진환이 사랑과 은애를 보여준 선생들이라면 상업 선생과 음악 선생은 다른 방향으로 이청준에게 깊은 인상과 영향을 남긴 사람들이다.

> 그런 나에게 중학교 초학년 때에 한 선생님으로부터 젊은 시절의 꿈이 '돈 많은 시인'이었노라는 고백을 들은 것은 참으로 황홀한 충격이었다. (「전깃불 앞의 방백」)

「'돈 많은 시인'에의 꿈」이라는 산문을 쓸 만큼 이청준에게 '황홀한 충격'을 준 사람은 상업 과목을 담당했던 선생이다. "선생님의 중학교 시절 꿈은 무엇이었습니까?"라는 설문에 그는 '돈 많은 시인'이라고 답했다. 이청준은 "가난해야만 예술다운 예술을 하는 것처럼 인식되고 있던 시대 풍조에 대한 과감하고 솔직한 태도가 더욱 멋있어 보였"다고 고백한다. 문학을 하는 사람은 정신적인 삶만 누려야 된다고 생각했던 중학생 이청준에게 '돈 많은 시인'은 정신적인 삶과 현실적인 삶의 조화를 일깨워주었다. 그렇지 않아도 독서광이었던 이청준은 몹시 힘들었던 현실의 삶을 외면하려는 경향이 있었다. 그는 현실에서 실패나 좌절을 겪으면 겪을수록 책 속으로 숨어들어가 책 속의 세계에서 위로를 찾았다. 그러다 보니 자연스레 현실세계는 추하고 부도덕하며 허망한 것으로 여기고 싶었던 이청준에게 '돈 많은 시인'은 현실의 삶에 대한 올바른 관심을 불러일으킨 충격이었다. 그 충격이 깨달음으로 이어진다. 책에서 배우고 생각한 것은 진짜 자기 삶을 위한 수단일 뿐이다. 중요한 것은 세상을 살아가면서 내 몫의 삶을 살고 실현해야 한다는 깨달음이었다.

그리고 내 몫의 삶을 값지게 살아내기 위해서는 내면의 정신과 현실세계 사이의 옳은 조화를 꾀하는 것이 불가피할 수밖에 없다는 것을 깨달은 것이었다. 그것은 곧 내가 앞으로 어떤 인간이 되어야 할 것이며 그러한 인간이 되기 위하여 어떤 노력을 해야 할 것이냐는 문제, 이를테면 나의 전공과 진로, 뒷날의 직업 선택이나 그 희망들과도 깊은 관련이 있는 일이었다. (「다시 돌아보는 헤매임의 내력」)

'돈 많은 시인'이 준 깨달음은 장차 소설가 이청준을 예비한 디딤돌 중 하나이다.

그런가 하면 초등학교 시절 외종형처럼, 일상의 영웅인 '키 작은 자유인'의 원형으로 기능하게 되는 선생님이 있다. 앞서 살펴보았듯, 이청준은 "내 소설을 감시하는 두 개의 전짓불"로 '개성(개인적 진실)'과 '사회 공의'를 들었으며, 그 두 개의 전짓불 중 개성과 연결된 사람이 외종형이라고 했다. 이청준은 중학교에서 다른 전짓불인 사회 공의와 연결된 키 작은 자유인을 만나는데, 그가 바로 중학교 2학년 때 음악 선생이다. 선생은 차림새나 용모가 초라했지만 음악에 대해 대단한 열정을 지닌 사람이었다. 추운 겨울에도 그는 텅 빈 음악실에서 늘 피아노 연습에 골몰했다. 학생들이 보기에 "피아노 건반 앞에 번데기처럼 조그맣게 등을 구부리고 달라붙어 앉아 있는 선생님의 모습은 궁상맞고 써늘하고 을씨년스럽기만 하였다". 그런 선생의 행색이나 주변머리로 볼 때 화려한 연주회는 상상하기 어려웠다. 학생들은 치열하게 연습하는 선생을 이해할 수 없었다. 그런데 마침내 학기 말인 초겨울 마지막 음악 시간에 놀라운 연주회가 열린다. 연주회의 청중은 이청준이 속한 중학교 2학년 한 반 까까머리 60명 아이들이었다. 선생은 어린 청중들에게 정중한 경어를 쓰며 인사말을 했고 허리까지 공손히 굽혔다. 그는 그 연주회를 위해 1년 동안 그토록 열심히 연습했던 것이다. "지난 1년간에 걸쳐 내 음악에 대한 열정을 모두 쏟아 넣은 연주"는 고작 20여 분 정도였다. 선생은 연주가 끝난 뒤 그 20분을 잘 참아낸 어린 청중들에게 허리를 굽혀 감사의 인사를 했고, 그들은 "견딤과 기다림에서 풀려난 기쁨으로 우레 같은 박수갈채를 아끼지 않았다". 그런데 다시 한번 허리 굽혀 답례를 하는 "그 선생님의 추위와 웃음기로 일그러진 눈언저리에는 가는 이슬기마저 맺히고 있는 것이었다".

이청준은 염소를 데리고 산으로 들어간 외종형과 음악 선생에 대한 일화를 쓴 뒤 이렇게 덧붙였다.

그건 다름 아닌 혼자 견디기 게임이었다. 자의에서건 타의에서건 두 사람 다 혼자 견디기 게임을 내게 시범해 보여준 격이었다. 다른 점이 있다면 외종형의 삶이 그 단단한 외로움과 절망 속에서 허무하게 혼자 지워져 가버린 대신, 음악 선생님 쪽은 헛된 몸짓으로나마 그 공유, 공생의 꿈과 소망을 눈물겨운 모습으로 보여준 정도랄까…… (「혼자 견디기」)

오랫동안 나의 뇌리를 떠나지 않고 있는 두 분의 모습이다. 그리고 그것은 전혀 서로 다른 의미를 지닌 사진들이다. 그 동기야 어디에 있었든 외종형의 경우가 '혼자 견디기' 혹은 '혼자 살기'를 지향하는 삶의 모습이라면, 음악 선생님의 그것은 타인과의 공유와 공감을 갈망하는 '함께 살기'의 시도요 그 몸부림이라 할 수 있을 것이다. '인간'에 대한 절대의 회의와 절망 끝에 오로지 그 자신의 진실만을 좇아 거기 의지해 살다 간 외종형의 삶과, 힘들고 헛된 몸짓일망정 공유와 공감에 대한 소망을 눈물겹게 갈구한 그 음악 선생님의 삶, 그것은 요즘 자주 쓰이는 말로 개인적 삶과 공동체적 삶의 의미로 번역, 대비될 수 있을 것이다. 그리고 삶의 원리적 양식에 관심 갖는 문학에서는 그것을 다시 '개성적 삶'과 '사회적 삶'의 그것으로 대비해볼 수 있을 것이다. 혼자 살기의 바탕인 개인적 진실이란 사람사람마다의 고유한 개성을, 함께 살기의 질서와 규범은 우리가 속해 있는 사회의 정의와 도덕성을, 각각 그 기초로 하고 있기 때문이다. 이와 관련하여 내 개인적인 소견 한 가지를 먼저 밝히자면, 소설에서는 그 두 가지가 서로 무관한 선택적 대립 관계로 취급되어서는 바람직스럽지 못하다는 것이다. 한마디로 말해, 소설이란 그 개성적 삶과 사회적 삶의 동시적 드러냄의 양식인 때문이다. (「전짓불 앞의 방백」 중 '독사진과 합동 사진')

개성과 사회 공의, 개성적 삶과 사회적 삶, 자아의 자리와 공리성, 존재적 삶과 관계적 삶 등 지칭하는 단어는 조금씩 바뀌지만, 이청준은 둘에 대해 이분법적 사고를 지양하며, 양립해야 할 덕목으로 소설에서 구현하려고 애쓴다.

이청준은 중학교 1학년 때 또 다른 인상적인 선생을 만났다. 이청준의 큰누나 이종업은 다섯 살 무렵 걸린 소아마비 병력으로 평생 장애를 안고 살았다. 하지만 그는 누나의 장애를 크게 의식하거나 마음에 두어본 일이 없었다고 한다. 그만큼 이종업의 평소 모습이나 삶은 보통 사람과 다를 바가 없었다. 그녀는 장애로 인한 붙박이 삶에도 성격이나 생활에 구김살이 있기는커녕 동네에서 짓궂은 장난꾼으로 소문이 났을 정도였다. 이청준의 기억에 누나는 "항상 온화하고 너그럽고, 때로는 당차 보이는 대목까지 없지 않았"다. 그가 누나의 장애를 보지 못한 이유는 종업이 가진 자신과 주위에 대한 대범한 마음가짐 때문이다.

> 하지만 그 누이에게 어찌 낙심과 불편이 없었으랴. 그것을 곁엣사람 보이지 않게 마음속에 혼자 삭여내고 자신을 스스로 부추겨나가려는 숨은 노력과 아픔이 없었으랴. 다름 아니라 나는 그 같은 결핍을 오히려 청아한 근엄성으로까지 가꿔 지닌 경우를 중학교 시절의 한 선생님에게서 뵌 적이 있는 것이다.
> 중학교 1학년 때의 영어 선생님은 무슨 사연에선지 한쪽 팔이 없으셨다. (「아름다운 두루마기의 기억」)

이청준은 큰누나와 중학교 1학년 때 영어 선생이 지닌 장애에서 너그러운 대범함과 맑고 고아한 근엄성을 보았다. 그들은 자기 삶의 결핍을 원망하거나 다른 사람에게 기대려 하는 대신 그 결핍을 스스로 채우려는 품격을 보여주었다. 다리를 절고 팔이 없는 장애를 가진 그들이 어떻게 그럴 수 있었을까? 위 글에서 보듯이 삶의 결핍을 혼자 삭이고 이겨내려는 그들의 숨은 노력 덕분일 것이다. 우리가 자기 삶의 결핍을 채워가는 데는 여러 방법이 있는데, 두 사람은 삶을 더욱 존엄하게 만드는 길을 택했다. 그래서 이청준은 두 사람에게서 장애를 느끼거나 보지 못했다. 그는 영어 선생의 "한쪽 빈 팔소매를 중간 쯤에 단정하게 말아 접어" 입은 두루마기 차림새와 온화한 안색에서 장애가 아니라 품격과 위엄을 느꼈다. 그는 이미 그때 장애를 가진 두 사람에게서 문학이 가야 할 길을 엿보았던 것 같다. 이청준은 문학이 지닌 큰 뜻 중의 하나가 바로 삶의 결핍을 제대로 끌어안고 채워나가는 것이라고 생각했던 사람이다.

셋째누나 이종임

이청준의 중학교 시절은 고난의 연속이었다. 그는 또래보다 세 살 많았지만 태어난 고향을 처음 떠난 가난한 시골뜨기였다. 게다가 3년 동안 숙식을 해결할 돈도 친척 누나의 잘못으로 초기에 이미 다 사라졌다. 강봉우 교장 말처럼 시골 촌놈인 이청준은 학업은커녕 끼니를 이어가기도 어려울 지경이었다. 그는 입주 가정교사나 광주 인근에서 자취를 하면서 위태로운 광주 생활을 계속했다. 이청준의 어머니는 그런 아들을 몹시 딱하게 여겼지만 함께 아파할 뿐 달리 방법이 없었다.

중학교 적 인근 도회에서 어려운 자취 생활을 하다 시골집엘 내려 가면 늙으신 어머니는 앞산을 스쳐가는 밤바람 소리에도 새삼 탄식을 하곤 하셨다.
"저놈의 바람 소리…… 웬 바람 소리는 밤마다 저리도 설쳐대던지.

저 소리만 들어도 나는 잠을 잘 수가 없었구나. 변변한 바람막이 한 간 못 지니고 지낼 네 처지를 생각하면 오늘 밤은 또 얼마나 등을 떨고 지새는지…… 해준 것 없는 에미 혼자서 어떻게 편한 잠이 들 수가 있겠더냐……" (「함께 아파하기」)

가난하지만 함께 아파하는 가족이 있고 돌아가 쉴 집이 있는 고향은 낯선 도시에서 힘들게 삶을 이어나가는 그에게 때로 따뜻한 위로가 되기도 했다. 고향집의 위로는 이청준이 친척 누님 집을 나오기 전부터, 아니 진목리를 떠날 때부터 시작된다. 그래서 광주에서 그가 보낸 첫 편지 속에는 고향집에 피던 온갖 형형색색의 꽃이 넘쳐난다.

1954년 4월 초순, 나는 광주의 한 중학교로 진학하여 처음으로 시골의 고향집을 떠나 지내게 되었다. 그리고 두어 주일쯤 뒤 그 고향집으로 첫 문안편지를 썼다.
편지를 쓰려니 무엇보다 그 고향집에 대해 먼저 떠오른 것이 해마다 봄이 되면 수선화, 해당화, 살구꽃 등 장독대 뒤쪽과 텃밭 담벼락가에 색색으로 피어나던 봄꽃들이었다. (「고향집 골목의 배꽃」)

이청준의 형 이종덕은 동생의 첫 문안편지에 답장을 보냈다.

— 네 편지는 어머니와 누님까지 온 식구가 자리를 함께하여 개봉해 읽었다…… 그래, 지금 그 사립께에 진섭이네 배꽃이 한창이구나…… 집을 떠나 멀리서 그 배꽃을 잊지 못하는 어린 네 마음이 가슴 아파 어머니도 누님도 우리 모두 눈물지었구나…… (「고향집 골목

의 배꽃」)

이청준이 중학교에 진학했을 때 고향집에는 아직 어머니와 누나와 형이 있었다.

고향집에 남아 있던 셋째누나 이종임(1930~1983)은 '몽실'로 불렸는데, 동생에게는 매우 다정했지만 '몽니'라는 별명이 있을 만큼 성격이 강했다. 이청준은 어릴 적 혼인해서 떠나버린 다른 누나들과 달리 종임과 오래 함께 살았다. 그가 쓴 동화에는 종임의 편린이 가장 많이 남아 있다. 이청준이 아버지를 잃은 후 실제로 함께 산 형제는 둘째형 이종덕과 셋째누나 몽실이었다. 그의 집안에는 종훈, 종업, 종금이 지닌 유순함과 종덕이 지닌 거칢, 두 성격이 공존했다. 이남석은 두 성격을 한 몸에 지녔고, 몽실과 이청준 또한 아버지 남석과 같았다. 거칢은 강인함과 인내처럼 긍정적인 힘이 되기도 하고, 때로는 몽니가 되기도 했다. 몽니는 다른 사람이나 혹은 사회로부터 적절한 대우를 받지 못했을 때 폭발하는 불만의 표시라 할 수 있다. 그것은 자존감에 대한 문제였다. 그 자존감은 자신뿐 아니라 더 나아가 부당한 처지에 있는 다른 사람에 대한 공감으로까지 이어진다. 몽니라는 별명을 가진 몽실은 사랑이 넘치는 사람이기도 했다.

이청준의 형제들은 가난했지만 모두 높은 자존감을 갖고 있었다. 그들은 자신이 처한 어려움을 드러내려 하지 않았고, 다른 사람들의 도움 또한 구하지 않았다. 훗날 이청준이 거처할 방 한 칸 없이 떠돌 때 가장 가까운 친구들조차 그의 처지를 알지 못했다.

청준이는 어떤 경우에도 자신의 어려운 사정이나 힘든 얘기를 하지 않았어. 중3 때 가까워졌는데, 그 이후 고등학교와 대학교 때도 그렇게 어려운 줄 전혀 몰랐지. 가난하고 어느 정도 힘들다는 것은 알았지만. 돈에 대한 얘기는 단 한 번도 하지 않았거든. (이진영)

이청준과 형제들의 자존감은 한국전쟁 때 지하실을 나온 종손 어른이 보여준 것이기도 하다. '반동 지주'로 낙인찍힌 그 어른에게는 목숨보다 사람다움이 더 중요했다.

> 아무리 불안하고 위태로운 일이라도 우리는 당신을 그 어둡고 비좁은 지하실로 숨겨드리는 수밖에 다른 도리가 없었다. 사람을 숨겨두고 지내는 그 제물에 쫓기는 불안감…… 그런데 그로부터 몇 시간이 안 되어서였다. 당신이 느닷없이 다시 지하실 뚜껑을 열고 나뭇단을 헤치고 스스로 비참스럽게 느껴지셨던지, "나 죽어도 내 집에 가 앉아 죽겠다", 옷을 툭툭 털며 한마디를 남기고는 의연히 어둠 속으로 사립을 나가버리시는 것이었다. (「백정 시대」)

이청준은 자기 위엄과 자존심을 버린 사람은 추하고 저열해져버린다고 했다. 때로 우리는 지하실을 나온 어른처럼 자기 위엄과 자존심을 지키기 위해 목숨까지 바쳐야 하는지도 모르겠다. 하지만 우리가 스스로를 지키려고 아무리 노력해도 안 되는 경우가 있는데, 몽실이 그런 처지였다. 그녀의 강한 성격과 자존심은, 혼인한 뒤 마주한 극한의 불행을 견디다 못해 가엽게 삶을 끝내게 만들었다.

몽실은 이청준이 중학교 1학년 때 위○○에게 출가했다. 당시 세는 나이로 스물다섯이었던 그녀는 혼기를 한참 놓친 상태였다. 몽실은 가난한 홀어머니 슬하의 그저 그런 외모를 지닌 딸이었으니 그럴 만도 했다. 이청준은 "얼굴도 미우면서 누님은 그 시절 무에 그리도 꽃을 좋아했던가"라고 썼다. 그녀가 딸들 중에서 유일하게 초등학교를 졸업한 것도 혼사에는 큰 도움을 주지 못했다.

> 큰오빠가 아버지께 딸들도 가르쳐야 한다고, 여자도 배워야 한다고 했지만 말을 안 들으셨어. 그래도 몽실이는 국민학교를 다녔지. 나는 순종적이어서…… 지금도 나는 바보야. (이종금)

몽실과 중매로 혼인한 위○○은 중학교에서 영어를 가르치는 선생이었다. 그는 외도에 더해 폭력을 일삼았다. 게다가 시가는 한술 더 떠 몽실에 대한 구박이 도를 넘을 지경이었다.

> 몽실 누님은 스물다섯 살 늙은 큰애기였어. 중매로 결혼했는데 남편이 외도하고 때리고 시가에서는 천대하고, 몹시 고생했지. (김용호)

몽실은 1956년 맏아들을 시작으로 4남 1녀를 두었지만, 갈수록 나빠지는 환경을 벗어나지 못한 채 두 아들과 딸 하나를 남기고 죽었다. 몽실에게 큰 힘이 됐을 맏아들은 외가를 닮았다는 이유로 아버지에게 자주 구박을 받았다. 결국 그는 아버지와의 갈등을 이기지 못하고 중학교 3학년 말에 자살했다. 이청준은 출가하기 전까지 동생을 살뜰히 보살폈던 누나, 무서운 형과 달리 언제나 기댈 수 있는 누나였던 몽실의 삶을 몹시 애달파했다. 그만큼 그는 몽실에 대한 글을 여러 편 남겼다. 고향 사람들의 말에 따르면 몽실의 남편 위○○의 외도 상대는 제자인 여학생이었다. 두 사람의 관계는 여학생이 출가했다 돌아온 뒤까지 지속될 만큼 끈질겼다. 분노한 이청준이 학교 교장에게 직접 편지를 썼고 위○○은 해고되었다는 증언도 있지만 사실인지 알 수 없다.

몽실의 처지를 전해 들었을 때 이청준이 얼마나 분노했을지 짐작이 간다. 그렇지만 그가 할 수 있는 일은 아무것도 없었다. 늘 듣던 누나의 하소연이 떠올랐을 때, 그는 자신이 할 수 있는 최선의 선택으로 고심 끝에 교장에게 편지를 썼을 것이다. 나는 믿을 수 없지만 그가 편지를 쓴 것이 사실이라면 말이다.

이청준은 이종임에 대한 글을 여러 편 썼다. 그중 「여름의 추상」과 「별이 되어간 누님 이야기」를 살펴보자. 「여름의 추상」은 이청준이 직접 겪은 일을 실제 진행 상황과 거의 일치하게 일기체로 쓴 작품이다. 이 소설에는 「별이 되어간 누님 이야기」 일부가 다소 변형된 채 그대로 들어 있다. 이청준은 「별이 되어간 누님 이야기」에서 세 누나에 대해 사실 그대로 쓰면서, 특히 막내누나의 죽음을 애달파했다. 그가 여러 동화와 소설, 수필에서 자주 언급한 이 누나와, 자전적 소설 「해변 아리랑」에서 모진 시집살이를 겪다 젊은 나이에 죽는 '누나'는 모두 이종임을 떠올리게 한다.

> 아니면 또, 중학교까지 졸업시킨 큰아이 녀석이 몹쓸 약을 먹고 세상을 먼저 간 바람에 당신마저 허구한 날 눈물로 세월을 보내다가, 끝내는 허리를 크게 삐고 누워 돌봐줄 사람 하나 없이 언제부턴가 그 적막한 시골집 초옥 골방에 혼자 버려져 지낸다는 가엾은 막내누님은…… (「별이 되어간 누님 이야기」)

— 나 사는 것이사 항상 낙화유수제.

어디선가, 오랜 막내누님의 한마디가 생시인 양 완연하게 귀청을 울려온다.

— 누님은 어떻게 지내세요.

내가 서울로 올라오고 나서 몇 년이 지난 어느 해 여름. 오랜만에 고향 마을엘 갔다가 먼 시갓동네까지 일부러 그 누님을 보러 간 일이 있었다. 누님은 마침 집을 비운 채 들밭엘 나가고 없었다. 들밭까지 찾아 나가보니 누님은 그 여름 콩밭의 뜨거운 땡볕 아래 벌거벗은 어린애까지 등에 업고 무슨 숙명의 업보처럼 김을 매고 있었다. 그리고 내 주변 없는 안부 말에, 몇 년째나 꺼멓게 앓니가 빠져 지내는 가난한 입가에 힘없는 웃음기를 흘리며, 친정 동생을 만난 반가움도 잊은 채 하염없이 하던 말— 어떻게 지내긴 어떻게 지내겠냐. 나 사는 것이사 항상 낙화유수제……

막내누님만 생각하면 떠오르던 말이다. 아니, 그보다도 더 몇 해 전, 그 누님은 역시 모처럼 만에 찾아간 내 어린 손등을 넋 없이 쓸어대며 이런 당부를 해온 일도 있었다.

— 어서어서 크고 좋은 학교 나와서 너라도 다시 옛날같이 우리 집 살림을 이루고 살거라. 나도 친정 가진 사람 노릇 좀 해보자…… 친정 편에 사람 없고 논밭 없으면 어떤 설움을 당하고 사는 중 아니냐.

친정에 사람 없고 논밭 없으면……

나는 이제 거기서 귀를 틀어막고 만다. (「여름의 추상」)

살을 맞대고 지낸 가장 친근했던 누나 이종임의 비극적 삶은 이청준에게 꽤 큰 영향을 주었다. 그는 이성적인 사고에 따라 양성 평등을 당연하게 여긴 사람이었다. 하지만 시대와 환경의 영향이었을까. 이청준에게는 남성 중심의 가부장적 세계관도 분명 자리를 차지하고 있었다. 그런 그가 명성을 얻고 소설가로 입지를 다져가면서 점점 전근대적 세계관을 희석시켰던 데는 사회적 약자가 처한 현실에 대한 깨달음이 있었기 때문이다. 이종임은 여자였고 배움이 짧았고 지독하게 가난한 편모슬하였고 "얼굴도 미우면서" 자존심 강한 성격이었다. 그녀가 모진 시집살이와 남편의 학대에 반항 한번 해보지 못하고 죽음에 이른 것은, 그녀보다 더 많이 배우고 더 많이 가진 남성이 중심이 된 세계에서는 어찌 보면 당연한 일이었다. 그녀는 식민지와 전쟁의 시기를 이제 막 넘은 가난한 나라에서, 그 누구보다 열악한 처지에 있던 대표적인 사회적 약자 중 하나였다. 이청준은 그녀를 통해 사회적 약자에 대한 뜨겁고 진실된 공감과 측은지심을 체화했다.

둘째형 이종덕

고향에 남아 있던 또 다른 형제인 둘째형 이종덕(1934~1966)은 큰형 이종훈과는 매우 다른 인물이었다. 그 역시 이종훈처럼 초등학교만 졸업했고 어머니 김금례를 닮은 얼굴에 큰 키의 소유자였지만 둘은 형제라고 보기 어려울 만큼 성격도 취미도 행동도 달랐다. 이종덕은 아버지와 장남의 잇단 죽음으로 기울어가던 집안의 중심이 되어야 할 사람이었다. 그는 그 역할을 전혀 수행하지 못했고 오히려 점차 무섭고 폭력적으로 변해갔다. 이종덕이 이종훈과 달리 본래 강파른 성격의 사람이었다 해도, 이청준에게 보낸 답신에서처럼 아우에게는 따뜻한 우애를 가진 형이었다. 실제로 그는 이청준이 중학교에 진학하기 전까지 종종 함께 배를 타고 바다로 나가 동생에게 낚시를 가르치기도 했다.

국민학교도 들어가기 전의 어린 시절, 나는 다섯 살 위의 형과 깊은 바다로 거룻배를 저어나가면서 동네 뒷산 너머로 더 높은 산들이 겹겹이 이어 앉아 있는 것을 처음 보았다. 배가 해안에서 멀어질수록 산들 역시 자꾸만 새로운 봉우리들로 뒤를 이으며 끝없이 멀어져 가던 그 망연스럽도록 벅찬 느낌 — 세상은 산들로 넓어지고 있구나. (「유년(幼年)의 산을 다시 탄다」)

이청준은 작은형과 바다로 산으로 어울려 다니면서 아버지와 큰형의 부재를 어느 정도 메울 수 있었다. 광주로 나가기 전 이청준에게 이종덕은, 적어도 혼인하기 전까지 무섭지만 다정한 면도 있는 형이 아니었을까.

이종덕의 배우자는 진목리와 같은 대덕면에 속한 옹암리 출신 김귀심(1936~)이다. 옹암리는 이청준이 '우렁이 막창자 끝' 같다고 한 진목리보다 더 아래쪽이다. 그러니 옹암은 우렁이 막창자 끝 같은 곳이 아니라 진짜 끝이다. 옹암리에서 태어나 자란 김귀심은 6남매 중 둘째로, 위로 오빠 하나 아래로 여동생 넷이 있었다. 이종덕의 친척이자 두 살 아래 친구인 이종칠과 다른 사람들의 말에 따르면, 김귀심은 키가 크고 날씬하며 꽤 예뻤다. 사실 내가 만난 그녀는 예뻤다는 사람들의 기억을 믿기 어려울 만큼 많이 변했다. 이청준의 삶을 따라가다 보면, 셋째누나 이종임과 둘째형수 김귀심이 흔한 말로 가장 팔자가 사나운 사람들이 아닐까 여겨진다. 김귀심은 보통 사람이 상상하기 어려운 삶의 온갖 풍파를 겪은 인물이니 외모가 달라진 것도 이해할 만하다. 이청준은 자신의 입장에서 보면 도저히 사랑하기 어려운 인물인 형수와 말년에 소설 「꽃 지고 강물 흘러」를 통해 화해한다. 그 화해는 그냥 용서하고 포용하는 정도가 아니라 형수에게서 어머니를 보는 정도의 깊고 진정 어린 것이다. 나는 그 화해의 바탕에, 김귀심의 신산한 삶에 대한 이청준의 측은지심이 있다고 여긴다.

이종덕이 김귀심을 처음 본 것은 동네 학교 운동장에서 열렸던 일종의 마을 축제에서였다. 진목마을과 옹암마을이 속해 있던 대덕면에서는 매년 여러 마을이 모여 운동회를 겸한 축제를 열었다. 당시 진목리에는 옹암리 남자와 혼인한 여자가 살고 있었다. 그 부부가 이종덕에게 김귀심에 대한 이야기를 했다. 일종의 중매였다. 이종덕은 그들의 말을 듣고 축제가 열릴 때 김귀심을 보러 갔다. 축제에 참여한 옹암리 처녀들은 흰 치마저고리에 검정 허리띠를 매고 강강술래를 했다. 그들 중에서도 키가 크고 예뻤던 김귀심은 눈에 띄는 처녀였다. 그녀는 강강술래가 끝난 후 옥색 저고리에 검정 치마로 갈아입고 운동장 계단에 앉아 양산을 쓰고 있었다. 한 마을 사람 말처럼 그녀는 '멋쟁이'였다. 이종덕은 김귀심에게 첫눈에 반해서 그녀와 혼인하기를 간절히 원했다. 문제는 그다음이었다. 혼인 말이 나오자 두 집안에서는 비로소 궁합을 보았는데, 매우 나빴다. 종덕의 어머니 김금례가 본 그들의 궁합에는 '오구삼살방'(세 가지 흉조, 숫자 5, 9가 한 궁에 들어 있는 방위)이 들어 있었다.

두 집에서는 두 사람의 혼인을 완강히 반대했다. 하지만 종덕은 이미 돌이킬 수 없을 만큼 김귀심에게 빠져 있었고, 결국 두 사람은 맺어졌다. 김귀심의 집도 이종덕의 집만큼 가난했다. 그녀의 집에서는 그곳 말로 '짐 준다'고 하는 일종의 지참금을 받고 혼인을 허락했다. 신랑 집에서 신부 집에 준 짐은 솜 20근으로 이불 한 채 정도를 만들 양이었다. 김귀심이 이불 한 채에 팔린 느낌을 가졌다 해도 그리 나무랄 일이 아니다. 두 사람은 이종덕의 성화로 몹시 추운 섣달 겨울, 1955년 1월에 혼인했다. 당시 이종덕은 스물한 살, 김귀심은 그보다 두 살 어린 열아홉 살이었다.

이종덕은 혼인을 한 직후부터 사람이 변했다고 한다. 그가 그처럼 급격하게 거칠어진 이유를 사람들은 오구삼살방 같은 기묘한 흉조 탓으로 돌렸다.

종덕이는 결혼하고 변했어. 마을 사람이 중매를 했는데, 어머니가 궁합을 보니 '오구삼살방'이 들었으니 절대로 결혼시키면 안 된대서 반대했는데 소용없었지. (이종금)

이종덕은 결혼 전에도 본래 유순한 성격의 사람이 아니었다. 어린 시절을 함께 보낸 고향 사람이나 친척, 형제의 증언이 모두 그렇다. 이청준도 어린 시절 종덕이 던진 낫을 피했던 경험이 있다고 했다. 낫 이야기는 이청준의 아내에게 전해 들었는데, 그때 도망가지 않았으면 죽었을 거라니! 그런 이야기 중에서 내가 들으면서 가슴을 쓸어내린 장면이 또 있다.

그 형님에 대해 잊을 수 없는 기억이 있어. 어느 날 형님이 친척인 나와 청준이 친구 김천옥을 불러서 갔는데…… 왜 불렀는지 이유는 생각나지 않지만, 아마 우리가 형님 성질을 건드린 것 같아. 형님이 집 마당에 쌀가마니를 하나 놓고 '아이구찌'를 던져 맞혔지. 말 한마디 없이, 한 번이 아니라 여러 번 계속 칼을 던져서 맞히고, 또 맞히고, 쌀은 자꾸 흘러나오고…… 한참 지나서 종덕 형이 우리에게 경고했어. "나에게 잘못 보이면 이렇게 된다." 어찌나 무섭던지. 지금도 그 장면이 생생해. 떠올릴 때마다 무섭고. (이종칠)

우리는 이 장면을 통해 이종덕이 어떤 사람이었는지 짐작할 수 있다. 그는 매우 강하고 집요한 성격이었던 것 같다. 여기 김용호가 기억하는 또 다른 장면이 있는데, 이종덕의 파국적인 성향을 엿볼 수 있는 일화다. 김용호는 이청준의 집이 있던 막다른 골목의 세 집 중 한 집에 살던 사람이다. 이청준 집, 섭섭이 할머니 집, 김용호 집이 있던 그 골목은 지게에 실은 짐이 양쪽 담에 닿을 정도로 좁았다. 김용호는 이청준보다 두 살 위로 외가 먼 친척이기도 했다. 두 사람은 독바우 이전우와 함께 좁은 골목에서 새끼를 둥글게 뭉친 공을 차며 놀았다.

그날도 우리 셋이 집에 오던 길에 청준이가 개똥을 찼어. 그런데 그 개똥이 근처에 있던 둘째형에게 튀어 맞아버렸거든. 이제 청준이는 죽었구나, 얼마나 무섭던지. 마침 독바우 아버지가 둘째형을 나무라서 겨우 살아났던 기억이 생생해. (김용호)

이종덕이 얼마나 무서웠으면 겨우 개똥을 차고 맞은 장면을 수십 년이 지난 뒤에도 생생히 기억할까. 어린 시절 그런 일은 비일비재하지 않나. 그렇다고 이종덕의 괴팍한 성격에 거칠고 폭력적인 면만 있었던 것은 아니다. 이런 성품이 위급한 상황이나 고통을 참고 견뎌야 하는 처지에서는 때로 예상치 못한 장점으로 작용한다. 이종덕에게는 자신도 어쩔 수 없었던 상극의 힘이 내부에서 길항하고 있었던 것 같다. 그런 점에서 앞선 장면들보다 더 내게 인상적인 장면이 있다. 같은 골목 옆집에 살았던 김용호는 이청준의 어린 시절을 가장 많이, 잘 아는 사람 중 하나였다. 그가 들려준 이종덕에 대한 또 다른 일화는 매우 선명하고 놀라웠다.

청준이가 국민학교에 들어가기 전이었어. 여름에 무슨 채취선인가 작은 배를 타고 종덕이 형과 청준이, 나, 독바우 네 사람이 고기잡이를 갔었거든. 갑자기 불바람이 불었는데 배에는 노와 삿대뿐이라, 형이 죽어라 저었는데 소용없었어. 배가 속절없이 바람에 밀려 뒤집히기 직전이었지. 모조리 죽을 운명이었는데, 갑자기 형이 바다로 뛰어들었어. 그때를 돌이켜보면 형 혼자 헤엄쳐 나가기도 몹시 어려운 상황이었는데, 어? 어느 순간 배가 뭍 쪽으로 밀리기 시작하잖아. 형이 배를 밀고 있었던 거야. 혼신의 힘을 다해 배를 뭍에 대놓고 널브러진 형의 발바닥을 봤는데! 맙소사, 온통 갈라지고 터지고 피투성이였어. 그곳이 석화양식장이었거든. 바닥이 모조리 굴이었던 거지. (김용호)

나는 이 이야기를 들은 뒤 온몸에 소름이 돋는 전율과 감동을 느꼈다. 이종덕이 당시 결단을 내리지 않았다면, 발바닥이 굴 껍질에 찢어지는 고통을 초인적인 힘으로 견디며 끝까지 배를 밀지 않았다면, 어느 순간 그저 혼자라도 살아야겠다고 배를 버리고 헤엄쳐 나왔다면, 우리는 이청준이라는 걸출한 소설가를 갖지 못했을 것이다. 이종덕에 게는 괴팍한 만큼 끈질긴 인내와 고집과 인간애가 있었다. 그랬던 사 람의 부정적인 변화를 오로지 궁합 나쁜 처자와의 결혼 탓으로만 돌 리는 것은 매우 불합리하다. 무엇인가 그의 타고난 강한 성격을 극단 으로 치닫게 한 원인이 있었을 것이다.

이종덕의 파탄 원인은 무엇일까? 사람들이 입을 모아 지적하는 중 대 원인은 병역기피였다. 그는 한국전쟁이 나자 징집을 피해 도망갔 다고 한다.

> 사람들 얘기로는 6·25 무렵 군대를 기피한 뒤 불안에 시달리다 그 렇게 되었다고 해. 본래 성격이 강하고 그렇기는 했어도 그 정도는 아니었거든. (이전우)

그가 결혼한 시기가 한국전쟁 이후이니, 이 사실만으로도 그의 성 격 파탄이 단순히 결혼 때문만은 아님을 알 수 있다. 이종덕의 병역기 피는 본인에게만 나쁜 결과를 낳은 것이 아니다. 그로 인한 부정적 영 향이 결국 집안의 완전한 몰락까지 야기한다. 그는 군대에 가지 않으 려고 아버지 사망 후 남은 땅을 팔아 나름 영향력 있는 사람에게 돈 을 주었는데, 그것이 한 번으로 끝나지 않았다. 집안에는 더 이상 팔 땅도 없었다. 불법에 따른 협박이 지속적으로 이어졌고 그에 따라 지 출도 끝이 없었다. 이종덕은 그렇게 가산을 탕진하는 데 그치지 않고 매우 불안한 심리 상태에 빠진 것 같다. 이청준은 아내 앞에서 종덕 을 몇 번 "땅을 팔아서 군대를 기피한 비겁한 사람"이라고 했다. 「가

수」같은 소설을 보면 이청준이 병역기피자를 어떻게 생각하는지 알수 있다. 사실 당시 돈 있는 사람들은 영장이 나오면 다른 사람을 사서 대신 보내는 일이 다반사였다고 한다. 또한 작은 권력이라도 있는 사람은 다양한 편법을 써서 병역을 기피했다. 이종덕의 두 살 아래 친척인 이종칠도 그런 경우였다. 그의 자형은 순천경찰서 소속 장흥지구 토벌대 책임자였다. 이종칠은 입대를 피하기 위해 자형이 근무하는 순천경찰서 임시직원으로 3년여를 지낸 뒤 진목리로 돌아왔다. 그러니 이종덕만 비난하는 것은 옳지 않다. 문제는 병역기피 그 자체가 아니다. 돈도 권력도 없는 집의 가장 역할을 해야 할 사람인 이종덕이 자신의 안위를 위해 가족의 목숨 같은 땅을 팔았다는 사실이다. 큰형과 아버지가 죽은 뒤에도 이청준의 집은 크게 어렵지 않은 상황이었다. "논 다섯 마지기, 밭 아홉 마지기"에 소도 있었으니, 이청준의 말대로 '드센 과수댁'인 어머니가 식구들 배를 곯게 하지는 않는 형편이었다.

청준이네 집은 아버지가 돌아가시고도 한동안 살림이 어렵지 않았어. 소를 키우는 집이었거든. 그런데 작은형이 다 망해먹었지. (이전우)

이종덕은 자신과 가족을 위해 가장 나쁜 선택을 했다. 그는 이청준 집안 남자답게 머리가 좋고 언변도 뛰어났다. 이종덕이 병역기피라는 선택을 하지 않았다면 어땠을까.

병역기피와 혼인 사이, 줄곧 파탄을 향해 치닫던 이종덕의 심성은 혼인과 함께 정점을 찍었다. 혼인 이후 이종덕은 알코올 중독에 빠지고, 폭력과 노름을 일삼았다. 혼인 이후 그가 보인 패륜적인 행동은 마을 사람들로 하여금 "사람이 아니"라고 기억하게 할 지경이었다. 내가 만난 그 시절 사람들은 모두 당시 이종덕을 그렇게 기억했다. 그는 종종 폭음을 한 상태로 마을을 돌아다녔는데, 그때 마주친 사람들은 이유 없이 그에게 맞기 일쑤였다. 사람들은 점점 그를 멀리했고, 그는 그만큼 외로워졌을 것이다. 그렇게 모든 사람이 그를 기피해도 가족은 그럴 수 없었다. 이종덕에게는 혼인이, 어머니 외에 기댈 또 하나의 언덕, 혹은 괴롭힐 또 하나의 대상, 철저하게 자기편인 동시에 어떤 경우에도 배신할 수 없는 대상인 가족을 만들어주었다. 특히 당시 부부관계의 역학을 고려할 때, 아내는 어머니와 달리 그에게 수평적인 동시에 수직적으로 아래 있는 존재였다. 그가 죽을 때까지 아내에게 보인 의존과 학대의 두 얼굴은 거기에서 나온다.

이종덕과 김귀심은 2남 1녀를 두었는데, 이리저리 옮겨 다녀야 하는 험난한 결혼 생활로 세 아이의 출생지가 모두 다르다. 김귀심은 첫째 운우를 이청준의 집 작은방에서, 둘째 양미를 시어머니와 따로 살던 가옥지에서, 막내 영우를 시어머니 친정인 양하에서 낳았다. 세 아이를 낳는 동안 남편의 폭력과 주사는 점점 더해갔다. 영우가 세 살 때 그녀는 이종덕의 폭력을 피하다가 마침 눈에 띈 송충이약을 먹고 죽으려 했다. 그녀가 그렇게까지 한 이유는 남편의 폭력에는 반드시 술이 함께했기 때문이다. 그날도 이종덕은 의식을 놓을 지경으로 대취한 상태로 무지막지한 폭력을 휘둘렀다. 김귀심은 그대로 있다가는 맞아 죽을 지경이었다. 그날까지 그녀가 죽지 않은 것이 이상할 정도였다. 그런데 다음 장면에서 우리는 이청준이 작은형을 지칭하기도 했던 '비겁한 사람'이라는 말을 떠올리게 된다. 이청준이 말한 '비겁한'이라는 단어에는 영악하고 매우 이기적이라는 뜻이 들어 있다. 김귀심은 정말 죽으려고 그 독한 송충이 박멸약을 다 마셨는데 살았다. 그녀를 살린 사람은 다름 아닌 이종덕이었다.

> 내가 보기에 남편은 정신 줄을 놓을 만큼 술에 취했었어. 늘 그래. 그런 사람이 죽으라고 때리는데 마침 송충이약이 보이잖아. 죽자. 약을 보니 그런 생각밖에 안 들더라구. 그래서 대뜸 마셔버렸지. 그런데 실은 술이 덜 취했었나 봐. 순식간에 내 목에 손가락을 넣어서 약을 모두 토해냈거든. 어찌나 빠르던지. (김귀심)

김귀심은 자살 소동 후 양미와 영우를 데리고 친정으로 갔다. 그녀는 이후 1년 가까이 발이 마비되어 걷지 못했다. 그렇게 두 사람은 각자 다른 마을에 살게 되며 이종덕이 죽을 때까지 만나지 않았다. 그녀가 남편의 폭력과 주사에 시달리면서도, 자살을 시도한 것은 그때가 처음이자 마지막이었다. 김귀심은 전형적으로 학대받는 아내였다. 나는 그녀가 남편에 대해 당연히 분노나 원망이나 그 비슷한 것을 가졌으리라 여겼다. 하지만 그녀는 듣는 사람이 힘들 정도의 끔찍한 일화들을 털어놓으면서 어떤 부정적인 감정도 보이지 않았다. 그러기는커녕 김귀심은 남편에 대해 여러 번 이렇게 말했다. "심성은 좋은 사람이었어." 내가 만났던 마을 사람들 모두가 이종덕의 패륜과 거친 성격에 대해 들려줬을 뿐, 아무도 그가 좋은 심성을 가진 사람이라고 말하지 않았다. 그런데 누구보다 그의 폭력을 많이 겪고 견뎌야 했던 아내가 그를 심성이 좋았다고 말하다니. 이종덕의 인격에는 김귀심만 알 수 있었던 면이 있었던 것 같다. 두 사람의 혼인 기간은 12년이었다.

이청준은 운우와 영우, 두 남자 조카를 매우 아꼈다. 이청준이 고등학교 2학년 때인 1958년에 태어난 첫째 운우는 그의 집안을 이을 대들보였다. 어린 시절 가족의 잇따른 죽음을 경험한 이청준은 혈연에 대한 애착이 남달랐다. 스스로 남자가 단명하는 집안이라고 밝혔듯이, 대가 끊길 것 같은 가문에 대한 안타까움이 남자 혈연, 그중에서도 장조카에 대한 특별한 애정으로 이어졌다. 이운우는 이청준의 자전적 소설인 『조율사』에 나오는 신이의 모델이다. 이청준이 『조율사』에서 신이를 어떻게 그렸는가를 보면 운우에 대한 그의 애정의 크기를 짐작할 수 있다. 그는 후일 처가인 남씨 집에서 아이들 이름을 지어달라는 청을 받았을 때 모두 거절했다. 유명한 소설가에게서 이름을 받고 싶었던 처가의 청에 이청준은 이렇게 답했다. 내가 왜 남씨 자손의 이름을 짓나. 이 일화는 시사하는 바가 크다. 그가 평생 타인에게 지어준 이름은 단 하나뿐이다. 그 이름의 주인공이 바로 운우의 첫아들이다. 이름에 관한 일화 하나를 덧붙이자면, 후일 이청준은 늦게 얻은 외동딸의 이름조차 둘을 제시하며 아내에게 선택을 맡겼다.

　이청준과 큰형 이종훈에게 아들이 없으니 다음 대의 남자는 운우와 영우 둘뿐이었다. 운우는 몹시 불우한 어린 시절을 보냈지만 심지가 깊고 성품이 따뜻했다. 앞서 말했듯 이청준 집안사람들의 품성에는 두 가지 특징이 있었다. 동네 사람들의 입에 '몽니' '남돌이 고집' 등으로 오르내리던 강한 성격이 그 하나라면, 다른 하나는 가진 것 없고 불행한 사람들에 대한 연민과 베풂으로 나타나는 겸손함과 부드러움, 포용력이었다. 이청준의 아버지와 이청준은 둘을 고루 가졌고, 둘째 이종덕은 앞의 특성을, 첫째 이종훈과 장조카 이운우는 뒤의 특성을 더 가졌다. 외모는 이종훈과 이종덕과 이운우 모두 예쁘다기보다는 잘생긴 김금례를 닮았다. 아버지 이남석을 닮은 사람은 이청준뿐이었다. 도시에서 만난 친구들은 그를 예쁘장한 얼굴에 아담한 몸집의 귀공자 같았다고 기억한다. 이청준은 중학교 3학년 때 당시 유명한 학생잡지 『학원』의 표지모델이 되기도 했다. 그 표지에서 이청준은 교복을 단정히 입고 전남여고 교장 딸인 여고생과 나란히 한곳을 바라보고 있다. 유명 잡지 표지모델을 할 정도로 준수한 외모를 지닌 그가, 자신의 어려움을 밖으로 드러내지 않았던 그가 광주에서 얼마나 고통스럽게 학업을 이어가고 있었는지 아는 친구나 선생님은 거의 없었다.

글쓰기를 시작하다

이청준은 중학교에서 이미 문재(文才)를 드러냈다. 광주서중학교 교지인 『무등』 제37호에는 2학년 1반에 재학 중인 이청준의 '콩트' 「시험날」이 실렸다. 「시험날」은 병남이 시험 보는 날 부정행위를 하려고 온갖 준비를 했지만 실패하고 자성하는 이야기다. 이듬해 발행된 『무등』 제38호에는 그의 글이 둘이나 실렸다. 하나는 교지 기자 자격으로 전남방직을 탐방한 기사이고, 다른 하나는 짧은 소설이다. '방문기'인 「전방을 찾아서」를 보면 이청준이 탐방기자로서도 꽤 뛰어난 자질을 가졌음을 알 수 있다. 그 글은 전방(전남방직)의 시작과 발전 과정, 현재 상태, 종업원들과 시설에 대한 구체적이고 자세한 설명, 향후 전망 따위를 매우 짜임새 있게 보여준다. 그뿐 아니라 그 글의 시작과 끝은 자칫 건조할 수 있는 탐방기에 감성적 온기를 더해준다.

쌀쌀한 북풍을 되받으며 어느 날 나는 이군과 함께 전남의 자랑이요 이 지방의 유일한 방직공장인 전방을 찾았다.

전남의 자랑인 서중은 교육의 한 면을 담당하고 전방은 경제와 공업적 한 면을 담당하여서 이 지방의 발전을 같이 붙안고 나아가고 있음에도 불구하고 우리는 전방에 너무도 무관심해왔고 그 내면사정에 너무도 어두워왔었음을 후회하면서 이날사 전방을 찾게 되었다.

〔……〕

"오늘도 내일도 명랑하게. 한마의 증산 나라의 부강. 서로서로 도와서 모범공장으로 빛내자."색색이 쓴 이 글들이 조금 전 들어올 때처럼 우리의 뒷모양을 바래주고 있었다. (「전방을 찾아서」)

탐방기와 함께 교지에 실린 글은 '창작'「눈과 그 소녀(少女)」이다. 이청준은 이 글에서 크리스마스 전날 내리는 눈을 매개로, 시시각각으로 변하는 영미의 마음과 행동들을 그리고 있다. 우리가 「눈과 그 소녀」에서 눈여겨볼 곳은 결말 부분이다. 이 짧은 글은 정점에서 느닷없다 싶을 만큼 갑자기 끝난다. 이청준이 무엇을 의도했든 이런 시도는 매우 인상적이다. 그의 글쓰기는 고등학교 때도 끊이지 않고 이어진다.

유금호는 이청준의 중고등학교 동창생이다. 그는 고등학교 2학년 때 교내 문예모집 '산문부'에서 「달맞이꽃」으로 2등을 했다. 그때 「진달래꽃」으로 1등을 한 친구가 이청준이었다. 두 사람은 광주서중에 진학한 몇 안 되는 시골 출신이었다. 장흥군과 고흥군에서 광주서중에 합격한 학생은 이청준과 유금호뿐이었다. 그래서인지 두 사람은 한 반이 아니었어도 꽤 친하게 지냈다.

청준이가 1학년 때 3반이었고 내가 4반이었는데, 가끔 3, 4반 합반 수업이 있었어요. 그럴 때면 좁은 의자 하나에 같이 엉덩이를 붙이고 한 시간씩 보내고는 했습니다. (유금호)

두 사람은 2학년 때 고흥 녹동에 있는 유금호네 과수원에 함께 가기도 했다. 이청준의 초기 소설 「귀향 연습」에 나오는 친구의 과수원에 대한 묘사는 녹동의 과수원을 연상시킨다. "시골학교 출신으로 아주 힘들고 어려운 일"인 "광주서중 입학"을 해낸 두 사람, 그중 유금호는 살 만한 과수원집 아들이었지만 가난한 이청준이 경험한 '게 자루' 사건에 깊이 공감했다.

그 무렵 방학이 끝나면 고향에서 올라오는 아들 손에 어머니들이 이것저것 싸주었는데, 애써 가져온 그 선물이 며칠 후 하숙집 대문 밖 쓰레기통에 버려진 것을 발견하는 일들은 공통으로 겪은 일들이지요. 거기에 관해 청준이가 쓴 글을 읽은 듯싶습니다. (유금호)

유금호는 옛 기억을 꺼내기를 주저하기도 했다. "한국문학계의 거장으로 자리매김을 하고 떠난 친구에게 혹시 누가 될지 모른다는 생각이 들었기 때문이다." 그가 기억하는 이청준은 중고등학교 내내 "항상 착실했고 공부도 제일 잘했다". 나는 유금호가 조심스럽게 꺼낸 체육복 이야기를 들으며, 그가 당시 이청준의 처지를 알았던 드문 친구들 중 하나임을 알았다.

중1 때로 기억합니다. 학교에서 체육 시간에 체육복을 가져오라는 겁니다. 당시 '흰색 체육복'의 개념이 없던 시골 출신 우리로는 황당했어요. 그래도 나는 학교 앞에서 돈을 주고 사 입었는데, 3, 4반 합반 체육 시간에 청준이가 입고 온 체육복이 좀 이상했어요. 그가 귓속말로 사정을 알려주었지요. 어머니가 자기 흰 속곳, 그러니까 고쟁이 아래쪽을 꿰매주었다고 그래요. 당시에는 그 이야기가 전혀 우습게 들리지 않았다는 기억입니다. (유금호)

중학생이 되어 찾은 광주는 가난한 시골뜨기 이청준에게 처음으로 도시 체험을 가능하게 했고, 그의 내부에 고향과 대립되는 공간을 만들었다. 그 체험이 시골/도시, 빈곤/부유처럼 부정적인 가치와 긍정적인 가치의 강렬한 대립을 유발했다. 호남학력경시에서 우수한 성적을 거두고 글도 잘 쓰는 뛰어난 '나'와 집도 없이 떠도는 현실의 '나' 사이의 괴리는 중학교를 거쳐 고등학교까지 광주 생활 내내 강화되었다.

4장
고등학교에 가다

이청준은 1957년 광주일고에 진학해 1960년 졸업했다. 고등학교 시절에 이청준에게 일어난 가장 중요한 사건은 근근이 유지되던 고향집의 완전한 파산과 그 직전 호남 최고 갑부 현준호의 집에 가정교사로 들어간 일이다.

이청준의 고등학교 시절은 극단적 가난(본가, 친모)과 극단적 부(현씨가, 양모)가 대립하는 시기다. 광주에서 처음 해본 도시 체험은 그에게 고향과 대립되는 공간과 그 공간에 대한 복수심도 낳았다고 했다. 고등학교 내내 강화되는 그의 복수심은 도시에서 겨우 살아남는 수준의 생존이 아니라 그곳의 생활과 부(富)를 갖고 싶다는 지배욕으로 나타난다. 장차 우리가 보게 될 이청준의 비범함은, 그가 자신을 파괴할 수도 있는 무서운 지배욕을 보통 사람들처럼 물질이나 권력이 아니라 문학으로 완성했다는 데 있다.

고향집이 사라지다

이청준이 중학교를 무사히 졸업한 것은 강봉우 교장 말을 환기하지 않더라도 기적 같은 일이었다. 그는 평전을 쓸 내게, 묻지 않아도 지난 시절 이야기를 아낌없이 해주었다. 그런데 중학교 시절 이야기는 물어도 하지 않았다. 그에게는 그때가 정말 악몽 같은 시기였나 보다. 하지만 중학생 이청준에게는 방학이면 돌아갈 고향집이 **아직** 있었다. 그는 광주와 광주 언저리에서 가정교사로, 혹은 자취를 하면서 이리저리 떠돌다가도 방학이면 늘 진목리 집으로 돌아갔다. 어머니와 작은형과 형수가 있는 집이 그에게 정말 편하고 안락했는지 잘 모르겠다. 그래도 그곳은 그가 태어난 고향이었고, 그 집은 아버지와 형제와 친구들에 대한 기억으로 가득 찬 익숙한 옛집이었다. 무엇보다 그곳에 갔을 때 그는 도시의 떠도는 삶이 아니라 고향의 붙박이 삶을 잠시라도 되찾았을 것이다. 이청준은 고등학교 1학년 말에 그런 집을 잃어버린다. 사라진 고향집은 훗날 그가 자력으로 새집을 다시 세우기 전까지 찾을 수 없었다.

이청준은 남의 손에 넘어간 고향집 소식을 우연히 알게 되었다. 그는 그 청천벽력 같은 재앙을 입주 가정교사로 들어간 지 몇 달 후에 가족이 아니라 남을 통해 알게 되었다. 그는 몹시 추운 겨울 어느 날 어떻게 된 사정인지 알아보려고 고향으로 갔다. 그때 어머니는 남의 집이 된 옛집에서 아들과 하룻밤을 지내고, 다음 날 이른 새벽에 그를 떠나보냈다. 그 귀향길 하룻밤의 기막힌 체험이 우리 문학사에 길이 남을 서정적인 소설 「눈길」을 낳았다. 「눈길」은 작가의 말대로 "소설 전체의 진행이 실제와 일치"한다.

17, 18년 전, 고등학교 1학년 때였다. 술버릇이 점점 사나워져가던 형이 전답을 팔고 선산을 팔고, 마침내는 그 아버지 때부터 살아온 집까지 마지막으로 팔아넘겼다는 소식이 들려왔다. K시에서 겨울방학을 보내고 있던 나는 도대체 일이 어떻게 되어가는지나 알아보고 싶어 옛 살던 마을엘 찾아가보았다. 집을 팔아버렸으니 식구들을 만나게 될 기대는 없었지만, 그래도 달리 소식을 알아볼 곳이 없기 때문이었다. (「눈길」)

형 이종덕이 팔아넘긴 집은 아버지 이남석이 10여 년에 걸쳐 차근차근 지은 꽤 크고 내력 있는 집이었다. 식구들은 그 집, 아버지의 피땀으로 지은 "다섯 칸 겹집에다 앞뒤 터가 운동장"만큼 넓은 집을 팔고 뿔뿔이 흩어졌다.

"집이야 참 어렵게 장만한 집이었지야. 남같이 한 번에 지어 올린 집이 아니고 몇 해에 걸쳐서 한 칸씩 두 칸씩 살림 형편 좋아서 늘려간 집이었더니라. [……]" (「눈길」)

이남석의 집짓기는 방 두 칸에 부엌 한 칸으로 시작됐다. 처음에는 제대로 된 '칙간'도 없어서 임시 움막을 지어 사용했다. 그러다 몇 년 뒤 송아지 한 마리를 키우면서 마룻방 하나와 뒤쪽의 외양간 한 칸이 이어졌고, 다시 몇 년 뒤 아이들이 넷까지 늘어갈 무렵에 부엌 오른쪽으로 건넌방 한 칸과 아내를 위한 디딜방앗간이 덧붙여졌다. 집짓기의 완성은 "임시 움막 칙간이 정식 변소간으로 고쳐지는 것"이었다.

10여 년에 걸쳐 끝난 집짓기는 이남석에게 '마음속 일가 세우기 표징' 이었다. 이종덕이 없앤 것은 일가 세우기의 표징인 집만이 아니었다. 앞 글에서 보았듯 그는 집을 팔기 전에 전답과 선산을 모두 팔았는데, 그 또한 이남석이 피땀으로 모은 것이었다.

> 앞서도 말했듯 그 무렵엔 이곳저곳에 산밭뙈기를 열 마지기 너머 까지 늘려놓은 데다 물 농사를 지을 논배미도 석 섬지기에, 남의 땅 에 뙈밭을 깐 산자락을 아예 뒷날의 선산터로 사 장만하기에 이르렀 다. (『신화의 시대』)

위 글에 나오는 시기는 이남석이 집짓기를 끝낸 때로, 이후에도 그는 돈이 되는 대로 논과 밭을 늘려나갔다. 그가 그렇게 남긴 산과 땅과 집이 모조리 없어졌다.

옛집을 판 이청준의 고향 가족에게는 다른 집을 구할 돈이 없었다. 그나마 형과 형수에게 아직 어린 갓난애만 있었다는 것이 다행이랄까. 어머니는 우선 같은 마을 친지인 김연옥(남자)네 집으로 옮겨 그 어머니와 함께 지냈고, 형과 형수는 옹암리로, 옹암리에서 가옥지로, 가옥지에서 다시 양하로 갔다. 어머니와 형네의 떠돌이 생활은 여러 해 이어졌고, 이종덕이 사망한 후에야 다시 모여 살게 된다.

이청준의 큰누나 이종업은 아버지가 사망하기 전에 양하에 사는 진내우에게 출가했다. 진내우는 선한 사람이었다. 그는 집을 잃고 떠도는 장모 김금례를 두고 보기 어려웠을 것이다. 김연옥의 집에서 나온 그녀는 한동안 큰딸 집에 기거했다. 이후 큰딸 집에서 나온 김금례가 어디를 어떻게 떠돌았는지 정확히 알 수는 없다. 단지 거처할 곳이 없는 그녀가 얼마나 많은 고초를 겪었을지 미루어 짐작할 뿐이다. 한때 둘째딸 집에서도 살았던 그녀가 최종적으로 향한 곳은 결국 친정집이었다.

> 어머니는 광주에 사는 외숙 딸 용례 소개로 노인 하나 사는 집에 식모로 가셨어. 청준이가 대학 다닐 때야. 그 소식을 남편이 듣고 형부에게 "모셔 와야 되지 않겠나" 했지. 그래 어머니가 운우와 함께 우리 집에서 3년 동안 사시다 양하 친정으로 가셨지. 친정이라고 해야 남동생 둘과 큰올케는 죽고 둘째올케만 살아 있었는데, 그 집 행랑채에 사셨어. (이종금)

김금례는 손자 운우를 생각해 둘째딸 이종금의 집에서 나와 친정 행랑채로 옮겼다. 이종금은 슬하에 3남 3녀를 두었는데, 딸 셋 다음에 낳은 장남이 이양래다. 그는 훗날 외삼촌 이청준을 위해 헌신한 사람이다. 외삼촌의 장례식장에서는 상주에 버금가는 역할을 했고, 장례 후에는 전집 발간 등을 담당한 기념사업회와 그 밖의 여러 일에 온 마음을 다했다. 이양래는 1956년생이고 이운우는 1958년생이다. 한집에 사는 3년 동안 어린 두 사내아이들은 때로 싸우기도 했다. 그런 정도의 싸움이나 갈등은 둘이 동등한 처지라면 전혀 문제가 될 수 없다. 하지만 한쪽이 다른 한쪽에 일방적으로 기생하는 상황이라면 사정은 달라진다. 이양래가 속한 베푸는 쪽에서는 기억하지 못하는 사소한 갈등도 이운우가 속한 시혜를 받는 쪽에게 상처가 될 수 있다. 김금례가 딸 집에서 나와 양하로 옮긴 이유 중 하나가 이운우이다.

이양래 박사가 어릴 때 싸우다가 남편에게 우리 밥 먹지 말라고 했대요. 남편도 화가 나서 정말 밥을 먹지 않았는데, 할머니께서 그런 손자가 안쓰러워 결국 집을 옮겼다고 들었어요. (이운우의 아내 김경숙)

이운우에게는 사소한 사건이 매우 크게 남은 것 같다. 내가 만난 이양래는 선하고 도량이 넓은 사람이었다. 그는 나중에 이운우가 죽은 뒤, 그의 아들이 대학을 다니는 내내 잊지 않고 돈을 보낸 사람이다. 아무튼 어머니와 형네 가족이 이리저리 떠돌기 시작하던 때, 이청준은 광주에서 새집을 얻게 되었다. 그가 고등학교 3년 내내 그 집에 살지는 않지만, 장차 대학에 가고 군대에 가고 복학할 때까지 그 집과 거기에 사는 사람들은 이청준이 기댈 새집, 새 가족이 되어주었다. 게다가 그에게 새집, 새 가족은 여러 이유로 고향과 원가족(原家族)만큼 중요한 곳이었고 사람들이었다. 그렇게 해서 이청준이 중학교 때 광주로 나오면서 생긴 도시와 시골(고향)이라는 겹은 고등학교 때 새 가족과 원가족이라는 새로운 겹을 얻게 된다.

새 가족

이청준은 고향집이 남의 손에 넘어가기 직전인 고등학교 1학년 2학기에 호남의 거부 현준호 집안에 가정교사로 들어갔다. 당시 그 집에는 현준호의 아내와 자식들만 있었다. 호남은행 대표였던 그는 해방 후 친일 이력으로 고초를 겪었고 한국전쟁 때 죽었다. 그가 죽었지만 그 집은 여전히 대단한 부잣집이었다. 현준호의 삶은 다큐멘터리 〈호남은행 개척은행가〉로 제작되어 지상파 TV에서 10회에 걸쳐 방영되기도 했고, 드라마로 만들어지기도 했다. 이청준을 그처럼 유명한 집에 소개한 사람은 같은 조상을 둔 먼 친척 이종태라는 증언도 있고, 광주서중 교감 김인용이라는 말도 있다. 이종태 집안은 한국전쟁 때 진목리로 피란을 와서 재 너머 다른 친척집에 머물렀었다. 그때 이청준 집과 왕래하면서 친밀해진 것 같다. 이청준보다 다섯 살 많은 이종태는 전남대학교에 재학 중이었는데, 그가 현준호 집 가정교사를 그만두면서 그 자리에 이청준을 소개했다고 한다. 그런가 하면 이청준에게 과외를 받은 당사자인 현영만의 말에 따르면 현준호의 사위였던 당시 광주서중 교감, 그러니까 현영만의 자형이 그를 추천했다고 한다. 현씨집에 그를 소개한 사람은 그다지 중요하지 않다. 이청준의 삶을 따라가다 보면 그와 현씨집은 어떻게든 만날 수밖에 없는 매우 끈끈한 인연으로 얽혀 있다는 느낌이 드니까.

언뜻 보기에 이청준에게 가장 나쁜 시기는 고향집이 남아 있었던 중학생 때가 아니라 고등학생 때였던 것 같다. 그런데도 그는 집이 없어진 고등학생 때가 아니라 중학생 때를 더 떠올리고 싶어 하지 않았다. 고등학생 이청준에게는 돌아갈 고향집이 없었지만 살 수 있는 집, 마음만 먹으면 언제든 찾아가 쉴 수 있는 새집이 생겼기 때문이다. 그 집은 이청준이 그때까지 가정교사로 경험했던 다른 집들과 달랐다. 그 집 가족은 진목리 가족처럼 아버지 없이 어머니와 자식으로만 구성되었다. 게다가 안주인은 친어머니처럼 이청준에게 사랑과 배려를 아끼지 않았고, 그 자식들은 친형제보다 더 가깝게 살뜰히 그를 챙겼다. 이청준은 그 집에서 정말 자식처럼 여겨졌다. 오랜 시간 그는 현씨집을 돌아가 쉴 수 있는 집, 가족이 사는 집으로 믿었다.

이청준이 가정교사로 들어갈 때 광주 학동에 있던 현씨집은 대지가 3300평이 넘는 대저택이었다. 소설 「바람의 잠자리」에는 그 집이 거의 사실 그대로 나온다.

담장이 높고 해묵은 솟을대문이 굳게 잠겨 있는 집이었다.

사잇문을 밀고 안으로 들어서니 내부 역시 굉장한 집이었다. 3천 평쯤 되어 보이는 넓은 뜰이 동산과 연못들로 이루어져 있고, 높고 무성한 감나무들이 담장을 따라 죽 둘러서 있었다. 너무 넓어서 군데군데 가꾸어지지 않은 부분은 풀이 무성했다. 그 뜰 안쪽 깊은 곳에 담장이나 대문 규모에 못지않은 구식 와가(瓦家)가 한 채 덩그러니 서 있었다. (「바람의 잠자리」)

현씨집은 광주 학동삼거리 종점에서 무등산으로 가는 길목에 있었다. 사람들이 종점에서 내려 그 집까지 들어가려면 백여 미터에 이르는 길을 걸어가야 했다. 그 길은 양쪽에 무성하게 자란 벚나무가 늘어서 있어 매우 아름다웠다. 무등산 등산객들은 즐겨 그 집 앞을 약속 장소로 삼고는 했다고 한다. 그뿐인가. 사람들은 지나치게 넓은 그 집을 공원으로 알고 들어와 구경하기도 했다.

우리 집은 너무 넓어서 사람들이 공원으로 여길 정도였어요. 사람들이 들어와 사진도 찍고 그랬으니까…… 참, 청준이도 해 질 무렵이면 그 공원 같은 곳, 산소가 있는 넓은 잔디에 누워 생각에 잠기기를 좋아했어요. (현영민)

양쪽 날개를 펼친 학의 모습을 따라 지은 그 집은 학파(鶴坡)농장을 경영했던 현준호의 집다웠다. 지붕 수키와에는 학이 새겨져 있었다. 이청준은 그가 가르치는 학생인 현영만과 함께 본채가 아닌 날개 부분에 있는 방에 살았다. 문득 이청준이 쓴 「선학동 나그네」가 생각난다. 그의 삶에 새겨진 두 마리 학이 얼마나 다른지. 간척지에 세운 농장 이름에서 유래한 학 모양의 집과 그 지붕에 살던 수많은 학은 지금 사라져 흔적도 없다. 하지만 또 다른 간척된 땅에 넘실거리던 상상의 물, 그 물을 차고 날아오른 학은 '선학동'이라는 땅 이름으로 살아남았다.*

이청준이 현영만의 가정교사로 입주했을 때, 그 집에는 그의 어머니와 형제들이 살고 있었다. 그들 중 우리가 반드시 기억해야 할 사람이 현영만의 누나 현영민이다.

현영민

이청준의 삶에 뚜렷하게 각인된 여자들은 어머니와 아내, 전정자, 현영민이다. 어머니와 아내, 전정자는 드러낼 수 있는 인물이어서 때로 실명도 거리낌 없이 나온다. 현영민은 철저히 숨겨진 여자다. 현영민이 이름을 달리한 채 이청준의 소설 여기저기에 있다. 우리는 이청준의 작품에서 그녀의 변형된 이름을 찾아야 한다. 현영민은 시원의 여자인 전정자와 같은 계열이면서 겹, 분신이기도 하다.

* 선학동의 원래 이름은 산 아래 마을이라는 뜻의 '산저'였다. 산저라는 실제 지명이 2011년 허구인 소설 속 지명 선학동으로 바뀌었다.

앞서 나는 이청준의 가족 또한 겹이 만들어졌다고 말했다. 그에게는 원가족이 있고 분신처럼 겹을 이루는 다른 가족이 있다. 원가족은 장흥 진목리의 이씨가(李氏家)이고 분신가족은 광주 현씨가(玄氏家)다. 두 집의 가장 큰 특징은 가장인 아버지가 부재한다는 점이다. 가족의 중심은 어머니이고, 그 밖에 형과 누나가 있다. 두 집의 어머니는 일반적인 어머니보다 뛰어난 자신만의 장점을 지녔다. 몹시 가난하지만 어떤 고난에도 흔들리지 않는 강인함과 평정심을 지닌 원가족의 어머니는, 자기 양보와 겸양의 덕목이라 할 '부끄러움' 또한 잃지 않은 사람이다.

남의 아픔을 외면하면 부끄러움이 생기게 마련이고, 그 자기 부끄러움에마저 눈이 멀게 되면 그게 다름 아닌 뻔뻔스러움이며, 그 뻔뻔스러움은 곧 더럽고 위험스런 폭력일 수 있기 때문이다. (「함께 아파하기」)

부끄러움이 없음은 곧 뻔뻔스러움이기 때문이다. 자신을 부끄러워할 줄 아는 데에서 비로소 양보와 겸양의 아름다운 덕목이 잉태될 수 있기 때문이다. (「빼앗긴 부끄러움」)

내 소설들은 한마디로 제 삶의 부끄러움 때문에 씌어지기 시작했고, 그러므로 그 소설 쓰기는 젖은 속옷과도 같은 제 괴로운 삶의 부끄러움을 자신의 인내로 감내해 벗어나보려는 일에 다름 아니었을 듯싶다. 〔……〕 부끄러움은 무엇에 대한 반성의 결과다. 그리고 그 부끄러움을 견디는 일은 무엇에 대한 잘못을 시인하고 그 잘못을 극복해나가려는 힘든 반성 행위의 정서적 의지다. (「부끄러움 견디기의 소설질」)

'부끄러움'은 소설가 이청준이 평생 마음에 품은 매우 중요한 핵심이다. 아들에게 인문학적 덕목이라 할 '부끄러움'을 물려준 원가족의 어머니 김금례는 무학(無學)이었다. 그녀의 집은 양반가였고 그 고을에서 가장 잘사는 집이었다. 그런데도 그녀는 남동생들과 달리 학교에 다니지 않았다. 문제는 1900년생인 그녀가 살던 시대와 장소였다. 이후로도 오랫동안 우리나라 여자에게는 교육의 기회가 그리 많지 않았다. 이청준의 고향 진목리에는 고등교육을 받은 여자가 한 명도 없었다. 또래보다 조숙했던 그가 마음을 빼앗긴 전정자 선생은 교육받은 도시 여성이었다. 그 여선생은 모든 점에서 이청준이 그때까지 만나고 알고 지냈던 여자들과 달랐다. 희고 고운 얼굴, 길고 풍성한 파마머리, 부드러운 말씨, 풍부한 지식, 무엇보다 생전 맡아본 적 없는 향기. 사람에게서 그런 향기가 난다는 것에 그가 얼마나 감탄했는지. 그런데 또 다른 전정자 선생이 광주에 있었다. 바로 현씨집의 어머니인 신종림(申淙林)과 그녀의 딸 현영민(玄永敏)이었다.

주변 사람들의 말에 따르면 신종림은 죽을 때까지 책을 손에서 놓지 않았다. 아내와 사별한 현준호와 재혼한 그녀는 경성사범대학 출신으로 초등학교에서 교편을 잡았던 재원이었다. 신종림은 문학뿐 아니라 음악, 그림, 서예 등 다양한 예술 분야에 대해서도 높은 교양을 갖춘 지식인이었는데, 외모도 아름다웠다. 이청준에 대한 태도로 보아 인성 또한 나무랄 데 없었던 것 같은 그녀는 한마디로 우아한 '귀부인'이었다. 내가 만난 어떤 사람들은 그녀가 조선시대에 태어났다면 '중전'이나 최소한 '정경부인'이 되었을 거라고 말했을 정도였다. 이청준이 현씨집을 배경으로 쓴 『신흥 귀족 이야기』를 보면 집 안팎의 모양이나 환경뿐 아니라 신종림과 현영민의 평소 모습이나 생활 태도, 말씨 등을 알 수 있다. 그 밖에 「금지곡 시대」와 여러 산문에도 신종림의 흔적이 보인다.

고등학교 1학년 때의 일로 기억된다. 내가 몹시 조심스럽게 받들던 한 점잖은 부인의 여행길을 기차역으로 배웅 나간 일이 있었다. 그 부인은 차를 타기 전 역 대합실에 붙어 있는 화장실을 다녀 나오시더니, 혼자 웃음을 참지 못하다가 내게 속삭이듯 작은 소리로 실토하셨다. 아무개야, 나 남정들처럼 선 채로 일을 보고 나왔다. 바닥이 어찌나 지저분하던지…… (……)
한데 이상한 것은 그냥 엉뚱스럽고 우습기만 한 것이 아니라, 묘한 감동이 함께 스치고 간 것이었다. 그 장난스런 우스개식 파행이 그녀에게선 수치스런 기행성보다 이상한 품격을 발해 보인 것이었다. 그것은 어느 날엔가 그 부인이 가을꽃이 만발한 그 댁 뜰가에 나와 앉아 한적, 투명한 오후의 햇볕 속에 당신의 먼 옛 시절의 추억에 젖어들다 어느 순간 문득 잠이 들어가는 코를 골기 시작했을 때의 감동, 그때의 그 순연하고 정갈스런 품위를 되새기게 하였다.
하지만 그때 나는 그것이 내게 왜 그처럼 품위 있고 아름다우며 감동스럽게까지 느껴지는지, 이유를 거의 알 수 없었다. 그것이 진실로 감동할 만한 일인가, 어떤 품위나 아름다움 따위와 상관이 있는 일인가도 알 수 없었다. 그 이유는 알 수 없었지만, 그것을 나름대로 소중한 경험으로 마음속 깊이 새기게 된 것이었다. (「금지곡 시대」)

이 짧은 글에 품위(품격)와 아름다움과 감동이 몇 번이나 언급되었는지. 사실 나는 여자가 화장실에서 남자처럼 서서 일을 보고, 뜰에서 낮잠을 자며 코를 고는 것이 진실로 감동할 만한 일인지 모르겠다. 더구나 그 모습이 품위 있고 아름답다니. 그런데도 이청준은 그 일을 소중한 경험으로 여기고 마음속 깊이 새겼다. 자신이 몹시 조심스럽게 받들던 점잖은 부인의 모습이었기 때문이다. 나는 '받들다' 같은 단어가 쓰인 이 글이 불편했다. 어쩐지 이청준답지 않다는 불편함이었다. 내가 글이나 실제 만남을 통해 아는 그는 부와 권력이나 지식이나 외모 등으로 사람을 나누지 않았다. 이 글은 내게, 그가 현씨집 부인을 섬긴다는 느낌을 준다. 그것은 그녀의 딸 현영민에 대해서도 마찬가지다. 섬기는 정도는 아니라도 이청준은 그녀를 보통 여자들과 달리 여겼다. 그는 그녀가 "회사에 취직을 해서 아침마다 출근을 하고 한 달에 한 번씩 월급을 받는 일 같은 것"을 상상하기 힘들다고 했다. 무슨 특별한 이유가 있어서가 아니라 그런 것이 현영민에게 전혀 어울리지 않았기 때문이라고 고백한다. 어디 취직이나 월급뿐이랴.

　　또 그녀가 낮에 영화 구경을 하고 나서 대중식당 같은 데서 불고기로 점심을 먹고 있는 모습도 쉽사리 상상할 수가 없다. 어울리지가 않는다. 혼인 역시 마찬가지다. 그녀의 혼인 소식을 듣고 의외로 생각한 것도 그녀에게는 혼인이라는 것이 그만큼 상상하기 힘들고 어울리지 않는 것처럼 생각되었기 때문이었다. (「바람의 잠자리」)

이청준에게 현영민은 범접하기 힘든 다른 세상에 속한 존재였고,

동경할 수밖에 없는 여자였다. 그녀에게는 취직도 월급도 영화 구경도 대중식당에서의 식사도 어울리지 않는다. 무엇보다 그녀에게는 혼인이 어울리지 않는다. 그는 '어머니'인 신종림이 아니라 '누나'인 현영민에게서 새로운 전정자 선생을 보고 느꼈다. 그런데 혼인이라니!

이청준에게 현영민은 어머니나 누나와 다른, 그렇다고 선생님도 아닌 이성이었다. 현영민은 그에게 여자의 원형으로 뚜렷하게 자리 잡은 전정자를 닮았다. 그는 전정자에게 그랬듯이 작품으로 현영민을 불러낸다. 그녀는 이청준의 초기 소설과 수필에 끈질기게 모습을 드러낸다. 그에게 현영민이 어떤 의미인지 알면, 우리는 「퇴원」 「별을 보여드립니다」 『조율사』 같은 소설을 새롭게 이해할 수 있다. 현영민은 이청준의 삶은 물론 글쓰기에도 큰 영향을 미친 중요한 존재다. 그는 어느 정도 그녀 때문에 소설가가 되기로 결심하지 않았을까? 나는 이청준의 삶을 따라가면서 여러 번 이 질문을 던질 수밖에 없었다.

현영민은 전정자처럼 궁벽한 시골에서는 볼 수 없던 **젊고 아름답고 지적인 도시 여자**였다. 전정자가 그랬듯 현영민은 가난하지만 매우 영리한 시골 소년에게 평생 지울 수 없는 그림자를 드리웠다. 이청준은 사춘기 초입에 전정자를 만났고 청년기 초입에 현영민을 만났다. 전정자처럼 현영민은 그가 읽은 책 속에, 이상의 세계에 살던 여자의 현현이었다. 그는 단숨에 현영민에게 사로잡혔다. 두 여자가 다른 점은, 전정자는 이청준을 평생 사로잡았지만 현영민은 그러지 못했다는 것이다. 여선생이 그의 눈앞에 나타난 것만큼 재빨리 사라진 반면, 다양한 생활의 부침을 겪은 현영민의 후일담은 고스란히 그에게 전해졌기 때문이다. 이청준이 59세에 문학평론가 정현기와 나눈 대담에서도 전정자의 그림자는 여전했다.

이청준이 전정자와 달리 현영민에게는 평생 사로잡혀 있지 않았다 해도, 그에게 현영민은 전정자처럼 마음에 품을 수 있을 뿐 결코 닿을 수 없는 존재였다. 전정자는 선생의 옷을 입고 있었지만 이청준이 사랑하는 여인이었다. 한 반 아이들은 그가 선생님을 "즈네 색씨 삼고 싶어 한다"는 것을 모두 알고 있을 정도였다. 내가 그 아이들의 입을 빌려 말하자면, 그는 현영민을 "즈네 색씨 삼고 싶어" 했다. 그래서 그는 다른 사람과 그녀의 혼인이 어울리지 않는다고 거듭 생각한다.

> 나에게서 은일의 진짜 혼인이란 정말로 새삼스럽고 어울리지 않은 일로 되어 있었다. (「바람의 잠자리」)

이청준은 사춘기에 접어들 무렵 만난 첫사랑 전정자를 순수하고 깊게 사모했다. 나는 전정자의 특징들이 그가 생각하는 이상적인 여인의 기준이자 속성이 되었다고 했다. 앞서 '전정자' 부분에서 언급한 특징들을 환기해보자. ①도시 여자 ②노래(풍금) 애호 ③바다를 담은 눈 ④부드러운 손의 감촉 ⑤향기 ⑥소문(행실이 나쁘다). 현영민은 전정자처럼 도시 여자였고 그녀의 집에는 늘 서양고전음악이 흘렀다. 또한 혼기가 찼을 때 그녀에게는 내로라하는 남자들의 혼담이 줄을 이었고 선도 여러 번 보았다. 이청준의 입장에서 그 혼담들과 선보기는 행실이 나쁘다는 소문과 다를 바 없었다.

> 돈이 많은 부호의 아들을 보고 나서도, 외국 유학을 하고 돌아온 예의 바른 청년을 보고 나서도, 대학 4학년 때 벌써 고등고시를 합격했다는 천재 형의 관직 청년을 보고 와서도 어머니와 은일은 무엇이

미심한지 늘 시들한 표정으로 뒤를 흐릿해버리고 말았다. 그리고는 또 선을 보았다. 좀처럼 정혼이 되지 않았다. 〔……〕

은일이 자꾸만 선을 보게 되자 나는 이상하게 책 읽는 재미가 줄어들기 시작했다. (「바람의 잠자리」)

「침몰선」

우리는 「여선생」에 나오는 전정자 선생의 눈을 기억한다. 그녀는 실제로 바다를 담은 눈을 가진 여자였지만, 현영민은 소설 「침몰선」을 통해 이 눈을 갖게 되고 또 다른 전정자가 된다. 「침몰선」에도 여선생은 나오는데 전정자와 전혀 닮지 않았다. 「침몰선」은 또 다른 전정자인 현영민에 대한 글이며, 「여선생」과 「침몰선」 두 소설의 주인공은 이청준 스스로 자신을 지칭한다고 고백했던 '진'이다.

이청준은 결혼 전에 「침몰선」을 썼고, 결혼 후에 「여선생」을 썼다. 「여선생」에서는 사실의 변형이 거의 없지만, 「침몰선」에서는 그렇지 않다. 이청준은 이 소설에서 현영민을 나타내는 소녀가 자신과 사귀었고, 고향까지 쫓아왔다가 서로 불편해져 헤어진 것으로 묘사한다. 이청준의 개인적 글모음에 따르면, 소설 쓰기는 삶의 "결핍과 상처와 꿈을 채우고 아우르는 씻김질"이다. 게다가 그는 문학이란 세상의 그늘과 음지의 습기를 먹고 자라는 괴물이라는 인상적인 말을 덧붙였다. 현영민에 대한 이청준의 그늘과 음지의 습기를 먹고 자란 것이 「침몰선」의 '소녀'다. 이 소녀는 작품에 따라 조금씩 다르게 나타나지만 그 뿌리는 현영민 하나다. 예를 들어 「침몰선」의 소녀는 서로 좋아

했던 진 소년과 소원해지자 자발적으로 헤어지지만, 다른 작품에서는
진 소년에 해당하는 상대를 일방적으로 좋아하거나, 짝사랑의 상처를
이기지 못해 떠나기도 하고 때로 죽기까지 한다. 이청준은 현영민이
'소녀'로 변한 문학이라는 괴물을 통해 자기 삶의 결핍과 상처와 꿈을
채우고 아우르는 것이다.

　전정자와 현영민의 공통 특징을 보면, 이미 초기작에서부터 두 여
자가 뒤섞이는 것을 알 수 있다. 여선생에게서 가장 중요한 것이 향기
(화장 냄새)였다면, 학생인 '소녀'에게 그것은 '진' 소년이 심어준 '바
다'다. '진' 소년은, "그 소녀가 가지지 못한 것, 알지 못한 것, 이야기
할 수 없는 것으로 자기가 가진 것은 그 바다뿐"이라는 것을 알고 있
다. 그런데 그가 들려주고 심어주는 바다 이야기가 거짓에 가까울 정
도로 과장되어 있다.

　　그가 바다 이야기를 시작하면, 소녀도 그 커다랗고 맑은 눈동자 속
　에 바다를 그리기 시작했다. 먼 꿈에라도 젖어 들어가듯 눈빛이 달콤
　하고 신비스럽게 변해갔다. 〔……〕
　　소년은 그 소녀의 눈 속에 더욱 아름답고 분명한 바다를 심어주기
　위해 계속 더 열심히 그 바다 이야기를 했다. 그러면서 그녀의 눈 속
　에서 하루도 빠짐없이 그의 바다를 보았다. (「침몰선」)

「침몰선」은 초등학교를 학령보다 늦게 간 진 소년이 중학생이 되어
K시로 나가고, 고등학교를 졸업한 이후 입대하고 제대해 귀향하는 성
장소설이다. 침몰선이 있는 것으로 볼 때, 진 소년의 고향은 「여선생」
의 배경인 회진포와 같은 공간이다. 이청준의 고향 회진에는 실제로

침몰선과 소설 속 피난민이 있었으며, 「침몰선」의 K시와 소녀의 원형은 광주와 현영민이다. 소설 속 공간과 인물이 사실과 일치하지만 소녀에 대한 이야기는 다르다. 진 소년과 소녀가 만난 때만 사실일 뿐 나머지는 이청준의 바람이 투영된 허구다.

> 고등학교 진학을 하고부터는 1년에 두 번씩 찾아오는 방학 때가 되어도 그는 집에도 잘 가지 않고 열심히 공부를 했다.
> 그리고 그 무렵부터 어떤 소녀를 사귀기 시작했다. (「침몰선」)

이 부분을 이렇게 수정하면 사실이 된다.

> 고등학교 진학을 하고부터는 1년에 두 번씩 찾아오는 방학 때가 되어도 이청준은 가고 싶어도 돌아갈 집이 없었다. 그리고 그 무렵부터 현영민을 가슴에 품기 시작했다.

이청준의 현영민에 대한 짝사랑은 이후 오래 지속되었다. 「침몰선」을 시작으로 '바다를 담은 눈'을 가진 여자는 『이제 우리들의 잔을』 「해공의 질주」 『백조의 춤』 등에 지속적으로 나타난다. 소설가가 된 이청준은 보상받지 못한 짝사랑과 그 상대에 대해, 그의 용어를 빌려 말하자면 소설로 '복수'한다. 「침몰선」에 나오는 여선생이 전정자를 닮지 않은 이유도 바로 그 때문이다. 이청준은 도저히 가까워질 수 없는 현영민으로 인해 도시 여자라는 속성을 공유하는 전정자에게까지 거리감과 이질감을 느꼈던 것 같다. 사실 「침몰선」의 여선생은, 없어도 상관없는 불필요한 인물이다. 그래서 여선생은 발표작과 달리 최종 수정본에서는, "아무리 싹싹해도 자신은 좀처럼 친해질 수 없는 여선생"으로 단 한 번 언급될 뿐이다.

①특히 그 여선생은 언젠가 한번 집으로 따라갔다가 너무나 방이 깨끗이 정돈되어 있는 것에 기가 질려서, 거기다 마늘을 물에 얹어서 길게 수염뿌리를 길러놓은 것을 보고서 영 친해질 수가 없었던 것이다. 여선생의 방에 있는 것들은 모두가 그 마늘의 수염뿌리만큼이나 이상한 것들로 가득 차 있었던 것이다.

②마늘을 물컵에 얹어 길다란 수염뿌리를 기르는 일 같은 것은 이제 아무렇지도 않을 만큼 많이 보았지만 그런 것은 3년만 견디면 되는 것이라 생각했다. 3년만 지나면 집에 돌아가게 될 거라 여겼던 것이다.

③옛날 국민학교 여선생네 집에서 본 마늘뿌리처럼 (「침몰선」 발표작)

「침몰선」 발표작에 실렸던 위 세 글은 수정본에서 삭제되었다. 여선생과 관련된 삭제된 부분의 공통점은 화초처럼 물컵에 기르는 마늘이다. 마늘은 시골 출신인 그에게는 방에 두고 자라는 것을 보며 즐기는 화초가 아니다. 그에게 마늘은 밭에서 기르는 작물로 내다 팔아 돈을 벌거나 반찬에 넣어 먹는 일상적인 양념이다. 그에게 마늘뿌리는 흙 속에 있어서 보이지 않고, 캤을 때도 흙이 묻어 전혀 희지 않다. 이청준에게 도시 여자의 방에 있는 물컵 속의 마늘, 그 희고 긴 뿌리가 얼마나 이질적으로 보였을지 짐작할 수 있다. 수정본에서 ③번 문장 뒤에 이어지는 삭제되지 않은 부분을 보면 그것을 분명히 알 수 있다.

그것은 오히려 수진을 더욱 심한 낭패감으로 몰아넣을 뿐이었다.
(「침몰선」)

이청준은 물컵의 마늘을 전정자의 방이 아니라 현영민의 방에서 본 것 같다. 그는 마늘에서 현영민과 도저히 섞일 수 없을 것 같은 막막함을 느꼈을 것이다. 자신에게는 작물인 마늘이 그녀에게는 완상용이라니. 그가 마늘뿌리에서 심한 낭패감을 느낀 것도 이해할 만하다. 이청준이 발표작 「침몰선」에 굳이 필요하지 않은 여선생을 여러 번 언급한 것은, 그녀와 현영민이 닮았기 때문이다. 그는 마늘을 통해 도시 여자인 두 사람의 공통점을 환기한다. 하지만 그는 「침몰선」을 단행본에 수록할 때 여선생 부분을 삭제하는 방향으로 수정했다. 「침몰선」은 개인사를 가공 없이 옮긴 실화가 아니라 소설이며, 전정자는 그에게 심한 낭패감이나 막막함, 모멸감을 준 사람이 아니었다. 전정자는 이청준이 죽을 때까지 순결한 사랑의 원형으로 기억해야 할 사람이었다. 더구나 많은 부분에서 겹치고 닮은 전정자와 현영민이지만 결정적으로 다른 하나가 있었다. 여러 번 지적하지만 여선생은 회진초등학교에 부임한 지 1년도 못 돼 사라진 반면, 현영민과 그는 고등학교 이후로도 오랫동안 서로 알고 지냈다. 이청준은 연기처럼 사라진 여선생의 삶에 대해서 풍문으로 간신히 짐작할 수 있었을 뿐 잘 알수 없었다. 현영민의 삶은 친분이 유지되는 동안 그가 직접 볼 수 있었고, 그 후로도 오랫동안 사실 그대로 전해 들을 수 있었다. 이청준은 「침몰선」을 혼인하기 전(1968. 1)에 발표했는데 단행본에는 혼인한 후(1971)에 실었다. 그때쯤 그는 현영민에 대한 감정으로 인해 겪은 좌절과 낭패를 전정자에게 투사할 이유가 없음을 알게 되었으리라. 이 모든 감정의 변화들은 현씨집을 나온 후에 일어난 일이다. 현씨집에서 지냈던 고등학교 시절에 이청준은 그 집 사람들과 갈등 없이 살았다. 갈등은커녕 그 스스로 현씨집의 가족이라고 여겼다.

당시 처지가 그를 심정적으로 그렇게 만들었을까. '우렁이 막창자 끝' 같은 시골 출신에 극빈인 그에게 현씨집과 그 집 사람들은 범접하기 어려운 다른 계층의 존재로 여겨졌을 것이다. 이청준은 그들을 또 다른 가족으로 삼지 말았어야 했다. 어떻게 나와 다른 계층의 완전한 타인이 피를 나눈 가족처럼 될 수 있단 말인가. 현씨집 여인들은 평소 집 안에서 한복 치마저고리를 입었다. 그들의 옷은 일하는 사람들이 입는 작업복이나 평상복이 아니었다. 일상을 노동으로 채우던 이청준의 원가족이 명절이나 특별한 날 어쩌다 입는 값비싼 옷이 현씨집의 평상복이었다. 그들은 육체노동을 하지 않아도 먹고사는 데 전혀 지장이 없는 사람들이었다. 고운 한복을 입고 한가하게 예술을 즐기는 것으로 일상을 채워도 되는 사람들이었다. 그들은 '유한계급'이었다.

'누나'

이청준은 진목리 원가족이 해체되기 직전 광주에서 분신가족인 현씨집의 일원이 되었다. 한 가족에서 다른 가족으로의 이행이 시기적인 어긋남 없이 매우 자연스럽게 이루어졌다. 만일 현씨집의 입성이 조금 늦었다면 그가 그처럼 자연스럽게 현씨집의 일원이 되지는 못했을 것이다. 어쩌면 돌아갈 원가족의 완전한 해체와 상실이 그에게 불필요한 갈등이나 자존심 따위를 일거에 제거해주는 효과를 주었을 지도 모른다. 이후 원가족이 재생되기 전까지 이청준에게 집은 늘 광주의 현씨집이었다. 「눈길」에서 보았듯 식구들이 뿔뿔이 흩어지고 돌아갈 집조차 없던 그에게 광주 현씨집은 방학 때나 군복무 중 휴가 때나 언제든 갈 수 있는 유일한 집이었다.

이청준은 원가족의 어머니와 누나처럼 현씨집 안주인을 '어머니'라 불렀고, 현씨집 딸을 '누나'라 불렀다. 그는 스스로 "어머니가 둘"이라고 말했다.

> 핏줄을 나누지는 못했지만 그녀와 나는 오누이처럼 가깝고 허물이 없었다.
> 어쩌면 오누이 이상으로 서로 아껴주면서 지냈다. 그것은 인자하고 사려 깊은 그녀의 어머니(나 역시 어머니라고 불렀지만)로 하여 더욱 그렇게 되었다. (「바람의 잠자리」)

이청준은 자신이 진짜 현씨집 가족 구성원이라 믿었다. 그러나 그것은 그가 한계를 지킬 때까지였다. 그 한계는 '누나'를 '누나'로 여기는 것이었다. 그가 현씨집 딸을 '누나'가 아니라 '여자'로 생각할 때, 근친상간의 금기를 넘은 그는 현씨집에서 내쳐질 수밖에 없다. 이청준은 훗날 소설 속 인물의 입을 빌려, 현영민에 대해 착각도 하지 말고 금기를 넘지도 말라고 스스로에게 경고한다.

이청준이 누나라고 부른 현영민은 1941년생으로 실제로는 그보다 두 살 아래 동생이다. 광주일고 1학년인 그가 현영민의 집에 들어갔을 때 그녀는 전남여고 2학년이었다. 나이와 달리 학년 차가 역전된

원인은 이청준이 학령보다 3년 늦게 초등학교에 입학했기 때문이다. 현영민과 이청준이 '어머니'라고 부르던 현씨집 안주인 신종림은 두 사람을 '누나'와 '동생'으로 규정지었다. 이청준은 단 한순간도 현영민을 누나가 아닌 다른 호칭으로 부를 수 없었다. 그가 훗날 아내에게 말한 바에 따르면, 신종림은 그렇게 함으로써 두 사람 사이에 보이지 않는 명확한 선을 그었다. 하지만 아무리 호칭으로 금기를 만들어도 마음은 어쩔 수 없었다. 이청준은 '누나'를 누나로 여기지 않았지만, 내가 만난 현영민은 '청준이'라는 호칭을 매우 자연스럽게 썼다. 나는 그녀에게 이청준이 연상이라는 점을 지적했다. 그러자 그녀는, "청준이는 그때나 지금이나 동생"이라고 단언했다. 어쨌든 이청준이 마음을 드러내지 않는 동안 신종림은 공부 잘하고 예의 바른 그를 친아들만큼 아꼈다. 실제로는 대학생 나이였던 이청준과 신종림은 이야기가 잘 통했다. 현영만과 현영민 모두 어머니와 말이 가장 잘 통한 사람은 이청준이라고 말했다.

청준이는 가족 중에서 어머니와 가장 친했어요. 어머니는 자식들도 어려워할 정도로 엄격하셨는데, 두 사람은 말이 정말 잘 통했거든요. 어머니는 "청준이의 말에는 향기가 있다"고 하실 만큼 청준이를 예뻐했고, 청준이도 어머니 돌아가셨을 때 연락했더니 일착으로 왔더군요. 사실 청준이 스스로 늘 어머니가 두 분이라고 말했으니, 어머니 상을 당한 거나 마찬가지로 여기지 않았을까요. (현영민)

이청준에 따르면, "어머니는 내가 마치 세상 보는 눈이 비슷한 당신 연배의 친구나 되는 듯, 그리고 그 친구를 오래도록 만나지 못했다가

제2부 광주

모처럼 찾아내고 난 것처럼 열심히 그리고 많은 이야기를 하셨다". 놀라운 독서가였던 두 사람은 서로 읽은 책에 대해서는 물론 이런저런 예술과 세상사에 이르기까지 많은 대화를 했다.

> 나는 청준이 형이 거친 말을 하는 것을 한 번도 본 적이 없어요. 늘 조용하고 책을 많이 읽었지요. 집에는 책이 많아도 너무 많았거든요. 형은 책을 바른 자세로 앉아서 읽기보다 배를 깔고 엎드려 읽는 편을 좋아했어요. (현영만)

이청준은 현씨집의 가장 큰 어른인 신종림을 통해 가족으로 받아들여졌고 자연히 다른 식구들도 그를 친형제처럼 여겼다. 그런데 그가 현씨집에서 얻은 또 다른 것이 있다.

이청준은 현씨집에 들어가기 전까지 우리 동요나 유행가는 물론 판소리 같은 국악과 꽤 친근했다. 거기에는 죽은 큰형과 전정자 선생의 영향과 함께 호남의 뿌리 깊은 정서도 한몫했다. 그런 이청준에게 현씨집은 우리가 클래식이라고 부르는 서양음악에 대해 지대한 관심과 풍부한 지식을 갖게 만들었다. 중학교 음악 시간 등을 통해 서양음악을 학습했던 만큼, 그가 클래식에 완전히 무지하지는 않았다. 하지만 그 정도는 말 그대로 기초적인 상식에 그쳤다. 그 시절 클래식은 보통 사람이 쉽게 접하거나 이해할 수 있는 장르가 아니었다. 그 음악은 바다 건너 잘사는 나라 사람들, 그중에서도 교양 있고 부유한 계층이 즐기는 것으로 여겨졌다. 식민지 시대 이후 서양추수적인 사고나 풍조가 만연한 사회에서 '클래식'을 이해하고 즐길 수 있는 사람은 많지 않았다. 그들은 '유한계급'이었다. 이청준이 언제 유한계급의 일원인적이 있었던가? 묻는다면, 딱 한 번 있었다고 답할 수 있다. 바로 현씨 집의 가족으로 받아들여지던 동안이었다.

평소 이청준과 친한 사람조차 대부분 그가 클래식에 조예가 깊다는 사실을 알지 못했다. 나도 그랬다. 나는 그가 남긴 유품과 유고 등을 살펴보다가 매우 흥미로운 것을 하나 발견했다. 서양음악이 빼곡히 적힌 공책 「서록(書錄)」이었다. 여러 정황상 1964년에 작성된 것으로 보이는 이 목록에는 베토벤 소나타를 시작으로 모두 168곡이 들어 있다.

① 베토벤 쏘나타 V.²P 5번 (spring Sonata) Violin. F장조

2. 푸치니 가극 자니스키 「오 나의 사랑하는 아버지」

② 브람스. 교향곡 4번. E단조. op. 98. (全 4악장)

4. 비제 칼멘 幻想曲.

5. Verdi 春姬 3막 中. 離別의 노래

〔……〕

83. 차이콥스키 교향곡 7번 Eb단조 유진 올만디 지휘 Philadelphia 교향악단 최초

84. 코레루리. 콘첼토 그로쏘 G단조.(협주곡) 크리스마스 협주곡 ? 會 의식용 음악.

85. Mozart 소야곡 G장조 K525(13곡 中의 1) 1787. 현악4중주 or + 콘트라바스 5중주로 연주가브?. (전 4악장)

86. 하차프리아 V. 협 D장조 (알메니아 주제) 3악장 제1주제 외국 (동양적) 2: 멜란코리 3. 민족무곡(강)

〔……〕

165. 부르흐 V. 협 1번 G.단조. op 16.

166. 베 첼로 So. 1번. F장조

167. 차. 비창

168. Rhein을 건너서. (「서록(書錄)」)

「서록」의 다른 글을 보면 이청준은 168곡보다 훨씬 많은 작품을 실제로 듣고 감상했다.

> 뻐꾸기 소리 하염없는 산비탈에 앉아 조을면서 除隊 날짜를 꼽으며 시간을 잡쳤다. 살아온 자죽이 너무 흔적이 없어 뭘 좀 해쓰리라 하고 기껏 한다는 게 노래를 들은 것마다 곡명을 적었지요. 그게 몇백 곡이 넘었었읍니다. 갑자기 그리워지는 게 있더군요. (「서록」 중 27/7)

「서록」은 일기장에 가깝다. 대학교 3학년 때 쓰인 듯한 「서록」의 글들은 대부분 날짜가 명기되어 있고, 독일 문학작품에 대한 분석이나 문학용어 해설 등이 짧게 덧붙여져 있다. 그중 7월 27일에 쓰인 위 글에는 눈여겨볼 점이 있다. 제대 후 쓰인 이 글에서 수신자를 상정하지 않은 1인칭 일기 쓰기 문장이 중간에 느닷없이 바뀌었기 때문이다. 이청준은 현씨집에 입성하기 전에 서양고전음악을 접할 기회가 거의 없었다. 그런 그가 대학에 진학한 이후 "차원(次元)이 다른 빈곤(貧困)"의 상황에서도 수백 곡의 서양음악을 즐겨 들었다. 그 음악에 대한 깊은 애호가 없었다면 있을 수 없는 일이다. 더구나 그는 서양음악 감상을 살아온 삶의 흔적으로 삼으려고 한다. 그러다 보니 갑자기 그리워지는 게 있다. 느닷없는 그리움의 대상이 사람이기 때문에 문장은 경어체로 바뀐다. 그가 누굴까? 대학생인 이청준이 살아온 삶의 흔적, 서양고전음악에서 느닷없이 솟구치는 그리운 이, 그는 바로 현영민이다. 우리는 「서록」의 이 부분을 뒤에서 다시 한번 소환할 것이다. 당시 보통 사람은 물론 평범한 대학생과 비교해도 서양고전음악에 대해 남다른 전문적인 지식과 애정을 자랑하던 이청준이 한순간 씻은 듯이 그 음악과 결별하기 때문이다. 그 결별에 현영민도 관련되어 있으리라. 이후 이청준은 우리가 알듯이 판소리 등 전통음악에 경도되고, 「서편제」가 포함된 '남도 사람' 연작 등을 발표한다.

현영민은 클래식 애호가였다. 어머니 신종림이 문학과 음악에 두루 조예가 깊었던 반면, 그녀는 책을 잘 읽지 않는 편이라고 내게 말했다. 이청준은 음악을 통해 현영민과 가까워질 수밖에 없었다. 그녀가 매일 거르지 않고 듣는 음악은 모두 서양고전음악이었다. 이청준은 그녀와 한집에 살 때 클래식에 입문해서 음악 감상을 하며 많은 시간을 보냈다.

> 우리는 음악을 같이 많이 들었어요. 내가 즐겨 듣는 음악은 언제나 클래식이었는데, 어느 날이 기억나네요. 토이기 행진곡이 나오는데 청준이가 그 음악에 맞춰 저쯤에서 걸어왔어요. 그래 내가 말했죠. "청준이가 음악에 발을 맞춰 걷네." 그러자 청준이가 웃더군요. (현영민)

현영민처럼 어머니 신종림도 클래식 애호가였다. 그녀는 자신을 어머니라고 부르는 이청준을 위해 아침마다 클래식을 틀어놓았다.

청준이 형은 아침에 클래식을 틀어놓고 듣다 등교했어요. 아침이
어서 그런지 주로 축제의 노래 같은 경쾌한 행진곡풍을 즐겼지요. 타
이스의 명상곡을 듣기도 했지만. 음악에 빠져 시간이 다 되면 서둘러
등교하고는 했는데, 언제부턴가 어머니가 먼저 일어나셔서 청준이
형을 위해 음악을 틀었어요. (현영만)

이청준은 현씨집에 사는 내내 서양고전음악에 빠져 지냈다. 그가
훗날 그 음악에서 떠올리는 삶의 흔적은 당연히 현씨집 사람들, 그중
에서도 많은 시간 함께 들었다는 현영민이었다. 현영민은 전정자의
중요한 특징인 음악 애호를 한층 더 깊이 공유한다. 이청준이 클래식
을 듣다 서둘러 등교했던 광주일고는 현씨집에서 대략 걸어서 40여
분 거리에 있었다. 그는 매일 그 길을 걸으며 방금 들었던 음악과 더
불어 현영민을 생각했을 것이다.

1958년 2월 20일 광주일고에서 발행된 『광휘(光輝)』3호에는 이청
준이 쓴 수필 「봉사회의 아침」이 실려 있다. 2백 자 원고지 15장 분량
의 꽤 긴 이 글은 여러 정황상 현씨집에 살 때 쓴 것으로 보인다. 「봉
사회의 아침」에는 소설가를 예고하는 예사롭지 않은 묘사가 여럿 나
온다.

잦아드는 듯한 정적, 영혼의 침묵, 아 그런데 머언 곳에서 찬 기운에
꽁꽁 얼어붙은 두유장수 소년의 외침소리가 들려온다. 갑자기 싸늘한
아침 공기가 온몸을 습격해 오는 것 같다. 한창 짙은 가을철의 아침 날
씨라 두어 껍데기 옷을 입고는 비를 휘두르며 기를 써봤자 별수가 없
다. 그렇다고 목을 돌아 소리를 지르며 용을 쓸 수도 없는 것이, 그렇

잖아도 적막에 덮인 이 거리를 걷고 있는 내가 마치 자고 있는 큰 動物을 피하는 토끼마냥, 금방이라도 큰 함성이 터질 것만 같은 조마조마한 착각 때문이다. (「봉사회의 아침」)

「봉사회의 아침」은 우리에게 묘사뿐 아니라 또 다른 생각거리를 준다. 거기에는 '누나'가 그리움의 중요한 대상으로 나온다. 물론 그는, 노란 은행 낙엽에서 뜬금없이 되살아난 기억이 자신의 시집간 누나에 대한 것이라고 쓴다. 하지만 이 진술은 거짓이다. 그가 훔쳐본 누나의 일기장에는 잊히지 않는 구절들이 있는데, 그 내용이 도저히 이청준의 친누나가 쓴 것일 수 없다. 더구나 그는 **"지금 나의 그리움의 대상인 바로 그 누나의 일기장"**은 소녀가 아니라 "조금 성인(成人)이 되어가는 때의 기록이었던 성싶"다고 말한다. 그 누나는 현영민인 것 같다. 현씨집과 그 중심에 있는 현영민은 꽤 오랜 시간 그에게 삶을 지탱할 수 있는 힘이 되었다. 현영민은 1년 뒤, 이청준이 고등학교 2학년일 때 이화여대 생활미술과에 합격해 광주를 떠난다. 그녀는 도자기를 전공했는데, 4학년 재학 중인 1962년 국전 공예 부문에 작품 두 점이 입선된다.

오병기

이청준이 현씨집에 살며 매일 음악과 상념에 빠져 도착했던 광주일고에는, 그가 평생 곱씹을 교훈을 준 선생님과 변치 않을 친구들이 있었다. 산문 「필생의 스승」의 주인공인 오병기는 이청준의 고등학교

2학년 때 담임선생이다. 국어 선생으로 문예반을 담당했던 그는 이청준에게 깊은 깨달음을 남긴, 글자 그대로 '필생의 스승'이다. 「필생의 스승」뿐 아니라 「부드러운 것과 강한 삶」 「나이를 넘어선 평생 독서의 모습」도 모두 오병기에 대한 글이다.

이청준은 문예반과 도서반 특별활동을 하면서 중학교에 이어 고등학교에서도 글재주를 드러냈다. 그는 2학년 때 교내 문예작품 모집에서 「진달래꽃」으로 '산문부' 1등을 했다. 진달래꽃의 다른 이름은 두견화(杜鵑花)이다. 두견화는, 뻐꾸기가 진달래 필 무렵 한나절씩 울어목에서 피를 토해내고, 그 피로 꽃을 붉게 물들여 따 먹고 다시 울어피를 토한다는 설화에서 나온 이름이다. 「진달래꽃」에 나오는 뻐꾸기와 진달래 이야기가 훗날 「석화촌」에서 인상적으로 재현된다. 이청준이 고등학교 2학년 때 쓴 소설 「닭쌈」은 1958년 『학원』 5월호에 실렸다. 당시 선자(選者)는 「닭쌈」을 뽑은 이유를 이렇게 말했다.

이청준 군의 「닭쌈」은 서둘지 않고 차근차근 써나간 솜씨가 훌륭했다. 닭쌈을 하는 장면 묘사도 잘되어 있고, 거기에 대한 감정 같은 것도 잘 나타났다.

이청준이 1973년 발표한 「그 가을의 내력」은 닭이 개로 바뀌고 이야기와 인물이 다소 변형됐지만 「닭쌈」을 원형으로 한 소설이다. 국어를 담당했던 오병기는, 이청준이 "어른에게서 많은 사랑을 받았다"고 회고할 만큼 문재(文才)가 있는 그를 아꼈다.

오병기는 학생들에게 "하알 수 있냐아"라는 말로 기억되는 선생이다. 많은 학생이 체념과 포기로 알았던 이 말의 깊은 뜻을 이청준은 시간이 흐른 다음 제대로 깨닫게 된다. 그는 신념을 갖지 않은 듯한 오병기를 통해, 그 대척점인 굽히지 않는 신념의 섬뜩한 폭력성을 본다. 이 소설가에게 '신념'이 얼마나 중요한 열쇠말인지 아는 우리는 그래서 더 오병기에게 경외심을 갖는다. 무엇에 대한 분명한 신념은 매우 많은 경우 독선과 아집으로 흐른다. 흔들리지 않는 신념을 가진 개인이나 집단은 그 신념을 공유하지 않는 대상에게 폭력적이 된다. 그들은 어떻게든 상대를 설득하려는 가벼운 폭력부터, 그 시도가 실패할 경우 보여주는 심화된 폭력까지 모두 신념의 이름으로 행한다. 이청준은 장차 『당신들의 천국』 등 이런 신념을 다룬 걸작들을 쓰는데, 그 바탕을 형성해준 한 사람이 바로 오병기라 할 수 있다.

오병기에게는 '하알 수 있냐아'라는 별명이 붙게 된 일화가 있다. 그는 담임 반 학생들을 이끌고 간 수학여행에서 제일 좁고 초라한 방을 배당받았다. "산골 절간 부근에는 기백 명을 헤아리는 학생들을 투숙시킬 여관방이 모자랐다." 방이 모자라니 각 반 담임선생들은 서로 자기 반 학생들을 넓고 좋은 방에 재우려고 열띤 경쟁을 벌였다. 그 경쟁 끝에 오병기에게는 형편없는 방이 배정되었다. 평소 그의 성품을 보면 당연한 결과였다. 그가 언제 경쟁에 나서거나, 어쩔 수 없이 그런 처지에 서더라도 남을 이겨보려 하였던가? 그는 선생들의 다툼질을 뒤에서 멀거니 구경만 하다 가장 비좁은 방을, 그것도 맨 나중에 배당받았다. 오병기가 하필 그런 방이냐고 화가 나서 항의하는 학생들에게 했다는 말이 걸작이다.

"하알 수 있냐아. 넓은 방은 모두 다른 반에서 먼저 차지해버리는 걸……"

열이 나서 기다리고 있던 우리들에게 선생님은 빙글빙글 힘없이 웃으시면서, 우리가 좋은 방을 차지하면 어느 반인가 다른 반 아이들이 우리 대신 나쁜 방을 써야 하지 않겠느냐는 말씀이었다.

그런 일이 있은 뒤로 그 선생님의 별명 아닌 별명이 '하알 수 있냐아'였다. (「필생의 스승」)

오병기는 자신을 내세우거나 주장하는 사람, 누구를 심히 나무라거나 원망하는 사람이 아니었다. 그래서 이청준을 비롯해 학생들은 그를 "다른 어느 선생님보다 쉽고 만만하게" 여겼다. 당시 광주일고에는 '문제 선생님들'이 꽤 있었다. 술이 과해 수업 시간까지 붉은 얼굴로 들어와 뒷소리를 듣던 선생, 일제강점기 학력이 문제가 되어 학교를 잠시 쉬던 선생, 장난삼아 도박을 하다 지나쳐 신문 사회면을 장식한 선생. 이런 이력이 붙은 선생들은 교직을 유지하기 어려운 것이 당연했다. 이 말썽꾼 선생들을, 10여 년 뒤 다른 학교 교장이 된 오병기가 모두 불러 함께했다. 그는 처지가 어려운 그들을 "모셔 들여온" 뒤별다른 요구를 하지 않았는데, 사리 분별할 만큼 나이가 든 사람들이니 다 알아서 할 거라고 믿었기 때문이다. 무엇보다 이청준을 놀라게 한 것은, 그 말썽꾼 선생들이 다른 어떤 선생보다 더한 정성으로 학생들을 가르치고 있었다는 점이다.

한마디로 그 무능무력하고 주장과 내세움이 없어 보이시던 선생님이 그 난처한 '문제 선생님'들을 양처럼 순량(淳良)하게 순종시키고 계신 것이었다. 이해와 양보와 부드러운 감쌈이 주위 사람들에 대한 용서를 낳고, 그 부드러움이 눈에 보이지 않는 큰 힘으로 선생님들을 의연하게 휘어잡고 계신 것이었다.

　부드러운 감쌈이 그토록 큰 힘을 발휘할 수 있다니! 나는 새삼 거기서 깨닫고 자신을 반성하지 않을 수 없었다. 감히 비길 수도 없는 일이지만, 선생님에 비하면 나는 너무도 주위에 대하여 이해와 감쌈이 부족하지 않았던가. 〔……〕 과연 그러하다. 부드러운 이해와 용서와 감쌈, 그것이야말로 어떤 내세움이나 주장보다도 큰 힘을 발휘할 수 있는 것이다. (「부드러운 것과 강한 삶」)

　이청준이 보기에 오병기의 삶은 쟁취하는 쪽이 아니라 양보하는 쪽이었다. 용기가 없어 80퍼센트를 손해 보고 20퍼센트만 살아냈다고 자책하는 선생의 삶을 제자는 달리 해석한다. 그가 손해 본 80퍼센트는 누구나 누리고자 하는 삶이고, 나머지 20퍼센트는 누구도 갖기 싫어하는 힘든 삶이었다. 그러니 '하알 수 있냐아'는 무능이나 무력이 아니라 양보와 감쌈, 이해와 용서의 다른 말이다.

　'하알 수 있냐아'의 양보 뒤에서 우리가 자칫 지나쳐버리기 쉬운 남은 20퍼센트의 그 소중스런 삶의 영역과 가치를 당신 혼자 힘겹게 지켜오셨더라는 이야기다. 그것이 어찌 용기 없이 가능할 수가 있을 삶일 것인가.

　선생님에게 신념이 없는 것처럼 보였다는 말 역시 마찬가지다. 남이 누리기를 바라는 것을 빼앗지 않고도, 이웃을 상대로 쟁취함이 없이도 남들이 지나쳐버리기 쉬운 그 20퍼센트의 남은 삶을 의연하게 살아오고 계신 선생님에게서야말로 누구보다도 분명하고 투철한 인간에의 자각과 신념을 배울 수가 있었을 터이기에 말이다. (「필생의 스승」)

오병기의 삶에 대한 태도는 이청준이 '남도 사람' 연작 등에서 공들여 구현하는 세계관이 된다. 「다시 태어나는 말」은 '남도 사람' 연작과 '언어사회학 서설' 연작의 공동 맺음작인데, 그 핵심인 다시 태어나는 말이 바로 감쌈을 통한 '용서'다. 그렇다고 이청준이 오병기의 반에 있던 고등학생 때부터 스승의 교훈을 뼈에 새긴 것은 아니다. 그는 3학년 때 학생회장 선거에 뛰어들었다. 그 시절 그가 처한 환경을 생각하면 언뜻 이해하기 힘든 처신이다. 장흥 본가는 완전히 해체되었다. 가정교사 일이 없었다면 학업은커녕 끼니와 잠자리를 해결하기도 힘들었을 이청준이 1959년 3학년 때 직접선거로 선출된 학생회장이 된다. 그는 쉽지 않은 성취를 이뤘지만, 이 일을 계기로 어느 정도 정치혐오증을 갖게 된다. 학생회장 선거 경험은 『신화의 시대』를 이해하는 데 도움이 된다. 이청준이 종운(큰형)의 대척점에 놓인 주요 인물 태산을 그리는 바탕에 바로 정치혐오증이 있다.

학생회장

이청준은 자기 한 몸도 건사하기 어려운 처지에 어떻게 학생회장 선거에 출마할 결심을 하고 당선되었을까? 그는 현씨집에 있으면서 무엇인가 세속적인 성취를 하고 싶었는지도 모른다. 직접선거로 뽑는 광주일고 최초의 학생회장은 그때 그가 이룰 수 있는 최고의 성취였다. 만약 당선된다면? 그는 결국 학생회장 선거에 나가기로 결심한다.

그는 자신을 둘러싼 상황이나 처지가 아니라 온전히 이청준이라는 사람만으로 세상의 판단을 받고 싶었다. 그는 자신의 의지로 학생회장 선거에 출마했고 당선됐다. 이청준에게는 이진영과 민득영 같은 친구들이 있었다. 그들은 모두 광주서중을 졸업했고, 고등학교 때 더욱 친밀해져서 평생 변하지 않았다. 이청준이 세상을 떠난 뒤에도 두 사람은 친구의 업적을 기리는 일과 가족을 돌보는 일에 마음과 정성을 다했다. 누구나 그런 친구들과 우정을 갖고 있는 것은 아니다. 나는 그들을 보면서, 이청준이 삶을 잘 살았다는 생각을 했다.

광주 출신인 이진영은 부유한 집안 덕택에 대학을 졸업할 때까지 학비나 하숙비나 용돈 따위를 걱정해본 일이 없었다. 이청준은 그런 친구에게 자신의 어렵고 힘든 사정을 전혀 털어놓지 않았다. 나는 이진영뿐 아니라 다른 여러 사람에게서 그의 이런 결벽증에 대해서 들었다. 이청준은 당차지만 조용하고 성실한 학생이었다. 그는 어느 누구에게도 자신의 처지를 알리지 않고 들키지도 않으면서 오로지 학업에 몰두했다. 천재라 불릴 만큼 뛰어난 두뇌에 노력이 결합했으니 성적이 좋은 것은 당연한 일이었다.

청준이는 공부할 때 무섭게 '집중'했어요. 중고등학교 내내 1, 2등이었는데, 그 말은 곧 호남에서 1, 2등이라는 말로 법대로 가야 마땅한 일이었지요. 우리 학교 문과에서 최상위권은 서울 법대 진학이 당연한 일이었으니까. 그런데 청준이는 법대가 아니라 독문과에 갔거든…… 나보다 훨씬 성적이 좋아서 법대에 가고도 남을 실력이었는데.
(이진영)

서울 법대 출신인 이진영은 '집중'이라는 말에 특별히 힘을 주었다. 이청준이 법대에 갔다면 어땠을까? 아마 그는 무난히 사법시험에 합격해 법조인이 되었을 것이다. 그랬다면 그는 가난에서 벗어나 세속적인 부와 권력을 얻었겠지만, 한국문학사는 대체 불가능한 뛰어난 소설가 한 명을 잃었을 것이다. 이청준은 살아서도 어느 정도 그랬지만, 세상을 떠난 뒤 점차 신화가 되어가고 있다. 삶의 조건과 환경이 전대미문의 변화를 겪고 있고 거대담론도 사라진 요즘, 그와 같은 소설가가 다시 나올 수 있을까 회의적이다. 그런데 이청준은 소설가 이전에 중고등학생일 때 이미 신화적인 인물이었다. 이진영은 서중에 입학하던 날 강봉우 교장의 훈화로 전교생이 이청준을 알게 되었다고 회상했다. 앞에서 보았듯 강봉우는 입학식에서 "매우 뛰어난 성적으로 입학한, 난생처음 기차를 타본 진목리 출신 이청준"을 특별히 언급했다. 이후 이청준은 강봉우가 다른 학교로 간 뒤에도 학생들의 입을 타고 후배들에게 계속 전해졌다.

> 청준이에게는 늘 신화가 따라다녔어요. 입학식에서 콕 집어 청준이 얘기를 하신 강봉우 선생 덕이지요. 게다가 1학년 입학 직후 전국시험이 있었는데, 운동장 조회 때 교장 선생님이 청준이가 호남에서 1등이라고 하더군요. 청준이 얘기는 교장 선생님이 떠난 뒤에도 입에서 입으로 전해졌는데, 그럴수록 이야기에 살도 붙고 그래서 후배들도 다 청준이를 알았어요. 신화적인 선배로. (이진영)

이청준이 학생회장에 당선되는 데는 그의 이런 신화가 큰 몫을 했다. 그때 광주일고에는 공부를 잘하는 학생들 모임이 둘 있었다. 그중 하나가 이청준과 이진영이 속한 '빅토리클럽'이었다. 빅토리클럽의 구성원은 15명 정도였다. 학생회장 후보들은 두 클럽에서 나왔는데, 이청준과 대결해 패한 상대 클럽 후보는 훗날 대법관이 되었다고 한다. 그는 1, 2학년 후배들이 모두 알 만큼 지명도가 높은 이청준을 이길 수 없었다. 이청준은 열띤 선거전이 벌어진 최초의 직접선거에서 75퍼센트가 넘는 유효득표율이라는 압도적 표차로 당선되었다. 더욱이 그는 광주학생운동 30주년이 되는 해에 그 중심이 되는 학교의 대표가 되었다. 그가 나름 확고한 주관을 가진 학생 대표로서 준비하고 치러야 할 가장 중요한 일이 바로 11월 3일 학생의 날 행사였다.

> 11월 3일 학생의 날에는 정말 큰 행사가 열렸어요. 광주일고를 중심으로 호남과 전국 학생 대표들이 모이고 도지사도 참석하는 규모였으니까. 우리는 학생회장인 청준이를 중심으로 여러 날 행사 준비를 했지요. (이진영)

1929년 11월에 광주에서 시작된 학생운동은 5개월에 걸쳐 전국에서 5만 4천여 명의 학생이 참가한 대규모 항일운동이었다. 그것을 기념하기 위해 1953년에 정부가 제정한 11월 3일 '학생의 날'은, 폐지와 재지정을 거쳐 2006년 '학생독립운동기념일'이라는 정식 명칭을 얻었다. 1959년 광주일고 학생회장인 이청준에게는 학생의 날 행사를 주관하는 것이 매우 큰 부담이자 자부심이었다.

> 광주일고(光州一高)에 갔을 때는 마침 광주학생운동 30주년 기념식이 있었어요. 전국적인 행사였죠. 59년에 내가 학생회 대표였고,

그때 기억 하나 소개하지요. 당시 어떤 재력가가 돈을 들여 광주일고 교기 제작을 했는데 그걸 일본에서 만든 거예요. 그것을 그냥 들고 다니다가 보니까 문장에 일본 색깔이 있는 거예요. 내가 그때 학생회장이었는데 젊은 혈기에 그걸 그냥 넘길 수 있나? 나는 어린 마음에 화형식을 하겠다고 그런 거예요. 뭣 때문에 설득을 당했냐 하면 그분은 좋은 뜻으로 한 건데 그러면 되겠느냐 하시더라고요. 선생님들께서 아주 비밀리에 교기를 다시 만드는 운동을 해라 그래요. 이 어른들이 인격자라고 하는 것은 그런 마음 씀에서 보이는 거 아녜요? (「이청준의 생애연표」)

이청준은 결국 교기 화형식을 접고 선생님들 뜻을 따랐다. 그는 패기만만하게 행사를 준비했는데, 나아가고 물러설 때를 알아서 친구들을 격려하기도 다독이기도 하면서 행사를 잘 치렀다. 나는 그가 정치를 했다면 꽤 좋은 정치인이 되었으리라 믿는다. 하지만 그는 정치인도 법률가도 아닌 소설가가 되기로 결심한다. 돈과 권력을 탐할 수밖에 없는 절실한 이유가 있고 그에 상응하는 야심과 실력도 가졌던 그가 어떻게 그럴 수 있었을까? 표면적인 원인은 학생회장 선거와 당선 뒤 경험이었다. 그는 성인이 되기 전 학생 시절에 기성정치의 한 단면을 실제 맛본 것이다.

한 가지 덧붙이면, 그때 최초로 학생들이 직접선거로 회장을 뽑았어요. 나는 출마해서 당선이 되었지만, 그때부터 지금까지 나는 정치 혐오증이 있어요. 패를 지어 서로 잘났느니 뭐니 헐뜯고 하는 게 싫더라고요. (「이청준의 생애연표」)

이청준이 학생회장 선거 경험 탓에 정치혐오증을 갖게 된 것은 사실이다. 하지만 그가 그 때문에 법대를 외면하고 독문과로 진학한 것은 아니다. 정치가 싫다면 사법시험에 합격해서 법관으로 입신양명하면 될 일이다. 게다가 가족과 고향 사람들은 그가 당연히 그리되리라 믿고 있었다. 그들의 모든 기대와 바람을 저버리고 이청준이 문학의 길을 걷겠다고 결심한 가장 큰 이유는 현씨집에 있다.

이청준의 고등학교 시절은 도시로 대변되는 세계에 대한 복수심이 더욱 철저하게 강화되는 시기라고 했다. 중학교 때와 달리 그 시절에는 극단적 가난(본집, 친모)과 극단적 부(현씨집, 양모)가 대립했다. 게다가 그는 새로운 가족에 속하는 누나, 사실은 동생을 마음에 품게 된다. 그의 복수심은 현영민을 포함한 도시와 부, 그것을 갖고 싶다는 지배욕으로 나타난다. 이청준의 위대함은 그 지배욕을 결국 문학으로 완성했다는 데 있다. 이청준이 글을 쓰게 된 동기는 흔히 말하듯, 뭐라 뚜렷하게 설명할 수 없는 안에서의 끓어오름, 신비한 소명의식 따위가 아니다. 그는 뚜렷한 목적과 냉철한 이성을 갖고 대학 전공을 선택했다. 그는 자신이 세상에 **복수**하고 세상을 **지배**하기 위해서 글을 쓰기 시작했다고 분명히 밝힌다. 우리는 이 점을 간과해서는 안 된다. 이청준은 소설이라기보다 문학론에 가까운 「지배와 해방」에서 소설가 이정훈의 입을 빌려 복수에 대해 이렇게 말한다.

"……왜 쓰는가 — 글은 왜 쓰는가. 작가는 무엇 때문에 소설이라는 것을 쓰고 또 써야 하는가. 작가의 소설은 어떤 동기와 욕망과 충동의 힘에 의해 씌어지며, 그것은 또 누구를 위해, 어떤 목적에서 씌

어지는가…… 〔……〕

　　그러므로 이 문제는 무엇보다 우선 이야기의 출발을 글을 쓰는 사람 자신의 동기와 인간적인 욕망에서부터 시작하지 않으면 안 됩니다. 그가 지금 왜 글을 쓰는가는, 애초에 그가 어떤 동기와 욕망에서 글이라는 것을 쓰기 시작했으며, 그로부터 한 사람의 작가가 되기까지 그의 동기와 욕망이 어떤 행로와 수정을 거쳐왔고, 어떤 명분과 책임들을 동반하게 되었는가 하는 경위를 살핌으로써 비로소 유추가 가능해질 수 있을 것입니다……"

　　〔……〕

　　그가 애초에 글을 생각하게 된 동기는 그처럼 순교자적인 것이었다기보다도, 오히려 그의 바깥 세계에 대한 강렬한 복수심 때문이었습니다. 그런데 그 개인의 욕망과 복수심을 고의적이든 무의식적이든 깡그리 은폐해버린 채 오로지 사회적인 책임만을 그럴듯하게 말하고 싶어 한다면, 거기에는 필경 엉뚱한 속임수와 배반이 깃들일 위험이 있습니다. (「지배와 해방」)

　이정훈이 이청준임은 자명하다. 그는 이어서 '지배'에 대해서도 길게 이야기한다. 이처럼 이청준의 글쓰기의 근원에는 '복수'와 '지배'가 있다. 그 복수와 지배의 수단이 글쓰기라는 무해한 것이고 자유라는 고차원적인 이념이라고 해도 달라지는 것은 없다. 복수와 지배에는 나만큼 타인이, 인정욕망이 중요하다. 복수와 지배는 인정욕망을 가진 권력의지에 다름 아니다. 그는 힘(권력)을 갖기 위해 자신이 쓸 수 있는 가장 훌륭한 수단이 무엇인지를 잘 알았던 사람이다. 달리 말하자면 그는 세상을 매혹시킬 수 있는 자신의 능력이 무엇인지를 알았던 사람이다. 그에게서 가장 경이로운 것은 훗날 글쓰기로 세상의 지배(정신의 지배)를 성취하고서, 그 힘을 돈과 세속적 명예로 대변되는 실제 세계로 확산시키려 애쓰지 않았다는 점이다. 그에게 그런 욕망이 왜 없었겠는가. 다음 일화는 이청준이 가진 욕망에 대해 짐작하게 한다. 그는 학생회장 출마 이전에 다른 선거에도 나섰다. 학생회장 선거는 전교생을 대상으로 하는 직접선거였고, 이청준이 압도적인 표차로 당선되었다. 그런데 아래에 나오는 선거의 투표인단은 총 13명이고 승패를 가른 표차도 겨우 한 표에 불과하다.

오래전 고등학교 시절 나 역시 한 학생회 선거에 나선 일이 있었고, 상대방 친구가 워낙 가까운 사이라 나 역시 처음엔 투표지에 그 친구의 이름을 적었었다. 〔……〕 하지만 다시 생각해보니, 나는 어차피 선거에 경쟁자로 나선 데다 친구를 위해 스스로 사퇴도 못 하는 처지에서 거꾸로 경쟁자의 편에 서는 것은 어딘지 자신에게도 떳떳치 못한 느낌이었다. 그래 이내 투표지의 친구 이름을 지우고 다시 내 이름을 적어 내었다. 그리고 지금도 생생하게 기억되는 일이지만 7:6이라는 한 표 차이로 아슬아슬하게 내가 이겼다. 이쪽이 그 친구의 이름을 그대로 써 내었다면 승패가 거꾸로 뒤바뀔 수 있는 결과였다. (「표(票)에는 패자가 없다」)

위 선거는 학생회 간부쯤을 뽑는 것이었는지도 모르겠다. 이청준은 선거에 나섰고, 고심 끝에 친한 친구인 경쟁자의 이름이 아니라 자신의 이름을 적어냈다. 그 선택 덕으로 그는 한 표 차의 짜릿한 승리를 맛본다. 이청준이 직접 고백한 이 일화는, 그가 적어도 우리 정도의 세속적 욕망은 갖고 있었음을 보여준다. 처지를 고려할 때, 그는 누구보다 더 돈과 명예를 거머쥐고 싶었을지 모른다. 그가 세상을 떠난 뒤 내가 만난 어떤 사람이 있다. 그는 이청준에게서 오로지 이 부분만, 그러니까 욕망의 크기만 보았다.

　　그분은 세속적인 욕망이 강한 사람이었어요. 게다가 내적 오만함도 상당했지요. 자신이 최고여야 한다고 믿었으니까요. 그럼 그냥 그렇게 살지, 세상에서 인정받고 싶어 하는 건 또 뭔지 모르겠다니까요.

　이 말을 한 사람은 이청준이 오랜 세월 잘 알고 지낸 사람이었다. 나는 그를 '아는 사람'으로밖에 표현하지 못하겠다. 그는 이청준을 매우 좋아하고 따르는 것 같았다. 나만이 아니라 주변 모든 사람들이 그렇게 믿었다. 사람들은 그가 이청준의 장례행사와 추모행사에 빠짐없이 참여하는 것을 당연하게 여겼다. 나는 평전에 도움이 될 여러 기억과 추억과 일화를 들어보려고 그를 만났다. 그 만남은 내게 씁쓸한 당혹감을 남겼다. 그는 내가 이청준 평전을 쓰는 것을 알고 있었다. 그래서였는지 이청준에 대한 감정을 숨기지 않았고, 평소의 온화했던 표정과 태도에도 날카롭게 날이 서 있었다. 그는 나에게 반드시 사실을 알려주겠다는 듯 이청준에 대한 부정적인 견해를 끊임없이 쏟아냈고, 당황한 나는 무엇 때문인지 모를 두서없는 변명만 늘어놓았다. 그러다 곧 입을 닫고 아무 말도 하지 않았다. 나는 그의 말에 하나도 동의할 수 없었다. 이상할 만큼 이청준을 미워하는 그를 보며, 둘 사이에 무슨 일이 있었나, 그런 의문도 잠시, 내가 정말 견딜 수 없는 단어가 그의 입에서 튀어나왔다. 배신자. 나는 평소답지 않게 감정을 숨기며 차분해지려 애썼다.

> 나: 무엇에 대한 배신을 말씀하시는지요?
>
> 그: 그 뭐랄까…… 주변 사람들에 대한 배신 말입니다.
>
> 나: 그러니까 주변 사람들을 배신한 구체적인 일이 무엇인가 해서요.
>
> 그: 다 그래요. 다.
>
> 나: 다 그렇다니요? 너무 추상적인데요. 게다가 제가 겪은 미백 선생과 너무 달라서 실제 일화를 알고 싶어요.
>
> 그: 전집 같은 출판 일도 그렇고.
>
> 나: '배신'이라는 단어는 파괴력이 큽니다. 구체적인 예를 말씀하실 수 없다면 다른 단어를 쓰셔야 하지 않을까요.
>
> 그: 그럼 '일종의 배신자'라고 하지요.

그는 완강했다. 나는 '배신'을 힘주어 발음했고 그 또한 '일종의 배신자'에 방점을 찍어 답했다. 나는 다시 한번 이청준에 대한 옹호와 변명 비슷한 말을 했지만, 그가 어느 정도 설득이 되었는지 모르겠다. 우리는 그쯤 만남을 마무리하고 헤어졌다. 돌아오는 발걸음이 몹시 무거웠다. 이후에도 그는 이청준의 기일이나 그를 기리는 다른 행사에 빠짐없이 얼굴을 내밀며 애정 어린 회고를 멈추지 않았다. 나는 처음에 그가 모조리 거짓을 말한다고 믿었다. 하지만 이청준의 삶을 찬찬히 다시 살아본 지금, 그의 잘못은 거짓말이 아니라 해석의 오류였다. 그는 꽤 날카로운 눈으로 이청준이 지닌 세속적 욕망을 꿰뚫어 보았다. 그런데 그의 눈은 거기서 멈췄다. 욕망 너머 이청준이 걸어간 발걸음을 보려고 하지 않았다. 그가 보려고 했다면 능히 보였을 궤적이었다. 그가 눈을 감은 것은, 보고 싶지 않았기 때문이다. 왜? 내 생각에 그는 누구보다 세속적인 욕망이 강한 사람이었다. 그는 이청준에게서 본 자신의 그림자를 용납하기 어려웠을 것이다. 게다가 그는 그 그림자에 내내 끌려다니고 있었는데, 이청준은 그러지 않았다. 그는 이청준이 부럽고 무서웠을 것이다. 그렇다 해도 '배신자'는 너무했다. 이청준의 글에 많이 쓰인 '배신'은 그의 세계관을 이해하는 데 중요한 단어이기도 하다. 물론 이때 배신의 의미망은 '아는 사람'이 쓴 배신의 그것과는 매우 다르다.

독문과 진학

이청준에게는 소위 출세할 수 있는 능력이 있었다. 그가 돈과 권력을 쥐는 출세를 해야 할 이유는 차고 넘쳤다. 흔히 말하는 복수란, 나를 인정하지 않은 사람들과 사회 위에 보란 듯이 우뚝 서는 것이다. 그래서 복수는 다른 말로 지배라 할 수 있고, 지배에도 여러 종류가 있다. 가장 보편적인 게 돈과 권력을 통한 지배이다. 돈과 권력을 얻은 사람은 그렇지 않은 사람들을 다양한 방식으로 억압한다. 하지만 아무리 강력한 돈과 권력이라도 다른 사람의 정신까지 지배할 수는 없다는 한계가 있다. 이청준이 보기에 정신을 제외한 지배는 가짜 지배이다. 더욱이 돈과 권력에 의한 지배는 기껏 앞사람들을, 그러니까 기존 지배자들을 모방하는 것에 불과하다. 현씨집은 이미 호남 제일의 부와 권력을 가졌다. 서울대 법대에 진학하고도 남을 실력이었던 이청준이 원했다면 상당한 재력과 권력을 얻었을 테지만, 그가 재력과 권력에서 현씨집을 넘을 가능성은 거의 없었다. 사법시험에 합격해 법조인이 되는 것은 당시 사회에서 가장 확실히 보장된 성공의 길 중 하나여서, 가난한 수재는 대부분 그 길을 갔다. 그런데도 「눈길」에서 보듯, 고향에는 방 한 칸도 없어 어머니와 형네 식구들이 뿔뿔이 흩어져 지내던 시절, 가난한 시골이 낳은 천재 이청준은 가족과 고향 사람들의 기대를 저버렸다. 그는 모든 사람이 당연하게 여긴 그 길을 가지 않았다. 가족과 공동체의 희망을 저버린 결과는 혹독했다. 그는 그 후 20여 년 고향에 갈 수 없었다. 이청준은 자기 식의 지배를 완성하는 길로 예술을 택했다. 그는 사람을 돈과 권력이 아니라 '자유'로, 다시 말해 문학으로 지배하기로 결심했다. 현씨집을 포함한 사람들의 정신을 지배하겠다는 무서운 야망이 그로 하여금 대학의 전공 학과를 선택하게 만들었던 것 같다. 그 야망은 독문과에 진학했을 때 반드시 달성해야 할 절체절명의 목표가 되니, 이청준이 얼마나 치열하게 문학에 매진했을지 알 수 있다. 그는 부와 권력을, 자신과 가족의 안위를 자발적으로 포기하면서 타인의 정신을 지배하려는 야망을 선택했다. 다시 한번 이청준이 얼마나 가난했는지 떠올리자. 이 크고 무서운 야망은 현씨집을 배제하고는 설명이 되지 않는다. 갓 스물이 된 그의 선택에는 현영민이 아주 크게 작용하고 있음이 분명하다. 그는 그 어떤 부와 권력보다 더 강하게, 더 확실하게 세상에 우뚝 서야 했다. 그가 세상의 평가에 민감할 수밖에 없던 것은 당연하지 않을까. 그는 그녀에게 걸맞은 사람이, 아니 그녀를 능가하는 사람이 되어야 했다. 돈과 권력으로 현준호 집안에 맞서기는 너무 어렵지 않은가. 그러니 정신적 가치로 얻은 명성으로 맞설 수밖에 없다. 현씨집의 매개가 없었다면 이청준은 보다 합리적인 길을 갔을 수도 있다. 그는 법대에 진학한 뒤 사법시험에 합격해 법관이 되고, 처지가 안정된 뒤에는 재능과 취미가 있으니 틈틈이 소설을 썼을지도 모르겠다.

이청준은 이렇게 누구보다 간절히 돈과 명예를 원했지만, 웬만한 돈과 명예로는 현씨집과 대등해질 수 없다는 자각에 이른다. 그의 현영민에 대한 욕망은 가족과 고향 고을의 모든 기대를 외면하고 독문과를 선택할 만큼 강력했던 것 같다. 그 욕망이 얼마나 컸으면, 이청준은 초기 작품뿐 아니라 오랫동안 여러 작품을 통해 그녀에게 상징적인 복수를 감행한다.

이청준에 따르면 소설은 살아오면서 쌓인 한을 풀어서 씻어내는 과정이다. 그 탁월한 예가 「눈길」이다. 눈길에 어머니를 두고 온 그날 이후, 이청준에게 어머니는 늘 그 눈발 속 어둠 속에 남아 있었다고 한다. 그러던 어머니를 집으로 돌려보낸 것이 소설 쓰기였다.

> 내가 「눈길」을 쓸 때까지 마음속 어머니는 계속 추운 길목에 서 계셨어요. 그 작품을 쓴 뒤 비로소 어머니를 집으로 돌려보냈지요. 문학은 그런 거라고 생각합니다. (『경향신문』 대담, 2003년 7월 28일)

> 그 이야기를 쓴 이후로 노인은 비로소 그 새벽어둠 속 눈길 삼거리에서 당신의 모습을 거두어 가셨고, 내게선 그 십수 년간의 답답한 체증이 차츰 가시기 시작한 것이다.
> 「눈길」은 내게 한 마당 해원굿이요, 내 소설 쓰기가 내 아픔과 상처를 어루만지고 잠재워 일상의 삶을 이어가게 하는 씻김굿 노릇일 수 있는 연유다. (*UTCP Bulletin* vol. 9, University of Tokyo, 2007)

이청준에게 소설 쓰기는 자기를 씻기는 씻김굿이었다. 등단작 「퇴원」으로 시작된 현영민에 대한 소설 쓰기 또한 좌절된 사랑에 대한 씻김의 과정이라 할 수 있다. 그 과정은 쉽지 않아서, 한 번으로 끝난 「눈길」의 씻김과 달리 이후로도 오랫동안 지속된다. 「별을 보여드립니다」 『조율사』 등 그 길에 얼마나 많은 소설이 있는지 일일이 나열하기도 어렵다.

이청준은 법대가 아니라 문과를 선택하면서 고향 고을이나 가족에게 "빚이 없다"고 강변했다.

> 어쨌든 노인이 이제라도 그 집을 새로 짓고 싶어 하고 있는 건 분명했다. 아무래도 알 수가 없는 일이었다. 아닌 게 아니라 나이를 먹으면 노인들은 모두 어린애가 되어가는 것일까. 노인이 정말로 내게 빚이 없다는 사실을 잊어버리고 만 것인가. 노인의 말처럼 그건 일테면 노망기가 분명했다. 그런 염치도 못 가릴 정도로 노인은 그렇게 늙어버린 것이었다. 하지만 나는 굳이 노인의 그런 노망기를 원망할 필요도 없었다. 문제는 서로 간의 빚의 문제였다. 노인에 대해 빚이 없다는 사실만이 내게는 중요했다. 염치가 없어져서건 노망을 해서건 노인에 대해 내가 갚아야 할 빚만 없으면 그만이었다.
> ─빚이 있을 리 없지. 절대로! 글쎄 노인도 그걸 알고 있으니까 정면으로는 말을 꺼내지 못하질 않던가 말이다. (「눈길」)

실제로 이청준은 가족과 고향 사람뿐 아니라 누구에게도 빚이 없다. 그 빚이 물질적인 데 국한된다면 말이다. 그는 혼자 힘으로 중고등학교를 졸업했고 대학 진학의 문턱까지 왔다. 빚이 없으니 선택은 당연히 마음대로 할 수 있어야 한다. 그는 뛰어난 문학적 성취를 통해 현씨집에 맞서려 했지만 바로 거기에 그의 순진함이 있다. 그와 현씨집의 사회적 계층 차이는 등단 정도로 해소될 수 있는 것이 아니었다. 여러 해가 지나 그가 훌륭한 소설가로 명성을 얻었을 때는 이미 현씨집과 단절된 상태였다. 아무튼 이청준은 지극히 개인적인 '복수'와 '지배'라는 관점에서 문학을 선택했다. 복수심과 지배욕망을 자신의 방식대로 실현하겠다는 결심이 그를 예술로 이끈 것이다. 1960년 이청준은 주변 모든 사람들의 기대나 예측과 달리 서울대 법대가 아니라 문리대 독문과에 진학했다.

나는 청준이 형이 소설가가 되리라고는 전혀 생각하지 못했어요. 공부를 워낙 잘해서 법관이나 뭐 그런 쪽으로 나가지 않을까, 다들 그렇게 믿었으니까요. (현영만)

소설가 김승옥도 이청준이 법대에 진학해 판검사가 되지 않을까, 막연히 생각했던 사람들 중 하나다. 두 사람은 고등학교 때 사는 곳과 학교가 달랐지만 딱 한 번 만난 적이 있다.

이청준이 고등학교 때 한 번 만난 일이 있었다. 그는 광주일고를 다녔는데 광주에 가서 고등학교를 다니는 내 친구가 방학 때 그를 데리고 순천으로 와서 만났던 것이었다. 청준이를 데리고 온 내 친구를 통하여 그가 중학교 때부터 가정교사를 하며 공부를 했다는 것, 전남지방에서는 일류라고 하는 광주서중(光州西中) 광주일고에서 계속

수석을 해온 수재라는 것 등을 알았다.

한 번밖에 만난 적이 없었지만 그때 그는 광주일고 학생회장을, 나는 순천고 학생회장을 하고 있었으므로 같은 학생회장이라는 사실로써 나는 그에게 어린애 같은 친밀감을 가지게 되었다. 그런 친구를 생소한 사람들 가운데서 만나게 되니 무척 반가웠다. 그러면서 한편으로는 뜻밖이라는 느낌을 가졌다. 독문학을 할 친구같이 뵈지 않았던 것이다. 전남 지방에서는 가정 형편이 어려운 수재들은 대개 판검사(判檢事)를 목표로 법대에 진학하는 것이 통례이었기 때문이다. 나는 이청준이도 그러려니 생각했던 것이다. 아니 그래야 할 친구로 생각했던 것이다. 내가 그런 뜻의 말을 했더니 그는 별다른 대답 없이 웃기만 했다. (김승옥, 「산문시대(散文時代) 이야기」)

김승옥조차 법관이 되리라 여겼던 이청준은 소설가가 되었다. 어찌 보면 그가 세상에 만연한 출세의 길, 그 길에 대한 상식과 편견을 이겼는지도 모르겠다. 이 말은 그가 독문과를 선택하는 순간 그 길은 멀어졌다는 것을 뜻하기도 한다. 대학에 갈 때 그가 얼마나 가난했는지 아는 우리는 다시 생각해도 이 선택에 놀랄 수밖에 없다. 그리고 숙연해진다. 그가 품은 원(願)이 얼마나 절박했으면 분명히 보이는 출세의 길을 버리고 문학의 길로 들어섰을까.

이청준은 공부도 잘했지만 놀라운 독서가였다. 그는 웬만한 도서관보다 많은 책이 있던 현씨집에서 늘 책을 읽었다. 그는 문예반과 도서반에서 특별활동을 했고 교내 문예공모에 1등으로 당선되었다. 그뿐인가. 교지를 비롯해 학교에서 발행하는 여러 책에는 늘 그의 소설, 수필, 탐방기 등이 실렸다. 사회에 만연한 편견과 선입견을 배제하면,

이청준이 문과에 진학해 소설가가 된 것은 자연스러운 일이었다. 그런데 문학의 길에서 '성공'은 누구도 예측하기 어렵고 장담할 수도 없는 불확실한 것이었다.

서울과 용인

1960~2008

5장
대학교에 가다

이청준은 서울대학교 합격 소식을 길거리에서 들었다. 이후는 「일화들」에서 소개한 내용과 같다. 그는 발표 전에 현씨집을 나왔는데, 계림서점 앞 라디오에서 합격자 이름이 흘러나왔다.

> "그때는 라디오에서 서울대학 합격자 발표를 했어요. 한 시간 전에 현씨댁을 나왔는데 붙었더군요. 사실 떨어질 것이 분명해서 절에 가서 밥이나 얻어먹어야지 했거든요."

이청준은 서울대에 불합격이 아니라 합격할 것이 분명했다. 그런데도 그는 내게 거꾸로 말했다. 그의 말을 곧이곧대로 믿으면 안 되는 경우가 있다. 등단 과정이나 대학입학시험에 관한 일화 등이 그렇다. 그는 여러 이유로 위악적(?)이 되고는 했다. 나는 이 글을 위한 자료를 모으면서 그런 모습을 꽤 여러 번 보았다. 대부분 그 이유가 납득이 되었고 때로는 큰 울림을 주었다. 하지만 그가 세상을 떠나기 전까지 나는 그의 이야기를 대부분 곧이곧대로 믿었다. 계림서점 이야기도 마찬가지여서 새삼 그에게 물었다.

"법대도 붙으셨을 것 같은데요. 글 쓰시려고 독문과에 가신 거죠?"
"아니요. 법대 청강하려고 독문과에 갔어요."
"청강이요? 그럼 사시 보려고 하셨던 거예요? 정말 법관이 되고 싶
으셨어요?"
"……"
"대학 가셔서 정말 청강하셨어요?"
"……"

이청준은 연이은 내 질문에 모르쇠로 일관하며 빙글빙글 웃기만 했
다. 나는 좀 혼란스러웠지만, 나중에 생각해보니 질문이 필요 없는 일
이었다. 그는 글을 쓰려고 독문과에 갔다. 이청준은 분명한 사실을 비
틀어서, 그의 장난에 잘 속는 나를 자주 놀렸다.

4·19혁명과 5·16군사정변

이청준은 1960년 서울대학교 문리과대학 독문과에 입학했다. 그의
대학교 등록카드에 기록된 연도는 서기(西紀) 1960년이 아니라 단기
(檀紀) 4293년이다. 학생증 번호 3086인 이청준의 1학년 성적은 평균
B로 나쁘지 않았다. 당시 교수들은 성적에 너그럽기는커녕 매우 깐깐
해서 A학점을 매우 드물게 주었다고 한다. B학점도 받기 어려워, 좋
은 성적에는 반드시 그에 어울리는 학습량이 따라야 했다. 이청준은

힘든 상황에서도 공부를 게을리하지 않았다. 다음은 그가 1학년 1, 2학기에 들었던 과목과 담당교수, 성적이다.

1학기: 영어(김명수) C, 국어(이태극)와 한문(차상원) B, 체육(김기완) B, 자연(강우영) C, 영어(이종구) A, 철학(윤명로) A, 독어(김영호) B, 문화사(윤남한) B, Kolloquium(허형근) B, 독문강독(박찬기) B, 심리학개론(이의철) B, 독문강독(김영호) B

2학기: 국어(이태극)와 한문(차상원) B, 영어(김명수) B, 영어(이종구) B, 체육(김주현) B, 자연과학 B, 철학(윤명로) B, 괴테소설강독(김영호) A, 문화사(윤남한) B, 독어(박찬기) A, 독어명작강독(박찬기) B, 사회학개론(이상백) B

1학년 때 수업은 교양과목이 대다수를 차지했다. 2학년은 1학년과 달리 대부분 전공과목을 들었다. 이청준의 성적은 2학년 때 더 좋아져서 평점 A를 받았다.

2학년 2학기: 독현대희곡(강두식) B, Faust강독(허형근) B, Sturm und Drang시대희곡(허형근) A, 전후독일사(이동승) B, T. Mann수필강독(박찬기) B, 체육(김기완) B, 불교개설(이기영) B, 한국철학사(박종홍) B, 독근대단편강독(최국현) B, 19세기독소설(허형근) B

1, 2학년 각 과목을 담당했던 교수들의 면면을 보면, 이미 그 분야에 일가를 이루었거나 장차 이룰 사람들임을 알 수 있다. 그들은 학문에 정진하기로 결심한 학생이라면 믿고 따라도 될 사람들이었다. 전

공과목만이 아니었다. 이청준이 특별히 선택해서 들었을 '불교개설'과 '한국철학사'를 보면 알 수 있다. 이청준의 대학 시절은 1학년 때 4·19혁명과 2학년 때 5·16군사정변으로 대변되는 혼란한 시기였다. 게다가 광주에서 서울로 확산된 도시는 그에게 고향인 시골과 대비되는 층을 하나 더 만들었다. 가족 또한 극빈층으로 와해된 장흥의 원가족과 광주의 부유한 새 가족으로 겹이 완성되는 때이다. 그는 대학 시절 내내 방학이 되면 광주의 현씨집 대저택으로 돌아가서 지냈다. 현씨집은 부유했고 가족과 다름없었지만 이청준이 그들에게 금전적인 도움까지 바랄 수는 없었다. 중학교 때부터 가정교사로 학업과 생활을 해결해야 했던 빈곤한 그의 처지는, 서울로 올라온 대학 시절에는 더 이상 물러날 곳이 없을 지경으로 극한에 이른다. 이청준은 그때를 한 발만 잘못 디디면 떨어지고 말, 벼랑 끝에 선 상황이었다고 말한다. "그때 친구 하숙집에 저녁 식사 때 가면 숟가락 하나 더 주는 주인이 있고 안 주는 주인이 있죠. 배고프다는 거, 그 설움 아는 사람만 알지. 결국 이런 식으로 학교 다녀봐야 쓸데도 없고 해서 2년 마치고 군대를 갔지요."

이청준이 막 대학에 입학한 1960년 4월에 4·19혁명이 일어났다. 4·19혁명은 그해 3월 15일 이승만 자유당 정권이 저지른 부정선거로 촉발되었다. 이청준이 속한 서울대 문리대에는 문과A반과 문과B반이 있었다. A반에는 국문과와 언어학과가 속했고, B반에는 영문과와 독문과, 불문과가 있었다. B반의 인원은 60명이었는데, 그중 20명이 독문과였다. B반의 60명은 문학 수업을 함께 들어서, 동기들끼리 과를 따지지 않고 잘 어울렸다. 이청준의 대학 동기들 중에는 시인 김광규, 소설가 김승옥, 박태순, 문학평론가 김치수, 김현, 김주연, 염무웅,

정규웅 등, 우리가 잘 아는 유명한 문인이 많다. 이청준은 동기들과 적당히 어울렸다. 특별히 가깝게 지내거나 멀리하는 친구도 없었다. 그는 그렇게 늘 따로 떨어져 앉아 혼자 다 아는 듯한 표정으로 동기들을 쳐다보았을 뿐 대화에 끼어들지 않았다고 한다. 이것을 어떻게 이해해야 할까?

사람들과 거리두기는 본질적으로 이청준의 열등의식과 관계된다. 언젠가 이청준은 가정교사를 하면서부터 아주 오랫동안 자신의 몸에서 김치 냄새 따위가 나는 것 같아 사람들과 섞이지 못했다고 말했다. 도시로 나오면서 잔뜩 움츠러든 그는, 사람의 무리에서 혼자 멀찌감치 떨어져 있는 것이 버릇이 되었다. 그는 지독하게 가난했지만 천재라 불릴 만큼 똑똑했고, 그 천재성을 바탕으로 오로지 혼자 힘으로 광주서중부터 서울대까지 진학한 사람이었다. 대학 동기들이 말하는 그의 다소 오만한 태도는, 환경으로 인한 열등의식과 스스로에 대한 자존감, 오연함, 우월감이 묘하게 공존한 결과인 것 같다. 열등의식을 바탕으로 한 오만함이라니. 그의 이런 태도는 대부분의 사람에게 제대로 이해받지 못했다.

> 그는 세상을 다 아는 듯했지. 우리들이 다양한 것들에 대해 치열하게 토론하며 들끓을 때, 늘 뒤로 물러서 바라보고 있었으니까. (김치수)

당시 외국어문학을 전공하던 문과B반 학생들은 형이상학적인 토론에 자주 몰두했다. 그들의 토론은 불꽃을 튀긴다는 상투적인 표현이 어울리는 격렬한 것이었다. 왜 그렇지 않았겠는가. 그들 중에는 앞에서 보았듯 앞으로 우리 문학의 중추 역할을 하는 문인이 여럿 있었다. 다들 토론에 참여했고 한 치의 물러섬도 없이 자신의 주장과 다른 사람의 의견에 대한 반론을 적극적으로 개진했다. 그 시절 토론 내용이나 분위기 등에 대해 들으면서, 나는 그들이 몹시 부러웠다. 내가 그들 중 하나였다면 주저하지 않고 토론에 참여했을 것이다. 그런데 이청준은 그렇게 하지 않았다. 그가 동기보다 3년 늦게 초등학교에 입학했던 것도 그런 처신에 한몫했을 것이다. 자신보다 어린 학생들의 열띤 토론 현장을 보면서 그가 취한 태도에는, 어느 정도 어른인 것 같은 면도 있었을 테니 말이다. 그래도 동기들이 느낀 그의 오만함이나 모든 것을 다 아는 듯한 한발 물러섬은 오해에 가깝다. 이청준도 자신의 이런 점을 잘 알았다. 그는 그런 부분을 "소심한 고문관의 자기 부재 감수 현상"이라고 지칭하며 성격상의 결함으로 치부할 정도였다. 그런데 고향 사람들에게 초등학생 이청준은 유쾌한 장난꾸러기로 기억되니, 타고난 성격상 결함은 분명 아니다.

나는 중학서부터 대학 졸업 때까지 통산 10년 가까이 그런 처지를 경험했다. 거기다 매양 김치국물 냄새 같은 것이 나를 따라다니는 듯한 남루한 착각 속에 사람 앞에 나서기도 지레 겁이 나곤 하던 그 궁색스런 자취 시절. 그런 것들이 나를 소심한 고문관으로 만들기 시작했는지 모른다. 물론 거기에다 허물의 전부를 돌릴 수는 없는 일이지만, 어쨌거나 그런 경우의 내 행동들은 이럴 수도 저럴 수도 없는 주눅 들린 사람의 그것이 될 수밖에 없었으니까. 사람이 어디서 제자리를 찾을 수 없는 것은 거기서 제가 맡아 행할 바를 모르거나, 그것에 익숙해 있지 못한 탓일 게다. 나아가 이러기도 저러기도 어색하기만한 그 쑥스러움이나 주눅기의 정도가 심해지면 그는 차라리 그 자리

를 사양해버리는 자기 부재, 혹은 자아 폐쇄의 정황을 감수하는 데에
까지 이르고 마는 것일 게다. (「전짓불 앞의 방백─가위 밑 그림의 음
화와 양화 2」 중 '주눅 들린 자의 스냅')

이청준은 오만했던 것이 아니라 사실은 가엾게도 주눅이 들어 있
었다. 소심한 그는 세상이 자신을 따돌리기 전에 세상을 따돌리고 말
았다. 그의 주눅 든 상태는 중학교부터 대학 졸업 때까지 통산 10년
은 물론 이후에도 꽤 지속된 듯하다. "이러기도 어색하고 저러기도
어색한 그 어중간한 쭈뼛거림", 광주에서 시작된 이런 쭈뼛거림의 결
과인 자아 폐쇄, 자아 망실증을 그는 나중에 신체적 증상으로 경험하
게 된다.

이청준의 쭈뼛거림은 학업과 생존을 책임진 가정교사라는 처지에
서 시작되었다. 문제는 그 가정교사 자리가 서울에서는 더욱 찾기 힘
들었다는 데 있다. 그 시절에는 자신이 쓸 이부자리를 갖고 있는지 여
부가 입주 가정교사 채용의 한 조건이었다고 한다. 매 끼니를 걱정해
야 했던 이청준이 자신만의 이부자리를 갖기란 거의 불가능에 가까
웠다. 그는 이불이 없어서 입주를 거부당한 경험을 여러 번 했다고 말
했다. 나는 그 말을 믿기 어려웠지만 사실이었다. 이불을 들고 다니며
가정교사를 해야 하다니! 이청준의 딱한 처지를 현씨집이 해결해줬
다. 그가 1학년 겨울방학에 현영만에게 보낸 편지를 보면, 현씨집에서
입주 가정교사용 이불을 소포로 보내줬음을 알 수 있다.

참 이불 잘 받았다고 어머님께 말씀 여쭤줘. 이불 가져올 때 영만
이 네가 삼거리까지 따라 나왔다는 말 듣고 더욱 그리워졌어. (현영

만에게 보낸 편지)

이 글은 편지지 네 장을 빽빽이 채워서 쓴 매우 긴 편지에 들어 있다. 이부자리를 해결했다고 모든 문제가 끝난 것은 아니었다. 이청준에게는 그때 서울에서 입주 가정교사를 하기 어려운 결정적인 약점이 있었다. 그는 전라도 출신이었고 법대생이 아니었다. 그가 전라도를 벗어난 대학생 시절부터 지역에 대한 편견을 얼마나 강하게 느끼고 겪었는지 산문 「편견에 대하여」와 「안질주의보」 「굴레」 같은 소설을 보면 잘 알 수 있다.

「굴레」는 이청준의 경험이 녹아 있는 소설이다. 그는 내게, 대학 졸업 후 사상계사에 다닐 때 대리시험을 봐준 체험이 거의 그대로 글이 되었다고 했다. 그런데 이청준의 사후, 독문과 동기생인 문학평론가 김주연이 들려준 말은 달랐다. 그에 따르면 「굴레」는 이청준이 아니라 다른 친구가 ○○일보 입사시험에서 겪은 실화를 바탕으로 한 소설이다. 나는 어느 쪽이 사실인지 모르겠다. 중요한 것은, 전라도라는 특정 지역 출신 자체가 벗을 수 없는 굴레가 된다는 이야기의 원재료가 실화라는 점이다.

이청준이 전라도를 벗어나 서울에서 겪은 일들은 상황을 한발 물러서 바라보는 태도를 더욱 강화시켰다. 그의 이런 모습은 이후에도 변하지 않았다. 그는 실제 현장에서 행동하는 지식인이 아니었다. 그렇다고 4·19혁명과 관련해서 그를 비난하는 사람은 없었는데, 광주 5·18민주화운동이 일어난 뒤에는 여러 사람이 그를 비난했다. 4·19혁명 때 대학 신입생이던 그가 5·18민주화운동 때는 우리 문학의 거장이었기 때문이다. 당신은 왜 나서지 않는가? 이청준은 단 한 번도 자신에 대한 비난에 대응하지 않았다. 내가 보기에 그에 대한 이런 비난은 옳지 않다. 그는 4·19혁명과 5·18민주화운동에 대해 결코 방관자가 아니었다. 방관자이기는커녕 누구보다 치열하게 두 현장에 참여했다. 여기서 굳이 침묵도 사회참여라는 서양 문인의 참여론을 끄집어낼 필요는 없다. 소설가는 무엇보다 소설로 말해야 한다. 그는 매우 오랜 시간 소설만 쓴 전업 소설가이다. 소설가 이청준은 오직 소설로만 현대사의 결정적인 두 사건에 대해 말한다. 일찍이 그는 사회현상과 사건들에 빠짐없이 나서는 문학을 '알리바이 문학'이라 부르며, 소설은 하나의 사회적 '징후'로 인식되어야 하는 반성적 장르임을 잊지 않으려 했다.

작가들은 당연히 그가 살고 있는 시대와 사회에 대한 문학인으로서의 책임을 많이 생각한다. 소위 시대정신에 투철한 작가가 되고자 노력한다는 말이다. 그래 작가들은 그가 살고 있는 시대의 정신의 핵심에 가까워지고자 하는 노력을 끊임없이 계속한다. 그의 사회와 시대가 지닌 문제들을 지혜롭게 탐구하고 간여해나감으로써 그가 그의 시대를 한 작가로서 부끄러움 없이 살아내고 있었던 흔적을 뒷날까지 밝히 증거하고 싶어 한다.

당연한 소망이요 당연한 자세다.

그런데 때로 성급한 사람은 그의 문학의 내용이나 성과는 뒤로 제쳐두고 우선 문학인으로서의 부끄러움을 줄이려는 자기 증거에 심혈을 기울이는 결과를 빚어내고 마는 경우가 종종 있다.

—이 시대에 사는 문학인으로 여기 관심 두지 않았던 사람으로 남을 수는 없지. 그건 바로 용서받을 수 없는 시대의 죄인이 아닌가 말

이다.

그래 그의 시대의 문제들에 대해서는 빠짐없이 모두 거론을 하려 들고, 그가 그의 시대의 문제들과 문학인의 책임에 등한하지 않았음을, 그리고 그것이 참으로 찬양받을 만한 문학이요, 문학인의 태도임을 그의 사회로부터 인정받기를 성급하게 소망한다. 이게 바로 알리바이 문학이라 할 만한 것이다. (「알리바이 문학」)

문학은 사회의 잘못된 지배적 질서와 체제를 교정하려고 애써야 한다. 그런데 알리바이 문학은 그 질서와 체제로부터 자신의 작업과 성과를 인정받기를 바란다. 알리바이 문학은, 문학이 맞붙어 싸워야 하는 비인간적 압력체제와 싸우는 대신 공모 관계를 맺는다. 그렇다면 이청준이 말하는 '징후'로서의 소설은 무엇인가?

거기 비해 소설이 한 시대와 사회의 징후를 드러내는 것이 되고자 할 때에는 그것은 무엇 무엇에 대해서 말하려 한다기보다 그 소설 자체가 그 징후의 한 현상으로 나타난다. 가난이 그 시대의 문제일 때 그것은 가난에 대해서 말한다기보다 소설 자체가 그 가난에 관계된 문젯거리의 한 증상으로 보여지기를 소망한다. 권력의 전횡과 인간성의 위기 따위가 중요 문제로 감지될 때는 그 권력의 전횡이나 인간성의 위기에 대해서 말하는 입장을 보이기보다 소설 자체가 그 위기의 한 증상을 보이려는 노력으로 나타난다.

그때 그 중요 문제에 대한 작가와 작가의 소견은 차라리 소설 밖에 있는 거라 할 수 있다. 소설은 다만 그 징후를 강하게 드러내 보임으로써 소설 자체가 하나의 결론을 잉태하고 그것을 태어나게 만든다.

(「왜 쓰는가」)

이청준은 이 글 「왜 쓰는가」를 30대에 썼다. 우리가 그의 소설론에 동의하는지 여부는 여기서 중요하지 않다. 중요한 것은 이런 소설론을 가진 작가의 직접적인 현실참여는 기대하기 어렵지만, 그가 쓴 소설에 대해서는 큰 기대를 품게 된다는 점이다.

소설은 반성적 장르로 어떤 시대나 상황에 전적으로 몰입된 채 쓸 수 있는 문학이 아니다. 소설의 원형이라 할 수 있는 이야기는 하루를 다 살고 난 뒤 가족이 모인 저녁에 태어났다. 이야기는 이야기꾼이 그날 하루의 삶을 돌아보며 사람들에게 들려주는 것, 그러니까 그 삶을 다시 사는 것이다. 소설도 이야기처럼 대상에 대한 일정한 거리두기를 반드시 필요로 하는 장르다. 대상이 사람이든 시대든 특정 상황이든 마찬가지다. 소설가는 사람의 삶과 사회의 삶을 조금 떨어져서 볼 때 제대로 된 소설을 쓸 수 있다.

이청준은 4·19혁명 당시 매우 불안정한 생존을 이어가고 있었다. 그에게는 의식주 모두 해결해야 할 당면한 문제로 어느 하나 충족되지 않은 상태였다. 처지가 그렇다 해도 그는 자신을 4·19세대로 규정짓는다. 그의 정신 속에서 4·19는 언제나 현재진행형인데, 그런 상태는 훗날 5·18민주화운동으로 더 강화된다. 4·19혁명은 1968년 여름 탈고된 『씌어지지 않은 자서전』을 비롯해 이청준의 여러 작품에서 핵심 역할을 한다. 그는 『씌어지지 않은 자서전』의 주인공 이준이 바로 4·19세대로, 대학 초년생인 자신의 연령층과 일치한다고 고백했다. 이준은 이름에서 알 수 있듯이 이청준과 겹친다. 그가 4·19혁명의 대표로 다른 나이대가 아니라 굳이 대학 초년생을 지목한 이유는 무엇일까?

　그것은 바로 그 대학 초년생 시절에 해당하는 20대 초반의 나이가
두고두고 세상을 이해하고 판단하는 그들 나름의 한 세대적 의식의
틀을 형성해낼 수 있는 시기와 맞먹는 연령 집단으로 볼 수 있기 때
문이다.
　우리가 말하는 세대란 무엇인가. 그것은 물론 비슷한 해에 세상에
태어나 비슷한 나이로 함께 세상을 살아가는 공동 연령 집단으로서
의 그것을 가리키고 있는 것은 아니다. 그것은 이 사회의 가치 질서
와 삶에 대한 태도 또는 세계관의 문제들에 있어서 다른 연령 집단과
는 다른 독특한 어떤 의식의 틀(정신의 틀이라도 무방하리라)을 공유
한 연령의 집단을 가리키는 말이어야 한다. (「젊음에 대하여」)

이청준에게 4·19혁명은 언제나 다음 해 일어난 5·16군사정변과 짝
을 이룬다. 『씌어지지 않은 자서전』에서도 마찬가지다. 이청준과 그
의 세대에게 4·19와 5·16은 가능성과 좌절의 다른 이름이다. 매우 극
적으로 가능성과 좌절을, 4·19와 5·16을 모두 겪은 그의 세대는 앞뒤
세대와는 다른 의식의 틀을 가질 수밖에 없다.

　──그런데 바로 우리는 그 경험 세계에 최초의 판단을 가하고
　그 판단을 통해 의지의 틀이 지어지려는 바로 그 대학 초입기의
　1년 동안에 가능성과 좌절을 의미하는 두 개의 사건, 즉 4·19의거와
　5·16혁명을 겪었다는 것입니다.

―〔……〕 앞뒤 두 세대를 각기 따로 특징지어준 4·19와 5·16 두 사건을 우리는 가장 중요한 의식기의 경험으로 한꺼번에 겪었고, 그 것을 첫 해석과 판단의 자료로 삼았으며, 그것 위에 우리의 의식 형 태가 완성되면서 동시에 두 가지 인자를 함께 지니게 되어버렸으니 까요. 그래 우리들은 자신의 선택 앞에 매우 진지해지기도 하고 나라 나 민족의 일로 흥분할 줄도 알지만, 다른 한편으론 그런 것을 비웃 으며 개인적인 삶을 보다 쉽게 상황에 적응시키려는 영민한 계산성 을 동시에 지니고 있는 것입니다. 더욱이 그 선택에 대해서는 우유부 단 언제까지 망설이고만 있는 꼴이구요. 왜냐면 우리가 겪어 지닌 그 4·19와 5·16은 앞뒤 시기의 사람들에서와는 달리 가능성과 좌절을 따로따로 혹은 복합적으로 함께 의미하기 때문입니다. 그 가능성과 좌절이란 두 요소가 실은 우리가 앞에 한 선택의 내용과 맞먹는 것이 겠습니다만, 불행히도 바로 그렇기 때문에 우리들의 선택이 더욱 망 설여지게 되는 것이지요. 아시겠습니까. 우리는 언제나 이 가능성과 좌절을 동시에 느끼며, 그래서 어렵게 용기를 냈다가도 금방 회의하 고 끝내 그 결단을 유보해버리는 것입니다. (『씌어지지 않은 자서전』)

소설가 이청준이 줄곧 보여주는 '회의'하는 시선은 이때 이미 싹트 고 있었다. 그는 투철한 신념과 행동, 그에 따른 희망적인 결과를 쉽 게 믿지 못했다. 1961년 5월 16일 군사정변이 일어났다. 자유를 향 한 열망으로 뭉친 시민들이 독재에 맞서 피를 뿌리며 이룬 민주주의 는 불과 1년 만에 무너졌다. 이청준은 빛나는 4·19혁명이 어떤 폭력 에 어떻게 무릎을 꿇는지 똑똑히 보았다. 더구나 허망하게 사라진 시 민혁명의 결실을 짓밟고 들어선 권력은 앞선 자유당 정권보다 훨씬 더 지독한 군부독재정권이었다. 그 와중에 입고 먹고 자는 것 어느 하나 제대로 충족되지 않았던 이청준의 처지는 점점 더 나빠지고 있었다. 물론 그때도 이청준은 글쓰기를 멈추지 않았다. 소설 「아벨의 뎃상」을 썼고, 시 「나무로 천년(千年)을 살다」와 소설 「승자상(勝者像)」이 대학신문에 실렸지만, 시대 상황은 어지럽기 그지없었다. 이청준은 1961년을 이를 악물고 견디다, 2학년을 마친 직후 결국 충동적으로 입대한다. 군대라는 도피처가 없었다면 그는 대학을 졸업하지 못했을지도 모른다. 이청준이 2학년이었던 1961년 대학등록카드를 보면, 우리나라에서는 여전히 단기(4294년)를 쓰고 있었다.

입대

이청준은 2학년을 마친 1962년 2월 7일 단기학보병으로 입대해 1963년 8월 일병으로 제대했다. 이승만 정권이 일제강점기와 한국전쟁을 겪은 나라를 재건할 소중한 자원인 대학생을 위해 만든 학적보유병(學籍保有兵)제도는 박정희 정권에서 폐지되었다. 그때 남자 대학생은 같은 또래 젊은이 중에서 매우 적은 숫자였다. 이청준은 이 제도의 마지막 수혜자였다. 많은 대학생이 곧 없어질 학보병제도의 혜택을 입으려고 군대에 갔다. 보통 육군의 복무 기간은 3년이었다. 학보병은 제대 후 복학을 조건으로 다른 사람의 절반인 1년 6개월만 복무했기 때문에 먼저 입대한 다른 군인보다 빨리 제대하는 경우가 많았다. 학보병은 군번만 봐도 알 수 있었다. 그들의 군번은 모두 00으로 시작되었는데, 이청준의 군번은 0045461이다. 사실 그가 학보병제도의 혜택 때문에 군대에 간 것은 아니었다. 이청준은 그냥, 우연히, 아무 생각 없이, 학업을 계속하기 어려워서 즉흥적으로 입대했다. 그는 정말 친구 따라 강남 가듯이 군대에 갔다.

이청준은 "방학을 맞고서도 어디 마땅히 갈 데가 없어 찬바람 스산한 동숭동 교정을 어슬렁거리다"가 친구 K를 만났다. K는 문리대 신문사 사무실을 숙식처로 삼고 지내는 동기생이었다. 이청준은 반가워하는 K를 보고 내심 술을 사지 않을까 기대했다. 그런데 K는 여름방학 때 김치와 부식거리를 담아 고향에서 가져온 김치 단지들을 함께 서울역까지 옮겨달라고 부탁했다.

그런데 그 빈 찬거리 단지들을 나눠 들고 서울역까지 따라가보니 그곳 분위기가 분위기라 이번에는 맘 놓고 드나들 숙식처가 없는 나까지 주책없이(시골 쪽도 맘 편히 찾아갈 데가 없었으니까) 마음이 들뜨기 시작했다. 그래 다시 두 사람 주머니를 털어 길동무 삼아 그의 고향 남쪽 S시까지 따라갔다가, 며칠 뒤 중고등학교 시절 친구들이 많은 광주 쪽엘 올라가보니 이 친구들, 대학 재학생 군복무 단기 혜택이 끝나가던 무렵이라 그 시기를 놓치지 않기 위해 이십여 명이 함께 집단입대를 서두르고 있었다.

그러지 않아도 다음 학기 등록금 마련이나 숙식계책이 막연하던 내게 그것은 잠시 눈앞의 급한 숙제를 비켜설 고마운 기회였다. 나는 곧 시골 고향 마을로 내려가 입대 지원에 필요한 서류를 뗀 다음, 그 무렵 누님네 집을 떠돌며 지내던 어머니께는 다시 서울로 간다는 인사를 남기고 광주로 올라가 그길로 친구들과 한데 섞여 논산행을 하고 말았다. (「나무들도 흐르고 떠나간다」)

K는 당시 서울대 문리대 신문 『새세대』의 기자였던 김승옥이고, 그의 고향 S시는 순천이다. 나는 어디선가 김승옥과 이청준이 함께 신춘문예에 응모했는데, 김승옥만 당선되고 이청준은 떨어져서 군대에 갔다는 글을 읽었다. 이것은 거짓이다. 그때 이청준에게는 신춘문예에 응모할 생각도 완성된 작품도 없었다. 그는 교정을 어슬렁거리다 결국 입대까지 하게 되었다. 지나치게 즉흥적이고 충동적인 입대가 그에게 돌이킬 수 없는 결핍을 초래한다. 뒤에 말하겠지만, 그는 입대로 인해 그 전에 살았던 삶의 흔적을 몽땅 잃어버리고 만다.

이청준은 어머니를 비롯해 가족 누구에게도 입대 사실을 말하지 않았다. 가족이 뿔뿔이 흩어져 정처를 찾기 어려웠으니 어찌 보면 당연한 일이었다. 하지만 서울에서 대학에 다니려니 믿었던 아들의 옷을, 그것도 군대에서 보내온 옷을 어머니가 받았을 때 얼마나 기가 막혔을지. 그 옷 또한 가족처럼 정처(定處)를 찾지 못해 이리저리 떠돌다 간신히 그의 어머니에게 전해졌다.

———그 임시엔 내가 한두어 해 동네 빈방을 얻어 돌아다니다가, 종당엔 그러기도 더 어려워져 할 수 없이 느그 구평 큰누님네게로 들어가 지낼 때였제…… 그런디 하루는 그 옷보퉁이가 주인 잃은 물건마냥 참나무골에서 이손저손 몇 달을 헤매다가 어찌어찌 그 구평 마을 나한테까지 찾아 당도하질 않았겠냐…… 그때까장도 나는 저 아가 군대살이를 들어간 중은 감감 모르고 있다가 엉덩이에 이곳저곳 맨 흙자국 주름이 진 저 후진 입성가지들을 지련 듯 쓸고 앉았다 보니, 늙은것이 아무리 마음을 모질게 먹을래도 자꾸 눈물이 앞을 가려오

는구나. (『축제』)

이렇게 해서 군대는, 그의 소설 속 빗새처럼 정처 없이 떠돌던 이청
준의 1년 6개월짜리 집이 되었다. 특혜를 받고 입대한 대학생인 학보
병은 종종 다른 군인의 곱지 않은 시선을 견뎌야 했다. 그런 만큼 군
대에 대한 그들의 기억은 그다지 긍정적이지 않다. 이청준도 마찬가
지다. 그가 군대를 소재로 하거나 군대 체험을 바탕으로 쓴 「병신과
머저리」「공범」「줄뺨」「숨은 손가락」 등 여러 소설과 「제복에 대하
여」 같은 산문을 읽어보면 알 수 있다. 그중에서 우리는 1967년 1월에
발표된 「공범」을 눈여겨봐야 한다. 거기에 보면 다른 군인들이 학보
병을 어떻게 생각하고 다뤘는지 알 수 있다. 다음은 학보병 이청준이
겪고 느낀 경험이 분명하다.

그러나 그들도 학보 보충병에게는 접근해오는 방법이 달랐다. 학
보병들에겐 무턱대고 섣불리 덤벼들려고 하질 않았다. 싸늘할 만치
무관심한 듯한 눈초리로 슬금슬금 눈치만 살피고 맴돌았다. 학보병
이 생각하고 속에 지닌 것이 무엇인지는 몰라도 그들을 함부로 할 수
없다는 것만은 알고 있었다. 이들은 학보병들을 공연히 자기네와는
무엇인가 다른 데가 있는 사람들이며, 그 다를 수밖에 없다고 생각되
는 것을 무턱대고 부러워하기도 했다. 그래서 한편으론 누구보다 이
괴물들과 특별한 연관을 갖고 싶어들 하였다. 그러나 그들은 그렇게
생각할 뿐 방법을 모른다. 멀찌감치서 슬슬 봐 돌기만 일삼았다. 그
러다 이쪽의 눈과 맞부딪치기라도 하면 그들은 속셈을 들킨 것처럼
갑자기 자신을 도사렸다. 이쪽은 그러니까 그들의 관심이 편안히 접

근해올 수 있도록 유인해줄 수 있어야 하였다. 그렇지 못할 경우 이쪽의 세련되고 닦인 지능은 당장 악덕으로 심판이 되었다. 그들은 이 새로운 괴물에 대한 관심을 결코 포기하지 않기 때문이다. 이쪽에서 먼저 길을 열어주지 않으니 그들이 새로 접근을 시도해오는 다른 방법인 것이다. 그들은 이제 이 괴물의 행동에 대해 새삼 난폭한 간섭을 가해오기 시작한다. 그리고 배반감을 동반한 그런 간섭은 이쪽을 참으로 견딜 수 없도록 만들었다. (「공범」)

「공범」은 실화를 근거로 한 소설이다. 1962년 7월 8일, 15사단 최영오 일병이 선임인 정 모 병장과 고 모 상병을 총으로 쏘아 죽이는 사건이 일어났다. 최영오는 서울대 문리과대학 천문기상학과 4학년에 재학 중이던 1961년 육군에 입대한 학보병이었다. 그의 연인은 일선에 근무하던 최 일병에게 자주 편지를 보냈다. 그 편지를 선임병들이 상습적으로 먼저 뜯어보며 놀려댔다. 최 일병은 그들에게 사과와 재발 방지를 요구하며 여러 번 항의했지만 소용없었다. 그들은 오히려 최 일병을 건방지다며 구타했다. 악순환이 반복되던 상황이 결국 비극을 낳았다. 최영오는 군법회의에서 사형 판결을 받았고 대법원에서 그 판결이 확정되었다. 최영오 사건은 당시 세간에 매우 큰 반향을 불러일으켰다. 그의 스승과 동기를 비롯해 각계각층 사람이 사형만은 면하게 해달라고 그의 구명운동에 나섰다. 하지만 5·16군사정변으로 집권한 군사정권은 군대에서 상관 살해를 범한 최영오의 구명을 원하지도 받아들이지도 않았다. 그는 결국 1963년 3월 18일 가족도 모르게 처형되었다. 비극은 여기서 끝나지 않았다. 최영오의 어머니는 아들의 사형 집행 통보를 받고 사체인수확인서를 수령한 날 밤, 한강에 투신해 삶을 끝냈다.

　이청준은 이 사건이 일어났을 때 최영오처럼 군인으로 복무 중이었다. 게다가 두 사람에게는 몇 가지 공통점이 있었다. 둘 다 서울대 재학 중 입대한 학보병이었고, 가난한 홀어머니의 기대를 한 몸에 짊어진 수재 아들이었다. 이청준은 자연스럽게 최영오에게 감정이 이입되었을 것이다. 그런 점에서 「공범」의 최영오에 해당하는 인물 '김효'는 어느 정도 이청준이기도 하다. 하지만 그는 자신의 이름 '준'을 '김효'가 아니라 다른 인물에게 준다. '고준'은 사건의 직접 당사자가 아니면서 「공범」을 이끌어가는 인물이다. 왜 그랬을까? 이청준은 대학을 졸업한 해에, 그러니까 소설가가 된 직후에 「공범」을 썼다. 그는 불과 2, 3년 전 군인 이청준이 군대에서 겪고 느끼고 생각했던 부조리를 '준'을 통해 냉정한 시선으로 풀어놓는다. '준'은 당사자가 아니기 때문에 한발 떨어진 자리에서 사건과 상황을 바라보며 분석하고 성찰할 수 있다. 그의 시선으로 처리된 「공범」은 「병신과 머저리」 같은 격자소설의 장점을 지닌다. '준'은 그런 점에서 매우 소설적인 사람이다. 이청준은 실화에 바탕한 글을 쓰면서 자신이 소설가임을 잊지 않았다. 「공범」에서 특히 잊지 말아야 할 것은, 우리가 타인을 위해 선의로 하는 행동들, 더 깊이 들어가면 자신의 신념이나 진실이 본목적인 행동들에 대한 날카로운 성찰이다. 우리는 거기서 대의를 내세우는 여러 행동, 행위들에 대한 이청준의 근본적인 회의를 읽을 수 있다. 그는, 인간에 대한 이런 회의의 밑바탕에 한국전쟁 때 겪은 체험이 있다고 술회했다. 겉으로 드러난 것이 다가 아니다. 이런 시선은 『당신들의 천국』의 조백헌 원장을 비롯해 여러 소설에 적용된다. 겉으로 드러나지 않은 다양한 폭력에 대한 성찰은 모두 공범이며 모두 가해

자라는 의식으로 이어진다. 이청준은 「공범」에서 '김효'를 죽인 것은 '무지' 때문인데, 신념도 무지와 다르지 않다고 일갈한다. '김효'를 살리려는 사람들이 보여주는 투철한 신념은 그를 죽인 사람들의 무지처럼 맹목적이며 파괴적이고 이기적이다.

① 무지(無知)라는 것은 자기 비애를 느끼고 움츠러들었을 때 연민을 살 수 있는 것이지만, 그것은 때로 한계를 넘어서서 활개를 치며 스스로를 향락함으로써 견딜 수 없는 증오를 자아내게 할 때가 있었다. 고준 상병이 그 무지라는 것과 김효의 범행 동기를 관련시켜 생각하게 된 데에는 그날 낮에 겪었던 일이 퍽 도움을 주고 있었다. 고준은 그때 제풀에 몸까지 떨고 있지 않았던가 — 무지가 무서운 파괴력으로 자기 향락을 주장하고 있었다. 그것은 죄악이었다.

② 이제 어머니께서는 아셨을 줄 압니다. 김효를 변호한 것이 오히려 그를 더 빨리 그렇게 만들어버렸다는 기묘한 아이러니를 말입니다. 어쩌면 어머니께서는 훨씬 전부터 그런 점을 이미 짐작하고 계셨을는지도 모릅니다. 그런데도 어머니께서는 김효의 생명에 앞서 어머니 자신의 어떤 진실이나 신념을 좇아 거리로 나섰을 경우를 상상해봅니다.

③ 게다가 고준은 어머니의 이번 구명운동이, 법의 관용을 기대해볼 수조차 없게끔 하여 김효를 끝내 희생시키고 말았음에 틀림없는 거대하고 요령부득한 어떤 힘 — 거기서 고준은 개개의 인간이나 집단이 제각기 따로 의지하고 있는 개개의 진실과, 그 개개의 진실들이 불가피하게 서로 야합해서 저지른 무도한 횡포와 음모를 생각했다 — 의 공범이었다고 차마 주장할 수가 없었다. (「공범」)

이청준은 군에 있는 동안 최영오 사건 외에 특별한 사건 사고를 겪지 않았다. 최영오 사건도 그와는 직접적인 관련이 없었다. 그의 군대 생활은 평범하다고 할 수 있었다. 하지만 무난한 것은 외관뿐이었다. 그의 예민한 감수성은 제복집단의 생리에 맞지 않았다. 무지와 폭력이 힘을 가진 획일화된 군대는, 대학생 이청준이 두고 온 더 큰 사회의 알레고리였다. 이청준이 초등학생 때인 한국전쟁 말기에 고향에서 겪은 "잔혹스럽고 희극적인 줄뺨치기 기합"의 의미를 깨달은 것도 군대에서였다. 이청준은 가차 없는 선착순 기합에 시달리면서, 남을 이기고 앞에 서지 않으면 자기 몫의 고통도 끝이 없음을 보면서, "옛날 그 줄뺨의 더러운 비의에 대하여 새삼 사무친 각성"에 이른다. 그런 군영 생활에서도 가장 힘든 것은 시간마저 획일화된다는 공포였다. '고준'의 말을 빌리자면, 기복 없는 생활과 계획된 일과, 평면으로 흐르는 시간이 과거는 물론 남은 시간마저 아득하게 만들어 공포감을 주었다. 이청준은 당시를 "사지가 녹아나고 오금이 무너지는 듯한 절망과 체념의 시절"로 묘사한다. 오죽하면 그가 훗날 재입대하는 악몽 속에, "제대까지의 세월을 날짜로 셈하고 그것을 다시 밥그릇 수로 세면서 수첩에서 하루하루 그것을 지워가던 그 옛날의 막막한 절망감"을 되씹고는 했을까.

너무 가난해서, 어찌 보면 살기 위해서 무작정 입대한 학보병 이청준은 학력이나 출신 배경이 다른 부대원 사이에서 거의 매일 마음을 다쳤다. 그는 그만큼 외로웠다. 사실 그는 군인이 되기 전에도 줄곧 외로웠다. 이청준은 중학생 때부터 천지사방에 의지할 곳이 하나도 없는 사람이었다. 군대는 그의 외로움을 더 크고 깊게 만들었다. 군대

라는 격리된 집단에서조차 외롭고 외로운 이청준이 할 수 있는 일 중
첫손가락에 꼽히는 것이 편지 쓰기였다.

군인 이청준은 정말 많은 편지를 여러 사람에게 썼다. 나는 그때 그
가 쓴 편지를 찾으려고 애썼지만 대부분 없어져서 겨우 몇 통 얻는 데
그쳤다. 그 몇 통은 그가 가정교사로 가르쳤던 현영만에게 보낸 것이
었다. 그에 비해 이청준은 받은 답신을 죽을 때까지 버리지 않고 모조
리 모아두었다. 나는 그 편지들을 보면서 말로 표현할 수 없는 감정을
느꼈다. 공연히 목이 막혔고, 그런가 하면 고개를 갸웃하거나 미소 짓
다가 한숨을 내뱉기도 했다. 이청준은 편지를 쓰고 받으며 1년 6개월
을 버텼다. 그에게 편지 쓰기는 평범한 것이 아니다.

「지배와 해방」은 '작가는 왜 글을 쓰는가'에 대한 글이다. 다시 말해
이청준의 소설론이 그대로 소설이 된 작품이다. 거기에 따르면 이 질
문에 대한 중요한 해답의 단서가 일기 쓰기와 편지 쓰기의 행위에 들
어 있다. 일기 쓰기와 편지 쓰기의 차이는 단 하나, 독자가 있느냐 없
느냐이다. 일기 쓰기는 독자를 전제로 하지 않는다. 반면에 편지 쓰기
는 단 하나의 독자인 수신자를 염두에 둔다. 그런 점에서 편지 쓰기는
소설 쓰기의 원시적인 형태다. 다시 질문으로 돌아가자. 사람은 왜 편
지를 쓰는가? 이청준은 편지 쓰기의 동기가 일기 쓰기의 동기와 다르
지 않으며, 더 나아가 소설 쓰기의 동기도 마찬가지라고 말한다. 그가
생각하기에 글쓰기는 지극히 감정적인 것으로, 바깥 세계를 향한 자
기실현의 욕망이 좌절당했을 때 시작되는 내면화 현상, 자기위로 행
위이다.

이미 짐작을 하신 분들도 계시겠습니다마는 일기를 적거나 편지를

쓰거나 그런 것에 자주 매달리는 사람들은 대개가 바깥 세계에서 자기 욕망의 실현에 실패를 하는 경향이 많은 쪽이기 쉽다는 것이 그것입니다. 그리고 일기를 쓰는 행위가 보다 소극적이고 내향적인 데 비해, 편지를 쓰는 사람 쪽이 조금은 더 적극적이고 외부 지향적이라는 차이는 있을망정, 어느 쪽이나 똑같이 바깥 세계에 대한 공통의 원망을 지니게 됨으로써, 그 바깥 세계가 자기 생각과 주장에 거꾸로 승복해오기를 갈망할 뿐 아니라 궁극에 가서는 풍속이나 질서까지도 자기 식으로 뒤바꿔놓기를 바라는 내밀한 욕망을 지니게 된다는 점입니다. 현실의 질서에는 자신이 굴복하고 실패할 수밖에 없으므로 이번에는 그 세계가 거꾸로 자신에게 굴하여 좇을 수밖에 없도록, 그 세계 자체를 아예 자기 식으로 뒤바꿔놓을 수 있을 어떤 새로운 질서를 꿈꾸기 시작한단 말입니다. 좀더 문학적인 표현을 빌려 말한다면, 자기 삶의 근거를 마련하려는 일종의 복수심이지요. 그리고 그 일기 쓰기나 편지질을 좋아하는 사람들이란 결국은 이 세계의 현실 질서 속에서 감수하기 어려운 자기 패배를 자주 경험해왔거나, 적어도 빈번히 패배를 당하기 쉬운 심성의 복수심 많은 내향적 성격의 소유자들이기가 쉽다는 것이 지금까지 말씀드린 제 이야기의 요지인 것입니다. (「지배와 해방」)

위 글은 편지 쓰기를 즐긴 이청준에게 그대로 적용된다. 그는 당시 군대라는 바깥 세계에 대한 원망을 지녔고, 그 세계가 자기 식으로 뒤바뀌기를 내밀히 바라고 있었다. 그 욕망이 군대와 다른 세계에 있는 자신과 동류인 사람들에게 쓰는 편지로 표출된다. 이청준은 시간 날 때마다 편지를 쓰고 보냈지만, 그가 받은 답장은 많지 않았다. 나는 그가 소중하게 모아놓은 편지들 사이에서 뜻밖의 자료를 발견했다. 보내지 않은 편지 한 통과 단상들을 적은 종이 석 장.

① 孤獨을 넘치게 싣고 떠나가는 배들. 편지 ―

나가는 것은 아름. 들어오는 것은 한두 장.

② 生活의 구체적인 표현은 옷과 먹을 것과 여기에 대한 관심에서 출발한다. 이러한 관심과 女子가 없는 곳이라면, 生活이 없는 곳이다.

③ 무식은 침묵하고 있을 때는 연민의 적, 심지어는 아름답기까지 하나 행동이 있을 때는 증오의 대상까지 될 수 있다.

④ 祖國이 고맙고 은혜로운 것이기를 배우기 전에 無조건으로 수호해야 할 신앙임을 배우다.

조국은 행군에 있어서의 배낭과 같은 것.

긴요하고 불가결하나 시간이 감에 따라 나중은 그 무게만을 의식하게 된다. (단상들)

세번째 단상은 무식을 무지로 바꾸면 「공범」의 주제의식과 연결된다. 외로운 이청준은 입대하기 전에도 다른 사람들에 비해 편지를 즐겨 썼는데, 쓴 만큼 받았는지 의문이다. 그는 고향 진목리를 떠난 후부터 바깥 세계의 현실 질서 속에서 늘 자기 패배를 경험했다. 그는 그의 소설 속 '빗새'처럼 돌아갈 정처가 아예 없이 떠도는 사람이었다. 겨우겨우 학업을 이어가던 그에게 삶은 외로움과 피곤함의 동의어였다. 군대에서도 삶의 무게는 덜어지지 않고 더 어둡고 깊어졌다. 이청준은 그럴수록 더 편지를 썼다. 그 밖에 그가 무엇을 할 수 있었을까. 보낸 편지에 답장이 오지 않아도 어쩔 수 없는 일, 고독을 싣고 떠나는 배인 편지는 이청준에게 숨을 쉴 수 있는 통로였다. 훈련병 이청준부터 일병 이청준까지, 그가 받은 답장들 중 몇 편을 읽어보자.

李訓練兵

答이 늦어 罪悚하다. 上京을 원체 늦게 했으니 그리고 편지함이 文理大 안에 있었다는 것도 깜박 잊고 있었으니 할 수 없었다. 용케 네 '군우' 찍힌 엽서가 그동안을 꾹 참고 있는 게 기특했다. 아마 너 같은 놈이 문리대에 하나만 더 있었더라도 버얼써 휴지로서 변소 안에 꾸겨져 있었을 텐데, 퍽 다행이다. 사람이 많아서 고독하다고? 임마 언제는 안 고독했던 것처럼 하지 마라.

나는 순천에서, 서울로 올라갈까 말까 올라갈까 말까 하고 미적거리다가 개학이라고 친구들이 다 올라가버리고 나니 어쩐지 허전해서 술집의 女給하고 눈물 빠지게 연애를 한번 실컷 해버렸다. 강의 시작했다는 소식이 바람결에 들려오고 [……] 그러다가 결국 개새끼처럼 서울로 끼대왔다.

작년보다 더 막막하다. 어째야 좋을지 몰라서 하숙을 해버리고 생각하기로 했다. 닥치는 대로 살아야지 별수 있느냐? 군복 입고 있을 네가 부럽다. 이담에 나는 영락없이 삼 년 — 다 늙어서 군복을 입어야 할 생각을 하니 답답하다. 차라리 나도 입대나 했었더면 하는 생각이 간절하다.

김화영이도 입대했는데 만나보는지?

가끔 화약 냄새 밴 편지라도 보내다오.

우선 간단히 소식 전한다. 곧 또 쓰마.

건투를.

1962. 2. 26. 도서관 128좌석에서.

金承鈺

이청준과 함께 순천에 갔던 김승옥은 방학 내내, 아니 방학이 끝난 뒤에도 여전히 그곳에 있었다. 이 편지는 김승옥이 갓 입대한 훈련병 이청준의 편지를 받고 보낸 답장이다. 글에 따르면 김승옥은 이청준의 편지를 늦게 받아서 답도 늦었다. 그는 "사람이 많아 고독하다"는 친구에게, 언제는 고독하지 않았냐고 짐짓 딴청이다. 그가 친구의 편지를 제때 손에 넣지 못한 것은 개학과 함께 강의가 시작됐는데도 등교하지 않았기 때문이다. 그러는 동안 김승옥은 순천에서 카페 여급과 연애(?)를 했다. 그가 왜 그랬을까? 그 역시 막막한 청춘이었기 때문이다. "닥치는 대로 살아야지 별수 있느냐?" 게다가 김승옥은 학보병제도가 폐기될 예정이어서 군복무를 3년 동안 해야 할 처지였다. 하지만 우리 문학사에 큰 발자국을 남길 그들이 정말 청춘 시절을 닥치는 대로 살았을까? 스스로를 개새끼에 비유하며 세상을 향한 냉소적인 시선을 보여주는 이 글을, 김승옥은 도서관 128좌석에 앉아 썼다.

특별한 편지

이청준이 군대에 있을 때 받은 특별한 편지가 두 통 있다. 그 편지는 친구들이 보낸 것이 아니었다. 그는 자신이 받은 편지를 가능하면 겉봉투까지 평생 온전히 간직한 사람이다. 군인일 때 받은 두 통의 편지만 맨 끝의 날짜와 서명이 반듯하게 잘려 나간 상태로 온전하지 않다. 그 편지는 누가 언제 보낸 것일까? 이청준은 왜 발신인의 이름을 지워야 했을까? 그가 평범한 내용의 그 편지들을 그렇게까지 하면서 평생 간직한 이유는 무엇일까?

편지 ①

四學年이 되니까 이젠 전공을 하나 정해서 하게 되는데 여간 바쁘지 않아.

난 도자기를 선택했지만 하나라도 더 해볼까 하고 8時 넘도록 하고 있어.

졸업作品으로 하고 있지만 잘되면 알어? 혹시 국전에라도 내보게 될지?

이건 좀 어려운 일이지만 하여튼 배울 수 있는 데까진 해보는 거야.

얼마나 재밌는지 몰라. 하나의 작품이 완성돼갈 때마다의 기쁨.

그럼.

청준이. 오늘은 너무 지껄인 것 같아 그만 얘기해야겠어.

밤도 너무 깊었고 방 식구들이 아마 내가 불을 켜놔서 잠이 깊이 안 드나 봐.

이리 뒤적 저리 뒤적거릴 때마다 공연히 미안해서 죽겠어.

그럼 다른 얘긴 다음 편지에 할게.

그때까지 안녕.

편지 ②

청준이 편지를 손에 쥐었을 때는 너무도 반가워 미처 겉봉을 바르게 뜯을 여유도 없이 단숨에 읽어버렸지만, 지금까지 답장 안 한 생각을 하면 이젠, 내가 생각해봐도 하두 어처구니없어 도무지 변명할 여지가 없군그래.

날마다 편지한다고 책상 앞에 쪼크리고 앉았다가 왠지 끝을 맺지 못해 못 부치곤 했지만.

이젠 그런 말도 믿어지진 않을 게고 오히려 콧방귀나 뀌지 않으면 다행이라고나 할까?

오늘은 칠월칠석날.

견우와 직녀가 일 년 내내 사무친 그리움으로 만난다는.

물론 청준이도 잘 알겠지만 이런 전설이 있대.

낮의 비는 만난 기쁨의 눈물이고

밤의 비는 다시 헤어져야 하는 이별의 눈물이라고……

그래서인지 아침까지만 해도 멀쩡한 날씨가 오후부턴 갑자기 흐려지고 줄곧 비가 내리고 있어.

아마 만나서 실컷 우는 모양이지?

그 덕분에 난 평상에 나가 누울 수도 없고……

여느 땐 꼭꼭 평상에 나가 모깃불을 피워놓고 잘 불지도 못하는 하모니카로 아는 노래는 아는 노래는 모두 불러보기도 하고 또 별똥별이 지날 때마다 오늘은 기어이 소원 세 번을 하려니 하고 기다리다 잠이 들기도 하지만.

아마 청준이가 들으면 먼 꿈속의 얘기 같을 거야.

언제 내게 다시 그런 날이 돌아올까 하고.

밤늦게까지 이런 얘기 저런 얘기 하다 보면 꼭꼭 청준이 얘기가 나

제3부 서울과 용인

오기 마련이지만.

그럴 때마다 보고 싶어지는 것도 또한 어쩔 수 없는 것.

이번 國展作品은 東洋畵(산수화)인데 이제 거의 완성된 것 같아.

색을 칠하고 보니 제법 그럴듯한데 입선이나 될지 자나 깨나 걱정이고 만약 입선되면 그땐 청준이도 휴가 나올 수 있을까?

언제부터 불안스럽기만 하던 두 앞니가 기어이 일을 벌여 벌써 두 주일 전부터 치료 중인데 정말 지금 내 꼴이란 말이 아니지.

생각해봐, 앞니 둘을 몽땅 갈아버렸으니 말야.

아무튼 거울을 보면 기절할 것 같고 온 집안 식구의 놀림감이 돼버렸어.

이제 내일이면 다시 멀쩡하게 되겠지만.

참, 이 얘기가 나오니 생각나는 게 있군.

그 얘기인즉 하두 고상하고 들을 만한 것이라 혼자 알기엔 너무 아까워 잠깐 청준이에게만 들려줄 테니까 너무 웃지 말고 가만히 들어봐요, 응?

언젠가 후라이 보이가 아마 그것도 국군장병 시간에 한 얘기라 어쩌면 들었을지도 모르겠지만 안 들은 양하고 들어봐. (혹 주인공을 나로 오해하면 그건 정말 큰일이고)

어떤 여자가 치과에 갔는데 의사의 물음인즉

"왜 오셨지요?"

"이가 아파서 이를 뺄려고요." 이렇게 여자가 대답하자

"네, 그럼 여기 의자에 앉으세요."

그런데 여자가 의자에 앉으려고 하자마자 그만 염치도 없이 방구가 소리를 지르고 나오는 바람에 그 여자는 어떻게 할 줄을 모르고 정말 쥐구멍이라도 있었으면 들어가고 싶은 심정으로 얼굴이 홍당무가 되어 어쩔 줄을 모르고 있는데 이것을 본 의사가 일부러 안 들은 척하느라고 제 딴엔 아주 시치미를 똑 떼고 아무렇지도 않은 양

"흐음, 음……" 하고 헛기침을 하고 나서 한다는 소리가

"무슨 방구를 뺄까요?"

——————— ◯ ———————

그럼 다음 편지할 때까지

안녕.

한 장만 남은 편지(①)와 석 장 모두 온전히 있는 편지(②), 위 두 편지는 현영민이 보냈다. 둘 다 글의 어조는 친근하고 따뜻하지만 결코 연인이 쓴 편지가 아니다. 군대 간 연인의 편지를 받고, 변명할 염치도 없을 지경으로 답장을 늦게 한다? 게다가 같은 표현("아는 노래는")을 두 번 쓰는 다소 무성의한 태도와 앞니 둘을 몽땅 갈아버렸다는, 연인에게는 굳이 알리지 않아도 될 불필요한 정보 제공. 그중 압권은 편지의 대미를 장식하는 치과 에피소드다. 현영민은 그녀의 어머니가 그랬듯 이청준을 가족처럼 아꼈다. 그녀는 나이는 어리지만 가족의 울타리 안에서 언제나 이청준의 누나였다. 그러니 남동생에게 하듯 답장이 늦을 수도 있고, 갈아버린 앞니와 치과에 대한 거친 농담까지 스스럼없이 쓸 수 있다. 하지만 이청준은 달랐다. 그가 현영민에

제3부 서울과 용인

게 편지를 보내고 얼마나 답장을 기다렸을지. 그에게 그녀는 여전히 누나가 아니라 사랑하는 사람이었다.

> 이곳은 당신의 그 따뜻한 마음을 받아들일 아량마저도 없는 곳인
> 듯합니다.
> 별을 쳐다보는 숲속에서 길고 먼 산길의 행군 중에 나는 생각했습
> 니다, 너만을. (단상)

군대에 있으면서 이청준의 현영민에 대한 마음은 더 커진 것 같다. 그 마음이 그녀 또한 자신을 좋아한다는 믿음을 갖게 했는지 모르겠다. 그렇지 않았다면 제대 후 그가 한 용감한 행동과 그로 인한 파국은 설명되지 않는다. 지금은 이쯤 하자.

현영민은 이청준이 입대한 1962년에, 편지에도 썼듯이 졸업반인 4학년이었다. 위의 두 편지 중 첫번째는 막 4학년이 된 그녀가 기숙사에서 쓴 것이다. 이화여대 생활미술과에 재학 중이던 현영민은 4학년 때 도자기를 세부전공으로 선택했고, 그해 국전에 작품을 출품했다. 그것이 바로 첫째 편지에서 언급된 작품들이다. "난 도자기를 선택했지만 하나라도 더 해볼까 하고 8時 넘도록 하고 있어. 졸업作品으로 하고 있지만 잘되면 알어? 혹시 국전에라도 내보게 될지?" 현영민은 실제로 국전 공예 부문에 처음으로 응모한 두 작품이 모두 입선되는 기쁨을 맛본다. 군영 생활 중인 이청준은 신문 기사를 보고 현영민의 입선 사실을 알았다. 다음은 그가 현영만에게 보낸 편지다.

> 영만에게

광주를 떠나온 지도 벌써 한 달이 넘었구나. 그동안 어머님께서는 안녕하시며 너랑 영주랑 잘 있느냐. 더욱이 너는 체육대회가 있었을 테니 좋은 결과가 있었을 것으로 믿는다.

전번 동아, 한국 두 신문에서 영민 누나 조각품이 두 점이나 입선한 보도를 보고 퍽 기뻐했었다. 집에서도 모두들 즐거워했을 줄 안다. 한 영예를 차지하기란 비상한 노력과 재능이 필요하다는 것을 알기 때문에 우리는 그런 영광을 얼마든지 축하하고 기뻐해도 좋은 것이다. 머지않아 너의 영광을 축하할 날이 올 줄 믿는다. 어떤 의미에서 우리가 살아 노력하는 것은 그 최종 목표가 그 영예라고 말해도 좋을 것이다. 밖으로 영예가 있으면 안으로 그만큼 엄숙하고 알찬 생각과 노력이 있을 테니까 말이다.

나도 잘 있다. 사람은 어디 가나 마음가짐에 행, 불행이 달려 있다고 생각한다. 불평할 만할 곳에서 평안을 찾고 만족해하면 그편이 훨씬 이익이기 때문이다. 또 어디에나 불평이 없을 만큼 완전무결한 곳은 없을 테니까.

계절은 한참 무르익은 가을이다. 고맙게도 이 골짜기까지 계절은 가을을 인도하여 골짜기 골짜기마다 가을이 타도 내겐 태워볼 마음이 없어 강원도 끝없는 단풍에 눈이 멀었다.

밤이 되기 시작한다. 산골의 가을은 황혼에 탄다. 황혼은 마치 식어가는 시체처럼 점점 싸늘한 잿빛으로 변색할 것이다. 그러면 그때

는 나는 어느 산골짜기에서든 별빛 많은 하늘 아래 가랑잎을 모아 팔
벼개를 베고 누울 것이다.

또 소식 전하마.

어머님께 안부 사뢰어라.

청준

이청준은 이 편지를 당시 고등학교 1학년인 현영만에게 보냈다. 내
용을 보면 현영만이 읽기에 다소 난감하다. 이청준은 현영만에게 보
내는 다른 편지에서, 님프는 강물의 여신이라는 식으로 쉬운 것에도
설명을 붙였다. 게다가 위 편지는 현영민에 대한 축하 글이기도 한데
부정적인 표현이 많다. 이청준에게는 가을이 타도 태워볼 마음이 없
다. 그 마음과 연결되니, 타는 가을과 단풍, 황혼은 어이없게도 식어
가는 시체, 싸늘한 잿빛으로 이어진다. "계절은 한참 무르익은 가을이
다"부터는 현영만에게 쓰는 글이 아니다.

이청준이 현영만에게 보낸 편지에서 말한 『동아일보』 1962년 10월
5일 기사에 보면, 현영민의 작품은 〈금결정진사병〉과 〈화병〉이다. 그
런데 막상 내가 자료를 찾아보니 현영민의 이름을 찾기가 쉽지 않았
다. 기사 자체가 그리 크지 않았고 명단이 너무 빽빽해 입선자를 찾으
려면 매우 세심히 살펴야 했다. 나는 명단에서 현영민을 찾으면서, 이
청준이 그녀에게 가진 관심이 어느 정도였는지 짐작할 수 있었다.

이청준은 현영만에게 편지를 꽤 많이 보냈는데, 어머니라고 부르던
신종림과 형이라 부른 현영서, 동생에 해당하는 현영만, 그 밖에 이런
저런 사람에 대한 안부 묻기를 잊지 않으면서 유독 현영민에 대해서

는 언급하지 않았다. 그가 현영만에게 편지를 보낸 이유 중 하나는 현영민의 안부가 궁금해서였을 것이다. 물론 이청준은 군대에서 현영민에게도 편지를 했다. 하지만 앞서 보았듯이 그녀는 답장을 제때 하지 않았고, 늦게 보낸 편지 내용 또한 특별하지 않았다. 이청준은 그녀의 답장이 올 때까지 매일을 기대와 실망으로 채웠을지 모른다. 그는 여러 사람에게 많은 편지를 썼고 그만큼 그들의 답장을 기다렸다. 그중에서 그가 가장 기다린 것은 현영민의 답장이었을 것이다. 그렇다고 이청준이 그녀에게 지나치게 자주 편지를 쓸 수는 없는 일이니, 편지의 수신자는 주로 고등학생인 현영만이었다. 현영만은 자신의 가정교사이자 형이었던 이청준의 편지에 성실하게 답했다.

참 너무 더워서 정신이 없는가 보다. 인사를 잊었어. 어머님, 형님, (영주)하하…… 다 잘 계시겠지. 그리고 너는 전번 편지에 아프다고 했었는데 이젠 다 나았겠지. 아픈 중에 보내준 편지 정말 고맙게 읽었다. 너는 내가 어떤 생활을 하고 있는지를 모르겠지. 하여튼 나는 틈나는 대로 너의 편지를 주머니에서 꺼내서 혼자 있는 동안 읽고 읽고 했다. 이젠 너의 편지 봉투가 다 닳아서 글씨마저 희미해졌다.
참 이런 데서는 편지 한 장이 얼마나 귀한 것인지 모른다. 그리움만을 먹고 살지.

이청준은 위 편지의 끝에 **"답장 기다린다? 꼭"**이라고 썼다. 중학생이 된 후 객지에서 늘 외롭던 그는 군대에서 그 외로움을 뼈에 사무치게 느꼈다. 그의 편지는 일방적인 독백이 아니라 교감과 상응으로 이어져야 했지만 답장을 주는 사람은 많지 않았다. 외로운 이청준은 감

제3부 서울과 용인

정을 숨기지 않아도 되는 사람에게는 마음을 터놓고 소통을 부탁했다. 부디 내게 응답하라, 꼭. 이 편지에서 이청준은 인사를 잊었다며 현씨집 사람들을 챙기면서도 끝내 현영민의 안부를 묻지 않았다. 하지만 "(영주)하하……" 이 부분에서 그는 그녀를 언급하고 싶었으리라. '하하' 어색한 웃음과 말줄임표가 그것을 말해준다. 이청준은 현영민의 국전 입선을 축하하는 편지에서만 거의 유일하게 그녀를 직접 거론했다. 국전처럼 사회적으로 인정받는 가시적인 표지를 얻기는 커녕 하루하루를 견디기에도 벅찼던 그에게 현영민의 눈부신 성과는 얼마나 많은 생각을 하게 했을까. 게다가 갇혀 지내야 하는 군대의 특성상, 그에게 현영민으로 대변되는 세계는 더욱 이상화되어갔을 것이다. 그는 무기력하게 시간만 보내며 여전히 낮은 땅에 있는데, 그녀는 점점 닿을 수 없는 높은 곳에 있는 존재가 되어갔다. 한마디로 이청준에게 그녀는 하늘에서 빛나는 '별'과 같았고, 그녀에 대한 그리움이 커지면 커질수록 이어지는 좌절도 컸을 것이다. 그에게는 태워볼 마음조차 바랄 수 없으니, 불타는 가을 황혼은 결국 식어가는 시체처럼 싸늘한 잿빛이 될 것이다. 그때야 비로소 그는 **별빛 많은 하늘 아래** 팔베개를 하고 누울 수 있을 것이다. '별'은 이청준의 초기 작품에서 특별한 지위를 갖는 상징으로 사람을 살아가게 하는 힘이다. 특히 어렵고 힘든 처지의 낮은 땅에 있는 사람들로 하여금, 볼 수도 없고 가질 수도 없지만 가슴에 품고 기르며 삶을 견디게 하는 힘이 별이다. 이청준은 「별을 기르는 아이」라는 동일한 표제로 소설과 동화를 한 편씩 쓰기도 했다.

그리운 것은 멀리 있다

현영만은 이청준에게서 '별'에 대한 이야기를 참 많이 들었다. 그뿐 아니라 이청준이 서울에서, 군대에서 현영만에게 보낸 편지에는 '별'을 언급한 대목이 여럿 있다.

> 형은 내게 '별'에 대한 이야기를 참 많이 했는데, 편지에도 종종 썼어요. '별을 볼 줄 아는 사람이 되라', 그런 얘기였어요. (현영만)

> 무엇을 그리워한다는 것은 그것 자체가 아름다운 것이라고 생각한다. 별을 쳐다보자는 내 얘기를 기억하겠어? 그것도 일종의 그리움이지. 땅 위에도(거리에도) 꽃노래며 꿈이며 하는 귀한 것들이 많지만 하늘에 대한 것, 더 높고 깨끗하고 맑은 것에 대한 그리움은 훨씬 아름다우리라고 생각해. (현영만에게 보낸 편지)

분명 이 세상 속에 있지만 닿을 수 없는 별은 어둠이 내린 밤에만 세상에 나온다. 별은 일상적으로 볼 수 있고 만질 수 있는 지상의 모든 것과 양립할 수 없다. 땅 위의 모든 것이 형체를 지워간 밤에 빛나는 별, 분명히 존재하지만 존재하지 않고, 볼 수 있지만 볼 수 없는 별은, 이 세상이 품은 이상향의 매우 적합한 상징이다. 이청준에게 그리운 것은 별처럼 멀리 있어야 한다. 달리 말하자면 그는 별 같은 것만 그리워할 수 있는 사람이다. 그가 대학생 때 쓴 일기에는 "그리운 것은 너무 멀리 있고, 옆에 있고 싶은 것들은 빨리 떠나가버리려고만 한다"는 구절이 있다.

수필 「잃어버린 '백조의 춤'」도 그리움에 대한 글이다. 이청준은 쓰는 사람의 도덕성이나 글에 대한 책임이 더 직접적이고 분명한 장르가 수필이라고 말했다. 수필에서는 소설에서의 '간접화'와 '객관화' 과정이 "필자 자신의 주관적 직접 진술의 형식으로 이루어지게 되기 때문이다". 그래서 우리는 자연스럽게 수필이 사실에 근거한 글이라고 믿는다. 이청준의 소설 『백조의 춤』의 원화이기도 한 수필 「잃어버린 '백조의 춤'」도 그럴까?

그 이듬해 여름 어느 날.

휴전선 근방의 한 탄약고 입구에서 나는 입초(立哨)를 서고 있었다. 민간인 출입이 금지된 지역, 움직이는 것이라고는 한결같이 푸른 제복들의 그림자뿐인 황량스런 남성지대, 민간인 냄새가 무작정 그리운 곳, 그 푸른 제복의 사내들이나마 한나절이 지나도록 그림자를 찾아보기 어려운 산골 초소, 뜨거운 햇살이 여름 한낮의 산하(山河)를 불태우고 있는 적막한 초소막 — 그런 초소막 안에 내가 입초를 서고 있었다.

그러다 나는 어느 틈엔가 그만 깜박 졸음이 들고 만 모양이었다.

꿈속에서처럼 어디선가 희미한 음악 소리가 들려오고 있었다. 분명 어디선가 들은 일이 많은 귀에 익은 선율이었다. 하늘에서라도 흘러내리고 있는 것처럼 멜로디가 감미롭고 아름다웠다. 그 소리는 멀리서부터 천천히 나에게로 다가왔다가 생시처럼 뚜렷하게 나의 귓가에 머물러 있다가는 꿈처럼 다시 멀리멀리 사라져가고 있었다. 소리가 자꾸만 희미하게 멀어져가고 있었다. 〔……〕

정찰병과 음악 소리가 사라져간 녹음 위로 또다시 교교한 산골의

정적이 고이고, 그 산봉우리 끝에 하얀 여름 구름 몇 점이 무심히 흐르고 있었다.

나는 비로소 졸음이 활짝 걷혀오는 느낌이었다. 주체할 수 없는 그리움이 밀물처럼 가슴 가득 밀려들어왔다. 그리고 그 그리움만큼이나 깊고 큰 절망감이 나를 영 견딜 수 없게 했다.

그리운 것은 언제나 너무도 멀리 있구나! (「잃어버린 '백조의 춤'」)

이 수필은 사실을 바탕으로 하지 않았다. 이청준이 귀향길에 우연히 만났다는 S여대 무용과 학생은 물론 두 사람 사이에 있었던 일화도 모두 허구다. 내가 여러 방면으로 찾아봤지만 그런 여학생은 없었다. 이청준은 '대학교 초년생 시절' 겨울방학에 시골집에 다니러 가던 버스에서 그 여학생을 만났다고 했다. 그가 대학생일 때 고향에는 돌아갈 집이 없었다. 그때는 어머니를 비롯해 가족들 모두 정처를 갖지 못한 채 뿔뿔이 흩어져 지냈다. 그는 J읍(장흥읍)을 지나 D면소(대덕면소)까지 그녀와 함께 갔고, 서울로 돌아와서 만남을 계속했다고 한다. 글에 따르면 그녀는 이청준보다 한 학년 위인 2학년(!)이고, 두 사람은 서로에게 연정을 품은 것 같다. 그녀는 "어리광기가 어리기 시작한 미소 속에서 한사코" 음악을 들려주었고, 그는 음악 속에서 그녀의 화사한 춤을 보고 혼자 이상스런 절망감을 느끼곤 했다. 글을 읽다 보면 일화 자체가 매우 모호하고 납득하기 어렵다. 어쨌든 그녀가 모르게 입대한 이청준은 보초를 서던 어느 여름날, 우연히 '백조의 춤' 음악 소리를 듣고 두고 온 여학생을 떠올린다. 그리운 것은 언제나 멀리 있다! S여대 무용과 학생으로 그려진 여자는 누구일까? 그리움의 대상을 나타내는 '백조의 춤'을 중심으로 유추해보면, 그 여학생은 현영민에 가깝다. 수필 「잃어버린 '백조의 춤'」은 이청준이 현영민을 다른 인물로 변형시켜 자신의 바람을 담아 쓴 허구라 할 수 있다. 그가 제대를 앞두고 현영만에게 보낸 편지를 보자.

> 푸른 제복을 입고 있는 동안은 이제 편지를 다 했다고 생각했는데, 오늘은 오랜만에 날이 맑아선지 네게 또 편지를 쓰고 싶어졌다. 이것은, 그러니까 군우를 사용한 나의 마지막 편지가 되는 셈이다. 어쩌면 이 편지를 앞질러서 내가 광주행 열차를 타게 될는지도 모르지. 〔……〕 물론 그 그리운 백조의 춤(백조의 춤 가운데)이라든가, 유모레스크와 같이 감미로운 멜로디를 들을 수 있다면 더욱 좋겠지만 이 산골의 萬象이 그냥 아름다운 田園交響曲인데 무슨 욕심을 더 부릴까.

이청준에게 클래식음악은 늘 광주 현씨집을 불러왔다. 현씨집에서 클래식에 입문한 그는 여러 작곡가와 음악에 대한 감상과 그에 따른 감정의 변화 등을 일기, 편지, 단상에 많이 남겼다. 클래식 조각은 그의 개인적인 글 어디서나 보였는데, 이후 어느 순간 이청준은 칼로 자른 듯 그 음악과 결별했다. 음악이 음악으로만 그치지 않았던 이유는 현씨집과 관련이 있다. 나는 이청준의 평전을 준비하며 몇 번 놀랐다. 내가 알고 있던 것과 다른 사실을 만났을 때와 내가 전혀 모르고 있던 사실을 알았을 때였다. 그중 이청준이 전문가에 가까운 서양고전음악 애호가였다는 사실은 후자에 속했다. 나는 그 사실을 알았을 때 정말 놀랐다. 그가 판소리와 우리 대중가요, 그것도 흘러간 옛 노래를 매우 좋아한다고 믿었기 때문이다. 꽤 여러 해 그와 알고 지내면서 나는 그가 클래식에 대해 말하는 것을 단 한 번도 들은 적이 없다. 하긴 클래식이 꼭 서양고전음악이어야 하나. 다들 알다시피 이청준은 우리 클래식음악에 속하는 〈서편제〉 같은 판소리와 〈호남가〉 같은 단가 등에 조예가 깊었다. 그는 소설가가 된 후 대중음악이든 고전음악이든 우리 음악에 대한 애호를 숨기지 않았는데, 서양음악에 대해서는 그러지 않았다. 이청준은 고등학생과 대학생 시절 줄곧 서양음악과 함께 울고 웃고 위로받고 절망했다. 그에게 서양고전음악은 음악 그 이상이었다. 그중 특히 〈백조의 노래〉만 그런 것은 아니다. 현씨집에서 그들과 함께 들었던 음악이라면 그 어떤 곡이라도 '그리움'의 다른 말이었다.

그리움 ―
시간을 먹고, 마음을 먹고 사는 것.
시간이 갈수록 그놈은 이렇게 살이 쪄가고
나는 파랗게 마음이 야위어간가.

오랜만에 차분한 기분으로 盤을 들어보다
물방앗간의 아가씨.
모든 멜로디가 나에게만 그런 숙명 같은 슬픔이 서리는 것일까.
아니면 아름다움의 본질 자체는 슬픔이라는 것일까.
나의 귀는 슬픈 소리만을 듣기 위해 있는 것일까?
목소리가 그렇게도 고운 것은, 그렇게 등줄기에 짜릿짜릿하게 파고드는 감격은, 가장 가는 신경까지 진동시키는 그 섬세한 음의 뉘앙스는, 조용한 감정의 침전, 체념은 ―
시냇물과 별과 꽃과 나무와의 대화는, 묘지에의 자장가는 ― 슬픔

<u>의 그림자가 깃들어</u> 더욱 아름다워지다.

허구적 浪漫을 빼버린 眞實만의 차이콥스키를 상상해본다. (대학
생 때 일기)

이청준에게 클래식은 기쁨이나 행복감보다는 주로 슬픔이나 체념
같은 감정을 가져왔다. 그리운 것은 언제나 너무 멀리 있다는 그의 한
탄처럼, 클래식은 도달할 수 없는 그리운 대상과 연결되어 있다. 그
대상은 닿을 수 없이 멀리 있지만, 그것 없이는 살아갈 수 없다는 점
에서 '별'과 같다. 다음은 이청준이 1961년 3월 29일에 서울에서 광주
의 현영만에게 쓴 편지에 들어 있다.

나는 여기서 낮에는 東西南北을 잘 모르지만 밤만 되면 은하수
나 별들을 쳐다보고 알아낸다. 내가 光州 집에 있을 때 아무도 모르
게 못가로 나가서 혼자 하늘을 쳐다보다가 또 못에 비친 별을 내려다
보고 하던 그 별들, 여기서도 마찬가지야. 내가 저녁에 마루로 나갔
을 때 무엇인가 저희들끼리 속삭이다가 나를 보고는 깜짝 놀래서 눈
을 깜박이는 것 같은 별들…… 아마 서울 여기서도 光州서와 아무 변
화도 없는 것은 이 밤하늘뿐일 거야. 언젠가 내가 땅 위의 모든 아름
다운 것들은 별을 따라가지 못한 것처럼 별은 그렇게 아름다운 것의
상징으로 사람들이 말한다는 말을 기억할 줄 믿어. 아마 영만이 너도
나와 같이 늘 별을 쳐다볼 줄 안다는 것은, 다른 사람보다 빨리 아름
답고 신비스런 세계를 이해하고 자기 자신이 그 별처럼 아름답고 착
해질 수 있다는 말이 되니까 그렇게 뽐을 내도 괜찮을 거야.

하늘의 별은 물에 비칠 때 땅으로 내려올 수 있다. 그렇게 내려온 별도 하늘의 별처럼 만지거나 가질 수 없다. 물속의 별은 이청준의 초기 소설 「별을 보여드립니다」를 떠올리게 한다. '그'는 별을 보여주던 망원경을 수장하며 이렇게 말한다. "이렇게 잔잔히 별 그림자가 무늬진 강을 덮고 잠이 들면 이놈은 별의 꿈을 꾸겠지." 이청준은 망원경처럼 별의 꿈을 꾸고 싶었을 것이다. 그가 현영민에게 보낸 편지에서 말했듯이 그리움은 아름다움이며, 별에 대한 그리움은 더 높고 깨끗하고 맑아서 아름다움도 크다. 이청준은 서울에서 별을 보며 어김없이 광주 현씨집에서 보던 별을 떠올렸다. 그리운 그 집과 그 사람들. 광주의 하늘과 연못의 별을 언급하는 이 편지에는 현영민이 다니던 이화여대에 대한 감상도 들어 있다.

이젠 나도 서울 거리에 참 익숙해졌어. 하영이 학교인 연세대학교나 영진이 학교인 고려대학교 다 가봤어. 참 좋은 학교들인데 연세대학교는 이화여자대학 바로 옆이었어. 하영이 집이 그 부근이라 거기 놀러 가면 촌놈이라 쩔쩔맨다. 귀부인같이 쪼악 빼입은 멋쟁이 여자들이 한번 훑어보면 정신이 어찔해진다.

이청준은 대학에 다닐 때 이화여대 기숙사로 여러 번 현영민을 찾아갔다. 그뿐인가. 그는 그녀에게 입대 전에도 후에도 편지를 많이 썼다. 그런데 현영민은 이청준의 편지를 단 한 통도 갖고 있지 않았다. 애석한 일이 아닐 수 없었다. 그녀는 누구보다 따뜻한 누나였지만 연인은 아니었고, 그렇게 될 수도 없었다. 나는 현영민에게 기숙사로 찾아온 이청준을 보고 느낌이 어땠는지, 무슨 대화를 나눴는지, 그에게 특별한 감정을 품었던 적이 정말 한 번도 없는지 물었다.

청준이가 내게 편지를 많이 썼어요. 학교 기숙사로 면회도 여러 번 왔고. 그 편지들을 하나도 갖고 있지 않으니, 미안하네요. 그때는 찾아오는 남자들이 많았어요. 기숙사에서 골치 아파하고 소문이 났을 정도로 거의 하루에 한 명은 왔으니까요.

청준이가 오면 그저 동생이 왔나 보다 그런 정도였지요. 별로 할 말도 없고. 어떤 날은 종일 기다렸다 잠깐 얼굴 보고 가고는 했는데, 그래도 계속 찾아왔어요. 특별한 감정은 전혀 없었어요. 청준이는 동생이잖아요. 연하는 감히 생각도 못 하던 시절이었어요. 청준이가 실제 나이는 나보다 많았지만, 우리는 누나 동생이었거든요. 게다가 나는 당시에 흔한 말로 참 잘나갔어요. 우리 집안 덕이었겠지요. 광주에서 내로라하는 남자들은 거의 모두 나를 염두에 두고 있었다고 할 정도니까요. 인물, 집안, 공부 어느 하나 빠지지 않는 조건 좋은 남자들이 혼인을 청해 왔고, 어떤 남자들은 청혼을 하고 싶어도, 누구를 어떻게 통해야 하는지 몰라 애태웠다고 해요. 나중에 청준이가 내게 연심을 가진 것을 알았지만, 그건 청준이 마음이니 어쩔 수 없지요.

삶이 하도 신산해서 숨어 살다시피 지내는데, 지금도 오빠 친구들이나 그때 남자들이 수소문해서 찾아와요. 감히 너희들이, 하고 물리쳤던 남자들 중에 출세한 사람들, 유명해진 사람들이 많아요. (현영민)

현영민의 집안은 당시 광주에서 부와 권위의 상징 같았다. 그녀의 말처럼 잘난 남자들의 청혼이 차고 넘친 데는 집안 덕도 있었겠지만,

그녀 자신이 지닌 자질도 예사롭지 않았다. 그녀는 단아하게 아름다운 외모에 전남여고를 졸업하고 이화여대에 재학 중인 재원이었다. 현영민은 대학생일 때 국전에 2년 연속 입선했을 만큼 전공 분야에서도 탁월한 성과를 거뒀다. 그러면서도 그녀에게는 1960년대 이화여대 미대생의 전형적인 이미지와 어울리지 않는 부분이 있었다. 그녀는 당시 드물던 여대생이었지만 매우 전근대적이고 봉건적인 양반가의 규수 같은 면을 갖고 있었다. 그녀가 집에 있을 때는 늘 고운 한복 차림이었다는 사실을 떠올리자. 현영민의 이런 모습은 혼인을 앞둔 남자들에게 꽤 매력적이었던 것 같다. '감히 너희들이'라는 말이 보여주듯이, 그녀 또한 자신의 위상을 잘 알고 있었다. 현영민은 감히 이청준이 마음에 둘 수 있는 사람이 아니었다. 아니, 이 말은 틀렸다. 현영민은 동생이자 또 다른 동생의 가정교사였던 이청준을 전혀 남자로 생각하지 않았다. 그는 '감히 너희들'에 속할 수조차 없었다. 현영민은 높은 자존감을 지녔지만 '감히'라는 말의 느낌과 달리, 오만방자한 부잣집 딸과는 거리가 멀었다. 내가 만난 그녀는 한마디로 겸손하고 진중했다. 그녀는 스스로 신산한 삶을 살았다고 했지만 여전히 곱고 우아했다. 긴 대화 끝에, 나는 그녀가 진솔한 본성을 지닌 사람이라고 믿게 되었다.

현영민이 군대에 있는 이청준에게 보낸 두번째 편지(편지 ②)는 1962년 8월 6일(칠월칠석)에 광주에서 쓴 것으로 추정된다. 이청준이 날짜 부분을 잘라버렸지만, "이번 國展作品은 東洋畵(산수화)"라는 부분에서 알 수 있다. 그 작품 또한 국전에 출품되어 입선작으로 선정된다. 현영민은 도자기를 전공했고 당시 최고라는 스승에게 따로 동양화를 학습했다.

나는 이화여대 생미과를 졸업했어요. 도자기를 전공했지만 광주에서 조방원 선생에게 개인적으로 동양화를 사사했지요. 대학에 다닐 때는 둘 다 열심히 해서 국전에 작품을 출품하곤 했어요. (현영민)

아산(雅山) 조방원(趙邦元)은 '남도화의 완성자' '남종화의 마지막 거장'으로 불리는 한국 수묵산수의 대가이다. 현영민은 방학 때마다 그에게 동양화 개인교습을 받는 혜택을 누렸다. 훌륭한 스승에게서 배운 현영민은 국전에 도합 여덟 번 입상했다. 그녀의 국전 수상은 객관적으로 볼 때 매우 큰 성과라 할 수 있지만 생각할 점이 있다. 그녀가 줄곧 입선에 그쳤고 수상 작품이 전공인 도자기가 아니라 대부분 동양화라는 사실이다. 이 사실은 가문의 후광과 스승의 영향 등을 고려할 때 시사하는 바가 있다. 참고로 현영민은 1962년 도자기 두 점이 입선한 뒤, 대학을 졸업한 1963년 국전에서는 동양화 부문에서 입선했다. 총 97점의 입선작 중 하나인 그녀의 작품 표제는 〈추성(秋聲)〉이다. 이후 1965년 국전에서 〈추계(秋溪)〉가 총 73점의 입선작 중 하나로 선정되며, 1966년 15회 국전에서도 동양화 〈녹우(綠雨)〉로 입선한다.

이청준이 군대에 있던 기간에 현영민은 찬란한 삶의 한때를 보내며 새로운 비상을 준비하고 있었다. 푸른 제복을 입은 그는 외로웠겠지만 그녀는 분주했다. 그녀가 그의 많은 편지에 답을 하지 못한 것은 그래서였다. 편지 ②에서 보듯이 현영민은 그의 편지를 종종 잊고 지냈다. 두 사람의 관계는 이청준이 제대한 뒤에도 달라지지 않았다.

친구들과 동인지

함께 어울리며 온갖 주제에 관해 토론하던 이청준의 동기들 중 단연 눈에 띄는 사람은 김승옥이었다. 김승옥은 여러 친구들의 길고 치열한 숙고와 결론을 몇 마디 말로 여지없이 무너뜨리곤 했다. 토론장은 매번 그에 대한 찬탄과 한숨이 넘쳤다고 한다.

그때 우리는 온갖 문제에 대해 진지하게 토론하기를 즐겼어요. 때로는 여러 날에 걸쳐 하나의 주제를 놓고 치열하게 대립하기도 했지요. 그럴 때는 모두 집에 돌아가서도 생각을 이어갔고, 제각기 정제된 논리에 따라 나름 탄탄한 결론을 도출해서 다시 만났어요. 모두들 제법 자신만만하게 자기 논리를 펼쳤는데, 어느새 승옥이 말 몇 마디로 정리되어버리는 경우가 다반사였으니. (김치수)

김승옥은 1학년 때 이미 스타였지요. 개구쟁이 기질도 있어서 친구들에게 장난도 많이 쳤어요. (김정회)

김승옥은 후일 우리 문단의 쟁쟁한 소설가, 시인, 평론가가 되는 친구들 사이에서도 토론 솜씨가 군계일학이었던 것 같다. 그는 1962년 「생명연습」으로 동기들 중 가장 먼저 등단했다. 여기서 잊지 말아야 할 점이 있다. 김승옥은 동시대를 놀라게 한 '감수성의 혁명'이라는 말을 들을 정도로 재기발랄했고 뛰어난 글솜씨를 가졌지만, 다른 동기들이 그보다 열등하지는 않았다. 더구나 문학의 길에서 등단 시기는 큰 고려 대상이 아니다. 김승옥과 같은 불문과에 다니던 김현도

1962년에 김승옥보다 두 달 늦게 「나르시스의 시론」으로 등단했고, 염무웅은 「최인훈론」으로 1964년에, 이청준은 「퇴원」으로 1965년에, 김치수와 김주연, 박태순은 1966년에 등단했다. 우리 문학사에서 이처럼 많은 별이 20대 초반 한 공간에서 정신을 담금질하는 장면은 이전에도 이후에도 볼 수 없다. 그들은 현대사의 큰 파도를 온몸으로 겪고 있었지만, 그만큼 큰 혜택을 받기도 했다. 그들은 서로 처지도 성격도 생각도 달랐지만 문학이라는 큰 틀에서 하나였다. 새로운 시대는 새로운 세대가 열어야 했다. 여러모로 앞선 세대와 달랐던 그들은 무엇보다 '한글세대'였다. 그들은 해방 이후 한글로 교육받고 한글로 글을 썼다. 새로운 세대인 '한글세대'의 다른 이름은 '4·19세대'였다. 그들이 다니던 서울대 문리대 신문 표제도 『새세대』였다.

이청준이 군대에 있던 1962년 6월 김현, 김승옥, 최하림이 동인지 『산문시대(散文時代)』를 출간했다. 지금도 4·19세대를 대표하는 동인지로 꼽히는 『산문시대』는 김치수, 서정인, 염무웅 등이 합류하며 1964년 5호까지 발행됐다. 이 동인지가 우리 문학사에 어떻게 기여할지 당시에는 아무도 알지 못했다. 『산문시대』 동인들은 나중에 두 갈래로 나뉘어 대다수가 『문학과지성』을 만들고, 다른 이는 『창작과비평』에 합류한다. 두 문예지와 같은 이름의 두 출판사는 문학사에 길이 남을 여러 작가와 작품의 산실이 된다. 하지만 『문학과지성』과 『창작과비평』은 한국문단에 단단히 뿌리내린 뒤 '문단 권력'으로 비판받기도 한다. 지향하는 방향이 달랐던 두 문예지 중 『문학과지성』의 뿌리는 『산문시대』였다. 『산문시대』는 글자 그대로 산문 동인지였다. 왜 산문인가? 동인들이 생각하기에 한글세대인 새 세대의 장르는 시가 아니라 산문이었다. 『산문시대』 이전 동인지는 대부분 시 편향적이었다. 전주 가림출판사(嘉林出版社)에서 출간된『산문시대』의 다른 특징은, 동인들이 지방 출신의 서울대 문리대 외국문학 전공자들이라는 점이다. 이들은 문단의 기성 문인들과 다를 수밖에 없었고, 달라야 했고, 다르기를 원했다. 그들은 "우리 문단의 어두움은 새로운 언어의 창조로 제거되어야 한다"고 믿어서, 창간호를 그들의 선구자인 '이상'에게 바쳤다.『산문시대』는 패기와 치기를 고루 지닌 젊은 새 세대의 각오와 염원을 날것 그대로 보여준다.

이청준은 군인일 때 나온『산문시대』1, 2, 3호에는 물론 제대 후에 발간된 4호와 5호에도 글을 쓰지 않았다. 뿐만 아니라『산문시대』에 이어 1966년 발행된 시 동인지『사계(四季)』에도 참여하지 않았다. 그는 1968년 발행된 동인지『68문학』에 비로소 이름을 올린다.

　　20여 년간 그(이청준)와 사귀어오면서, 아니 그와 술을 마셔오면서 내가 언제나 그의 의견에 승복한 것은 아니다. 나는 그와 여러 번 다퉜고 그 다툼은 때로는 절교 상태로까지 우리의 관계를 몰고 갔다. 그때마다 그는 작품으로써 다시 그의 의견을 나에게 되물었다. 때로 그 작품들은 나를 감동시키기도 하였고 때로는 나를 더욱 실망시키기도 하였다. 한 호로서 창간과 동시에 종간이 되어버린『68문학』을 내놓고 그것의 앞날의 방향에 대해 심한 논쟁을 한 끝에 너는 내 친구가 아니다라는 말을 서로 퍼붓고 헤어진 후 거의 1년이 넘어서 그는 나에게「소문의 벽」을 보여주었다. 그것을 읽고 나는 감동했다. 우리의 우정은 그때 다시 살아났다. 나는 그와 같은 작가를 친구로 갖고 있는 게 즐겁다. 그는 언제나 작품으로써 질문에 대답하는 그런 작가이다. (김현,「이청준에 대한 세 편의 글」,『문학과 유토피아』,

pp. 244~45)

사실 동인 모임에 가장 많은 관심을 가졌던 사람이 이청준이었다. 그는 입대하기 전인 1학년 때 김광규, 박태순, 김승옥과 함께 동인지 없는 동인 활동을 했다. 김승옥은 그때 그 모임이, 그 교우(交友)가 문학을 시작한 첫걸음이었다고 회고했다.

> 그런데 어느 날 김광규와 이청준이 키가 크고 안경을 쓴 영문과의 한 친구—얼굴은 알고 있지만 이름은 모르고 있는 친구 셋이서 나를 부르더니 동인회(同人會)를 꾸미자는 것이었다. 그 안경을 쓰고 키가 큰 친구가 바로 지금 소설가인 박태순(朴泰洵)이었다. 그래 무슨 동인회냐고 했더니 명칭 같은 건 없기로 하고 몇 명이 가끔 모여서 자기가 써 온 글을 읽고 서로 평해주는 모임을 갖기로 했는데 너도 끼워줄 테니 같이하자는 것이었다. 〔……〕 시인이나 소설가가 되기 위해서 문학수업할 생각은 조금도 없을 때였다. 문학을 좋아하고 글 같은 걸 쓰기도 했지만 그건 어디까지나 취미였지 장차 문학을 하기 위해서가 아니었다. 그렇다고 다른 목표가 있지도 않았다. 아직 나는 내 미래를 결정하지 못하고 있었다. 그러나 지금 생각하면 그때의 이 모임이, 이 교우(交友)가 문학을 시작하게 되는 첫걸음이었던 것 같다. (김승옥, 「산문시대 이야기」)

동인지 없는 이 동인 모임은 흐지부지 끝났다. 이청준은 문학에 별다른 뜻이 없었던 김승옥과 달리 자기 길에 대해 확고한 결심을 하고 있었다. 그는 소설가가 되기로 작정하고 대학에 진학했지만, 글을 쉽게 쓰지는 못했다. 이 모임에서도 김승옥과 이청준은 글을 쓰지 못해 거의 빈손이었다고 한다. 이청준의 글은 쉽고 빠르게 쓰일 종류가 아니었다. 언젠가 그는 글을 쓰려면 발효 과정 같은 게 필요하다고 말했다. 그에게는 글감이 생겼다고 글이 나오는 것이 아니라, 그 글감의 주제나 소재 등에 대해 오랜 시간 생각하고 곱씹는 과정이 필요했다. 게다가 발효 과정을 거쳤다고 모든 글감이 글이 되는 것도 아니었다. 이청준에게는 고통스러운 발효 과정을 10년 넘게 거쳤으면서도 끝내 쓰지 못한 글도 있다. 그뿐인가.『6월의 신화』처럼 쓰다가 중단한 글도 여럿 있다. 그런 글은 대부분 장편이었다. 이청준은 때로 중단한 글 중에서 어느 한 부분만 취해 단편을 쓰기도 했다. 이처럼 지난한 쓰기 과정을 거친 그의 글은 독자가 읽기도 쉽지 않다.

사실을 고백하자면 나 또한 그래서 일찍부터 '그 시대'의 '그곳' '그 사람들'에 대한 소설을 한 편 써보고자 제법 자료도 모으고 대충의 구도도 잡아본 일이 있었다. 그 시절 초의의 해남 대흥사를 중심으로 강진 귤동의 다산, 제주 유배지를 오고 간 추사, 진도의 소치 들의 어울림과 교유는 그것이 바로 우리 불교와 천주교, 유학의 실학정신과 한국화의 밑그림들이 함께 어우러져 숙성해가는 근대정신의 한 요람으로 보이지 않을 수 없는 까닭에서다.

하지만 불교와 우리 유학, 기독교와 한국남화의 세계를 망라하여 우리의 문화사와 정신사를 두루 섭렵해야 하는 그 작업이 어찌 내 턱없는 욕심대로 될 일이던가. (「추사(秋史)와 초의(草衣) 스님의 교유」)

그래 어느 경우는 채근에 시달리다 못해 그 인물들을 달래고 달래

제3부 서울과 용인

어(실은 나 자신을 달래어) 아예 단념을 하고 마음속 종주먹질에서 풀려난 경우도 있으니, 저 조선 말 헌종과 철종 연간의 네 거인, 다산과 추사, 초의, 소치 간의 남녘 시절 교유가 그러하다. 이 네 분의 이야기는 지난 한때 내게 한 편의 양양한 대하소설을 꿈꾸게 하고 10여 년 넘어 필요한 자료들을 찾아 모으게 하기도 했지만, 네 분의 삶과 정신의 바탕을 이루는 유불선 삼교에 기독교와 우리 남화(南畵), 녹차의 세계까지 두루 섭렵해야 하는 엄청난 장벽 앞에 스스로 천재(淺才)의 과욕을 부끄럽게 여기지 않을 수 없게 된 것이다. (「쓰이지 않은 인물들의 종주먹질」)

이청준이 오랜 시간 발효 과정을 거치고도 포기한 소설들, 인물들은 그를 쉽게 놓아주지 않았다. 그는 "단념하고 피한다고 내 속의 종주먹질과 채근이 줄어들 수가 없으니 어쩌랴"고 한탄했다. 하지만 쓰이지 않는 글은 쓸 수 없는 글이다. 이청준에게는 매번 정해진 기간에 완성된 글을 써내야 하는 동인 활동이 잘 맞지 않았을 것이다. 게다가 『산문시대』처럼 동인지를 발간하는 동인 모임에는 빈손 참여가 어려웠다. 그는 문학에 대한 열정으로 가득했지만, 동인지 활동에서 보듯이 서울대 문리대 동기들과 특별히 가깝지도 멀지도 않게 지냈다. 그와 친구들은 문학을 비롯해 여러 형이상학적인 주제에 대해 함께 사유했고, 4·19와 5·16을 잇달아 겪으면서 생긴 분열적인 정신지형을 공유했다. 교류는 거기까지였다. 이청준은 자신의 처지나 가족 등, 개인적인 이야기를 어느 누구와도 나누지 않았다. 그런 처신은 대학생 때뿐 아니라 사회생활을 할 때도 마찬가지였다. 그의 대학 동기인 문학평론가 김현은 이청준에 대해 1978년에 쓴 글에서 이렇게 토로했다.

이것은 지금까지도 마찬가지여서 근 20여 년을 사귀어오면서도 나는 그가 그의 글 속에 피력한 과거 외에는 그의 과거를 거의 모른다. (김현, 「욕망과 금기」)

김정희

소설가 이청준에게는 김현을 비롯해 가까운 친구들이 꽤 많았지만, 그가 자신이 살아온 삶을 드러내 보여준 친구는 없었다. 단 한 사람 독문과 동기인 김정희는 예외다. 그는 장차 독문학으로 박사학위를 받고 대학교수가 되는 사람이다. 이청준과 김정희, 문학도였던 두 사람은 대학생 때 문학이 아니라 마음을 나누었다. 이청준에게 김정희는 속살까지 보여줄 수 있는 귀한 친구였다. 살아가면서 멀어졌던 시기도 있지만, 두 사람의 본질적인 관계는 이청준이 죽을 때까지 변하지 않았다. 김정희는 내게 "이청준과 나, 우리 관계는 사람의 힘으로는 어쩔 수 없는 연(緣)으로 생각한다"는 말을 여러 번 반복해서 했다. 나는 그의 말이 무엇을 뜻하는지 알 듯했다. 김정희는 이청준의 혼인에도 '연'이 닿았고, 각자 가정을 가진 뒤에는 같은 아파트 단지에서 살기도 했다. 무엇보다 이청준은 자신이 살아온 이야기를 그와 나눴다. 이 사실은 매우 중요하다. 그의 등단작 「퇴원」에서 미스 윤은 '나'를 '자아 망실증 환자'로 정의한다. 자기 얼굴을 잃어버린 사람, 자아 망실증은 살아온 내력과 깊은 관련이 있다.

"선생님은 아마 적적하실 때, 거울을 들여다보신 적이 없으신가 봐요. 거울을 들여다보노라면 잃어진 자기가 망각 속에서 살아날 때가 있거든요."

"괴상한 취미로군요."

"그렇게 생각되실지도 모르죠. 제가 틀리지 않다면 선생님은 분명 내력 깊은 이야기가 있으실 분인데, 그 이야기가 너무 깊이 숨어버린 것 같거든요."(「퇴원」)

얼굴, 자기 얼굴을 들여다볼 수 있는 거울, 자아 망실, 자기망각, 내력 같은 말은 이후 이청준의 작품을 해석하는 데 중요한 역할을 한다. 그가 자신이 살아온 내력을 김정회에게 들려주고, 광주 현씨집에도 함께 가서 꽤 긴 시간 머물렀다는 사실은 그래서 중요하다. 다른 모든 것을 제쳐두더라도, 현영민에 대한 이야기는 오로지 김정회만 알고 있었다. 이청준은 대학생 때뿐 아니라 살아가는 내내 누구에게도 그 이야기를 하지 않았다. 이청준과 김정회처럼 힘들게 살아온 삶에 대한 이야기를 나누는 친구들은 그것으로 족해서 굳이 문학 이야기를 할 필요가 없다.

우리는 출석을 부르면 대답한 뒤 뒷문으로 빠져나가기도 했어요. 그렇게 나가 벤치에 앉아서 둘이 이야기를 나눴는데, 무슨 특별한 얘기가 아니라 그냥 그런 얘기…… 바로 옆에 붙어 앉은 것도 아니고, 간격을 좀 두고 앉아서 이런저런 얘기를 나눴지요. 나는 청준이가 타지에 와서 만난 첫 친구라 할 수 있어요. 전라도 출신이 아닌 첫 친구요. 우리는 문학에 대한 이야기는 하지 않았어요. 대학에서 청준이를 처음 봤을 때 깨끗하고 예쁘다는 느낌이었지요. 청준이는 감정을 드러내는 사람이 아니었는데, 언젠가 지렁이도 밟으면 꿈틀한다는 말을 들은 적이 있어요. 어떤 정황이었는지 잊었는데, 그 말만 기억이 납니다. 그 친구에게서 거의 볼 수 없었던 모습이었으니까요. 나에게 청준이를 한마디로 정의하라고 한다면, '참 착한 인간'입니다. (김정회)

'참 착한 인간.' 나는 이 말에 좀 놀랐다. 언젠가 이청준이 김정회에 대해서 내게 한 말이었기 때문이다. 두 사람은 서로를 같은 말로 정의했다. 참 착한 사람인 김정회는 해방 이후 일곱 살 되던 해 북한에서 내려온 뒤 줄곧 서울에서 살았다. 고향을 떠나 월남한 가족의 일원이었던 그의 삶 또한 만만치 않았다. 이청준이 죽은 뒤 내가 만난 김정회는 그와의 친분을 과장하지 않는 몇 안 되는 사람 중 하나였다. 그는 진솔한 사람이었다. 나는 그와 이야기를 나누는 동안 공연히 숙연해지기도 했다. 나도 그처럼 진실하고 솔직해야 했기 때문이다. 우리는 위 글에서 밑줄 친 부분을 기억해야 한다. 나는 곧 이 부분으로 돌아올 예정이다.

이청준은 1학년 겨울방학에 친구 김정회와 함께 광주 현씨집에 갔다. 이청준이 현씨집에 데려가 여러 날 머문 친구는 김정회가 유일하다. 다른 친구들은 그가 방학 때 어디에서 지내는지조차 알지 못했다. 이 일화는 김정회가 이청준에게 어떤 친구였는지 잘 보여준다.

대학 1학년 겨울방학 때 광주 현씨집에 함께 가서 보름간 머물렀어요. 무엇보다 끼니때마다 다른 김치가 나왔고 그 종류도 많았던 점이 기억에 남습니다. (김정회)

이청준은 김정회와 함께 현씨집에 머물렀던 기억을 변형시켜「바람의 잠자리」에 투영했다. 나는 김정회에게 현영민에 대해 물었다. 내가 만난 이청준의 주변 사람들, 그러니까 아내와 형수와 조카와 고향 친구 등은 모두 현영민이 이청준을 짝사랑한 것으로 알고 있었다. 심지어 그들은 현씨집에서 이청준과 현영민을 맺어주려고 무진 애를 썼는데, 이청준이 거절했다고 믿었다. 누가 그러던가요? 내 물음에 그들 모두 '이청준'이라고 답했다. 그러니 믿었겠지. 나는 더 이상 묻지 않았다. 하지만 김정회는 달랐다. 그러면 사실을 알고 있을 것이다.

"광주에서 보름이나 계셨다니 현영민 씨도 아시겠네요."
"알지요."
"그럼 하나만 여쭐게요. 이청준 선생과 현영민 씨는 어떤 관계였나요? 서로 좋아하는 사이였나요? 아니면 어느 한 사람의 짝사랑이었는지, 그것도 아니면 그냥 누나 동생 사이였는지 궁금해서요."
"......"
"제가 만난 분들께서는 ─ 그러니까 이청준 선생 가족과 친지분들이요 ─ 다들 현영민 씨가 몹시 '쫓아다녔다' ─ '쫓아다녔다'는 그분들 표현이에요 ─ 아무튼 그 집에서 이청준 선생과 딸을 혼인시키려고 무진 애를 썼는데 선생이 거절했다고 알고 계셨어요. 그런데 제 생각에는 사실이 아닌 것 같아요."
"청준이가 혼인을 거절한 이유는 뭐라고 하던가요?"
"너무 부잣집 아가씨는 안 된다고 하셨대요. 고생도 모르고 공주처럼 자라서 여러모로 선생과 맞지 않는다고."

"그럼 이 선생은 왜 청준이 말을 믿지 않나요?"

"믿지 않는 것이 아니라 여러 자료들을 검토해보니 그래요. 게다가 선생은 생전에 제게 현영민 씨는커녕 광주 현씨집에 대해 단 한마디도 하지 않으셨어요."

나는 김정회의 물음에 간단히 '자료들'을 검토한 결과라고 답했다. 그 자료들에는 사람들의 증언이나 일기, 편지, 메모뿐 아니라 「별을 보여드립니다」 『조율사』 같은 소설도 들어 있었다. 이청준이 주변 사람들에게 했다는 말을 들은 김정회는 끝내 누가 누구를 좋아했는지 분명하게 밝히지 않았다. 단지 그의 긴 침묵을 견디다 내가 다시 물었을 때 이렇게 답했을 뿐이다.

"제 생각이 틀렸나요? 정말 이청준 선생 말대로 현영민 씨가 선생을 쫓아다닌 거예요?"

"그건 아니지요."

그 답으로 족했다. 내가 만난 김정회나 현영민은 이청준에 대한 말을 삼가는 사람들이었다. 그들은 그를 진심으로 아끼고 존중했다. 두 사람은 친분을 과장하지 않았고 그렇다고 할 말이나 아는 일화들을 들려주는 데 인색하지도 않았다. 나는 이 글을 쓰기 위해 꽤 많은 사람을 만났다. 내가 만난 사람들이 모두 두 사람 같지는 않았다. 어떤 이는 이청준과의 친분을 과장했고, 어떤 이는 하지 말아야 할 말을 했고, 어떤 이는 들려주지 않아도 될 이야기를 한껏 들떠서 펼쳐 보였다. 그런 이들의 말은 신뢰하기 어려웠다. 실제로 그들이 말한 일화들

제3부 서울과 용인

중 사실이 아닌 것도 여럿 있었다. 그렇다 해도 나는 그들 모두에게 고맙다. 이야기를 거르고 사실을 확인하고 속뜻을 판단하는 것은 다 내 몫이다. 예를 들어 김정회의 답을 해석해서 사실을 파악하는 따위 말이다. 그는 이청준의 아내와 친분이 깊은 사이였다. 게다가 그는 그녀가 현영민에 대해 여전히 과할 정도로 이청준을 짝사랑한 사람으로 믿고 있다는 것도 알고 있었다. 이청준과 김정회는 대학을 졸업한 후에도 변함없이 깊은 속내 이야기를 하는 사이였다. 이청준은 현영민에 대해 친구에게 감춤 없이 말할 수 있었던 것 같다. 그가 그녀 이야기를 할 수 있는 사람은 정말이지 김정회뿐이었다. 이청준이 그에게 솔직하지 않았다면 그녀의 이야기는 대학 때로 끝났을 것이다. 하지만 이청준은 현영민의 이후 삶을 김정회에게 들려줬다. 그녀의 삶은 사람들의 예상과는 전혀 다르게 흘러갔다.

그분에 대한 이야기를 하면서 청준이가 안타까워하고 몹시 마음 아파했지요. 그분의 후일담은 행복한 쪽이 아니었으니까요. (김정회)

앞에서 김정회는 이청준과 자신의 관계를 사람의 힘으로는 어쩔 수 없는 연(緣)으로 생각한다고 했다. 그 말이 맞다. 두 사람은 특별한 인연으로 얽힌 사람들이 분명하다. 이청준은 주변을 정리할 사이도 없이 즉흥적으로 입대했다. 그가 편지를 통해 뒤늦게 입대 소식을 알리며 학적과에 가서 서류 처리를 부탁한 친구가 바로 김정회다.

그리고 논산벌 훈련병 생활을 두 주일쯤 치르고 나서 겨우 제정신을 찾고 보니 나는 비로소 서울 쪽 일들이 걱정되기 시작했다. 나는 곧 서울의 한 친구에게 휴학 따위 학교 쪽 일을, 그때까지 내가 잠자리를 의탁해온 마포 변두리 동숙인에게는 내 소지물들을 부탁하는 우편엽서를 보냈다. 그런데 한 주일쯤 뒤, 학교 친구에게서는 내 입대를 의외시하는 위문편지가 온 데 반해, 마포의 동숙인에게 보낸 엽서는 '수취인 불명'이라는 사유가 적힌 채 그대로 반송돼 오고 말았다. (「나무들도 흐르고 떠나간다」)

김정회는 군인이 된 이청준에게 보낸 첫 답신에서, 입대 소식을 듣고 마음이 "선뜻했다"고 썼다. 그가 대학공책을 찢어 쓴 네 쪽에 달하는 긴 편지에는 진심과 온기가 가득하다. 그는 학적과 처리는 물론 대학신문과 일간신문, 문예지 따위 친구가 필요로 하는 것은 모조리 부치겠다는 말과 함께 이렇게 덧붙였다.

하여튼 必要한 것 있으면 언제든지 편지 연락해주기 바란다. 틀림없이 해주겠다고 장담 — 약속할 수 있다. 오해가 될지 모르지만 金錢問題에 있어서도 必要하면 연락하기 바란다. (김정회, 1962년 2월 27일 편지)

김정회는 이청준을 위해 어떤 것이라도 할 작정이었다. 이청준은 입대 전에 「아벨의 뎃상」으로 상을 받았다. 이 소설은 그가 입대한 뒤 문리대 신문 『새세대』에 연재되었고, 이때 삽화를 그린 사람이 서울미대에 다니던 이양자였다. 김정회는 「아벨의 뎃상」이 연재되는 신문을 모두 모아 이청준에게 보내줬다. 이청준과 김정회, 이양자는 친구 사이로 자주 어울렸다. 그러던 중 이청준이 입대하면서 김정회와 이양자는 자연스레 연인이 되고 후에 혼인하기에 이른다. 군인 이청준은 두 사람과 많은 편지를 주고받았다. 이청준은 그들의 편지를 다 간직하고 있었지만 두 사람은 아쉽게도 그러지 못했다. 이청준처럼 받은 편지를 모조리 보관하는 사람은 흔하지 않다. 그는 연하장, 초대장, 원고청탁서 따위도 함부로 버리지 않았으니, 편지는 말해 무엇 하겠는가. 나는 낡고 삭아서 곧 부서질 것 같은 그 편지들을 넘기면서 매번 마음이 복잡했다. 제복에 갇힌 젊은 이청준이 느꼈을 외로움, 그리움, 반가움, 허전함, 그 밖의 온갖 감정이 내게도 어렴풋이 느껴졌다.

김정회도 이청준만큼 가난했던 것 같다. 서로 비슷한 처지여서 두 사람은 마음뿐 아니라 살아온 내력을 나눌 수 있었다. 김정회가 편지에서 친구에게 별을 세지 말라고 충고하는 이유는, 그 행위가 무엇을 뜻하는지 잘 알기 때문이다. 김정회도 이청준처럼 가정교사로 학업을 이어가며, 학기마다 반드시 등록을 하고야 말겠다고 매서운 결심을 해야 할 만큼 힘들게 학교를 다녔다. 그가 굳은 결심에도 휴학을 해야 했을 때, 그 이유는 오로지 '돈'이 없어서였다.

이번에 난 休學이다. 이번의 休學은 무엇을 爲한 休學이 아니다. Geld 문제다. 집에 어머님이 死刑宣告를 받게끔 되었다. Geld에 對한 生角 때문에 冊 한 권 손에 잡을 수가 없다.

하소연은 집어치우자.

집어치우기로 하자.

좀더 크고 굵게 살아보도록 하자.

生活에 지쳐 죽게 되지는 않겠지. (김정회, 1962년 3월 10일 편지)

준아, 밤에 별을 세는 것 같은 짓을 해서는 안 된다. "죽음에 대한 힘찬 否定" 이것을 基礎로 해서 內的으로 큰 生活을 해보자. ――틀림 없이 ―― (김정회, 1962년 4월 22일 편지)

俊아.

언젠가 네 便紙에서 나는 이 말을 기억하고 있다.

"등을 맞대고서라도 한번 일어서보자."

俊아.

우리는 틀림없이 일어설 수 있을 것 같애. 아니 꼭 일어설 수 있어.

준아 힘껏 한번 싸워보자.

요사이 아무것으로도 채울 수 없는 네 마음, 정리 안 되었다는 네 마음, 곧 채워지고 정리되길 바란다. 심장에 불을 붙여라! 심장이 타서 없어질 때까지 열중하여야겠다.

준아. 이번 學期는 틀림없이 등록한다.

〔……〕

"취해보아야겠다." 준아 生을 망각하고 다른 것에 취해보는 것보다는 生에 生活에 한번 취해보자꾸나. ――소설을 써서 돈을 벌려는 것이 아니라, 돈 때문에 글을 쓰려는 친구들, 요사이 주변에 가끔 나타난다. 구역질이 나고 한 대 먹여주고 싶다. ――

준아 生에 취하자. 그리고 文學的인 生活에의 길을 걸어보자.

우리들의 이러한 生活은 古代의 神들도 그리고 또 다른 神들도 現代의 神들도 그리고 人間도 ―― 아무도 막지도 방해하지도 못할 것이다.

준아

심장에 불을 붙여라.

다 타서 없어지도록 태워보자.

어머님께서 돌아가셨다.

아직은 모르겠다.

나누어 가질 수 있는 녀석에게.

正會. 7月 15日

김정회가 3월 10일에 보낸 편지에는, 상을 받은 이청준의 소설 「아벨의 뎃상」이 곧 대학신문에 연재될 것이며 한글사전도 부상으로 받게 되었다는 소식이 들어 있다. 그가 이런저런 소식을 담아 갓 입대한 친구에게 보낸 이 편지는 "크고 굵게 살도록 노력하자"는 다짐으로 끝난다. 이후 두 사람은 이청준이 제대할 때까지 부지런히 편지를 주고받았다. 김정회가 약속대로 「아벨의 뎃상」이 연재되는 신문을 빠짐없이 부친 덕에, 이청준은 군대에서 자신의 작품이 실린 신문을 주기적으로 볼 수 있었다.

俊아 新聞도 오늘 부친다. 『새세대』다. 지금 부친 것 以後에 하나 나오긴 했으나 筆禍事件 때문에 어떨까 해서 부치지 않는다. 그리고 3回(네 소설)분 신문은 이번에야 겨우 求했다. 같이 부친다. 늦었지만. (김정회, 1962년 6월 7일 편지)

어렵게 학업을 이어가던 김정회는 이청준이 제대할 무렵 조교가 되면서 가정교사를 그만두었다. 이청준과 모든 것을 나누어 가질 수 있었던 그는 가정교사 자리를 친구에게 물려주기 위해 최선을 다했다. 그 일이 성사되면 이청준은 복학하고 안정된 학업을 이어갈 수 있을 것이다.

「아벨의 뎃상」은 이청준이 군복무 중일 때 서울대 문리대 신문 『새세대』에 연재된 소설이다. 초고를 보면 이 소설이 「병신과 머저리」 「행복원의 예수」의 원화라는 것을 알 수 있다. 「아벨의 뎃상」은 습작에 가깝지만 매우 중요한 소설이다. 먼저, 구약성서의 카인과 아벨 이야기와 연계해 죄와 벌, 용서에 대해 모색한다는 점에서 「벌레 이야기」와 주제적으로 유사하다. 또한 이청준이 오랜 시간 천착한 '용서'는 연작 '남도 사람'과 '언어사회학 서설'의 결편 「다시 태어나는 말」과 긴밀히 연결된다. 다음으로, '나'는 카인이 아벨을 돌로 쳤듯이 '사내아이'를 돌로 친다. 아벨을 돌로 쳐 죽인 카인은 「아벨의 뎃상」에서 오관모와 병운, 「병신과 머저리」에서 형, 「행복원의 예수」에서 '나'로 변주된다. 이청준은 아벨을 자위 능력이 없는, 인간이기 이전의 절대선으로 폄하한다. 그가 새롭게 그리는 아벨의 밑그림인 「아벨의 뎃상」은 새로운 인간의 탄생, 자위 능력을 가진 아벨의 탄생을 지향한다. 「아벨의 뎃상」에는 「퇴원」에서처럼, 생활은 자기망각 속에서 이루어진다는 자조와 함께 생활과 꿈의 상실로 인한 마비감각과 그 흔적이 보인다. 새 아벨은 당시 이청준이 꿈꾸던 새로운 자기 자신의 모습이었을 것이다.

무엇보다 「아벨의 뎃상」에서 우리는 오관모가 달밤에 목욕하는 여인을 엿보는 장면에 주목한다. 이청준은 달밤에 우물가에서 목욕하는 여자와 그녀를 몰래 엿보는 남자를 「바람의 잠자리」 「치자꽃 향기」

「행복원의 예수」 등 여러 소설에서 반복적으로 그리고 있다.「행복원의 예수」에서 '행복원'은 '당신들의 천국'의 다른 이름이다. 거기에서 '엄마'가 달빛에 목욕하는 모습을 엿보던 '나'는 그녀에게 다가가 느닷없이 **"누나, 등 밀어줘?"**라고 말한다. 이 장면은 이청준에게 '누나'라는 단어가 어떤 의미를 지녔는지 분명히 보여준다. '나'가 "그 잊을 수 없는 여자 ─ '엄마'"라고 썼을 때 '엄마'가 '누나'라는 것도. 이청준이 그리는 달빛 아래 목욕하는 여자는 잊을 수 없는 누나이고, 그녀를 엿보는 사람은 바로 그 자신이다. 달빛 아래 목욕하는 여자는 이청준이 보았거나 실제 있었던 사실이 아니다. 매우 소설적인 이 장면의 원형은 다자이 오사무의『사양(斜陽)』에 들어 있다.『사양』이 이청준에게 미친 영향은 제한적이지만 꽤 의미심장해서 언급하지 않을 수 없다. 우리는 뒤에『신흥 귀족 이야기』를 이야기할 때『사양』을 다시 보게 될 것이다. 덧붙이자면「꽃과 뱀」도『사양』에서 소재를 가져왔다.

제대와 복학

이청준은 1963년 8월에 제대했다. 제대를 하며 그가 쓴「결산서」라는 글이 있다. 이 글은 그가 받은 편지 더미에 섞여 있었는데, 여러 장으로 작성된 것 같다. 그중 첫 장이 남아 있다. 우리는 이청준이 글로 된 자료를 강박적일 만큼 버리지 않고 보관했다는 사실을 알고 있다. 그는 소설 원고와 편지는 물론, 간단한 메모나 원고청탁서, 책 주문서, 초대장, 심사요청서 등 온갖 종류의 자료를 남겼다. 그런 자료 가운데 어떤 것은 앞서 보았듯 일부가, 예를 들어 사람 이름이 쓰인 자리가 잘린 것도 있다. 그런 경우는 이청준이 그 사람이 누구인지 알리고 싶지 않아서였다. 그는 그 자료들이 언젠가 세상에 나올 수도 있으리라 여겼던 것이다. 그런 이청준이 군 생활 「결산서」는 번호 1이 쓰인 단 한 장만 남기고 없앴다. 「결산서」는 모두 몇 장으로 쓰였을까? 그가 버린 나머지에 담긴 내용은 무엇이었을까? 4·19혁명과 5·16군사정변을 겪은 청년이 매우 예민한 시기에 보낸 군대 생활 결산서를 온전히 볼 수 없어 아쉽다. 이청준이 아무도 모르게 버려서 더 궁금하다. 어쩔 수 없이 우리는 남은 한 장으로 그의 1년 반을 대략 그려보려고 한다.

결산서

라고 하는 것은 전혀 무의미한 것이다. 애초에 生活과 단절한 공백을 설정한 바가 있었으니 일 년 반이란 시간상의 손실을 눈감아버리기만 한다면 손익 면에 있어서 이 결산서는 최소한 적자를 회피하는 범위에서 작성 가능한 것이다. 그러나 18개월이란 시간의 '대변' 기록은 보상을 얼마만큼 요구하는 것인지 구체적인 숫자를 제시하지 않는다. 뿐만 아니라 극히 제한된 몇 가지 사소한 이득만이 수익계정에 기입이 가능하나 이것도 기간의 종결과 함께 효능이 소멸되는 것이므로 엄격히 자산의 種目에 포함시킬 수는 없다. 그리고 몇 가지 성격상의 변화(?)라든가 方法, 목적의식의 변환 등은 현재 단계로서는 계정의 결정이 불가능한 것이다. 구태여 한 '결과'로서 성격상에 잔존을 묵인한다 해도 반드시 그것이 Net로 계산될 수 있는 것인지는 훨씬 뒤에 규정될 문제다.

봉급 126×1 = 126

　　　130×5 = 650 　　계 2,726₩정

　　　150×13 = 1,950

휴가비 　　200×2 = 400 　　　400₩정

제대비 (예정) 　　　　　　600₩정

　　합계 　　3,726₩ 야라.

화랑(예비병. 예비교육 포함. 휴가불고)　184갑 3680본

캬라멜 드롭프스 ……

제대복 시가 6000₩

? 피 ―

　이상 종목들은 좀더 나은 봉사를 위한 활력원으로 소비되었거나
부대 PX 운영에 공헌하는(?) 기금 조가 되었으므로 이득으로 치다간
날벼락이라도 맞을 것이다.

　어찌 되었든 이제 나머지 일은 확실하다. 전혀 공수표가 되어버린
수지결산을 주물럭거리는 것은 미련한 일이다. 정신적인 이해(利害)
도 불분명하다. 남은 일만이 관심사다. 부대에서 가장 부담이 되는
것은 차후에 대한 궁금증.(이것은

　이 정도의 결산서로도 우리는 이청준의 군대 생활을 어느 정도 짐
작할 수 있다. 군대에 가보지 못한 나는 제대하는 군인이 결산서를 쓰
는 것이 흔한 일인지 모르겠다. 결산서까지 쓰며 제대에 대비한 이청
준의 형편은 입대 전과 별로 달라지지 않았다. 서울에는 그가 지냈던

흔적조차 갑작스런 입대로 남아 있지 않았다.

2학년을 마친 그가 3학년으로 복학하려면 제대 후 어디선가 한 학기를 버텨야 했다. 그에게는 여전히 서울에도 고향 장흥에도 돌아갈 집이 없었다. 이런 상황에서 제대한 이청준이 광주 현씨집으로 내려간 것은 어쩔 수 없는 선택이었다. 김정회는 제대한 이청준에게 보낸 편지에서 가정교사 자리를 꽤 길게 언급했다. 8월 19일에 쓰인 이 편지의 수신 주소는 '전남(全南) 광주시(光州市) 학동(鶴洞)'의 '현씨댁(玄氏宅)'이었다.

清俊아.

광진이한테서 소식 傳해 들었다.

좀 익숙해져야 하겠지.

準備運動은 많이 했을 줄 안다.

軍에 入隊하던 생소함보다 더한 생소함을 아마 네가 맛보게 될지도 모르겠다.

나의 계획은 처음 네게 이야기했던 대로 進行하게 되는 것 같다.

이제 남은 것은 지금 내가 있는 집에 너를 넣어주는 것 — 가장 重要한 일이지만 — 을 解決하면 된다. 지금 내 생각에는 이달 末日에 이야기를 하고(아마 27, 8日 兩日 中에 이야기를 하고) 너는 아마도 9月 1日이나(일르면 八月 二十九~三十 사이에) 들어오도록 하려 한다. 네가 오더라도 나와 함께 一週 내지 보름間은 같이 있게 되리라고 생각된다.

그간에 자세한 것들을 이야기해줄 시간을 함께 가지게 되겠지.

이것은 늦어도 31日까지 너에게 소식 알려주겠다.

얼굴이나 좀 하얗게 해두는 게 어때. 必要하다면 粉칠도 말이야.

그리고 登錄문제도 잘되어가니 염려 말게나.

하여튼 31日까지 내 소식을 좀 기다려서 行動해주었으면 좋겠어.

그리고 연락은 또 자주 할게.

주소가 變更되면 곧 편지해주길.

내 주소는 항상 학교로 하면 돼. (김정회)

제대한 이청준은 가정교사 자리를 반드시 얻어야 했다. 그에게 그 자리가 얼마나 간절한지 아는 김정회는 '계획'이 꼭 이루어지도록 준비를 하고 '진행'한다. 그 일은 친구의 숙식을 '해결'하는 '가장 중요한 일'이다. 얼굴을 하얗게 만들고 필요하면 분칠이라도 하라는 김정회의 말은 그냥 지나쳐도 될 농담이 아니다. 그 말은 그때 이청준 같은 처지의 학생이 번듯한 집의 가정교사로 가기가 얼마나 어려웠는지 보여준다. 어쨌든 김정회가 그렇게 애썼지만 이 일은 성공적이지 못했다.

그러나 63년 여름께 다시 제대를 하고 나와서도 사정은 조금도 달라진 바가 없었다. 복학 등록은 물론 끼니나 잠자리를 구할 길마저 막막했다. 그렇다고 그만 모든 걸 단념하고 돌아갈 고향집도 없었다. 나는 한동안 내 복학 일을 같은 학과 친구에게 맡겨두고 그저 하릴 없는 떠돌이로 어정어정 학교 주위만 맴돌면서 지냈다. (「황폐한 젊음의 회복을 꿈꾼 「퇴원」」)

김정회는 이청준의 갑작스러운 입대 뒤처리와 제대 후 복학 일은 물론 가정교사 자리까지 알아봤던 친구다. 그만큼 이청준은 그에게 자신의 처지를 조금도 숨기지 않았다. 김정회가 애썼지만 이청준은 갈 곳이 없었다. 그도 이청준만큼 가난했으니 다른 방법이 없었다. 복학한 뒤 잘 곳이 없던 이청준은 밤이면 문리대 강의실을 찾았다.

　　그리고 배변 볼 일이 그렇게 어렵더라고…… 수위가 퇴근하면서 교실 문을 잠가버리잖아? 화장실을 어떻게 가? 참 난감했지. 수위가 학교를 돌며 창문 밖에서 전짓불을 비추니까 나는 창문 아래쪽에서만 있고 그랬죠. (「이청준의 생애연표」)

　아침까지 잠긴 교실에 꼼짝없이 갇힌 이청준을 생각하면 가슴이 아프다. 그래도 그가 대학생이고 문리대 교실이라도 있어 노숙은 피했으니 다행이라고 여겨야 할까. 그 시절 어느 때인가 이청준은 차비가 없어서 길거리 군밤장수 청년에게 돈을 빌렸던 적도 있었다. 그는 이 일화를 쓴 글에 「일생 갚아야 하는 빚」이라는 표제를 달았다. 입대 전이나 제대 후나 이청준은 대학 시절을, 한 발만 잘못 디디면 떨어지는 절벽 끝에 서 있는 것 같았다고 회상했다. 복학 후 그는 그런 아찔한 상황을 1년 가까이 글을 쓰며 버텼다. 할 수 있는 다른 일이 없던 그는 글쓰기를 통해 어떻게든 삶을 이어나갔다. 그렇게 쓴 글이 「퇴원」이다.
　3학년으로 복학한 이청준의 대학교 등록카드에 표기된 연도는 1, 2학년 때와 달리 단기(檀紀) 4297년이 아니라 서기(西紀) 1964년이다. 그가 군대에 다녀오는 동안 나라는 연도 표기의 기원을 단군이 고조선을 개국한 해에서 예수가 탄생한 해로 바꿨다. 그가 복학했을 때 동기들은 대부분 졸업하고 취직해서 학교에 없었다. 이청준은 "배운 거 다 잊어버리고" 친구도 없는 복교 상태를 "사실상 대학 생활은

242　　　　　　　　　　　　　　　　　　　　　제3부 서울과 용인

그걸로 끝난 거"라고 회고했다. 게다가 그는 입대하기 전 삶의 흔적을 몽땅 잃어버리지 않았나. 앞의 글 「나무들도 흐르고 떠나간다」에 따르면, 이청준이 일상의 뒤처리를 부탁한 사람은 마포 변두리에 있는 집에 함께 기거했던 동숙인이었다. 그에게 이청준이 쓴 편지는 '수취인 불명'으로 반송되었는데, 어찌 된 일이었을까? 입대하기 전 그와 한방을 썼던 사람은 친척인 이규배였다. 앞에서 보았듯 그는 이청준의 즉흥적인 입대 사실을 알지 못해서 사라진 동숙인 이청준의 짐을 이웃에게 맡기고 낙향했다. 그 이웃 사람이 초라한 그 짐을 모조리 없앴다 해도 어쩔 수 없는 일이었다. 잘못은 이규배나 이웃이 아니라 말없이 종적을 감춘 이청준에게 있었다. 이청준은 이웃 사람의 종적을 오랫동안 찾지 못했다. 두 사람은 1968년 1월 7일 『주간한국』에 발표된 이청준의 소설 「나무 위에서 잠자기」를 읽은 이웃 사람의 연락으로 비로소 만난다. 이청준이 이 소설을 쓴 이유가 바로 그의 연락을 기대해서였다. 『주간한국』은 당시 "일간지를 읽는 서울 사람이면 거의 다 사볼 정도의 주간지"였고, 이야기는 이웃 사람 "비슷한 이름과 내력이 담긴 이야기"였기 때문이다. 이청준은 그를 겨냥한 "희망과 계책이 적중한 것"이라고 회고했다. 그런 만큼 이 소설에는 주인공의 입대 과정 등, 사실이 변형 없이 거의 그대로 쓰였다. 소설에 따르면 이청준이 잃어버린 것은 "책 몇 권, 대학노트, 일기장 몇 권 그리고 사진 몇 장"과 이불, "와이셔츠 두 벌과 작업복 하의 하나" 정도였다. 어쩌면 하찮을 수도 있는 유실물이 이청준에게는 과거를 실증해줄 증거물이었다. 몹시 애썼지만 잃어버린 것을 찾지 못한 이청준은 스스로를 뿌리 뽑힌 유령으로 느꼈다.

하다 보니 아내는 그런 내가 더러 아랫몸뚱이가 없는 유령처럼 보여서 음산한 생각이 들곤 한다는 거였다. 〔……〕 그래저래 나는 그녀와 만나기 전의 나와 내 과거사를 증명하지 않으면 안 되었다. 그러나 그 방법이 막연했다. 너무나 당연한 이야기지만, 나에게도 그 과거라는 것이 있었다. 그런데도 나는 그것을 아내에게 보여줄 도리가 없었다. 나의 과거는 내 머릿속에밖에 지니고 있지 못했기 때문이다. (「나무 위에서 잠자기」)

제대를 하고 나와 그의 시골 동네로 찾아가보고 안 일이지만, 그는 뜸뜸이나마 밖에서 끼니 마련을 해오곤 하던 내가 갑자기 소식 없이 사라지고 말자 더 이상 혼자 버틸 재간이 없어 며칠 뒤 어느 이웃 지면에게 내 짐을 떠맡기고 고향으로 내려가고 말았다는 것. 하지만 나중에 찾아가보니 짐을 맡았다는 그 이웃마저 종적을 찾을 길이 없었으니, 그것으로 나는 내 지난날이 아무 흔적도 남지 않은 일종의 '무적자' 신분이 되고 만 것이었다. 〔……〕 하지만 그보다 자신을 통째로 잃어버린 듯한 허망한 부재감은 나를 더욱 남루한 무력감에 젖게 했다. (「나무들도 흐르고 떠나간다」)

잃어버린 일기장과 대학노트에는 소설가를 꿈꾸는 대학생 이청준이 느끼고 생각하고 겪은 온갖 감정과 사유와 체험이 쓰여 있었을 것이다. 그것들은 그 자신이었고 잃어버려서는 안 되는 소중한 과거였다. 물론 이불과 책도 입주 가정교사를 하려면 꼭 있어야 할 물건이었다. 이청준은 제대 후 "묵은 책가방이나 노트장 한 장 없으니 때로는 학생의 신분마저 의심을 받곤 했다". 그런 그가 가정교사 자리를 얻기란 쉽지 않았다. 이처럼 상황은 입대 전보다 더 열악해졌지만, 이청준의 3, 4학년 성적은 여전히 좋았다. 다음은 그가 3학년과 4학년 1, 2학기에 들었던 과목과 성적이다.

3학년

1학기: 독문학사 A, FAUST연구 A, 독문학연습 A, 고전주의 A, 사실주의 A, 현대독산문 B, 독문법 A, 체육 A

2학기: 18세기독산문 A, 독문학사 A, FAUST연구 A, 자연주의 A, 독문학연습 B, 낭만주의 A, 20세기독산문 A, 한국현대문학사 A, 체육 B

4학년

1학기: 독문학연습 A, FAUST연구 A, 문예학 A, 독문학사 A, 현대독산문 A, 광물학개론 B, 체육 B

2학기: 독문학사 A, 독문학연습III A, 표현주의 A, 체육 B, 졸업논문 A

사람들은 이청준의 소설을 흔히 '관념적'이라고 말한다. 나는 이 말에 온전히 동의하지 않지만, 그의 소설이 관념적이거나 사변적으로 여겨지는 밑바탕에 독일문학이 있다고 생각한다. 실제로 「예언자」 같은 소설은 토마스 만의 영향 아래 쓰였음을 부인할 수 없다. 이청준이 대학에서 독문학이 아니라 국문학이나 불문학, 스페인문학 등을 전공했다면 그의 소설이 완전히 달라졌을까? 그러지 않았을 것이다. 그의 문학이 지닌 깊은 뿌리, 핵과 같은 것은 청년이 되어 공부한 학문이 아니라 태어나고 자란 삶이 만들었기 때문이다. 아무튼 그는 대학

4년 내내 전공 필수로 독문학을 공부했고, 배우지 않아도 될 다른 분야의 과목도 드물게 선택해서 들었다. 스스로 원해서 공부한 다른 과의 과목은 그의 관심 분야를 아는 데 도움이 된다. 한국현대문학사와 광물학개론이 바로 그런 과목들이다. 한국현대문학사는 소설가가 되려는 이청준에게 꼭 필요한 강의였지만 광물학개론은 그렇지 않다. 광물학이라니? 당시 그가 쓰려는 소설에 필수불가결한 지식이 광물학이었다면 이해가 된다. 하지만 그때도 그 이후에도 특별히 광물학을 알아야 쓸 수 있는 그의 소설은 찾을 수 없다. 그렇다면 학점 때문이거나 단순히 호기심, 또는 그저 좋아서 광물학개론을 선택했을 것이다. 소설가 이청준의 대학 4학년 수강과목표에 남은 '광물학개론'은 뜻밖의 만남처럼 신선했다.

현씨집과의 절연

이청준이 3학년으로 복학한 해 여름방학에 사건이 하나 있었다. 그는 이 일 때문에 또 다른 가족이었던 현씨집과 인연을 끊어야 했다. 이청준은 살면서 친교를 맺었던 여러 사람과 종종 멀어졌지만, 그런 식으로 관계가 끊어진 경우는 없었다. 그가 일방적으로 은혜를 입은 사람과 스스로 단절한 경우는 현씨집을 빼면 결코 찾아볼 수 없다. 그로 하여금 어찌 보면 배은망덕한 선택을 하게 만든 원인은 현영민이었다. 이청준이 여름방학을 맞아 광주로 내려갔을 때, 현영민은 대학을 졸업하고 집에 있었다. 한때 그녀는 어머니의 뜻에 따라 대학원에 진학했지만 곧 그만두었다. 그녀는 영어가 너무 어려워 따라갈 수 없었다고 말했다. 사건은 그렇게 두 사람이 다른 현씨 가족과 함께 광주에 머물 때 일어났지만, 전조가 있었다. 이청준은 광주에 내려가기 전 서울에서 현영민에게 긴 편지를 보냈다. 편지에는 그의 불행한 가족사가 자세히 적혀 있었다. 그는 편지를 쓸 때 이미 어떤 결심을 했던 것 같다. 나는 현영민에게 그 편지를 갖고 있는지, 또 읽고 난 느낌은 어땠는지 조심스럽게 물었다.

내 삶이 신산해서 예전 물건들이 하나도 남아 있지 않아요. 게다가 그 편지는…… 편지가 여러 장이었는데, 내용이 아주 길고 자세했어요. 읽은 느낌이라면 우선 몹시 놀랐어요. 나는 청준이가 가난한지 어떤지 아무 생각이 없었거든요. 그런데 그 편지에 쓰인 가족 이야기는 사실이라고 믿기 어려울 정도였어요. 마치 소설 같다고나 할까. 피를 토하는 극한 상황 같았으니까요. 『김약국의 딸들』처럼 어둡고 불행한, 아니 그보다 훨씬 더 불행한 소설을 읽는 느낌이었어요. 정말 나는 그 편지를 읽기 전에는 청준이의 가족사에 대해 관심도 없었고 아무것도 몰랐어요. (현영민)

처음에 현영민은 이 편지에 대해 내게 말을 하지 못하고 몹시 주저했다. 하지만 일단 결심한 뒤에는 이야기하는 내내 여러 번 편지를 언급했다. 그럴 수밖에 없는 것이, 그녀에 따르면 수십 년이 지난 그때까지 그 느낌과 인상이 고스란히 남아 있을 만큼 편지 내용은 고통스럽고 강렬했다. 그런데도 그녀는 늘 그랬듯이 이청준의 편지에 답하지 않았다. 자신과 가족에 대해, 특히 불행에 대해 누구에게도 말하지 않는 이청준의 성정으로 볼 때 이 편지는 매우 특기할 만하다. 그로서는 무엇인가 바라고 내린 대단한 결단이었을 텐데 어떤 답장도 없었으니 심정이 어땠을까. 그는 절망했을 것이다. 절망한 그가 광주에서 마지막 시도를 한다. 이청준은 현씨집에 머물던 어느 여름날, 일기 같은 글을 써서 책상 위에 놓고 집을 나갔다. 현영민은 글 내용을 대부분 기억하고 있다고 했지만, 길게 말하고 싶어 하지 않았다.

> 그 일기는 어머니가 발견했어요. 그래서 어머니와 나만 알고 아무에게도 말하지 않았어요. 일기에는 내게 대한 연정 고백…… 그리고 죽고 싶다는 표현도 있었어요. 나중에 청준이가 집에 들어왔을 때 어머니가 매를 들었지요. 청준이가 맞은 매는 사랑의 매라고 어머니가 말씀하셨어요. (현영민)

나는 다 큰 청년인 이청준이 매를 맞았다는 사실에 몹시 놀랐다. 매를 든 상대가 그에게 큰 사랑을 베풀던 '어머니'여서 더 그랬다. 사랑의 매라니! 그 매가 정말 사랑의 매였을까. 이청준이 어머니라 부르던 신종림은 외모뿐 아니라 모든 면에서 출중했다. 현영민의 회고에 따르면 그녀는 딸인 자신도 매우 어려워할 만큼 대단히 엄격한 사람이었다. 죽을 때까지 손에서 책을 놓지 않았던 신종림은 다른 가족이 아니라 이청준과 가장 잘 통했다. 그녀는 그를 친아들처럼 사랑했다. 그가 금단의 선을 넘지 않았다면 두 사람의 관계는 변하지 않았을 것이다. 뛰어난 재원이었던 신종림은 혼인하면서 가슴에 묻어야 했던 열망이 많았던 것 같다. 그녀에게 딸은 자신의 꿈을 대신 이뤄줄 사람이었다. 어머니의 뜻에 따라 대학원에 진학했던 현영민은 이렇게 말했다.

제3부 서울과 용인

어머니는 나를 통해 대리 만족을 했어요. 내 결혼을 서두르지 않았던 이유도 바로 그것 때문이니까요. 대학 졸업 후에 ○○대에서 오라고 했는데 내가 거절했어요. 맡아주면 공대에 요업과를 신설하겠다고 했거든요. 내가 내 실력을 아는데 학생들을 어떻게 가르치겠어요. 나는 어머니 덕에 광주에서 지나치게 우대를 받았지요. 내가 가진 실력보다 남이 알고 있는 내가 훨씬 더 높았어요. 심지어 문화재 보존위원으로 위촉되기도 했으니. 나는 광주에서 유명인사였어요. 나에 대한 기사가 신문에도 나고 잡지에도 실렸어요. 당시 『여원』 주간으로 있던 정비석 씨가 와서 각 지방에서 활동하는 여성들을 취재하는 데 참여하기도 했어요.* 광주에 있는 미국 공보원에서 도자기 개인전도 하고 동양화 개인전까지 전시회를 여러 번 가졌는데, 국전에서 상을 받은 작품은 전남방직과 해군본부에서 사 갔어요. 하지만 내 실력은 그 정도가 아니었지요. 나는 누구를 가르치기에는 아직 많이 모자란 사람이었어요. (현영민)

현영민은 매우 겸손하고 솔직한 사람이었다. 그녀는 자신이 누린 유명세와 혜택이 모두 어머니와 집안 덕분임을 알고 있었다. 어머니

* 「湖南의 雄都 光州와 女人들」(『여원』 1965년 11월)에는 "광주에서 만난 여성들"로 다섯 명을 소개하고 있다. 그들은 광주를 대표하는 여성으로 YWCA 총무, 거대한 장미원을 만든 일명 장미부인, 한국 최초 여자배구 공인심판, 중앙극장 사장 그리고 "광주지방의 명문가 현준호 씨의 따님"인 현영민이다. 기사를 읽어보면 당시 광주에서 그녀의 위상이 어느 정도였는지 짐작할 수 있다.
"현영민(25) 양은 호남 재벌의 왕자였던 고 현준호 씨의 영양으로, 이화대학 생활미술과 출신인 동양화가인 동시에 도자기의 제작자이기도 한 아름다운 아가씨. 그가 구워낸 작품은 이미 국전에서도 특선이 되었고, 최근에 제작했다는 작품도 빛깔과 살결이 무척 고왔다."

가 딸에게 들어온 혼담을 모조리 거절한 이유를 '대리 만족' 때문이라고 말할 정도로 상황에 대한 인식도 깊었다. 그러면서도 그녀는 자신의 늦은 혼인과 신산한 삶에 대해 결코 어머니를 원망하지 않았다. 그녀처럼 편차가 큰 삶을 산 사람이 이런 태도를 갖기는 쉽지 않다. 나는 그녀에게 머리가 숙여졌다.

이청준은 현영민이 신종림의 다른 자아라는 것을 염두에 두지 않았다. 그 사실을 알았다면 그는 금단의 선을 넘지 않았을 것이다. 신종림은 현영민에 대한 그의 연모를 가차 없이 내치고 단죄했다. 언감생심 내 딸을 넘보다니! 이청준의 일기를 본 그녀는 분노했다. 분노가 아니라면, 곧 사회인이 될 그에게 매를 든 것을 나는 이해할 수 없다. 이청준 또한 나처럼 그녀의 반응을 납득하지 못했을 것이다. 단 하나, 그가 깨달은 사실은 자신과 현씨집을 갈라놓는 신분의 차이였다. 나는 이 집 아들이 아니다! 나는 이들과 다르다! 이청준도 신종림처럼 분노했을 것이다.

"지렁이도 밟으면 꿈틀한다." 김정회가 좀처럼 볼 수 없었던 분노를 이청준에게서 보았던 때가 바로 이즈음이다. 도달할 수 없는 곳에 있던 현영민을 사랑했던 이청준은 마침내 고백했다. 사랑을 가슴에 묻고 그냥 지냈다면 평생 현영민을 볼 수 있었던 그에게 고백은 매우 큰 모험이었다. 그가 끝을 예감하면서도 감행한 행동을 그저 무모한 젊음의 치기 정도로 돌릴 수는 없다. 나는 일기라는 형식을 빌린 고백 이전에 이청준이 현영민에게 보낸 편지를 생각해본다. 그가 어떤 심정으로 현영민에게 자신의 집안 환경과 내력 등을 소상히 적은 긴 편지를 썼을지 짐작해본다. 깊이 사랑하지만 사회적인 계층이 가로막고 있는 여자에게 보내는 편지를 쓰는 젊고 가난한 이청준, 그는 아마 피를 토하는 심정으로 자신을 발가벗기는 글을 이어나갔을 것이다. 그런데 현영민은 그 비통한 편지에 아무 반응도 하지 않았다. 그녀는 나에게 편지에 대해서, 몹시 어둡고 비현실적인 이야기를 읽은 느낌이었다고 담백하게 말했다. 게다가 이청준에 대해서는 그 전에도 그 후에도 편지에 쓰인 것 이상의 사정을 알지 못했다고 했다. 다시 말해 그녀는 이청준이라는 사람에 대해 전혀 몰랐고 그의 가정 사정이나 내력에는 관심이 없었다. 우리는 이청준이라는 소설가가 얼마나 예민하고 복잡하며 철학적이고 도덕적인지, 세상에 없는 그가 남긴 작품을 통해 알 수 있다. 그런 그가 처음으로 토해낸 절절한 자기고백과 사랑은 대상을 잘못 택해서 닿을 곳 없이 흩어졌다. 이청준은 꽤 오래 현영민의 답신을 기다리며 주변을 맴돈 것 같다. 마침내 그것이 부질없는 희망임을 깨달은 후, 그는 일기 형식의 긴 글을 써놓고 아예 집을 나갔다. 그 글의 내용이 무엇인지 아는 현영민은 내게 입을 다물었다. 신종림이 무섭게 화가 나서 회초리까지 들었다는 글, 나는 글의 내용이 너무 궁금해서 다각도로 사정했지만 현영민은 끝내 자세하게 말하지 않았다. 나는 듣고 싶은 이야기를 다 듣지 못했지만 역설적으로 그녀가 꽤 괜찮은 사람임을 알 수 있었다. 이후 현씨집과의 인연은 단절되었고 양쪽의 관계는 완전한 파국에 이르렀다. 이청준에게 또 다른 가족이었던 사람들, 집도 절도 없는 그를 가정교사로 맞아들였던 가족, 그 인연을 잊지 않고 고등학교, 대학교, 군대 시절 내내 식구로 받아들이고 대접했던 따뜻한 가정, 이청준의 그 글은 새로운 가족과의 관계를 단번에 결딴내버릴 정도였다.

한 가지 설명하기 어려운 점이 있다. 이청준처럼 날카로운 인식의 소유자는 사람과 사물과 상황에 대해 좀처럼 그릇된 판단을 내리지 않는다. 그가 누군가 보란 듯이 글을 써놓고 외출한 데는 그럴 만한 이유가 있지 않을까. 달리 말하자면 글의 내용을 현씨집에서 받아들일지도 모른다고 어느 정도 기대했기 때문이 아닐까. 나는 이런저런 자료를 살피다가 하나의 결론에 이르렀다. 이청준이 군대에서 받은 성탄절 카드에 현영민은 다음처럼 썼다.

> 무엇보다도 난.
> 보고 싶다는 말을 전하고 싶어서……
> 1962. 12. 23. -영민-

행군을 하면서도 오직 '너'만 그렸다는 이청준, 몹시 외롭고 고단했던 군인 이청준이 성탄절에 '너'에게서 받은 카드에는 "보고 싶다"는 말이 있었다. 그에게는 그 말만 보였을 것이다. 그래서 그는, 텅 비어 있는 종이를 접은 소박하다 못해 성의 없어 보이는 카드의 형태와 그 많은 여백에 쓴 글이 위의 내용뿐이라는 사실을 보지 못했을 것이다. 이런저런 일이 겹쳐 이청준은 현영민도 자신을 꽤 좋아한다고 믿었던 것 같다. 그가 군대에 있을 때 적은 단상을 보자.

> H. 그 아름다운 애정을 나는 나이라는 방해물 때문에 한 번도 흡족히 수용해본 적이 없습니다. 그립고 아쉬워하면서도. (단상)

이청준에게 헛된 기대를 품게 할 만큼 현영민 역시 그를 좋아했다. 단지 두 사람이 좋아하는 감정의 질에 차이가 있었다. 그는 그녀를 이성으로 좋아했고, 그녀는 그를 동생으로 여겨 '아름다운 애정'을 보였다. 현영민과 그를 누나와 동생으로 규정짓는 잘못된 나이는, 그에게는 연정의 방해물이었지만 그녀에게는 움직일 수 없는 사실이었다. 그러니 어쩌랴. 파국은 당연했다.

이청준은 현씨집과 끊어진 인연을 뒷날 자발적으로 다시 이었던 적이 있다. 그가 혼인을 하고 여러 해가 지난 뒤였다. 어느 날 그는 현씨집의 몰락과 귀부인의 처지를 전해 들었다. 그녀는 낡고 좁은 아파트인 아들 집에 얹혀사는 신세였다. 그 소식을 듣고 그는 아내와 함께 그녀를 찾아갔다. 아파트 문이 열리고 안으로 들어선 이청준의 행동에 그의 아내는 몹시 놀랐다. 그는 신발도 벗지 않은 채 비좁은 현관 바닥에 꿇어앉아 노부인에게 용서를 빌었다. 게다가 그는 노부인을 망설이지 않고 '어머니'라 불렀다.

"어머니, 죄인이 왔습니다."

이 장면은 매우 극적이다. 다른 사람의 증언이라면 과장되지 않았을까 의심할 정도다. 하지만 이청준의 아내가 지금도 생생하게 기억한다며 들려준 이야기니 염려하지 않아도 된다. 나는 그의 아내에게 물었다.

"이상하지 않으셨어요, 어머니라는 호칭이라든지 죄인이라는 말이? 게다가 현관 바닥에 무릎을 꿇다니요."
"그이가 현관에 꿇어앉다니! 평소답지 않아서 좀 이상하기는 했어요. 그 집에서 지낼 때 그분을 어머니라 불렀다는 건 알고 있었지만 말예요. 게다가 죄인이라는 말은…… 사위 삼고 싶어 한 그분의 뜻을 거슬러서 그런가? 그 정도로 지나갔어요."

이청준의 아내가 믿었던 것과 달리 현씨집에서는 그를 단 한 번도 사윗감으로 여기지 않았다. 그가 현관에 무릎 꿇고 '죄인'임을 고백하는 장면은 단절의 이유가 이청준의 과오에 있거나, 아니면 과오야 어느 쪽에 있든 자발적으로 관계를 끊은 쪽이 어디인지 보여준다. 이청준이 스스로 절연하고 현씨집을 오래 찾지 않은 이유는 그만큼 불편함, 분노, 서운함 등 부정적인 감정이나 앙금에 더해 부끄러움, 주저함이 따랐기 때문이다. 현씨집에서 이청준에게 얼마나 많은 것을 베풀었는지 아는 나는, 더구나 그런 은혜를 받으면 그 몇 배로 오래 되갚아야 하는 이청준의 성정을 아는 나는, 이 단절이 무엇을 뜻하는지 이해한다.

이청준은 현영민을 보지 못했지만 신종림과 만남으로 어느 정도 마음의 빚을 덜었다. 이후 그가 신종림을 다시 만난 것은 그녀의 장례식장에서였다. 그녀와 함께 살던 아들 현영만은 어머니의 죽음을 이청준에게 가장 먼저 알렸고, 소식을 들은 이청준도 지체 없이 장례식장으로 향했다.

그런 일 가운데에 지난 5월 초순께의 일을 먼저 되새기지 않을 수 없다 — 어젯밤 어머님이 돌아가셨어요. 형님께는 알려드리지 않을 수가 없어서요. 하필이면 이튿날로 적잖이 힘든 일 여행 일정이 잡혀 있어 그 준비로 심신이 한창 분주하던 참에 갑자기 뜻밖의 부음을 접하게 됐다. 50년대 후반 대학 입시기를 앞둔 광주 시절, 고향 동네 식구들 한가지로 정처가 막막하던 나를 거둬 곁에 두고 따뜻이 보살펴주셨던 어른, 뒷날 근근이 진학 시험까지 치르게 됐을 때는 서울의 밥집 주소로 격려의 글월을 보내시되, 그 말미에 부러 '모(母)' 자를 부기하여 고단한 내 처지를 더욱 크게 위로해주셨던 어른, 내 서울살이 이후로도 계속 사는 양을 지켜보며 기쁨과 아픔을 함께해주셨어도 내 쪽에선 언제 한번 당신의 힘든 노년마저 마음처럼 가까이해드리지 못해 늘 죄스러움만 더해오던 어른 — 그러다 미처 아무 마음의 준비가 없던 차에 돌연 그 같은 부음을 접하게 됐으니 나는 당장 일손을 접고 황황히 당신의 빈소라도 찾아가 뵈었을밖에…… (「이 나이의 빚 꾸러미」)

어머니의 장례식장을 내내 지켰던 현영민은 이청준이 온 것을 알고 내실로 숨었다. 그녀는 자신의 모습이 초라해 그를 만날 수 없었다.

어머니가 돌아가셨을 때 청준이가 와서 숨어버렸어요. 갈 때까지 나올 수가 없더군요. 내 처지가 그래서 옛날에 알던 사람들은 가능하면 피했거든요. 나중에 청준이가 전화를 했더군요. 장례식장에서는 볼 줄 알았는데 못 만나 아쉽다고. 한 시간 반 넘게 거의 두 시간가량 통화했어요. (현영민)

내가 만났을 때 현영민은 일흔 나이에 양재동에서 아주 작은 분식집을 운영하고 있었다. 식당은 정갈했지만 곱게 나이 든 주인의 옛날을 짐작할 수 없을 만큼 소박했다. 그녀는 옛사람을 거의 만나지 않는다고 했다. 그런데도 그곳으로 뜻밖의 사람들이 찾아오곤 했다. 그들 중에는 젊은 시절 그녀에게 구혼했다 거절당한 사람도 몇 명 있었다.

그들은 모두 우리 사회에서 이름만 대면 알 수 있을 정도로 세속적인 성공을 거두었다. 나는 문득 궁금해져 그녀에게 물었다.

"이청준 선생과 두 시간가량이나 통화를 하셨다니 놀랍네요. 수십 년이나 만나지 못했던 분들 아닌가요? 무슨 얘기를 하셨는지 말씀해주실 수 있을까요? 그리고 하나 더, 여쭤보기 조심스럽지만, 성공한 옛 구혼자들을 보셨을 때 마음이 어떠셨어요? 그분들은 여기를 어떻게 알고 찾아오셨대요?"

"그분들이야 나 정도 찾기는 어렵지 않았을 거예요. 처지가 뒤바뀌었는데도 나는 그냥 그랬어요. 나보다 그분들이 더 당황했달까, 말도 없이 하염없이 앉아 있는 사람도 있고, 공연히 애달파하는 사람도 있고. 다 자기들 감상이지 나하고는 상관없는 일이지요. 몇 년 전에는 이렇지 않았는데, 나는 이제 이 생활이 편하고 좋아요."

나는 그녀의 말에 머리를 끄덕이며 그쯤 다시 이청준과 나눈 대화 내용을 물었다. 현영민은 말없이 깊은 생각에 잠겼다. 나는 그녀를 채근하지 않고 내버려두었다. 시간이 얼마나 흘렀을까. 그녀는 기억이 나지 않는다며 이렇게 덧붙였다. 그냥 사는 얘기였어요. 나는 다시 묻지 않았다. 기억이 난다 한들 그녀가 무슨 말을 하겠는가.

1969년에 발표된 「바람의 잠자리」는 이청준의 자전적 소설이다. 배경이 되는 집과 인물 등 대부분이 사실과 일치해서 허구는 등장인물 이름이나 육촌 형 정도에 그친다. 소설 속 '나' '어머니' '은일'은 이청준, 현영민의 어머니, 현영민에 대응한다. 전나무 가로수로 인도되는 길을 한참이나 들어간 숲속에 있는 3천 평쯤 되는 집, 6·25사변 때 죽은 은일의 아버지, 학교가 늦었지만 은일보다 한두 살 위로 오라비인 나, 게다가 집에서 늘 한복 치마저고리를 입고 있는 살결이 곱고 키가 조금 큰 은일은 미술을 전공하는 대학 2학년 학생이다. 그 밖에 「바람의 잠자리」가 얼마나 사실에 가까운지 몇몇 부분을 보면 쉽게 알 수 있다.

"가만있자, 그럼 둘 다 날 어미라 부르니 느이들도 오누이가 되어야지?"

나는 다음 날로 곧 은일네로 이사를 해 들어갔다. 그래서 나는 그 여름을, 아니 그 여름뿐만이 아니라 대학을 졸업하기 조금 전까지 2년 가까운 기간을 그곳에서 지내게 되었다.

그리고 그녀에 대해서라면 무엇보다 그림에 대한 이야기를 빼놓을 수가 없다. 그녀는 동양화를 그렸다.

학교에서 돌아와 한복 치마저고리로 갈아입고 어머니와 시간을 같이하는 때 외에는 언제나 대청마루에서 그림을 그렸다. 그림 한 폭을 열흘이나 보름씩 만에 완성해냈다. 어떤 것은 한 달이 걸리는 것도 있었다.

대개 산수화였다. 화폭이 컸다. 어떤 이름 있는 동양화가의 화실을 고등학교 때부터 한 3년 다녔다고 했다. 지금도 가끔 그분에게 들러서 지도를 받는다고 했다.

가끔가끔 선을 보기는 했지만 어머니나 은일은 좀처럼 신랑감을 골라내지 못하고 있었다. 돈이 많은 부호의 아들을 보고 나서도, 외국 유학을 하고 돌아온 예의 바른 청년을 보고 나서도, 대학 4학년 때 벌써 고등고시를 합격했다는 천재 형의 관직 청년을 보고 나서도 어머니와 은일은 무엇이 미심한지 늘 시들한 표정으로 뒤를 흐릿해버리고 말았다. 그리고는 또 선을 보았다. 좀처럼 정혼이 되지 않았다.

자전적인 내용으로 채워진 「바람의 잠자리」에서 우리가 주목할 대목은 작가의 또 다른 분신인 육촌 형이 '나'에게 하는 경고이다. 이청준은 육촌 형을 통해 자신이 겪은 뼈저린 각성을 토로한다.

"은일에 대해서 말인데, 그분들의 친절을 착각하지 말라는 거다. 그러진 않으리라 생각하지만 혹시 그런 착각에 빠지는 일이 생기면 너만 아플 테니까. 착각이란 결국은 깨어나야 하고 깨어날 때는 상당히 아프게 마련이거든."

위 글은 현영민에 대한 이청준의 고백과 어머니의 분노, 그로 인한 현씨집과의 절연을 상기시킨다. 어머니가 찾고 있는 은일의 짝에 대한 생각과 은일의 후일담까지 들어 있는 「바람의 잠자리」에서, 우리가 기억할 만한 다른 부분은 '어머니'와 '은일', 두 여자의 달 밝은 밤 우물가 목욕 장면이다. 앞에서 보았듯 아름답고 소설적인 이 장면은 사실이 아닌데, 앞으로 이청준의 여러 소설에 끊임없이 변주되어 나타난다. 그가 생각하는 이상적인 여자는 뽀얀 달빛의 아지랑이 속 우물가에서 찬물 목욕을 하는 여자, 찰싹찰싹 물 끼얹는 소리에 아른아른 희미하게 보이는 여자이다. 그 여자는 그가 실제 보지도 만나지도 못한 여자이다. 그나저나 이청준이 이 소설에서 현영민에게 준 '은일'이라는 이름을 나는 나중에 뜻하지 않은 때 다시 만난다.

남경자와 등단

현씨집과 자발적으로 단절한 이청준은 1965년 제7회 『사상계』 신인문학상에 「퇴원」이 당선되면서 우리 문학사에 처음 나타났다. 그는 대학교 4학년에 재학 중이던 그해 여름에 마침내 입주 가정교사가 되어 숙식을 해결할 수 있었다. 그가 입주한 곳은 장차 아내가 될 남경자(南京子)의 집이었다. 이청준은 남씨집에 입주하기 직전, 『사상계』 문학상에 「퇴원」을 응모했다. 이청준은 「퇴원」을 중심으로 삶의 한 시기를 건너고 있었다. 그때 그는 문단에 나와 정식 소설가가 되었고, 삶 전체를 통틀어 매우 중요한 사람이 될 남경자를 만났다. 우리는 「퇴원」을 둘러싼 여러 정황을 통해 이청준의 당시 처지와 심리 따위를 유추할 수 있다. 이청준이 남경자를 만난 시기는 「퇴원」을 사상계사에 응모하고 난 뒤인 1965년 여름이 끝날 무렵이다. 남경자는 대학을 졸업한 그해 여름을 고향인 해남에서 보냈다. 그녀가 해남에서 돌아왔을 때, 집에는 새 가정교사가 와 있었다. 그가 이청준이었다.

「퇴원」은 적어도 1965년 여름 이전에 쓰였다. 『사상계』 신인문학상 '심사 경위'에 보면 응모 마감이 8월 말이었다. 그해 12월 『사상계』에 실린 신인문학상 당선자 주소는 "서울특별시 영등포구 신길동 82번지의 639"이다. 이 주소는 이청준이 「퇴원」을 응모할 때 살던 곳이다. 그가 10월 29일 당선 연락을 받고 쓴 일기에 남은 주소는 『사상계』에

실린 주소가 아니라 "신당동 291의 33에서"이다. 사상계사에서는 당
선작을 발표할 때 응모자의 주소 변동 여부를 확인하지 않았을 것이
다. 이청준이 일기에 굳이 집 주소를 쓴 이유가 무엇인지 모르겠지만
(주거지가 자주 바뀌는 불안정한 상황과 남경자에 대한 새싹 같은 연정
때문이었을까?), 이 주소는 남경자의 집 주소다. 이청준은 작품을 응
모하고 나서 당선되던 사이에 남경자의 집에 가정교사로 입주한 상
태였고, 두 사람의 만남은 1965년 9월에서 10월 사이에 이루어졌다.
그는 삶에서 꼭 필요한 때 꼭 필요한 소식을 들었다. 이청준이 「퇴원」
당선 소식을 듣고 쓴 일기는 『사상계』에 실린 공식적인 당선 소감과
결이 다르다.

    10. 29.
    新堂洞二九一의 三三에서

    思想界社로부터 「退院」의 當選 연락이 왔다.
    기쁘다. 슬프도록 기쁘다. 이 조그마한 事件을
    왜 내가 이렇게 기뻐하는가를 아무도 모를 것이다.
    모든 슬픔이 나 혼자만의 것이었던 것처럼 이 기쁨 또한
    나 혼자만의 것이다. 슬픔뿐만 아니라 기쁨도 누구나 나누어
    받으려고 하지 않은 것이다.

    文學에 獨學이 있다는 것이 우스운 이야길는지 모르지만
    참으로 不安하고 외로운 作業이었다.

生活만이라도 文學을 좇고 싶었던 슬픈 욕망.
言語가 소멸된 곳의 향수.

준. 이제 조금쯤은 웃어도 되지 않겠느냐?
비애는 너의 숙명이라고 해도 잠시 밝은 얼굴을 짓고
어머님께 기쁜 인사를 드려야지.
다섯 살 먹은 어린아이가 설빔을 입고
세배를 드리듯이.

 이청준은 당선 소식을 남경자의 집에 입주한 지 두 달 정도 지난 시기에 받았다. 일기를 보면 이때 둘은 아직 연인 같은 특별한 사이는 아니었다. 그때 이청준에게는 그의 모든 기쁨과 슬픔을 나누어줄 사람도 나누어 받고 싶어 하는 사람도 없었다. 하지만 남경자를 향한 연애감정이 이미 싹트고 있었다고 조심스레 짐작해볼 수 있다. 그는 「퇴원」의 당선으로 용기를 얻고 그녀에게 자신의 감정을 고백했던 것 같다. 그가 일기 첫머리에 기쁘다고 거듭 토로하며 "이 조그마한 사건을 왜 내가 이렇게 기뻐하는가를 아무도 모를 것"이라고 쓴 이유도 그래서다. 남경자의 말에 따르면, 실제로 이 무렵 어느 날 이청준은 사랑 고백이 적힌 쪽지를 그녀의 방문 틈으로 몰래 넣었고, 그렇게 둘의 연애가 시작됐다. 두 사람의 사랑은 남은 삶 내내 변하지 않았다. 어떤 팍팍한 현실과 생활도 그들의 순정한 감정과 이상을 건드리지 못했다.
 빛나는 그들의 사랑을 시작하게 해준 「퇴원」은 당시만 해도 매우 독특한 소설로 여겨졌다. 정명환, 김성한, 오상원, 오영수, 선우휘, 다섯 심사위원의 의견은 일치하지 않았다. 그럼에도 「퇴원」은 당선작으로 뽑혔다.

착실하고 질긴 언어와 적확한 묘사가 우리를 끈다. 그러나 끝까지 읽고 나면 석연치 않은 느낌이 간다. 작가가 마지막에 이르러 강조하는 무언극의 진정성에 대해서 의심이 간다. 그는 "모든 요구는 언어가 허용될 수 있는 한계 이전의 것이었다"라고 자신 있게 말하고 있다. (……)

'나'는 냉철한 관찰자도 아니고 타인과의 만남의 시도를 극한까지 추구하려는 것도 아니다. 이 단편의 애매성은 바로 여기에 있다. 그것이 작품의 초점을 흐리게 하고, 우리들로 하여금 뼈대가 '약하다'는 평이 나오게 한 것이다.

그러면서도 우리는 바로 이러한 애매성 때문에 「퇴원」을 당선작으로 결정했다. 매우 예민한 감수성과 재치 있는 관찰과 그리고 삶의 어떤 양상을 기존적 사고방식 밖에서 다루려는 의욕을 지닌 이 애매성 속에 풍요한 가능성을 발견할 수 있었기 때문이다. (「퇴원」의 심사평, 「애매한 가운데 豊饒한 可能性」)

심사위원들은 기존 소설과 매우 다른 「퇴원」에 대해서 "주저와 불안을 느꼈다". 그런데도 끝까지 「퇴원」을 당선작으로 고집했던 사람은 정명환이었다. 자신의 뜻을 관철한 그는 결국 심사위원 다섯 명의 이름으로 된 '우리'의 심사평을 혼자 쓸 수밖에 없었다. 이청준이 세상을 떠난 뒤 만난 자리에서 정명환은 내게 이렇게 말했다.

마치 프랑스의 누보로망(Nouveau Roman)을 보는 것 같았어. 아니 누보로망이었지. 그때 우리 문단에는 비슷한 작품조차 없을 정도로 특이해서 그 가능성을 놓칠 수가 없었어. 무엇인가 모호해서 확신은 없었지만, 그 어떤 작품보다 뛰어난 것만은 분명했거든. 결과적으로 내가 문학을 하면서 정말 잘한 일이 하나 있는데, 이청준을 뽑은 거야. 사람이 어쩜 그렇게 한결같을 수 있는지. 평생 변치 않고 내게 고마워하고 예를 잃지 않았거든. 그처럼 뛰어난 작품을 쓰고 명성을 얻은 작가가 두고두고 그런 경우는 아주 드물어. 없다는 편이 맞을 거야. (정명환)

"기존적 사고방식 밖"에 있는 '애매'하고 희귀한 소설의 가능성에 매료되었던 정명환은, 이청준의 등단에 결정적인 역할을 한 사람이다. 이청준은 「퇴원」을 응모한 뒤, 김정회의 연인이 된 이양자의 소개로 남씨집에 입주했다. 이양자는 남경자의 둘째언니 남광자의 친구였다. 가정교사 이청준이 가르친 학생은 남경자의 동생이자 남씨집의 외아들인 남기천이었다. 이청준이 남경자와 본격적인 교제를 시작한 것은 가정교사를 그만둔 뒤였다. 그가 남긴 1965년 일기장의 표제는 감탄부호로 끝나는 독일어 문장이다. 'Leben ist farbig!'(Life is colorful!) 이 일기장은 그가 1965년 가을 무렵 남경자와 사랑에 빠졌을 때 맛본 환희를 보여준다. 일기장 속에 사랑의 글은 많지 않지만, 그의 삶은 짝사랑이 아니라 서로 나누는 사랑을 통해 비로소 무채색이 아니라 유채색으로 바뀌었다. 이후 이청준은 남경자와 본격적으로 연애할 때, 그녀를 D. 혹은 '경'으로 부르는 사랑일기를 따로 남긴다. 그런 만큼 'Leben ist farbig!'에는 표제와 다른 색채의 글도 많아서 다음 글 속의 D.는 사랑일기의 D.와 달리 남경자를 가리키지 않는다.

D.

간 지가 일 년이 되었구나. 작년 추석날 밤.

—옆에 있어 줘— 발자국 소리가 공허하게 울려 퍼지는 긴 대학병원 복도를 걸어 나오면서 나는 人間을 비웃었다. 生命의 欲求라는 것은 그렇게도 잔인한 것이었는가? 선량하기만 하던 너의 눈에 죽음의 그림자가 드리운 것을 보았을 때, 선하고 아름다운 것은 왜 그렇게 서둘러 사라지려고 하는 것인지 나는 鈺이네 문간에서 억울한 눈물을 흘렸었다. 그리고 너는 죽었다.

이청준이 여기서 D.라고 부르는 사람은 1964년에 죽은 대학 친구 박동모(朴東模)이고 옥(鈺)이는 김승옥이다. 박동모는 법대생이었고, 친가는 김승옥과 같은 순천에 있었으며, 서울 홍제동에서 대학에 다녔다. 그는 군에 입대한 이청준에게 보낸 답신에서 "고시(考試)에 염증을 느끼면서도 법대(法大)를 택(擇)한 것부터 모순이었"다고 토로했다. 이 편지는 그가 같은 법대생인 광주일고 출신 이진영이 전해준 이청준의 편지에 쓴 답장인데, 그 끝을 "4292. 3. 22. 동모"로 맺었다. 단기 '4292'년은 서기 1959년이다. 편지를 보낸 해를 제대로 표기하려면 '4292'는 '4295'가 되어야 한다. 그는 왜 연도를 틀렸을까? 혹시 그가 1959년 김승옥에게 이청준을 소개한 순천 출신 광주일고 학생이 아니었을까? 그렇다면 이청준과 박동모의 친교는 대학 이전에 시작되었을 것이다. 내가 이처럼 길게 박동모에 대해 쓰는 이유는, 「퇴원」의 시원에 그가 있기 때문이다.

「퇴원」

이청준은 1964년 9월 14일 자 일기에서 "소멸(消滅)해가는 생명(生命) 옆에서 허무(虛無)를 느낀다는 것은 감정(感情)의 외도(外道)가 아니"라면서도, "병원(病院) 정도에서나 겨우 내 생활의 보람을 느끼는 못된 주제건만 미처 동모의 처경에는 아무것도 그런 짓은 생각할 여지(餘地)가 없었다. 우울"이라고 썼다. 한 칸 띄어진 채 이어지는 일기에는 날짜 표시가 없다.

> 東模는 죽었다.
> 죽는다는 것은 너무 간단한 것 같다. 그것이 어떤 준비를 갖춘 것이라 해도. 결국 그의 모든 노력과 生命에 誠實은 盲目에의 意志였다고 할 수밖에. 失神한 어머니를 위해서보다, 남아서 슬퍼하는 누구보다 죽은 자 자신을 위해서만 슬픈 것이다.
> 남은 자들은 아직도 가을을 生覺하고 享樂하리라.
> 그를 오래 기억하는 것도 금방 잊어주자는 것도 모두가 살아남은 자들의 자기도취.
> 죽음은 다만 그의 것일 뿐이고 그만이 정작 슬픈 것이다.
> 동모!
> 마지막으로 불러보자.
> 오래지 않아 너의 기억은 사라질 것이다.
> 조심스러운 음성. 가까이 자리해보고저 했던 모든 노력이 이제 시들어가느니.
> 편히 쉬거라.

네가 갔어도 세상은 조금도 달라지지 않는다는 것이 참으로 새삼
스럽게 가슴에 오는구나.

박동모는 위 일기가 쓰인 1964년 가을에 죽었는데, 그가 있던 병실
에 무수가(無酬價) 장기 환자가 한 명 있었다. 이청준은 그 환자를 통
해 일종의 각성을 하게 되고 「퇴원」(1965)을 썼다. 「퇴원」은 당시 이
청준이 놓인 막막한 처지는 물론 그 상황에 대한 깨달음과 자기회복의
소망을 그대로 드러내 보인 이야기이다. 아래 글은 이청준이 어떻게
「퇴원」을 쓰게 되었는지, 그에게 「퇴원」이 어떤 의미인지 보여준다.

그 끝없는 좌절과 무력감 속에 어떤 생성(生成)의 꿈도 지녀볼 수
가 없던 시절, 심지어는 그 무렵 갓 문이 열린 남미 쪽 이민이나 독일
광부 취업길마저 불가능했던 암담한 64년 가을 무렵, 내게는 한 가지
참담스런 대로 막다른 변화의 계기가 주어졌다. 마음을 의지하고 지
내던 가까운 친구 하나가 졸지에 불치병으로 입원을 하게 되어 이후
부터 매일 대학병원으로 그 친구의 병실을 찾아다니게 된 것이 그런
계기를 가져왔다.
나의 병원길은, 물론 친구의 병 위문이 목적이었지만, 거기엔 나대
로의 어떤 은밀스런 편의성과 자기위안의 욕구가 함께하고 있었다.
〔……〕
친구의 병실엔 그때 한 무수가(無酬價) 장기 환자가 함께 입원해
있으면서 온갖 질병과 병원 진료제도에 대한 그 나름대로의 체험과
지식을 과시하며 늘 의기양양해하곤 하였는데, 그가 이날은 방문 앞
까지 따라 나와 나를 거꾸로 위로해 오던 소리도 그런 내 심사를 아

프게 일깨웠다. ── 가신 친구분한테밖엔 마음을 의지할 데가 없어 보이더니…… 하지만 이제는 그 친구 몫까지 더 꿋꿋이 잘 살아가셔야지요. (「황폐한 젊음의 회복을 꿈꾼 「퇴원」」)

이청준은 박동모의 죽음과 무수가 환자의 말을 통해 "이건 정말 사람이 사는 길이 아니다……!"라는 뼈저린 자각에 이른다. 그가 제대로 된 사람 사는 길을 모색하기 위해 쓴 「퇴원」은 제 역할을 훌륭히 해냈다. 다음은 『사상계』에 실린 「퇴원」의 공식적인 당선 소감이다.

졸병을 지원해서 군대로 가던 날.

비누며 치약이며 바늘 실 등속을 준비하고, 안주머니를 단 흰색 팬츠도 갈아입고 그리고 언짢아하시는 어머니를 썩 요령 있게 위로해드리고 나서도, 나는 아침을 통 먹을 수가 없었다. 〔……〕 인종만이 미덕이요 발전의지가 잘못하면 반역과 파괴로 저주받기 쉬운 시간에 생활의 묘비를 세워놓고 돌아섰을 때, 진짜로 수수로웠던 일은 두고 갔던 친구들이 모두 다 앞서 떠나가버렸다는 것, 그들이 떠나버리고만 폐허 위에 나 혼자 서 있다는 것이었다. 그때는 뒤에서 간다는 것이 더 편하다는 걸 몰랐으니까.

이 소감에는 다소 난감한 부분이 있다. 이청준은 대학 진학 후 2년 동안 벼랑 끝의 삶을 살다 거의 자포자기해서 충동적으로 입대했다. 그때 일정한 거처 없이 떠도는 어머니에게는 알리지도 않은 상태였다. 그런데 언짢아하시는 어머니를 요령 있게 위로하다니? 무엇을 위로했을까? 이청준은 당선 소감에 거짓을 쓰고 있다. 나는 평전을 쓸 내게 했던 그의 당부를 다시 떠올린다. "부디 네 상상력이 내 상상력을 이겨서 내가 꾀한 모든 자기합리화를 벗겨 내 맨얼굴을 보여주길 바란다." 이청준의 글에는 이처럼 금방 알 수 있는 거짓부터 현영민에 대한 것처럼 매우 정교하게 비틀고 감춘 다양한 자기합리화가 숨어 있다. 나는 그것들의 본얼굴을 드러내야만 한다. 그러지 못하면 이 평전은 그의 말대로 실패할 것이다. 「퇴원」의 진짜 당선 소감은 『사상계』 지면에 실린 것이 아니라 1965년 10월 29일에 쓰인 일기였다.

대학 시절 이청준은 「수업기」 노트 뒷장에 "가난은 죄악(원죄): 죽어야 할 이유"라는 간단한 메모를 남겼다. 「퇴원」은 그런 그에게 사랑 고백을 가능하게 했을 뿐 아니라 졸업 후 일자리까지 해결해주었다.

「퇴원」은 1964년 가을 무렵부터 쓰였다. 그때 그는 제대 후 3학년으로 복학했지만 머물 곳조차 없었다. 「퇴원」은 그가 부실한 섭생으로 위장병에 시달리며 밤이면 강의실에 숨어들어 잠을 자야 하는 신세였던 시기에 쓴 소설이다. 「퇴원」의 바탕은 그가 겪은 친한 친구 동모의 투병과 죽음이라는 기막힌 경험이다. 더 정확히 말하면 동모의 죽음 뒤 같은 병실에 있던 다른 환자가 건넨 말이 이청준을 깨우고, 「퇴원」을 쓰게 하는 결정적인 계기가 되었던 것 같다. 그러니 이청준이 입대 전 초고 형식으로 쓴 소설들에 「퇴원」의 흔적이 없는 것은 당연하다. 작가 노트에 따르면 「퇴원」은 "막막한 처지와 자기회복의 소망을 그대로 드러내 보인 이야기"이다.

내게도 누군가 나의 좌절을 아파해주고 그 회복의 안간힘을 안타깝게 지켜보아주는 따스한 눈길이 있었으면, 불안스런 위장 속에 자신을 버리고 떠도는 나를 말없이 기다려주는 그윽한 마음의 손짓이 있어줬으면…… 소설 속의 의사 친구와 간호원 미스 윤은 바로 나의 그런 소망을 대신하고 있는 인물들로, 나는 이를테면 그런 소망의 인물들을 통하여 탈진한 자신의 영혼을 다시 일으켜 세우기 위한 자기 암시 요법을 행했던 셈이다. (「황폐한 젊음의 회복을 꿈꾼 「퇴원」」)

우리가 「퇴원」에서 기억해야 할 이름은 '준'과 '미스 윤'이다. '준'은 일기에서 보았듯이 이청준 자신을 가리키는 이름이다. 이청준은 등단작부터 자신을 나타내는 인물을 '나'와 '준'으로 나누었다. 두 인물은 일화나 이름으로 볼 때 작가의 분신이며 동시에 서로의 분신이다. 소설 속 정보를 보면, '준'은 고등학교 때 '나'의 가정교사였다. 이청준은 고등학생일 때 중학생인 현영만의 가정교사였고, 중학생일 때는 성적이 나쁜 동급생의 입주 가정교사로 지내기도 했다. '나'와 '준'의 관계는 이청준의 중고등학교 때 가정교사 경험에서 나왔다. 「퇴원」에는 '나'가 가정교사 '준'과 관련해 누나에게 던지는 매우 의미심장한 말이 있다.

"넌 우리 선생님에게 시집가도 좋을 거야."

이 말 이전에도 이후에도 나타나지 않는 대학교 2학년에 다니는 누나의 등장은 느닷없다. 게다가 '준'과 '나'의 관계는 이 말을 계기로 끝나버린다. 이청준보다 2학년 위인 '누나'로 불리던 사람의 모델은 현영민이다. 현실에서와 달리 소설에서 누나는 '준'에게 시집가도 좋을 사람이 된다. 이청준이 얼마나 그것을 원했을까. 「퇴원」에서 단 한 번 언급되고 마는 이 누나는 이청준의 삶에서 매우 중요한 사람이다. 게다가 미스 윤은 이 누나의 분신이다. 이쯤에서 우리는 '미스 윤'이 누구인지 짐작할 수 있다. '미스 윤'은 '미스 현'의 변형이다. 이청준은 첫 소설에서 그녀를, '나'를 사랑하지만 '나'가 받아들이지 않아 '나'를 기다리는 여자로 만든다. 그렇다 해도 그녀는 여전히 '나'의 구원의 여자이다. 이청준은 1992년에 쓴 「황폐한 젊음의 회복을 꿈꾼 「퇴원」」에서 이렇게 말한다.

생성을 정지당한 황량한 젊음의 회복을 위해 내 간절한 꿈을 타고 난 미스 윤은 아직도 거기 그 병원 문 앞에 남아 내 마음의 귀항지로 기다리고 서 있는 듯싶다.

「퇴원」은 이청준이 아내가 될 남경자를 알기 전에 쓴 소설이다. 인물들도 특별한 가공을 거칠 필요가 없었고, 우리 입장에서는 이청준이 앞으로 행할 가공을 벗겨낼 수 있는 실마리를 제공하는 소설이다. 요약하면, 먼저 윤=현, 준과 나=이청준, 누나=현영민이다. '윤'과 '누나'라는 단어는 이청준의 첫 소설부터 특별한 의미를 갖는다. 다음으로 나와 준은 서로 분신이다. 이청준은 두 사람을 통해 각각 어둠과 빛에 속하는 존재로 자신을 나눈다. 자신의 이름을 가진 '준'을 빛의 세계에 놓고 '나'를 어둠의 세계에 놓는다. 그는 '준'을 매우 섬세하게 가공한다. '준'은 이청준이 현씨집에서 처한 입장대로 가정교사지만 성공해서 의사가 된다. '나'가 이청준인 것은 두 사람이 어린 시절 '광'에서 겪은 공통적인 경험을 보면 알 수 있다. 김현이 한 평론에서 섬세하게 분석한 광의 경험은 이청준에게 행복한 경험이었지만, 「퇴원」을 쓰던 시절에는 버리고 싶은 원고향과 원가족에게 속하는 일화이다.

조용한 어느 봄날, 집 안의 빈 헛간 구석, 햇볕 가득한 가을철 마당
가의 짚 더미 뒤켠이나 겨울철 저녁녘의 따뜻한 쇠죽솥불 아궁이 앞,
혹은 도드락도드락 눈빛발 소리가 문창지를 두드려대는 뒷골방 아
랫목 이불 속……/유년 시절 이따금 혼자 찾아 즐기던 은밀한 장소
들이다. 그런 곳을 찾아 조용히 자신의 흔적을 지우고 앉아 있노라면
괜히 안심스럽고 아늑한 기분이 되곤 하였다. 적적하고 적막스럽기
보다 그것이 외려 알뜰하고 달콤한 나의 작은 왕국처럼 느껴지곤 하
였다. (「사라진 밀실을 찾아서」)

이청준은 다른 수필에서 이렇게 고백했다.

그윽한 눈길과 말없는 암시와 공감의 여자. 그리고 그 암울스럽던
절망의 늪에서 나를 다시 삶의 거리로 되돌아가게 해준 여자. 그러므
로 미스 윤은 나의 삶과 문학의 새로운 출항지(出港地)가 되어준 셈
이다. (「미스 윤, 지친 영혼의 귀항지─데뷔작 「퇴원」 속의 여자」)

미스 윤은 지친 영혼의 귀항지이자 새로운 출항지이다. 미스 윤은
주인공을 정신과 육신의 폐허로부터 안아 일으키는 여자다. 이쯤 되
면 미스 윤은 모델인 현영민과 완전히 다른 사람이 된다. 「퇴원」에서
부자인 '나'(현씨집의 일원, 하지만 가짜 가족 구성원)는 망가지고, 가
난한 수재 '준'은 성공한 의사가 되어 '나'를 보살펴준다. 아픈 '나', 어
두운 '분신'인 '나'를 '미스 윤'이 지극히 짝사랑한다. 그녀의 사랑을
일단 거부한 '나'는 어쩌면 그녀를 받아들여줄 수도 있다는 오만을 보

인다.

문제는 이 수필이 1979년, 그러니까 결혼 후 11년이 지난 뒤 쓰였다는 점이다. 그가 이 시기 새삼 '미스 윤'에 대해 쓴 글은 의미심장하다. 그는 여전히 마음속에 간직한 이상의 여자, 현영민이 출발점이지만 결코 그녀일 수 없는 비현실적인 여자, 현실의 배면에 있는 구원의 여자를 그리고 있다.

> 왜냐하면 나는 13년이 지난 지금에도 그 병원 문 앞에서 '나'를 떠나보내고 있는 그녀의 모습을 눈앞에 선히 보고 있으며, 앞으로도 언제까지나 거기 그렇게 '나'를 기다리고 서 있어줄 그녀를 맘속에 지녀갈 것이기 때문이다. (「미스 윤, 지친 영혼의 귀항지―데뷔작 「퇴원」 속의 여자」)

「퇴원」 이후 13년, 이청준이 젊음과 문학과 거리에서 무엇을 얻고 잃었는지 모르겠지만, 그런 것과 크게 상관없이 언제나 그는 자신을 지키고 기다려주는 따스한 미스 윤의 눈길을 지녀왔다고 고백한다. 그리고 그녀에게 돌아가고 싶어 한다.

6장
1960년대: 졸업 이후

    이청준은 1966년 2월 26일 서울대학교를 졸업했다. 그는 군복무 기간을 합친 대학 시절 6년을 냉소와 과장이 섞인 비장한 어투로 회고했다.

    서울을 사수하자 —

    서울을 다시 쫓겨나지 않도록 하자. 어떻게 올라온 서울길이었던가. 어떻게 버티어온 서울의 6년이었던가. 그리고 어떻게 얻게 된 이 자랑스런 도시의 시민이 된 영광이던가. 그것을 다시 잃게 해서는 안 된다. 다시 쫓겨나게 되어서는 안 된다. 친척과 친지가 없음으로 해서 내가 이 자랑스런 도시의 시민이 되고자 겪어야 했던 수많은 고초들을 자손만대 나의 후손들과 이웃들에게는 다시 겪게 하지 말아야 한다. 내가 이 서울을 쫓겨나지 않고 버티고 남아 있어야 한다. 나의 6년과 6년의 고초를 헛되이 하지는 말아야 한다.

    나는 학교를 졸업하고 나서도 어떻게 하든지 이 서울에 다시 늘어붙어 남을 결심이었다. 그리하여 나는 한강을 절대로 건너지 않을 작정이었다. 같은 서울에 직장을 얻어 다니더라도 영등포나 강남 쪽은 될수록 사양을 할 결심이었다. 그리하여 언제까지나 이 도시의 자랑스런 시민으로서 영구불변한 나의 소지(巢地)를 마련할 결심이었다. (「왜 쓰는가」)

이청준은 결심을 실천에 옮겼고 대학 졸업 후 줄곧 서울시민으로 살았다. 그뿐인가. 그는 세월이 흘러 부촌으로 떠오른 강남에도 늦지 않게 성공적으로 입성했다. 하지만 이청준은 21세기가 시작되자 용인으로 이주했고, 서울시민이 아니라 경기도민으로 세상을 떠났다. 그는 용인에 살 때 친지들에게 보낸 편지 끝에 "경기도에서"라는 문구를 넣었다. 젊은 시절 그의 결심을 아는 내게 그 문구는 예사롭지 않아 보였다.

사상계(思想界)사 취업과 형의 죽음

이청준은 문학상 수상을 계기로 졸업을 앞둔 1965년 12월에 사상계사로부터 입사 제의를 받았다. 종로2가에 있던 사상계사는, 한강을 건너지 않은 곳에서 서울을 사수하겠다는 소설가 이청준의 목적에 잘 어울리는 곳이었다.

4학년 12월인데, 『사상계』 장준하(張俊河) 사장님이 『사상계』에 와서 일 좀 안 해볼래, 하시는 거예요. 그때 『사상계』 참 좋았어요. 일하기 좋고 분위기 좋고 사람들이 생각하는 것도 좋고 외국 신문, 잡지도 많이 보고 좋았지요. 근데 재정 사정이 어려워서······ (「이청준의 생애연표」)

장준하가 발행하던 월간 『사상계』는 1960년대 지식인이 사랑하는 잡지였다. 『사상계』는 이름에서 알 수 있듯이 문예지가 아니었지만 철학과 역사학 등 인문학 전반을 아우르는 동시에 문예적인 색채가 강한 잡지였다. 그 시절 문인이 되려면 주로 신문사의 '신춘문예'에 당선되거나 문예지의 추천을 받아야 했는데, 『사상계』도 문학상을 통해 문인 등용문 역할을 톡톡히 했다. 「퇴원」을 당선작으로 뽑은 '제7회 『사상계』 신인문학상' 소설 부문 응모작 수와 심사 과정을 보면, 이 문학상의 인기가 어느 정도였는지 알 수 있다. 그때 소설 응모 작품 수는 총 483편이었는데, 이 숫자는 사상계사에서 밝혔듯이 "문학상 제도가 설정된 이래 최고의 기록"이었다. 이 기록 위에 우뚝 선 「퇴원」은 예선 1, 2차와 본선 1, 2차에 이어 세 편이 겨루는 마지막 결선까지 치열한 심사 과정을 거쳐 당선작으로 선정되었다.

여기서 다시 언급할 이야기가 있다. 이청준은 「퇴원」 이전에 문학상에 응모한 적이 없다. 그런데도 그는 신춘문예 등에 여러 번 응모했다 떨어졌다고 썼다. 그가 그렇게 썼던 이유를, 나는 '일화들'에서 밝혔다. 그래도 한 번 더 확인할 필요가 있었다. 나는 이청준이 평생 스승으로 섬긴 정명환을 만난 자리에서 사실이 무엇인지 물었다. 그는 이청준이 여러 번 떨어졌다는 것은 사실이 아니며, 처음 응모한 작품이 당선됐다고 답했다.

이청준이 죽음을 앞두고 등단과 관련해 내게 들려준 일화가 있다. 그는 문학상이 아니라 기존 문인의 추천으로 문단에 나오고 싶었다.

그는 황순원에게 「줄」을 보낸 뒤, 좋은 소식이 있기를 혼자 오래 기다렸지만 허사였다. 황순원을 통한 추천등단이 어렵다고 판단한 이청준은 다른 소설 「퇴원」을 『사상계』에 응모했다. 그러자 정명환이 「퇴원」을 뽑았고, 『사상계』를 창간하고 이끈 장준하는 이청준을 뽑았다.

> 장준하 사장님이 한 편 더 쓰면 또 실어주겠다고 하셔서 「줄」을 다듬어 냈어요. 황순원 선생께 보낸 본원고는 돌려달라는 말씀도 드리지 못해서, 집에 있는 초고를 생각을 더듬어 다시 썼지요. (이청준과 나눈 대화 중에서)

『사상계』는 한때 잡지가 나오면 곧 매진될 정도로 지식인과 대학생의 열렬한 지지를 받았지만, 이청준이 입사할 즈음에는 사양길에 있었다. 잡지를 발간하는 사상계사도 재정적인 압박에 시달렸다. 이청준은 사상계사를 좋아했지만 안정적인 직장은 아니었다. 그가 사상계사에서 실제로 일한 기간은 1966년 4월부터 1967년 8월까지로 1년이 조금 넘었다. 하지만 이청준은 그곳에서 사람과 작품이라는 값진 선물을 얻었다. 사양길에 접어들었어도 사상계사는 여전히 당시 지성인이 모여 다양한 담론을 나누던 중심지였다. 이제 막 사회에 나온 젊은 이청준은 장준하를 비롯한 시대의 사표들 옆에서 세상을 보는 바른 눈과 여러 귀한 가르침을 얻었다. 그런 점에서 사상계사는 새내기 소설가 이청준이 가질 수 있는 최고의 직장이었다. 이후 그런 직장은 어디에도 없었다. 이청준은 사상계사에 다니는 동안 마음껏 글을 쓸 수 있었고, 그렇게 탄생한 소설이 「줄광대」와 『조율사』이다.

하지만 내게도 그 자주 만나지지 않는 숨은 독자를 만났던 사례는 없을 수 없으며, 그래서 그 나의 독자를 자주 만날 수가 없었던 만큼 작은 수의 몇몇 독자는 내게 더욱더 소중스런 것이고, 그만큼 나를 행복하게 해주는 사람들인 것이다.

이를테면 10여 년 전에 내가 사상계(思想界)사에 근무하고 있었을 무렵의 장준하(張俊河) 사장님은 그런 나의 고마운 독자 중의 한 분이었다.

어느 날 아침 장 사장님은 매우 기분이 좋은 얼굴로 내게 점심을 한턱 사겠다는 것이었다.

──어젯밤엔 오랜만에 재미있는 글을 읽었거든요. 내게 재미있는 글을 읽게 해준 고마움에 대한 보답으로……

그 무렵에 나는 「줄」이라는 단편을 발표하고 난 참이었는데, 사장님은 그 단편을 썩 쓸 만한 작품으로 읽으셨던 모양이었다. (「보이지 않는 독자(讀者)」)

20여 년 전, 66년 여름은 내게는 참으로 무덥고 막막하고 낭패스런 계절이었다. 학교 졸업 후, 처음으로 입사한 잡지사의 월급이 6천 원인 데 비하여 점심을 주지 않는 2인 합방 하숙비가 5천 원이었고, 그나마 회사의 사정이 좋지 않아 급료 지급이 몇 달째나 미뤄지고 있는 형편이었다. 물론 그것이 이유의 전부는 아니었지만, 학교만 나오면 불가피 매사에 도움을 줘야 하는 고향집 처지 따윈 뒤로 제쳐두더라도, 직장 생활 초장부터 빈 주머니 달랑거리며 회사를 오가야 하는 고달픔은 이만저만 나를 무기력하게 만든 게 아니었다.

그런 가운데서도 다행스런 일은 회사분들이 그런 처지의 내게 밀

린 일이 없을 땐 근무 시간 중이라도 소설 쓰는 일을 허락해주신 것
이었다. 그건 일테면 그런 식으로 해서라도 밀린 월급을 대신해 생
활비를 마련해 쓰라는 고육지계의 배려인 셈이었다. 그래 나는 매일
틈이 날 때마다 하루에 대학노트 두 장 정도 분량의 글을 써나갔다.
〔……〕

그런 식으로 한 반년쯤 시일이 걸려서 씌어져 나온 것이 나의 졸작
『조율사(調律師)』란 작품이다. 진짜 연주자로서의 삶이 아니라 그 준
비 과정으로서, 혹은 진짜 연주자를 위한 보조자로서의 들러리식 삶
을 뜻하는 자조적(自嘲的) 제목으로, 그 내용 역시 당시 나의 암울했
던 일상과 억눌리고 무기력해진 사회 분위기 일반을 그리려 한 것이
었다. (「원고료 운반비」)

이청준이 사상계사에 다니며 쓴 「줄」은 나중에 표제가 「줄광대」로
바뀌며, 『조율사』는 원고가 완성되고 5년 후인 1971년에 계간 『문학
과지성』에 실린다. 이청준이 돈을 좇아 다른 곳으로 이직했다면 두 소
설은 쓰이지 못했거나, 훨씬 후에 다른 형태로 세상에 나왔을 것이다.
그런 점에서 사상계사는 창작을 하는 사람에게는 꽤 이상적인 직장
이었다. 이청준은 사상계사가 문을 닫기 전에 그곳을 떠나고 싶지 않
았지만 그럴 수 없었다. 그는 너무 가난했다. 고향에는 뿔뿔이 흩어져
오직 그만을 바라보는 가족이 있었고, 서울에는 사랑하는 사람이 있
었다. 게다가 1966년 가을, 하나 남은 형 이종덕이 죽었다. 그는 이제
형제들 중 살아 있는 유일한 남자로 가족을 책임져야 했다.

우리가 이미 살펴보았듯이 이청준의 둘째형 이종덕은 집안을 몰락
시킨 사람이다. 그는 아버지 이남석이 혼신을 다해 일군 집과 땅과 돈

을 모조리 탕진했다. 이종덕으로 인해 모든 것을 잃은 가족은 제각기 흩어져 친척이나 아는 사람 집에 얹혀살 수밖에 없었다. 그나마 세 딸은 모두 출가했고, 중학교에 진학한 이청준은 고향을 떠난 것이 다행이랄까. 고향에는 어머니와 작은형네 식구만 남아 있었다. 2남 1녀인 조카들은 이곳저곳에서 태어나 출생지가 다 다르다. 술과 노름에 빠졌던 이종덕의 가장 나쁜 점은 폭력이었다. 그는 특히 아내 김귀심에게 자주 폭력을 휘둘렀다. 견디다 못한 김귀심은 자살하려 했지만 실패했다. 그때 작은형네 식구는 가옥지에 살았고, 어머니 김금례는 양하리 큰딸 집에 살았다. 김귀심은 시어머니에게 큰아들을 맡긴 뒤 딸과 막내아들만 데리고 친정 옹암리로 갔다. 그것이 끝이었다. 두 사람은 이종덕이 죽을 때까지 다시 보지 않았다. 김귀심은 남편의 사망 소식을 듣고 믿지 않았다. 그가 자신을 돌아오게 하려는 거짓인 줄 알았다고 했다. 이종덕의 죽음은 사실이었다. 가옥지에 홀로 남은 그는 어느 날 장어를 잡는 데 쓰는 약을 먹고 삶을 버렸다. 그의 장례를 치른 후, 김금례와 김귀심과 세 아이는 양하리 이청준의 큰누나 집 작은방에 다시 모여 살았다. 김귀심은 남편이 죽은 뒤 온갖 궂은일을 하며 아이들을 키웠다.

> 시아재가 아니라 내가 소설을 써야 되는디…… 마량장까지 걸어가서 과일도 팔고 김도 뜨고 품도 팔고, 안 해본 일이 없제. 시엄니는 양반이라 장사할 사람이 아니여. (김귀심)

이청준은 사양길에 접어든 사상계사에서 월급조차 받지 못할 때 형의 소식을 들었다. 그는 이제 어머니와 형수, 조카들까지 책임져야 할 처지가 되었다. 당장 문제는 장례 비용이었다. 어머니나 형수에게 그럴 만한 돈이 있을 리 없었다. 그는 소설가 박태순에게 온 원고 청탁을 넘겨받아 위기를 넘겼다. 그때 그가 쓰고 원고료를 받은 소설이 「병신과 머저리」다. 이청준에게 「병신과 머저리」는 형의 장례를 무사히 마칠 수 있게 해준 특별한 소설이다.

이직과 동인문학상

이청준에게 모든 것을 갖춘 혼인 시기가 따로 있을 리 없었다. 짐작이 가는 일이지만, 그와 같은 처지의 청년이 명문여대를 나온 부잣집 딸과 혼인을 하기는 매우 어려웠다. 그는 할 수 있을 때 자기 방식대로 남경자와 결혼했다. 그 '때'를 맞기 위해 이청준은 우선 사상계사를 그만둔다. 그가 월급을 제외한 모든 것에 만족하며 다녔던 사상계사를 떠나 선택한 직장은 여성잡지 『여원(女苑)』을 발행하던 여원사였다. 『여원』은 해방 후 발간된 첫 여성종합지로 여대생을 비롯해 소위 '교양 있는' 여성에게 인기가 높았다. 이청준이 입사할 무렵 이 잡지는, 계속 지면을 줄여가던 『사상계』와 달리 A5판에서 B5판으로 크기를 키우고 지면 수도 늘렸다. 그만큼 『여원』이 다루는 분야는 넓어졌고 독자 수도 많아졌다. 지면에는 교양, 오락, 생활정보 기사와 독자수기가 실렸다. 여원사는 잡지를 매개로 요리나 꽃꽂이 따위, 당시 유한계급 여자를 겨냥한 교양강좌도 열었다. 한마디로 사상계사와 여원사의 공통점은 잡지라는 것 하나뿐이었다. 『사상계』에 실릴 글을 썼던 이청준은 『여원』을 견디기 힘들었다. 그는 월급을 뺀 모든 것에 만족하지 못하면서 여원사를 다녔다.

　이청준이 사상계사에서 여원사로 옮긴 때는 1967년 8월이었다.
『여원』은 발행 부수만큼 광고도 많아서 잡지계에서 가장 많은 월급을
주었다. 월급이 대략 6천 원에서 8천 원으로 올라 사는 형편이 나아졌
지만 그는 행복하지 않았다. 그가 사상계사를 그만두고 여원사로 옮
긴 과정과 심정은, 1968년 여름에 초고를 쓴 『씌어지지 않은 자서전』
에 거의 그대로 들어 있다. 소설에서 『사상계』는 『내외』로, 『여원』은
『새여성』으로 나온다. 거기서 이청준은 두 잡지의 다름을 '토마토'를
다루는 방식의 차이로 보여준다. 『내외』가 토마토의 수급과 수입, 시
장가격과 유통, 국민 위생과 기본 체위 따위를 다룬다면, 『새여성』은
토마토를 즐겁게 먹는 것만 다룬다. 그가 보기에 『내외』는 토마토를
거론의 목적으로 삼고, 『새여성』은 수단으로 삼는다.

　　내가 『새여성』사로 직장을 결정하고 그곳 편집국장 앞에 근무의
　　충실성과 회사 방침에 대한 복종을 맹세한 것은 1년 전 월간 종합지
　　『내외』사를 그만둔 지 꼭 한 달 만이었다. 그러나 나는 편집국장에게
　　내 충성심을 서약하던 바로 그 자리에서 벌써 후회를 하고 있었다.
　　왠지 그저 일자리를 잘못 잡아 온 것 같은 생각이 불쑥불쑥 솟아올랐
　　다. 그것은 『새여성』사의 일에 대한 내 새삼스런 의구심에다 무슨 자
　　격지심처럼 『내외』사에 대한 스스로의 배반감까지 한데 겸하고 있었
　　다. 〔……〕
　　즉 『새여성』사에서는 토마토가 유발할 수 있는 부정적인 생각이나
　　논의는 절대 용납되지 않았다. 토마토에 관해 그것이 아무리 모자란
　　다는 이야기를 해도 결국 책이나 잡지를 사 보는 사람은 토마토가 모

자라 야단인 사람들이 아니라, 토마토에 진력이 나 이제는 새 조리법을 알려주지 않는 한 다시 거들떠보려고도 하지 않는 사람들이기 때문이었다. 그래서 기사도 어차피 책을 사 보는 사람들을 위해서 토마토 조리법을 다루게 되었다. 그것은 물론 토마토에 한해서만이 아니었다. 『새여성』사는 그렇게 즐겁고 풍요로운 세상에 대해서만 공헌하려고 했다. (……)

나의 역겨움은 그 모든 일이 어김없이 여자에 관한 것뿐이라는 점이었다. 나는 언제나 여자에 관한 것만을 생각하고 여자를 만나서 여자에 관해서만 이야기해야 했다. 간혹 남자를 만나게 되는 수도 있었지만, 그런 경우도 이야기의 내용은 여자였다. 나로선 그것이 여간 견디기 어려운 일이 아니었다. 나중엔 나 자신에 대해서까지 어떤 두려운 느낌이 들어올 지경이었다. (『씌어지지 않은 자서전』)

이 글은 다소 과장이 있을지라도 이청준이 생각하는 『사상계』와 『여원』의 차이를 잘 보여준다. 그는 결국 1년을 채우지 못하고 여원사를 그만둔다. 나는 이청준이 여원사를 다닐 때 있었던 일화를 듣고 놀란 적이 있다. 이야기가 너무 파격적이어서 놀랐고, 내가 그를 잘 알지 못한다는 깨달음에 놀랐다. 이청준에게는 그때 자신도 어쩔 수 없는 내면의 끓어오름이 있었나 보다. 사실 나는 그를 알면 알수록 좀 복잡한 심경이 될 때가 있었다. 이청준은 자신과 주변 사람 모두 인정한 페미니스트였지만, 드물게 가부장적인 모습을 보여주었다. 그는 평소에 처가 쪽 사람에게 정신적인 것은 물론 물질적인 것 또한 할 수 있는 한 아낌없이 베풀었다. 하지만 알다시피 그는 아이들 이름을 지어달라는 처가의 부탁을 들어주지 않았다. 내가 왜 남씨 아이 이름을

제3부 서울과 용인

짓나. 이청준은 관대하면서도 까다로웠다. 나는 늘 그의 소설만큼 그가 어려웠고, 그래서 더 세심히 그를 살필 수 있었던 것 같다. 이청준이 죽음을 맞았을 때, 나는 그의 이런 면을 다시 보았다.

이청준이 다니던 여원사 편집국에는 20여 명의 기자가 있었는데, 대부분 여자였다. 그중에 이름을 대면 알 만한 시인도 있었다. 이청준의 맞은편에 자리한 그녀는 최첨단 옷차림을 자랑하는 멋쟁이였다. 이청준은 그녀와 사이가 좋지 않았다. 두 사람은 자주 다퉜다. 어느 더운 여름날, 취재를 다녀온 그녀가 덥다면서 얇은 민소매 옷 앞가슴을 올렸다 내렸다 자꾸 들썩였다. 그때 담배를 피우고 있던 이청준이 참지 못하고 팔짓을 하며 한마디 했다. "아, 그 좀 가만두셔." 순간 그만두라는 그의 손에 들려 있던 담배의 불티가 그녀의 앞머리에 닿았다. 그녀의 앞머리는 온통 그을려버렸고, 그다음은 상상에 맡긴다.

그렇다고 이청준이 여원사에서 홀로 고립되지는 않았다. 그곳에서 그는 평생 교류하게 될 소중한 친구 박석준을 얻었다. 박석준은 이청준의 여원사 입사 동기로, 『조선일보』 신춘문예에 「공황시대」가 당선 없는 가작으로 뽑혀 등단한 소설가였다. 이청준이 여원사에 다니면서 썼던 『씌어지지 않은 자서전』의 임갈태는 박석준이 밑바탕이 된 인물이다. 임갈태와 그는 외모부터 성격까지 똑 닮았다. 다른 점은 임갈태가 새여성사를 퇴직한 시기이다. 박석준은 임갈태와 달리 이청준이 퇴사하고 3년 뒤에 여학생사로 옮겼다. 그는 여학생사에 재직하면서 이청준에게 많은 도움을 주었다.

박석준은 열정적인 새내기 소설가였지만 이청준을 만난 뒤 소설 쓰기를 그만두었다. 이청준의 아름답고 처연한 소설 「매잡이」가 그의 절필 원인이었다.

하루는 같은 편집부에 있던 곽석용이, 전주 근처 자기 고향에 가면 아직도 매로 사냥하는 사람이 있다면서 소설로 써보지 않겠냐고 제안을 했어요. 나는 그런 게 뭐 소설이 될까, 대수롭지 않게 생각했지요. 그런데 이청준이 눈을 반짝이며, "아, 가보자!" 그러더군요. 그때 잡지가 몹시 바쁠 땐데 결국 가보고 「매잡이」를 썼어요. (박석준)

이청준도 수필 두 편에서 「매잡이」를 쓰게 된 과정을 말하며, 이 소설은 "소재를 만난 것과 소재의 해석이 동시에 이루어진 경우"라고 밝혔다.

지금은 캐나다 이민을 떠나고 없는 한 친구가 어느 날 매사냥 풍속에 관한 얘기를 신나게 지껄여대고 있었다.

— 매사냥을 나가자면 적어도 3일 정도는 매를 굶겨야 하는 거예요. 먹이도 주지 않고 잠도 재우지 않아야 해요. 그래야 매란 놈이 성질이 잔뜩 사나워져서 공격적이 되거든요. 배가 차 있는 매는 사냥을 잘하려 들질 않으니까요. 매란 놈은 잠을 못 자고 심하게 굶주린 다음일수록 먹이를 향해 내리꽂히는 곡선이 힘차고 시원스러워지는 법이니까요.

바로 그 말이 무슨 독화살처럼 강한 충격으로 나의 의식 속으로 꽂혀 들어왔다. 생존, 생존을 위해 쫓고 쫓기는 그 잔인하고 참혹스런 투쟁. 그리고 그 참혹스런 생존의 투쟁마저도 일정한 거리 바깥에서는 아름답게만 보이는 생존 풍속의 두 가지 얼굴, 아름다움의 이중적 구조…… (「돈 많은 시인에의 꿈」)

1967년 가을 여성잡지 『여원』사 사무실에서 산이 많은 전북 장수 출신의 한 동료가 한담으로 꺼낸 이야기였다. 그런데 계속된 그의 이야기 가운데에 심상찮이 흥미를 끄는 대목이 있었다.

──매를 데리고 사냥을 나서려면 매꾼은 며칠 전서부터 잠도 재우지 않고 먹이도 주지 않는 따위로 녀석의 성깔과 사냥 투지를 돋워놓아야 한다. 그리고 그 매가 꿩을 잡으면 재빨리 쫓아가 포획물을 빼앗아야 한다. 녀석이 제 포획물로 배를 불리고 나면 사냥을 그치고 날아가버리기 때문이다.

그 이야기 가운데에 한 편의 소설이 들어 있었다. 더욱이 그 시절 사람들은 그것을 퍽 아름다운 놀이풍속으로 즐겨왔음에랴. 그 잔인한 먹이고리의 생존질서와 풍속적 아름다움의 비밀이라니! 그것은 가히 한 편의 소설이 되기에 족했고, 나는 꼬치꼬치 그 동료의 현지 지식정보를 취재하여 중편 「매잡이」를 엮어낼 수 있었다.

어언 35년 저쪽 일로, 그러나 그 소재를 건네준 동료는 이후 캐나다 쪽으로 이민을 떠나갔다는 후문뿐 이런 여담조차 함께 나눌 길이 없다.

내 소설 가운데는 그렇듯 내게 '소설을 주다시피' 했으면서도 지금은 당시의 일들을 함께 돌이켜볼 길이 없게 된 경우가 허다하다. (「내 소설 속을 흘러간 사람들―내 글벗과 선생님들」)

박석준은 "주다시피 한 소설"을 소설감으로 생각하지 못한 자신에게 절망했다. 그는 「매잡이」 이후 글쓰기를 접고 이청준의 글쓰기를 적극적으로 도왔다. 활판 인쇄를 하던 당시 기자의 기사는 쓰고 나면

번거롭고 긴 교정 과정을 여러 번 거쳐야 했다. 박석준이 보기에 이청준은 소설 소재와 그에 대한 생각으로 꽉 찬 천성적인 소설가였다. 그는 기사를 쓴 뒤, 소설이 떠올랐다며 종종 박석준에게 교정을 부탁했다. 박석준은 기꺼이 그 부탁을 들어줬고, 두 사람이 쓴 기사를 교정하느라 몹시 바빴다. 그러니 소설을 쓸 시간이 없어서 못 썼다니까요. 그가 웃으며 말한 뒤 덧붙였다. 사실 나는 이청준의 옆에서 깊은 자괴감에 빠질 수밖에 없었어요.

천재는 때로 주변 사람에게 재앙이 될 수 있다. 우리는 이청준 때문에 박석준이라는 소설가를 잃었는지도 모른다. 그랬다 해도 크게 상심할 일은 아니다. 박석준은 자신에게 없는 친구의 능력을 꿰뚫어 보고 아낌없이 지원한 사람이다. 이런 태도는 드물다. 우리는 같은 길을 앞서가는 동료를 시기심과 자괴감 때문에 멀리하게 되는 경우를 많이 알고 있다. 박석준은 그렇게 하지 않았다. 그는 품이 넓고 큰 사람이었다.『씌어지지 않은 자서전』의 갈태로 잘 형상화된 그의 넉넉한 인품은 이청준에게 늘 열려 있었다. 이청준의 성향은 다른 사람을 불편하게 만들기보다 배려하는 쪽이었다. 그런 그가 주저하지 않고 기사 교정을 부탁했으니, 박석준의 품성을 짐작할 수 있다. 그는 퇴사한 이청준에게『여원』에 소설을 연재해볼 것을 제의했지만 기분 좋게 거절당했다. 재정적인 도움이 될까 해서 한 제의였지만, 이청준의 거절은 당연했다. 박석준이 아는 이청준은 온통 소설 생각뿐이었고, 여자들만을 위한 대중잡지 일에도 매우 회의적이었기 때문이다. 이청준이 여원사를 그만두는 것은 시간문제였고 결국 그렇게 되었다. 그는 여원사로 이직한 다음 해 봄에 퇴직하고 장흥으로 갔다. 그는 자신을 옥죄던 굴레를 벗고 자유로워졌지만 살아갈 길이 막막했다. 서울을 사수하겠다는 매서운 결심을 이행하기는커녕, 당장 의식주를 해결할 방도조차 없었다. 그런 이청준을 구해준 것이 「병신과 머저리」였다. 한해 전에 형의 장례비를 해결해줬던 「병신과 머저리」가 그의 서울 사수를 이어가게 했다. 그뿐인가. 그는 이 소설 덕에 혼인할 수 있었다.

1968년 봄. 나는 서울에서 더 버텨나갈 방도가 없어 당분간 시골 노모의 거처를 찾아 내려가 지내고 있었다. 그러던 어느 날. 서울 소식을 부탁해놓았던 김주연 형(평론)으로부터 한 통의 반가운 전보가 날아왔다.

— 네가 아마 올해 동인상을 수상하게 됐나 보더라.

내게는 다시 서울로 올라가 계속 글일을 도모해볼 동아줄 같은 소식이라 그길로 면소재지 마을까지 나가 전화를 걸어보니 김 형의 대답이 이랬다. "오늘 동인상 심사를 맡았던 Y 선생과 차를 함께하는 자리에서 결과를 물었더니, 그 양반, 수상작이 '바보와 모지리' 비슷한 제목이었다니까 그게 네「병신과 머저리」아니겠냐." (「잊을 수 없는, 잊혀지지 않는 — 말씀의 기억」)

이청준은 사상계사에서 주관하던 제12회 동인문학상 1967년도 수상자이다. 수상 연도는 1967년이지만, 수상작이 결정된 시기는 1968년이다. 수상작 발표와 수상자의 수상 소감은 『사상계』 1968년 4월 호에 실렸다. 이청준의 수상을 끝으로 동인문학상은 중단된다. 12년 후 같은 이름의 상이 부활했지만 사상계사는 사라지고 없었다. 그 상은 재정난에 빠진 사상계사가 마지막으로 이청준에게 준 큰 선물이었다. 그는 뜻하지 않은 생명수 같은 상금 덕에 소설가의 길을 다시 걸어갈 수 있었다.

사회의 한 동인(動因), 기능과만 상관하여 문학을 이해할 때, 문학 양심과 그 작업을 정치나 경제사회의 그것과 유사한 방법으로 생각한 일이 있었습니다.

그러나 그것은 모진 핀잔을 받았습니다. 미련할 뿐만 아니라 위험하기까지 하다는 것이었습니다. 그리고 드디어는 저 자신의 생각도 그러한 생각이 미련하고 위험하다는 데에 이르렀습니다.

그러자 작업이 갑자기 힘이 들고 두려워졌습니다. 그리고 무엇보다 그것은 외로운 작업이라는 느낌이었습니다.

왜냐하면 문학의 양심은 모든 인간질서의 최종적인 것 바로 인간 영혼 그것으로 생각되었으며, 그러한 양심의 구체적인 표현, 즉 문학 작업은 자주 오해되고 때로는 이해할 수 없는 미치광이 짓으로 보이기 쉬운 까닭입니다. 〔……〕

그러므로 저는, 보다 넓은 인간의 영토를 획득함으로써 이를 윤택하게 하고 또 이미 획득한 영토는 이를 수호함으로써 그 가치를 확인해가는 많은 사람들의 노력에 저의 작은 노력을 보태어, 이 고마운 뜻에 보답하려 합니다. 〔……〕 (「동인문학상 수상자의 답변」)

이청준이 여원사를 그만두고 고향으로 간 데는 자꾸 어긋나는 연애도 한몫을 했다. 그는 몹시 가난한 소설가였다. 게다가 고향에는 머물 집조차 없어 떠도는 홀어머니와 형수, 조카들이 그만 바라보고 있었다. 이청준이 동인문학상 수상 소식을 전하는 김주연의 전보를 받은 집도 온전한 고향집이 아니었다. 그에 비해 남경자는 대학을 졸업

제3부 서울과 용인

한 부잣집 셋째딸이었다. 두 사람의 연애가 순탄할 리 없었다. 1968년 봄 동인문학상 수상 소식을 들었을 때, 이청준은 자신의 처지와 남경자 집안의 반대로 헤어지고 만나고를 반복하는 피곤한 연애를 하고 있었다.

「별을 보여드립니다」와 『씌어지지 않은 자서전』

이청준은 1967년 1월 「별을 보여드립니다」를 발표했다. 이 소설의 원형은 제대 후 습작인 「엄숙한 유희」에서 찾아볼 수 있다. 두 소설에서 주 인물은 원하는 관계가 좌절된 상태로 고립된 처지이다. 그를 고립에 빠지게 하는 원인은 역설적이게도 소통의 도구인 '말'이다. 사실을 외면하고 논리의 요술을 부리는 말, 변명거리에 불과한 말에 대한 회의와 불신이 주 인물로 하여금 거짓말을 하게 만든다. 거짓말은 두 소설에서 모두, 말이 소통이 아니라 단절만 야기할 때 그 단절을 극복하기 위해 인물이 취할 수 있는 마지막 지난한 몸짓이다. 그런 점에서 「별을 보여드립니다」는 「퇴원」을 잇는 동시에 말에 관한 소설들과 「조만득 씨」 등을 예고한다. 「퇴원」의 '나'가 보여주는 칭병은 외로움을 이기려는 거짓말로 현실에서 자기 소재를 확인하려는 것이다.

이청준에게 '별'은 현실이 품고 있는 이상향을 가리켰다. 어둠이 깊을수록 빛나는 별은 결코 도달할 수도 가질 수도 없지만, 그 꿈이 없다면 살 수 없는 것이기도 했다. 별은 작품에 따라 '누나'로 나타나기도 하는데, 이청준에게 누나가 어떤 의미인지 우리는 이미 알고 있다. 소설 「별을 기르는 아이」를 보면 별과 누나가 동의어라는 것을 분명히 알 수 있다.

「별을 보여드립니다」는 현영민과 관련해 눈여겨볼 작품이다. '민영'은 '영민'이라는 이름의 철자를 단순히 순서만 바꾸었을 뿐이다. 이청준은 〈고향의 봄〉 노래와 관련된 「꽃동네의 합창」에서도 작사가 이원수의 이름을 이수원으로 표기했다. 독자들은 "나의 살던 고향은"으로 시작되는 노래를 지은 소설 속 이수원이 실재 인물 이원수임을 다 안다. 이수원이 이원수라는 사실은 드러내 보여도 아무 문제가 되지 않지만 「별을 보여드립니다」는 다르다. 이 소설은 이청준이 아내 남경자를 만난 이후에 발표됐지만 현영민의 이름이 거의 변형되지 않은 채 노출된다. '나'는 '민영'을 '영'이라고 부르는데, 이청준의 소설 속에서 '영'이라는 이름자는 '윤' '현'과 같은 가치를 지닌다. 우리가 '민영'이라는 이름과 함께 기억할 것은 이 소설에서 처음으로 짝을 이루는 여자들이 나타난다는 점이다. 이청준은 등단작 「퇴원」에서 자신을 '나'와 '준'으로 나누었지만, 여자는 '미스 윤' 한 명뿐이었다. 이제 남경자라는 연인을 가진 이청준에게 여자는 두 겹으로 존재한다. 이룰 수 없었고 그래서 더 이상화된 사랑의 대상과, 현실에서 결혼해 아내가 될 여자. 이상화된 여자는 소설 속에 존재할 뿐 실재하지 않는다. 그 여자는 이청준의 갈망이 만들어낸 허상일 뿐이다. 그렇다 해도 그에게는 닿을 수 없는 그 허상이 오랜 시간 '별'처럼 기능한다.

『씌어지지 않은 자서전』의 원제는 『선고유예(宣告猶豫)』다. 『선고유예』는 1969년 『문화비평』 창간호에 1회, 1년 후인 1970년에 다시 1회 실린 뒤 중단된다. 『씌어지지 않은 자서전』에서 『선고유예』로 발표된 부분은 제4일까지다. 1968년 완성된 이 소설은 결국 1972년에야 『씌어지지 않은 자서전』으로 개제되어 전작이 발표된다. 이청준은 이 작품의 배경이 되는 시기에 주인공 이준처럼 신촌에서 하숙을 하며 직장에 다녔다. 여담 하나를 덧붙이자면 이청준은 이 작품을 쓴 뒤, 마담의 오해 때문에 세느의 모델이 된 다방 출입을 그만두게 되었다.

> 졸작 『씌어지지 않은 자서전』을 쓸 무렵이었는데, 그즈음 나는 신촌의 한 여자대학 앞 다방 출입을 자주 하고 있었다. 자연히 소설의 무대를 그곳으로 잡았는데, 마담의 분위기가 적당치를 않았다. 나는 내가 전에 자주 드나들던 동숭동 시절의 다방 마담을 생각했다. 그쪽 마담을 옮겨 그리는 것이 좋을 것 같았다. 이를테면 장소는 신촌 쪽인데, 인물은 동숭동 쪽 사람을 그린 셈이었다.
> 그런데 책이 나오고 나니 어떻게 소문을 들어 알았던지 신촌 쪽 마담의 눈치가 달라졌다. 소설 속의 마담이 그리 호감이 갈 만한 여자는 아니었던 셈인데, 그 마담을 바로 자신으로 단정해버린 소이였다.
> 나는 마침내 그 다방을 드나들 수가 없게 되었다. (「상상력의 권리」)

이 소설에는 주인공의 이름을 비롯해 이청준과 직접적으로 관련된 것들이 매우 많다. 어린 시절의 허기, 그 허기와 연결된 연, 전짓불은 물론 주인공의 직장 '내외사'와 '새여성사'가 그렇다. 뿐만 아니라 '세느 마담'처럼 모델이 되는 실제 인물을 찾을 수 있는 경우도 흔하다. 그중 '준'은 「퇴원」 이후 작가 자신을 가장 분명히 나타내는 이름으로, 심지어 이 소설의 '이준'은 자기 이야기를 소설로 쓰는 사람이다. 이준의 어린 시절부터 지금까지 이야기는 거의 모두 이청준이 겪은 일을 밑바탕으로 했다. 우리가 이준과 함께 주목해야 할 인물은 이윤선과 **현**수미, 두 여대생이다. 늘 함께 다니는 두 여대생은 「더러운 강」이나 「우정」 등에도 나온다. 그들은 둘이지만 하나이기도 하다. 그들은 단식, 허기, 광기를 공유하는 이준과 왕처럼 서로의 분신이다. 게다가 이청준은 이준과 왕, 이윤선과 현수미가 하나임을 독자에게 친절하게 알려준다.

왕은 말하자면 또 하나의 내 얼굴이자 내일의 완성체인 셈이었다. 그래 간밤엔 서로 그렇듯 말이 필요 없었던 것인가. 그렇다면 왕은 앞으로 어떻게 될 것인가. 단식을 얼마 동안이나 더 계속하다 어떻게 끝을 내게 될 것인가. 나의 내일은 끝끝내 그 왕으로 완성되어갈 것인가. 그것은 언제 어떻게? 혹은 나의 내일은 어디선지 그와 행로가 달라질 수도 있을 것인가. 그것은 또 어디서 어떻게?

수미가 활짝 웃었다. 그런데 수민가 했던 그 빨간 미니스커트 쪽은 어젯밤 물색 원피스를 입고 있던 윤선이었다. 수미는 또 자신의 빨간 스커트 대신 윤선의 물색 원피스를 입고 있었다. 키가 거의 비슷한 두 아가씨가 아침에 옷을 서로 바꿔 입은 모양이었다. (『씌어지지 않은 자서전』)

이청준은 작가 노트에서 『씌어지지 않은 자서전』이 1968년 전후 젊은이들의 삶의 얼룩과 상처에 대한 이야기라고 말했다.

연애와 사랑일기

동인문학상은 적절한 시기에 이청준을 찾아왔다. 그는 김주연의 연락을 받은 즉시 새 희망을 품고 서울로 돌아왔다. 그러고는 사상계사를 통해 알아본 심사위원들 중 안면이 있던 황순원에게 감사 인사를 드리러 찾아갔다.

> 하지만 선생께선 나를 아예 집 안으로조차 들여놓으려 하질 않으셨다. 대문간에서 나를 맞은 선생께선 그대로 내쫓다시피 길을 막아서시며, 내 감사의 인사에 손사래를 치시듯 이렇게 말씀하셨다.
> "아니야, 내게 고마워할 거 없어요. 난 다른 분들이 좋다는 걸 그대로 따랐을 뿐이니까."
> 그때 흰 와이셔츠 차림으로 푸른 정원길을 돌아서시던 뒷모습 기억 때문인가. 그 황 선생을 생각하면 지금도 나는 늘 푸른 솔밭의 백학(白鶴)을 떠올리게 되곤 한다. (「잊을 수 없는, 잊혀지지 않는—말씀의 기억」)

이청준은 생전에 내게 황순원과 김동리에 대해 몇 번 말한 적이 있다. 그에 따르면 두 사람은 매우 대조적인 성정을 지녔다. 황순원은 결벽증이라 할 만큼 삶과 처신에 깔끔했고, 김동리는 사람들과 두루 잘 어울리고 다양한 일화도 많이 남겼다. 황순원이 지나치게 맑아 물고기가 살 수 없는 물이라면, 김동리는 적당히 맑고 탁해서 여러 물고기가 살 수 있는 물이었다고. 두 사람 모두 큰 작가인데, 이청준에게 황순원은 어려웠고 김동리는 인간적인 면이 많아서 편했다고 했다.

그는 황순원을 존경하지만, 자신은 빈틈이 많아도 편한 사람이 되고 싶다고 말했다. 그가 지적한 황순원의 지나치게 맑고 깨끗한 성정, 곁을 잘 주지 않는 엄격함은 어느 정도 그의 특성이기도 했다. 이청준의 이런 품성과 처신은 태생적인 것이 아니다. 어쩌면 그의 본성은 김동리에 가까운지도 모르겠다. 그는 결혼 전 잡지사에서 일할 때, 마음에 맞는 사람들과 잘 어울리는 유쾌한 이였고 슬롯머신 같은 잡기(雜技)에도 능했다. 주머니가 가벼운 그가 직장과 가까운 '서린호텔'과 '대원호텔'에 드나들었던 이유도 그 때문이었다.

이청준은 나이가 들어가면서 점점 까다로워졌어요. 결혼 전에는 곽석용 등 『여원』 직원들과 충무로 '대원호텔' 파친코에 자주 가고는 했는데, 월급을 가불해서 절반쯤 탕진하기도 했지요. 아무튼 잡기에 능했어요. (박석준)

나는 언젠가 그가 했던 말이 생각났다. "나는 나를 잘 못 이겨요." 그가 안정적인 생활에 도움을 주는 직장 여원사를 그만둔 것도 스스로를 이기지 못해서였다. 자신을 이기는 것이, 견디면 안 되는 것을 견디는 것이라면 차라리 지는 편이 낫다. 소설가에게는 그 편이 세상과 타협하지 않는 길인 경우가 많다.

동인문학상 덕에 서울로 돌아온 이청준은 새 잡지 『아세아』와 동인지 『68문학』을 창간하는 일에 참여했다. 『아세아』의 창간 작업에 함께했던 김창현은 이청준 사후 이런 글을 남겼다.

이청준은 월간 『아세아』서 문학계를 엮는 작업을 맡았다. 이청준이 쓴 『68문학』 서문을 보면 거창하다. 한국문화계의 위기를 "샤마니즘적인 것과 관념적인 유희와 비슷한 것이 되는대로 결합하여 빚어내는 정신의 혼란 상태"라고 진단했다. 『68문학』 운동은 단 한 권의 단행본으로 끝났다. 월간 『아세아』의 모회사인 한국정유의 부도 때문에. 〔……〕

이청준은 나와 동갑, 우리는 어지간히 청자 담배를 피웠고 술도 마셨다. 그래서 그는 폐암으로 갔고 나도 암을 앓았는지 모른다. 그는 또 길 건너 있던 서린호텔 지하 슬랏머신에 빠져 정신을 못 차렸다. 삽화를 맡아 나를 도왔던 박정래 씨와 함께 노름의 유혹에서 헤맸다. 그는 참 처신이 부드럽고 매끄러웠다. '이청준학'이 운위되니 참 세월이 어지간히 흘렀다. 곁눈 한번 안 팔고 문학으로, 글 팔아 먹고산 그의 조신에 깊은 경의를 표한다. (김창현)

김창현도 이청준이 슬롯머신에 몰두했었다고 증언한다. 잡기에 쓸 여윳돈이 있을 리 없었던 이청준은 박석준의 말처럼, 월급을 가불해서 탕진하기도 했다. 독자들은 그를 물색없는 사람으로 여길 수도 있지만 나는 그를 이해한다. 그에게 자동도박기계는 꽉 막힌 세상에 뚫린 작은 숨구멍이 아니었을까. 혼자 적은 돈으로 기계를 마주한 순간, 그에게는 어느 정도 세상과 대결하고 있다는 긴장감도 있었으리라. 연작소설 '소매치기, 글쟁이, 다시 소매치기'가 떠오른다. 이 소설과 더불어 「보너스」를 보면 당시 이청준의 심리 상태를 이해할 수 있다.

내가 이 도박 기계 앞에 서기를 좋아하는 데는 다른 조그만 이유가 있었다. 그건 긴장감이었다. 자신에게마저 전혀 중력을 느끼지 못하는 상태로 사무실을 걸어 나와 지하실로 내려와 이 기계 앞에 서면, 나는 첫번 손잡이를 당기는 순간에 벌써 몸이 번쩍 굳어지며 긴장을 하게 되는 거였다. 그 긴장감은 마치 쭈그러진 고무 인형 속에다 바람을 불어넣듯이 한번 손잡이를 당길 때마다 나의 속으로 가득가득 채워 들어와서 사무실에서 흐물흐물 늘어지고 쭈그러진 내 형체를 금세 다시 되살려내 주는 것 같았다. 코인이 짜르륵 철판 위로 쏟아져 내리는 소리는 뭔지 모르게 흐리터분한 것들을 머릿속에서 한꺼번에 확 씻어내 주는 것 같았다. (「보너스」)

이청준은 슬롯머신과 대결하며 『아세아』와 『68문학』 출간 준비를 했고, 그 작업 기간에 결혼했다. 그는 결혼과 동시에 슬롯머신을 끊었다. 서울에서 바람 빠진 고무 인형처럼 정처 없이 떠돌던 그에게 생긴 가정은, 단단한 중력이 되어 그를 땅에 뿌리박게 했다. 중학생 이후 줄곧 떠돌이였던 이청준은 자신의 가정을 간절히 꿈꿨다. 그는 가난뱅이 하숙인일 때도, 식구들이 먹을 군것질거리를 사 들고 귀가하는 가장(家長) 흉내를 내고는 했다.

보다도 그것은 그 '궁상맞은 가장'에 대한 부러움의 표현이자 흉내질 같은 것이었달까. 그 시절 나는 그만 손 선물이나마 사 들고 들어갈 집이나 식구들이 없었으니까. 서울에는 물론 시골에 두고 온 어머니 아랫식구들마저 일정한 거처를 잃고 이곳저곳 남의 집을 떠돌고 있어 나도 언젠가는 헤어진 가족을 한데 모아 작은 손 선물이나마 마련해 들고 그들이 기다리는 집을 찾아들기가 더없는 소망이었으니까. 〔……〕

―나도 언젠가는 저 수많은 불빛 중의 하나를 마련해 지닐 수가 있을까.

저 동숭동 뒤편 시민아파트촌 아랫길에서, 또는 신촌이나 마포 쪽 산동네 근처를 지나면서, 그 밝고 따스한 창문들의 불빛을 바라보며, 그 시절 혼자서 하염없이 외운 내 마음속 소망과 기구가 그런 것이었다면 더 할 말이 없을 터.

―그때의 소망 한 가지는 내게도 돌아갈 곳이 있었으면 하는 것이었다. (「따뜻한 영혼의 눈빛」)

결혼한 이청준에게는 동숭동 대학생 때부터 꿈꾸던 돌아갈 집이 생겼다. 그는 이제 비가 와도 깃들 둥지가 없어 떠도는 '빗새'가 아니라 정처(定處)를 찾은 새였다. 이청준에게 결혼은 일생일대의 사건이었다. 그는 처가의 반대 등 여러 사정으로 어렵게 보이던 혼인 과업을 마침내 성공적으로 해냈다. 거기에는 당연히 아내인 남경자의 조력이 매우 컸다. 결혼 상대로 볼 때 남경자의 세속적인 조건은 남부러울 데가 없었다. 그녀는 대학을 졸업한 부잣집 셋째딸로, 따뜻한 가정의 울타리에서 그늘 없이 자랐다. 선한 품성을 타고난 남경자는 이런 환경 덕에 부당한 압력에 굴복하지 않는 당찬 면모까지 지니게 되었다.

나는 이청준의 연애사를 알아요. 신부 집에서 극심히 반대했지요. 언젠가 둘을 갈라놓으려고 신부를 부산에 산다는 언니에게 내려보냈는데, 그때 이청준이 몹시 화를 냈어요. 성인이 자기 의견대로 하지 않는다고, 다시 만나면 끝내버리겠다고. 그런데 부인이 부모 모르게 상경한다는 연락을 받고 서울역으로 함께 마중을 가자고 그러네요.

부인을 보자 끝내기는커녕 반가워서 어쩔 줄 모르더군요. 부인은 처녀 시절 술을 곧잘 했고, 무엇보다 당차고 대담한 데가 있었어요. 이청준은 영양실조에 가까워 술을 마시면 다리가 풀리기 일쑤였는데, 부인이 부축해 가기도 했으니까요. (박석준)

그때 부산에는 남경자의 둘째언니 남광자가 살고 있었다. 남광자는 부모님이 반대하는 사람과 매우 고통스러운 과정을 거쳐 결혼했다고 한다. 남경자의 집에서는 이청준과 셋째딸의 결혼을 극구 반대했지만 둘째딸을 통한 학습효과에선지 결국 허락하게 된다. 언젠가 이청준은 기막힌 말을 했다. 그 집에서 너무 심하게 결혼을 반대해서 몹쓸 생각도 했어요. 교통사고가 나서 딸이 다리를 못 쓰면 허락하겠지, 하는. 그렇게 간절하게 사랑한 두 사람이 혼인 후 어떤 처지였는지는 소설에 많은 흔적이 보인다.

사실과 허구의 경계가 모호한 「눈길」을 보면 남경자의 품성을 알 수 있다. 이야기가 사실을 그대로 따라가는 만큼, 소설 속 아내의 모습도 별다른 변형이나 과장 없이 그려졌다. 「눈길」의 아내는 남에 대한 배려가 깊은 따뜻한 사람으로, 상대방의 처지에 대한 이해는 물론 의분도 느낄 줄 아는 여자다. 실제 이청준의 아내는 순종적이면서도 밝고 강인한 면모를 갖고 있었다. 그녀는 가난이 무엇인지 몰랐고 탐욕과도 거리가 멀었지만, 그렇다고 낭만적인 성향도 아니어서 현실과 유리된 자기만의 세계에 빠져 있지 않았다. 그녀는 부모의 뜻대로 조건 맞는 남자들과 선도 보았고, 그 과정 중에 이청준과 헤어지기도 했다. 하지만 그녀가 결국 부모의 반대를 무릅쓰고 그와 결혼에 이른 데는 이런 품성이 작용했다. 그런 면모는 성장 배경이 가져다준 선물일

것이다. 두 사람의 결혼은 이청준이 아니라 남경자의 결심에 좌우될
수밖에 없었다.

두 사람은 혼인에 이르기까지 여러 번 헤어지고 다시 만났다. 이
청준은 그 연애사의 일부를 「일기」에 남겼다. 전체 일기 중 'D.'
와 '경'으로 시작되는 사랑일기는, 그가 남경자를 얼마나 사랑했는
지 잘 보여준다. 그런데 일기를 읽은 독자인 나는 뛰어난 작가의
다른 면을 본 것 같아 조금 당황했다. 그의 연애일기는 표현 따위
가 다소 유치하고 상투적이었다. 사랑에 빠지면 누구나 그렇게 전
형적인 감성을 느끼는가 보다. 하긴 일기는 독자를 필요로 하지 않
는 자기고백의 장이니 유치하면 어떠랴. 이청준은 남경자의 호칭
을 정하고, 그 호칭이 무슨 뜻인지 밝히면서 일기를 시작한다. 일기
에 보면 이청준은 남경자의 눈을 보려고 머리를 하늘로 향하고 사
는 새끼사슴이고, 남경자는 그를 내려다보는 위치에 있는 비둘기
이다. 높고 낮음과 크고 작음 따위는 사랑하는 사람들 사이에서 현
실적인 힘의 균형이 어디에 있는지를 보여준다. 연애일기에는 두
사람이 사랑하고 혼인하기까지 그가 겪은 감정의 소용돌이가 고
스란히 들어 있다. 이청준이 남경자를 만난 1965년부터 1967년
12월 31일까지 쓴 사랑일기 가운데 몇 편을 엿보자.

[1965년]

D.

나에게 비둘기가 되어주오.

나는 언제나 너의 눈을 바라보기 위하여 하늘로 머리를 向하고 사
는 조그만 새끼사슴이 될 테요.

그래서 이니셜을 D로 定한 것이오.

D.

너를 위해서 나의 영혼을 깨끗이 손질하는 기쁨을 오래도록 지니게 해다오.

가장 가까이 있으면서 가장 멀리 있는 자여.

가장 가까이 있어야 하는데도 가장 멀리 있어야 하는 자여.

너로 하여 얼마나 많은 고통스러운 날들과 우울과 외로움을 견디어야 했는가.

그런데 인제 또 새로운 괴로움이 문을 두들기고 있는가. 나의 비둘기여.

D.

너를 위해서라면 조용히 눈을 감고 좀더 비참한 길로 나는 조용히 돌아갈 수 있으리라고 말했지만, 전율하는 영혼의 불꽃 튀기는 융합은 평생에 두 번 있기도 어려운 것이 아니겠느냐.

지금은 사랑하고 있다.

아무것도 생각지 말고 아무것도 두려워하지 말고 오랜만에 타오르기 시작한 이 영원의 불길을 내 손으로 꺼버리는 일은 역설로도 생각지 않는다. 하나의 인간을 성실하게 사랑할 수 있다는 것은 내가 인간일 수 있는 가장 위대하고 성실한 길일 테니까.

이제 아름다운 출항의 배는 돛폭을 올렸다. 디오니소스와 아폴로는 오로지 축복만을 내리라.

클로토여.

제3부 서울과 용인

가장 아름다운 실을 골라, 가장 행복한 운명의 베를 짜거라.

[1966년]

어둡다.

D. 너무 어둡구나.

나의 운명은 어디로 향하고 있는가? 지금쯤 어떻게 결정되어 있을까? 생각 안 해도 소름이 끼친다.

모든 것의 마지막, 그 결산의 순간을 나는 어떻게 지냈던가.

D. 이 어두운 순간에 너를 부른다. 그는 얼마나 조심스럽게 나를 응시하고 있었는가.

떨리는 눈으로. 기쁨보다는 불안한 눈으로. 모든 것이 지금은 결정되었을 시간이다. 모든 것이 슬프게만 된다면 D. 나는 좀더 아픈 마음으로 너를 떠나리라.

울어도 소용없는 일. 남은 생명을 다 울어서만 보내도 씻어질 수 없는 패배가 나를 찾아오리라. 그러면 나는 너를 떠나야 하고 그러면 또 너는 가는 손을 흔들어주어서도 안 된다. 나에게서 약하게 빛나던 환희 생명감은 너를 따라 잿섶불처럼 사그라지고 나는 그 어둠 속에서 너를 잊어야 하리라.

D. 오늘은 18일이다. 모든 것이 끝날는지 모른다.

왜냐하면 나는 영원한 절망으로 빠져버릴는지도 모르니까. 아니면 혹시 모든 것의 새로운 출발점이 되는지도 모르겠다. 가느다란 희망.

신이 있다면 한 번만, 이번 한 번만 나의 편을 들어다오.

무릎이 닳도록 애써 붙잡아온 생명의 마지막을 위해. 그리고 그 주변의 가련한 사람들을 위해서.

D를 위해서. 그리고 또 나를 위해서.

경. 지금 당신은 무엇을 생각하고 있을까.

까만 당신의 눈이 어른거려 나는 오늘도 회사에서 몇 번씩 일을 멈추고 앉아 있곤 했소.

지금 이러한 것들은 너무나도 작은 마음의 표현이지만 그래도 나를 증언할 귀한 흔적이라 믿으며 적고 있습니다.

경. 당신을 위해서 나의 모든 시간은 유용해지고 나는 비로소 가장 무의미한 존재에서 벗어나 하나의 보람을 지닙니다.

사랑은 준다고 하던 것도 거짓말. 믿는 것이 사랑이란 더구나 거짓말.

주면서 받는 것이 얼마나 아름답고 기쁜 것이라구. 나의 시간과 보람을 당신에게 주고, 당신의 시간과 보람이 나를 생각한 것이라면. 인간은 그보다 너무 위대한 것은 아닐 테지요. 영원은 또 그 밖에 어디서 구할 수 있습니까.

경. 당신을 사랑한다고 아무리 큰 소리로 말해도 나는 나의 사랑을 다 말할 수는 없을 것 같소.

나의 과거는 당신을 위해 준비되었던 것 같은……

경.

사랑한다고 말하는 것 외에 어떻게 할 것인가.

하지만 우리는 얼마나 기다려야 할 것인가.

얼마나 많은 것을 넘어서야 할 것인가.

너의 가는 팔에서는 그것들을 헤칠 힘이 있던가.

10. 22.

D.

너를 위해 산다.

너로 하여 하루를 살았다.

나에게는 아직도 훨씬 자랑스러운 생활이 있다. 경은 얼마나 이해가 깊은 여자인가. 경. 나의 반편.

그녀를 위해 나는 무엇을 할 수 있을까. 어떻게 경에게 즐거움을 줄 수 있을까. 경이 나를 사랑해주는 데서 오는 나의 기쁨을 어떻게 경에게 되돌려줄 수 있을까.

현명하고 깊은 여자. 결국 그렇게밖에 말할 수 없다.

이젠 절대로 떠나지 않는다. 떠나지 않도록 하자고 말하겠다.

하나의 인간은 다른 하나의 인간에게서만 비로소 인간일 수 있다. 우리는 함께 인간이 될 것이다.

그러한 자기를 발견하기란 얼마나 어려운 일이라고.

아무 감정의 과장이 없이도 나는 경의 가슴에서 울 수 있을 것이다. 그리고 같이 웃을 것이다.

그리고 필요하다면 나의 품에서 경을 얼마든지 울도록, 그래서 그 눈물을 나의 눈물로 그렇게 우리는 하나처럼 살 수 있을 것이다.

정말 어떻게 할 것인가.

경은 또 선을 보았다고. 나는 아무 말도 할 수 없었다.

왜 분노하지 못했는가. 왜 경을 욕할 수 없었는가. 비굴이란 이름의 사내여. 정말로 분노할 수 없었는가. 너는 웃었는가. 대결을 하고 싶다는 기사가 있는데, 너는 손수건을 던질 생각이 없었느냐. 패배를 등에 새기고 다니는 사내여.

왜 너는 주장할 수 없느냐. 왜 그들처럼 경의 행복을 보증할 수 없느냐.

경이 자기를 고집하는 것처럼 왜 너는 너를 주장할 수 없느냐.

네가 아는 '인간의 행복', 그것을 너는 이루어낼 수도 없느냐.
(……)

나의 패배와 비굴의 표지와 진실의 배반과…… 그런 것의 복수를 나는 사랑하는 경에게는 하지 않는다. 그러나 나는 복수할 것이다. 인간의 이름으로 인간의 이름에게. (……)

[1967년]

1. 5.

모든 곳에서 배반을 당하고 있다는 느낌.

이토록 외로울까. 하나의 인간을 안다는 것은 곧 외로움일까.
(……)

4. 26.

D.

너는 아마 한 번도 나를 받아들인 적이 없으리라. 할 수 없는 일이다. 나는 어떻게도 할 수 없다.

물론 나는 너에게 가장 귀중한 사람이고 싶다.

— 네가 나에게서 가장 귀중한 사람인 것처럼.

그러나 너에게는 훨씬 귀중한 사람이 너무나 많다.

나는 네가 귀하다고 할 수 있는 사람들의 맨 뒤에 서 있는 것 같다.
〔……〕

6. 27.

경.

사실은 아무것도 쓰고 싶질 않습니다.

너무도 귀하고, 너무도 아름답고, 그리고 너무도 진실한 당신의 진실이 저의 영혼을 떨게 하고 있습니다. 당신의, 나의 그 깊은 곳으로 스민, 사랑을 이렇게 꺼내서 말하고 싶지 않습니다.

스스로 마음속에서 불행을 만들지만 않는다면 우리는 정말 비둘기처럼 행복할 수 있으리라는 생각뿐입니다.

경. 사랑하는 경.

당신의 눈동자는 세상의 어둠을 다 빨아들이고도 검은 진주처럼 빛났습니다.

얼마나 나는 — 그 눈동자를 쳐다보며 소년처럼 마구 울먹이고 싶었는지. 그리고 당신은 아직도 저를 멀리하고 싶어 한다고 원망했던 자신이 얼마나 부끄러웠는지.

경.

우리처럼 진실로 사랑할 수 있는 사람들이 세상에는 몇이나 될까 — 미련한 생각일는지. 하지만 전 우리만이 가장 고귀하고 아름답고 진실하게 사랑하고 있다고 말하고 싶습니다. 실상 하나의 인간이 진실을 가지고 사랑할 수 있는 사람을 만나 영혼을 불태우기란 쉬운 일이 아니지 않겠습니까. 〔……〕

10. 17.

경. 사랑하는 경. 나의 슬픈 애인이여.

파랗게 야위어가며 너를 부른다.

모든 것을, 지금이라도 모든 것을 다 거짓말이라고 하고 싶다.

그리하여 오직 나에게 하나뿐인 생활의 의미를 되찾고 싶기도 하다.

과연 나는 너의 행복을 빌어주고 있는 것일까? 그렇게 하여 너는 행복해질 수 있을 것인가?

너무나 불공평하다. 그러나 다만 나는 너와 같이 있을 수 있는 한 아무것도 불평하지 않으려고 했었다. 그러나 너를 떠나보낸 지금, 나는 무엇을 위해 살 것인가.

억울하다. 그래서 울고 싶다. 얼마나 울었는지. 그리고 지금도 얼마나 울고 싶은지.

그러나 나는 그렇게 할 수밖에 없었다.

나 이외에서 사랑의 가능성이 너에게 남아 있는 한 나는 네게 아무것도 주장할 수 없었다. (……)

10. 24.

위대한 것이었습니다.

모든 것을 다시 시작해보겠다는 생각입니다. 이제는 더 불행해져서는 안 된다고 생각했던 경의 말은 과연 내가 생각하고 받아들일 수 있는 그 말의 의미를 다 생각했었을까. 그만큼 그것은 나에게 감격스러운 말이었습니다. 불행해지지 말아야죠. (……)

제3부 서울과 용인

경자. 사랑스러운 여인. 나의 드릴 것 없어 안타까울 뿐인 여자. 당신은 나에게서 얼마나 영원할 것인지. 〔……〕

10. 31.
감정도 이지도 이제 D를 제외하고는 아무것도 용납하지 않는다.
D. 우리는 찾을 수 있을 것이다. 결국은. 우리의 축복을.
그리고 너의 고운 마음은 그것 스스로 이미 축복을 지니는 것이다.
두려워 말고, 슬퍼 말고……
나의 기도는 너를 위한 기도는 나의 슬픔이 되게 하지는 말아다오.
그리고 나는 좀더 자랑스럽게 되고 싶다. 아름다운 이름이여. 너를 위해 기원한다. 〔……〕

이청준의 사랑일기는 여기서 끝났다. 이듬해에 그와 남경자는 마침내 부부가 됐다. 이청준은 동인문학상 상금 10만 원을 받자 결혼을 단행하기로 결심했다.

결혼과 『68문학』

이청준과 남경자는 1968년 10월 10일 12시에 신문회관(지금의 한국프레스센터 자리에 있었다)에서 결혼식을 올렸다. 이청준이 상을 받지 못했다면, 그래서 상금은 물론 창작을 이어갈 여지도 사라졌다면 결혼은 불가능했다. 그는 고향이나 다른 어떤 곳에서 이런저런 일을 하며 어머니와 다른 가족을 부양했을 것이다. 남경자는 결혼하고 2년 후에 남편의 고향 장흥에 갈 수 있었다. 이리저리 떠돌던 시어머니와 시가 식구들은 그때서야 비로소 작은 방 하나에 거처를 마련할 수 있었다.

이청준의 처가는 해남 출신이다. 남경자는 의령 남씨 남경우(南敬佑)와 김쌍금의 2남 4녀 중 3녀로 1943년 2월 4일 광주에서 출생했다. 처가는 부유했다. 남경우는 광주농업학교를 졸업한 뒤 광주어업조합에서 일하며 어업조합연합회 전무까지 올랐다. 남경우의 딸은 남춘애, 남광자, 남경자, 남영희이고 아들은 남기천, 남기수다. 그중 남기수는 일찍 사망해서 남기천이 외아들이 되었다. 입주 가정교사 이청준에게 배운 학생이 바로 남기천이다. 남경자는 광주를 떠나 목포를 거쳐 여수에서 초등학교와 중학교를 졸업했다. 그녀는 고등학교 1학년 때 서울로 이주해 수도여고를 졸업하고, 1965년 이화여대 정외과를 졸업했다. 집안 환경을 배제하면 이청준과 남경자는 잘 어울리는 한 쌍이었지만, 결혼 생활은 만만치 않았다. 그들은 약수동에 방한 칸을 얻어 신혼 생활을 시작했다. 약수동은 남경자의 친정인 신당동과 가까웠다. 처음에 그들은 전세 20만 원에 문간방을 계약했는데, 우여곡절 끝에 보증금 10만 원에 월세 3천 원을 조건으로 안방에 살게 되었다. 남경자가 혼수로 가져간 장롱이 너무 커서 문간방에 들어가지 않았기 때문이다.

이청준은 가난했지만 잘사는 처가의 도움을 받을 생각이 전혀 없었다. 심지어 그는 신혼집에서 멀지 않은 처가에서 저녁 한 끼 함께하는 것조차 쉽게 용납하지 않았다. 그는 늘 아내에게 자립을 강조했다. 우리 삶은 다른 사람 도움 없이 오로지 우리 힘으로 꾸려가야 한다. 이제 네 집은 친정이 아니라 내가 있는 바로 이곳이다. 남경자는 가끔 남편이 출근한 낮에 친정에 갔다 돌아오면서 눈물바람을 했다. 왜 내 남편은 저리도 까다로울까. 나는 그 말을 들으며, 젊고 아리따운 새색시가 안타깝기도 하고 귀엽기도 해서 웃으며 맞장구를 쳤다. 그러게요.

새신랑 이청준은 혼인 이후에도 잡지와 동인지 창간에 열성을 다했고, 그 열성은 이듬해 1969년 1월 결실을 보았다. 종합지를 표방한 월간 『아세아』는 한국정유 소유주인 이요한의 자본으로 1969년 1월 세상에 나왔다. 이청준이 창간을 주도한 동인지 『68문학』도 『아세아』와 같은 곳에서 같은 시기에 창간호를 냈다. 1968년에 이청준은 동인문학상을 계기로 새 삶을 꿈꾸었다. 9월에는 새 잡지와 새 동인지를 준비했고 10월에 결혼도 했다. 하지만 『아세아』는 한 해를 넘기지 못하고 폐간되었고, 이청준이 「개백정」을 발표한 『68문학』은 단 한 권을 끝으로 사라졌다. 그의 실망이 어느 정도였을지 짐작이 간다. 그래도 『아세아』는 이청준에게 귀한 친구 권영철을 남겼다. 이청준은 그가 들려준 일화를 바탕으로 「가수(假睡)」를 썼고, 그가 죽은 뒤에는 그를 모델로 「문턱」을 썼다. 권영철은 이청준이 비문(碑文)을 써준 유일한 사람이다.

등단 초기에 발표한 중편 「가수(假睡)」(1969)도 비슷한 경로를 거쳐 씌어진 작품이다.

그 60년대 후반 나는 『아세아(亞細亞)』라는 월간 잡지 창간 작업에 참가하고 있었는데, 하루는 이런 이야기 소설거리가 되지 않겠느냐며 동료 직원 K가 여객열차 기관사들의 운행 중 졸음현상에 대해 이런 일화를 들려줬다. (「내 소설 속을 흘러간 사람들―내 글벗과 선생님들」)

경우는 좀 다르지만, 주고 간 사람의 생전 모습이 새겨 있어 자리를 다시 옮길 수 없는 돌이 또 한 점 있는바, 그 사연을 말하자면 60년대 끝 무렵 종합잡지 『아세아』 창간 작업을 인연으로 누구보다 내 소설쟁이살이의 어려움에 깊이 마음을 써준 선배가 그 주인공이다. 〔……〕

　　— 많이 만나고 많이 함께하며 웃어주고 의논하고 많이 대신해주던 사람. 이웃을 앞세우고 자신의 거둠을 삼가며 두루 베풀고 간 덕인 고운 님 권○○.

　　장례를 치르고 난 며칠 뒤 나는 아내와 함께 그 '맛있는 음식점'을 찾아가 그가 미리 사두고 간 술을 찾아 마시며 내가 마음을 다해 지어다 그의 비석에 새겨준 비문을 되새기고 있었다. (「흐를 수 없는 돌」)

이청준은 동인지 『68문학』이 4·19세대의 정신적 배경을 이해하는 데 도움이 된다고 말했다. 『68문학』 동인은 김승옥, 김주연, 김치수, 김현, 박태순, 염무웅, 이청준이다. 『아세아』의 동료 김창현의 지적처럼, 이청준이 쓴 『68문학』 서문은 '거창'해 보일 수 있다. 동인들은 서른 살 문턱에 있는 젊고 패기만만한 문인들이었다. 그들을 둘러싼 현실은 비루해도 그들이 품은 이상은 높고 순수했다. 『68문학』 서문은 장차 우리 문단의 거장으로 자리매김할 문인들이 품은 첫 마음을 온전히 담고 있다. 이제 그 전문을 보자.

어느 時代를 불문하고, 그 시대를 진정한 의미에서 체험하고 그 시대의 병폐와 한계를 뛰어넘으려고 애를 쓰는 사람들은 반드시 그 시대를 위기의 시대로 파악한다. 저마다의 世代는 저마다의 위기의식을 가지고 그 시대의 현실, 그 세대의 피부를 긁고 뼛속을 갉아낸, 그리하여 의식의 심층 깊숙이 印刻을 찍은 그 시대의 현실을 내보이는 것이다. '우리는 태초와 같은 어둠 속에 서 있다.' 젊음의 理想과 환희가 충만되어 있던 시절, 우리는 이렇게 적었다. 그 '태초와 같은 어둠'이 정당한 의식의 조작을 거친 후에 知的인 표현을 얻을 수 있을 것인가, 없을 것인가? 그것은 우리들이 글을 쓰기 시작하고 생각을 의무적으로 표현하기 시작한 때부터 항상 염두에 두어왔던 것이다. 그것은 土俗的이며 非合理的인 세계에 흡수되어 샤마니즘의 迷路를 만들어도 안 되었고, 관념적 유희를 즐기게 되어 現實 밖에 우리와는 상관없이 존재하는 어떤 가상의 帝國을 만들어내어도 안 되었다. 우리는 우리 시대의 위기를 샤마니즘적인 것과 관념적인 유희와 비슷한 것이 되는대로 결합하여 빚어내는 정신의 혼란 상태라고 생각한다. 그것을 건전한 논리의 도움을 얻어 극복하는 길만이 우리에게 주어진 사명이라는 것을, 그래서 우리들은 깨닫고 있다. 정말로 우리가 그 일을 맡지 않는다면 그 누가 그 일을 맡을 수 있을 것인가? 저마다 자기의 변명을 내세울 수는 있지만, 한 시대의 印刻이 찍힌 한 그루우프는 자기의 사명을 내버린 데 대한 변명을 해낼 수 없다. 그것은 자기 世代의 존재 이유를 스스로 박탈한 것이기 때문이다. 이러한 일이 자유롭게 행해지기 위해서 우리는 정신의 리베랄리즘이 더욱 팽창하기를 희망한다.

『68문학』은 사라졌지만 시대의 위기를 건전한 논리로 극복할 수 있는 유일한 '그루우프', 정신의 '리베랄리즘'이 팽창하기를 바랐던 동인들은 남았다. 그들 중 김현, 김치수, 김주연은 1970년 우리 문학사에 길이 남을 계간지 『문학과지성』을 창간한다. 이청준은 내심 함께하고 싶었던 『문학과지성』이 아니라, 1971년 다른 잡지 『지성』을 만드는 데 참여한다.

우선 그 『문학과지성』의 일로 해선 창간 준비 과정에서 나 역시 이 런저런 조력을 아끼지 않았던 터라 나름대로의 몫을 계속 감당해보 고 싶기도 했지만, 드물게 정색스런 그 김현의 진중성 앞에 내 내심 을 지레 접어야 했을 정도였다. (「이 나이의 빚 꾸러미」)

『68문학』 창간사와 『문학과지성』 창간사를 비교해보면, 두 잡지 사 이에 동인들의 첫 마음이 변했는지 아닌지, 변했다면 어떻게 얼마나 달라졌는지 알 수 있을 것이다.

『조율사』

『조율사』는 『문학과지성』에 1972년 봄호부터 가을호까지 연재되었 다. 『조율사』는 이청준이 1966년 여름에 쓰기 시작해서 1967년에 완성 한 첫 장편소설로, 발표되기까지 무려 5년이 걸렸다. 그에게 부정적이었 던 모 잡지인이 원고를 서랍에 넣고 방치했기 때문이다. 『조율사』에는 1970년대가 아니라 1960년대 말기의 폭압적 상황, 예를 들면 1967년 6월 8일 치러진 부정선거 양상 등이 잘 드러나 있다.

쌍가락지, 올빼미, 바꿔치기 등등 자유당 시절의 유물들이 되살아

나고, 빈대표, 유령표, 기표 감시 따위의 새로운 전통을 착착 기록하면서, '6·8공명선거'는 전무후무한 막걸리 선심 속에 비틀비틀 막이 내렸다. 그리고 학생들이 거리로 쏟아져 나왔다. 처음엔 그것이 축하 시위인지 규탄 시위인지 분간하기 썩 힘들었다. 이번 선거가 공명선거였다는 당국의 발표가 있은 후의 일이었고, 학생들의 주장엔 옳은 데도 없지 않다는 평가가 따랐으니까. 어쨌든 축하인지 규탄인지 모를 그 학생들의 시위는 쉬 끝나지 않을 기세였다. 학생들이 거리로 나간 채 학교 문은 닫혔고, 거리는 연일 최루가스와 경찰봉이 휩쓸었다. (『조율사』)

『조율사』 발표작은 5년 전에 쓰인 초고보다 정제되고 부드럽다. 초고에는 위 글에, 교수들에게 6·8부정선거에 대한 견해를 묻는 설문지를 보낸 대학교 이름이 구체적으로 언급되어 있다. 자전적인 소설 『조율사』는 발표작보다 초고가 이청준에 대해 더 많은 사실을 보여준다. 무엇보다 인물들이 처한 상황과 이름이 그렇다. 이청준은 『조율사』를 1966년 여름 사상계사에 다닐 때 쓰기 시작했다. 이 소설에는 당시 급료 지급도 할 수 없었던 사상계사 사정은 물론 고향 식구를 책임져야 하는 작가의 처지가 사실 그대로 들어 있다. 그뿐인가. 현씨 집과 절연한 뒤 만난 새 인연, 장차 아내가 될 사람과의 만남도 대부분 사실대로 묘사되었다. 『조율사』는 20대 후반의 이청준을 모든 각도에서 입체적으로 살펴볼 수 있게 하는 작품으로, 거기에서 허구는 '배영인'뿐이다. 그런 점에서 눈길을 끄는 이름은 '나'의 친구 팔기가 '미스 윤'이라 부르는 윤은경이다. 이청준의 소설에서 '미스 윤'은 「퇴원」 이후 구원의 여인을 부르는 호칭이다. 「퇴원」의 그녀가 현영민에서 영감을 얻은 미스 현의 변형이라면, 『조율사』의 윤은경은 명백히 이청준의 아내 남경자를 가리킨다. 윤은경은 초고에서 '남은일', '미스 남'이었다. 여기서 이름자의 다소 복잡한 결합을 살펴보아야 할 이유가 생긴다.

이청준은 초고의 남은일을 발표작에서 윤은경으로 바꾼다. 남은일은 남경자의 남에 '은일'이 결합된 이름이다. 알다시피 '은일'은 「바람의 잠자리」에서 현영민을 가리켰으니, 남은일은 두 사람을 모두 나타내는 이름이라 할 수 있다. 이청준이 『조율사』 초고를 쓸 때 연인이었던 남경자는 발표 때는 아내였다. 작가는 아내를 가리키는 인물에게 '은일'이라는 이름을 줄 수 없었을 것이다. 거듭 말하는데 현영민은 실재했지만, 그녀를 나타내는 소설 속 인물들은 완벽한 허구다. 이청준은 단 한 번도 연인 비슷한 관계조차 맺지 못했던 여자를, 가상세계에서 마음껏 부풀려 흠결 없는 이상의 여인으로 만들었다. 그 이상의여자는 외적 조건을 빼고는 실재 현영민을 전혀 닮지 않았다. 그뿐인가. 소설 속 그녀는 작가를 대변하는 인물을 짝사랑하다 버려지거나심지어 사랑을 얻지 못한 데 실망해서 자살을 기도하기도 한다. 어쨌든 이청준이 『조율사』에서 아내를 모델로 한 인물에게 최종적으로 지어준 이름은, 현영민을 가리켰던 '윤'에 남경자에서 따온 '경'을 결합시킨 '윤은경'이다. 이후 그는 아내를 가리키는 인물에게 다시는 '윤'이라는 성을 붙이지 않는다.

윤은경에 비해 다른 인물 '배영인'은 어떤가? '영인'은 '영민'의 변형임을 금방 알 수 있다. 이청준은 이후 수십 년 동안 소설을 쓰면서, 이름자 '경'과 '영'을 반드시 그에 어울리는 인물에게만 주었다. 『조율사』에서 '나'가 사랑하는 사람은 소설을 전혀 모르는 은경이지 지적인 모든 부분을 나누는 영인이 아니다. 이 부분에서 우리는 이청준이 말한, 소설가가 상상력을 빌려 꾀하는 자기합리화가 무엇인지 짐작할 수 있다.

> 나는 그녀에게 소설 같은 건 몰라도 좋다고 했다. 은경이 나를 생각하는 데도 내가 소설을 쓴다는 사실과는 별로 상관이 되지 않았다. 그러나 그녀는 소설이 나에게 얼마나 소중한 일이라는 것쯤은 짐작하고 있었다.
>
> 〔……〕
>
> 배영인─ 대학 동창. 나와는 무척도 많은 이야기를, 특히 소설에 관한 이야기를 해온 여자. 그러나 그녀는 나에게 여자의 의미는 없었다. (『조율사』)

내가 만난 현영민도 은경과 마찬가지로 소설에 대해 아는 것은 물론 관심도 없다고 말했다. 허구인 배영인과 달리 『조율사』에서 주인공이 겪는 배앓이와 단식, 은경과의 이야기는 대부분 사실이다. 하나의 예로, 위에서 '나'가 은경에게 한 말은 이청준이 연애 시절 실제로 남경자에게 한 말이었다.

『조율사』는 소설가가 소설을 쓸 수 없는 시대와 상황, 언어가 훼손되고 침묵이 강요되는 사회, 내 존재와 소재가 실종된 상태를 그린 소설이다. 이청준은 이런 세상에서 가사 상태를 지향하는데, 그것이 단식으로 나타난다. 그는 '단식의 꿈'을 "다시 태어나는 것" "환생"이라고 말한다. 단식은 이 세상에서 나가기인 동시에 다시 이 세상으로 돌아오기 위한 것이다. 그런가 하면 '조율'은 "말이 말할 수 있는 것을 말하려 하고, 말이 말할 수 있는 방법을 잊지 않으려 자기들끼리 말 연습을 하는 것"이다. 『조율사』에서 이청준은 이처럼 생활과 문학 사이에서 갈등하다, 자신의 어두운 분신인 지훈을 미치게 만들어 이 세상에서 나가게 한다.

"너도 마찬가지겠지만, 나는 학교의 팔기네 방이나 그 부근 길에서 만난 너와, 글에서 대해온 지훈을 따로따로 알고 있었거든. 한데 그게 요즈음도 나는 영 두 개의 네가 일치하질 않고 있단 말야. 이를테면 생활에서 보는 너와 문학을 이해하고 이야기하는 지훈 둘이가 말이지."

멍하니 듣고 있던 지훈의 눈빛이 한순간 번쩍 되살아나는 듯했다.

"그래서 나는 우리들에게서와 같은 그런 방법으로 인간의 양면을 분리시켜놓고 관찰하고 대립시켜볼 참이었지."

"그건 너의 소설에 대해서라기보다 나 자신에 관한 야유로 더욱 음험한 공박이 되겠는데……"

지훈이 말을 꺼내다 말고 잠시 멀거니 천장을 쳐다보며 생각에 잠겨들었다. 그러다가 그가 천천히 다시 나를 바라보았다.

"그 문제에 대해선 뜻밖에 빨리 내 해답을 듣게 될 수 있을지 모르겠어. 혹시 너는 그 두 개의 조화된 나를 영영 만나지 못하게 될지도 모르겠지만."(『조율사』)

'나'가 생활과 문학으로 분리되어 온전히 살 수 없다면, 하나는 이 세상에서 나갈 수밖에 없다. 우리가 『조율사』에서 은경과 영인과 지훈과 더불어 잊지 말아야 할 다른 이름은 외종형 '이규혁'이다. 외종형, 육촌 형, 아기장수 등 여러 이름으로 불리는 이 인물은 앞으로 이 청준의 소설에서 매우 중요한 자리를 차지하게 된다.

유럽 간첩단 사건

1969년 5월에 일명 '유럽 간첩단 사건'*이 터졌다. 이 사건 전후 국 내 정세는 매우 불안정했다. 1967년 치러진 7대 국회의원 선거는 집 권당인 공화당의 압도적인 우세로 끝났다. 소위 '6·8부정선거'로 불리 는 이 선거에서, 공화당은 전체의석의 3분의 2 이상을 차지하려고 다 양한 불법을 자행했다. 공화당이 무리를 하면서까지 의석을 불린 이 유는 박정희의 연임을 위해서였다. 그들은 박정희의 연임을 가능하게 하는 삼선개헌안을 1969년 9월 국회에서 통과시켰고, 10월에 국민투 표를 거쳐 확정했다. 박정희는 삼선개헌안 덕에 1971년 4월 7대 대통 령에 당선되었고, 1972년 10월유신을 단행했다. 유신체제는 이전보 다 훨씬 강화된 길고 어두운 독재의 시작이었다. 1973년 8월에는 김 대중 납치 사건이 벌어졌고, 1974년 4월에 민청학련 사건(民靑學聯事

---

* 1969년 일어난 유럽 간첩단 조작 사건에는 케임브리지대학 박노수 교수, 민주공 화당 국회의원 김규남 등이 연루되었다. 당시 중앙정보부는 동독과 북한을 방문했 다는 이유로 이들을 연행, 불법 구금과 고문을 자행한 끝에 간첩 혐의로 기소했다. 1970년 대법원에서 두 사람의 사형이 확정되었고, 1972년 형이 집행되었다. 이 조 작 사건은 박정희의 삼선개헌을 위해 벌어진 것으로 여겨진다. 진실, 화해를 위한 과거사정리위원회는 2009년 조사 결과, 중앙정보부의 불법 연행과 고문 등이 있었 음을 발표했다. 유족들은 재심을 청구했고 2015년 12월 29일 박노수, 김규남, 김판 수는 대법원에서 무죄판결을 받았다. 2017년 법원은 유족의 손해배상청구에 정부 가 23억 원을 배상하라고 판결했다.

件)이 일어났다. 여러 사건이 꼬리를 무는 동안, 학생과 지식인을 중심으로 민주화와 인권보장을 요구하는 국민들의 정권반대운동과 집단행동도 끊이지 않았다.

그뿐인가. 1970년 11월에는 전태일이 열악한 노동조건과 인권침해를 고발하며 분신 사망했다. 그가 죽으며 토해냈던 외침은 "근로기준법을 준수하라"였다. 그의 말대로 노동자는 기계가 아니며, 사람인 노동자는 적어도 일요일 하루 정도는 쉬어야 한다. 고도성장과 산업화가 지상목표였던 당시에는, 노동자가 지극히 상식적인 이 사실을 주장하려면 민주화 투사나 인권운동가처럼 목숨을 걸어야 했다. 이 시기에 쓰인 「마기의 죽음」이나 「전쟁과 악기」 같은 소설들은 '우화'의 틀을 지닌다. 이청준은 우리 사회의 병리현상이나 정치적 억압상황을 드러내는 수단으로 종종 우화를 선택했다. 그에 따르면 "사람들은 때로 견딜 수 없는 것을 견디기 위해 그의 현실을 파괴하여 우화를 만든다". 1970년대 공안정국은 소설가에게 우화를 강요했다.

이청준은 '유럽 간첩단 사건'이 발생했을 때, 혼인한 지 겨우 반년 남짓 지난 새신랑이었다. 이 사건은 관련 인물이 비교적 적은 시국사건에 속했다. 그들 중에 이청준의 중고, 대학 선배인 박노수와 가까운 친구인 김신근과 김판수가 있었다. 독문과 김신근과 영문과 김판수는 함께 영국으로 유학을 떠났는데, 두 사람은 광주일고, 서울대 동창인 이청준과 많은 편지를 주고받았다. 특히 김판수는 이청준이 특별히 여겼던 친구였다. 이청준은 굴곡 많은 자신의 연애사를 그에게 숨기지 않았던 것 같다. 이청준이 남경자와 연애 시절에 쓴 일기에는 김판수를 언급하는 구절이 있다.

판수는 도대체 내가 불행해져야 할 이유를 모르겠다는 것입니다. 고마운 친구.

그는 정말로 온몸을 부들부들 떨었다고 합니다. 이번의 일에 대해서 나의 생명은 이 친구와 당신이 있다는 것만으로 충분히 견딜 가치가 있는 것이었습니다.

경자. 사랑스러운 여인. 나의 드릴 것 없어 안타까울 뿐인 여자. 당신은 나에게서 얼마나 영원할 것인지.

분명, 분명히 나는 당신과 또 한 사람 사랑스러운 사람 판수가 있다는 것만으로도 불행해져서는 안 되리라는 것을 압니다.

김판수는 친구의 불행한 소식을 듣고 온몸을 떨 정도로 공감하고 아파했다고 한다. 다정하고 다감한 사람이었던 것 같은 그가, 소식이 뜸한 친구에게 보낸 편지를 보면 사려 깊은 그의 성품을 짐작할 수 있다.

淸俊에게.

그동안 편지 쓰기가 무척 두려웠다. 필경 무슨 일이 일어났으리라 믿었기 때문에. 가끔 네가 지금도 나를 친구로 기억하고 있는지조차 스스로 믿을 수가 없었다. 들리는 말로 직장을 옮겼다고 했고, 언젠가 그래도 무슨 말이건 있으리라 두려움 속에서도 무척 기다렸다.

여름이 다 지나간 지도 무척 오래전 일이다. 이처럼 오랫동안의 너의 침묵이 별로 뚜렷한 이유 없이 하루 이틀 미루어오다가 이렇게 되었기를 오히려 빌고 싶다. 그편이 오히려 훨씬 견디기 쉬울 것 같은 느낌이어서. 만약 그렇지 않다면 정말 무슨 영문인지를 알아낼 도리가 없다. 너의 건강상의 이유로 거의 몇 달간 편지 한 장 쓰지 못했으리라고 생각하기엔 마음 내키지 않는 일이고. 그렇다면 그리고 꼭 무슨 이유가 있어서라면 참 상상해보기조차 무서운 일이었다. (김판수, 1967년 10월 28일 편지)

유학을 끝내고 귀국해 살던 김판수는 유럽 간첩단 사건이 벌어지자마자 연행되었다. 하지만 김신근은 김판수와 달리 꽤 여러 날 당국에 잡히지 않았다. 중앙정보부는 그의 행방을 알기 위해 가까운 친구들을 잡아들였다. 이청준도 피해 갈 수 없었다. 그 역시 중앙정보부에 끌려가 시달렸다. 내가 언뜻 이해할 수 없는 것은, 이청준이 한 번도 그 사실을 입에 올리지도, 글로 쓰지도 않았다는 점이다. 그는 누군가 거기에 대해 말해도 모르쇠여서 그의 소설에 변형된 형태로 그려진 부분을 통해 당시 경험을 유추할 수 있을 뿐이었다. 그런데 마침내 그가 입을 열었다. 죽기 6개월 전인 2008년 1월 24일, 그날 이청준은 내게 두 번 전화했다. 우리의 통화는 두 번 다 길었다. 그는 첫번째 통화에서 한국전쟁이 끝난 뒤 사회 상황이나 자기 처지, 군대 이야기, 늘 혼자였던 복학생 때 삶에 대한 일화들을 차분히 이어갔다. 그리고 마침내 두번째 통화에서 그는 오래전 겪은 고문과 이후 10여 년 동안 이어진 감시에 대해 말했다. 그가 수십 년 묵은 끔찍한 경험을 입 밖에 낸 이유는 단 하나였다. 자신이 쓴 글의 근원에 그 경험이 한몫했기 때문이다.

이청준과 김판수는 이후 절연했다. 이청준은 그 이유에 대해 말하지 않았다. 나는 이 글을 준비하며 김판수를 만나고 싶었다. 옥고를 치르고 나온 뒤, 그는 꽤 큰 회사를 성공적으로 이끄는 사업가가 되었다. 더욱이 그는 드러나지 않는 기부 등으로 여전히 우리 사회를 따뜻하게 하는 선한 영향력을 미치고 있었다. 그런 성취를 이루기까지 그가 거쳤을 지난한 과정을 나는 그저 짐작만 할 뿐이었다. 내 마음에는 그를 만나기도 전에 삼감과 존경이 자리 잡았다. 그런데 그의 회사에 전화를 하고 만남을 청했지만 허사였다. 나는 그와 직접 통화조차 할 수 없었다. 직원을 통해서 돌아온 대답은 "만날 필요가 없다"였다. 다른 사람이 전화기를 통해서 전하는 대답인데도, 그의 냉담한 결기가 느껴져 가슴이 서늘해졌다. 만나고 싶지 않다거나 만날 수 없다가 아니고 만날 필요가 없다는 답. 나는 운이 좋아서인지, 살면서 아직 누군가에게 그런 말을 들었던 적이 없었다. 그래서 더 그랬나. 두 사람을 생각하자 명치끝이 저렸다. 이청준은 이제 세상에 없는데, 김판수는 그의 삶을 되짚는 사람을 보고 싶지 않았나 보다. 그들은 고통과 기쁨이 뒤섞인 순결했던 젊음을 나눴던 친구들이었다. 도대체 그들을 갈라놓은 원인은 무엇일까? 김판수는 죽음을 앞둔 이청준을 다른 친구들의 권유에도 끝내 찾지 않았다고 했다.

이청준은 광주서중, 광주일고 동기이고 서울대 문리대 시절을 함께 보냈다. 영국에 유학 중이던 김판수에게 자신의 등단 작품이 실린 『사상계』를 우편으로 보내주기도 했다. 이 사람은 문단의 신성으로 떠오르고 있던 이청준이 자신의 막역지우라는 것을 자랑스럽게 여겼다. 때로는 너무 많이 아는 것이 독이 될 수 있다. 김판수는 이청준에 대해 너무 많이 알고 있었다. 이청준의 성장기는 징그러운 가난의 기억으로 가득 차 있었고 그 시절을 돌이켜보는 것조차 고통스러울 정도였다. 이 사람이 보기에 이청준은 자신이 살을 맞대고 살았던 가난한 시절과 어려운 사람들을 외면했다.

"이청준이 소설가로서 대단히 성공을 했잖아요. 자기가 그랬으니 어려운 사람들의 심정을 잘 알 거 아니에요. 그런데 그런 사람들을 아예 안 보려고 해요. 자기가 어렸을 때 경험한 고통을 겪고 있는 사람들에 대해 연민을 느끼기보다는 그냥 거기에서 멀어지려고 합니다. 자기 어려웠을 때 너무 괴롭고 비참했으니까 그 생각을 하고 싶지 않은 거예요. 저는 도저히 이해할 수 없었어요. 그래서 제가 이청준이를 죽을 때까지 안 봤습니다. 친구들이 가자고 해도 안 갔습니다."

배우지 않은 사람들도 쉽게 문학을 접할 수 있어야 되는 것 아니냐는 김판수의 말에 이청준이 "거기 갔다 오더니 주의자가 된 거 아니냐"고 되쏜 것만으로 두 사람의 관계가 어그러진 것은 아니었다. 이청준에게 김판수는 자신의 어려운 시절을 상기시키는 존재, 그래서 돌아보고 싶지 않은 친구였을 것이다. 글 쓰는 일에 대한 동경을 평생 품고 살았던 김판수에게 이청준은 자신이 이르지 못한 영역에서 그만의 왕국을 건설한 사람이었으니 이청준은 자신을 주눅 들게 하는 존재였을 것이다. 그렇게 생각하면 두 사람이 멀어진 것은 어쩌면 예정된 수순인지 모른다. (윤춘호, 「〔그 사람〕한국 현대사 굴곡 함께한 '키다리 아저씨'―'나이 든 청년' 김판수」, SBS 2021년 5월 11일)

김판수의 이청준에 대한 평가는 그럴 만한 근거가 있을 것이다. 사람이 얼마나 다면적인지 아는 우리는 그의 판단을 존중할 수밖에 없다. 그래도 나는 위 기사에 언급된 밑줄 친 몇몇 사항에 대해 짧은 변명을 하고 싶다. 죽은 이청준은 자신에 대해 어떤 설명도 변명도 할 수 없는 처지 아닌가. 세상에 없는 누군가에 대한 이야기나 생각은 대상이 어떤 반론이나 해명도 할 수 없기 때문에 매우 조심스럽게 풀어내야 한다. 그 이야기나 생각이 긍정적이지 않을 때는 더욱 그렇다.

나는 우선 "너무 많이 아는 것이 독이 될 수 있다"는 점에 동의한다. 하지만 김판수는 이청준에 대해 독이 될 정도로 너무 많이 알고 있었을까? 살면서 우리가 누군가를 독이 될 정도로 너무 많이 안다고 자신하는 것이 가능한지 모르겠다. 김판수가 알고 있는, 이청준과 남경자의 고난에 찬 연애사는 김정회와 박석준도 알고 있었다. 우리가 살펴본 바에 따르면 특히 김정회는 광주 현씨집에 함께 가서 지냈던 유일한 친구로, 이청준의 끔찍한 가난은 물론 지나온 과거사에 대해서 모두 알고 있었다. 그는 잠자리조차 없는 이청준을 최선을 다해 도왔다. 이청준이 남경자의 집에 가정교사로 입주할 수 있었던 것도 김정회의 도움 덕택이었다. 박석준은 어떤가? 여원사 입사 동기인 그는 직장이 바뀌고 가는 길이 달라도 끝까지 이청준을 도운 사람이다. 우리는 그가 이청준에게 어떤 도움을 주었는지 곧 알게 된다. 그뿐인가. 이진영과 민득영처럼 이청준이 속내를 털어놓으며 죽을 때까지 변치 않고 가깝게 지낸 사람들도 있다. 이청준은 나이가 들어가면서 사람과의 관계에 점점 더 까다로워졌지만, 이들과는 죽을 때까지 변치 않는 친교를 이어갔다. 김판수는 이청준에게 "자신의 어려운 시절을 상기시키는 존재"일 수 있다. 하지만 돌아보고 싶지 않은 이유가 그것이라면, 이청준은 이들 모두를 돌아보지 않았어야 한다. 내가 아는 한 이청준은, "자신이 살을 맞대고 살았던 가난한 시절과 어려운 사람들을 외면"하지 않았다. 오히려 그는 대부분 정반대의 행보를 보였다. 그것도 소리 소문 없이. 한 예를 보자.

이청준의 옆집에 살았던 김용호는 이청준의 가난은 물론, 그 집안의 비극을 모두 목격한 사람이다. 김용호도 40대에 병을 얻어 다리를 절게 되었고, 조선대에 다니던 둘째아들도 오토바이 사고로 장애를 얻는 고난을 겪었다. 아들의 사고 이후 김용호는 광주에서 줄곧 아파트 경비원 생활을 했다. 그는 나에게 이청준 부부의 마음 씀에 대해 누누이 말했다.

청준이는 거만함도 없었고 사람을 차별하지도 않았어요. 부인도 마찬가지고. 그래서 서울에 가면 언제나 편안하게 연락할 수 있었지요. 청준이에게 고마운 게 많은데, 자식들 여읠 때 생각하면 더 그래요. 작은딸 때는 평택으로 내외가 왔었고, 큰아들이 광주에서 결혼할 때 주례를 부탁했더니 두말없이 들어줬어요. 몸이 아픈 작은아들 결혼은 알리지 않았는데, 어떻게 알았는지 결혼식 전날 내가 근무하는 아파트 경비실로 찾아왔더군요. 청준이가 축하금 10만 원과 양주 두 병을 주었어요. 그뿐인가요. 고향집 이름으로 또 10만 원을 보내왔으니 참. 청준이처럼 잘된 사람이 나 같은 옛날 친구에게 그런 마음을 쓰기란 어려운 일이지요. (김용호)

결혼을 앞둔 김용호의 큰아들은 염두에 두었던 사람이 주례를 거절해서 애를 먹고 있었다. 이청준은 전후 사정을 듣고 기꺼이 주례를 맡았다. 김용호가 건네준 이청준의 길고 긴 주례사는 한마디로 감동적인 명문으로 가득 차 있었다. 나는 그가 얼마나 진심을 다해 그 글을 썼는지 읽는 내내 느낄 수 있었다. 사실 이청준은 많은 사람이 원했지만 주례를 서지 않았다. 거기에는 그럴 만한 그만의 이유가 있었을 것이다.

다음으로 나는 "배우지 않은 사람들도 쉽게 문학을 접할 수 있어야 되는 것 아니냐"는 말에 동의하지 않는다. '배우지 않은 사람들'도 그렇지만, 무엇보다 '쉽게'라는 단어가 마음에 걸린다. 쉽게 문학을 접한다는 것은 무슨 뜻일까. 여기서 문학이론 따위를 들먹이며 논쟁하려는 것이 아니다. '배우지 않은 사람들'의 대척점에 있을 배운 사람들도 문학을 쉽게 접할 수 있거나 접해서는 안 된다. 그보다 사람들을 이렇게 둘로 나눌 수 있는지, 둘 사이 경계가 어딘지도 잘 모르겠다. 예술을 신성화하려는 것이 아니다. 사람들에게 밥 한술도 직접 주지 못하는 모든 예술은, 배면에 삶에 대한 성찰이 있기 때문에 가치가 있다. 이청준은 아마 김판수의 말에서 나처럼 프로파간다 예술을 떠올렸을 것이다.

살아 있다면 어떤 말도 하지 않았을 이청준은 나의 이런 중언부언을 이해할 수 없을 테니 그만하겠다. 더 이상의 변명 대신 가난과 문학에 대한 그의 글을 보는 편이 낫다. 가난에 대한 글은 다리 밑 거지였던 소설가 H와 그만큼 가난했던 다른 소설가 S에 대한 글이다.

그들은 그럼 정말로 그렇게 가난의 기억이 싫어서였던가. 그리고 정말로 가난에 찌들었던 자신들의 과거가 그토록 밉고 혐오스러워서였던가. 아마도 그렇지는 않을 터이다. 그들은 그 가난의 기억이 싫거나 잊어버리고 싶어서가 아니라 그것을 너무도 소중스럽게 아끼고 있었기 때문이었을 터이다. 그것이 너무도 절실하고 소중스러운 것이기 때문에 함부로 그것을 입에 담고 나서기가 두려워지고 있었기 때문이었을 터이다. 그리고 그것을 그토록 아끼고 있는 동안에 그것을 파고 나서는 사람들의 서툰 수작이 그들에게 너무도 못마땅했기 때문이었을 터이다. (「가난과 가난의 소설」)

문학은 적어도 문학하는 사람들 자신들은 그것을 우습게 보지 않아야 한다. 〔……〕

문학을 하는 사람들은 적어도 그의 문학 안에서는 누구보다도 진지하고 자존스러울 필요가 있고 그래야 할 만한 자기 논리를 갖춰야 하리라 생각된다. 그리고 문학은 무엇보다도 늘 넓게 열려 있는 정신의 양식이어야 한다. 그래야 독자들도 침을 뱉든 감자를 먹이든 그 문학이라는 것의 이름으로 관심할 거리가 마련될 수 있을 노릇 아닌가 말이다. (「문학이 뭐 별건가」)

이청준에게 김판수는 한때 애인만큼 사랑스러운 사람이었고, 김판수는 "비행장까지 나와달라고 하기는 미안하"다면서도, 귀국 날짜와 시간을 세세히 적고 중요한 곳에 밑줄까지 친 편지를 이청준에게 보냈던 사람이다. 그런 두 사람이 절교했다. 무엇보다 독자들은 「별을 보여드립니다」의 '그'가 김판수와 꽤 겹치는 인물이어서 아쉽다. 나는 두 사람을 보면서 사람의 인연에 대해 새삼 돌아보았다. 그나저나 이청준이 중앙정보부에 끌려갔을 때, 새색시 남경자는 얼마나 놀랐을까.

이청준은 1965년 「퇴원」으로 등단한 후, 상황이 매우 열악했지만 열정적으로 글을 썼다. 다음은 그가 1960년대에 쓴 소설들이다.

장편소설: 『씌어지지 않은 자서전』
단편소설: 「임부(姙夫)」(「아이 밴 남자」로 개제), 「줄」(「줄광대」로 개제), 「무서운 토요일」「바닷가 사람들」「굴레」「병신과 머저리」「전근발령」「별을 보

여드립니다」「공범」「등산기」「행복원의 예수」「마기의 죽음」「과녁」
「더러운 강」「침몰선」「나무 위에서 잠자기」「석화촌」「매잡이」「개백
정」「보너스」「변사와 연극」「이상한 나팔수」「꽃과 뱀」「꽃과 소리」
「가수」「마스코트」

중편소설: 『조율사』

7장
1970년대: 30대

'내 집' 마련과 아내의 수술

신혼부부는 여러 어려움을 겪었지만 어떤 시련도 꺾지 못할 신앙을 갖고 있었다. 월세를 내는 불안한 첫 둥지를 떠나 반드시 내 집을 마련하겠다는 신앙. 그 시절에는 집의 임대계약기간이 6개월이어서 그들의 주거환경은 매우 취약했다.

셋방이 불안하다. 여섯 달만 되면 복덕방장이들이 귀찮은 일을 꾸며대기 일쑤고, 주인은 심심하면 전세액 올리는 것으로 집 가진 사람의 도락을 누린다. 뿐더러 자랑스런 서울시민은 내 집 한 칸은 지닐 수 있어야 이 위대한 도시의 시민 된 영광이 더욱더 확고한 보장을 받는다. 아내도 나에 못지않게 내 집에 대한 소망과 사모의 정이 투철하여 내 집 한 칸을 받들어 모시고 싶어 함. 우리는 공히 '내 집'에 대한 공동의 신앙으로 내 집 마련에 심혈을 기울이다. 이 무렵에 마침 이촌동 공무원 아파트를 효시로 하여 아파트 붐이 일기 시작하고 있어 우리는 보다 구체적인 내 집 마련 작전의 일환으로 10만 원짜리 1년분 적금 한 구좌와 50만 원짜리 5부계 23번을 계약함.

1970년 8월 서대문구 북아현동 소재 S아파트 13평짜리 7층 한 칸을 155만 원에 계약하고 50만 원짜리 계 하나를 더 들어 10월에 입주. 내 집 마련의 소망을 이룩하고 자기 신앙의 신전을 지닌 떳떳하고 자랑스런 신도가 되다. 이후의 모든 생활 능력은 이 신전을 마련하는 데에 소요된 경비의 감당에 동원됨. (「후기의 반성」)

이청준은 여기서 다소 삐딱한 시선으로 과장을 일삼는다. 그가 살아온 삶의 이력을 아는 우리는, 받들어 모시고 살아야 할 '신전'으로 묘사된 집이 낯설지 않다. 그런 그가 1970년에 집을 마련했다니, 과정이 어떻든 다행이다. 그런데 이 집은 얼마 가지 못한다. 아파트 호황기에 지나치게 비싸게 산 집이었고, 무엇보다 소음과 다양한 요인으로 사생활이 침해되는 공동주택 생활을 이청준이 견디지 못했다. 이후 전세와 내 집을 번갈아 거치는 동안 쌓인 빚은 몇 년 동안 그에게 신전을 허락하지 않았다. 그의 떠돌이 생활은 1974년 AID차관아파트를 분양받아 입주하는 행운을 얻으면서 끝난다. 다음은 이청준 부부의 초기 정착 과정이다.

1968년 10월 약수동 방 1칸(보증금 100만 원/월세 3000원) → 1970년 10월 북아현동 아파트 13평(자가 150만 원) → 1973년 봄 북아현동 아파트 매각(146만 원) 후 동숭동 기자아파트 20평(전세 120만 원) → 1973년 12월 한강아파트 16평(전세 100만 원) → 1974년 2월 화곡동 단독주택(자가 340만 원. 빚 과다) → 1974년 가을 화곡동 단

독주택 매각(340만 원. 빚 정리) → 1974년 11월 AID차관아파트 15
평 당첨, 12월 입주(분양계약금 88만 원, 융자금 250만 원)

이청준 부부의 '내 집'에 대한 바람은 다행히 아파트 입주권이 당첨
되어 성공적으로 이루어졌다. 그러는 동안 그들은 집과 무관한 불행
을 겪었다. 예상하지 못했던 그 일은 1969년 가을 무렵에 일어났다.
그 일이 언제 일어났는지 아무도 내게 정확한 날짜를 말해주지 않았
다. 그렇다고 내가 이청준의 아내에게 직접 물을 수는 더욱 없었다.
그녀는 내가 그 일을 알고 있다는 것조차 몰랐다.

새색시 남경자는 자연의 순리대로 아이를 가졌다. 부부는 매우 기
뻐하며 단란한 가정의 행복을 꿈꿨지만 기쁨은 잠시였고 시련은 길었
다. 남경자는 갑자기 몸이 아파 수술을 받아야 했다. 그 수술 이후 그
녀는 십여 년 동안 아이를 가질 수 없었다. 나는 이 지점에서 이청준
이 그렸던 포근한 집을 생각하며 운명의 심술궂음을 느낀다. 깃들 둥
지가 없는 빗새처럼 떠돌던 그와 오로지 사랑 하나만으로 그를 택한
남경자, 그들에게 찾아온 아이가 잘못되다니. 게다가 가난한 이청준
은 아내의 수술비를 마련할 방법이 없었다. 처가에 손을 내밀어도 되
겠지만 그로서는 할 수 없는 일이었다. 이청준이 위기의 순간에 찾아
간 사람은 다름 아닌 여원사의 동료 박석준이었다.

어느 날 느닷없이 찾아와 돈을 내놓으라고 해요. "월급 좀 가불해
라. 마누라가 수술하고 입원했다." 알고 보니 임신이 잘못되어 부인
이 수술을 받고 입원했더군요. 돈은 해줬는데 지금도 미안한 게 있어
요. 당시 문병을 가서 수술한 환자의 고통은 아랑곳하지 않고 입원실

에서 둘이 소주를 마셨어요. (박석준)

박석준은 여원사를 떠나 여학생사로 이직한 뒤에도 이청준을 도왔다. 이청준은 1971년 2월부터 1972년 3월까지 『여학생』 잡지에 『백조의 춤』을 연재했다. 이 소설은 단행본으로 나올 때 『젊은 날의 이별』로 제목이 바뀌는데, 작품 연재 고료 1만 원은 부부의 생활비로 요긴하게 쓰였다. 하지만 이청준은 연재를 몹시 버겁게 여겼다. 그는 여학생이 주 독자인 잡지에 실릴 연애소설에 맞지 않았다. 게다가 그는 그들 또래일 때 짝사랑을 했을 뿐 연애다운 연애를 경험하지 못했다. 이청준은 파탄 나기 직전인 가정경제 때문에 어쩔 수 없이 연재를 계속했고, 박석준도 이 모든 사정을 잘 알고 있었다. 그는 "더 이상 못 쓰겠다"는 이청준을 다독여 끝까지 고료를 받게 만들었다.

이청준이 『백조의 춤』을 연재할 때, 홍성원도 『기찻길』을 연재했어요. 홍성원의 작품은 인기가 있었지만 이청준의 작품은 아니었지요. 그래도 1년을 연재했어요. 원고를 가져올 때마다 "얘들 것은 못 쓰겠다"고 한탄했지만 어쩌겠어요. 어려운 사정을 감안해 청탁한 것이어서 못 쓰겠다, 재미없으면 어쩌나, 하는 따위 말들은 무시해버렸어요. (박석준)

『백조의 춤』은 이청준의 소설 같지 않다. 눈 밝은 독자라면 작가의 이름을 가려도 그의 소설 대부분을 알아챌 수 있다. 그런데 『백조의 춤』은 다르다. 오히려 이 소설의 작가가 이청준이라는 데 독자들은 놀란다. 어? 이청준이 이런 소설을 썼어? 나는 『백조의 춤』이 별로 마음에 들지 않았다. 내 생각에 이 소설은 그가 쓴 진귀한(?) 태작(馱作)이었다. 나는 그와 사후 출판될 전집 얘기를 하면서 『백조의 춤』에 대해 물었다.

"전집에 모든 소설을 다 실었으면 하시나요?"
"예."
"『젊은 날의 이별』도요?"
"예."
"빼면 안 될까요?"
"아니요. 못난 자식도 내 자식이니까."

나는 할 말이 없었다. 그가 스스로에게 매우 엄격한 사람임을 잠깐 잊었던 내가 부끄러웠다. 나는 사람들에게 좋은 것만 보여주고 싶어하는 허영꾼이었다. 오랜 시간이 지나고 전집이 완간되었을 때, 허영꾼은 『젊은 날의 이별』에게 미안하다고 말했다.

박석준의 얘기처럼 작품 연재 고료는 이청준 부부에게 큰 도움이 됐다. 연재를 시작했을 때 이청준은 월급을 받는 직장에 다니지 않았고, 그가 참여한 잡지 『지성』도 창간 전이었다. 『지성』은 창간 뒤 곧 사라져서 살림에 별로 도움이 되지도 못했다. 이청준은 이화여대 같은 대학에서 드물게 강의를 했지만, 살림은 이런저런 글을 쓰고 받는 원고료가 책임져야 했다. 정기적인 수입이 없는 생활은 고단할 수밖에 없었다. 그때 남경자가 쓴 가계부를 보면 그들이 처한 상황을 알 수 있다. 그들의 처지는 몇 년 동안 나아지지 않았다. 그녀는 주변 사람들에게 돈을 빌리고 갚는 과정을 줄곧 반복하고 있었다. 그런 중에

도 1971년 1월 15일에는 김현, 김승옥 부부가 놀러 왔었고, 2월 12일
에는 이청준의 친구들이 와서 섰다판을 벌였다. 다음은 가계부에 쓰
인 몇몇 수입과 메모들이다.

1971년

1. 19. 수입:『여학생』고료 10000, 신구 선불 10000. 운우를 데리
고 창경원에 가서 구경시켜주고 신당동으로 데리고 가 텔레
비를 보았다.

1. 22. 수입: 삼순이 하숙비 16000. 삼순, 구순, 운우가 갔다. 성자와
맥주 마시고 혼나다.

3. 11. 그이의 작품「석화촌」의 영화화가 결정됐다. 원작료 10만
원. 엄마한테 2000원 빌림.

3. 12. 수입:『월간문학』꽁트 6200. 위층 새댁으로부터 2000원 빌
림.

3. 13. 수입: 영화원작료 83000. 원작료 10만 원짜리 약속어음을 현
금(83000)으로 바꿨다.

5. 1. 수입: 일지사에서 30000. 신당동에 9000원 갚다.

5. 29. 엄마에게서 만 원을 빌려 성자에게 주었다. (성자 빚 40000
남음)

1973년

1. 6. 수입:『자유공론』원고료 30000. 새댁한테 50000원 갚고 이자
를 주었다.

1. 11. 수입:『산』수필료 2000. 새댁한테 만 원 빌렸다.(술값 갚으

려고)

　1.18. 이진영 씨가 오셔서 자고 갔다.

　가계부에 나오는 「석화촌」은 이청준의 소설 중에서 「병신과 머저리」에 이어 두번째로 영화화된 작품이다. 1972년 개봉한 영화 〈석화촌〉은 그해 청룡영화상 작품상을 받은 수작이다. 이청준은 소설과 영화는 전혀 다른 예술이다, 자신의 소설을 원작으로 한 영화도 마찬가지여서 소설 원작자나 소설은 영화에 지분이 전혀 없다고 강조했다. 이 말을 달리 해석하자면, 영화도 원작소설이나 소설가에게 지분이 없다는 뜻이다. 소설과 영화는 별개로 철저하게 독립된 다른 영역의 다른 장르이다. 한쪽의 뛰어남이 다른 쪽의 뛰어남을 보장하지 못한다. 그런데도 〈시발점〉을 시작으로 이청준의 많은 소설이 〈석화촌〉〈서편제〉 등을 거쳐, 사후 개봉된 〈밀양〉과 〈나는 행복합니다〉에 이르기까지 영화로 만들어졌다. 소설과 영화의 이름이 '석화촌'의 경우처럼 늘 같았던 것은 아니다. 「병신과 머저리」는 〈시발점〉으로, 연작 '남도 사람'은 〈서편제〉로, 「벌레 이야기」는 〈밀양〉으로, 「조만득 씨」는 〈나는 행복합니다〉로 바뀌었다. 잠깐 쉬어갈 겸 〈시발점〉과 관련된 헛웃음 나오는 이야기를 하나 소개하겠다.

　김수용 감독은 영화 〈시발점(始發點)〉의 제목을 소설과 같은 「병신과 머저리」로 붙이려고 했다. 그런데 '병신과 머저리'라는 제목이 관객을 모독한다는 이유로 공보처의 검열을 통과하지 못했다. 화가 난 김수용은 '시발' 혹은 '시발×'과 비슷한 욕을 떠올렸고, 그 욕을 변형시켜 영화 제목을 만들었다고 한다. 나는 이 얘기를 듣고 실소했다. 한때 나는 〈시발점〉을 형이상학적으로 해석하느라 무진 애를 썼기 때문이다. 도대체 감독의 의도가 무엇일까? 아무리 생각해도 원제가 더 어울리는데 어째서 이런 제목을 붙였을까? 이유를 알았을 때, 나도 그 때 그 공보처를 향해 욕 비슷한 것을 떠올렸다.

그나저나 1973년에도 남경자는 가계부에 나오는 '새댁'에게 하루가 멀다 하고 돈을 빌리고 갚아야 했는데, '새댁'은 3부 이자를 꼬박꼬박 받았다. 1973년 1월 18일, 이청준의 광주일고 동창인 이진영과 이청준의 아내는 그날을 기억하고 있었다.

청준이가 아현동 굴레방다리 아파트에 살던 시절이에요. 내가 지방에서 올라와 하룻밤 묵었는데, 부인과 육백을 쳤어요. 청준이는 옆에서 구경하다가 먼저 자러 가고, 부인이 자꾸 잃었지요. 나도 자야겠는데, 부인이 잠을 못 자게 해요. 부인이 돈을 다 잃은 새벽 3시 무렵에야 잠을 잘 수 있었어요. (이진영)

없는 살림에 잃은 돈을 찾아야겠다는 생각이었어요. 이진영 씨를 잡고 계속 화투를 쳤는데, 새벽 3시쯤 얼마 되지 않는 생활비를 몽땅 잃었어요. 걱정 때문에 잠도 오지 않더군요. 그런데 다음 날 이진영 씨가 가고 나서 보니 서랍에 돈을 다 두고 갔어요. 그런 마음도 모르고 돈을 찾기 위해 잠도 재우지 않고 악착같이 매달렸으니…… 지금까지 창피해요. (남경자)

이진영은 유쾌한 사람이다. 그는 나와 만났을 때도 여전히 활기차고 농담도 잘해서, 상대를 기분 좋게 만들었다. 남경자는 잠을 자지 못하면서도 빙글빙글 웃던 그를 떠올리며 창피함에 얼굴을 붉혔다.

나는 세월이 많이 흘렀는데도 여전히 부끄러움을 아는 그녀 앞에서 가난한 소설가의 젊고 순진한 아내가 떠올라 애처로웠다.

이 시기에 쓰인 소설이 「거룩한 밤」이다. 「거룩한 밤」의 원제는 「불알 깐 마을의 밤」이다. 이청준이 이처럼 직설적인 표제를 붙이는 경우는 흔치 않다. 수필 「작가의 자기 취재」에는 「거룩한 밤」을 쓰게 된 과정이 고스란히 들어 있다. 거기에 따르면 소설의 소재란 "나 자신의 삶의 체험과, 나의 관심권 안으로 들어와 나의 이야기가 된 남의 이야기"에서 나온다. 그중 전자에 속한 작품으로 이청준은 「거룩한 밤」과 「눈길」을 들고 있다. 「거룩한 밤」은 당시 그가 살고 있던 아파트에서 직접 겪은 생활 경험을 쓴 소설이다. 소설에서 번역가인 '나'가 술에 취해 맨홀 뚜껑을 들어 팽개치고, 고함을 지르고, 관리소에 전화해서 수캐를 구해달라고 하는 행동은 모두 이청준이 실제로 한 것이다. 당시 그는 '나'처럼 5층에 살고 있었고, 아내도 집을 비우고 없었다. 그는 "사람 사는 동네의 꼴"에 대해서 말하려고 이 소설을 썼다. 하나 덧붙이자면, 이청준은 아파트 아래층에 살다 윗집 아이들의 소음을 견디지 못해 꼭대기인 5층으로 이사했다. 그의 아내는, 그때 이청준이 거의 신경쇠약에 이를 지경으로 그곳에서의 삶을 견디기 어려워했다고 말했다.

연재소설과 창작집 출간

이청준의 주된 수입원은 글을 쓰고 받는 원고료였다. 아내의 수술 이후 그는 어떻게든 돈을 벌어야 했다. 더구나 그에게는 매달 돈을 보내야 하는 시골 가족도 있었다. 그가 할 수 있는 것은 쉬지 않고 글을 쓰는 길뿐이었다. 그는 등단 이후 글쓰기를 멈춘 적이 없었다. 하지만 그의 소설은 돈을 벌기에 적합하지 않았다. 그 시절에는 소설가에게 일정 기간 안정적인 수입을 보장해주는 것으로 연재소설만 한 것이 없었다. 이청준의 글은 연재소설에 적합하지 않았다. 신문이나 잡지 연재소설은 다양한 인물과 그들이 얽혀 만들어내는 흥미로운 사건을 중심으로 독자의 관심을 얻어야 했다. 인기 있는 연재소설 작가는 반드시 다음 회를 궁금하게 만드는 재주를 갖고 있었다. 이청준은 그런 작가가 아니었다. 그런데도 그는 아내의 수술 이후, 1969년 11월부터 1972년 3월까지 잡지와 신문에 세 편의 소설을 연재했다. 심지어두 소설은 연재 기간이 상당 부분 겹친다. 조금 과장해서 말하면, 그는 죽을힘을 다해 그 소설들을 써냈을 것이다. 세 소설 중 두 소설이 끝난 뒤 바로 이어 연재한 소설이 앞서 살펴본 『백조의 춤』이다. 문제는 다른 두 소설이다. 두 소설은 제목부터 매우 복잡하게 얽혀 있다.

『원무(元舞)』는 1969년 11월 15일부터 1970년 8월 14일까지 『조선일보』에 230회 게재된 신문 연재소설이다. 『이제 우리들의 잔(盞)을』은 『여성동아』에 1970년 1월부터 1971년 2월까지 14회 게재된 잡지 연재소설이다. 시기가 대부분 겹치는 두 소설의 연재가 끝난 후, 이청준은 『원무』를 『이제 우리들의 잔을』로 개제(改題)해 단행본으로 출간했다. 본래 『이제 우리들의 잔을』이었던 소설은 이름을 잃었고, 이청준 생전에는 단행본으로 출간되지도 않았다. 이 소설은 그의 사후 전집 편집위원들의 뜻에 따라 『신흥 귀족 이야기』*라는 제목으로 전

---

* 『신흥 귀족 이야기』를 읽을 때 참고할 책으로 토마스 만의 『부덴브로크가의 사람들』과 다자이 오사무의 『사양』이 있다.

집에 포함되었다. 뜬금없어 보이는 이름 '신흥 귀족 이야기'는 이청준
이 이 소설 초고에 붙인 제목이다. 두 연재소설은 완성도에서 딱히 우
열을 가리기 어렵고, 주제와 소재에서도 겹치는 부분이 없다. 그런데
도 이청준이 비슷한 시기에 쓴 장편소설 중 하나만 세상에 남기고, 다
른 하나는 이름까지 빼앗은 채 사장한 데는 이유가 있다.『신흥 귀족
이야기』는 지나치게 자전적인 작품이다. 그의 삶을 아는 사람은 그 소
설에 나오는 배경과 인물들을 단박에 알아보았다고 한다. 그가 이런
무리한 소설을 쓴 까닭은 두 소설을 동시에 연재해야 하는 버거움 때
문이었다. 이청준은 결국 이 소설을 살아 있는 동안 영원히 사장하기
로 결심했다.

이청준이『신흥 귀족 이야기』처럼 연재를 끝낸 뒤 단행본으로 출간
하지 않고 사장한 다른 소설이 또 있다.『사랑을 앓는 철새들』은『백
조의 춤』을 끝낸 1년여 뒤,『서울신문』에 1973년 4월 2일부터 1973년
12월 2일까지 209회 연재한 소설이다. 이 소설은『신흥 귀족 이야기』
와 달리 자전적인 부분이 많지 않다. 이 소설에 대해 첫 평론을 쓴 문
학평론가 우찬제는 그 이유를 이렇게 짐작한다.

이 소설이 단행본 형태로 독자들에게 전달되지 않은 이유에 대
해 작가는 이렇다 할 흔적을 남기지 않았다. 그러니 살아남은 이
들이 이청준의 소설 시대를 반추하면서 몇 가지를 조심스럽게 짐
작해볼 수 있을 따름이다. 작가의 소설 스타일상 신문 연재 형식
이 다소간 거북했을 것이라는 점, 그래서 본인이 쓰고 싶은 만큼 이
르지 못한 소설이라고 생각했을 것이라는 점, 더욱이 소설에 대
한 작가의 각별한 염결성을 고려하면 수정하고 싶은 욕망이 적

지 않았으리라는 점, 그러나 바로 이어진 장편 『당신들의 천국』 (『신동아』 1974년 4월호~12월호) 연재에 집중하느라 수정할 시간을 허락받지 못했을 것이라는 점, 『당신들의 천국』이 출간되는 1976년경부터는 「서편제」(『뿌리깊은 나무』 1976년 4월호)를 비롯한 이른바 '남도 사람' 연작이 발표되기 시작하는데, 『사랑을 앓는 철새들』에서 가장 인상적인 인물 중의 하나인 송정화의 소리 내력이 그 연작 형태로 웅숭깊게 형상화되므로 이 소설을 다시 수정하는 데 심리적 거북함을 느꼈을 것이라는 점 등등이 내가 생각할 수 있는 지극히 어설픈 추리에 해당한다. (우찬제, 해설 「견인성(堅忍性) 보헤미안의 견딤의 미학」)

이청준은 '사랑을 앓는 철새들'이라는 지극히 통속적인 이름의 소설을 끝으로 더 이상 신문이나 대중적인 여성지에 소설을 연재하지 않았다. 그가 4년이나 연재소설을 쓴 가장 큰 이유는 돈이었다. 이청준은 1969년 말부터 끊임없이 이어지는, 돈을 위한 글쓰기를 더 이상 견디기 어려웠을 것이다. 그는 『백조의 춤』을 연재할 때도 다른 소설 「소문의 벽」을 쓰는 데 몰두했다. 『백조의 춤』이 연재되던 여학생사에서 볼멘소리가 나오기도 했다.

야심작의 집필을 위해 두문불출 창작에만 몰두하시는가 했더니 바쁜 일이 많으시단다. 정신병원에 수차 들러 취재 집필. 대작에만 열을 쏟으시면 『백조의 춤』은 어쩌느냐고 항의했더니, "열심히 연구 중이니 작품을 보세요." (『백조의 춤』 3회, '작가와 잠깐')

연재소설 『백조의 춤』에는 매회 이청준의 동정을 알아보는 '작가와 잠깐'이 실렸다. 10회의 '작가와 잠깐'에는 창작집 『별을 보여 드립니다』 출간 소식이 들어 있다.

이청준의 첫 창작집 『별을 보여드립니다』는 1971년 9월에 출간됐다. 『별을 보여드립니다』는 지금 시선으로 보면 지나치게 많은 소설을 품은 창작집이다. 그 시절에 젊고 가난한 소설가가 책을 펴내기란 결코 쉬운 일이 아니었다. 게다가 대중적이지두 통속적이지두 않은 이 소설 모음집은 베스트셀러는커녕 여러 면에서 어느 정도 수익조차 기대하기 어려웠다. 하지만 『별을 보여드립니다』는 대학교재로 쓰이는 등 예상외로 잘 팔려서 한동안 판을 거듭했다. 특히 고려대학 교수로 재직 중이던 정한숙은 이청준과 전혀 알지 못했지만 교양과정 학생들에게 이 책을 읽도록 했다. 이청준은 나중에 그에게 고마운 마음을 전했고, 정한숙이 출판사에 주문했던 책 주문서들을 죽을 때까지 간직했다.

1971년 가을 일지사(一志社)에서 출판해준 내 첫 창작집 『별을 보여드립니다』는 중단편 20편에 고우 김현 님의 해설까지 2천 5백여 장의 원고를 2단 조판(당시 크라운판)한 380여 쪽짜리 책이었다. 요즘 소설집으로 치면 세 권 정도를 만들 수 있는 원고 분량이 한 권에 담긴 셈이었다. 앞서 내가 그 책을 '출판한'이라 하지 않고 '출판해준'이라 표현한 것이 그 때문이지만, 당시 일지사의 편집장이던 이기웅 님(지금의 '悅話堂' 사장)이 내게 그 소설집을 '내주겠다' 했을 때, 당시로선 좀체 어려운 기회를 얻은 데다 책을 내는 것 자체에 보람을 둔 내가 원고 있는 대로 욕심을 부린 결과였다.

제3부 서울과 용인

출판사도 나도 책이 팔리리라는 건 물론 기대 바깥이었다. 그런데 한두 달 시일이 지나다 보니, 우리 소설책의 '상품성'을 거의 생각할 수 없던 당시로선 예상외로 제법 책이 팔려 나가고(아마 초판이 2천?), 오래잖아 재판, 3판의 소식까지 이어 듣기에 이르렀다. (「잊을 수 없는, 잊혀지지 않는―말씀의 기억」)

1971년 '상품성'을 고려하지 않고 『별을 보여드립니다』를 '출판해준' 이기웅은, 42년 후인 2013년, 이청준 사후 5주기를 기념해 초판 복간본을 '출판해준다'. 나는 복간본의 부록 비슷한 책, 『별을 보여드립니다』가 42년 동안 살아온 내력을 정리한 책에 작은 힘을 보탰다. 그러면서 사람과 책의 범상치 않은 인연에 새삼 숙연해졌다. 이청준은 첫 창작집을 낼 때 심정을 이렇게 말했다. 그때는 언제 다시 책을 낼지 기약할 수 없었다. 『별을 보여드립니다』를 마지막 책으로 여기고, 원고를 있는 대로 다 챙겨 넣었다. 이청준은 자신의 소중한 첫 책이 마지막 책이 될지도 모른다는 걱정을 했던 것이다. 그가 등단한 지 불과 2년여 지난 1968년 봄에 서울 생활을 견디지 못하고 낙향했던 사실이 새삼 떠오른다. 백척간두에 선 것 같은 그의 심정과 걱정은 글자 그대로 기우(杞憂)였다. 이듬해 그는 첫 창작집에 이은 두번째 창작집 『소문의 벽』을 선보였다.

이청준은 『별을 보여드립니다』를 출간한 1971년에 「소문의 벽」 「목포행」 「문단속 좀 해주세요」처럼 소설을 쓸 수 없는 소설가, 대결 의식을 제대로 펼칠 수 없는 소설가의 절망을 다룬 작품들을 썼다. 어쩔 수 없이 통속적인 소설을 써야 하는 자신의 처지를 그런 소설을 원하는 대중독자의 탓으로, 정신이 마비된 독자들 탓으로 돌리고 싶었기 때문이었을까. 어쨌든 그에게는 그런 처지조차 더 깊은 성찰의 계기가 되었다. 이청준은 소설가로 하여금 소설을 쓰지 못하게 하는 상황, 그 숨 막히는 상황을 단순히 의식이 마비된 독자들 탓으로만 돌리지 않았다. 그는 보다 근본적인 이유로 폭력을 행사하는 당시 정치, 사회 체제와 구조를 문제 삼았다.

이청준은 본래 창작집에 저자 후기를 쓰는 데 부정적이었고, 책 출간을 축하하는 출판기념회는 더욱 싫어했다. 그는 『별을 보여드립니다』에 후기를 쓰지 않았고, 출판기념회도 하지 않았다. 『소문의 벽』은 그런 점에서 이례적인 책이다. 이 책을 시작으로 그가 후기 쓰기에 유연해졌고, 본의 아닌 출판기념회도 열렸기 때문이다. 이청준이 창작집에 후기 쓰기를 망설였던 이유는 부끄럽고 두려웠기 때문이다. 무엇이 부끄럽고 두려운가?

> 나의 부끄러움이나 두려움은 실상 다른 것이 아니었다. 작품 가운데선 작가란 언제나 그 작품의 배면으로 한 걸음 물러서 있기 때문에 이야기의 부도덕성이나 불합리성에 대하여 직접적으로 책임을 져야 하지 않아도 좋을 도피로가 마련된다. 하지만 후기에서는 그게 불가능하다. 문학 일반에 대한 저자 자신의 기본적인 자세를, 이를테면 저자 자신의 인간관이라든가 세계관 또는 문학관 같은 것들이 거기서는 직접적으로 노출되어 두고두고 그 저자를 증거한다. (「왜 쓰는가」)

이청준은 『소문의 벽』 이후 창작집에 대부분 후기를 쓰지만 출판기념회는 하지 않았다. 평생 그는 다른 사람이 열어준 두 번의 출판기념회를 가졌을 뿐이다. 한 번은 『소문의 벽』을 펴냈을 때, 다른 한 번은 죽음을 앞두고 『그곳을 다시 잊어야 했다』가 나왔을 때이다. 『소문의 벽』 출간을 축하하는 모임을 출판기념회로 부를 수 있을지 모르겠다. 『소문의 벽』 출판기념회는 이진영이 중심이 되어 서울이 아니라 광주에서 열렸다. 이진영은 책을 낸 사람들이 거의 다 하는 출판기념회 한 번 못 하는 친구가 안타까워 몇몇 친구와 일을 주선하기로 작정했다. 그들이 거기까지 마음을 모은 것도 한 친구 아버지의 도움이 있었기 때문이다. 축하 모임은 예상보다 훨씬 거창하고 성공적이었다. 이청준은 현장인 호텔에 가서야 상황을 알게 되었는데, 모든 것이 그 호텔 지배인으로 근무하는 광주일고 선배 덕이었다. 그 선배는 장소 대관료를 받지 않았고, 술과 음식도 지불한 돈에 비해 턱없이 많이 베풀었다. 그는 출판기념회를 7층 소회의실에서 오후 5시에 열도록 지정해주었는데, 거기에는 이유가 있었다.

사연인즉, 이날 같은 7층의 이웃 회의실에서는 이 지방 유수의 재벌 한 분이 그 자제에게 경영 실권을 물려주는 새 총수 취임 기념연회가 벌어지고 있었는데, 지배인 선배는 바로 그 호화판 기념연회의 옆방에다 우리의 장소를 정해주고, 그곳으로 가야 할 술과 안주의 일부를 적당히 우리 쪽으로 빼돌려준 것이었다. 친구 아버지의 자애로운 배려와 내 친구들의 못된(?) 기지에 의하여 나의 출판기념회는 의외로 풍성한 잔치를 치르게 된 것이었다. (「보이지 않는 독자」)

이청준은 본인 말대로 '희한한 출판기념회'를 갖게 되었다. 이진영은 이 희한하지만 희귀한 출판기념회의 중심에 있었다. 사시에 합격한 뒤 지방 근무를 하던 이진영과 이청준은 2, 3년에 한 번씩 만났다.

그런데도 두 사람은 모두 "언제 만나도 어제 만난 듯 가장 마음 편한 친구 중 하나"라고 말했다. 특히 이진영은 이청준을 "존경한다"며 덧붙였다. 어떻게 존경하지 않을 수 있겠는가? 그는 세속적인 출세나 돈 따위에는 정말 욕심이 없던 사람이다. 깨끗한 사람, 잔잔한 호수 같은 사람, 어떤 흔들림도 없던 사람이다. 나는 그런 친구를 진심으로 도운 이진영을 존경한다. 그는 친구의 첫 책 『별을 보여드립니다』가 출간되었을 때도 최선을 다했다.

> 청준이는 걱정이 많았어요. 책이 적어도 5백 부는 팔려야 출판사가 괜찮을 거라며. 그래서 내가 천 권은 팔아주겠다고 큰소리를 치며 광주로 갔어요. 나는 서중과 일고에서 응원단장을 했고, 사시에도 합격해서 광주에서는 힘을 좀 쓸 수 있었거든요. 게다가 동창들 중 몇몇은 광주에 있는 중고등학교에서 교편을 잡고 있었지요. 동창회를 소집하고, 선생으로 있는 동창들도 동원하고, 직접 광주일고에도 가서 책을 팔았어요. 동인문학상을 받은 이런 훌륭한 동문의 책을 읽어야 하지 않겠나, 하면서요. 그렇게 광주에서만 5백 권의 두 배가 넘게 팔았어요. (이진영)

이청준은 『별을 보여드립니다』 『소문의 벽』 이후에도 꾸준히 책을 출간했다. 무엇보다 그가 쓴 소설이 탁월해서 가능한 일이었다. 거기에 더해 출판사와 보이지 않는 독자들은 물론 이진영과 정한숙 같은 이들의 도움을 간과할 수 없다. 많은 사람 덕택으로 『소문의 벽』에 이어 나온 세번째 창작집이 『가면의 꿈』이었고, 『가면의 꿈』을 이은 네번째 책이 바로 『당신들의 천국』이었다.

이청준은 여성지와 신문 연재소설들을 끝낸 뒤, 장차 우리 문학사에 우뚝 서게 될 『당신들의 천국』을 쓰는 데 몰두했다. 그의 형편이 이 소설을 쓰던 1974년 무렵부터 좋아졌던 것은 아니다. 그때도 남경자는 여전히 주변 사람에게 돈을 빌리고 갚고를 반복하고 있었다.

『당신들의 천국』

이청준은 1974년 4월부터 1975년 12월까지 『신동아』에 『당신들의 천국』을 연재했다. 『신동아』는 『아세아』 같은 시사종합월간지였다. 그러니 『당신들의 천국』도 연재소설이었지만 이청준이 앞서 연재한 소설들과 다를 수밖에 없었다. 내가 이청준에게 "가장 애착이 가는 소설"을 물었을 때, 그는 망설이지 않고 『당신들의 천국』을 꼽았다. 그럴 만도 했다. 많은 평자가 이 소설을 1970년대 한국 사회에 대한 뛰어난 알레고리로 규정한다.

1970년은 새마을운동과 전태일 분신이 일어난 해이고, 1973년에는 유신정권이 개인을 겨냥해 벌인 희대의 만행 김대중 납치 사건이 터졌다. 박정희가 제창한 새마을운동은 "근면, 자조, 협동의 새마을정신을 바탕으로 생활환경 개선과 소득 증대를 목적으로 한 범국민적인 지역사회개발운동"이었다. 우리들의 천국을 건설하겠다는 새마을운동이 태동할 때 평화시장 재단사였던 전태일은 자기 몸에 불을 붙였다. 열악한 노동조건에 항거하는 최후의 수단으로 죽음을 택한 그가 간절히 원한 것은, 노동자의 최소 인권을 보장하는 '근로기준법의 준수'였다. 지배권력이 중심이 된 우리들의 천국 건설은 당신들의 천국이 될 가능성이 농후했다. 실화를 바탕으로 한 『당신들의 천국』은 특정한 독재국가에 대한 음울한 알레고리 그 이상이다. 『당신들의 천국』을 읽은 독자는 한 나라를 넘어 사람과 사회에 대한 근본적인 문제제기라는 진정한 인문학적 체험을 하게 된다.

『당신들의 천국』은 1966년 10월 『사상계』에 실린 이규태의 논픽션 「소록도의 반란」에서 촉발된 작품이다. 이청준은 '땅에서 못 사는 한(恨)'이라는 부제가 붙은 「소록도의 반란」을 읽고 소록도를 배경으로 한 작품을 쓰기로 결심했다. 『당신들의 천국』은 작가가 마음에 품고 완성하기까지 10년 가까이 걸린 소설이다. 이청준은 먼저 이규태의 소개 편지를 들고 소록도 병원으로 조창원 원장을 만나러 갔다. 그와 조 원장은 이때 단 한 번 만난 뒤, 단행본 『당신들의 천국』이 100쇄를 찍은 2003년에야 다시 만났다. 이규태는 이청준에게 조창원을 소개했을 뿐 아니라 여러 면에서 큰 도움을 준 사람이다. 『당신들의 천국』에는 축구 시합 장면이나 황 장로의 주모 살해 사건처럼 「소록도의 반란」에서 차용한 부분이 많다. 이청준은 1976년 단행본에 덧붙인 '쓰고 나서'에서 이렇게 말했다.

그리고 조선일보의 이규태 님 — 특히 한 미숙한 문학청년에게 제법 야심적인 창작욕의 발단을 마련해주었을 뿐 아니라, 소설 곳곳에서 그의 빼어난 취재의 눈을 의지하지 않을 수 없었던 이규태 님을 만날 수 있었던 것은 나의 비길 데 없는 자랑이요 행운이었음을 고백하지 않을 수 없다.

조창원이 젊고 낯선 소설가 이청준에게 자료를 다 준 것도 「소록도의 반란」을 쓴 이규태를 믿었기 때문이다. 그는 이규태가 소록도에서 취재했던 방식과 일화들을 낱낱이 기억하고 있었다. 당시는 5·16군사 정변으로 집권한 정부 치하였다. 의사인 조창원 역시 일반인이 아니라 현역 군인으로 소록도에 부임했다. 기자가 한센병 환자들의 거주지인 소록도를 취재하려면 사전에 혁명정부(조창원은 줄곧 '혁명정부'라는 용어를 썼다)의 허락을 받아야 했다. 그러면 정부최고회의에서는 특정 기자의 방문을 소록도에 미리 알려 대비하게 했다. 이규태는 이 과정을 거치지 않고 아무도 모르게 혼자 소록도에 왔다. 그는 한센병 환자들이 동원된 오마도 간척사업을 취재하려고 몰래 섬에 들어와 환자들과 함께 일했다. 첫날 하루는 잘 지나갔다. 그런데 섬에 잠자리가 없는 이규태가 섬 밖에서 자고 온 것이 탈이었다. 환자들은 자신들과 함께 자지 않은 사람이 다시 나타난 것을 이상히 여겨 간부에게 알렸다. 간부의 보고를 받은 조 원장은 이규태를 직접 만났고, 그가 취재한 내용도 알게 됐다. 이규태는 환자들과 함께 일하면서 힘들지 않은지, 간척사업에 강제로 동원되지는 않았는지, 원장이 폭압적이지 않은지 등을 물었다. 조창원은 이규태가 혁명정부를 싫어했다면서, 참 좋은 기자였다고 회고했다. "1970년대 초반 어느 해 한겨울", 그 좋은 기자의 추천을 받은 이청준이 조창원을 찾아왔다.

이 선생이 이규태 기자의 명함을 가져왔더군요. 그의 추천이어서 전폭적으로 믿었어요. 그래서 자료를 다 주었지요. 나를 취재하지 말고 환자들과 직접 대화하라고 했지요. 그때 소록도는 나를 지지하는 천주교와 반대하는 목사가 대립하고 있었어요. 내가 상황을 말해주며 양쪽 다 편견 없이 취재하라고 충고했지요. 이 선생이 쓰는 것은 살아 있는 사람이 주인공인 소설이라고 했어요. 그러면서 소설이기 때문에 좀 언짢은 기록이 될지도 모른다고 미리 말하더군요. 무슨 소린가 했더니, 살아 있는 사람이 주인공이어서 그렇대요. 주인공을 나쁜 사람으로 묘사했는데 좋은 사람으로 살아가면, 좋은 사람을 욕했다고 비난받고, 좋은 사람으로 묘사했는데 나쁜 사람으로 살아가면, 나쁜 사람을 미화했다고 욕을 듣게 된다고요. 그러면서 실명을 쓸 수 없으니 '조백헌'이라 하겠다고 해요. 그러라고 했어요. 문둥이들이 오마도 간척사업을 한 기록을 남길 수만 있으면 된다, 써라. (조창원)

조창원은 나와 대화하는 내내 '한센병 환우'라고 말했는데, 이때 단 한 번 '문둥이'라는 단어를 입에 올렸다. 그 말을 하는 그의 표정은 매우 단호하고 결의에 차 있었다. 나는 여러 이유로 오마도 간척사업에 대한 사전 지식을 꽤 갖고 있었는데, 조창원이 뱉은 그 단어가 어떤 의미인지 알 것 같아 가슴이 뭉클했다. 이청준은 오마도 간척사업에 대한 기록 남기기라는 조창원의 소망을 훌륭히 실현했다. 그가 죽음을 앞둔 이청준을 찾아간 이유도 바로 그것 때문이었다. 조창원은 이청준의 투병과 사망 사실을 모두 언론을 통해 알았다. 두 사람은 평소 연락을 하고 지내는 사이가 아니었다. 그런데도 조창원은 이청준이 투병 중일 때 병원으로 찾아갔다. 오마도 간척을 기록으로 남긴 사람이니 반드시 가야 했어요.

대부분의 소설가가 그렇겠지만, 이청준은 소설 속 인물 이름을 대충 짓지 않는다. 조창원은 이름에 담긴 작가의 의도를 모른 채 별 뜻 없이 '백헌'을 수용했다. 나는 그 이름에서 『자유의 문』의 백상도가 떠올랐다. 이청준은 산문에서 백상도라는 이름을 짓게 된 이유를 고백

제3부 서울과 용인

했다. 그 고백으로 미루어 조백헌이 주인공『당신들의 천국』은 '좀 언짢은 기록'이 될 것 같다. 이청준은 조창원과 함께 원장 막사에서 하룻밤을 보낸 뒤 소록도를 떠났다. 이제 그는 섬에서 받은 귀중한 자료들을 바탕으로 사실과 허구가 뒤섞인 소설을 쓸 것이다. 조창원은 『당신들의 천국』이 대략 60퍼센트 정도 사실인데, 중심인물 중 하나인 이상욱은 완전한 허구라고 말했다. 나는 그의 말에 '아니'라고 답했다. 이상욱은 이청준이거든요. 이름만 봐도 알 수 있어요. 어디 이름뿐인가. 이상욱은 신념에 찬 조백헌에게 시종일관 삐딱한 시선을 던진다. 단단한 신념에 대한 회의는 소설가 이청준이 늘 견지하던 자세다.

이청준은 방대한『당신들의 천국』육필 초고를 남겼다. 초고에는 그가 직접 그린 소록도 지도를 포함해 상세한 취재 기록과 작품계획표, 인물들이 들어 있다. 소록도 지도에는 각 마을뿐 아니라 화장장, 학교, 종각, 연합예배당, 제재소, 연탄공장 등이 표시되어 있다. 나는 이청준이 세상을 떠난 뒤, 이 지도를 들고 소록도를 찾았다. 섬은 이제 새로 놓인 다리 덕에 더 이상 고립된 섬이 아니었다. 나는 차를 타고 섬과 육지를 잇는 다리를 건너 사람들에게 개방된 지역을 지도와 비교하며 천천히 걸어 다녔다. 소설 속에서 그곳에 있던 사람들이 보였다. 소록도는 그렇게 초입의 소나무길(수탄장愁嘆場)부터 내 마음을 아프게 했다. 『당신들의 천국』을 읽은 독자라면, 한 번쯤 이청준이 그린 지도를 갖고 소록도에 가기를 권한다.

조창원은 소록도에 대한 글을 쓰겠다는 이청준에게 환자들과 한두 달 같이 지내라고 말했다. 조창원의 요구는 여러 규정상 실현될 수 없었다. 이청준은 그의 요구를 '무서운 시험'으로 받아들였다. 소설가는 그 시험을 무사히 통과해서 소록도 현지 취재를 1박 2일로 끝냈다. 초고의 취재 기록에는 오마도 간척사업의 시작과 진행, 완성 과정, 동원 인력, 세부 공정은 물론 1대부터 16대까지 소록도 병원 역대 원장의 부임 날짜, 재임 기간, 업적, 외모의 특징 등이 들어 있다. 그중 조백헌의 모델인 조창원은 14대 원장이다. 그 밖에 소록도 병원의 노래 가사, 주정수 원장의 모델이 된 사람의 동상 설립 과정, 상관단 구성원과 이름 등 소설의 원재료가 대부분 들어 있다. 주로 사실과 관련된 이 자료들은 그가 조사하고 구한 것도 있지만, 대부분 조창원이 준 것이었다. 뿐만 아니라 이청준의 오랜 친구로 의학을 전공한 민득영은, 질병과 관련된 이런저런 자료를 열심히 챙겨 도와줬다. 이청준은 이렇게 얻은 소록도와 질병 관련 사실 자료들과 이규태의 논픽션의 도움을 받아, 사실과 허구가 뒤섞이고 알레고리로 읽히기도 하는 묵직한 소설 『당신들의 천국』을 썼다. 국문학 전공 교수들을 대상으로 한 어떤 설문조사에서는, 『당신들의 천국』이 지난 세기 위대한 우리 소설 맨 앞에 놓이기도 했다.

이청준은 『신동아』에 『당신들의 천국』을 연재하면서 뜻하지 않게 마음고생을 했다. 1972년 10월 시작된 유신체제는 1974년 초헌법적인 긴급조치로 이어졌고, 당연한 수순처럼 언론탄압도 강화되었다. 그 상징적인 장면이, 무더기로 해약된 광고 면을 백지로 내보낸 『동아일보』 광고 사태이다. 유신정권을 혁명정부로 지칭하는 조창원에 따르면, 당시 『동아일보』는 강제 폐간되어도 이상하지 않을 지경으로 궁지에 몰려 있었다. 결국 정권에 백기를 든 경영진은 많은 기자들을 해직했다. 그 기자들과 『조선일보』 해직기자들이 모여 『한겨레』라는 새 신문을 만든 것은 10여 년이 지난 후였다. 이청준은 『신동아』

를 발행하는 동아일보사가 수난의 한가운데 있을 때『당신들의 천국』
을 연재했다. 그 당시 사회의 알레고리로도 읽히는 소설이 정권의 입
맛에 맞았을 리 없다. 게다가 조창원은 이청준이 다녀가고 보름 뒤 체
포되었다. 조창원은 이미 정권과 불편한 관계에 있었고『당신들의 천
국』은 아직 쓰이지 않았으니, 그의 구속과 이청준은 무관했지만 성가
신 일이었다. 조창원이 구금된 이유는 다소 복잡하다. 그는 이[齒]가
거의 없거나 약한 한센병 환자들에게 의치를 해주었는데, 환자 부식
비 일부를 전용해 비용을 충당했다. 친분이 있는 치대 교수들의 도움
이 있었지만 모든 것이 무료일 수는 없었다. 문제는 조창원을 견제하
는 세력들이 소록도에 있었다는 점이다. 그는 섬에 부임할 때부터 기
존 원장들과 달랐다.

> 조창원: 오랜만에 이 선생을 만나니 1961년 9월 초 소록도병원장으
> 로 처음 부임해 가던 길이 생각나네요. 그때 환자와 같은 배
> 를 타지 않으려는 직원들에게서 '거만'을 봤습니다. 아, 소
> 록도는 '죽은 섬'이구나…… 하는 생각이 번쩍 들더군요.
>
> 이청준: 아예 배가 따로 있었잖아요. 환자들은 노 젓는 배를 써야 했
> 지요.
>
> 조창원: 그랬지요. 이들에게 인권과 자유를 찾아주면 새 삶을 시작
> 할 줄 알았는데 집과 사회, 국가에서 버린 것은 어쩔 수가
> 없었습니다. 그래서 오마도 간척사업을 구상한 것이지요.
>
> 이청준: 원장님이 주도하신 간척사업은 환자들에게 고향을, '새 땅'
> 을 만들어주자는 뜻을 담고 있었습니다. 그러나 육지인들과
> 마찰을 빚고, 정치적인 문제가 얽히면서 나중에 사달이 생

기고 말았지요.

조창원: 소록도를 '죽음의 섬'으로 보지 않은 사람이 바로 이 선생
　　　이었어요. 진실하게 이 사람들의 이야기를 그릴 수 있다면
　　　10만 나환자를 살리겠구나 하고 생각했습니다. (『당신들의
　　　천국』 100쇄 기념, 『동아일보』 대담)

　조창원은 소록도 사람들에게, 인권과 자유를 바탕으로 한 새 삶이
가능한 새 땅을 마련해주려고 오마도 간척사업을 진행했다. 모든 사
람들이 불가능하다고 한 간척사업이 성공할 징조가 보이자 뭍사람들
과 정치세력이 개입하기 시작했다. 한센병 환자들의 노력과 무수한
죽음 위에 만들어진 새 땅은 결국 당국이 모조리 빼앗아 갔다. 기막힌
일이 아닐 수 없다. 조창원은 그들이 땅을 차지하기 위해 반드시 제거
해야 할 대상이었다. 그는 부식비 전용 문제로 검찰에 고발됐고 구속
수감됐다. 그 후 얼마 지나지 않아 『당신들의 천국』이 연재되기 시작
했다. 사람들은 소설 속 조백헌이 조창원을 모델로 한 인물이라는 것
을 알았다. 『당신들의 천국』이 구금된 남편과 아버지에게 전혀 도움
이 되지 않는다고 판단한 조창원의 아내와 딸은 동아일보사에 전화해
소설 연재를 중단해달라고 요구했다. 그들은 이청준에게도 전화를 했
고, 그 밖에 여러 방향으로 연재를 막으려 했지만 소용없었다. 감옥에
있던 조창원은 그 사실을 몰랐다. 그는 "알았다면 막았을 거"라며 이
청준에게 미안해했다. 나는 그의 아내와 딸의 마음에 공감한다.

　　이청준: 원장님께서 당시 정치적으로 몰려 있던 상황이어서 "소설에
　　　　서 안 좋게 그려지면 불이익이 돌아올 수도 있겠다"고 하셨

지요. 그리고 보름 후에 구속이 되셨어요. 『신동아』에 소설을 연재하는 중에 사모님과 따님의 전화도 받았습니다. 재판 등 현실적인 문제가 소설과 걸려 있어서 참 어렵게 썼던 작품이었어요. 그래서 소설 속 모델을 만나기가 두려웠습니다. 그 삶에 긍정적인 작용을 했으면 모르지만, 피해를 드렸다는 생각에…… (위 대담)

『당신들의 천국』은 조창원의 삶에 물질적인 피해와 정신적인 혜택을 고루 주었다. 이 소설 이후 그는 세속적인 성공에서 완전히 눈을 돌린다. 사실 조창원은 소록도 부임을 반대하는 아내에게 굳은 약속을 했다. 임무가 끝나면 서울로 돌아와 개업해서 돈을 많이 벌겠다,. 그의 아내는 약속을 믿고 섬까지 동행했다. 조창원은 『당신들의 천국』이 아니었다면 그 약속을 지켰을 거라고 말했다. 나는 그쯤에서 참고 있던 질문을 던졌다.

"『당신들의 천국』을 읽은 뒤 기분이 어떠셨나요?"
"썩 좋지 않았습니다."

조창원은 내가 예상했던 답을 했다. 그는 문학적 요소 등에 관심이 없었지만, 조백헌에 대한 이상욱(이청준)의 시선이 무엇을 뜻하는지 정확히 알고 있었다. 조창원은 소설가의 회의와 의심이 틀렸다는 것을 보여주고 싶었다. 나는 네가 생각하는 것과 다른 삶을 살겠다. 내가 소록도에서 꿈꾸었던 것은 '당신들의 천국'이 아니라 '우리들의 천국'이었으니까. 그 순간 그의 삶이 방향을 틀었다.

조창원은 3000번대 의사면허를 가진 의사였다. 그가 병원을 열었다면 분명 큰돈을 벌었을 것이다. 하지만 그는 소록도에서 나온 뒤 곧장 탄광촌으로 갔다. 조창원이 황지와 태백에서 돌본 환자는 진폐증으로 고생하는 광부들이었다. 그는 가족에게 미안했지만 후회하지 않았다. 이청준은 조백헌의 모델인 조창원의 삶을 지켜보며, 『당신들의 천국』이 잘 완성되었다고 매우 고마워했다. 모델이 있는 소설의 궁극적인 끝맺음은 소설가가 아니라 소설이 끝난 지점에서 모델이 해나가야 한다. 이청준은 산문 「모델이 있는 소설」에서, 모델이 있는 소설은 실재의 사건이나 인물이 작가의 상상력을 심하게 간섭해서 실패하기 쉽다고 토로했다. 독자의 상상력도 마찬가지다. 『당신들의 천국』은 실패하지 않았다. 조창원은 작가와 독자의 기대를 배반하지 않았고, 자신의 삶으로 『당신들의 천국』에 멋진 마침표를 찍었다.

> **이청준**: 모델이 있는 소설은 완성되면 그것으로 끝이지요. 그러나 소록도와 원장님이 아직 살아 있고, 계속해서 일을 하고 계시잖아요. 원장님께서 소설의 2부를 삶으로 쓰고 계신 겁니다. 2부가 1부에 활력을 주는 것이지요. 소설 출간 이후 27년이 지났지만 독자들이 꾸준히 찾아주는 것은 원장님 때문입니다. (위 대담)

지금 두 사람은 세상에 없다. 이청준과 조창원은 각각 2008년과 2018년, 10년 간격으로 세상을 떠났다. 홀로 남은 『당신들의 천국』은 부단히 이어지는 읽는 이들을 통해 꾸준히 그 두께를 더해갈 것이다.

'언어사회학 서설' '남도 사람'과 다른 소설들

이청준은 숨 막히는 사회와 빈곤한 가정경제를 견디며 1970년대를 보냈다. 상황은 진퇴유곡이었지만 그는 패기만만한 30대 청년이었다. 이청준은 알레고리 기법 등을 차용해 폭압적인 사회에 대해 끊임없이 질문했고, 주위 사람에게 빚을 내서라도 시골 가족의 생활비와 조카들 학비를 보냈다. 하지만 상황은 그가 언제까지 버틸 수 있을지 걱정될 정도로 점점 나빠졌다. 그럴수록 이청준은 글을 썼고, 글을 돈으로 바꿔 삶을 이어갔다. 그 돈은 그의 정수(精髓)와 바꾼 것이었다. 그가 시류에 영합하는 통속적인 소설을 썼다면 삶은 보다 편하고 윤택해졌을 것이다. 이청준은 그럴 수 없는 소설가였다. 상황이 극단으로 치달을수록 그의 소설은 점점 깊고 넓어졌다. 그 결과 날이 갈수록 사람들은 그를 이해하기 어려운 '관념적'인 소설을 쓰는 '지식인 소설가'로 불렀다. 나는 그의 소설이 관념적이지 않다고 생각하지만. 이청준은 그렇게 『당신들의 천국』 이전에 문제적 소설 「소문의 벽」을 썼고, 떠도는 말들의 집합체인 소문이 무엇인지 숙고하면서 '언어사회학 서설' 연작을 시작했다. 소설의 표제가 '언어사회학 서설'이라니! 독자들은 자칫 논문을 잘못 펼쳤나 놀랄 수 있다. 그런데 문학의 매체가 언어라는 것을 생각하면, 언어가 중심 주제인 소설은 이상하지 않다.

'언어사회학 서설'의 첫 작품은 1973년에 발표된 「떠도는 말들」이다. 이청준은 30대 대부분을 이 연작과 또 다른 연작 '남도 사람'을 쓰는 데 몰두했다. 그에 따르면 '언어사회학 서설'은 '관계적 삶'을, '남도 사람'은 '존재적 삶'을 다뤘다. 각 삶의 표상은 '새'와 '나무'다. 눈여겨볼 점은 성격이 전혀 달라 보이는 두 연작이 「다시 태어나는 말」이라는 한 작품으로 맺어진다는 것이다. 말(언어)과 사람이 나란히 달리다 마침내 말이 이긴 것 같다.

'언어사회학 서설'은 떠도는 말인 타락한 말이 순결한 말로 재탄생하는 과정, 그러니까 말이 부활에 이르는 과정이다. '언어사회학 서설'은 모두 다섯 편으로 이루어졌다. 1973년 「떠도는 말들」을 시작으로 「자서전들 쓰십시다」 「지배와 해방」 「가위 잠꼬대」를 거쳐 1981년 「다시 태어나는 말」로 마무리된다. 이청준은 '언어사회학 서설'을 쓸 때 처음부터 연작을 염두에 두었다. 『세대』에 발표된 「떠도는 말들」에는 '言語社會學序說 ①'이라는 부제가 붙어 있다. 시차를 두고 발표된 소설 다섯 편이 '언어사회학 서설'로 묶여 수록된 첫 단행본은, 1981년 문학과지성사에서 나온 『잃어버린 말을 찾아서』이다.

'남도 사람'은 '언어사회학 서설'보다 3년 늦게 시작되었다. 1976년 『뿌리깊은 나무』에 발표된 「서편제」가 '남도 사람'의 첫 작품이다. '남도 사람'은 「서편제」 「소리의 빛」 「선학동 나그네」 「새와 나무」 「다시 태어나는 말」, 모두 다섯 편으로 되어 있다. '남도 사람'이 처음부터 연작 형태는 아니었지만, 이청준은 위에서 말한 '언어사회학 서설' 첫 단행본에서 '남도 사람'이 연작임을 명시했다. 그는 「선학동 나그네」와 「새와 나무」가 쓰일 때쯤 연작 형식을 고려하지 않았을까. 어쨌든 '남도 사람'에 실린 작품들의 표제 변화와 발표 과정을 볼 때, 작가가 처음에는 연작을 염두에 두지 않았던 것 같다. 그와 달리 '언어사회학 서설'은 발표작마다 이미 연작 표시가 되어 있다. '남도 사람'은 다른 연작 '언어사회학 서설'의 결편이기도 한 「다시 태어나는 말」이 발표되고 7년 뒤인 1988년에 비로소 연작으로 묶였다.

졸작 「떠도는 말들」은 연작소설 '언어사회학 서설' 제1편으로 1973년 2월에 씌어졌고, 「서편제」는 또 다른 연작소설 '남도 사람'의 서작으로 1976년 4월에 씌어졌다. 그 이후 10년에 가까운 나의 문학에의 꿈과 노력은 많은 부분이 이 두 연작물의 부끄럽지 않은 진행에 바쳐졌고, 그런 만큼 그 기간은 나의 삶과 문학에 대한 변화 없는 부채의 변제기가 되어온 셈이었다.

하지만 나는 결국 '언어사회학 서설'에서 사람과 사람들 사이의 삶의 관계를 형성하고 여러 법칙을 만들어온 말들의 모습이나 우리와 그것과의 화해롭고 조화스런 질서를 찾는 일이, '남도 사람' 연작에서 우리의 삶의 한 숨은 양식이나 존재의 근원을 찾는 일과 전혀 다른 일이 아님을 확인하게 되었다. (『잃어버린 말을 찾아서』 서문)

이청준은 스웨덴의 스톡홀름대학과 핀란드의 헬싱키대학에서 열렸던 '한국문학 세미나'에서, 두 연작을 중심으로 한 「존재적 언어와 관계적 언어 사이에서」를 발표했다. 그는 더 나아가 「사랑과 화해의 예술」 「배격보다 감싸기」 등 많은 글에서 두 연작에 대해 언급했다. '언어사회학 서설'과 '남도 사람'은 이청준의 세계관을 보여주는 중요한 소설들이다.

존재의 삶과 관계의 삶을 존재의 언어와 관계의 언어로, 혹은 자율의 언어와 타율의 언어 질서로 번역해놓고, 그 언어 질서의 대립적 갈등을 노래의 말 혹은 노래의 삶으로 해답해보려는 것은 지나치게 단순하거나 혹은 허황스런 소설장이의 꿈일는지 모른다.

하지만 소설이란 어차피 말의 꿈이다. 하여 내친김에 이 존재와 관계의 삶의 문제에 대하여 한 가지 더 꿈을 꾸어보는 것으로 나의 이 이야기를 끝내고 싶다. 그것은 나무와 새에 관한 꿈이다. (「존재적 언어와 관계적 언어 사이에서」)

1970년대와 1980년대를 지나면서 나는 '언어사회학 서설'과 '남도 사람'이라는 두 연작소설을 거의 동시에(또는 양쪽을 번갈아가며) 쓴 바 있었다. 전자는 사람들 간의 규범과 조화로운 관계를 바탕 삼아 영위되는 상호 의존적 도회살이를 그리고, 후자는 전통적 농경민의 고유정서와 가치관 속에 자족적 붙박이 삶을 지켜가는 우리 시골살 이를 그린 것이다. 시골 농촌에서 태어나 도시에 들어가 살아가는 내 심중엔 그 상반된 정서가 우리 삶의 보완적 양가성(兩價性)으로 큰 충돌 없이 자연스럽게 공존해 있었기 때문이다. (「배격보다 감싸기」)

이청준이 소설이라는 말의 꿈에 빠져 있을 때, 집안 살림은 점점 피폐해져갔다. 그의 아내 남경자가 쓴 메모를 보면, 여전히 김현이나 김승옥 같은 문인 부부들은 물론 김정회나 박석준, 민득열이나 이진영 같은 친구들이 놀러 오고, 한 해에 한 번 영화도 보고 과자도 사 먹고, 결혼기념일에는 외식도 하는 평범한 삶이 이어지는 것 같다. 그러는 동안 부부는 빚을 잔뜩 내어 작은 집을 사고, 비용을 감당하지 못해 팔고, 전세로 월세로 옮겼다 다시 사고팔고, 운 좋게 AID차관아파트 에 당첨되는 행운을 누리기도 했다. 일상의 생활비는 모두 남경자가 일단 빚을 얻어 썼고, 이청준이 원고료를 받으면 갚는 식으로 해결했 다. 그들의 생활비에서 빠지지 않는 것이 고향집에 보내는 조카들 학 비와 이청준의 담뱃값, 술값이었다. 그가 담배를 거르는 날은 단 하루

도 없었다. 남경자의 가계부를 보면, 이청준의 글은 담배가 썼다고 해
도 과언이 아니다. 세월이 흐르면서 그녀가 돈을 빌리는 상대는 친구
나 친지에서 부모와 형제로 옮겨 갔다. 1977년, 작은 집조차 팔아치
운 그들은 서울살이를 견디기 어려울 지경이 되었다. 두 사람은 고심
끝에 낙향을 결심했다. 이청준은 살림살이가 안정된 둘째누나 집에서
함께 살 작정이었다. 가난한 부부는 가진 돈을 탈탈 털어 누나에게 줄
전기밥솥을 사 들고 장흥으로 향했다. 그런데 아픈 누나 탓에 계획은
수포로 돌아가고, 그들은 밥솥만 남긴 채 서울로 돌아온다.

> 그런데 다시 몇 년 뒤(1977년. 이른 봄) 그간의 서울살이에 지칠 대
> 로 지친 심신을 더 버텨낼 길이 없어 한동안 시골 자형네한테로나 내
> 려가 방을 하나 빌려 지내며 글을 써보다가 사정이 괜찮으면 아예 그
> 대로 주저앉아버리고 말 작정으로 아내까지 동행해 간 길에 그 어머
> 니의 헌 오두막 거처에서 하룻밤을 먼저 지내게 됐을 때였다. (「나는
> 「눈길」을 이렇게 썼다」)

이청준이 낙향을 결심할 만큼 지친 이유는 복합적이겠지만, 무엇
보다 시대 상황을 염두에 두어야 한다. 그는 『신동아』에 『당신들의 천
국』 연재를 끝낸 직후 중앙정보부 남산분실로 불려 갔다. 유신정권은
보도지침으로 언론을 통제했는데, 이청준에게 요구한 것은 일종의 문
예지침 같은 것이었다. 게다가 그즈음 터진 재일교포유학생 간첩단
조작 사건은 그에게 유럽 간첩단 조작 사건을 연상시키기에 충분했
다. 예전에 이미 비슷한 일을 겪은 그가 얼마나 절망했을지 짐작이 간
다. 그런데 하늘의 뜻은 정말 알 수 없다. 낙향을 결심한 가난한 부부

가 공연히 밥솥값만 쓴 것 같던 장흥행이 「눈길」을 낳다. 「눈길」은 이청준이 밝혔듯 한 해 전에 발표된 「새가 운들」과 근친관계에 있다. 두 소설의 바탕은 작가와 어머니가 실제 겪은 사연이다. 이런 소설들은 출구가 보이지 않는 독재정권 아래 1970년대를 보낸 이청준에게 숨을 쉴 수 있는 숨구멍 같았다. 소설가인 그에게는 개인적인 가난도 문제였지만, 자유로운 진술을 차단당한 사회가 더 큰 재앙이었다. 게다가 그런 상황은 그가 소설가가 된 이후 단 한 번도 개선되지 않고 나빠지기만 했다. 이청준은 영원히 조율사로 머물 수 없어서 연주를 시작했지만, 밝고 투명한 연주는 애당초 불가능했다. 연주를 선택한 문인들 중에는 체포될 위험을 무릅쓰고, 하고 싶은 말을 직접적으로 굴절 없이 전달하는 이들도 있었다. 이청준은 그럴 수 없었다. 체포나 구금이 무서워서가 아니었다. 그는 행동하는 혁명가가 아니라 글을 쓰는 예술가였다. 어떤 사람들은 그를, 엄혹한 현실을 무시한 채 관념적인 예술에 빠져 있다고 비난하기도 했다. 하지만 그의 소설들을 다르게 읽는 사람도 많았다. 그들은 언뜻 난해하게 여겨지는 소설에서 날카로운 정치적 비판과 사회적 문제의식을 읽었다. 그럴 경우 한 평론가의 말처럼 "그의 모든 소설은 정치적이다". 이청준이 1970년대 쓴 소설들은 대부분 그렇다. 「빈방」을 보자.

1979년에 발표된 「빈방」은 두 차례에 걸친 인천 동일방직 노조탄압 사건을 바탕으로 한 소설이다. 1976년 7월 25일 벌어진 1차 탄압은 언론에 보도조차 되지 않았다. 당시 쟁의를 벌이던 여공들은 회사에 매수된 남성 노동자들과 당국의 위협에 속옷 차림으로 맞섰지만 소용없었다. 이후 다시 구성된 노조가 정기총회를 열기로 된 1978년 2월 21일, 기막힌 사건이 일어났다. 회사 측이 방화수통에 똥물을 담아 노조원들에게 뿌렸던 것이다. 사측은 그 정도로 그치지 않고 수많은 노동자들을 해고했다. 동일방직 노조탄압 사건은 회사와 국가기관인 중앙정보부가 연계해 벌인 일이었다. 블랙리스트에 올라 다른 회사 취업이 불가능했던 해고노동자들은 2001년 '민주화운동 유공자'로 인정되었고, 2018년 12월 국가 배상 판결을 받았다. 「빈방」은 사측입장에서 노조탄압에 가담한 지승호에 대한 이야기다. 그는 입을 다무는 대가로 회사에서 받는 돈으로 놀고먹는데, 원인을 알 수 없는 딸꾹질에 시달린다. 「빈방」은 '말'에 대한 소설로 말이 억압된 사회, 진실을 말할 수 없는 사회, 언론조차 침묵하는 사회의 문제를 보여준다. 이청준은 「금지곡 시대」에서 '임금님의 귀' 설화를 통해 '금계망의 절대화'를 비판했다. 「소문의 벽」에 나오는 '벌거벗은 임금님'도 이 설화의 변형이라 할 수 있다. 지승호는 설화의 인물처럼 보지 말아야 할 것을 본 뒤, 그것을 말할 수 없어 괴롭다. 독재정권은 양심적인 선택과 그에 따른 정직한 자기진술을 불가능하게 만드는 폭력이다. 이청준에게는 일찍이 전짓불이 이런 폭력의 원형으로 기능했다. 정직한 자기진술에는 말하기뿐 아니라 글쓰기도 포함된다. 이청준 소설에 나오는 작가들이 점점 글을 쓰지 못하는 것은 어찌 보면 당연한 일이다. 「빈방」을 쓴 뒤에도 사정은 나아지지 않았다. 1979년 8월 일어난 YH무역 사건에서는 근로자 한 명이 목숨을 잃었다. 당시에는 몰랐지만 정권은 막바지로 치닫고 있었다. 영원할 것 같던 독재정권에도 끝은 있었다. 1979년 10월 16일 유신독재체제 철폐를 주장하는 민주항쟁이 부산 대학생을 시작으로 마산까지 걷잡을 수 없이 퍼졌다. 당국은 부마민주항쟁(釜馬民主抗爭)을 무력으로 진압하는 듯했지만 소용없었다. 마침내 10월 26일, 중앙정보부장 김재규가 쏜 총에 대통령 박정희가 죽었다. 어두운 한 시대가 느닷없이 막을 내렸다.

다음은 이청준이 1970년대에 쓴 소설들이다.

장편소설: 『원무(元舞)』(『이제 우리들의 잔을』로 개제) 『이제 우리들의 잔을』(사후 『신흥 귀족 이야기』로 출간) 『백조의 춤』(『젊은 날의 이별』로 개제) 『사랑을 앓는 철새들』 『당신들의 천국』 『춤추는 사제』

단편소설: 「가학성 훈련」 「전쟁과 악기」 「그림자」 「미친 사과나무」 「소문과 두려움」 「소문의 벽」 「목포행」 「문단속 좀 해주세요」 「들어보면 아시겠지만」 「귀향 연습」 「배꼽을 주제로 한 변주곡」 「가면의 꿈」 「현장 사정」 「엑스트라」 「대흥부동산공사」 「떠도는 말들―언어사회학 서설 1」 「그 가을의 내력」 「건방진 신문팔이」 「안질주의보」 「줄빵」 「이어도」 「뺑소니 사고」 「낮은 목소리로」 「장화백의 새」 「마지막 선물」 「구두 뒷굽」 「필수 과외」 「따뜻한 강」 「사랑의 목걸이」 「해공(蟹工)의 질주」 「서편제―남도 사람 1」 「황홀한 실종」 「자서전들 쓰십시다―언어사회학 서설 2」 「꽃동네의 합창」 「수상한 해협」 「새가 운들」 「별을 기르는 아이」 (같은 이름의 동화도 있다) 「치자꽃 향기」 「문패 도둑」 「지배와 해방― 언어사회학 서설 3」 「연―새와 어머니를 위한 변주 1」 「빗새 이야기 ―새와 어머니를 위한 변주 2」 「학―새와 어머니를 위한 변주 3」 「예언자」 「거룩한 밤」 「눈길」 「불 머금은 항아리」 「소리의 빛―남도 사람 2」 「누님 있습니다」 「잔인한 도시」 「얼굴 없는 방문객」 「겨울 광장」 「선학동 나그네―남도 사람 3」 「빈방」 「살아 있는 늪」 「흐르지 않는 강」

「빈방」에는 '딸꾹질주의보'라는 부제가 붙어 있다. 이청준은 이 작품 이전에 1974년 「안질주의보」를 발표했다. '주의보'는 재해현상이 일어날 수 있으니 피해에 대비하라는 예보다. 연이은 주의보 발령은 눈에 이어 입까지 재갈을 물리는 왜곡되고 차단된 사회에 대한 고발이라 할 수 있다. 10·26사태 이후 사회에는 주의보가 무색하게 자유로운 훈풍이 불었다. 이제 독재의 겨울은 가고 봄이 왔다. 사람들은 따뜻한 바람이 꽃피울 민주주의를 의심하지 않았다. 소설가는 어땠을까? 이청준도 그렇게 믿었을까?

서울의 봄과 5·18민주화운동

사람들은 1979년 10월 26일부터 1980년 5월 17일 사이를 '서울의 봄'이라 부른다. 이 시기는 박정희 사망을 시작으로 신군부가 비상계엄을 전국으로 확대 선포한 때까지다. '서울의 봄'은 저 유명한

1968년 '프라하의 봄'을 염두에 둔 표현으로, 신군부의 계엄선포에 저항하는 등 적극적인 민주화운동이 일어나던 시기이다. 이 시기에 무엇보다 거슬리는 것은 따뜻한 서울의 봄 한가운데서 벌어진 12·12군사반란이었다. 봄은 본래 꿈결처럼 짧은 계절이니, 5·18민주화운동을 휩쓴 비극은 군사 쿠데타에서 예비된 것이라 해도 과언이 아니었다.

이청준은 무언가 기시감(旣視感)을 느끼며 '서울의 봄'을 지켜보고 있었다. 규모나 특성은 달라도 서울의 봄과 12·12군사반란은 4·19혁명과 5·16군사정변을 소환했다. 이청준과 그의 세대는 매우 극적인 방식으로 4·19라는 가능성과 5·16이라는 좌절을 맛보았다. 그 결과 이청준은 투철한 신념과 행동, 그에 따른 희망적인 결과를 쉽게 믿지 못하고 줄곧 회의적인 태도를 버리지 않았다. 그때 자유를 향한 열망으로 뭉친 시민들이 독재에 맞서 피를 뿌리며 이룬 민주주의는 불과 1년 만에 무너졌었다. 그는 빛나는 4·19혁명이 어떤 폭력에 무릎을 꿇는지 똑똑히 보았다. 더구나 허망하게 사라진 시민혁명의 결실을 짓밟고 들어선 권력은 앞선 자유당 정권보다 훨씬 더 지독한 군부독재정권이었다. 역사는 반복된다고 했나? 조마조마한 심정으로 버티던 이청준은 광주를 짓밟은 폭력 앞에 무너지고 만다. 신군부세력은 5·16으로 집권한 군부독재정권보다 더 나빴다. 이청준에게 광주는 특별한 도시였다. 고향을 떠난 그는 그곳에서 10대를 온전히 보냈다. 그에게 광주는 자신이 졸업한 중고등학교가 있고, 현씨집과 그 추억이 있는, 소년도 청년도 아닌 가장 예민한 시기를 보낸 또 다른 고향이었다. 광주가 군홧발에 철저히 유린되었을 때 그는 견디기 어려웠다. 당장은 그 어떤 글도 쓸 수 없었다. 늘 그렇듯 5·18이 그에게 와서 소설로 형상화되려면 거리두기와 시간이 필요했다. 게다가 그때 이청준에게는 소설이 문제가 아니었다. 폭력이 지나가면 또 폭력, 도대체 세상은 왜 이런가?

1980년 5월 광주를 폭력으로 유린한 군부세력은 같은 해 소위 '언론통폐합'을 단행했다. 언론을 장악해서 제5공화국 권력을 공고히 하려는 이 만행을 『창작과비평』『문학과지성』도 피하지 못했다. 당국으로부터 사형선고를 받은 두 문예지는 1980년 여름호를 끝으로 폐간됐다. 각각 통권 56호, 40호였다. 두 문예지는 4·19혁명 정신을 바탕으로 하는 대표 잡지들로 우리 문학사에 끼친 영향이 매우 크다.『창작과비평』은 시민문학론, 농민문학론, 제3세계문학론을 근간으로 한 민족문학론을 지향했다. 이 잡지와 뜻을 같이한 사람들에게 문학은, 민족 현실의 자각을 통한 분단 극복 및 정체성 회복을 위한 것이었다. 『창작과비평』에는 시의성 있는 주제들을 중심으로 우리 민족과 민중의 현실을 그리는 사실주의 작품들이 주로 실렸다. 반면『문학과지성』은 4·19혁명으로 촉발된 자유주의를 바탕으로 보편적 인식에 대한 가능성을 탐구하며, 문학 자체에 대한 지적 접근과 형식미학적 측면을 옹호했다. 김병익, 김현, 김치수, 김주연, 흔히 '문단의 4K'로 불리는 이 잡지의 편집동인들은 이청준의 막역한 친구들이었다. 소설가 이청준은 문학과 삶에 대한 이야기를 늘 그들과 나눴고, 그의 많은 소설들이『문학과지성』의 지면을 통해 세상에 나왔다. 그에게『문학과지성』은 마음의 고향 같은 잡지였다. 실제로 그가 세상을 떠난 뒤 몸은 회진으로, 작품들은 '문학과지성사'로 돌아간다.

1980년 7월『문학과지성』의 폐간과 함께 편집동인 중 한 명인 김치수가 해직됐다. 그의 해직은 잡지의 폐간과 무관했다. 당시 이화여대 불문과에 재직 중이던 김치수는 계엄 해제를 촉구하는 지식인 서명운동에 동참했다. 언론을 통폐합하고 언론인을 무더기로 쫓아내던 신군부세력이 그를 해직시킨 것은 당연한 수순이었다. 이대 불문과 졸업반이던 나는 그때를 선명히 기억한다. 그는 우리들이 불문과에서 가장 신뢰하고 존경하던 스승이었다. 학생들 수준은 고려하지 않은 채, 그 어려운 누보로망과 신비평을 지치지도 않고 열정적으로 가르쳤던 스승, 사회문제에 소극적인 여대생들을 질타하지 않고 찬찬히 설득하던 스승, 무엇보다 우리 문학에 대한 해박한 지식을 프랑스 비평에 접맥시켜 아낌없이 풀어놓던 스승. 게다가 그는 누구보다 마음이 넓고 따뜻했다. 싸우고 화해하고 다시 싸우기를 반복했던 이청준과 김현 사이에서 김치수는 누구와도 다투지 않았다. 뒷날 친구들과 제자들이 그를 생각할 때 한결같이 떠오르는 단어는 '따뜻함'이었다. 김치수는 그렇게 온화한 사람이었지만 독재정권에 항거하기를 주저하지 않은 지식인이었다. 그를 스승으로 둔 우리들은 안타까움과 자부심을 동시에 느꼈다. 하지만 그를 친구로 둔 이청준에게는 자부심보다 분노와 안타까움이 훨씬 컸을 것이다. 이청준은 1980년 여름을 서울에서 견디기 어려웠다. 그는 우선 무너진 마음을 추스르려고 서울을 떠나 마산, 장흥, 해남을 오가며 잠행(潛行)을 이어갔다. 다음은 1981년 1월 『소설문학』에 실린 작가 근황이다.

시골로 갔다든가, 고향으로 갔다든가, 아무튼 거처를 옮겨 연락이 안 닿던 소설가 이청준 씨를 우연히 어떤 출판사 사무실에서 만나게 됐다. 〔……〕 소리도, 소식도 없이 사라졌던 그가 몇 달 만에 서울에 나타나면 반가움을 나누는 술자리에서 으레 소설 이야기는 나오게 마련. 눈이 풀풀 흩날리는 시골집 마당이나 뒷산에 올라가서 혹은 방에 틀어박혀서 꿈꾸듯 지어보는 이야기들 중에 요즘은 이상스레 우화가 많아지더라 했다. 『당신들의 천국』「가면의 꿈」「소문의 벽」 『춤추는 사제』「살아 있는 늪」 등 아주 지적인 스타일의 소설을 써서 '지식인 작가'라 불리는 그다.

이청준은 잠행에서 돌아와 1980년 11월에 소설이 아니라 우화집 『치질과 자존심』을 출간했다. 우화(寓話), 다시 우화다. 우리는 이청 준이 어떤 상황에서 우화로 기우는지 알고 있다. '우화소설'의 정치 적·사회적 함의를 생각할 때, 『당신들의 천국』을 비롯해 그의 많은 소설들이 어느 정도 우화인 것도 사실이다. 『치질과 자존심』은 가벼 운 콩트류를 모은 것 같지만 그렇지 않다. 『치질과 자존심』의 부제는 '이청준 우화소설(寓話小說)'이다. 우리는 이 책을 꽤 심각하게 읽어 야 한다. 그가 아무도 모르게 서울을 떠나, 장흥을 비롯해 남도를 두 루 돌아다닌 후 쓴 글이기 때문이다. 실제로 『치질과 자존심』에 실린 글들은 독자에게 무거운 여운을 남긴다. 「치질과 자존심」「복사와 똥 개」「소문과 두려움」「발아(發芽)」「사랑의 목걸이」 같은 글들은 나 같은 독자를 한동안 심란하게 만들었다. 그중 책 표제로 쓰인 「치질과 자존심」을 보자.

치질 전문의와 언어학자가 주인공 「치질과 자존심」의 핵심은 '부 끄러움'이다. 사람의 사람값에 대해 질문하는 이 소설은 '무릎 꿇고 사느니 서서 죽겠다'는 선언이기도 하다. 사람은 부끄러움에 대한 자 각과 부끄러움의 내재화가 가능할 때 비로소 사람일 수 있다. 자기를 높이는 마음인 자존심은 부끄러움에 대한 자각의 다른 이름이다.

말하자면 우리가 자신의 부끄러움을 감추고 싶어 하는 마음이 곧 자기를 높이는 마음, 즉 자존심을 낳는 거지요. 다시 말해 우리가 자존심이라고 말하는 것은 다름 아닌 자기 부끄러움을 감추려는 마음 바로 그것이란 말입니다. (「치질과 자존심」)

「눈길」에서 이청준의 어머니가 마을로 들어가기를 주저하며 부끄러움을 감추려는 것도 자존심 때문이었다. 「치질과 자존심」에서는 치질을 박멸하는 치료 방법으로 사지보행을 주장하는 의사와 그의 치료를 결단코 거부하는 언어학자가 대립한다. 사람은 두 다리로 서서 직립보행을 해야지 사람이다. 사지보행이라니! 사람을 포기하느니 치질을 앓고 말겠다고 결심하는 언어학자는 소설가처럼 말을 다루는 사람이다. 이 소설에서 치질은 사람이 사람값을 잃지 않기 위해 앓는 병이다. 그러니 그 병을 앓는 사람 대표로 언어학자만큼 어울리는 사람도 없다. 「치질과 자존심」의 압권은 치질 치료 대신 자존심을 택한 언어학자가 아니라 의사 가수로(賈壽路)이다. 그는 치질을 없애기 위해 자존심을 깡그리 박멸하겠다고 결심한다. 그의 결심은 사람에게서 부끄러움에 대한 자각을 없애 사람과 짐승을 하나로 만들겠다는 의지이다. 치질을 없애기 위해 사람을 짐승으로 만들다니, 본말전도도 이만저만이 아니다. 이청준은 이 의사에게 기이한 이름을 주고 굳이 한자까지 명기했다. 가수로는 「기로수 씨의 마지막 심술」의 주 인물 기로수를 떠올리게 한다. 이청준은 기로수를 한글로만 표기했다. 기로수는 가수로와 거의 대척점에 있는 전혀 다른 인물이다. 내 짐작에 기로수의 한자가 있다면 '岐路壽'일 것이다.

이청준은 우화집 외에 1980년 잠행일기를 1982년 「여름의 추상」이라는 일기 형식의 소설로 발표했다. 이 소설 속 네 편의 일기가, 「80년 여름의 '귀향일기' 중에서」라는 항목으로 산문집 『말없음표의 속말들』에 재수록된다. 이 사실에서 알 수 있듯이, 「여름의 추상」은 소설과 수필 사이 어디쯤에 있는 글이다. 「여름의 추상」에 실린 일기에는 ×월 ×일이라는 날짜 표시뿐이지만, 「80년 여름의 '귀향일기' 중에서」로 재수록된 일기에는 소제목이 붙어 있다. '남녘 하늘의 비행운' '더위의 우화' '묘지의 민요가락' '익초의 이름'. 그중 '더위의 우화'는 이청준이 생각하는 우화가 무엇인지, 그가 왜 이상(李箱)을 우화의 천재로 부르는지 보여준다.

한 시대의 불꽃 이상(불꽃은 원래 파괴 위에 피어오르는 꽃이 아니던가). 기다림의 천재, 우화의 천재, 그 천재의 여름도 그처럼 무덥고 견딜 수가 없었던 것일까. 사람들은 때로 견딜 수 없는 것을 견디기 위하여 그의 현실을 파괴하여 우화를 만든다.

—소는 식욕의 즐거움조차 냉대할 수 있는 지상 최대의 권태자다. 얼마나 권태에 지질렸길래 이미 위에 들어간 식물을 다시 게워 그 시금털털한 반 소화물의 미각을 역설적으로 향락해 보임이리오.

어느 해던가. 이상은 그의 더운 여름의 모든 것을 그렇게 한 편의 우화로 베껴놓았다. 그리고 그의 삶과 시대 전체를 우화로 바라보고 우화로 살다 갔다. 더위가 너무 심한 탓인가. 내게도 이젠 그 바람 소리가 그냥 심상한 바람 소리가 아니다. 그것은 이제 이상의 추억 속에 들려오는 우화의 소리요 모습들이다. 나는 이제 그것들을 이상의 눈으로 보고 그의 귀를 통해 듣는다. 애초에 낮잠을 깨운 그 시계 방울의 포탄 소리도 이상의 소리가 아니었던가 싶다.

나는 비로소 더위에 조금씩 안심이 되어간다. 그리고 40년 전에 이미 더위를 이기는 비법을 살고 간 우화의 도사를 축복하고 싶어진다.

날씨가 아무리 더 더워진들, 이상은 이미 한 편의 적절한 우화를 쓰고 갔으므로. 그리고 그가 한번 쓰고 간 우화를 되풀이 쓸 일은 없을 터이므로. ('더위의 우화')

이상이 그랬듯이 이청준의 우화도 견딜 수 없는 것을 견디기 위해 현실을 파괴해 만든 것이다. 「여름의 추상」에는 '잃어버린 일기장을 완성하기 위하여'라는 부제가 붙어 있다. 이청준은 이 소설의 육필 초고를 남겼다. 초고에는 각 일화에 '토란 다툼 고부' 같은 제목이 붙어 있다. 소설로 발표된 「여름의 추상」과 초고의 가장 큰 차이점은 사람 이름들이다. 초고의 실명(實名)들은 발표작에서 우록 김봉호를 제외하면 모두 바뀐다. 그런 만큼 「여름의 추상」에서 허구는, '나'가 잡지사 취재를 피해 이리저리 떠도는 것 정도다. 나와 아내, 노인, 형수는 이청준과 아내, 어머니, 형수를 가리키며, 배경 역시 사실 그대로 씌어졌다. 그가 줄곧 편지를 보내고 싶어 하는 대상 '김가'는 폐간된 『문학과지성』의 동인이자 그의 정신적·문학적 지음(知音)인 김현이다.

김가야.
참 오랜만이구나……
잠자리에 들려다가 나는 문득 편지가 쓰고 싶어진다. 오랫동안 잊고 살아온 유치한 편지 쓰기. 서울에서는 늘 함께 있으면서도 함께 있음이 아니던 친구들. 그 친구들을 이렇게 멀리 떠나와 오히려 함께 있음을 느낀다. 모처럼 편지를 한 장쯤 쓰고 싶다. 아주 유치하고 허

제3부 서울과 용인

물없는 편지를. (×월 ×일)

한데, 완행버스를 탄 게 무엇보다 다행인 것은 비로소 내가 편지를
쓸 수 있게 된 일이다.
— 김가야……
먼지 낀 차창 가로 한참 길가의 무덤들을 내다보고 있으려니, 나는
문득 그 김가의 얼굴이 떠오르고 그에게 편지가 쓰고 싶어진다. 그동
안은 그토록 두렵고 거짓되어 보이기만 하던 편지가! 그토록 부질없
고 망설여져오기만 하던 사연이. [……]
문학과 현실의 승자를 겸할 수 없다는 말은 바로 자네가 내게 한
말로 기억하네. 그리고 문학은 패배한 삶을 승리로 구현코자 하는 슬
픈 사랑의 길이란 말도 언젠가 자네가 내게 한 말이었지. 하여간 오
늘 내게 이런 서러움이 있음은 스스로 고마운 은혜로 보이네. 비로소
나는 저 무덤들의 서러움을 함께할 수가 있을 것 같겠기에 말이네.
저 무덤들로 하여 이 땅이 이토록 버려지고 버려져서 서러울수록 나
는 저 무덤들과 함께 그것을 서러워하고 사랑할 수 있겠기에 말이네.
(다시 해남에서 ×월 ×일) (「여름의 추상」)

「여름의 추상」은 5·18 이후 현실을 견딜 수도 소설을 쓸 수도 없어
진 이청준이, 남도를 다니며 겪은 일을 일기 형식을 빌려 실제 진행
상황에 맞게 쓴 작품이다. 일기에 따르면 그는 1980년 여름에 서울을
떠나 마산→해남→장흥 갯나들→다시 해남→다시 갯나들을 거쳐
밤기차를 타고 서울로 돌아왔다.

은지와 상욱

　서울로 돌아온 이청준에게 몇 달 뒤 큰 기쁨이 찾아왔다. 1981년, 이청준 부부는 혼인한 지 13년 만에 드디어 '은지'라는 예쁜 딸을 낳았다. 남경자는 신혼 때 겪은 수술 후 한동안 아이를 가질 수 없었지만 희망을 잃지 않았다. 가계부에 일기 대신 남긴 메모들을 보면, 그녀는 정말 오랜 시간 간절히 아이를 원했다. 그러는 사이 13년이 흘렀다. 이청준의 처가 식구들은 그에게 혼외 자식이 있을 거라고 굳게 믿을 지경이었다. 나는 그녀에게 그 말을 듣고 어이가 없었다. 그들은 이청준을 너무 몰랐다. 물론 나도 그를 잘 알지 못하지만 한 가지는 분명히 말할 수 있다. 그가 아내의 바람[願]과 상처를 아는 한 그런 일은 있을 수 없다. 남경자가 탈 없이 아이를 낳을 수 있었다면 모르겠다. 이청준의 일탈은 오히려 그런 경우 더 가능성이 있지 않았을까. 그는 아내의 수술 이후 매우 금욕적이 되었다. 혼인하기 전 이청준은 슬롯머신에 몰두하는 등 소소한 잡기를 즐겼던 사람이었다. 그뿐인가. 그의 삶을 되짚는 이 글에 불필요하다고 판단한 내가 자의적으로 빼버린 몇몇 이야기가 있다. 이야기 속 청년 이청준은 매우 드물게 주어지는 가벼운 일회성 연애도 마다하지 않았는데, 그런 경우는 주로 그의 글에 매료된 여성 독자들의 자발적인 접근으로 일어났다. 그랬던 이청준이 혼인 이후 술과 담배를 제외한 모든 일탈을 끊었다. 혼인했다고, 명성이 자자한 젊고 준수한 외모의 지적인 작가에게 접근하는 여자들이 아예 사라졌을까? 내가 아는 한 그를 좋아하는 여자는 많았고, 몇몇은 놀랄 만큼 적극적인 구애를 했다. 하지만 이청준은 담배와 술을 벗 삼아 글쓰기에 몰두할 뿐 결코 다른 데 눈을 돌리지 않았다. 그것은 아픔을 가진 아내에 대한 사람의 도리요 예의였다. 이청준의 소설을 이해하는 열쇠말 중 하나가 '부끄러움'이다. 이청준의 소설을 읽은 어느 소설가는 이렇게 고백했다. "부끄러움이라는 말이 그렇게 제 몫보다 더 큰 의미를 가지고 씌어지고 있는 글을 읽은 적이 없었다. 그래서 마음이 쓰리고 아팠다." 그의 고백처럼 이청준의 부끄러움은 "누구에게가 아니라 나에게 부끄러운 것, 누가 탓해서가 아니라 그렇게 되고 만 내가 다름 아닌 나 자신에게 부끄러운 일"이다. 이청준이 아내에 대한 도리를 저버린다면, 그가 쓴 '부끄러움'에 대한 글도 모조리 거짓이 된다.

사람의 삶에서 밖으로 드러나는 사건은 내면을 반영하는 징후라 할 수 있다. 문제는 평전을 쓰는 사람이 온갖 잡다한 사건을 다 같은 비중으로 취급할 수 없다는 점이다. 평전 작가는 사건을 취사선택할 때 기준이 있어야 한다. 나도 마찬가지다. 그렇게 해서 버려진 사건은 존재하지 않는 것과 다름없다. 어떤 평전에서 드러내 보일 수 없어 버려진 사실은 진실도 그 무엇도 아닌 그저 없음[無]이다.

이청준은 자기 가계의 뿌리에 대해 비상한 관심을 가진 사람이다. 앞에서 보았듯이 그가 만년에 필생의 역작으로 쓰려던 대하소설 『신화의 시대』는, 할아버지-아버지-나로 이어지는 부계 3대에 걸친 집안 이야기였다. 이청준은 확고한 신념을 불편하게 여기는 인문주의자답게 유연한 사고의 소유자였지만, 가계에 대해서는 그렇지 못했다. 특히 그는 세 누나의 삶을 통해 누구보다 여성친화적인 성향을 갖게 되었으면서도, 한 집안은 남자로 이어진다는 확고한 믿음을 버리지 않았다. 이청준은 자신의 집안 남자가 단명(短命)한다고 늘 한탄했다. 나는 그에게서 내 아버지 세대의 봉건적 사고를 보며 놀랄 때가 있었다. 그가 대를 이어야 한다는 의무감을 넘어 좀더 많은 남자들로 가문을 채우고 싶어 한 것은 어찌 보면 당연했다. 아버지와 막내와 큰형과 작은형이 모두 죽고 없는 집에 그의 세대 남자는 오로지 자신뿐이었으니 말이다. 그런 점에서 작은형이 남긴 운우와 영우 두 남자 조카는 그에게 큰 위안이었다.

이청준은 남경자와 혼인하면서 장차 얻을 아들에 대해 행복한 꿈을 꾸었을 것이다. 특별한 경우가 아니면 혼인과 자녀 출생은 자연스럽게 이어지는 당연한 일이었다. 대부분의 사람이 누리는 그런 삶 덕분에 사회 유지도 가능하다. 혼인한 이청준에게는 당연할 것 같았던 보편적인 삶이 어느 순간 어려워졌다. 누구의 잘못도 아니었다. 그냥 하늘의 뜻이요 운이 나빴을 뿐이다. 그가 그토록 원했던 자신의 살과 피를 나눈 이씨 가계의 남자아이는 이루기 어려운 꿈처럼 여겨졌다. 이청준은 이해할 수 없는 하늘의 뜻을 받아들이려고 13년을 애썼다. 그러자 세상 누구보다 사랑스럽고 예쁜 딸아이, 은지라는 기적이 찾아왔다. 그는 직접 쓴 연보에, 1981년 **"이해에 외동딸 은지의 출생을 때늦게 보다"**라고 적었다. 이후 그의 삶에서 은지는 누구도 대체할 수 없는 큰 자리를 차지한다. 그가 은지 없는 삶을 상상이나 할 수 있었을까? 은지는 까다롭고 예민한 이청준을 무장 해제시키는 거의 유일한 사람이었다. 은지는 화가 나면 때로 '이청준 아빠'라고 이름을 크게 부를 정도로 아버지를 전혀 어려워하지 않았다. 은지가 어린 시절, 이청준의 집 가까이에 남경자의 둘째언니 남광자 일가가 살았다. 그녀의 딸들에 따르면, 이청준은 매일 아침 등교하는 은지가 보이지 않을 때까지 손을 흔들며 배웅했다. 그는 은지가 아니면 줄 수 없는 행복을 맛보며 딸에 대한 사랑을 숨기지 않았다. 예전에 이청준은 결혼식 주례였던 대학교 은사 강두식에게 두 개의 둥치가 엉겨 붙은 소철 화분을 답례로 선물했었다. 강두식은 그 소철을 정성스레 보살폈고, 은지가 태어난 해 아기 소철 묘목이 새로 자라났다. 신기한 일이 아닐 수 없었다.

그런데 몇 해 전―. 선생님 댁 세배길이 끊어진 지도 5, 6년째. 우리가 결혼을 한 지는 10년이 거의 가까워 올 무렵이었다. 우리에겐 거의 단념을 하다시피 해온 딸아이 하나가 뒤늦게 귀한 우리의 삶을 이어 태어났다. 우리의 기쁨은 이를 데가 없었다. 그리고 그때부터 우리 집 살림살이나 집안 분위기는 건강하게 자라가는 딸아이와 더불어 제법 밝음과 안정을 찾아갔다. 우리는 자연 자신들도 모르게 자신감이 생기고 마음의 여유도 얻을 수 있었다. 〔……〕 비로소 소철다운 소철로 자라 있는 것이었다. 게다가 우리를 더욱 놀랍게 한 것은 그 두 개의 가지가 뻗어 올라간 둥치의 바로 곁에 언제부턴가 또 하나 작은 소철의 묘목이 건강하고 귀엽게 자라 오르고 있는 것이었다. 그것을 보고 느낀 아내와 나의 놀라움과 신기로운 감회, 그리고 그것을 거기까지 보살피고 길러오신 K 선생님께 대한 감사의 마음은 이루 말로 다 형용할 길이 없었다. 기도라도 드리듯 차라리 조용히 입을 다문 채 나무 앞에 서 있는 우리들의 흉중을 선생님께서도 충분히 헤아리실 수가 있으셨을 터였다.

"저 소철이 저토록 싱싱하게 자라가는 걸 보고 내 언제고 늘 자네한테도 좋은 소식이 있을 줄 알았지."(「세상에서 제일 비싼 소철분 이야기」)

이청준은 1968년에 결혼했으니 위 글에서 "우리가 결혼을 한 지는 10년이 거의 가까워올 무렵"이라 쓴 것은 오류다. 아무튼 그는 은지 덕에 자신감과 마음의 여유와 안정을 얻었다고 고백했다. 그는 소철 분 이야기를 비롯해 여러 산문에서 귀한 딸에 대한 애정을 가감 없이 보여줬다. 아버지가 된 이청준은 딸을 통해 자주 어머니를 떠올렸다. 그가 "잠든 딸아이의 발바닥을 쥐어주거나 쓸어주기를 좋아하던 때" 도 그랬다. 그는 어린 딸의 발바닥을 어루만지며 어린 자신의 거친 발 바닥을 쓰다듬어주시던 어머니를 생각했다. 이청준의 이런 생각은 장 차 은지와 어머니가 주인공인 아름다운 동화 『할미꽃은 봄을 세는 술 래란다』를 낳을 것이다. 거기서 손녀와 할머니는 나이를 주고받으며 하나가 된다.

'은지'라는 이름은 누가 지었을까? 당연히 소설가인 아버지 이청준 이 지었을 것이다. 그런데도 나는 좀 의아했다. 어쩐지 그가 지은 이 름 같지 않았다. 아무 근거도 이유도 없이 그냥 그런 느낌이 들었다. 그가 쓴 소설 때문인지도 몰랐다. 독자를 골치 아프게 만드는 소설가 가 지은 이름이라기에는 따뜻하고 화사했다. 게다가 '은지'는 당시 그 또래 여자아이들이 모이면 한두 명은 꼭 있을 만큼 꽤 유행하는 이름 이었다. 이청준이 세상을 떠난 뒤, 나는 은지 어머니에게 물었다.

"따님 이름은 사모님께서 지으셨나요?"
"아니요."
"그럼 선생님께서 지으신 거군요."
"꼭 그런 것도 아니에요. 그이가 이름을 둘 주면서 나보고 선택하 라고 했으니까요."

"어떤 이름이요?"

"은일과 은지. 그이는 은일이 낫다고 했지만 나는 은지가 더 좋았어요."

"잘하셨네요. 은지가 훨씬 좋아요."

나는 이청준이 제시한 이름을 듣는 순간 가슴을 쓸어내렸다. 「바람의 잠자리」의 은일이 떠올랐다. 나는 솔직히 남녀를 구분하기 어려운 중성적인 이름을 좋아해서 은일이 마음에 들었다. 그래도 그 이름은 이청준의 딸에게 어울리지 않았다. 은일이라니!

이청준에게 손자가 있었다면 이름은 분명 '상욱'이었을 것이다. 이상욱. 이 이름은 『당신들의 천국』 덕에 우리에게 친숙하다. 앞에서 말했지만, 이청준의 족보 이름은 '종청(鐘淸)'이다. '청준'은 큰형 이종훈이 돌림자를 무시하고 지은 이름으로, 그의 집안 돌림자는 종(鐘)→우(雨)→상(相)으로 이어진다. '상'이 들어가는 이름은 이청준의 손자 세대이다. 이청준은 『당신들의 천국』을 쓰면서 자신을 대변하는 인물에게 이상욱이라는 이름을 주었다. 그에게 이상욱은 자신인 동시에 남자가 드문 집안에 장차 태어날 귀한 손이었다. 나는 그가 '우'를 뛰어넘은 채 '상'을 쓴 이유를 가늠해본다. 이청준은 『당신들의 천국』을 쓸 때 이미 자신이 낳을 사내아이에 대한 기대를 접은 것이 아닐까. 그렇다면 희망은 둘째형이 남긴 조카 운우와 영우에게 있다. 특히 장조카인 운우는 이청준에게 특별한 아이였다.

이운우는 어린 시절부터 온갖 고초를 겪었지만 착한 품성을 잃지 않았다. 이청준의 삶을 따라가다 보면 이운우처럼 가여운 아이도 드물다. 운우는 거처할 집이 사라지는 「눈길」 상황 이후 부모 형제들과 헤어져, 할머니와 함께 고모네 집에서 더부살이를 했다. 이청준의 어머니 김금례는 큰손자 운우를 데리고 산저에 사는 둘째딸네 집에서 3년 동안 산 뒤, 운우와 함께 친정 양하로 거처를 옮겼다. 운우는 엄마와 형제들이 보고 싶어도, 배가 고파도 티 내지 않고 잘 참았다. 운우는 삼촌인 이청준보다 더 가난하고 사연 많은 유년기를 보내고도 여전히 선하고 씩씩했다. 그가 어떤 사람인지 알고 싶으면 『조율사』의 '신'이를 보면 된다. 신이는 모델인 이운우를 거의 사실 그대로 그리고 있다. 『조율사』를 읽는 독자는 삼촌인 주 인물 '나'가 조카 '신'을 얼마나 사랑하는지 저절로 느낀다.

　　다행스런 일이었다. 내 물음에 녀석이 상처를 받지 않은 것처럼 보이는 것도 그렇지만, 어린것이 늘 그렇듯 내 속을 재빨리 알아채고, 어떤 말이 내 속을 상하지 않게 할 것인가를 말없이 잘 가려내고…… 그보다도 더 고마운 일은 지금 녀석이 내 곁에 있어준다는 사실이었다. 녀석은 우리가 이곳으로 아주 살러 온 줄로나 아는 모양이었다. 산골 절간으로 오면서 녀석은 훨씬 더 태도가 부드러워졌다. 그만큼 행작이 의연해지기도 했다. 조그만 어른처럼 내 말엔 묵묵히 무슨 일이나 잘 보살펴주었다. (『조율사』)

이청준은 어머니를 제외한 본가의 모든 피붙이 중에서 '작은 어른' '조그만 어른'인 운우를 가장 사랑했다. 그에게 운우는 사라질 위기에 놓인 가계를 이을 소중한 아이였다. 1958년에 태어난 이운우는 1983년에 결혼했다. 배우자는 그보다 두 살 아래인 1960년생 김경숙이었다. 김경숙은 남편만큼 따뜻하고 착한 사람이었다. 새색시는 회진에서 시할머니 김금례와 시어머니 김귀심과 함께 신혼살림을 시작했다. 이듬해 부부는 인천으로 이주해 첫딸 이정원을 낳았고, 3년 뒤 마침내 첫아들을 얻었다. 이청준이 그렇게도 바랐던 아이였다. 그는 여러 날 고심에 고심을 거듭한 끝에 아이의 이름을 『당신들의 천국』의 그 아이, 이상욱으로 지었다. 이청준의 아내 남경자는 이때 일을 이야기하면서 서운함을 감추지 않았다. 처가인 남씨 집안 자손에게는 그 어떤 부탁을 해도 이름을 지어주지 않았던 사람이 운우 아들 이름 짓는 데는 얼마나 정성을 쏟던지. 이청준은 상욱이 태어난 후 운우가 2년제 창원기능대학에 진학하도록 도왔다. 운우는 대덕중학교와 광주상고를 졸업한 뒤 곧장 사회생활을 시작했고 결혼하고 아이들을 낳았다. 한 가정의 가장이 된 그는 더 나은 삶을 꿈꾸며 창원 기숙사로 갔을 것이다. 남편을 보낸 김경숙은 정원과 상욱을 데리고 다시 회진으로 향했다. 그녀가 회진에서 시집살이를 하는 2년 동안 치매를 앓는 시할머니 김금례의 상태는 점점 심해졌다. 김금례는 상욱을 운우로 여기며 예전처럼 보따리를 싸 들고 친정인 양하로 가려 했다.

이청준은 자기 안위를 위해 청탁을 하는 사람이 아니다. 그가 누군가에게 어떤 부탁을 했다면 그럴 수밖에 없고 그럴 만한 분명한 이유가 있을 것이다. 그 분명한 이유가 바로 운우였다. 그는 운우가 대학에 다니는 동안 아시아자동차에 미리 취직을 부탁해 승낙을 받았는데, 막상 졸업을 하니 빈자리가 없었다. 이청준은 곧장 순천 정비공장에 청을 넣어 조카의 취업을 성사시켰다. 그뿐이 아니었다. 10여 년 후 이청준은 순천 유지에게 일할 자리를 부탁해, 살림에 보탬이 되고 싶다는 김경숙의 바람을 들어줬다. 이청준의 삶에서 이런 청탁은 거의 없을 만큼 매우 희귀한 일이다. 그가 운우를 어느 정도 깊이 생각했는지 알 수 있다.

하늘은 이청준에게 때로 지나치게 가혹했다. 잘 자라던 이상욱은 세 돌이 되었을 때 급성재생불량성 빈혈로 죽었다. 이청준의 심정이 어땠을까. 남경자에 따르면, 그는 자신이 지어준 이름 때문에 상욱이 그렇게 된 것 같다며 몹시 괴로워했다. 이청준은 이후 1991년에 태어난 운우의 아들 이름을 지어주지 않았다. 그가 운우의 동생인 영우의 딸 정은과 아들 상수의 이름을 지어주면서 굳이 운우의 아들 이름 짓기를 거절한 데는, 상욱에 대한 깊은 상흔에 더해 맏자식과 가문을 향한 강한 애착 때문이었다. 결국 상욱의 동생 상윤의 이름은 이청준의 부탁을 받은 화가 장찬홍이 지었다. 이름 덕인지 이상윤은 이청준의 바람대로 튼튼하게 잘 자라 건강한 사회인이 되었다.

'가위 밑 그림의 음화와 양화'와 자기실종의 황홀한 욕망

1980년 잠행을 마치고 서울로 돌아온 이청준은 이듬해 은지를 낳으며 안정된 생활로 접어든 것 같았지만 그렇지 않았다. 그는 이후로도 꽤 오랫동안 삶의 가위눌림을 경험했다. 그가 '언어사회학 서설'과 '남도 사람' 이후 새롭게 시작한 연작소설의 표제가 바로 '가위 밑 그림의 음화와 양화'이다. 우리 모두 한 번쯤 가위에 눌려본 적이 있어서인지, 이 표제는 썩 반갑지 않다. 내 몸을 내 마음대로 할 수 없는 상태로 잠과 각성 사이를 견뎌야 하는 그림들은 어쩐지 불안하다. 게다가 우리는 이청준의 가위눌림이 어디서 온 것인지 안다.

부질없는 소회 한 가지를 더하자면, '광주의 비극'은 우리 현대사의 크나큰 빚짐이자 당대를 겪고 살아온 문학인들의 피할 수 없는 화두였음이 분명하다. 그 지역에서 나고 자란 내게도 그 일은 마치 씻을 수 없는 원죄의 굴레처럼 또는 목소리가 열리지 않는 가위눌림 속처럼 무겁고 불가항력적인 소설의 과제였다. (「사랑과 화해의 예술, 혹은 새와 나무의 합창」)

광주의 비극은 이청준으로 하여금, 소설가로서 "그때 그곳에 함께 있지 못한" 원죄 의식과 "마음속 후폭풍으로 밀려드는 참담한 실어증의 징후"인 가위눌림을 견뎌야 하는 과제를 남겼다.

'가위 밑 그림의 음화와 양화'(1984~1989)는 「머릿그림」이라는 부제가 붙은 동명의 소설에 「전짓불 앞의 방백」 「금지곡 시대」 「잃어버린 절」 「키 작은 자유인」이 더해진 연작이다. 다섯 편의 소설이 모두 어느 정도 자전적인데, 사실과 허구의 경계가 모호한 매우 독특한 형식의 글들이다. 이청준은 「여름의 추상」과 함께 이 연작을 쓸 때 여전히 글쓰기를 통한 자기치유 과정에 있었다. 그 시절에 그는 실생활에서 정말 가위눌림 상태를 경험하고 있었다. 「전짓불 앞의 방백」에는 그가 일고여덟 시간 가까이 자신을 잃어버렸던 무서운 경험이 들어 있다.

자신도 도대체 영문을 알 수 없는 그 깜깜한 암흑의 몇 시간이 지나고, 그날 오후 5시경에야 나는 나의 방(언필칭 서재라는) 소파 위에서 서서히 기억이 되살아오기 시작했다. 하지만 겨우 제정신이 들고 나서도 나는 내가 신문을 내던지고 무언가를 위해서 내 방으로 가려

한 데까지뿐, 무얼 하러 내가 방으로 갔는지, 그동안 내가 무얼 하고 있었는지 기억나는 일이 아무것도 없었다. 그동안의 일은 나 아닌 아내의 이야기로 대충 짐작할 수 있을 뿐이었다. 그간의 일에 대한 아내의 사후 설명은 이랬다. 내가 갑자기 방으로 들어간 뒤 한동안 식탁으로 돌아올 기미가 안 보이자, 아내는 무슨 메모라도 남기고 있나 싶어(불시에 방으로 메모를 남기려 드나드는 게 내 평소 버릇이었으므로) 아침을 재촉하러 뒤늦게 나를 따라 방으로 왔다 했다. 나는 거기 웬일인지 멍한 눈길을 하고 서서 사방을 두리번거리고 있더라는 것이다. 그러다 거기 책상 위에 전부터 놓여 있던 메모들을 보고는, 어째서 내가 거기에 그런 걸 적어놓았을까 하고 혼자서 곰곰 이상스러워하고 있더라고. 아내는 처음엔 내가 장난을 치고 있는 줄 알았으나, 몇 마디 말을 주고받는 가운데 내가 글을 쓰는 사람인 것도, 전날 밤 함께 술을 마신 친구들의 이름도, 심지어는 방금 전에 아침을 들려 했던 일이나 둘이 서 있는 곳이 자신의 작업장이라는 사실조차 까맣게 모르고 있는 걸 알고는 비로소 사태를 알아차리게 되었다고. 이를테면 나는 그때부터 완전히 **자아 망각증(망실증)**에 빠져버린 것이다. 전날 밤 함께 술을 마신 친구에게 전화를 걸어 그에게 간밤의 일을 자세히 설명하게 해줘도 기억을 전혀 살려내지 못했고, 커녕은 그 오랜 친구의 목소리에도 그에 대한 기억조차 깜깜이더라는 것. 그러나 그런 중에도 한 가지 다행스러운 것은 아내의 끈질긴 설득과 노력으로 자신이 갑자기 기억 상실증에 빠진 사실만은 어떻게 이해를 하게 된 일이라고. (「전짓불 앞의 방백」)

이청준은 문학의 길에 들어선 이래 거의 대부분 가위눌림 상태였지만 이때가 제일 심했다. 그에게는 당시 사회 상황이 가장 끔찍했다는 말이다. 이청준은 '가위 밑 그림의 음화와 양화'를 쓰기 전에 이미 가위눌림에 대한 글을 쓴 적이 있다. '언어사회학 서설'의 네번째 소설 「가위 잠꼬대」가 그것인데, 이제 사회는 가위눌림에 대한 연작이 필요할 만큼 나빠졌으니 대처법도 달라져야 했다. 위 글에 나오는 '자아 망실증'은 등단작인 「퇴원」의 '나'가 앓는 증상이기도 하다. 거기서 '나'는 자기를 완전히 잃어버리기 전에 치유될 수 있다는 희망을 갖고 퇴원했었다. 하지만 체제의 억압과 폭력은 점입가경이었고 그로 인한 가위눌림도 심해졌다. 치유의 희망은 사라지고, 징후만 보이던 질병은 본격적으로 증세를 드러내기 시작했다. 점점 심해지는 가위눌림의 끝은 완전한 자기실종이었다. 의사는 이청준의 기억상실이 마음속의 혹심한 갈등과 억제할 수 없는 자기 도피 욕망 때문일 것이라고 진단했다. 이청준도 "그 같은 자기 망실 증상은 당시의 모든 갈등을 외면하고픈 간절한 회피욕의 한 극적인 응답"임을 부인하지 않았다. 그래서 자기실종의 욕망은 역설적으로 황홀하다. 이청준이 쓴 「황홀한 실종」은 자기실종의 황홀한 욕망에 시달리다 결국 미쳐버리는 사람 이야기다. 여기서 우리가 알 수 있는 것은, 나 아닌 다른 존재가 되려는 변이 욕망은 자칫 위험한 결과를 초래할 수 있다는 점이다. 이청준의 말처럼 '변신 모티프'는 "현실의 자신을 뛰어넘고 싶은 자기 초월욕의 반영이자 그 상징적 실현인 것이다. 그리고 그런 변신 모티프의 극치는 완전한 자기 초극, 그 자아의 사라짐이 될 것이다".

자아 망실의 욕망이나 성취는 그러므로 일종의 자기 도피와 유기 행위의 결과가 아닐 수 없을 것이다. 그리고 그만큼 무서운 정신의 질병이 아닐 수 없을 것이다. 그것은 저 변신이 성취되고 있는 소설의 경우에서도 마찬가지일 것이다. 소설에서의 변신이나 사라짐 역시도 그 자체가 목적이기보다는 안팎의 갈등과 억눌림을 드러내는 데에 진정한 의도가 있는 것이 아닐까. 〔……〕

실제의 삶에서나 그것의 원리적 희망의 기호물인 소설 속에서나 자아 망실의 욕망은 그러므로 본질적으로 성취될 수가 없고 성취되어서도 안 될 것으로 생각된다. 진정한 삶은 환상으로의 일시적인 도피보다 진정한 자아의 진실을 근거로 하여 갈등과 억눌림에 맞서 나서야 할 뿐 아니라, 실제에 있어서도 그 밖의 다른 길은 없는 때문이다. (「전짓불 앞의 방백」)

이청준의 인물들은 진정한 자아를 찾기 전까지 오랫동안 자기실종의 황홀한 욕망에 시달린다. 자기실종의 욕망은 여러 단계로 나타나는데, 현실에서 자신의 모습을 완전히 지운 뒤 새롭게 탄생하는 데까지 이르러야 하기 때문이다. 지금 그 과정 전체를 살펴보는 것은 지루할 뿐 필요하지 않다. 우리는 단지 어떤 단계가 있는지 보는 정도로 충분할 것이다.

자기실종의 단계는 모두 넷으로 나뉜다. 먼저 진짜 얼굴과 가짜 얼굴이 공존하는 가면 쓰기의 단계, 다음으로 진짜 얼굴이 사라지는 광기의 단계, 세번째로 자신의 존재 자체를 지워버리는 죽음의 단계, 마지막으로 새로운 존재로 탄생하는 부활의 단계가 그것이다. 광기의 단계는 내가 나 자신에게서 실종되는 단계이며, 죽음의 단계는 내가 나와 타인들 모두에게서 실종되는 단계다. 이청준의 작품에서 이 두 단계는 가면 쓰기나 부활의 단계에 비해 상대적으로 적다. 하지만 「소문의 벽」의 박준, 「겨울광장」의 완행댁, 「조만득 씨」의 조만득, 「황홀한 실종」의 윤일섭, 「석화촌」의 거무와 별네, 「이어도」의 천남석 등 많은 인물이 여기에 속한다. 관심 있는 독자라면 이청준 전작 읽기를 통해서 각각의 유형에 속하는 인물을 찾아보기를 권한다. 그러다 보면 그들의 처지를 통해, 이청준이 소설을 쓰던 시대적, 사회적 상황에 눈을 돌리게 된다. 그가 가장 힘들게 파고드는 것은 현실에서 자신을 실종시키게 만드는 끔찍한 상황, 그 상황과의 싸움을 보여주는 가면 쓰기의 단계다. 이청준의 인물들은 가면 쓰기를 통한 현실과의 싸움이 견디기 어려울 만큼 극한에 이를 때 미치거나 사라진다. 광기나 죽음은 오랜 시련의 과정을 필요로 하지 않아서, 어떻게든 삶을 유지하려는 긴장의 끈을 놓치는 순간에 찾아온다. 그렇게 미치거나 사라진 그들이 돌아오는 길은 멀고 험난하다. 부활은 자기실종을 거쳐 얻은 궁극적인 구원이기 때문에, 이청준은 가면 쓰기와 더불어 부활의 단계를 여러 작품을 통해 깊이 있게 그리고 있다.

자기실종을 말하면서 가면 쓰기와 함께 언급해야 할 것이 분신 만들기이다. 가면을 쓰면 진짜 얼굴은 가려져 보이지 않는다. 하나가 나타나면 다른 하나는 사라져서 둘은 양립할 수 없다. 초기 소설에는 진짜 가면과 가면 같은 얼굴, 가면이 된 얼굴 등 가면이 많이 나온다. 가면이 기껏 얼굴 하나를 가린다면, 분신은 완전히 새로운 '나'를 만드는 것이다. 가면만 벗으면 맨얼굴이 그대로 드러나는 가면 쓰기는 진정한 자기실종이라 하기 어렵다. 그에 비해 분신은 '나'지만 '나'가 아니다. 그래서 자기 도피가 가장 교묘하게 완성되는 것이 '분신'이다. 홍길동이나 전우치, 손오공처럼 자아를 지우지 않고도 회피할 수 있는 분신은 어떤 면에서 카프카의 변신보다 한 단계 더 나아간 것이다.

이청준의 소설에는 분신이 도처에 산재한다. 초기 소설부터 찬찬히 살펴보면 '분신'을 주제로 논문 한 편쯤 거뜬히 쓸 수 있을 정도로 많다. 그러니 뜻있는 국문학도는 한번 도전해보시라.

이청준의 분신에 대한 생각은 길고 끈질기다. 그는 등단하기 전 대학생 때 쓴 일기에 의미심장한 메모를 남겼다. 두 남자와 한 여자의 관계를 화살표 등으로 표시한 메모에서는 여자가 매우 중요한 위치를 차지한다. 여자 K는 경훈이나 강훈보다 큰 글씨로 더 위에 있으며 둘 모두와 관련을 맺는다. 경훈은 A고 3회 졸업생으로 K대 4학년에 재학 중인 진짜 유령이다. 강훈은 경훈처럼 A고 3회 졸업생이지만 K대 2학년에 재학 중이다. 여기서 '훈'은 '준'을 가리킨다. 이청준은 글에서 '청준'을 '정훈' '영훈' 등 '이ㅁ'의 형태로 많이 변형시킨다. 작품에서 자신을 대변하는 사람이 하나가 아닐 때, 그러니까 분신이 있을 때, 그는 '이ㅁ' 계열과 함께 종종 다른 이름을 쓰기도 한다. '언어사회학 서설'에서 이정훈과 윤지욱이 그런 예로, 이 역시 분신이라 할수 있다. 아무튼 일기에 쓰인 메모는 분신을 소재로 쓸 소설을 예고한다. 메모에 달린 문구를 보면 알 수 있다. 거기에는 **"(素材一篇) 유령인간, Brother化"**라고 쓰여 있다. 나는 이 메모의 존재를 안 뒤 「가수」와 「치자꽃 향기」 등 몇몇 소설을 다시 읽고 깨달았다. 그는 항상 둘이었다. 이청준에게 가면 쓰기는 분신을 거쳐 '겹'으로 이어졌다. 그에게는 나, 여자, 가족, 사회 모두 겹을 가지고 있었다. 그 겹을 거칠게 나눠보면 다음과 같다. 나: 자신/분신, 여자: 남경자/현영민(전정자), 가족: 李氏家/玄氏家, 사회: 시골/도시, 세계: 이곳(차안)/저곳(피안)

사람과의 교류도 마찬가지였다. 문우/기타. 이청준은 문단에 나온 초기를 제외하면 문인들과 교류를 많이 하지 않았다. 글쓰기를 뺀 이청준의 생활은 술이 중심이었다. 그는 대부분의 술자리를 문우가 아닌 다른 사람들과 즐겼다. 그들과 나누는 대화는 철학적이거나 문학적인 것과 거리가 먼 일상적인 것이었다. 심지어 그들은 이청준의 글을 전혀 읽지 않았거나 아주 조금, 그것도 대충 읽은 사람들이었다. 그들은 그냥 착한 일상인이었다. 그가 교류한 지식인들도 문학 분야의 사람들이 아니었다. 주로 고등학교 동창인 그들은 이진영이나 민득영처럼 법조인이나 의사 같은 사람들이었다. 그는 아내와도 문학 세계를 나누지 않았고, 남경자도 그러려니 했을 뿐 남편에게 서운함을 느끼지 않았다. 그녀는 내게 이렇게 말했다.

처음부터 그랬어요. 다 뜻이 있으려니 여겨서 서운하거나 그렇지는 않아요. 그나마 단칸방 시절에는 그이 원고를 내가 원고지에 깨끗이 정서라도 했지요. 글씨가 작고 악필이어서 출판사 사람들이 애를 먹었거든요. 내가 원고지에 글을 쓴다고 하니까, 친정어머니께서 사람들에게 뭐라고 했는지 아세요? 이청준 소설은 사실 다 내 딸이 쓴다! (남경자)

이청준은 습작 시절부터 글을 쓸 종이가 없어서 고생을 했다. 어떤 초고는 친구가 반쯤 쓰다 버린 공책을 얻어 쓰기도 했을 지경이었다. 그는 한 지면에 가능하면 많은 글을 쓰기 위한 고육지책으로 글씨 크기를 줄였다. 다닥다닥 붙여 쓴 그의 작은 글씨는 읽기 어렵다. 나는 평전을 쓰기 전에 〈이청준 문학전집〉 작업에 참여했는데, 그때 그의 육필원고를 모두 읽었다. 눈이 아플 정도로 여백이 없는 종이를 마주하면 한숨도 나오고 해독하기 어려울 정도로 흘려 쓴 작은 글씨 때문에 머리가 아팠지만, 내가 내린 결론은 이렇다. 여러 사정을 감안할 때 그의 글씨는 명필도 악필도 아니다. 이청준은 아내에게 원고 정서를 부탁했던 때가 있지만, 그녀를 자신의 복잡한 세계에 편입시키고 싶지 않았을 것이다. 그렇다 해도 그녀는 이청준과 함께 보낸 세월 내내 그의 문학의 한 축을 담당했다. 남경자의 어머니가 했다는 말은 어느 정도 사실이다. 그녀가 아니었다면, 이청준은 그렇게 오랜 세월 돈도 별로 되지 않는 소설을 쓰며, 세상과 타협하지 않고 자기 세계를 지키며, 집안에서 체통을 잃지 않고 젠체하며 살 수 없었을 것이다. 흔히 말하는 명문대를 나온 서울 부잣집 셋째딸에게 물질적이고 세속적인 욕망이 없었을까? 그녀는 그 모두를 버리고 하나만 생각했다. 남편의 글쓰기를 방해해서는 안 된다. 그녀는 이청준이 오로지 글쓰기에만 몰두할 수 있도록 주변 환경을 만들었다. 내가 겪은 일을 하나 소개하겠다.

이청준이 폐암 말기 판정을 받고 8개월여 지난 뒤였다. 의사는 남은 삶이 길어야 6개월 정도라고 예측했지만, 그는 주치의 처방에 따라 치료를 받으며 6개월을 넘기고도 잘 버텼다. 그러는 동안 이청준은 평전을 쓰기로 한 내게 전화로, 또는 만나서 자신의 이야기를 들려줬다. 그가 아내와 딸과 함께 삼성병원에 오는 날이면, 나는 늘 병원에서 합류해 용인에 있는 그들의 집으로 갔다. 이청준은 귀갓길에 자주 내 차를 탔다. 가족이 없는 자리에서 자유롭게 이런저런 살아온 얘기를 했다. 나는 막 치료를 받고 나온 그의 몸 상태를 고려해 되도록 천천히 차를 몰며 이야기를 주의 깊게 들었다. 집에 가면 그의 아내와 딸이 우리를 맞고는 했다. 어쩌다 우리가 먼저 도착한 날이 하루 있었는데, 현관문은 비밀번호로 열 수 있으니 문제가 될 일은 아니었다.

나는 한 발짝 비켜서서 이청준이 비밀번호를 누르고 문을 열 때를 기다렸다. 그는 한동안 꼼짝도 하지 않은 채 아무 말도 없었다. 설마? 나는 석연치 않은 느낌을 떨치며 물었다.

"선생님, 비밀번호 모르세요?"
"……"

나도 더 이상 묻지 않았다. 곧 그의 아내와 딸이 왔고, 우리는 무사히 집으로 들어갔다. 그날 이청준은 자기 집에 들어가지 못한 것에 화가 좀 났는지, 아니면 자기 집 비밀번호를 모르는 사실을 내게 들킨 것이 민망해선지 한동안 입을 꼭 다물었다. 그의 아내가 들려준 말은 이랬다. 이청준은 아무도 없는 집을 몹시 싫어했다. 남경자는 혼인한 이후 단 한 번도, 정말 단 한 번도 그를 아내가 없는 빈집에 들어오게 하지 않았다. 그러니 이청준은 현관문의 비밀번호를 알 필요도 알 리도 없었다. 글쓰기를 제외한 다른 일상생활이 모조리 그랬다. 이청준은 은행 업무같이 복잡한 일은 더더욱 알지 못했다. 남경자는 지나치게 예민한 그가 글쓰기에 몰두할 수 있도록 자기 삶을 바쳐 도왔다. 어떻게 그럴 수 있나? 내 질문에 대한 그녀의 대답은 명쾌했다. 남편을 존경한다. 이청준이 자기실종의 욕망에 시달리는 내내, 아내는 그를 꼭 붙잡아 세상에 뿌리내리게 했다. 내가 그들을 알면 알수록 이청준의 소설 반은 아내가 썼다고 말할 수밖에 없다.

「시간의 문」은 자기실종과 관련된 중요한 소설이다. 이청준은 5·18민주화운동 이듬해 「시간의 문」을 써서 1982년 1월에 발표했다. 우리는 1980년 광주를 염두에 두어야만 이 소설을 온전히 이해할 수 있다.

「시간의 문」은 궤를 같이하는 다른 소설 「소문의 벽」이나 「황홀한 실종」보다 우화적이다. 그 이유는 「시간의 문」이 직접적인 국가폭력을 다룬 반면 「소문의 벽」과 「황홀한 실종」은 1970년대 체제의 숨은 폭력성을 다루었기 때문이다.

「시간의 문」의 유종열은 「황홀한 실종」의 윤일섭이나 「겨울광장」의 완행댁처럼 자기실종의 황홀한 욕망에 시달린다. 그는 현재 시간 가운데엔 자신의 소재가 없는, 존재 자체가 실종된 사람이다. 윤일섭이 문을 중심으로 안과 밖을 나눈 뒤 안으로 자신을 실종시켜버렸다면, 유종열은 카메라를 중심으로 세상 사람들과 유리된다. 윤일섭이 생각하는 진정한 자유는 시간의 벽을 뚫고 정지된 야구공처럼 현실에서의 영원한 부재, 현상의 부재 속에 있다. 그의 자기실종 욕구는, 세상 사람들을 시간의 벽 속에 가두고 자신은 시간의 벽을 넘어 살겠다는 욕망으로, 궁극적으로는 시간의 문을 나서겠다는 것이다. 유종열의 욕망도 윤일섭과 같지만, 그는 정지된 시간 속에 길을 잃고 사라지는 실종을 받아들이지 못한다. 그래서 윤일섭이 "황홀한 자기실종의 욕망"에 그친 채 시간의 문을 나가지 못하고 미치는 반면, 유종열은 시간의 문을 나갈 뿐 아니라 미치지도 않는다. 이청준은 「시간의 문」 작가 노트에 '죽음의 미학과 사회학'이라는 묵직한 표제를 달았다.

죽음은, 삶의 어떤 양식으로서의 효과적인 메타포가 될 수 있을까. 그리고 그것은 그 삶에 대한 완벽한 자유의 메타포로 어떤 문학적 구원의 힘을 발휘할 수 있을까. 그것이 만약 가능하다면 글쟁이는 아마 그 죽음의 문학을 해볼 만한 것이 될 것이고, 우리의 삶은 이 지상에서 제법 자유의 가능태로서의 용기와 결단력을 지녀볼 수가 있는 것

이 될 것이다. ('죽음의 미학과 사회학')

　이청준을 오랫동안 사로잡았던 자기실종의 황홀한 욕망은 「시간의
문」에서 완성된다. 그 완성은 죽음일 수밖에 없지만 그 죽음이 우리에
게 희망을 준다. 유종열이 보여주는 새로운 시간대의 배열에 대한 열
정은, 견디기 힘들 정도로 훼손된 세계를 해체하고 다시 세우겠다는
의지이기 때문이다. 우리는 정지된 시간의 벽을 뚫고 시간의 문을 나
선 유종열의 실종이 삶에 대한 완벽한 자유의 메타포로 기능할 수 있
기를 바란다. 그래야만 그의 실종이 문학적 구원의 힘을 발휘할 수 있
을 것이다.

첫 해외여행과 교수 임용

　이청준은 점점 유명해졌다. 생활은 크게 나아지지 않았지만 동인문
학상을 시작으로 그는 굵직한 문학상을 연이어 받았다. 작가의 사회
적 위상을 높이는 문학상이 반드시 작품의 질을 담보하지는 않더라
도 상을 받는 것은 좋은 일이다. 특히 가난한 소설가에게 상금은 기대
하지 않았던 큰 수입이었다. 이청준은 시류와 타협하지 않고 쓰고 싶
은 소설을 쓰면서 상도 많이 받았으니, 그보다 더 좋을 수는 없었다.
그는 한 인터뷰에서, 상금이 어려운 처지를 이기는 데 큰 도움이 되었
다고 말했다. 40대에 접어든 이청준은 심오한 인문학적 주제를 끈질
기게 파고드는 소설가라는 명성을 얻었고, 신춘문예 심사위원을 맡
는 등 문단에서 위상도 높아졌다. 『혼불』의 작가 최명희도 그가 심사

위원으로 참여했던 신춘문예로 등단했다. 최명희는 삶을 다할 때까지 그 인연을 소중히 여겼고, 그녀의 재능을 눈여겨본 이청준도 만년필을 주는 등 격려를 아끼지 않았다.

한옥 창문 밖 어린 오동나무 잎에 떨어지는 빗방울 소리를 아는 여자(1980년『중앙일보』신춘문예 당선작「쓰러지는 빛」에 그런 장면이 나온다. "창문 밖 오동잎에 떨어지는 빗소리를 들을 줄 알면 소설 쓸 수 있는 사람이지 뭐. 그거 보고 뽑은 거였어요." 심사에 참가했던 내가 뒷날 여담 삼아 말했을 때 그녀의 얼굴이 이상하게 상기되던 일이 생각난다), 이듬해 1981년 장편소설『혼불』(당시엔 단권 길이였다)을 내놓았을 때 박경리 선생의『토지』처럼 한번 유장한 목소리로 이어 뽑아보면 좋겠다며 당부 삼아 내어준 내 은제 만년필(그 역시 고마운 친지한 사람이 자신은 지니기가 뭣하니 좋은 글 쓰라며 넘겨준 것이었으므로 나 역시 같은 소망에서)은 그 돌멩이와 달리 별 사양의 기색이 없이 받아 가서 이내 줄줄이 2부 3부를 써내던(물론 내 부추김이나 은제 만년필 덕에선 아니었겠지만) 무서운 여자, 무서운 작가…… 이제는 그 만년필이 어디로 흘러가 누구에게 간직되고 있는지. 어쩌면 그녀를 위한 전주의 기념관에 그녀의 치열한 문학 혼불을 증언해주고 있는지…… 최명희 님 이외에 다른 임자가 있을 수 없는 그 코끼리 돌을 볼 때마다 생각하는 일들이다. (수필「흐를 수 없는 돌」)

나는 이청준이 죽은 뒤 은제 만년필이 있는지 보려고 전주 최명희 문학관에 갔었다. 만년필은 그곳에 없었다. 내가 굳이 만년필의 존재를 확인하려 했던 이유는 위 글에 나오는 '코끼리 돌' 때문이었다. 돌을 좋아했던 이청준은 가끔 소중히 간직한 돌의 얼굴을 여러 해 찾아내지 못해 애를 먹었다. 그런 돌이 예상치 못한 사람 덕으로 얼굴을 찾는 경우가 있었다. 최명희가 얼굴을 찾아준 코끼리 돌이 그런 경우였다. 이청준은 아무리 귀한 돌이라도 제 얼굴을 찾아준 사람이 임자라고 여겼다. 코끼리 돌은 최명희의 것이었다. 하지만 그녀는 "나중에 다시 와서 가져가겠다"고 짐짓 사양했고, 이청준도 언제든 마음 내킬 때 가져가라고 기회를 미뤄두었다. 그때 그녀는 이미 깊은 병을 앓고 있었던 것 같다. 최명희는 끝내 돌을 가져가지 못하고 1998년 세상을 떠났다. 그로부터 10년 뒤 이청준도 죽었다. 그는 죽음을 앞두고 한 손에 들어올 만큼 작은 그 돌을 내게 주었다. 짙은 초콜릿색 돌은 윤기가 흐르고 주름이 많고 단단했다. 책을 통해 코끼리 돌의 사연을 아는 나는 어찌할 바를 몰랐다. 이청준은 분명 그 코끼리 돌에게는 "최명희 님 이외에 다른 임자가 있을 수 없"다고 썼다. 그는 사양하는 내게 아무 말 없이 고개를 끄덕이며 돌을 내주었다. 그 코끼리 돌은 지금 내게 있다. 혹시 먼 훗날 은제 만년필처럼 코끼리 돌의 소재를 궁금해하는 사람이 있을까 봐 잠시 이야기가 곁가지로 갔다.

신군부세력은 무력에 의한 광주 유혈진압, 언론통폐합, 지식인 해직 같은 채찍질을 휘두른 뒤 1년 만에 사람들에게 당근을 내밀었다. 1981년에 드디어 그들이 짜놓은 각본대로 제5공화국이 출범했기 때문이다. 그들은 "민족문화의 계승과 대학생들의 국학에 대한 관심 고취"를 명분으로 '국풍81'이라는 대규모 관제 문화축제를 기획했다. '국풍81'은 5·18민주화운동 제압일을 기념하듯, 그로부터 꼭 1년 뒤인 5월 28일 여의도에서 시작됐다. 예술을 정치의 도구로 삼아 5일간 그야말로 성황리에 열린, 이 무지막지한 정치적 이벤트에는 천문학적

인 돈이 들어갔다. '국풍81'이 온 국민을 대상으로 한 당근이라면, '문
인해외시찰단'은 다소 껄끄러운 문인들을 겨냥한 당근이었다. 문예진
흥원에 따르면 문인해외시찰은 "작가들의 해외 견문을 넓히려는 새
롭고 적극적인 문예정책의 일환"으로 기획됐다. 한마디로 당국의 목
표는 "작가들의 창작 활성화"일 뿐 다른 의도는 없다는 것이다. 중견
문인을 중심으로 4진으로 나눠 각 2주간 진행될 시찰에 쓰일 예산은
문예진흥기금으로 충당됐다.

이청준은 김현, 조해일과 함께 제4진(11월 7일~11월 22일)에 선정
됐다. 그는 이 여행이 마뜩지 않았다. 당연한 일이었다. 하지만 결국
그는 생애 첫 해외여행을 소위 관제 시찰여행으로 다녀왔다. 왜 그랬
을까? 그가 가지 않으면 자신도 가지 않겠다는 김현의 협박 아닌 협
박에 굴복했다는 명분이 있다 해도 다소 개운치 않다. 어쨌든 그는 이
여행에서 줄곧 겉돌면서도 다양한 생각거리를 얻었다.

1981년 가을, 난생처음으로 나는 비행기를 타고 해외여행이라는 것
을 나섰다. 이미 작고한 동료 오학영 씨를 인솔자로 역시 10여 년 뒤
타계한 고우 김현 형 들과 함께 서울을 출발하여 인도와 요르단, 그리
스를 거쳐 프랑스 파리를 돌아오는 단체 여행길이었다.

그 여행길을 나서기까지엔 나름대로 사연이 있었다. 나는 애초 그
여행을 탐탁하게 여기지 않았다. 여행의 목적은 물론 한국문학의 해
외 선양과 물심양면으로 궁색한 우리 문인들의 식견 넓히기에 있었
으리라 짐작된다. 하지만 한 문학 관련 단체가 주관하고 이후 몇 년
간 전 문단에 걸쳐 시행된 그 프로그램의 배후엔 정부 관련 부처의
관심과 도움이 뒷받침되고 있어, 정통성이 허약한 당시의 정권과 어

수선한 사회 상황에 비추어 아무래도 썩 화창하지 못한 권력층의 선심성 같은 것이 느껴졌기 때문이다. 게다가 나는 워낙 주위가 티격태격 엇갈리는 단체 여행길을 쫓아다니기 싫어하는 성미인 데다 건강까지 부실하여 그렇듯 긴 외국여행을 선뜻 따라나서고 싶은 생각이 안 났다. (「중동 건설 붐과 사해의 염석(鹽石)」)

이청준은 "그때 바깥여행에서 바깥세상을 본다기보다, 그 바깥세상에 겹쳐진 내 자신과 우리 모습"을 보았다. 그는 거리두기를 통해 분명히 드러나는 그 모습에 몹시 암울해했다. 그런 점에서 관제 시찰여행이 나쁜 것만은 아니었다. 그는 이후에도 문인들의 단체여행에 합류한 적이 있지만, 언제부턴가 외부에서 비용을 대는 바깥여행은 가능하면 가지 않았다. 관이 주도하지 않더라도 그런 여행은 이청준에게 맞지 않았다. 자비여행을 가기 어려워 따라나선 '울력여행'은 그에게 "모종의 열패감"을 주었다. 그나마 이청준이 이후에도 간간이 해외여행에 나선 것은 "교민들과 한국문학 전공자들의 진정 어린 관심"을 소중히 여겼기 때문이다.

멀리로는 위의 김병익, 정현종 형 들과 동행했던 그 82년 스웨덴과 핀란드 대학들에서의 진지하면서도 즐거웠던 한국문학 토론회에서부터, 가까이로는 96년 가을 황동규, 정혜영, 김광규 교수 들과 함께한 독일의 본, 베를린 등지에서의 우리 작품들에 대한 열띤 관심과 경청 분위기, 그리고 99년 봄 오스트리아 빈대학과 2001년 멕시코대학 모임들에서 그곳 문인들과 문학 전공자들이 우리 문학작품들에 보여준 따뜻한 호응에 이르기까지. 그런 기억들은 아직도 내게 잔잔한 감동으로 남을 만큼 인상 깊은 것이었으니까. (「올력여행 유감」)

나는 이청준에게 해외여행을 그만둔 다른 특별한 이유가 있는지 물었다. 비행기에서는 담배 피우기가 곤란해서라는 지극히 그다운 대답이 돌아왔다.

소설가 이청준에게 명성과 재물은 비례하지 않았다. 그가 일정한 월급을 받았던 때는 1970년대 잡지사에 다닌 몇 년뿐이었다. 전업 소설가인 그에게 수입은 원고료와 인세가 전부였다. 때로 문학상 상금과 영화 원작료를 받았지만 살림은 크게 나아지지 않았다. 그에게는 부양해야 할 아내와 딸과 시골 어머니와 형수, 세 조카가 있었다. 이청준은 1986년 한양대학교 국문과에서 교수 자리 제의가 왔을 때 결단을 내렸다. 이제 생활은 전과 비교할 수 없을 만큼 안정될 것이다. 그런데 이청준은 그 좋은 자리에 1987년까지 겨우 2년을 머물렀다. 그가 평생 소설을 쓰면서 교단에 섰던 기간은 이화여대 한 학기, 서울예대 한 학기, 한양대 2년이 전부다. 한양대 교수 이청준은 2년 동안 소설을 단 한 편도 쓸 수 없었다. 소설을 쓰지 못하는 소설가는 언제 연주할지 모를 악기를 조율만 하는 조율사와 같았다. 그는 결국 생활의 안정과 소설 쓰기 중에 선택해야 할 기로에 섰다. 그의 선택은 당연히 소설 쓰기였고 생활은 다시 어려워졌다. 다음은 이청준이 고정된 수입이 들어오는 직업 없이 어떻게 일상을 꾸리는지 궁금했던 문학평론가 김치수와 나눈 대화다.

　—그런 작업을 해오면서 직장도 없이 소설을 쓴다는 것이 우리 사회에서는 상당히 어렵지 않아요? 그런데 어떻게 생활의 위협으로부

터 자신을 지키면서 소설을 쓸 때의 어려움을 극복하십니까?

"들어오는 것만 가지고 내보낸다, 내보내는 구멍을 만들어놓지 않고 들어오는 것만 내보내고, 안 들어오면 안 내보낸다, 이렇게 지내면 치사한 대로 그럭저럭 도망칠 수가 있었지요. 이건 물론 반 억지에 불과한 소리지만, 막말로 들어오는 게 없으면 안 먹는다는 식으로……"(「복수와 용서의 변증법」—김치수와의 대화)

여기서 우리가 잊지 말아야 할 것이 있다. 생활과 소설 사이에서 잠시나마 망설이던 그를 결심하게 한 사람이 바로 아내 남경자다. 그녀의 생각도 남편과 같았다. 없으면 없는 대로 살면 그뿐이다. 언제 우리가 풍요롭게 살았나. 그녀에게는 교수 자리와 함께 사라질 고정 수입도 중요하지 않았다. 중요한 것은 소설가 이청준의 소설 쓰기다. 이런 아내는 매우 드물다. 남경자는 가난한 예술가가 맞을 수 있는 이상적이고 희귀한 아내였다. 이청준은 그 점에서 행운아였다.

『비화밀교』와 『키 작은 자유인』

이청준은 1980년대 전·후반기를 결산하는 작품집으로 각각 『비화밀교』와 『키 작은 자유인』을 꼽았다. 그에게 1980년대 전반기는 5·18 민주화운동이 각인된 시기였다.

그리고 그 같은 음험스런 이중성은 당연히 내게도 남몰래 숨겨온 원죄처럼 끊임없이 내 소설 일을 방해하고 갈등을 빚고 든다. 내 개인적 욕망과 사회의 공의 사이에서, 추상적 관념과 구체적 삶의 현장 사이에서, 하늘과 땅, 꿈과 현실, 밝음과 어둠, 천국과 지옥, 웃음과 울음, 성냄과 화해의 두 몸짓 사이에서, 혹은 감성적 언어와 공리적 소설 언어 사이에서.

소설이 애당초 그런 제약과 갈등의 압력을 견디고 자기 회복과 존재의 자리를 지키려는 정신 과정의 한 틀인지는 모르지만, 역설적으로 말해 그 같은 원죄라면 고향을 그쪽에 둔 나로선 저 80년의 광주의 비극을 빼놓을 수 없을 터이다. 광주는 한마디로 정의든 저주든 도대체 온전한 사람의 말로는 한동안 소설을 쓸 수도 생각할 수도 없게 했으니까. (「나는 왜, 어떻게 소설을 써왔나?」)

5·18민주화운동은 말을 다루는 소설가가 소설을 쓸 엄두도 내지 못하게 한 비극이었다. 그런 점을 고려할 때 1985년에 출간된 『비화밀교』에서 눈여겨볼 작품은 무엇보다 희곡 「제3의 신」과 「비화밀교」이다.

광주에서 비극이 일어나고 2년 뒤인 1983년 8월에 발표된 「제3의 신」은 이청준이 남긴 유일한 희곡이다. 우화에 가까운 이 희곡은 베트남 난민들의 해상 탈출극이 한창이던 때, 외딴섬에서 일어난 사건을 다루고 있다. 외딴섬과 난민들이 광주와 광주시민들을 가리킴은 분명하다. 그렇기 때문에 난민의 참상을 적나라하게 보여주는 본문의 혈서가, 같은 시기에 발표된 광주를 다룬 소설 「시간의 문」에 그대로 인용된다. 소설가가 희곡을 쓰는 일은 그리 낯설지 않지만 이청준은 다르다. 「제3의 신」은 무대에서 상연하기에 까다로운 희곡이다. 소설가 이청준이 『치질과 자존심』처럼 우화의 틀을 빌려 굳이 희곡을 쓴 이

        제3부 서울과 용인

유는 무엇일까?

소설에서 우화성이 겉으로 드러나면 예술적 감응력보다 교훈적 계몽성이 앞장서게 마련이다. 그러나 연극의 우화성은 무대 자체가 우리의 삶의 한 총체적인 상징의 형식임으로 인하여 오히려 더욱 생생한 삶의 역동성을 발휘할 수 있을 것처럼 보였다. 〔……〕 이 지구상에는 아직도 행복한 삶을 살고 있는 사람들보다 어떤 어처구니없는 망상 혹은 가장 저주스럽고 비인간적인 폭력과 배반극들로 하여 그 삶이 고통받고 무참스럽게 파괴당해가고 있는 사람들이 허다하다. (「마성에 대한 신성의 승리를」— 희곡 「제3의 신」의 공연에 즈음하여)

이청준은 희곡을 통해 광주의 참상을 눈앞에서 펼쳐지는 생생한 현실로 보여주고 싶었다. 그는 광주의 비극을 겪은 뒤 참담한 분노에 이어 깊은 죄의식을 품게 된다. 그의 죄의식은 광기에 찬 폭력 앞에 무기력한 지식인이자 소설가일 수밖에 없는 자신에 대한 절망이다. 이청준이 1980년대 제일 중요한 것으로 '죄의식'을 꼽은 것은 흥미롭다. 그는 가해자가 아닌데 말이다. 당시 많은 지식인을 괴롭혔던 죄의식은, 인간의 존엄성이 철저히 짓밟힌 현장에서 아무것도 할 수 없었다는 자기반성이다. 그들이 단지 가해자의 편에 서지 않았다고 무기력이 용서되는 것은 아니다. 제대로 된 지식인들은 그렇게 생각했다.

80년대에 제일 중요한 것은 죄의식이에요. 극단적으로 말하자면 엄청난 악당으로부터 집단적으로 폭력을 당하고 있는 모습을 뻔히 뜨고 속수무책인 채 보고 있다는 것은 고문이지요. 거기서부터 우리의 죄의식은 증폭되었지요. 지식인들의 집단적 죄의식을 봤을 때 작가는 스스로 묻지요. 그것을 어떻게 드러내느냐 하는 고통은 이만저만이 아닙니다. 「비화밀교」 그 부분에도 인간의 존엄성 문제가 나오는데 그런 것들이 집단무의식을 드러낸 것이에요. (「이청준의 생애연표」)

1983년 「제3의 신」과 1985년 「비화밀교」 사이에 장편 『제3의 현장』이 1984년 출간되었다. '제3의 현장'은 다른 곳이 아니라 폭력의 현장인 광주다. '공리적 언어'와 '심정적 언어'의 어긋남을 뼈저리게 깨달은 이청준은, 언어를 다루는 소설가로서 여러 해 동안 죄의식에 시달리며 광주 문제에서 벗어날 수 없었다.

'제3의 현장' 의미: ① 불확정의 현장(진실 문제)
② 폭력의 다른 현장(光州사태의 다른 현장)
民主의지 압살(삶의 압살. 비유적 현장)

(1991년 7월 12일 일기)

『제3의 현장』에 이어 발표된 「비화밀교」는 눈에 보이는 현상세계를 움직이는 보이지 않는 힘에 대해 묻는 소설이다. 우리 사회를 움직이는, 것은 돈과 권력과 지식인 것 같다. 많은 돈과 강한 권력과 높은 학력을 가진 사람들은 흔히 그만큼의 힘을 가진 것으로 여겨진다. 그들 대다수는 그 힘을 믿고 현상세계를 움직이는 주체가 자신들이라고 믿는다. '가시적 현상'의 힘만 믿고 오만방자해진 그들은 때로 독재권력이나 신군부처럼 기꺼이 폭력적인 힘을 행사한다. 그런데 보이는 것이 다가 아니다. 우리는 보이는 세계 뒤에 숨어 흐르는 거대한 힘을 간과해서는 안 된다. 창작집 『비화밀교』의 작품론을 쓴 김주연에 따르면, "이청준 문학의 중간결산표라고도 할 수 있는" 「비화밀교」는 한국문학의 높이와 정신을 한 단계 끌어올린 작품이다. 그가 이 소설을 이청준 문학의 중간결산표라고 한 이유는 다음과 같다. 이청준이 그때까지 "집요하게 추구해온 여러 가지 테마들, 예컨대 글을 쓰는 행위의 사회적 기능 문제, 삶과 죽음의 문제, 고향의 의미 문제, 그리고 억압과 탈출 혹은 화해의 문제 등이 한꺼번에 하나의 광장에서 만나고" 있기 때문이다. 이청준이 끈질기게 다룬 주요 주제들이 만난 광장 「비화밀교」는 '가시적인 현상'을 대상으로 하지 않는다. 이 소설은 이청준을 향한 관념적이고 비현실적이며 사회와 유리된 작가라는 비판에 대해서도 답한다.

그러나 그에게도 일정한 비판이 행해져온 것 또한 사실인데, 비판의 핵심은 언제나 리얼리즘이 아니라는 것에 모아졌다. 집요하게 논리적인 문체는 비현실적, 관념적인 난해성으로 때로 비난되었고, 그 테마 또한 우리 삶의 현장과 유리된 것으로 이따금 지적되었다. 그럼에도 불구하고 그의 소설이 정치적이라는 지적은 무엇인가? 그의 소설이 비현실적이라는 비판은, 「비화밀교」에서 말하는 작가의 표현을 그대로 따른다면, '가시적인 현상'만을 대상으로 하지 않기 때문이다. 이청준은 물론 어떤 정치적 이념에 대한 찬반, 구체적인 정치 형태에 대한 평가, 또는 정치인들의 실제 행각에 대한 호오(好惡)를 나타내지 않는다. 그런 의미에서라면 결코 그를 정치적이라고 할 수 없다. 그 대신 그는 '보이지 않는 힘과 힘의 질서'에 대해 끈질기게 달려든다. 그것은 정치와 종교를 더불어 함축하고 있는 현상 배후의 원초적인 그 어떤 것이다. 그것이 바로 「비화밀교」의 테마다. (김주연, 「제의(祭儀)와 화해(和解)」)

현상의 뒤에 있는 보이지 않는 힘은 무엇인가? 그것은 위에서 이청준이 잠시 언급했듯이, 대다수 사회구성원의 집단무의식이라 할 수 있는 바람[願]이다. 1980년대 후반을 결산하는 『키 작은 자유인』은 이 질문에 대한 답이 될 수 있다. 사회를 구성하는 우리들은 대부분 눈에 보이는 큰 힘을 갖지 못한 그저 그런 사람들, 작은 시민[小市民], 프티부르주아(petit bourgeois), 키 작은 사람들이다. 드러나지 않아 알 수 없었던 우리의 거대한 소망이 임계점에 도달해 터질 때, 현상세계의 질서는 방향을 튼다. 이청준은 1979년 발표한 장편 『춤추는 사제』를 통해 숨은 힘에 대해 말하기 시작했다. 그가 정사(正史)에 대비되는 야사(野史)와 신화, 민담, 전설에 주목하는 이유 또한 키 작은 사람들의 집단 소망이 가진 힘을 소중히 여겼기 때문이다. 『당신들의 천국』 같은 소설을 쓸 때만 해도 작가의 관심사는 아직 여기에 미치지 못했다. 장차 이청준이 본격적으로 숨은 힘에 대해 드러내 말할 때, 그의 소설도 큰 틀에서 달라진다. 『춤추는 사제』로 시작된 키 작은 사람들의 집단무의식에 대한 성찰은 「비화밀교」를 거쳐 2000년대 『신화를 삼킨 섬』에 이를 것이다.

"이곳은 산 아래서 이루어지는 모든 세속의 질서가 사라지고 그저 한 가지 이 산 위에서만의 간절한 소망으로…… 나도 그것이 무엇인지는 확실히 말할 수가 없지만…… 하여튼 오직 한 가지 소망에로 자신을 귀의시켜, 그 소망으로 하여 모든 사람들이 한데 뭉쳐서 어떤 보이지 않는 힘을 탄생시키고, 그것을 지켜가는 숨은 근거지가 되고 있는 셈이지……" (「비화밀교」)

「비화밀교」는 '가위 밑 그림의 음화와 양화' 연작 1편인 「머릿그림」보다 1년 뒤에 발표되었다. 이 연작의 결편(結篇)은 1989년 발표된 「키 작은 자유인」이다. 이청준이 1980년대 후반부를 정리하는 작품집으로 꼽은 『키 작은 자유인』에는 '가위 밑 그림의 음화와 양화' 전편이 실려 있다. 그는 이 연작의 두번째 작품인 「전짓불 앞의 방백」에서 소설에 대한 견해를 밝혔다. "소설은 개성적 삶과 사회적 삶과의 온당하고 창조적인 관계의 드러냄이어야 한다." 그의 소설은 언제나 개인과 사회의 조화를 목표로 했다. 개별성과 공리성, 개성과 사회성, 개별적 진실과 사회적 진실, 혼자 살기와 함께 살기, 시골적 삶과 도회적 삶, 존재적 삶과 관계적 삶 등 개인과 사회가 다른 어떤 용어로 쓰여도 지향하는 목표는 같다. "70년대의 강압적 정치 행태와 모욕적인 구호들에 작의(作意)를 격발받아" 썼다는 『당신들의 천국』에서도, "정치적 상황이나 사회적 변혁에 대응하여 일반적 삶의 진정성과 숨겨진 세계의 비밀을 탐색해보려" 했다는 「비화밀교」에서도 사정은 마찬가지다.

키 작은 자유인은 현실의 대립적인 이분법이나 굴레를 넘어, 혼자 살기든 함께 살기든 자신만의 진실을 찾는 사람이다. 이청준이 그런 사람으로 제시하는 외종형과 중학교 음악 선생님, 김 영감과 규순은 키 작은 우리들과 그런 점에서 다르다.

키 작은 자유인의 전형인 외종형이 이청준에게 남긴 말을 떠올려보자. 공부해서 벼슬 얻을 생각 마라. 위에 서서 사람을 다스리려고도 말고, 어느 한쪽에 끼어 살려고도 하지 마라. 그가 소설을 쓰지 않았다면 외종형처럼 혼자 살기로 삶을 채웠을 것이다. 하지만 이청준은 혼자 살기와 함께 살기를 끊임없이 오갈 수밖에 없는 소설가가 되었으니, 어두운 사회도 견뎌야 했다.

김현의 죽음

『키 작은 자유인』은 김현에게 헌정된 책이다. 이청준은 1990년 가을, '가위 밑 그림의 음화와 양화' 연작이 전재된 『키 작은 자유인』을 출판하면서 김현을 향한 남다른 소회를 밝혔다. 그도 그럴 것이, 1984년 이 연작의 첫 편을 읽고 작가에게 격려를 아끼지 않았던 김현은 연작이 완성될 즈음 48세 젊은 나이에 세상을 떠났다. 이청준은 김현을 잃고 보름 남짓 되었을 때, 『키 작은 자유인』에 실린 작가의 말 '책을 묶고 나서'를 썼다.

> 85년에 상재한 『비화밀교』이후의 중, 단편들을 한데 모아보았다. 『비화밀교』는 그러니까 80년대 전반기의 작업 흔적이요, '가위 밑 그림의 음화와 양화' 연작이 중심이 된 『키 작은 자유인』은 그 후반기의 결산인 셈이다. (……)
>
> ─어머니 이야기를 팔아먹다 팔아먹다 바닥이 드러나니까 이제는 다시 제 돌아가신 아버지를 팔아먹기 시작했더구만.
>
> 84년 '가위 밑……' 연작의 첫 편을 썼을 때, 고우 김현 군이 내게 걸어온 시비다. 이번 소설 재미있게 읽었다. 이제 이걸로 그만 쓰고

죽어버려라. 혹은—, 이런 걸 소설이라고 썼어? 뻔뻔스럽게. 어쨌거나 지금 반포치킨으로 나와라. 이런 거 쓰느라고 수고했으니 내 그 벌로 술이나 한잔 사줄게— 작품을 발표하거나 책을 낼 때마다 이런저런 농조로 먼저 격려와 위로를 보내오던 친구.

책을 꾸미면서 무엇보다 그의 목소리를 다시 듣고 싶다. 이제 와 군이 말을 듣지 않는다고 그가 할 말을 헤아리지 못할 바는 아니지만, 애석하게도 그가 간 마당에 나는 차마 아직 그를 보내지 못하고 있는 탓이다.

자리가 허락된다면 그의 영전에 이 작은 책을 바쳐 명복을 빌고 싶다.

이청준과 김현은 서울대학교 문리과대학 문과B반에서 처음 만나 평생을 함께한 친구이다. 두 사람은 혼인을 한 후에도 부부 동반으로 만났다. 남경자의 메모일기에는 김현 부부가 집에 찾아온 날들이 적혀 있다. 앞서도 보았지만 이청준은 문학 분야에서 친교를 맺은 사람들과 그렇지 않은 사람들을 분명히 나누는 경향이 있다. 그가 문단에 나온 초기에는 그렇지 않았는데, 점점 문단과 거리를 두고 소수의 문인하고만 어울렸다. 게다가 이청준은 아무리 친해도 문인 친구에게는 자신의 내력을 다 열어 보이지 않았던 사람이다. 그것은 김현에게도 마찬가지였다. 이청준의 개인 내력을 잘 알지 못했던 김현은 해외여행을 함께 가지 않겠다고 하는 그에게 이렇게 말했다.

"내가 지금까지 네놈 글은 좀 아는 척해왔지만, 네 본바탕이나 엉큼한 속내는 대강밖에 별로 아는 게 없었잖아. 그래 이번 길을 함께 하면서 네놈이 어떤 인간 족속인지 곁에서 좀 살펴볼 참이었지. 그런데 네가 안 간다면 나도 뭐……" (「중동 건설 붐과 사해의 염석」)

서로를 매우 아꼈던 이청준과 김현 사이를 한마디로 정의하면 지적인 긴장 관계라 할 수 있다. 두 사람은 일상적 친교보다 정신적인 친교에 치중했고, 서로의 지적 수준을 높이 평가해 형이상학적인 도발과 방어를 즐겼다. 소설가와 평론가인 그들은 서로를 자극해 더 귀한 성취를 이루게 하는 필생의 친구였다. 우리 문학사에서 이청준과 김현 같은 관계는 찾아보기 힘들다. 때로 이청준은 김현을 겨냥해, 김현의 인정과 항복을 얻기 위해 글을 쓰기도 했다. 그런 김현이 죽었으니, 이청준의 상실감이 어느 정도였을지 쉽게 짐작할 수 있다. 이청준의 자폐적인 거리두기는 김현이 죽은 뒤 점점 심해졌다.

……치열한 우정이라고 이름 붙여야 할까. 한국 문단사의 보기 드문 에피소드인 두 사람의 관계는 어쩌면 당신이 꿈꾸는 관계 맺기의 한 전범일 수 있다. 나이는 이청준 선생이 세 살 위지만 4·19세대 문인들의 말트기 운동(?)을 통해 맺어진 친구로서, 피를 나눈 듯 서로를 이해하는 동지이자 피를 튀기듯 상대를 파고드는 비판자이기도 했던 두 사람은, 그런 사랑과 긴장이 하나된 언어의 자장 속에서 서로를 자극하고 부추기는 뜨거운 관계였다. 〔……〕 그러나 이청준 선생이 작품을 발표할 때마다, 김현 선생은 그걸 제일 먼저 찾아 읽었고 긍정적으로든 비판적으로든 빠짐없이 그 이야기를 했다. 그리고 이청준 선생이 당신의 동세대 작가라는 게 행운이자 행복이라는 말도 여러 번 했다. 그런 작가가 있기에 비평할 맛이 나고 의욕도 불타오른다는 것이었다. 이런 사정은 이청준 선생 경우에도 같았다. 김현

선생처럼 읽어내는 사람이 있기에, 그 한 사람 때문에라도 소설을 함부로 못 쓰겠다는 것이었다. 오오, 그처럼 인간적 관계를 새로운 문학적 성취로 승화시킨 두 분께, 끝내 문학으로 영원히 사는 축복이 있을진저! (이인성, 「종소리에서 판소리까지」)

이청준과 김현은 둘 다 호남 태생이지만 성장 배경은 매우 달랐다. 장흥에서 나고 자란 이청준은 기댈 곳 없는 극빈의 삶을 살았고, 진도에서 태어나 목포에서 자란 김현은 번성한 가문에 재산도 많은 부잣집 아들이었다. 이청준은 광주서중을 다닐 때부터 낯선 도시에서 일종의 더부살이 등을 통해 자력으로 생활을 꾸려가야 했고, 경복고등학교에 진학한 김현은 본가에서 마련해준 서울 집에서 마음 편히 살았다. 그런 두 사람이 서울대학교에서 만났다. 그들의 공통점은 비상한 두뇌와 예술적 소양이었다. 서로를 알아본 그들은 세 살이라는 나이 차에도 곧 말이 통하는 친구가 됐다. 다소 날카로운 성격에 말이 없던 이청준에게는 심한 열등감과 그만큼의 우월감이 뒤섞여 있었다. 그가 대학 시절 쓴 일기에는 뒷날 수필 「자신만의 봉우리」에도 쓰인 "나는 영원한 지각생"(릴케)이라는 글귀가 몇 번 나온다. 이청준이 교우들에게 사람 좋은 웃음을 보일 때조차 그의 내면에서는 온갖 감정이 들끓었다. 반면에 김현에게는 열등감이 거의 없었다. 이청준이 보기에 그는 늘 큰 목소리로 떠들었고 자신만만했다. 게다가 김현은 목소리처럼 큰 키에 당당한 체구로 만성 배앓이에 시달리던 마르고 왜소한 이청준을 압도했다. 이청준은 그런 김현이 좋기도 하고 싫기도 했다. 그는 김현에게 꽤 오랫동안 이중적인 감정을 느꼈던 것 같다. 그가 정신적 교감을 느낄 때 김현은 또 다른 '나'였지만, 내면의 열등감을 부추길 때 김현은 복수의 대상이었다. 이청준은 실제로 김현에 대한 이중적인 감정을 『조율사』 같은 소설에서 형상화했다. 그가 소설에서 또 다른 '나'에게 복수를 감행했다 한들 달라지는 것은 없었다. 사회에 나와서도 두 사람의 사정은 마찬가지였다. 이청준이 여원사에 근무할 때 동료인 박석준의 말을 들어보자.

> 이청준은 김현과 자주 술을 마셨어요. 가끔 내게 김현이 술 산다니 가자고 해서 셋이 마시기도 했지요. 둘이 마시든 셋이 마시든 술값은 언제나 김현이 냈어요. (박석준)

이청준과 김현은 참 많이 다투고 화해하고 또 다투고 화해했다. 그들은 문학에 대한 자신들의 견해가 부딪칠 때 서로 한 치도 양보하지 않았지만, 사람과 사회에 대한 두 사람의 인식은 큰 틀에서 같았다. 이청준은 광주의 비극을 겪은 뒤 1982년 「시간의 문」을 썼다. 그에 따르면 이 소설은 "그때 그곳에 함께 있지 못한" 글쟁이로서의 원죄 의식과 마음속 후폭풍으로 밀려드는 참담한 실어증의 징후를 견뎌 넘으려는 필사적 시도였다. 김현은 「시간의 문」을 읽고 이청준에게 이렇게 말했다고 한다. 이제 그만 가위눌림에서 벗어나는 게 좋겠다. 한 사람은 소설을 쓰고 한 사람은 그 소설을 읽으면서 서로의 내밀한 상처와 고뇌 등을 알아채고 다독이고 함께 아파했다. 그러다 한 사람이 세상을 떠났고 남은 사람은 그의 영전에 책을 바쳤다. 『키 작은 자유인』은 김현이 삶의 끝자락을 살고 간 1980년대 후반 사회의 암울함을 그대로 담고 있다.

1981년 장충체육관에서 간접선거로 뽑힌 전두환의 집권으로 시작된 제5공화국은 1987년에 분기점을 맞았다. 1987년은 제5공화국과 함께 독재시대가 끝나고 민주화가 정착되는 한국현대사의 분기점이 기도 하다. 그 중심에 박종철과 이한열의 죽음과 6월항쟁이 있다. 박 종철은 1987년 1월 14일 치안본부 대공분실 소속 수사관들에게 끌려 가 물고문을 당한 끝에 숨졌다. 당국은 늘 그랬듯이 이 사건도 소리 소문 없이 묻을 생각이었다. 하지만 세상에는 '비화밀교'처럼 보이지 않는 흐름이 있는 것 같다. 사건과 관련된 여러 사람의 선한 의지가 우연처럼 모여 우리나라를 기어코 화창한 민주화로 이끈다. 먼저 박 종철의 사망 장소를 중앙대 용산병원으로 조작하려다 실패한 경찰은, 고문이 아니라 쇼크로 인한 사망으로 몰기 위해 시신을 화장하려 했 지만 공안부장 최환이 거부했다. 다음 날인 1월 15일 공안부를 출입 하던『중앙일보』신성호 기자는 경찰들이 주고받는 이야기에서 어떤 사건이 일어났는지 짐작하고 '경찰에서 조사받던 대학생 쇼크사'라는 표제의 기사를 썼다. 보도가 나가자 1월 16일 기자회견을 한 강민창 치안본부장은, 책상을 '탁' 치니 '억' 하고 쓰러져 죽었다는 황당하고 기이한 발표를 했다. 당국이 할 수 있는 은폐와 조작은 여기까지였다. 이후 줄기차게 이어진 보이지 않는 흐름이 사실과 진실을 드러내며 역사를 제자리로 돌려놓았다. 현장 왕진의사 오연상의 증언과 그것을 보도하면서 사건을 처음 보도한『중앙일보』신성호 기자, 사건을 끝 까지 뒤쫓는『동아일보』윤상삼 기자, 시신의 부검을 지시한 최환 공 안부장과 부검의 황적준을 우리는 반드시 기억해야 한다. 그들의 선 의가 모여 밝혀진 진실은, 명동성당에서 거행된 5·18민주화운동 7주 년 추도미사에서 천주교정의구현사제단 김승훈 신부에 의해 폭로된 다. 박종철 고문치사의 진실을 날것 그대로 알게 된 사람들의 분노는

6월 9일 이한열이 최루탄을 맞고 쓰러지자 걷잡을 수 없이 타오른다. 6월 10일 터진 민주화항쟁은 군정종식 선언이라고 할 노태우의 항복으로 끝난다. 전두환에 이어 체육관선거로 대통령이 되려 했던 노태우는 6월 29일 마침내 대통령 직선제를 받아들인다는 선언을 한다.

　우리가 걸어온 지난 시간을 돌아보면 사회는 더디더라도 조금씩 나은 방향으로 나아갔다. 영원히 이어질 것 같던 군사정권이 끝나자 죽은 줄 알았던 것들이 새롭게 부활하기도 했다. 김현이 친구들과 만들고 키웠지만 군사정권에서 폐간됐던 소중한 잡지『문학과지성』도 그렇게 다시 태어났다.『문학과지성』은 1988년 새 이름『문학과사회』로 복간되었다. 김현이 죽은 뒤에도 이청준은『문학과지성』시절처럼『문학과사회』에 여러 편의 소설을 발표했다. 그에게 달라진 것은 새 소설에 대한 김현의 감상이 없다는 점이고, 다행인 것은 친구가 죽기 전에 잡지의 복간을 보았다는 점이다. 이청준은 1991년 1월 28일 일기에, "가장 절실하고 즐거운 김현의 추모 방법(그의 글을 되읽음)"이라고 썼다. 그는 이제 김현의 옛 글을 되읽을 수 있을 뿐 새 글을 마주할 수 없다. 그나저나 달라진 세상만큼 이청준의 소설도『키 작은 자유인』이후에 달라졌을까? 그도 이제 쉰을 넘었고 서울을 사수하기만 해도 좋겠다던 가난한 소설가가 아니었다. 그의 집은 AID차관아파트 당첨이라는 행운을 시작으로 삼익아파트 25평을 거쳐 마침내 우성아파트 32평으로 넓어졌다. 내가 '마침내'라는 표현을 쓴 것은 그럴 만한 이유가 있다. 이청준은 우성아파트에 입성한 첫날, 거실에 오랫동안 큰대자로 누워 있었다고 했다. 그렇게 좋았냐는 내 물음에 그는 말했다. 좋았지요, 이제 더 큰 아파트는 필요 없다는 생각이 들었을 정도로. 하지만 이후 그의 집은 서울에서 한 번 더 넓어진다. 내가 처음 가본 이청준의 그 집, 아시아선수촌아파트는 38평이었다.

다음은 이청준이 1980년대에 쓴 소설들이다.

장편소설: 『낮은 데로 임하소서』 『제3의 현장』 『자유의 문』 『아리아리 강강』(『인간인 1』)

단편소설: 「새와 나무」 「새를 위한 악보」 「조만득 씨」 「가위 잠꼬대—언어사회학 서설 4」 「기로수 씨의 마지막 심술」 「다시 태어나는 말」 「노송」 「생명의 추상」 「시간의 문」 「여름의 추상」 「젖은 속옷」 「노거목과의 대화」 「가위 밑 그림의 음화와 양화 1」 「비화밀교」 「해변 아리랑」 「벌레 이야기」 「불의 여자」 「나들이하는 그림」 「누군들 초장부터 꾼으로 태어나랴」 「흰 철쭉」 「숨은 손가락」 「섬」 「흐르는 산」 「심지연」 「전짓불 앞의 방백—가위 밑 그림의 음화와 양화 2」 「소주 체질」 「종이새의 비행」 「금지곡 시대—가위 밑 그림의 음화와 양화 3」 「잃어버린 절—가위 밑 그림의 음화와 양화 4」 「키 작은 자유인—가위 밑 그림의 음화와 양화 5」 「이 여자를 찾습니다」

9장
1990년대: 50대

50대에 들어선 이청준은 젊은 시절과 달리 평안한 삶을 살았다. 큰 부자는 아니지만 시골 어머니에게 새집을 지어줬고, 조카들도 다 졸업해 제 몫을 하는 성인이 되었다. 늦게 얻은 딸 은지는 탈 없이 잘 자랐고 가족 모두 건강했다. 무엇보다 그는 이제 우리 문단에 우뚝 선 작가로 평가받았고 그만큼 생활에도 조금 여유가 생겼다. 이청준이 처음 맞이한 삶과 생활의 안정은, 가끔 작은 기복이 따랐지만 그가 세상을 뜰 때까지 지속되었다.

이청준의 작품 세계는 몇 마디 말이나 짧은 글로 정의하기 어렵다. 40년이 넘도록 글만 쓴 작가의 소설은 다루는 소재부터 넘치도록 다양하다. 그래서일까. 독자를 긴장시키는 묵직한 그의 소설은 다른 장르의 예술가들, 특히 영화감독들의 주의를 끌었다. 예를 들어 「병신과 머저리」가 원작인 김수용 감독의 〈시발점〉, 정진우 감독의 〈석화촌〉, 김기영 감독의 〈이어도〉, 임권택 감독의 〈서편제〉, 「벌레 이야기」가 원작인 이창동 감독의 〈밀양〉, 「조만득 씨」가 원작인 윤종찬 감독의 〈나는 행복합니다〉가 있다. 이 중에서 〈밀양〉처럼 우리나라에서는 물론 해외에서도 예술적 완성도를 인정받은 영화도 있지만, 이청준의 삶을 윤택하게 만든 영화는 〈서편제〉이다. 그의 수입은 원고료뿐이니 원작료를 지급하는 다른 영화도 당연히 큰 도움이 되었다. 그는 이런 가외 수입 덕에 어려운 삶을 잘 이겨냈다는 소회를 밝힌 적도 있다. 그런데 영화 〈서편제〉는 원작료에 더해 뜻밖의 선물을 그에게 주었다.

영화 〈서편제〉와 소설 『인간인』

이청준에 따르면 영화는 소설을 원작으로 하더라도 자신만의 고유 영역을 가진 전혀 다른 예술로 완성되어야 한다. 영화는 소설이라는 문자 작품을 바탕 소재로 취하더라도 그 내용을 충실히 베껴내고 설명하는 작업이 아니기 때문에 문학을 넘어서 또 다른 세계로 나아가야 한다. 말하자면 소설을 원작으로 한 영화는 반드시 '문학적 설화성'을 넘어 영상작품으로 다시 태어나야 한다. 이청준의 이런 생각은 후에 〈축제〉를 찍으면서 변화를 겪는다. 일종의 시네 로망(ciné-roman)인 〈축제〉는 영화와 소설이 동시에 만들어진 매우 특이한 경우였다. 소설가 이청준과 영화감독 임권택의 작업은 시네 로망의 원조격인 〈지난해 마리앵바드에서(L'Année dernière à Marienbad)〉를 만든 소설가 알랭 로브그리예(Alain Robbe-Grillet)와 영화감독 알랭 레네(Alain Resnais)의 협업을 떠올리게 한다. 프랑스의 두 사람은 어땠는지 모르지만, 영화가 만들어지는 현장에서 밑바탕이 되는 소설을 썼던 이청준은, 우리나라에서는 전무후무한 작업을 통해 두 장르 간의 현실적인 힘의 격차를 뼈저리게 느꼈다. 그는 "대량소비 구조의 영상 서사 장르와 새 인터넷 담론 시대의 위세 앞에 나날이 쇠락하고 무기력해져가는 활자문화와 문학의 운명을" 절감했다.

그 장르 간의 현실적 힘의 격차 속에 영화 위주의 작업을 진행하다 보니 그쯤 소설의 위상 후퇴(?)는 불가피한 처지였고, 인하여 나는 전일 대중오락소비예술물 정도로 이해했던 영화에 비해 우리 문화예술 장르의 총아로 사랑받던 2, 30년 전까지의 문학의 위상과 자존심을 되돌아보지 않을 수 없는 처지였달까. (「대중예술 시대와 문학의 위상」)

〈축제〉와 달리 〈서편제〉는 소설의 실시간 개입 없이 온전히 따로 완성된 영화다. 이청준이 〈서편제〉의 원작소설을 쓴 시기는 1970년대 후반이고, 영화는 1993년에 개봉되었다. 게다가 감독은 같은 표제의 소설 「서편제」에 더해 '남도 사람' 연작의 다른 편들도 뒤섞어 영화에 활용했다. 영화와 소설은 이야기와 인물 등 다른 점이 많다. '문학적 설화성'을 넘은 영상작품인 〈서편제〉는 소설을 충실히 베낀 작업이 아니다. 〈서편제〉의 감독 임권택은 이 영화를 완성하기 위해 꽤 오랜 시간 공을 들였다. 그런 만큼 〈서편제〉는 이청준이 생각하는, 문학작품을 원작으로 한 이상적인 영화에 가깝다.

78년도엔가 잡지에 발표된 이 선생의 작품을 읽고 얼마나 감동했던지. 그 불쌍한 오누이의 연정이 구슬픈 소리 한 가락처럼 가슴을 치고 들어오며 우리네 삶의 근원을 건드리는데, 영화화에는 당최 자신이

서질 않았어요. 원작의 깊이와 격조를 떨어뜨릴까 봐. 그래 15년 만에야 이 선생을 괴롭힐 정도로 물어 물어가며 완성했지요. (임권택)

임권택이 잡지에서 처음 읽은 소설은 「서편제」(1976)나 「소리의 빛」(1978), 혹은 「선학동 나그네」(1979)일 것이다. 그는 '남도 사람' 연작 중 이 세 편의 소설을 섞어 영화를 만들었다. 그중 「소리의 빛」은 〈서편제〉 전에 TV 단막극으로 먼저 만들어졌다. KBS 'TV문학관'은 이름처럼 문학작품을 극화해 방송하는 프로그램이었는데, 〈소리의 빛〉은 'TV문학관' 100화로 1983년 9월에 방영되었다. 영화나 TV 감독들을 포함해 사람들은 원작자만큼 '남도 사람' 이야기에 흥미를 느낀 것 같다. 이청준은 '남도 사람'의 주제와 소재를 한데 묶기 전에 다른 소설 속에서 지속적으로 다뤘을 뿐 아니라, 이후에도 연작을 완전히 떠나지 못했다. 어떤 면에서 '남도 사람' 이야기는 이청준이 언급한 "작가의 깊이 들어 있는 한마디 말"인지도 모른다. 그에 따르면 그 한마디는 작품마다 주제가 달리 보여도 일관되게 밑바탕에 깔려 있는 것이다. '남도 사람' 이야기는 1990년대에 장편소설 『인간인』으로 확장된다.

1993년 개봉한 〈서편제〉는 한국영화 역사상 처음으로 서울 관객 백만을 넘은 흥행작이다. 꽤 많은 사람이 영화 덕분에 판소리와 이청준이라는 소설가에게도 눈을 돌렸다. 이청준은 문학 분야에서 이미 탄탄한 명성을 쌓았지만 결코 대중적인 인기 작가가 아니었다. 〈서편제〉를 본 관객 중에는 그를 몰랐던 사람도 많았다. 그랬던 사람들이 영화와 함께 원작소설과 원작자를 알게 된 결과는 소설의 판매 부수와 직결되었다. 이청준은 소설이 아닌 영화의 인기로 대중적인 명성과 수입을 얻었다. 영화로 인연을 맺은 주연배우 오정해는 뒷날 이청준의 장례 때 만가를 부르기도 했다. 〈서편제〉에서 오정해가 연기한 '송화'는 원작소설에 나오는 이름이 아니다. '남도 사람'의 소리꾼 남매는 '여자'와 '사내'로 불릴 뿐 이름이 없다. 나는 이청준에게 영화 속 여자의 이름을 어떻게 지었는지 물었다. 그에 따르면 '송화'는 『인간인 2』에서 차용된 이름이다. 소설과 영화 속 두 '송화'는 소리를 하는 부모에게서 소리를 배웠고, 살아온 과정과 한이 깊은 삶 등 유사한 부분이 많다. 그래서 '남도 사람'의 '여자'에게는 그 어떤 이름보다 '송화'가 어울린다.

　　── 옛날 이 절골 주막 한 곳에 청이 썩 지극한 소리꾼 여자 한 사람이 들어앉아 있었더라네. 그곳이 바로 이 대원여관 자린지 어쨌는지는 모르지만 하여튼지 그 여자는 인근 고을에 널리 소문이 퍼졌을 만큼 청이 빼어났는데…… (『인간인 2』)

　소설 속 송화는 청이 빼어난 소리꾼 여자의 딸이다. 그녀가 〈서편제〉 송화와 다른 것은 아버지가 아니라 어머니에게서 소리를 물려받은 점이다. 그 어머니는 "늙도록 남도 천리 낯선 산하만 골라 찾아 떠돌면서 그녀의 소리 하나를 딸아이에게 이어줬다". 이청준은 송화를 "어미의 소리로 잉태되고 소리 속에서 태어"난 사람으로 묘사했다. 이 정도면 영화를 본 사람은 두 '송화'가 어느 정도 한 사람이란 것을 알 수 있다.

　영화 〈서편제〉보다 2년 앞서 두 권으로 출간된 장편 『인간인』은 이청준을 오래 괴롭힌 소설이다. 『인간인』의 원형인 미완성 소설 『자비

강산』을 시작으로 이 소설은 그가 대략 10년 동안 여러 번 쓰고 고치고 다시 쓰며 공들여 완성한 작품이다. 웅숭깊은 대하소설에 가까운 『인간인』에는 작가의 다른 소설이 여럿 들어 있다. 앞서 말한 '남도 사람'의 주제와 소재뿐 아니라 '가위 밑 그림의 음화와 양화' 연작 중 「잃어버린 절」「해변 아리랑」「흐르는 산」「이 여자를 찾습니다」와 이청준이 만년에 쓴 「지하실」이 모두 들어 있다. 그가 이처럼 힘들게 쓴 『인간인』은 본래 제목이 '아리아리 강강'인데, 80년대라는 짐승의 시간을 견딘 사람들에 대한 작가의 성찰과, 앞으로 그가 몰두할 세계에 대한 예고를 담은 소설이다.

숨어 사는 이, 혹은 쫓기며 사는 이들의 삶의 참의미는 근 십 년 동안 나의 소설의 중심 과제가 되어왔다. 그리고 그에 대한 간구의 과정 속에 나는 늘 한 편의 소설을 그려왔다.

『아리아리 강강』을 처음 쓰기 시작한 것은 84년 가을 녘, 그러나 몇 달 뒤 나는 생각이 바뀌어 쓰기를 중단했다가 이듬해 가을에야 이야기를 다시 처음부터 고쳐 썼다. 그러기를 세 번. 하지만 세번째도 전혀 마음에 들질 않았다. 그래 또 한 번 다시 써야 할 일이로되, 이번에는 방법을 달리하기로 하였다. 다름 아니라 앞부분부터 먼저 내보내고 보자는 것이다. (1988년 '작가의 말')

1985년 초고를 쓴 1부는 몇 차례 손질 끝에 1988년 가을 상재(上梓)의 고(苦)를 치렀으나, 뒤에 다시 읽어보니 화자의 과도한 정보 독점으로 하여 이야기에 불필요한 혼란과 짜증을 야기시키고 있음을 알게 되었다. 이번에 2부를 상재하는 김에 1부 내용에도 새로 적절한 정보 배분의 통로를 마련하였는바, 당초에 시도한 '비극적인 깨달음과 구원의 구조'에 대해서뿐만 아니라 글의 '쉬운 읽힘'에도 상당한 도움과 편의를 더하게 되었기를 소망해본다. (1991년 '작가의 말')

『인간인』은 제목이 가리키듯 '역사를 사는 사람과 쓰는 사람', 그리고 그 '사이'에 대한 소설이다. 『인간인』 이전에 '역사'(정신)에 몰두했던 이청준은 이후 '역사'에서 '신화'(넋)로 나아간다. 그가 『인간인』 같은 작품을 완성할 수 있었던 데는 달라진 시대 상황도 한몫을 했다. 이제 이청준은 『당신들의 천국』 등에서 치열하게 마주했던 역사 혹은 정신 혹은 이데올로기 혹은 가시적인 세계와 그 세계의 지배체제를 넘어 다른 세계를 지향할 것이다. 그가 '넋'이라 부르는 '우리 신화'가 바로 그것이다.

언어 뒤의 상상력의 힘.
꽃: 전설, 신화(자연) (1991년 2월 9일 일기)

이청준이 신화라고 부르는 포괄적인 개념에는 민담과 설화와 전설과 무속이 모두 포함된다. 「석화촌」이나 『춤추는 사제』 「비화밀교」 「용소고」 같은 소설은 신화를 향한 그의 발걸음을 예비한 작품들이다. 그는 어머니의 장례의식을 통해 넋의 세계인 신화로 넘어가는 본격적인 첫걸음을 뗀다.

어머니의 죽음

1994년 11월 25일 이청준의 어머니 김금례가 죽었다. 여러 평론가가 지적했듯이 어머니는 이청준 문학을 견인하는 중요한 축이었다. 김금례는 죽기 전 오랫동안 치매를 앓았다. 어머니의 죽음은 아들에게서 삶과 문학의 뿌리를 흔들었겠지만 온통 나쁘기만 한 것은 아니었다. 이청준은 큰 슬픔과 함께 어머니를 행복하게 보내드릴 축제를 열기로 결심했다. 그 덕분에 김금례의 장례식은 많은 고향 사람과 타지 사람이 한데 어우러져 울고 웃은 축제로 기억되었고, 영화 〈축제〉와 소설 『축제』로 형상화되었다. 이청준은 소설 『축제』를 '어머니 이야기'의 결산 편이라고 했다.

『축제』는 작가의 말과 달리 어머니 이야기의 결산 편이 아니다. 이청준이 어머니 이야기를 끝낼 수 있었던 소설은 2003년 발표된 「꽃 지고 강물 흘러」이다. 작가의 홀로된 어머니는, 자신과 마찬가지로 젊은 나이에 혼자된 며느리(둘째아들 이종덕의 아내 김귀심)와 함께 살았다. 고부간인 두 사람 사이에는 「눈길」의 상황이 벌어지던 때부터 "석연찮은 갈등과 불화의 그림자"가 드리웠는데, 시어머니가 치매에 걸리자 그 갈등과 불화는 더욱 악화되었다. 이청준은 노모를 홀대하는 형수를 향한 불편한 속마음을 지울 수 없었다. 그런데 시어머니가 죽고 세월이 흐르다 보니 며느리는 언짢았던 옛일은 잊고 망자의 유택과 유혼을 욕되지 않게 돌보려고 애썼다. 이청준은 그런 형수를 보며 어머니에 대해 아직 쓸 소설이 남았음을 깨달았다.

이를테면 고부간엔 일방적이나마 화해가 이루어진 셈이었고, 남은 것은 나와 형수 간, 더 정확히는 그런대로 망모와의 화해를 이룬 형수에 대한 내 마음속 비우기가 숙제로 남은 꼴이었다.

2003년에 쓴 졸작 「꽃 지고 강물 흘러」는 그런 내 불편한 속마음 다스리기 겸해 씌어진 작품이다. 나는 전날의 어머니처럼 힘없이 늙어가는 형수의 모습에서 옛 노모의 모습을 다시 만나게 되는 그 이야기를 쓰고 나서, 망인의 혼백 앞에서도 생자들 간의 일상에서도 새삼 마음이 평화롭고 뿌듯해지는 이해와 화해의 덕목을 되새기게 되었다. (「사랑과 화해의 예술, 혹은 새와 나무의 합창」)

늙은 형수에게서 어머니를 보는 이청준에게, 어머니는 어머니인 동시에 아버지이기도 했다. 그는 때로 "아버지 같은 어머니, 당차고 비정스럽고 모진 어머니의 이야기를 여러 번 글로 썼다"고 고백했다. 그런 글들, 「눈길」「기억 여행」「빗새 이야기」 '게 자루 이야기' '비밀 지하실 이야기' 등이 읽는 이에게는 전혀 비정하거나 모질게 느껴지지 않는다. 그 이유는 아마 글쓴이의 어머니에 대한 마음이 말과 다르기 때문일 것이다. 게다가 이청준이 치매에 걸린 노모와 딸 은지를 주인공으로 쓴 따뜻한 동화 『할미꽃은 봄을 세는 술래란다』에 이르면 독자는 할 말이 없어진다. 치매도 이렇게 곱고 사랑스러울 수 있다니!

모든 죽음은 애달프다. 아흔이 넘은 사람의 죽음도 애달프다. 그렇다고 모든 장례식이 무겁고 슬퍼야 하는 것은 아니다. 이청준은 어머니의 죽음을 통해 우리 고유의 장례문화를 되살려 몸으로 살아본 뒤, 그것을 '굿판'에 비유했다. '굿'은 『축제』 이후 무속세계가 중요한 역할을 하는 이청준의 문학을 이해하는 데 큰 도움을 준다.

그런데 알고 보니 그게 실은 내가 어머니를 마음으로부터 여의어 보내드린 굿마당 한 가지였다. 굿이란 원래 망자의 혼백을 다시 불러 모시고 이승의 여한을 풀어드린 다음 그를 다시 저승으로 떠나보내는 영별(永別)의 과정을 되풀이함으로써 생자들 또한 심정적으로 그 죽음을 받아들여 그간의 슬픔과 괴로움에서 벗어나 현실의 일상으로 돌아가게 하는 죽음과 사별의 재체험 의식이기 때문이다. 그 영화 〈축제〉의 제작이 끝나고 나서 나 역시 어머니를 영영 저승으로 떠나보내드린 심정이었으니까. (「두 번 사는 소설의 삶」)

김금례의 장례식은 장흥에서 이어지던 옛 장례의식을 고스란히 재현한 일종의 씻김굿이었다. 이청준이 축제 같은 의식으로 보내드린 어머니는, 그에게 문학의 뿌리였을 뿐 아니라 뜻밖의 면에서 믿고 기대는 버팀목이기도 했다. 그는 알다시피 오랜 시간 글만 쓰는 전업 작가였다. 그에게 글쓰기는 정신적인 작업인 동시에 자신과 가족의 생활비를 벌어주는 생업이었다. 사람과 생업의 종류에 따라 다르겠지만, 글쓰기는 어느 누구에게도 쉬운 일이 아니다. 언젠가 우리나라에서 예술가의 평균수명을 조사한 일이 있었는데, 화가가 가장 오래 살았고 작가가 가장 일찍 죽었다. 나는 이 조사 결과에 동감했다. 정신과 육체를 고루 쓰는 노동에 비해 오로지 정신만 쓰는 노동은 목숨을 단축할 수밖에 없다. 더욱이 이청준은 앉아서 글만 쓴 것이 아니다. 그는 담배에 담배를 잇고 또 잇는 줄담배를 즐겼고 매일매일 많은 술을 마셨다.

삶의 실감.

매일 맥주 깡통 5개 비운 습관에서 삶의 실감을 위해 1년 치 미리 쌓아놓고 먹으면 1825+(보너스)=2000개 (1992년 1월 18일 일기)

담배와 술—

(일하게 하는 과정) (해독 과정) (1998년 1월 13일 일기)

이청준은 술의 청탁을 가리지 않았다. 그는 깨어 있는 내내, 글을 쓸 때는 물론 술을 마실 때도 마시지 않을 때도 담배를 피웠다. 내 생각에 그의 글은, 반은 아내 남경자가 쓰고 반의 반은 담배가 쓰고 반의 반의 반은 술이 쓰고 그 나머지만 그가 썼다. 게다가 그는 성장기에 제대로 된 영양공급을 받지 못했으니 체력 또한 부실했다. 연애 시절 남경자가 취한 이청준을 부축해 여러 번 집에 데려다주었다는 여원사 동료 박석준의 말이 떠오른다. 당연히 이청준은 내색하지 않았지만 자신의 건강을 은근히 걱정했다. 주변 사람들은 모두 그에게 담배와 술을 줄이라고 경고했다. 하지만 그에게는 사람들의 경고와 자신의 걱정을 단번에 날려버릴 기막힌 탈출구가 있었다. 바로 어머니 김금례의 장수(長壽)였다. 어머니는 누구보다 신산한 삶을 살았지만 꿋꿋하게 아흔 중반을 넘겼다. 나는 그런 어머니의 아들이다. 나도 그렇게 오래 살 것이다! 이청준은 어머니의 장수를 버팀목으로 줄기차게 술과 담배를 이어갔다.

어디에도 내놓을 것 없는 한 시골 노인의 생애일망정 나는 이날 이때까지 그런 당신에게서 깊은 삶의 비의(秘意)와 내 문학의 자양을 얻어왔을 뿐 아니라, 당신의 삶을 빈 여러 글을 써오면서 스스로 많은 것을 깨우치고 있기 때문이다. 그리고 그런 뜻에서 나는 우선 당신의 노년 건강에 깊이 감사하고 싶다.

당신은 올해 94세의 고령으로 간단한 운신이나 거동 정도는 그런 대로 별 불편 없이 건강한 노년을 보내고 계신 편인데, 내겐 그 노모의 흔치 않은 장수(자식으로선 물론 입에 담을 말이 못 되지만)가 얼마나 다행스럽고 은혜로운 일인지 헤아릴 길 없는 것이다.

자식으로서 부당한 불경을 저지른 김에 그 어머니의 장수에 대한 감사의 실제적인 동기까지 속을 다 털어놓자.

나이 찬 자식의 어리광 조로 말하자면 그 노모의 장수에 대한 감사의 마음은, 첫째 그 어머니의 건강한 장수가 잔병치레가 많고 술·담배질까지 심한 내 부실한 건강에도 늘 안심스런 위안과 희망을 주는 때문이다. 노인이 그토록 장수를 누리시니 그 체질을 이어받은 나의 건강도 그리 쉽게는 무너지지 않으리라는 자기위안. (「꽃처녀 시절로 돌아가신 어머니」)

이청준이 굳게 믿고 있던 노모의 장수는 뒷날 한낱 신기루였음이 드러났다. 70세가 되기 전 죽음을 앞둔 그는 돌아가신 어머니를 떠올리며, 그동안 받았던 자기위안만큼 큰 배반감을 느꼈다. 사실 어머니의 장수가 아들의 장수를 담보하지는 않는다. 이청준처럼 모든 것에 회의의 시선을 거두지 않았던 소설가가 어째서 이처럼 근거 없는 믿음에 빠질 수 있었을까? 그는 불안해서 그 믿음에 기대야만 삶을 이어갈 수 있었던 것 같다. 그에게 담배와 술을 끊는 것은 글을 쓰지 않는 것이고, 글쓰기는 그의 삶이었으니까. 그나마 다행인 것은 그가 죽음을 맞기 직전까지 장수하리라는 믿음을 잃지 않았다는 점이다.

나는 이청준을 어머니의 죽음 몇 달 전에 어느 혼례식장에서 처음 보았다. 정확히 말하면, 혼례식장이 아니라 혼례식장 밖의 큰 나무 아래 홀로 서 있는 그를 보았다. 그날은 그의 친구이자 내 대학 스승인 문학평론가 김치수의 둘째아들이 혼인하는 날이었다. 혼례식장인 이화여대 중강당은 오래된 서양식 석조건물에 있는 예스럽고 아담한 공간이었다. 하객들은 식장을 메우고도 남을 정도였다. 많은 문인이 보였고, 그보다 더 많은 보통 사람이 있었다. 나는 식장의 따뜻하지만 들뜬 공기에 숨이 막혀 몇몇 친구, 선배와 함께 밖으로 나왔다. 대낮의 햇살에 눈이 부셔 고개를 돌렸더니 저기, 큰 나무 아래 그가 서 있었다. 그의 머리카락들은 사진보다 훨씬 환했다. 나는 단번에 그가 누군지 알아보았다. 고등학생 때 『별을 보여드립니다』를 접한 후, 그의 소설이 발표되는 족족 거의 모두 찾아 읽은 소설가가 내 눈앞에 있었다. 나는 함께 있던 김환희 선배에게 말했다. 이청준 선생이야. 그래? 어디? 저기, 나무 아래. 내 손가락이 가리키는 쪽을 바라본 선배가 다시 물었다. 저 머리 하얀 분? 나는 대답 없이 고개를 끄덕였고 선배가 갑자기 빙글빙글 웃으며 나를 놀렸다. 오, 좀 흥분한 것 같은데. 인연은 그렇게 시작됐다. 본래 거침없고 시원시원한 성정의 김환희는 느닷없이 이청준을 향해 걸어갔다. 지루해 보이시는데 차나 한잔 드시자고 하지 뭐. 이청준은 김환희의 제안에 즐거이 응하면서 '차' 대신 '술'을 마시자고 했다. 이 모임은 꾸준히 이어져 뒷날 김환희가 우스개 삼아 작명한 '청사모'로 불렸는데, 구성원이 다소 바뀌고 추가되기도 했다. 나는 이 이름을 부르거나 들을 때마다 청설모라는 다람쥐가 떠올랐다. 발음이 불러오는 일차적인 연상일 뿐 다른 뜻은 없다. 지금 나는 김환희에게 고마움을 전해야 할지 아니면 원망을 해야 할지 속

내가 좀 복잡하다. 그녀가 없었다면 이청준과 내 인연은 먼발치 엿보기로 끝났을 것이다. 나를 포함해 우리 무리에는 김환희를 빼면 아무도 그에게 다가가 차든 술이든 마시자고 할 만한 위인이 없었다. 게다가 술에 취미가 없는 나는 그날 술자리가 아니라면 지금까지 이청준과 긴밀하게 연결되지 않았을 것이다. 이미 세상을 떠난 사람을 매일 소환해야 하는 것은 힘이 많이 드는 피곤한 일이다. 우리의 인연은 이 평전이 끝나면 끝나리라. 그때 나는 그가 내게 서명을 해서 준 첫 책의 제목처럼 '사라진 밀실을 찾아서' 갈 것이다.

앞의 일화 부분에서 말했듯 '청사모'에는 이화여대 불문과 동창들 말고 화가 김선두와 시인 김영남이 있었다. 그들은 이청준보다 20여 년 어린 다른 세대의 예술가들이다. 나이가 다르고 각자 태어난 고을이 달라도 전라남도 장흥 출신의 세 예술가는 정서적으로 통했다. 곁에서 보면 나 같은 외지인은 결코 알 수 없는 그들만의 기억과 흥이 있었다. 이청준은 50대 중반 이후 여전히 문우들과 가끔 필요한 여행을 했지만, 문학과 무관한 이 같은 모임을 무엇보다 즐겼다. 그런 모임의 특징은 어떤 방식으로든 고향과 연결된다는 점이었다. 이청준은 젊은 시절 20여 년 발길을 끊었던 고향을 틈만 나면 이러저러한 사람들과 함께 찾아갔다. 일기를 참고하면, 그는 1991년 6월 3박 4일 정도, 김 원장, 강 원장, 구제철과 함께 서울-지리산-녹동-장흥-해남-서울 여행을 했다. 두 원장은 사설학원장이다.

중년이 된 이청준에게 어머니가 없는 고향은 어떤 의미였을까? 대부분의 사람이 품고 사는 고향의 의미와 같은 것일까? 이청준의 잦아진 고향 방문은 그의 문학도 달라질 것을 예고했다. 그가 찾아가 만난 지금 이곳의 고향은 그보다 훨씬 깊고 넓은 어린 시절 고향을 품고 있었다. 고향길 횟수가 더해질수록 그는 소설보다 동화를 쓰고 싶어 했다. 동화를 쓰고 싶은 이청준이 새로 쓰는 소설도 그만큼 예전과 달라진 세계관을 드러냈다.

'사라진 밀실'—고향에서 찾은 사람들

이청준은 40대에 들어서면서 조금씩 고향 고을로 발길을 돌리기 시작했다. 그전에 그에게 고향은 어쩔 수 없을 때 한 번씩 찾아가는 곳이었다. 잠깐 들러 볼일만 보고 오는 그런 방문은 사람과의 만남을 배제시켰다. 그가 마음의 소리를 따라 고향을 찾기 시작하자 잊고 있던 귀한 사람들이 저절로 찾아왔다. 저 잊을 수 없는 '퐂네'도 그런 사람이었다.

"회진엘 왔으니 자네가 찾아봐야 할 초등학교 여자 동창생이 한 사람 있네. 자네 ㅍ네라고 기억하는가? 어릴 적엔 키가 쬐끄매서 늘 앞자리만 서던 줄 꼬맹이…… 그 ㅍ네 씨가 지금 저 선창거리에서 횟집을 하고 있는데, 자네가 모처럼 만에 고향엘 온다니까 꼭 한번 보고 싶다고 자넬 자기 집으로 데려오라는 당부였어."

배를 내려서자 친구가 그렇듯 그 동창녀의 횟집 쪽으로 등을 떠밀었다. 나도 물론 그녀를 쉽게 기억해낼 수 있었다. 친구의 말대로 반에서 가장 키가 작아 줄 앞자리 단골배기였던 그녀의 어릴 적 곱상한 얼굴이 금세 눈앞에 떠올랐다.

하지만 나는 쉽게 발길이 떨어지지 않았다. 세월이 많이 흐른 데다 일이 너무 갑작스러워 그녀의 횟집으로 불쑥 발길을 디밀고 들기가 뭣했다. 그래 잠시 머뭇머뭇 마음의 준비 겸해 우선 찻집부터 한 곳 들러서 가자 어쩌자 발길을 지체하고 있던 참인데, 어느새 낌새를 알아차린 그 횟집 문 앞에 그녀(아니 그 꼬맹이 아가씨가 저렇게 키가 자랐단 말인가!)가 나타나 첫 대면에 힐난 투부터 던져왔다.

"청준이 너 지금 우리 집 놔두고 어딜 가려고 거기서 어정거리고 있어야!"(「누님으로 변한 옛 여자 동창생」)

'폿네'는 이청준의 초등학교 동창생이다. 내가 만난 그녀는 60이 넘은 나이에도 여전히 시원시원한 이목구비에 키도 큰 서구형 미인이었다. 무엇보다 그녀는 따뜻하고 꾸밈이 없었으며 품이 넓었다. 나는 대화를 나누기 시작하자마자 대뜸 그녀가 좋아졌다. 그리고 이청준을 이해했다. 왜 그가 이 여자 동창생을 즐겨 찾고 누님처럼 어머니처럼 의지했는지. '폿네'는 이청준이 위에서 말한 두 사람의 해후를 이렇게 기억했다.

18, 9년 전 어느 늦여름 날, 누군가 횟집을 들여다보고 갔는데 그 얼굴이 낯익었어요. 한창 손님이 몰리는 시간이었는데, 한참 뒤 이 선생이 다시 찾아왔어요. 까만 비닐에 담긴 빵 두 개와 과자 하나를 갖고. 염치가 없는데 반가우니 몸 둘 바를 모르겠다며. 그 소리에 내가 그랬어요. 어째 바뀌진 것 같소. 그 말을 내가 해야 하는디. 이 선생은 이후 만날 때마다, 우리는 코 흘리고 가방 메고 학교에 가는 학생이다! 그래요. (김동래)

초등학교 시절에서 설명했지만 '폿네'라는 특이한 이름은 한자 '賣
女'를 우리말로 바꾼 것이다. 본명인 '김동래'는 호적 이름에 불과해
서, 그녀는 어릴 때 줄곧 '팔았다'는 뜻의 '폿네'로 불렸다. 귀한 무남
독녀였던 그녀는 몸까지 허약해서 부모 속을 태웠는데, 이름을 거칠
게 불러야 액운을 막을 수 있다는 속설에 따라 '동래' 대신 '폿네'로 불
렸다. 이후에도 사람들은 그녀를 '김동래'가 아니라 '폿네' 또는 '김매
녀'로 알았다.

이청준은 한번 발길을 트자 고향을 찾을 때마다 폿네의 '덕성식당'
을 찾았고, 그녀도 그를 진심으로 걱정하고 아꼈다. 이청준이 죽은 뒤
그녀는 내게, 친구 청준이를 이 선생으로 예우하며 이렇게 말했다.

〈천년학〉 촬영이 이 선생 생명을 단축시켰어요. 다른 사람은 몰라
도 나는 그렇게 확신해요. 촬영 중 선생을 몇 번 만났는데, 너무 힘들
어 보여서 "좀 쉬라"고 여러 차례 권했어요. 한번은 이 선생 자신이
"쉬고 싶다"고 말하더군요. 촬영 마지막 날 우리 식당에 임 감독님과
둘이 왔어요. 그때 까잘매미(도다리) 지리를 만들어 냈어요. 까잘매
미 지리는 이 선생이 가장 좋아하는 음식이어서 묻지도 않고 큰 냄비
하나 가득 끓였는데, 두 분이 다 드셨지요. 너무 힘들어 보여 "내가
대접하는 것이니 돈은 필요 없다"고 극구 사양했는데, 가고 나서 보
니 냄비 밑에 돈을 두었어요. 이 선생이 그런 사람이에요. 항상 동창
이 있어서 고향에 온 것 같다고 말했는데…… (김동래)

나는 그녀의 말에 어느 정도 동의할 수밖에 없었다. 어쩌다 보니 나
도 〈천년학〉 촬영 현장에 세 번 갔다. 바닷가에 부는 매서운 겨울바람

이 체감온도를 한층 낮추던 날과 바람 한 점 없이 쨍한 추위가 살과 뼈를 파고들던 날, 세 번 모두 그런 날이었다. 영화촬영 현장이 처음 이던 나는 참으로 견디기 어려웠다. 단순히 추위 때문이 아니었다. 촬영은 기다림과 반복의 지루한 싸움이었다. 게다가 소위 각색자인 이청준은 그곳에서 아무도 아니었다. 영화촬영장은 감독을 중심으로 한 영화인들의 세계였다. 그들 누구도 이청준에게 관심을 두지 않았다. 적어도 내가 보기에는 그랬다. 그때 이미 폐에 병이 들었던 그는 여러 날, 집을 떠나 밖에서 혹독한 추위에 떨며 홀로 외딴섬 같은 고립감을 견뎌야 했다. 그가 내게 촬영장에 오지 않겠냐고 넌지시 권했던 것도 그런 이유에서였던 것 같다. 나는 불과 사흘 함께했지만 그가 처한 상황을 알고도 남았다. 여기 꼭 계셔야 해요? 그는 말이 각색자지 서너 시간에 한 번 정도 대사나 지문을 짧게 손봐주는 정도였다. 이러다 병나시겠어요. 그는 서울 집으로 돌아가라는 내 권유를 부드럽게 거절했다. 그때 이청준은 많이 쇠약해 보였다. 겨우 사흘 함께한 내 눈에 그렇게 보일 정도였으니 '폿네'에게 그는 이미 아픈 사람이었다. 〈천년학〉 촬영이 그의 목숨을 단축시켰다고 그녀가 분개할 만했다.

이청준이 만년에 쓴 「인문주의자 무소작 씨의 종생기」와 「천년의 돛배」는 폿네에게서 비롯된다. 앞에서 이미 언급했지만 그녀가 들려준 '꽃씨 할머니' 이야기가 없었다면 「인문주의자 무소작 씨의 종생기」도 없다. 마찬가지로 그가 폿네와 더불어, 기막힌 설화를 간직한 돌섬(독섬)에서 낚시를 하지 않았다면 「천년의 돛배」도 없었을 것이다. 장흥과 고흥 앞바다에는 섬이 많다. 이청준은 고향에 내려가면 폿네 들과 함께 섬 나들이와 바다낚시를 즐겼다. 어느 날 그가 조카 이황우, 임권택 감독, 폿네와 바다낚시를 겸해 꽃섬에 다녀오는 길이었다. 해가 질 무렵 남도 바다와 하늘은 아름다웠다. 소설가와 영화감독은 그 황홀한 일몰에 감탄했다. 픗녜는 아름다움에 대한 그들의 서로 다른 표현을 아직도 잊지 못한다고 했다. 「조물주의 그림」에 나오는 바다와 섬과 해넘이의 향연은 〈축제〉 촬영을 준비할 때 펼쳐졌다.

찰싹찰싹 잔잔한 물결 소리뿐 갈매기들마저 사라진 적막한 바다 위로 서서히 옅은 어둠이 깔리고, 이윽고는 중천에 하얗던 반달이 노란 월광을 띠기 시작했다.

그런데 참 희한한 일이었다. 그 늦은 잔광과 황혼빛 속으로 한동안 모습을 희미하게 숨겨 들어가는 듯싶던 원근의 섬들이 그 달빛과 어둠의 대비 속에 오히려 모습이 뚜렷해지며 가까이 다가들고 있었다. 마치 어둠 속 술래잡기처럼 한 발짝 한 발짝 사방에서 소리 없이 우리를 둘러싸오듯이.

밤바다 가운데로 나가 있으면
섬들이 사방에서 나를 에워싸고 다가든다.
섬들이 어찌 나를 에워싸랴.
섬들은 저희끼리 밤 이야기 위해 서로 둥글게 다가앉는 것뿐이다.
섬들 가운데에 나는 없다.
(「조물주의 그림」)

이청준은 바다에서 돌아와 위의 시를 썼고, 임권택은 그 풍경을 "조물주가 연출한 작품"이라며, 사람은 찍고 싶어도 찍을 수 없다고 한탄했다. 〈축제〉는 〈천년학〉 전에 진목리에서 촬영됐다. 이청준은 〈축제〉에서 마당에 앉은 문상객 중 하나로 뒷모습이 나온다. 뒷모습이어도 그를 아는 사람들은 은발 덕에 단번에 이청준임을 알 수 있다. 〈축제〉 때 그는 〈천년학〉 때보다 젊고 건강했고, 임권택 감독과 '덕성식당'에 즐겨 다녔다. 폿네는 흥겨웠던 〈축제〉 시절을 그리워하며 추억한 자락을 꺼냈다.

> 두 분이 함께 오시곤 했어요. 어느 날 기분이 좋았던 이 선생이 노래방에 가자고 하더군요. 거기서 임 감독님은 "연분홍 치마가 봄바람에~"를 부르시고, 이 선생은 국민학교 교가를 불렀어요. (김동래)

폿네가 꺼내놓은 장면은 매우 특별했다. 이청준은 가수를 꿈꾼 큰형과 달리 노래를 잘하지 못했고, 자신도 그 사실을 알았다. 그가 노래 부르는 모습을 본 사람들이 몇이나 될까? 그는 정말 가깝고 마음이 편한 사람 앞이 아니면 노래를 부르지 않았다. 더구나 내가 아는 그는 노래방을 싫어했다. 나는 그와 노래방 비슷한 곳에 두 번 갔는데, 두 번 다 다수의 일행이 원해서 어쩔 수 없었던 경우였다. 그가 얼마나 가기 싫어했는지. 이청준이 자진해서 노래방에 가자고 한 것은 폿네와 함께했던 그때 한 번뿐이 아니었을까? 나는 그렇게 생각한다. 그러면서 새삼 폿네가 그에게 어떤 존재였는지 알았다. 노래방에서 그가 부른 노래는 초등학교 교가였다. 그는 그 노래를 부르고 싶어서, 그 노래를 부르던 때로 돌아가고 싶어서 굳이 노래방을 찾지 않았을까. 이청준은 폿네와 있으면 진목리 초등학생이 되어서 전정자 선생도 만나고, 간척되기 전 질펀한 갯벌과 바다도 만났을 것이다. 폿네는 그를 고향 고을 어린이로 되돌려주는 타임머신이었다.

'강진다' 선생도 폿네 같은 타임머신이었다. 강진다는 대덕동초등
학교가 정식으로 인가를 받기 전, 사명감 하나로 해변학교에서 이청
준 들을 가르쳤던 동네 청년이다. 이청준은 40여 년 찾지 않았던 그
를, "심한 삶의 쇠락증을 느끼기 시작한" 50이 넘은 나이에 "작심하고
고향 고을로" 찾아 나섰다. 그가 만난 강진다는 "시골 농사꾼 영감 행
색임에도" 말이나 거동이 허물없이 당당하고 의연했다.

> 얼굴이나 손발은 들논밭 햇볕에 그을고 거칠어졌을망정 노인답지
> 않은 드센 근력이 느껴져왔고, 당신이 겪어오신 지난 세월의 희비영
> 욕을 돌이키시는 어조에도 전혀 마음의 흔들림이 없이 모든 것을 그
> 저 하찮고 부질없어하시는 식이었다. 심지어는 그 동네 임시 분교 시
> 절이나 궁굽스런 봄철의 운동회들까지도 그저 젊은 시절 한때의 꿈
> 장난놀음이었듯 범연스러워하실 뿐이었다.
> "그거 다 젊은 한때의 몽상이었을 테지. 그런 꿈 놀음은 그 한때로
> 족하고 이후로 지금까진 그저 농사일만 해왔으니까."
> 하지만 남의 일을 말하듯 덤덤한 표정의 선생님에게선 왠지 그리
> 건강하고 우람한 삶의 힘이 느껴졌다. 그리고 그렇듯 싱그러운 삶의
> 향기는 시종 선생님 곁을 지키고 앉아 잔잔한 미소 속에 여전히 옛
> 모습을 잃지 않고 계신 그 늙은 누님 같은 사모님의 애틋한 모습에서
> 도 마찬가지인 것 같았다. (「농부가 되신 옛 선생님」)

강진다의 아내는 옛 해변학교 시절 남편을 도와 아이들의 운동회
옷 등을 만들어주던 사람이다. 이청준은 늙은 두 사람 속에 여전히 살
아 있는 청년과 그 아내를 만난 뒤 '삶의 피로' 운운했던 자신이 부끄

러워졌다. 그는 폿녜와 강진다를 통해 수십 년 전 그곳 그 자리의 삶을 다시 살 수 있었다. 이청준이 1993년 겨울에 발표한 장편 『흰옷』과 1999년 작 「빛과 사슬」은 그 시절 강진다와 다른 선생님들에 대한 이야기다.

이청준은 50대에 쉴 새 없이 서울과 장흥을 오갔다. 그러다 폿녜와 강진다를 만나고, 자신에게 고향은 지금 이곳에 있지 않다는 것을 깨달았다. 그곳은 현실에 존재하는 진목리가 아니라 지금 이곳이 품고 있는 참나뭇골, '사라진 밀실'이었다. 그의 쉼 없는 고향 나들이는 결국 사라진 밀실을 찾아가는 여행이었다. 이청준이 1994년 발표한 수필집에는 예전에 보기 어려웠던 이야기들을 담은 한 장이 들어 있다. 어린 시절 기억과 추억에 대한 글로 가득 찬 그 장의 이름은 '사라진 밀실을 찾아서'이고, 그 이름이 그대로 수필집 이름이 되었다. 그가 반백 살이 넘어 찾아간 사라진 밀실에는 유년 시절의 온갖 풍정과 사람들이 있었다. 그곳에서 그는 "유년의 산을 다시" 타고, 소풍 갔던 탱자섬의 큰 나무들을 보고, 폿녜와 선생님들과 웃고 떠들고, "떠돌이 약장수들의 노천 행상 풍경"을 만난다. 그뿐인가. 그곳에 사는 어린 이청준은 어머니와 옆집 섭섭이 할머니에게서 밤이 이슥하도록 옛날이야기를 듣는다. 소설가 이청준은 밀실을 찾은 뒤 비로소 알게 되었다. 그 옛날이야기들이 자기 "삶의 뿌리요 주춧돌"이었다는 것을.

나는 그 할머니와 나의 어머니에게 새삼 놀라고 감사를 드리지 않을 수 없었다. 아아, 그분들이 내게 그토록 많은 것을 주셨다니. 그 가난하고 남루하고 배운 것 없어 보이던 분들이…… 그것은 단순한 옛이야기가 아니었다. 그것은 나의 삶의 뿌리요 주춧돌이 된 것들이었다. 왜냐하면 우리의 옛이야기들은 바로 우리 조상들의 삶의 지혜의 모음이며 그 꿈의 뿌리가 되고 있기 때문이다. (「살아 있는 동화책」)

이청준은 옛이야기 손을 잡고 어린 시절 혼자 숨어들던 진짜 밀실을 찾아간다. 빈 헛간 구석, 마당가의 짚 더미 뒤켠, 따뜻한 쇠죽솥 불아궁이 앞, 눈빗발 소리가 문창호지를 두드려대는 뒷골방 아랫목 이불 속, 길가 너럭바위, 잔디무덤. 그곳들은 모두 "자유로운 상상과 창조의 드넓은 밀실"이었다. 중년의 이청준이 새삼 까마득한 유년의 기억을 되새기게 된 이유는 무엇일까? 그에 따르면 정상적인 성인은 세상살이를 위해 밀실을 나와 바깥세상에서 자기 삶을 넓게 실현해나가야 한다. 아늑한 밀실이 자유로운 꿈과 상상과 자기창조의 원천이라 해도 그곳에서 성년의 삶을 일구어갈 수는 없기 때문이다. 그래서 그는 오랫동안 광장의 삶을 살았다. 그러다 문득 이젠 자기 밀실로 되돌아갈 통로가 완전히 막혀버린 것 같은 의구심이 들었다. 빠른 정보 전달과 대량 유통이 당연해진 세태에 자신의 옛 밀실은 쓸모가 없을지도 모른다. 이청준은 광장만 있는 세상에서는, 누구나 같은 목소리로 말하고, 같은 율조의 노래를 즐기고, 농담과 웃음도 비슷하고, 생각이나 느낌도 다 비슷비슷해서 획일성과 익명성이 지배할 수밖에 없다고 생각한다. 광장에 대비되는 개인의 밀실은 참자아의 모색과 창조를 위해 꼭 필요하다. 유년의 기억과 공간은 단순한 밀실에서 벗어나 "자신을 되돌아보고 새로운 자아와 개성적 생명력의 계발, 축적을 위한 자기모색의 깊은 공간"이 된다.

사람은 누구나 그 스스로 창조의 주체자로서의 독자적 세계일 수 있으며 그것을 꿈으로 이루어나가는 데서 그의 존엄성이 터를 잡고, 어우러짐과 섞임의 세상살이 가운데에도 거기에 근거하여 그의 그다운 값을 힘 있게 실현하고 싶어 한다. 그리고 그 같은 그만의 세계는 그만의 밀실에서부터 첫 싹이 움트고 자라가기 시작한다.

그런 뜻에서 그 밀실은 이미 저 유년 시절과 같은 아늑한 꿈의 보금자리가 아니다. 꽃빛이 아름답고 새소리가 낭랑한 휴식처, 안식지는 더더욱 아니다. 그것은 이제 오히려 끊임없는 자기변혁과 거듭나기를 향한 삶의 혹독스런 담금질이 행해져야 하는 곳이다. 용맹정진 중인 선승의 토굴 도량과도 같은 참담스런 자기성찰과 인내의 괴로운 고문실인 것이다. (「사라진 밀실을 찾아서」)

이청준이 정의하는 밀실은 '아기장수 설화' 속 밀실과 같다. 그가 매혹된 '아기장수 설화'는 『춤추는 사제』(1978)를 시작으로 모습을 보이다가 「비화밀교」를 거쳐 2000년대 『신화를 삼킨 섬』에서는 소설을 열고 닫는 중심 열쇠가 된다. 『신화를 삼킨 섬』은 이청준 소설의 큰 물줄기가 정신(역사)에서 넋(신화)으로 방향을 트는 중요한 작품이다. 그는 소설을 시작하게 된 계기로, 자신을 배제시킨 현실세계에 대한 반발과 더 나은 세상 꿈꾸기를 꼽았다. 그런데 소설을 쓰면 쓸수록 자신은 마모되고 세상은 나아지지 않았다. 무엇이 잘못됐을까를 고민하던 그는 현상세계가 문제가 아니었음을 깨달았다.

그런 내면의 동기에서 시작된 내 새로운 세상 꿈꾸기 소설질은 현상질서에 대한 의구심과 함께 그 부조리를 개선하고 싶은 희망을 앞세웠음이 당연하다. 그런데 그 역시 내 세상 끼어들기의 한 방식과 노력에 불과했던 탓인지 모르지만, 한동안 그런 세월이 흐르다 보니 나는 어느덧 자신의 소진감과 함께 그 나은 세계에 대한 꿈과 희망에서조차 심한 피로감을 느끼기 시작했다. 그리고 종당엔 버려두고 떠나온 내 남루한 시골살이의 기억을 되돌아보기 시작했다.

그것은 이를테면 내 정체성에 대한 회의와 회귀 혹은 확인의 과정이었고, 그로부터 나는 새 고향길을 닦는 심정으로 옛 시골 고향길을 다시 찾아다니며 도회에서 소진된 삶의 피로를 덜고 새로운 생기와 활력을 조금씩 회복해 돌아오곤 하였다. 그런 과정이 내 소설의 다음번 과정이었을 것이다. (「나는 왜 문학을 하는가」)

도시에서 자기 존재의 "근원에 대한 결핍감에 시달리"던 이청준은 고향에서 찾은 사라진 밀실 덕에 소설의 다음 과정을 밟게 된다.

소설가의 시간과 주식

1997년 12월 대한민국은 'IMF사태'로 불리는 국가부도 상황의 경제위기에 봉착했다. 우리는 한 집안이 파산했을 때 가족들의 처지가 어떨지 쉽게 짐작할 수 있다. 그때 우리나라 국민 대다수가 실질적으로 또는 심정적으로 그런 처지에 몰렸다. 어떤 글에서는 이 위기를 제2의 경술국치에 빗댔다. 우리나라는 국제통화기금(IMF)에서 자금을 지원받아 겨우 국가부도사태를 넘겼지만, 수많은 기업이 도산하고 그 기업들에서 일하던 사람들과 식솔들이 나락으로 떨어졌다. 결국 정권이 바뀌었지만 많은 이가 한동안 어두운 터널 속을 헤매야 했다. 전업 소설가인 이청준에게도 이 시기는 쉽지 않았다. 예전보다 가난해진 사람들은 책을 사는 데 돈을 쓰기 어려웠다. 더구나 당의정 같은 이야기로 위로를 받아야 할 상황에 골치 아픈(?) 그의 소설을 읽겠다는 사람들이 늘어날 리 없었다. 이청준만큼 충성도 높은 독자들을 가진 소설가도 많지 않았지만, 그의 삶도 시대와 사회 상황에 던져져 있기는 마찬가지였다. 그래서였을까. 모든 경제지표가 불안하기 그지없고 실직자가 넘쳐나는 어둡고 불안한 사회를 오로지 글로 마주해야 하는 그는 예전의 취미를 떠올렸나 보다. 그가 몹시 가난하던 사회 초년병 시절 슬롯머신에 빠져 있었던 것을 기억하자. 이청준은 이제 부유하지도 가난하지도 않은 중산층이었고 환갑을 앞둔 나이였지만 새로운 슬롯머신을 찾아냈다. 그는 서재에 앉아서도 세상을 읽고 세상과 대결해야 했다. 이청준은 세상을 읽는 통로이자 세상과의 싸움에 대한 전투의식을 고취할 수단으로 주식투자를 택했다. 그는 아침 식사를 하면 곧장 서재로 가서 오전 내내 컴퓨터 주식창과 마주하는 생활을 한동안 이어갔다. 그리고 마침내 1999년 자신의 주식투자 경험을 바탕으로 꽤 긴 소설 「시인의 시간」을 썼다. 「시인의 시간」은 정보 언어와 개인 언어, 개인 언어 중에서도 핵심이라 할 수 있는 문학 언어에 대해 생각하게 한다. 이 두 언어의 관계는 예전에 『제3의 현장』에서, 분명한 논리에 기초한 공리적 설명어와 심정적 고백어의 대립으로 나타났다.

범박하게 말해 정보 문화의 핵심원이라 할 '정보 언어'는 일차적으로 경제적 생산성을 겨냥한 집단 유통 언어다. 그러므로 그것은 상대적으로 저생산성의 비경제적 개인 언어를 억압하려 들기 쉽고 실제로도 그런 경우가 많다. 비근한 예로 세상의 모든 정보가 한데 모여들어 그 질량과 속도의 각축장을 이루는 주식(정보)시장의 모습이 그렇다. 소위 '개미 군단'이라 이르는 개인 투자자들은 몇몇 '큰손'들을 제외하면 은행이나 증권 보험 회사와 같은 대형 투자기관들에 비해 시장 정보의 확보나 관리 능력이 형편없다. 그리고 그만큼 손실을 입기 쉽고 슬픈 약자의 처지를 벗어나기 어렵다. 개인(개인 언어)을 그렇듯 위력적으로 억누를 수 있는 조직적 집단(기관) 정보 언어는 그러므로 비개인적(혹은 비인간적) 힘의 언어요, 획일적 권력 언어의 경향을 띠기 쉽다. (「정보 언어, 개인 언어, 문학 언어」)

소설가 이청준은 정보가 넘쳐나는 시대에 개인 언어가 겪어야 하는 비개인적, 비개성적 집단 정보화 현상을 염려했다. 정보 언어는 획일적이고 집단적인 권력 언어로, 우리 삶의 올바른 가치관을 형성하는 개성과 그에 바탕한 인문적 정신 질서를 파괴할 위험이 있다. 개인과 개성에 기초한 문학 언어의 책무는 "그 압도적인 정보 언어의 억압에서 제 몸을 제물 삼아 우리 개인과 개인의 언어를 지켜나가는 것"이다. 주식시장은 정보 언어가 활개를 치는 대표적인 곳이다. 이런 주식시장에 뛰어드는 인물이 「시인의 시간」에서는 문학 언어, 그중에서도 정제된 시어를 다루는 시인인데, 그 시인의 모델이 바로 소설가 이청준이다.

아닌 게 아니라 그는 곧 사람들의 숨은 마음 읽기요 끊임없이 살아 움직이는 세상 읽기였다. 사람들의 마음과 세상을 읽어 배우고, 자신의 마음속과 세상살이도 함께 읽고 배워가는 일이었다. 그러면서 그 세상이나 세상 사람들과 내 삶을 서로 함께해가는 일이었다. 그리고 거기서 힘들게(무엇보다 없지 못할 그 오연한 자기 극기와 시험정신의 어려움이라니!) 얻어낸 승부의 결실은 현실에서 아무것도 보여줄 수 없고 증거할 수 없는 내 시 작업보다는 훨씬 더 안전하고 확고한 삶의 생산성을 보증했고, 그 같은 성취감과 은밀한 자신감은 이 세상과 자신에 대한 모처럼 만의 소중한 믿음까지 담보해주는 듯싶었다. ─ 그래, 이게 제법 세상을 사는 거여! 눈앞에 볼 수 있고 손으로도 잡아볼 수 있는 확실하고 생생한 방법으로 말여! (「시인의 시간」)

「시인의 시간」의 시인은 시를 쓰지 못하는 변명을 반어적으로 쓰인 위의 글로 대신한다. 이청준도 외환위기가 초래한 전 국가적인 암울한 시기, 한 천년이 가고 새 천년이 오는 시기를 시인처럼 보냈다. 그는 매일 "시황 방송을 시작하려는 케이블 TV 채널과 PC 모니터를 켜놓고 시장 개장 시각을 기다"리며 오전을 보냈지만 시인과 다른 점도 있었다. 무엇보다 그는 오후에는 늘 소설을 썼고, 주식으로 큰 손해를 보지도 않았다. 슬롯머신을 할 때나 주식에 투자할 때나 그에게는 여윳돈이 별로 없었다. 이청준은 적은 돈을 투자해 소소한 재미와 이익과 소설 한 편과 수필 한 편을 얻었다. 그의 주식투자에 대한 열정은 그가 아니라 엉뚱하게도 내게 불똥이 튀어 손해를 입혔다.

60대를 코앞에 둔 이청준은 그날이 그날 같은 삶을 살았다. 명성 높은 소설가인 그의 소설은 다양한 언어로 번역되어 여러 나라에서 출판되었고 해외 언론사들의 취재도 이어졌다. 그래도 그의 삶은 그날이 그날 같았다. 아침에 일어나 신문을 읽고 간단히 밥을 먹은 뒤 서재로 들어가 주식창과 씨름하다 나와 점심을 먹고 다시 들어가 소설을 썼다. 저녁에는 책을 읽고 늘 술을 마셨다. 그는 주로 집에서 술을 마셨지만 약속이 있는 날에는 밖에서 마셨다. 그는 여전히 김치수, 김병익, 홍성원, 오규원, 김주연 같은 문단 친구들이나 후배들과 교류했지만 만남은 드물었다. 그렇다고 문단 밖의 다른 사람들과 만남이 잦았던 것도 아니다. 그는 친교를 이어가는 사람들을 대부분 몇 달 혹은 한두 해 만에 만났다. 그런 사람들 중에 '청사모'가 있었다. 이러저러한 사람들이 들고 나던 '청사모'에서 김환희와 나는 처음부터 끝까지 자리를 지켰다. 우리는 한 해에 네댓 번 여럿이 혹은 셋이 만났다. 그는 반듯하고 고고했지만 외로웠다. 청사모처럼 부담 없는 사람들과 만나는 것을 좋아해서 밤늦은 시각까지 헤어지기 아쉬워했다. 그런데 언제부턴가 이청준은 김환희와 나, 셋이 모였을 때 주식 이야기를 많이 했다. 그때 새삼 알게 된 사실은 이청준과 김환희는 주식투자를 주제로 한없이 대화가 가능하다는 것이었다. 나와 달리 김환희는 이미 이력이 꽤 오래된 주식투자자였다. 나는 말하자면 주식의 '주' 자도 몰랐고 투자할 돈도 없고 관심도 없었다. 이청준이 자꾸 나를 놀렸다. 돌이켜보면 내게 주식을 권하며 놀릴 때와 자동차 조수석에 앉아 가벼운 불법을 부추길 때처럼, 그에게서는 어린 시절 개구쟁이 모습이 엿보이던 때가 있었다. 그 이야기를 해보자.

이청준은 내게 도무지 얘기가 통하지 않는다며 끊임없이 주식투자를 권했고, 나는 결국 그의 집요함에 손을 들었다. 그때는 왜 그랬을까? 나는 투자를 결심하고도 한동안 주식 시황판이 번쩍대는 증권사 사무실에 갈 엄두가 나지 않았는데, 마침 거래은행에서 주식계좌 개설 서비스를 시작하고 거래도 컴퓨터를 통한 온라인으로 가능하다고 했다. 문제는 그 계좌의 하한선이 5백만 원이라는 점이었다. 어찌어찌 그 큰돈을 마련해 은행에서 주식계좌를 개설하고 대망의 투자에 발을 디딘 순간이 떠오른다. 나는 이청준에게 의기양양하게 그 사실을 알렸다. 그의 반응은 내 기대와 달리 심드렁했다. 그랬나? 앞으로 잘해봐라. 내 주식투자 결과는 참담했다. 처음 며칠을 빼고 곧 흥미가 없어진 나는 주식계좌를 거의 잊고 살았다. 이상하게도 이청준 또한 이후 내게 주식 이야기를 하지 않았다. 몇 달에 한 번 생각나서 들어가 보면 내가 산 주식은 어김없이 폭락해 있었다. 그렇게 사고팔기를 대여섯 번, 2년여 만에 5백만 원은 27만여 원이 되었다. 나는 이청준에게 내 주식투자 결과를 얘기했다. 그의 반응은 이번에도 내 기대와 달랐다. 그랬나요? 어쩌나! 그는 말과 달리 꽤 즐거운 것 같았고, 나는 어이가 없었다.

우리는 장흥으로 가고 있었다. 나는 운전석에, 이청준은 조수석에, 뒷자리에는 청사모 회원인 내 대학 선배 최현이 타고 있었다. 아침에 출발한 우리는 탄천휴게소에서 점심을 먹고 호남고속도로로 진입해 달리고 있었다. 운전을 전혀 할 줄 모르는 이청준은 언제나처럼 조수석에 앉아 조수의 역할이 얼마나 중요한지 이러저러한 이유를 조근조근 나열하고 있었다. 그러다 웃음기 머금은 느긋한 말투로, 차를 너무 점잖게 모는 것 아니냐고 말했다. 아니요. 나는 5백 미터 앞에 있다는 속도감지카메라 예고를 보고 단호하게 대답했다. 하지만 그는 단념하지 않았다. 그의 도발에도 몇 번 위기를 넘긴 나는 "가불어!"라는 갑작스런 외침에 액셀을 밟고 말았다. 20여 년이 넘는 내 무사고 무벌금 운전은 거기서 끝났다. 뒷날 난생처음 속도위반 벌금고지서를 받았다고 불평하는 내게 그가 한 말이 걸작이다. 가라고 했다고 진짜 가불어?

지금 나는 자질구레한 이야기를 하며 그 속에서 환히 웃던 이청준의 얼굴을 본다. 그는 자기 분야에서 일가를 이룬 소설가였다. 그만큼 명성과 생활의 안정도 따랐다. 삶은 살 만했다. 단지 만나는 사람이 많지 않았고, 오래된 인연 중에 끊어진 것도 있어서 마음 한구석이 허전했다. 그래서 '청사모'처럼 다소 어정쩡한 모임이 그에게 위안이 되었던 것 같다. 내가 아는 그와 친한 문인들 중 몇몇은, 나이가 들수록 그가 점점 까다로워졌다고 했다. 그들 대부분이 추측하는 원인이 있기는 했다. 하지만 내가 아는 것은 우리들이 그와 만나 문학이나 가족 이야기가 아니라 온갖 잡다한 농담과 세상 이야기를 나누었다는 사실 뿐이다.

어쨌든 이청준에게는 아내와 딸이라는 든든한 울타리가 건재했다. 무엇보다 초등학생 때부터 보았던 은지는 어느새 새내기 대학생이 되었다. 나는 뒷날 그가 죽음에 이르는 병에 걸렸을 때 은지가 보여준 깊은 사랑을 잊지 못한다. 이청준의 은지에 대한 사랑은 그보다 더 깊고 뜨거웠다. 그가 죽음을 앞두고 가장 마음 아파한 것도 바로 단둘이 남게 될 아내와 은지였다.

다음은 이청준이 1990년대에 쓴 소설들이다.

장편소설: 『인간인 2』 『흰옷』 『축제』
단편소설: 「지관의 소」 「용소고」 「세월의 덫」 「선생님의 밥그릇」 「작호기」 「기억여행」 「집터」 「도시에서 온 신부」 「나이의 짐」 「흉터」 「가해자의 얼굴」 「돌아온 풍금 소리」 「뚫어」 「아우 쌍둥이 철만 씨」 「날개의 집」 「목수의 집」 「내가 네 사촌이냐」 「빛과 사슬」 「오마니!」 「시인의 시간」

10장

2000년대: 60대

이청준의 소설은 새천년과 더불어 시작된 60대에 큰 변화를 겪는다. 그는 이제 온전히 '신화'에 몰두했다. 앞에서도 몇 번 말했듯이 그에게 '신화'는 민담, 전설, 설화 등을 모두 포함하는 넓은 뜻이다. 이 시기에 이청준은 신화를 다루는 정통 소설뿐 아니라 동화에도 깊은 애정을 보였다. 동화는 그가 생각하는 '신화적' 요소를 많이 가진 장르였다.

이청준—인문주의자 무소작 씨와 동화

이청준은 2000년 「인문주의자 무소작 씨의 종생기」라는 특이한 제목의 소설을 발표했다. 초등학교 동창 김동래가 들려준 설화에서 촉발된 이 소설은 고향과 작가 자신에 대한 글이다. 그는 「인문주의자 무소작 씨의 종생기」를 시작으로 고향과 자신의 뿌리에 대한 신화적 상상력을 확장해나간다. 나는 그가 이후 죽을 때까지 쓸 소설들의 특성을 '신화적 상상력'이라는 두루뭉술한 단어로 가리킬 수밖에 없다. 그는 지금껏 철저한 취재를 바탕으로 깐깐하고 논리적인 사유와 반성적인 글쓰기를 해왔다. 이청준은 전문 지식이나 과학적 사실과 어긋난 소설 속 묘사를 발견하면 지체 없이 오류를 교정했고, 그 과정을 글로 밝히기도 했다. 「병신과 머저리」에 대한 전문가의 오류 지적으로 시작되는 산문 「사회 병리와 인간학의 은유」는 온통 그런 얘기다.

소설을 쓰고 나면 흔히 이렇듯 자기 분야의 일과 관련된 오류를 지적해주는 친구가 있다. 그중에도 특히 빈번한 것이 율사(律士)와 의생(물론 앞의 경우는 아니지만) 친구들이다. 두 분야가 우리 사회나 생활에 그만큼 상관성이 깊을 뿐 아니라 전문성이 뚜렷해 그 오류가 쉽게 띄고 폐해가 커질 개연성 때문일 것이다. 그러니 무슨 진료나 의학적 의의보다 삶과 세상사에 대한 알레고리의 적절성 때문에 별스러울 만큼 자주 병원과 의생을 등장시켜온 내 소설들은 그만큼 그쪽의 시비(관심?)를 기꺼이 견뎌야 했을 수밖에. (「사회 병리와 인간학의 은유」)

이청준은 글을 위해 의학과 법률 분야에 있는 친구들의 도움을 받거나 직접 연구실이나 실습실에서 체험하기도 마다하지 않았다. 그가 이런 일에 얼마나 까다로웠는지 율사 친구 이진영, 의사 친구 민득영 등 여러 사람이 입을 모아 증언했다. 그런 이청준이 달라졌다. 어른을 위한 동화 같은 「인문주의자 무소작 씨의 종생기」는 그의 변화를 잘 보여주는 작품이다.

인문주의자 무소작은 소설가 이청준이다. 무소작의 고향 참나뭇골은 같은 이름으로 불린 이청준의 고향 진목리이다. 무소작의 엄마가 들려준 '꽃씨 할머니 이야기'는 김동래가 들려준 이야기다. 어린 무소작처럼 이청준도 집 담벼락 아래 자라던 강낭콩 싹을 모조리 뽑아버렸다. 무엇보다 '큰산'에 오른 무소작의 예감은 바로 이청준의 예감이었다. 사람들에게 큰산으로 불린 '천관산'은 이청준의 고향인 장흥의 진산(鎭山)이다. 그가 어린 시절 천관산에 올랐을 때 느낀 두려움과 아득한 절망감, 언젠가 산 너머 세상으로 나아갈 것 같은 예감이 「인문주의자 무소작 씨의 종생기」를 낳았다. 「보리밭, 연, 허기」「떠남과 돌아옴의 길목」「깨어진 영혼들의 대화」 등 몇몇 수필을 읽노라면 누가 무소작이고 누가 이청준인지 구별하기 쉽지 않다.

그런데 초등학교 6학년 가을 소풍길에 그 천관산을 처음 올라 바다에서보다 더 넓고 멀리까지 펼쳐져나간 산해의 까마득함 앞에 나는 그 뱃길에서의 두려움이 과연 그 드넓은 세상으로의 떠남에 대한 예감 때문임을 다시 한번 확인했다. 나는 그때 막연하나마 언젠가는 내가 그 산들 너머의 세상으로 나가야 하고, 그것이 어쩌면 내 불가피한 삶의 점지인 듯싶은 예감 속에 지레 가슴을 두근거리고 있었으니까(이 큰산 이야기는 나중 내 졸작 「인문주의자 무소작 씨의 종생기」로 이어졌다). (「떠남과 돌아옴의 길목」)

이제 우리는 이청준이 쓴 동화풍 자전적 소설에서 작가를 대변하는 인물이 '인문주의자 무소작'이라고 믿는다. 소설가가 인문주의자인 것은 잘 알겠는데, '무소작'은 언뜻 이해하기 어렵다. 그는 어째서 허구의 자신에게 이처럼 희귀한 이름을 주었을까? 무소작이라는 이름은 우화소설 속 인물들인 가수로, 기로수, 마기, 마진, 마사일처럼 사람을 지칭하는 이름의 기능을 넘어선다. '무소작'은 불교용어인 '무소착'의 변형이다. 부처님은 진염(塵染)에 집착하지 않는다는 무소착은 더 나아가 어디에도 집착하지 않는 것을 뜻한다.

그것은 어떤 본질로의 귀환, 너의 인간계의 불교식으로 말하면 그것은 저 사성제(四聖諦)를 통하고 무소착(無所着)의 경지도 넘어선 새로운 세계에로의 귀환이요, 그 귀환의 과정일 따름인 것이다. (「노거목과의 대화」)

새천년을 맞은 소설가 이청준은 무소작처럼 지난 시대의 구전 이야기꾼이 되고 싶었다. 이야기꾼이 되어 그는 완결된 소설이 아니라, 자유로운 상상력 덕에 매번 새롭게 태어나는 이야기를 하고 싶었으리라. 매인 데 없이 이야기를 하다가 마침내 자신의 이야기 속으로 사라지는 것이 바로 이야기꾼 이청준이 꿈꾼, 어떤 본질로의 귀환이 아니었을까. 이야기꾼 무소작이 이야기 속으로 사라지고, 「시간의 문」의 사진작가 유종열이 사진 속으로 사라졌던 것처럼. 다른 장르의 예술가들도 마찬가지이다. 그래서 이청준은 원근법과 소실점이 살아 있는 그림을 좋아했다. 그런 그림이어야 화가들이 그 속으로 사라질 수 있기 때문이다.

나는 아직도 원근법(遠近法)과 소실점(消失點)이 살아 있는 그림이 편하다. 때로는 그 그림의 소실점 너머로 자신이 사라져 들어가버리고 싶어지기까지 한다. 소실점이 아니더라도 그림 속으로 사라져 들어가고 싶은 마음은 동양화들에서 특히 더하다. 〔……〕 하여 동양화를 그리는 사람들은 정말로 그 그림 속으로 자신이 사라져 들어가고 싶을 때가 있는 것인지 모른다. 완당(阮堂)의 〈세한도(歲寒圖)〉, 의재(毅齋)나 청전(靑田)의 산수화들. 완당이나 의재, 청전 같은 도사들은 실제로 자기의 그림 속으로 사라져 들어가고 싶어 그런 그림들을 그렸는지 모른다. 그림을 그리면서 그 영혼이 실제로 그림 속으로 사라져 들어가고 있었는지 모른다.

자신이 사라져 들어가고 싶은 그림. 자신의 영혼이 사라져 들어가는 그림. (「여름의 추상」)

이 글에서 '그림'을 '이야기'로, '동양화'를 우리 '민담'이나 '설화'로 바꾸면 이청준의 소망이 드러난다. 그는 「인문주의자 무소작 씨의 종생기」에서 자신이 사라져 들어가고 싶은 이야기, 자신의 영혼이 사라져 들어가는 이야기에 대한 소망을 감추지 않는다. 소설가 이청준은 이때부터 꽃씨 할머니처럼, 입에서 입으로 전해지는 민담과 설화 속 인물이 되고 싶었던 것 같다.

「인문주의자 무소작 씨의 종생기」는 어느 날 갑자기 쓰인 것이 아니다. 이 소설 전후로 이청준은 고향 회귀 염원을 가감 없이 보여주는데, 그 염원은 유년 시절과 그 시절 삶의 장이었던 옛 고향 찾기로 이어진다. 모든 것을 글로 표현할 수밖에 없는 그는 새 염원을 이룰 장르로 동화를 택했다. 이청준은 '문학의 기초 장르'인 동화가 삶의 겉모습을 뚫고, 우리가 사는 삶과 세상의 다른 길과 겹을 드러내줄 수 있는 '입체적 상상력'의 힘을 갖고 있다고 보았다. 그런 점에서 동화는 장차 그가 매진할 신화를 예고한다. 편리하게 지식인 소설가로 여겨지던 이청준은 1990년대 중반부터 본격적으로 동화에 눈을 돌렸다. 그 시기는 그가 자주 고향을 찾으면서 기존에 맺은 친교의 범위는 좁아지는 대신, 같은 고향 출신 사람들과의 교류는 늘었던 때이다. 이청준은 그렇게 천천히 10여 년에 걸쳐 어린 시절 고향으로 들어갔다.

> 동화 쓰기는 옛 유년 시절로 돌아가는 일종의 기억 여행이랄 수 있으니 쉽고 즐거운 일일 수 있을뿐더러, 동화는 만인 공유의 정서 세계에 바탕한 문학 장르라는 점에서 각자의 경험이나 성장 경로가 다른 독자를 좇는 소설보다 보편적 공감력을 지닌다고 할 수 있을 터이다. (「동화 문장의 눈높이」)

우리는 여기에서 밑줄 친 부분을 주목해야 한다. 이청준의 동화에 대한 애착이 무엇을 뜻하는지 그 부분이 보여준다. 그의 표현을 빌리자면, 그는 이제 특정 시간과 장소, 사건을 상정하는 역사가 아니라 시공을 초월한 신화를 바탕으로 만인 공유의 보편적 정서를 찾을 것이다. 이청준은 본격적인 신화 쓰기에 앞서 먼저 동화를 쓴다. "동화를 쓰는 일은 우리가 원래 자연과 함께 어울려 살 때부터 지니고 살다가 잃어버린 본래의 마음을 다시 찾아 즐기는 일"이다. 그가 작정하고 동화를 선보인 첫 책은 『광대의 가출』(1993)이다. '이청준 산문제'라는 부제가 붙은 이 기묘한 책은 에세이, 우화, 동화로 나뉜 세 부로 구성되었다. 편집자의 말에 따르면 이런 구성은 이청준의 뜻이 아니었다. 작가는 나중에 3부에 실린 동화들을 다른 여러 동화집에 나눠 실었다. 그가 이 동화들을 한 권으로 묶지 않은 데는 나름 이유가 있다. 『광대의 가출』에는 창작동화와 전래동화가 뒤섞여 있다. 예를 들어

「나들이하는 그림」이나 「별을 기르는 아이」는 이청준의 창작동화이고, 「아기장수의 꿈」과 「덕진 다리」는 전래동화이다.

이청준은 『광대의 가출』에서 동화를 선보인 뒤 2년 만에 『할미꽃은 봄을 세는 술래란다』(1995)를 발표한다. 그가 치매에 걸린 자신의 어머니와 어린 딸을 주인공으로 쓴 이 아름다운 동화는 초등학교 교과서에 실렸다. 이청준은 교과서에 실린 작품 인세를 가장 많이 받는 작가라고 한다. 그의 작품은 초등학교부터 대학교까지 국어 교과서에 고루 실렸다. 이 사실은 어렵게 여겨지는 그의 작품에 대해 새롭게 생각할 거리를 준다. 이청준은 딸 은지의 실명을 그대로 쓴 창작동화 『할미꽃은 봄을 세는 술래란다』 이후 전래동화로 눈을 돌렸다. 1997년 『한국 전래동화 1, 2』를 엮은 그는 전래동화를 자기 방식으로 새롭게 쓰기 위해 수많은 이야기를 찾아 읽었다.

> 이 책을 쓰기 위하여 나는 우리나라의 모든 옛날이야기들을 거의 찾아 읽어보았습니다. 더러는 완전한 동화 형식을 갖춘 것도 있었고, 더러는 전설이나 민담, 일화, 심지어는 어떤 풍습이나 우스개 속언의 형식으로까지 이야기가 남아 있었습니다.
> 그 밖엔 더러 이야기의 형식이 갖춰져 있지 않더라도 내용이 진실되고 아름다운 것이면, 시대의 멀고 가까움에 상관없이 상상을 더하여 새 동화로 꾸몄습니다. (「잃어버린 마음을 찾아드립니다」)

재미있는 사실은 이청준이 전래동화집에 자신의 창작동화인 「나들이하는 그림」을 넣었다는 것이다. 그는 이 동화가 입에서 입으로 전해지는 전래동화가 되기를 바랐으며, 전래동화집과 같은 해에 판소리

다섯 마당을 재해석한 판소리 동화도 출판했다. 판소리 동화가 판소리 다섯 마당과 다른 점은 우선 〈적벽가〉 대신 〈옹고집 타령〉이 들어갔다는 점이다. 〈옹고집 타령〉의 사설은 전해지지 않는데, 소설 「옹고집전」과 같은 내용일 것으로 추정된다. 이청준이 심취한 전래동화는 우리나라의 '옛날이야기'다. 그가 중국 『삼국지연의』를 바탕으로 한 〈적벽가〉보다 우리 옛날이야기 「옹고집전」에 눈을 돌린 것은 당연하다. 이청준은 판소리 이야기를 자기 방식으로 다시 쓰면서 책의 표제도 기존과 달리 붙였다. 그가 판소리 사설을 "소박한 동화나 우화 혹은 풍자소설풍의 형식으로 다시 써보기로" 작정한 것은, 그것이 다른 어떤 문학 형식이나 작품 못지않은 "건강한 재미와 상상력, 삶에 대한 아름다운 꿈과 믿음과 지혜를 일깨워줄 수 있으리라 믿기" 때문이었다. 다음은 그가 판소리 동화 초판에 붙인 표제와 부제이다.

　　놀부는 선생이 많다 ─ 사람 마음씨의 두 모습: 흥부 심성은 내 심성, 놀부 심보는 네 심보?
　　토끼야, 용궁에 벼슬 가자 ─ 세상살이의 두 길: 토끼는 간이 없고 자라는 머리가 없어 탈이라네!
　　심청이는 빽이 든든하다 ─ 사람의 참도리인 '효'를 따라 사는 법
　　춘향이를 누가 말려 ─ 약속을 믿음으로 지키는 길: 꿈과 양심의 소리로 울리는 춘향의 사랑
　　옹고집이 기가 막혀 ─ 사람에 대한 이해와 나눔의 의미: 고집과 교만의 틀에서 깨어나기 위한 옹고집의 절규

이청준이 쓴 판소리 동화들의 다소 파격적인 표제들은, 뒷날 새로

출판될 때 원제인 『흥부가』 『수궁가』 『심청가』 『춘향가』 『옹고집 타령』에 붙은 부제가 된다. 그는 2000년대 들어서 본격적인 동화 창작에 나섰다. 그렇다고 우리 옛날이야기에 대한 그의 끌림이 약해진 것은 아니다. 그 끌림은 다른 방향으로 깊어져 '신화소설'로 나아간다. 특이하게도 그의 동화는 모두 자신과 가족, 친지가 겪은 이야기를 모태로 쓰였다. 『떠돌이 개 깽깽이』(2001) 이야기는 잠실 아파트에 살던 그와 가족이 직접 겪은 일로, 동화 속 윤지네의 윤지 아빠와 엄마, 윤지는 이청준과 아내, 딸 은지이다. 『숭어 도둑』(2003)에 실린 네 편의 동화는 이청준의 어린 시절 이야기이고, 『새소리 흉내쟁이 요산 아저씨』(2004)는 광주 무등산 자락에 살며 그림을 그리는 친구 계산의 이야기다. 『이야기 서리꾼』(2006)의 주인공 용준이가 모험이라고 벌이는 일들은 어린 청준이 저질렀던 온갖 장난과 말썽들이기도 하다. 이청준은 동화를 쓰는 내내 어린 시절 고향으로 돌아가고는 했다. 그의 동화 작업은 '신화소설'을 쓰기 위한 밑그림이며, '신화소설'은 어린 시절을 넘어 자기 존재의 뿌리로 들어가는 작업이다.

서울을 떠나다

이청준은 1999년 순천대학교 문예창작과 석좌교수가 됐다. 수십 년 전업 작가를 고집한 그가 교수 자리를 받아들인 데는 나름 이유가 있었다. 석좌교수에게 주어진 의무는 한 학기에 두 번 정도 자유로운 주제로 하는 강의가 전부였다. 게다가 고향 장흥과 가까운 순천에는 이청준이 매우 아끼는 큰조카 운우가 살았다. 그는 순천에 갈 때마다

운우네 집에 머물렀고, 순천행은 장흥행으로 이어지기 다반사였다. 그가 순천대에서 강의를 한 뒤 장흥으로 갈 때는 혼자가 아니었다. 이청준은 세상을 떠날 때까지 순천 나들이를 매번 즐겁게 기다렸다.

60대에 들어선 이청준은 문단에서는 물론 사회적으로도 존경받는 소설가였다. 우리는 TV, 신문, 잡지 등 미디어에서 예전보다 자주 그를 볼 수 있었다. 그의 명성은 우리나라뿐 아니라 해외로까지 널리 퍼졌다. 그의 작품들은 영어, 일본어, 중국어, 프랑스어, 독일어, 스페인어는 물론 튀르키예어와 몽골어에 이르기까지 온갖 언어로 번역되어 출판되었다. 특히 프랑스에서는 공영방송에서 그를 주인공으로 다큐멘터리를 찍기도 했고, 특정 출판사에서 독점으로 그의 소설을 계속 번역 출간했다. 그뿐인가. 일본에서는 그의 소설을 사랑하는 한 무리의 독자가 매년 정기적인 예술기행을 목적으로 장흥에 왔다.

어느덧 우리 문단을 대표하는 소설가가 된 이청준은 한국문학을 주제로 열리는 외국 학술제나 행사에 빠짐없이 초청되었다. 그는 공식적인 목적으로 꾸려진 꾸러미여행단에 끼어 독일에도 가고 프랑스에도 가고 미국에도 가고 남미 등에도 갔다. 그러다 문득 나라 밖으로 나가는 일을 그만두었다. 이번에도 그가 내세운 이유는, 긴 시간 동안 담배를 피울 수 없어서였다. 나는 그의 말이 농담이 아니라는 것을 알았다. 비행 중 담배를 피울 수 있는 여객기는 이제 세상에 없었다. 그는 폐에 퍼진 깊은 병을 알기 전까지 담배를 손에서 놓지 않았다. 글을 쓸 때는 더했다. 이청준은 담배에 담배를 이어서 피우는 줄담배꾼이었다. 그가 10시간이 훌쩍 넘는 강제 금연을 하기는 거의 불가능한 일이었다.

이청준은 밖으로 나가는 대신 안으로 눈을 돌렸다. 마침 그의 관심

제3부 서울과 용인

도 동화, 민담, 전설, 신화 같은 우리 옛날이야기로 향하면서 자신이 나고 자란 뿌리인 고향 장흥에 부쩍 마음을 쏟았다. 명성과 달리 서울에서 그는 사람과의 교류를 더 줄여갔고 여전히 그날이 그날 같은 단조로운 삶을 살았다. 그러다 이청준은 서울을 떠나 경기도 용인으로 집을 옮겼다. 우리는 그가 서울을 얼마나 끈질기게 사수하려 했는지, 어떤 마음으로 서울에 마련한 첫 집을 '신전'으로 불렀는지 알고 있다. 그의 오랜 친구가 말했듯 점점 '자폐적'이 되어가던 이청준은 마침내 서울을, 신전을 떠나기로 작정한 것이다. 나는 그때 그가 '자폐적'인 동시에 '개방적'이었다고 생각한다. 다수의 오랜 친지가 폐쇄적이라 여긴 이청준은 용인에 정착한 뒤, 옛 친구들이 아니라 새 친구들과 즐겁게 소통했기 때문이다. 여전히 우정을 이어가던 옛 친구들은 문인이 아니었다.

이청준은 2001년 10월에 잠실 아파트를 떠나 용인시 기흥구 아파트로 이주했다. '청사모' 세 여자들이 선물을 사 들고 찾아갔을 때, 그는 옛집보다 훨씬 큰 새집에서 자신만의 넓은 서재를 가질 수 있어서 좋다고 즐거워했다. 은지 잔소리 듣지 않고 담배도 마음대로 피울 수 있어요. 그는 우리들에게 어린아이처럼 서재 자랑을 했다. 자랑은 거기서 그치지 않았다. 서울 집을 팔고 이 큰 집을 샀는데 5천만 원이나 남았어요. 우리는 이주 기념으로 저녁 식사를 대접하겠다는 그를 말릴 수 없었다. 그의 기쁨은 몇 달 가지 못했다. 서울 집값이 무섭게 오르기 시작했다. 그가 가진 돈은 이제 예전 서울 집을 사기에 턱없이 모자랐다. 이청준은 한동안 집을 생각할 때마다 마음고생을 했다. 그런 쪽으로는 오히려 그의 아내가 대범했다. 남경자는 결혼 초를 떠올리며, 큰 경제적 어려움 없는 생활을 고마워했다. 이청준은 서울 사수를 쉽게 포기한 자신이 원망스러웠는지 모르겠다. 그때 그는 이메일에 굳이 "경기도에서"라고 밝히기도 했으니까.

용인으로 간 이청준은 여전히 필요한 만남을 이어갔지만 부부모임이나 여행은 달랐다. 그가 짧은 메모 형식으로 남긴 일기를 보면, 이청준은 주로 민득영, 정인혁과 함께 여행을 갔다. 세 사람은 따로 또는 부인들과 더불어 자주 만났다. 일기에는 그들이 만나 저녁을 먹은 식당과, 함께 간 광주나 강릉 등의 여행지가 여러 해에 걸쳐 쉬지 않고 나온다.

2002년

10. 7: 민득영, 정인혁 선생 가족과 저녁.

11. 15: 정 선생네와 2시 강릉행.

12. 12: 정 선생, 민 공 들과 오리역에서 저녁.

12. 21: 정 선생, 민득영 공 들과 미금에서 저녁.

2003년

3. 11: 민득영, 라오스에서 귀국. 미금동 참치옥에서 저녁.

9. 9: 민득영, 정인혁네 세 가족 남행.

민득영은 이청준의 고교 동창이고, 두 사람보다 나이가 어린 정인혁은 사회에서 알게 된 사람이다. 두 사람은 소설가 이청준만큼 자기 분야에서 최선을 다한 의사이다. 한양대 교수인 민득영은 기생충퇴치사업 등 제3세계를 위한 의료지원과 봉사를 평생 이어갔다. 이청준의 일기를 보면 민득영이 라오스에 여러 번 다녀왔음을 알 수 있다. 그는 퇴임 후에도 기생충에 취약한 지역에 사는 사람들을 위해 아프리카 오지를 다녀오는 수고를 마다하지 않았다. 연세대 교수인 정인혁도 마찬가지다. 그는 언어를 다루는 이청준이 탐낼 만한 의사였다. 해부학의 권위자인 정인혁은 어려운 의학용어를 한글화하는 데도 앞장섰다. 의사인 그가 한글학자 최현배를 기리는 외솔상을 받았으니, 이 일에 대한 그의 열정을 알 수 있다. 이청준은 소설노트에서 의학 관련 글을 쓰는 데 도움을 준 민득영과 정인혁에게 고마움을 전하기도 했다.

> 대신 『당신들의 천국』을 쓸 즈음 이런저런 자료를 챙겨 도와준 오랜 벗 민득영 교수(한양대학교 의과대학)와, 내 소설에 나타난 죽음들이 뒤에 남긴 '영혼의 집'에 참다운 느낌이 모자란다는 공박과 함께 자신의 연구 실습실에 나를 몇 시간씩 붙잡아놓은 연세대학교 정인혁 교수에게 이 자리를 빌려 뒤늦은 고마움의 뜻을 전하고 싶다. (「사회 병리와 인간학의 은유」)

소설가 아버지와 해부학 전공의 아들이 나오는 「목수의 집」은 위 글 속의 '영혼의 집'을 떠올리게 하는 소설이다. 이청준은 정인혁의 연구실 체험을 하면서 소설의 소재가 되는 이야기를 들었을 것이다. 그러면서 자신의 영혼의 집에 대해 고민한 결과 소설 「목수의 집」을 썼을 것이다. 그는 이 소설에서 참된 목수의 집과 참된 해부학 의사의 집이 무엇이어야 하는지 말하는 동시에 참된 소설가의 집을 그리고 있다. 소설 속 신촌 ㅅ의과대학 해부학과 교수의 진정한 집은, 그의 사체를 해부하고 유골을 수습하여 만든 유골 표본이다. 그 교수의 아들은 자신의 아들과 함께 아버지 유골 표본을 배경으로 가족사진을 찍는다. 그걸 본 해부학교실 사람들은 교수의 유골 표본이 그의 영생의 집이었음을 깨닫는다. 「목수의 집」에 나오는 소설가의 아들은 이 해부학교실 의사 중 하나였다.

> 그 아들은 어느 의과대학의 해부학 선생으로 제 사후의 시신을 해부학 실습과 골격 표본용으로 기증해놓고 있다. 그리고 그는 어느 날 그런 사실을 아버지 앞에 고백하면서, 그가 자신의 사후 시신 기증서에 서명을 하게끔 한 은사 교수 삼대의 기이한 '가족사진' 일화를 소개한다…… (「목수의 집」)

이청준이 민득영과 정인혁만큼은 아니나 즐겨 만났던 사람들 중에 강석호를 필두로 하는 사설학원 '원장들'이 있다. 그들은 이청준의 독자들이 아니었다. 그들과 소설가의 인연은 문학이 아닌 다른 것이었다. 서로 다른 삶을 살던 그들은 그렇게 맺은 단단하고 참된 연대 관계를 줄곧 이어갔다. 강석호는 이청준이 상을 받을 때면 빠짐없이 뒤풀이 장소를 마련하고 경비를 댔다. 아는 사람들의 범위가 좁은 나는 그들의 관계가 가끔 낯설었다. 소설가의 소설을 읽지 않았고, 그래서 소설에 대한 감동 또한 없다는 사람이 어떻게 저리 헌신적일까. 이청준에게는 그들만 보고 알 수 있었던 감동적인 부분이 있었을 것이다. 단지 나 같은 사람은 볼 수 없어서 알 수도 없었던 그런 부분이.

이청준은 주로 새 친구들과 장흥에 갔다. 순천을 거쳐 갈 때는 순천대 문예창작과 학생들이 새 친구가 될 때도 있었다. 그는 이처럼 다양한 친구들 중에서 주로 '청사모'의 일원인 화가 김선두와 시인 김영남과 함께 고향에 갔다. 그중 서너 번은 청사모의 나머지 사람들인 나,

김환희, 최현도 동행했다.

　서울에 살면서 소설가로 유명한 장흥군 회진면 진목리 출신 이청
준 작가가 순천대 문창과에서 석좌교수로 학생들을 가르치고 있던
때였다. 어느 봄날 그가 순천대 학생들과 함께 장흥을 찾는다고 하
여 카메라를 들고 동행을 하며 이청준 선생의 고향 이야기를 들었다.
〔……〕 나는 그 뒤로도 종종 이청준 선생께서 고향을 찾아오면 함께
동행을 하며 사진을 담았다. 그는 늘 혼자가 아닌 후배 작가인 김선
두 중앙대 미대 교수와 김영남 작가와 함께하곤 했다. (장흥 사진작가
마동욱)

　내가 장흥에서 겪은 이청준은 친구들을 앞장서 이끄는 골목대장처
럼 즐겁고 당당했다. 특히 세 명의 서울 여자에게 여기는 어디고 저
기는 어디며 여기서는 어떤 일을 했고 저기서는 무엇을 잡았다는 따
위를 지치지 않고 자분자분 얘기했다. 한번은 이런 일도 있었다. 각자
떠나 장흥에서 합친 이청준과 서울 여자들은 하루 종일 굽이굽이 고
개와 고개를 넘어 천관산으로, 한재로, 보림사로 향했다. 그날따라 자
동차 뒷자리에 서울 여자와 앉아 있던 이청준이 운전을 하는 내게 주
문을 했다.

　"이 여사~ 운전을 좀 제대로 하쇼."
　"예?"
　"어째 그리 똑바로 간댜. 좌로 우로 요래조래 꺾기도 하고 그래야제."

그때 TV에서는 기사가 운전하는 차를 탄 '김 여사' 개그가 유행이었다. 나는 그처럼 즐겁게 무장 해제된 이청준을 본 적이 없어서 낯설었지만 곧 그의 주문에 따랐다. 좌로 우로 요래조래 다소 거칠어진 내 운전에 따라 사람들이 이리저리 속절없이 쏠렸다. 서로 겹쳐지고 풀어지면서 지르던 그들의 행복한 비명 소리가 지금도 들린다.

이청준은 이즈음 동향 출신 김선두, 김영남과 이른바 '고향 속살 함께 읽기'라는 새 작업을 계획했다. 세 사람은 근 3년 동안 여러 번 고향길을 함께하며 "고향 풍물과 사람들에 대한 동질의 정서 지도"를 완성해갔다. 그 결과가 학고재에서 출간된 『옥색 바다 이불 삼아 진달래꽃 베고 누워』(2004)이다.

우리 셋은 이를테면 각기 그 고향 풍물과 사람들에 대한 동질의 정서 지도를 지녀온 셈이다. 그러나 그 지도는 겹치는 부분이 많으면서도 서로 엇갈리는 대목 또한 없지 않았다. 그리고 제대로! 된 한 장의 고향 지도를 위해선 바로 그 엇갈리는 대목이야말로 서로 미처 읽어내지 못한 그 땅의 다른 소중한 속살 부분임을 알게 되었다.

하여 우리는 어느 계기에 마음을 한데 묶어 우리들만의 새 고향 지도를 그려보기로 하였다. 시쟁이, 소설쟁이, 그림쟁이 세 사람의 눈으로 고향 함께 읽기, 장르가 조금씩 다른 셋이서 각기 자기 시와 산문과 그림을 바탕 삼아 함께 나선 고향 기행길인 셈이다. (「고향 속살 함께 읽기」)

나는 거창하게도 "그 땅에 대한 예술적 조망의 토대를 짚어"주는 타지 사람 자격으로 그 책에 참여했다. 덕분에 나는 책이 준비되던 때와 공식 출판 후 모임에 참석할 수 있었다. 내가 굳이 이 책과 관련된 모임을 언급하는 데는 이유가 있다. 『옥색 바다 이불 삼아 진달래꽃 베고 누워』를 위한 세 번의 만남에 빠짐없이 참석한 사람은 이청준, 김선두, 김영남, 학고재 우찬규 대표, 손철주 주간, 그리고 나였다. 우리는 6월 17일 수서에서 준비 모임을 했고, 8월 공식 출간기념회에 이어 9월 1일 인사동에서 뒤풀이 비슷한 자리를 가졌다.

나는 인사동 그날 그 방의 풍경과 그 자리에 있던 세 사람을 잊지 못한다. 이청준, 우찬규, 손철주. 그들은 나머지 사람들과 달랐다. 우찬규와 손철주는 이청준이 아니라 김선두와 김영남 세대에 속하는 사람들이었다. 그런데 그들은 세대를 넘어 이청준과 함께 고전책 속에 있던 장면 하나를 눈앞에 구현하고 있었다. 나는 그 밤 그들을 통해 '풍류'와 '선비'가 무엇인지, 그들은 어떻게 글과 술을 즐기는지 어렴풋이 짐작하게 됐다. 우리가 모인 곳은 남도 음식을 전문으로 하는 한옥식당이었다. 자리가 무르익어가자 흥겨워진 손철주 주간이 이청준에게 읊어주었던 헌시(獻詩) 비슷한 한시(漢詩)가 시작이었다. 나는 한자나 한문학을 잘 몰라서 그가 읊는 한시를 알아듣지 못했다. 김선두와 김영남도 나와 마찬가지였다. 사실 우찬규와 손철주는 나와 같은 세대였지만 한문학에 일가를 이룬 사람들이었다. 이청준은 손철주의 느닷없는 헌시에 흔쾌히 답을 했다. 그러자 거기에 우찬규가 답을 하고, 그렇게 시 주고받기는 한동안 계속됐다. 그들은 서로가 읊는 시들을 잘 알고 있었다. 허리를 편 꼿꼿한 자세로 한시를 주고받는 세 사람의 모습은 낡은 시대의 한 장면처럼 여겨질 수도 있었다. 그런데 그 자리에 있던 다른 이들은 모르겠지만 나는 그렇지 않았다. 나는 그때 내가 전혀 알지 못했던 이청준의 모습을 보았다. 고향 고을 정자에

앉은 듯 느긋하고 편안한 모습, 흐르는 구름이나 바람과 얘기하듯 유
유자적하던 그 모습은 이후 다시 볼 수 없었다. 나는 이청준이 세상을
뜬 후 손철주에게, 그 자리에서 나눈 글귀에 대해 물었다. 그는 커다
란 반원 속에 촛불 하나를 그린 후, 기억나는 두 구절을 적어주었다.

氷燈照賓筵

莫見乎隱 莫顯乎微

　나는 집에 돌아와 자료를 찾아본 후에야 손철주가 그린 반원이 속
을 파낸 얼음이란 것을 알았다.
　경기도로 이주한 이청준의 서울 나들이는 거의 대부분 아내의 차를
타고 귀가하는 것으로 끝났다. 남경자는 지치지 않고 이청준의 기사
노릇을 했다. 그가 모임이 파하기 전 전화를 하면 그녀는 때맞춰 차를
대기했다. 나는 처음에 두 사람을 이해할 수 없었다. 남편은 어찌 저
리 가부장적이며, 아내는 어찌 저리 헌신적인가. 하지만 해를 거듭할
수록 두 사람의 관계를 그런 편협한 시각으로 재단해서는 안 된다는
것을 알았다. 그들에게는 서로 동의하고 설계한 그들만의 삶의 방식
이 있었다. 그날 인사동에서도 이청준은 아내의 차를 타고 집에 갔다.
사실 경기도민 이청준의 서울 나들이는 그리 많지 않았다.

일기 속 몇 장면

이청준은 한시를 주고받던 인사동 밤에 대해 일기에 단 한 줄, 이렇게 썼다.

9. 1. 수. 맑음.
인사동에서 학고재 우 사장 손 주간, 김선두 김영남 이윤옥 등과 저녁.

이청준이 오랜 세월 쓴 일기는 매일 두세 줄 기록한 비망록에 가깝다. 2000년대 일기에는 그의 단조로운 삶이 그대로 드러난다. 그런 중에도 일기 속에는 굵고 큰 활자로 쓰여 눈에 확 들어오는 부분이 있다. 그런 부분의 주인공은 거의 예외 없이 외동딸 은지다. 물론 은지는 보통 활자로 쓰인 일기에서도 종종 중심에 있다.

① 은지
이청준의 일기를 보면 '이은지'라는 이름은 부모를 이으라는 뜻이다. 그는 자신을 이을 이 애틋한 딸을 세상 그 어느 아버지보다 사랑했다. 그 사랑이 일기 곳곳에 남아 있다. 은지는 중앙대학교 영어학과에 다니던 2002년에 캐나다로 어학연수를 떠났다. 이청준은 딸이 출국하던 전날부터 일주일 내내 평소와 달리 꽤 긴 일기를 썼다.

9. 14. 토. 흐림.
은지 출발 준비.

하루 종일 옛날 중학교 때 방학 끝나는 날의 무거운 기분.

그때의 어머니 기분을 새삼 이해할 듯.

마지막 가방 꾸리기는 은지 제가 혼자 할 수 있다는 것을 일부러 내가 거들어주었다. 그 짐에 아비의 손길을 묻혀 보내고 싶은 마음에서.

정 선생과 저녁 약속 —— 은지 송별을 겸해.

기천이가 정 선생 부인 생일 위한 꽃다발 만들어 옴.

정 선생네의 은지를 위한 배려에 고마움.

9. 15. 일. 비, 흐림.

은지 출발.

공항에서 헤어질 때 안아주니 돌아서는 녀석.

사랑과 정이 많으면서도 워낙 깊이 숨어 있어 표현 방식이 서툴 뿐.

저녁에 돌아와 앉아서도 계속 녀석과 함께 비행기를 타고 앉았는 기분.

새벽 3시에 잠이 깨어나 보니 은지가 밴쿠버에 도착했을 시각. 녀석이 짐을 찾아내선 탑승수속을 위해 뛰어다닐 생각에 잠이 오지 않아 앉아 있으려니, 이미 출발 준비 끝내고 전화. 녀석의 싱싱한 목소리에 안심. 대견스럽고 뿌듯한 느낌. 이제 제 앞길을 혼자 걷기 시작한 것.

9. 16. 월. 흐림.

12시쯤 은지에게서 도착했다는 전화.

저녁 7시에 산책 끝내고 현관 들어오는데, 누구인 줄 알면서도 언제나 "아빠야?" 하고 묻는 은지의 장난기 소리가 없었다. 돌아오면서

올려다보는 우리 집 은지 방 불이 켜지지 않은 것도 새삼스러웠고.

이청준은 12월 8일 은지가 귀국할 때까지 석 달 가까이 딸을 그리워했다. 돌아온 은지는 2003년 2월 9일 다시 캐나다로 떠나 반년을 보낸 뒤 8월 30일에 돌아왔다. 이청준은 딸의 두번째 부재를 첫번째와 달리 잘 견뎠다. 은지는 캐나다에서 돌아와 복학한 뒤 12월 23일 숙명여자대학원에 합격했고, 2004년 2월 18일에 중앙대학교를 졸업했다. 이청준은 그날들의 일기에 각각 **"은지, 숙명여자대학원 합격!" "은지 졸업식"**이라고 썼다. 그는 딸이 어떤 자격시험에 합격한 날은 물론 취업에 성공한 날, 첫 출근한 날, 첫 월급을 탄 날 등을 모두 눈에 띄는 굵고 큰 활자로 기록했다. 서로 다른 뜻을 지닌 그 글자들이 품은 단 하나는 이청준의 은지에 대한 사랑이었다. 부모의 깊은 사랑이 키운 은지는 그들의 바람대로 따뜻한 사람으로 자랐다. 이청준은 딸에 대해 "남에게 주는 것은 자신의 것보다 좋은 것을 주는 버릇이 몸에 밴 듯"하다고 흐뭇해했다.

② 예술원 회원과 호암상

이청준은 2005년 대한민국예술원 회원에 선출됐다. 그는 1965년 「퇴원」을 시작으로 40년 동안 오로지 글쓰기만 고집했던 작가였다. 게다가 그의 소설들은 태작을 찾기 힘들 만큼 고른 성취를 이뤘다. 나는 솔직히 우리 사회에서 예술원 회원이 갖는 정확한 의미를 잘 모른다. 단지 그 자리가 이청준에게 과분하다고 여기지 않았다. 지극히 개인적인 견해일 수 있지만, 문학 분야에서 그에게 과한 자리는 우리나라에 없지 않을까. 그런데 예술원 문학분과 회원들은 내 생각과 달랐던 것 같다. 이청준은 아무 저항 없이 예술원 회원이 된 것이 아니다. 2004년 6월 14일 일기를 보자.

> 6. 14. 월. 맑음.
> 오전 할미꽃 동화 초고 완료.
> 3시 강남 교보에서 소설화전 참관하고, 김선두, 김형영과 수서에 가서 맥주. 이윤옥 합류하여 집에 와 저녁.
>
> 통재라! 내가 왜 그 ○○○ 들의 소굴에 내 신성한 주민등록표를 보내려 했던가. 일생일대의 실수로다! ○○○ ○○ ○○ ○○까지 동원해 나서는 비인간적 ○○○ 들 자리인 줄 알았다면 진작에 사양을 했어야.

이청준은 2004년 예술원 회원이 되는 데 실패했다. 위 일기는 그가 탈락 소식을 들은 날 썼다. 나는 그날 일기에서 많은 부분을 ○○으로 가릴 수밖에 없다. 이청준이 일기에서 이처럼 분노를 날것 그대로 표출한 적은 없었다. 그는 매우 화가 나서 자신을 억제하기 힘들었다. 불행인지 다행인지 나는 그날 그의 집에 있었다. 우리는 모두 다섯 명이었다. 이청준과 아내, 시인 김형영과 화가 김선두, 그리고 나. 그때 나는 소설을 그림으로 그리는 '소설화전'에 이청준과 김선두를 잇는 평론가 역할로 참여했고, 장흥 고을 세 예술가의 '고향 읽기'에 함께하고 있었다. 그날 내가 그 자리에 있었던 것도 어쩔 수 없는 일이었다. 그 소식이 오기 전까지 분위기는 즐겁고 따뜻했다. 모든 의논거리를 끝내고 사람들이 일어설 때쯤 이청준의 휴대전화가 울렸다. 이청준은 전화를 받고 거실에서 잠시 대화를 나누다 이내 서재로 들어갔다. 우리는 그가 곧 통화를 끝내고 나오리라 여겼다. 하지만 통화는 꽤 길게 이어졌다. 시간이 얼마나 흘렀을까. 거실로 나온 이청준의 안색이 몹시 창백했다. 그는 우리에게 미안한 듯 무심하게 말했다. ○○○ 선생 전화요. 예술원 일이 잘 안 됐다고. 우리는 처음에 잘 알아듣지 못했다. 잠시 침묵이 흘렀다. 그가 아무 대꾸 없는 우리에게 말했다. 오늘 집에 와줘서 고맙다, 혼자 있었다면 힘들었을 것이다. 그러니 가지 말고 조금 더 있어라. 우리는 비로소 무엇인가 잘못되었음을 알았다. 다시 자리에 앉은 우리는 꽤 늦은 시각까지 그와 함께했다. 이청준의 아내와 김선두, 나는 거의 한마디도 하지 않았다. 이청준은 평소답지 않게 이런저런 말을 많이 했고, 그를 형이라 부르는 김형영이 거의 유일한 대화 상대자였다. 희한하게도 이청준은 일상사 따위를 화제로 삼았는데, 김형영은 줄곧 예술원 일에 대해 화를 냈다. 그들은 대화가 아니라 독백과 방백을 하고 있었다. 나머지 세 사람은 그런 그들을 조마조마한 심정으로 바라보았다. 어쨌든 그날 우리는 이청준이 원하는 만큼 그의 집에 머물렀다. 나는 그래서 그의 일기를 보고 좀 놀랐다. 아, 우리는 전혀 도움이 되지 않았구나.

이청준은 이듬해인 2005년 예술원에 입성했다. 그가 다시는 예술원 근처에도 가지 않으리라 지레짐작했던 나는 다소 납득하기 어려웠다. 심한 모욕을 받은 듯 그렇게 견디기 어려워했는데. 나는 평전을 쓰면서 한동안 이 일에 대해 다각도로 고심했다. 그가 왜 그랬을까? 명예 때문에? 명예가 어느 정도 영향을 미쳤겠지만 결정적인 이유는 아닌 듯하다. 그러면 왜? 내가 내린 결론은 '돈'이다. 당시 그에게 명예는 이미 차고 넘쳤지만, 돈은 그렇지 않았다. 그에게는 집이 있었고 생활하기에 충분한 돈도 들어왔지만 미래는 알 수 없었다. 인세가 대부분인 그의 수입은 점차 줄어들 것이 분명했다. 그는 대중적인 작가도 아니고, 게다가 이제 예전처럼 새로운 문학적 전기를 맞아 글을 쓰지도 않을 테니까. 이청준에게는 대학을 갓 졸업한 은지가 있었다. 예술원 회원은 매달 꽤 많은 돈을 받았다. 내 결론은 다소 허접해서 설득력이 약한 것 같다. 나도 잘 모르겠다. 아무튼 이청준은 자랑스러운 대한민국예술원 회원이 되었다.

이청준은 2007년 3월 27일, 장흥으로 가던 길 위에서 호암상 수상소식을 들었다. 그날 일기는 담백하다. "호암상 선정 소식 ― 김윤철 사무국장으로부터." 이청준은 호암상 수상자가 공식 발표되던 날 회상에 잠겼다. 그날 일기 역시 담백하지만 긴 여운을 남긴다.

    4. 3. 화. 맑음.
    호암상 발표.
    이날쯤 ― 옛날 광주행 위해 어매와 게 잡던 날?

이청준의 기억은 정확했다. 그는 광주로 떠나기 하루 전인 1954년 4월 3일 어머니와 둘이 개펄에 나가 종일 게를 잡았다. 우리는 그 게들이 담긴 자루가 어떻게 되었는지 알고 있다. 이청준은 쓰레기통에 던져진 게 자루와 함께 고향과 자신의 지난 삶 전체가 버려졌다고 느꼈다. 그 경험은 이후 광주와 서울로 이어지는 도시에 대한 반감으로 이어졌다. 그의 고백을 상기해보면, 그는 "남루하고 부끄러운 시골뜨기 자신을 그대로 쓰레기통에 던져버리고 유족하고 자랑스런 도회인으로 다시 태어나기를 소망했"다. 심지어 그는 게 자루로 대변되는 남루한 시골과 가난의 씨앗을 입신양명으로 싹틔우지 않고는 고향에 가지 않겠다고 결심할 지경이었다. 그것은 그의 말대로 도시에 대한 복수심이었다. 이청준 스스로 밝혔듯이 그를 글쓰기라는 필생의 업으로 이끈 것이 바로 이 복수심이다. 호암상 발표일은 이청준이 어머니와 게를 잡던 날로부터 정확히 53년 뒤였다. 그날 그는 게 자루에서 싹트고 자란 열매를 보았을까.

이청준은 언젠가 문학을 전공하는 대학교수들을 대상으로 한 설문 조사에서, 노벨문학상에 가장 근접한 우리나라 문인으로 꼽혔다. 그가 40여 년 이룬 눈부신 성과를 떠올리면 그럴 만도 했다. 문인들은 그에게 노벨상을 받아야 하는데, 라고 마치 덕담처럼 말하고는 했다. 그런데 세상에서는 그가 아니라 다른 사람을 지목했다. 매년 노벨문학상 수상자가 발표될 즈음, 기자들은 한 원로 시인 집 앞으로 몰려가 진을 쳤다. 나는 책 읽기를 좋아하지만 작가의 수상 여부에는 관심이 없었다. 노벨문학상부터 이름 모를 작은 상에 이르기까지, 상이 작품의 질을 온전히 담보할 수는 없다. 작가 입장에서는 받으면 좋을 테지만, 독자에게 그 무슨 상관이랴. 그런 나도 노벨문학상을 우리나라 작가에게 준다면 그 시인이 아니라 이청준이어야 하지 않을까 여겼다. 기자들이 진을 치던 어느 해, 나는 내가 상을 주는 주체인 것처럼 그에게 말했다. 노벨상은 선생님께서 받으시는 편이 낫겠는데요. 이청준은 뜻밖의 반응을 보였다. 그는 즐거워하며 소리 내 웃기까지 했다. 이 선생은 그렇게 생각하나요? 나는 매년 노벨상 소동이 일 때쯤 그에게 같은 말을 했고, 그의 반응도 늘 같았다. 이청준에게는 어린아이가 품음 직한 호승심이 있었다.

6월 1일 호암상 시상식이 열렸다. 이청준은 수상 소감에서 노벨상을 언급했다. 나는 호암아트홀 2층에 앉아서 이청준을 바라보았다. 그의 수상 소감은 꾸밈이 없었다. 노벨상에 대한 부분은 더 그랬다. 나는 그때 이청준이 마음 깊이 간직한 오랜 바람을 자신만의 방식으로 대중에게 고백했다고 생각한다. 호암상의 가치는 그것으로 충분했다. 거액의 상금은 덤이었다.

③ 신화소설들

이청준은 호암상을 받기 6개월 전인 2006년 12월에 도쿄대학 초청으로 도쿄에 갔다. 도쿄대학에서는 이청준을 주제로 특별한 심포지엄과 한글로 된 학술지 출판을 기획했다. 그는 12월 11일부터 13일까지 사흘간 강의와 강연을 이어갔다. 청중들은 주로 학부와 대학원 학생들과 도쿄대 교수들이었다. 우리에게 강의와 강연보다 더 뜻깊게 다가오는 것은 도쿄대에서 발간한 한글학술지이다. *UTCP(University of Tokyo Center for Philosophy)* Bulletin vol. 9(2007)는 이청준 특집으로, 표제는 '한(恨)과 미(美)와 공생(共生)'이다. 거기에 이청준의 글이 세 편 실렸다. 소설 「천년의 돛배」와 수필 「나는 왜, 어떻게 소설을 써왔나」, 소논문 「한국인의 삶과 '한' 정서」. 그중 이청준이 이 책을 위해 새로 쓴 글은 「한국인의 삶과 '한' 정서」이다. 이 글은 그가 자신의 글쓰기를 관통해온 '한'에 대해 처음이자 마지막으로 남긴, 네 장으로 구성된 '논문'이다.

이청준은 「한국인의 삶과 '한' 정서」의 결론인 4장 '한은 삶의 숨은 동력이다'에서 '아기장수 이야기'를 집중적으로 거론했다.

이야기 자체가 한풀이의 한 과정이 되고 그 삭임과 전승의 과정이

한 개인이나 사회적 삶의 방편과 의지로 기능한 경우로 한국 각 지방에 널리 전해오는 비극적 죽음의 설화 '아기장수 이야기'가 있다. 〔……〕

억울하고 애석하고 원통한 일이 아닐 수 없다. 하지만 이 이야기의 핵심은 그 비극적 사건 자체에 있기보다 이후의 이야기화[說話化]와 그 서사의 전승 과정 쪽에 있음이 분명하다. 그 비극을 이야기하는 것은 다름 아닌 앞서의 한풀이 과정이다. 사람들은 이야기 속 아기장수의 비극을 자신의 일로 슬퍼하고 억울해하며 애석해하고 원통해한다. 그만큼 깊은 회한과 죄의식 속에 그 슬픔을 함께 나누며 또 다른 구세주 아기장수의 도래를 기다린다. 그럼으로써 당대적 삶의 아픔과 슬픔을 삭여 넘고 그 소망 속에 삶을 계속 견뎌나간다. 아기장수의 비극을 이야기하는 것이 '(한)풀이'가 되고, 자신의 원통함과 후회스러움과 면면한 소망을 실어 그 이야기를 뒷세상 사람들에게 전하는 형식으로 새 구세주의 출현을 기다림이 우리 삶의 동력이 됨인 것이다. (「한국인의 삶과 '한' 정서」)

이청준은 아기장수 설화를 좋아했다. 그는 이 '비극적 죽음의 설화'에서 오히려 삶을 살아갈 힘을 보았다. 그는 이 설화를 이미 『춤추는 사제』와 「비화밀교」 등에서 의미심장하게 다뤘고, 동화로 각색하고 마침내 소설로 다시 썼다. 그는 2003년 발표한 『신화를 삼킨 섬』의 프롤로그와 에필로그 자리에 아기장수 설화를 배치했다. 위 글은 두 권으로 된 장편소설 『신화를 삼킨 섬』의 주제를 요약한 것이기도 하다.

이청준은 『신화를 삼킨 섬』을 위해 1996년부터 3년여의 구상 기간을 보냈다. 나는 그가 구상 기간을 끝내고 이 소설을 쓰는 3년 동안 가끔 원고를 받아보아서, 『신화를 삼킨 섬』의 태동과 탄생 과정을 어느 정도 정확히 알고 있다. 처음에 이청준은, 제주도에 여전히 현재진행형으로 남아 있는 4·3사건을 통해 '역사'를 이야기할 생각이었다.

> 96. 1. 5.
> 歷史 바로세우기. ─ 歷史의 神(섭리). 속의 人間. 그 말하는 자 자신도 역사의 신에게 지배받고 심판받는다. (다만 두려워할 뿐 그것을 인간이 다스리는 것도 아니다.)

이청준에 따르면 "역사는 반성한 만큼씩만 발전한다". 그는 "어떤 좋은 역사도 반성이 없는 되풀이는 나쁜 역사를 낳는다"며, '역사 바로세우기'의 중요성을 역설한다. 그런데 소설로 역사를 바로 세우려던 이청준은 『신화를 삼킨 섬』을 구상하며, 그런 식의 소설 쓰기가 얼마나 어려운지 절감했다. 그는 스스로에게 '소설 쓰기'는 '풀리지 않는 매듭'이니 조급해하지 말 것을 주문하며, 일상의 삶 속에서 저절로 풀리기를 기다린다고 썼다. 그렇게 몇 년 시간이 흐르자 그의 바람대로 소설 쓰기라는 매듭이 풀리기 시작했고, 그가 새 소설을 가리키는 말도 점차 바뀐다. '역사 바로세우기' 소설은 '역사 씻기기' 소설이 되고, 이어서 '무당굿' 소설과 '무당소설'을 거쳐 마침내 '네 안에 그 섬이 있다'가 된다.

> 2002. 8. 10. 토. 비, 흐림. 남쪽 수해.
> '역사 씻기기' 소설 손보기 120쪽째 작업.

8. 11. 일. 흐리고 비.
'역사 씻기기' 123쪽 작업. ── 하루 종일 치통.

8. 15. 목. 흐림.
휴일이지만 하루 종일 '무당굿' 소설 작업.

8. 28. 수. 맑음.
그제는 비가 온대서 차라리 차분한 마음으로 무당소설을 하루 더
마무리 짓고, 어제는 비 뿌림 속에 그 소설 제대로 못 쓴 변명(후기)
까지 마무리 지었다.

11. 21. 목. 맑음.
이 주일 계속 무당소설 정리.

11. 27. 수. 흐리고 비.
가제 '네 안에 그 섬이 있다' 일차 교열 완료. 3년 만의?

　이청준은 원고가 완성되고 출판을 앞두었을 때 새 소설의 제목 때
문에 고심했다. 나는 2002년 12월 17일, 새 소설이 가제목을 얻은 지
열흘쯤 뒤에 양재동의 한 식당에서 김환희와 함께 이청준을 만났다.
그날 이청준은 다른 때와 좀 달랐다. 그는 평소에 문인들 이야기를 거
의 하지 않았다. 그가 사람들 앞에서 특정 작가에 대한 자신의 견해를
드러내는 일은 매우 드물었다. 그런데 그날 이청준은 여러 작가에 대
해 솔직한 생각을 풀어놓았다. 그뿐 아니라 창작기금 수혜 작품을 심

사하는 과정에서 겪은 불편한 심기도 토로했다. 그는 기금과 상이 나눠 먹기 식으로 분배된다고 분개했다. 아마 그즈음 그에게 문단과 관련된 우리가 알지 못하는 어떤 일이 있었던 것 같다. 우리는 때때로 그의 말에 동조할 뿐 잠자코 듣고 있었다. 꽤 시간이 흐르고 대화의 주제가 바뀌었다. 이청준은 우리에게 거의 완성된 새 작품의 제목으로 무엇이 좋을지 의견을 구했다. 나는 새 작품의 원고를 받아봤기 때문에 적극적으로 내 생각을 고집하며 '신화를 삼킨 섬'을 추천했다. 그는 〈가시를 삼킨 장미〉*가 떠오른다고 주저했다. 이어서 자리는 이틀 뒤에 있을 대통령 선거 이야기로 열기를 띠었다. ○○○을 지지하는 이청준과 ○○○을 지지하는 김환희는 한 치도 물러서지 않았다. 나는 두 사람 사이에서 섣불리 지지 후보를 말하기 어려워 회색분자로 남았다. 결국 두 사람은 열렬한 토론 끝에, 선거 뒤 지지 후보가 이긴 사람이 술을 사는 것으로 합의했다.

새 소설의 이름은 '신화를 삼킨 섬'으로 정해졌다. 내 일기를 보면 이듬해 4월 17일 만남에서도 이청준은 여전히 〈가시를 삼킨 장미〉 때문에 주저했지만, 나는 기가 막히게 좋은 제목 운운하며 '신화를 삼킨 섬'을 주장했다. 그는 2003년 4월 19일 원고를 끝냈고, 5월 20일 마침내 『신화를 삼킨 섬』이 출간됐다.

이청준은 『신화를 삼킨 섬』을 마무리하던 때 그의 마지막 소설 『신화의 시대』를 쓰기 시작했다.

2002. 12. 13. 금. 맑음.

* 〈가시를 삼킨 장미〉는 1979년 개봉된 영화.

신화소설 검토.

12. 16. 월. 흐리고 비.
신화소설 25쪽까지 정리.

2003. 1. 3. 금. 눈.
신화소설 작업.

1. 31. 금. 맑음.
벽(이념의) 넘어 소설 쓰기의 길 발견!

10. 16. 목. 맑음.
신화소설 ── 가족사 배경.

　이청준이 '신화소설'로 부르던 『신화의 시대』는 작가의 죽음으로 중단된 소설이다. 여러 번 말하지만 『신화의 시대』는 그가 오래 마음에 품고 필생의 역작으로 구상했던 작품이다. 이청준은 3대에 걸친 자신의 가족사를 총 세 부로 된 대하소설로 쓰기로 작정했다. 이 소설이 완성되었다면, 1부에서는 할아버지 이인영과 아버지 이남석의 이야기, 2부에서는 큰형 이종훈의 이야기, 3부에서는 이청준의 이야기가 그 특유의 문체로 유장하게 펼쳐졌을 것이다. 불행히도 『신화의 시대』는 1부만 온전히 완성됐다. 이청준은 생각보다 이른 자신의 죽음을 전혀 예감하지 못했다. 그가 만년에 TV 인터뷰에서 "삶이 좀 오래 갔으면 좋겠다"는 바람을 숨기지 않았던 것도, 그 바람이 실현되리라 믿었기 때문이리라. 그 믿음이 그에게서 『신화의 시대』를 끝낼 시간을 앗아 갔다. 누구에게나 삶은 느닷없이 끝날 수 있다. 평범한 그 사실을 잊지 않았다면, 이청준은 2003년 이후를 온통 『신화의 시대』를 쓰는 데 바쳤을 것이다. 그는 그러지 못했다. 자신의 원대한 구상의 반도 실현하지 못하고 죽음을 맞이해야 했을 때, 이청준은 비통해했다. 그는 자신이 정말 쓰고 싶었고, 써야 했던 소설을 끝낼 수 없다는 분명한 사실에 절망했다. 그는 삶의 마지막 5년여 동안 영화 〈천년학〉의 시나리오 작업에 많은 시간을 할애했고, 사이사이 여러 편의 '에세이 소설'과 수필을 썼으며, 드물게 단편소설도 썼다. 그 모든 시간이 『신화의 시대』에 쓰였다면!

2002년 12월에 쓰기 시작한 『신화의 시대』는 2부 1장에서 멈췄다. 이청준은 이 소설의 1부 초고를 시작한 지 불과 1년 반이 지난 2004년 5월 20일에 끝냈고, 이어서 2부를 쓰기 시작했다. 그런데 그가 2007년 폐암을 진단받고 더 이상 글을 쓸 수 없어졌을 때, 이 소설은 겨우 2부 1장까지 나아갔을 뿐이다. 이청준은 2부 1장 초고를 쓴 뒤 3년 동안 『신화의 시대』를 돌보지 못했다. 그 3년은 〈천년학〉 시나리오 작업에 바쳐졌다. 이청준은 『신화의 시대』 1부를 끝내고 한 달 뒤 연이틀 내게 원고를 보내왔다. 덕분에 나는 그가 이 소설을 마음에 품은 과정과 집필 과정을 비교적 잘 알고 있다. 내가 잘 몰랐던 것은 그가 3년 동안 2부를 쓰지 못했다는 사실이다. 나는 『신화의 시대』가 잘 흘러가고 있으리라 믿었고, 그가 초고를 끝내면 1부처럼 보내주려니 안심하고 있었다. 돌이켜보면 1부 집필 때와 다른 점이 있었다. 1부의 두 배에 달하는 집필 기간 동안 그는 『신화의 시대』를 전혀 입에 올리지 않았다. 나는 새 소설을 쓸 때 그가 소설의 진행 상황에 대해 말해주곤 했던 것을 뒤늦게 떠올렸다.

> 2004. 5. 20. 목. 맑음.
> **신화소설 1부 초고 완료.**

> 5. 24. 월. 맑음.
> **신화소설 2부 시작.**

> 6. 24. 목. 맑고 흐림.
> 신화소설 2, 3장 이윤옥에게 송부.

> 8. 12. 목. 맑음.
> 신화소설 2부 초고 ── 종운의 행로.

> 2007. 1. 24. 수. 맑음.
> **3년 끈 〈천년학〉(「선학동 나그네」) 시나리오 최종 마감(임 감독 집에서).**

일기에 나오듯 『신화의 시대』 2부는 이청준의 형 이종훈(소설에서는 이종운)의 행로를 그릴 예정이었다. 이청준은 다른 일로 분주할 때도 이 소설을 결코 잊지 않았다. 그는 〈천년학〉 시나리오가 끝나자 곧 『신화의 시대』 1부 수정에 들어갔다. 그래서 1부는 다행히 작가의 손에서 완성될 수 있었다. 이청준은 이때부터 '신화소설'을 '신화 시대'로 부르기 시작했다.

우리가 주목할 것은 '신화'라는 단어가 들어간 두 소설이 비슷한 시기에 이어서 쓰였다는 점이다. 이청준은 신화소설을 시작하면서 이념이라는 벽을 넘어 소설 쓰기의 길을 발견했다고 토로했다(2003년 1월 31일 일기). 그 길의 근본을 이루는 것이 바로 신화다. 다음은 이청준이 『신화를 삼킨 섬』을 출간한 뒤 문학평론가 방민호와 나눈 대담에서 취한 것이다. 이 대담에서 방민호는 날카로운 질문으로 이청준의 문학관과 두 소설, 『신화를 삼킨 섬』과 『신화의 시대』를 이해하는 데 매우 중요한 핵심을 끌어낸다.

우리 현재의 삶을 이끌어가는 원리가 있는데, 하나는 꿈이고, 다른 하나는 그 꿈을 실현하는 힘이겠지요. 꿈은 내일에 대한 이념이랄까요? 이것을 공적으로 실현하는 힘은 권력으로 귀착되는 것 같아요. 삶이 이렇게 진행된다면, 그것을 뒷받침해주는 것은 정신인데, 그 정신이 태어나고 거(居)하는 곳은 우리의 역사지요.

우리는 지금까지 역사에 대한 논의를 수없이 해왔어요. 그렇지만 실제 우리 삶이 얼마나 행복해졌느냐, 값지게 살고 있느냐, 이런 문제로 들어가보면 제자리걸음을 해왔다는 생각이 들어요. 뭔가 빠져 있고 겉돌고 있는 것 같아요. 이런 생각 끝에 우리가 태어날 때부터 유전적으로 가지고 나오는 어떤 심성, 즉 영적인 차원과 넋의 문제에 대한 천착이 결여되었었다는 생각을 하게 됐어요. 그 부분을 빼놓고 역사의 차원, 과거 경험의 차원에서만 소설을 써서는 안 되겠다, 더 깊은 근원을 찾아야겠다고 생각하게 되었는데 그게 바로 신화의 세계죠. 그 가운데 우리가 가장 잘 알고 있는 게 우리의 무속이죠. 그 무속 혹은 신화에 우리들이 이어온 넋의 요소가 가장 많이 내포되어 있지 않았느냐 하는 이야기입니다. (「〔21세기 한국을 읽는다〕 방민호 교수가 만난 문학지성 (4) 이청준」, 『대한매일』 2003년 8월 8일)

우리의 현실적 삶이 육체라면 역사는 정신이고 신화는 넋이다. 현실은 내일에 대한 이념인 꿈과, 그 꿈을 공적으로 실현하는 힘인 권력이 이끌어간다. 정신이 태어나고 거하는 역사는 여기까지 주관하는데, 바로 『당신들의 천국』이 묘사한 세계다. 신화의 세계는 정신을 넘어서는 넋의 세계로, 우리라는 운명공동체의 사람들이, 말 그대로 '피의 흐름'으로 아는 세계다. 이청준에 따르면 지금 시대는 신화가 사라진 시대고, 신화가 사라진 시대에 문제는 다시 글쓰기다.

신화는 사실을 바탕으로 하지만 사실의 죽음과 사라짐 이후에 시작된다. 사실을 꿈의 영역인 신화의 세계로 편입시키는 것이 글쓰기(이야기)다. 이야기는 숨은 사실을 드러내고, 드러난 사실에서 사실성을 제거한 뒤 꿈(신화)으로 재생한다. 이청준이 좋아하는 아기장수 설화를 생각해보자. 아기장수 설화에서 드러난 사실은, 그가 아버지 때문에 비극적인 죽음을 맞았다는 것이다. 죽음은 부활의 전제로 죽음 없이는 부활도 없다. 아기장수를 위대하게 만드는 것은 다름 아니라 그의 죽음과 부활에의 소망이다. 사람들은 죽은 아기장수가 언젠가 다시 돌아오리라는 꿈에서 힘을 얻어 현실을 산다. 우리나라 곳곳에서 아기장수는 역사적, 사회적으로 큰 변란이 있거나 지배권력의 폭정이 심해질 때마다 죽지만 그 부활의 꿈도 그때마다 더욱 커질 수밖에 없었다. 이청준은 신화소설 이전에 이미 여러 유형의 아기장수를 소설에서 선보였다. 「목포행」의 육촌 형은 역사적, 사회적 큰 변란이 있을 때마다 희생되지만 매번 부활하고, 「비화밀교」의 사람들은 섣달 그믐

날 저녁 불놀이에서 얻은 '불씨[種火]'를 대대로 간직하고, 「용소고」의 우리들은 모두 가슴속에 용을 한 마리씩 기르고 있다. 「비화밀교」에서 불놀이에 참가하는 사람들의 숫자가 사회가 어지럽고 변란이 나는 상황이면 늘어나는 것은, 그들이 '불씨'를 통해 힘든 현실의 삶을 살 수 있는 그 무엇을 얻고자 하기 때문이다. 그들이 한마음으로 품는 불씨는 사람들이 오랫동안 기다려온 아기장수로, 그 소망의 불씨가 결국 마을이라는 운명공동체 속에서 보이지 않는 힘을 잉태한다. 하나의 힘을 낳는 것은 한 집단의 사람들이 "우리들끼리의 용서"를 통해 "누구와도 함께 하나가 되고", 모두 "함께 똑같은 소망으로 하나가 되는 것"이다. 그렇게 탄생한 힘은 단 한 번도 가시적 현상세계의 질서로 떠올라본 적이 없는 숨은 힘이다. 그 힘은 보이지 않지만 분명 존재한다. 이청준이 미처 다 쓰지 못한 『신화의 시대』에서 그리려 했던 것도 아기장수와 그가 낳은 힘일 것이다. 완성된 『신화의 시대』 속 아기장수는 누구일까? 문득 궁금해진다.

병에 걸리다

이청준은 2007년에 다양한 일을 겪었다. 오랜 문우(文友)인 오규원을 시작으로 처남 남기천과 큰조카 이운우를 잃었고, 호암상을 받았으며, 그의 소설을 원작으로 한 영화 두 편이 개봉됐다. 그가 시나리오 작가로 참여한 〈천년학〉은 흥행에 실패했지만, 「벌레 이야기」를 각색한 〈밀양〉은 칸 영화제에서 여우주연상을 받았다.

2007. 2. 2. 금. 맑음.
오규원 부음.

규원아, 오규원아,

자네가 갔다는구먼.
정말 갔다고? 왜 그리 갔지?
내일이면 풀린다는데
이 추위 한 고비 못 넘기고
다 아는 길이듯
그래도 난 이 밤 이승의 잠을 자겠구나.
나 지금 취해서 들었거든
호프집 치어즈에서.
낼 아침 깨어나 다시 물어볼게.
오가가 정말 갔느냐고.
그 먼 길 혼자서.

　이청준과 오규원은 문우였을 뿐 아니라 기르던 강아지를 주고받을 만큼 친밀한 사이였다. 두 사람은 '방울이'이자 '플로도'인 그 강아지에 대해 각자 글을 남기기도 했다. 이청준에게 오규원의 죽음보다 더 큰 상실은 조카 이운우의 죽음이었다. 두 사람의 죽음 사이에 처남 남기천의 죽음이 있다. 이청준이 입주 가정교사로 가르치던 학생이었던 그가 없었다면 이청준과 남경자의 만남도 없었다. 남기천은 8월 7일 죽었다. 이청준은 그가 죽기 일주일 전 자신이 깊은 병에 걸린 것을 알았다. 죽음에 이르는 병의 전조는 이미 7월 16일에 있었다.

7. 16. 월. 비.
새벽(3시)의 악몽.
서울대병원 응급실 — 오후 6시 귀가.
은지 모, 은지에게 감사 — 가족의 소중함.
정 선생네두.

7. 30. 월. 맑음.
아침 8시, 은지 차로 집 출발-아주대 병원 입원-검사-모든 게 예상대로.

검사 결과는 참담했다. 이청준은 소세포 폐암 말기였다. 게다가 폐에서 발견된 것보다 작은 악성 종양이 뇌에도 있었다. 의사는 그의 기대 여명을 그리 길게 보지 않았다. 우리가 7월 11일에 만났을 때, 그는 예전과 다름없었다. 그날 모인 사람들 누구도 그의 건강을 의심하지 않았다. 그가 저녁으로 나온 삼계탕이 푹 익지 않았다고 불평하자 친구인 김주연은 괜찮으니 그냥 먹으라고 했다. 일행 일곱 명 중에 고기를 즐기지 않는 나와 최현은 잘 익은 깍두기 하나로 쌀밥 한 공기를 맛있게 비웠다. 그 모습을 보던 그가 내게 말했다. 이그, 사람이 먹는 음식인데 고기도 못 먹고. 그날 이청준은 자기 취향과 달리 푹 익지 않은 닭고기와 다른 사소한 일로 신경이 좀 날카로웠다. 그런 모습은 평소 그다워서 우리 모두 그러려니 했다. 그때 그는 몸이 불편해서 닭고기에도, 사람의 음식인 고기를 먹지 않는 내게도, 사소한 일에도 화가 났던 것이 아닐까. 아닌 것 같다. 우리는 삼계탕 집에서 나와 올리브라는 카페에 들러 차를 마셨을 뿐 아니라, 김주연을 뺀 나머지 사람들은 그의 아파트 단지에 있는 정자에서 12시까지 맥주를 나누며 즐겁게 대화를 했다. 어쩌면 그날 닭과 차와 맥주가 발작을 닷새 뒤로 좀더 앞당겼는지 모르겠다. 나는 이청준이 입원하기 전날인 7월 29일 그에게서 전화를 받았고, 일기에 이렇게 썼다.

    2007. 7. 29. 일요일.
    오전에 사방이 칠흑처럼 어두워지고 미친 듯이 폭우가 퍼부었다. 나중에 안 일이지만 북한산과 수락산, 도봉산에서 벼락으로 5명이 죽고 8명이 부상했다. 정말 이상한 날.
    09시 15분: 이청준 선생께서 부재중 전화. 나는 받지 못했다.
    10시 42분: 다시 이청준 선생께서 부재중 전화. 나는 여전히 받지 못했다.
    12시 02분: 이청준 선생께 전화를 드렸다. 두 통이나 전화를 받지 못하다니.
    자기 전에 휴대전화를 진동으로 돌려놓는 버릇이 문제였다. 일어나서 진동을 풀어야 되는데 번번이 잊었다. 12시 무렵에 전화기를 확인하는 순간 몹시 놀랐다. 선생께서 전화를 두 통이나 하셨다니. 그것도 일요일 오전에. 나는 즉시 전화를 드렸다. 그리고 악몽 같은 하루가 시작되었다.
    "차분히 전화받을 수 있나요?"
    "예."
    "별로 좋은 일이 아니어서."

"예?"

"내가 내일 병원에 들어가요. 일단 들어가면 환자가 될 테고, 수술을 한다 해도 못 깨어날지도 모르고."

"예?"

"요행 나온다 해도 일을 할 수는 없을 것 같아 이 선생께 당부할 게 있는데."

"예? 무슨 말씀이세요?"

"전화가 안 돼서 내가 지금 메모를 하는 중이었는데, 메모할 수 있나요?"

"예."

"그럼 좀 받아 적어요."

"예, 선생님."

"1. 장편소설 1, 2, 3부. 1부는 이 선생께 보여줬지요? 2부 「예술가 기질과 정치가 기질」 청년, 삶의 실패에 대해서 초고를 좀 쓰다 말았어요. 3부는 아예 손도 못 대고."

"3부가 선생님 얘기잖아요?"

"그렇지요. 그러니까 그렇다는 것 알아두고."

"2. 가을에 A4 13쪽 되는 「무지개 뿔」 등, 열림원에서 단편 5개를 모아 내기로 했는데, 초고를 겨우 끝냈어요. 그러니 이 선생이 원고를 다듬어 출판해줬으면 해요."

"선생님, 제가 지금 댁으로 갈게요."

"아니, 그럴 사정이 아니오."

"3. 내 컴퓨터 본체와 이동칩에 수필, 메모, 편지 등 글이 다 들어 있어요. 그거 이 선생이 검토해서 버릴 것은 버리고 알아서 정리해줘요."

"선생님!"(나는 유언 같은 말을 더 들을 수가 없었다. 내 목소리가
떨렸던 듯하다.)

"이 선생, 차갑게 들어요. 차갑게. 컴퓨터는 은지가 열어줄 거예요."

"……예."

"4. 컴퓨터 바탕화면에 보면 편지 모음과 소설, 수필 모음이 있어
요. 그것도 이 선생이 알아서 정리하고 수정할 것 있으면 수정하고."

"5. 일하면서 조언이 필요하면 구할 사람들 명단을 내가 우선 생각
나는 대로 적었는데, 부를게요. 아무 때나 주저 없이 도움을 청하세
요."(사람들 이름)

"6. 동경에서 아직 책이 오지 않았네요. 70부를 보내주기로 했는데
몇 달이 지나도 연락이 없으니."

"제가 메일 보내서 알아볼게요."

"도쿄 상지대 철학과 구정모 신부와 황선영 선생도 적어두세요."

"예. 선생님, 병원이 어딘지……"

"그런 것 알 필요 없고, 정확한 진단 나오면 전화할게요. 아직 누구
에게도 말하지 마시오."(잠시 후)

"7. 그리고 이선우 알지요? 일가가 되고 공부도 많이 한 사람인데
내 자료 등 저렇게 열심이니 이 선생이 도움도 받고 또 주고 그랬으
면 좋겠네요."

"예."

"다시 말하지만 아무에게도 말하지 마시오. 내가 나중에 알릴 테
니. 그럼 나 병원 가리다."

2시 22분: 이청준 선생께서 다시 전화를 주셨다.

"아직 여유가 좀 있으니, 물어볼 거 있으면 물어봐도 될 것 같은데

요. 은지 어매가 알고 있는 것도 많으니 나중에 물어봐요. 그럼 나, 병
원 다녀오리다." (이번에 선생께서는 분명 다녀오겠다고 말씀하셨다.
나는 겨우 정신을 수습하고)

"선생님, 꼭 다녀오세요."

이청준은 평소와 달리 망설임이나 삼감 없이 일방적으로 내게 부
탁만 했다. 삶이 끝날지도 모른다는 질박함 때문이었을 것이다. 나도
무엇엔가 홀린 듯, 아니요 한 번 없이 그의 말을 받아 적었다. 그날 이
후 내게는 감당해야 할 많은 일이 생겼다. 지금도 풀리지 않는 의문
이 있다. 도대체 왜 나였는가? 나는 이청준과 일 년에 네다섯 번 만나
는 '청사모'의 일원일 뿐이었다. 물론 나는 그의 소설을 모조리 읽었
지만, 그런 사람이 어디 나뿐인가. 게다가 그의 곁에는 내로라하는 시
인과 소설가와 문학평론가들이 차고 넘쳤다. '평전' 때문이라면, 쓰고
싶어 하는 사람에게 맡기면 될 일이었다. 죽음을 앞둔 이청준이 자기
삶과 문학에 관한 남은 일과 평전을 부탁했을 때 거절할 사람은 아마
없었을 것이다. 그의 눈에 내가 지나치게 한가해 보였나? 아무튼 그
는 어느 날 죽을지도 모른다면서("수술을 한다 해도 못 깨어날지도 모
르고"라니!) 일방적으로 내게 당부했고, 나는 전혀 준비 없이 그의 당
부를 받아들일 수밖에 없었다. 그렇다. 나는 지금 새삼 그를 원망하고
있다. 그가 튼튼할 때 그런 당부를 했다면 나는 결단코 거절했을 것이
다. 나는 체력이나 포용력 등을 고려할 때 내 삶을 감당하기에도 버
겁다. 나는 다른 사람들의 삶에 관심은 있지만 그저 적당히 떨어져 볼
뿐 개입하고 싶지 않았고, 그때까지 그런 생활은 잘 유지되고 있었다.
이청준의 느닷없는 당부는 10여 년이 지난 지금까지 나로 하여금 다

른 사람의 삶 주위를 맴돌게 했다. 나는 이제 어쩔 수 없는 일은 받아
들여야 한다는 것을 안다. 이 평전을 잘 마무리하고 내게서 그를 잘
떠나보내면 좋겠다.

이청준은 병을 진단받은 후 곧 항암치료를 시작했고 정확히 1년 더
살았다. 그동안 그는 온 힘을 다해 삶을 정리했는데, 그러면서도 위중
한 폐보다 뇌를 더 걱정했다. 소설가답게 말을 잊거나 잃으면 어쩌나
하는 걱정 때문이었다. 그의 뇌에 있는 작은 종양은 1.5센티미터 크
기였다. 그 정도 종양은 현대의술이 머리를 열지 않고도 없앨 수 있
다. 이청준은 가까운 의사 정인혁의 조언대로 그가 근무하는 세브란
스병원에서 감마나이프 수술을 하기로 결정했다. 8월 13일 수술은 성
공적으로 끝났고, 이청준은 오후에 퇴원했다.

11월에 이청준의 마지막 창작집 『그곳을 다시 잊어야 했다』가 출간
됐다. 그는 몹시 여위었지만 기자들을 만나 책에 대해 환담을 나눴다.
나는 가까운 사람들과 제대로 된 출판기념회를 열기로 결심했다. 책
이 나오면 저녁이나 같이 먹자던 그의 말이 떠올랐기 때문이다. 이청
준은 많은 작품집을 펴냈지만 출판기념회를 연 적이 없다. 두번째 창
작집 『소문의 벽』이 나왔을 때 친구들의 주도로 출판기념회 비슷한
모임을 가진 것이 전부였다. 그는 『그곳을 다시 잊어야 했다』를 끝으
로 이제 더 이상 글을 쓸 수 없는 처지였다. 나는 조심스레 그에게 출
판기념회에 대해 얘기했다. 그는 아무 말도 하지 않았다. 그것으로 됐
다. 나는 김선두의 도움을 받아 서둘러 40여 명 정도 모일 수 있는 장
소를 예약한 뒤, 그에게 초대하고 싶은 사람들 명단을 달라고 청했다.
나는 되도록 담담해지려 애쓰며 고심 끝에 그들에게 보낼 글을 썼고,
'청사모' 이름으로 초대장을 인쇄했다. 그렇게 12월 6일 오후 6시, 이

청준과 가까운 사람들 39명이 한자리에 모였다.

초대합니다.

丁亥年을 마무리하는 계절입니다.

지난 40여 년간 혼신을 다한 창작 활동으로 한국문학을 세계 정상으로 이끈 未白 李淸俊 先生께서 창작집 『그곳을 다시 잊어야 했다』를 출간하게 되었습니다. 우리 문학의 자부심이자 상징인 李淸俊 先生의 창작집 출판을 기념하기 위해 조촐하지만 뜻깊은 자리를 마련했습니다. 부디 참석하시어 따뜻한 마음으로 축하해주시기 바랍니다.

일시: 2007년 12월 6일(목) 오후 6시
장소: JW 메리어트호텔 3층 미팅룸3

李淸俊 先生을 사랑하는 사람들

그날 참석자들은 식사를 하는 동안 각자 일어나 이청준에게 한마디씩 말을 하기로 했다. 흔한 출판기념회였다면 덕담 정도로 충분했을 테니 그들의 말은 길지 않았을 것이다. 그런데 사람들이 한 말은 덕담이 아니라 이청준을 떠나보내는 별사(別辭)였다. 진심이 담긴 그들의 별사는 무겁고 길었다. 이청준이 평생 은사로 존경했던 정명환은 그날 그에게 애프터 셰이브 로션을 선물했다. 정명환은 모임 며칠 전 신문에 실린, 집에 있는 로션을 다 쓸 수 있을지 모르겠다는 이청준의 말이 가슴에 맺혔던 것 같다. 그는 집에 있는 로션은 물론 선물로 주

제3부 서울과 용인

는 새 로션도 다 쓰라고 말했다. 이청준은 별사에 대한 답사를 하면서 울컥, 목이 메어 잠시 눈물을 보였다.

출판기념회가 끝나고 성탄절이 가까웠다. 이청준은 성탄절 전날 주치의에게서 꽤 좋은 소식을 들었다. 염려했던 암세포의 척추 전이는 없었고 폐도 다행히 더 나빠지지 않았다. 그때 그의 몸은 독한 치료를 견디기 어려울 만큼 쇠약했다. 폐에 변화가 없다면 치료를 뒤로 미룰 수 있었고, 일상생활도 어느 정도 가능했다. 이청준은 내게 전화해 해가 가기 전에 네다섯 사람들과 함께 만나자고 했다. 오늘 결과가 좋아요. 다음 진료까지 시간도 있으니 보면 좋겠소. 나는 그가 보고 싶어하는 사람들과 통화한 뒤 모임 날짜를 30일로 정했다. 우리는 그날 만나지 못했다.

29일 오후 8시 41분, 나는 이청준의 전화를 받았다. 그는 처음 한동안 말을 잇지 못했다. 어떻게 말을 해야 할지…… 입이 안 떨어져서…… 방금 연락을 받았는데…… 순천 사는 조카가 오늘 심장마비로 갔다고…… 예? 나는 너무 놀라 비명을 질렀다. 무슨 이런 일이 있나? 머릿속이 하얘져 아무 대꾸도 하지 못하는 내게 이청준이 띄엄띄엄 말을 건넸다. 그러니 내일 모임은…… 나는 비로소 정신을 차렸다. 모임이 문제인가요. 선생님, 마음 단단히 가지세요. 그렇게 통화는 황망히 끝났다. 그때 나는 무슨 생각을 했던가. 순천 사는 조카라면 『조율사』의 '신이'였다. 이청준은 조카 이운우를 진심으로 아끼고 사랑했다. 알다시피 글쓰기에만 몰두하던 이청준이 순천대학 석좌교수를 맡았던 이유 중에 이운우도 있었다. 이청준은 한 학기에 두세 번 순천에 갈 때마다 조카 집에 머물며 행복한 시간을 보냈다. 이운우는 착하고 진중한 품성을 갖춘 따뜻한 사람이었다. 그는 사는 내내 이청준을 아버지처럼 여기며 존경하고 의지했다. 이청준이 어떤 사람인가. 할아버지—아버지—이청준, 남자 3대에 걸친 자기 집안 이야기를 필생의 작품으로 쓰려고 오래 마음에 품었던 사람이다. 그를 두렵게 했던 사실은 남자들이 일찍 세상을 뜨는 집안 내력이었다. 그에게는 아들이 없었고 이운우에게는 아버지가 없었다. 두 사람은 글자 그대로 서로의 버팀목이었다. 그 버팀목 중 하나가 예고도 없이 갑자기 쓰러졌다. 이운우의 삶은 50대에 이르지 못했다. 나 대신 그 애가 간 것 같아서…… 그의 죽음은 깊은 병에 걸린 이청준을 절망에 빠뜨렸다.

사흘 후 새해가 밝았다. 이청준의 2008년 일기는 1월 5일 시작해서 5월 12일 끝났다. 그는 1월 24일에 내게 두 번 전화해서 특별한 이야기를 들려줬다. 젊은 시절 중앙정보부에서 겪은 경험에 관한 이야기였다.

나는 문제가 된 사건 당사자들과 가장 지근거리에 있었어요. 심문관들은 내가 유학생들과 연결된 국내 핵심이라면서 거의 주모자 취급을 하더군요. 보름 동안 조사를 받았는데, 중정 조사는 여러 단계로 진행됐어요. 끔찍한 경험이었소. 나는 이 사건으로 최인훈 씨의 말을 실감했지요. "밀실에 있지 광장에 가서 떠들지 마라." 그 경험이 나로 하여금 밀실은 오직 문학에만 있다고 생각하게 만들었어요. 아니, 아닙니다. 내가 문학이라는 밀실로 피신한 것이 맞겠네요. 그러다 어느 땐가 밀실은 아예 없다는 자각을 하게 돼요. 그래서 문학으로, 그러니까 말로 드러내고 폭로하기로 결심했던 겁니다. 아무튼 그 사건 이후 무슨 일만 있으면 자꾸 사람이 찾아와 괴롭혔어요. 견디다 못해 80년대 시골로 도망간 얘기가 「여름의 추상」의 바탕이에요. 결국 밀실 이야기는 그렇게 「여름의 추상」과 연결되는 것이지요. 집을 옆집 사람에게 부탁하고 가족과 함께 고향으로 피신했는데, 어떤 잡지사에서 주변을 통해 집요하게 인터뷰를 시도했어요. 그 일로 감시의 눈이 거기까지 따라온 것을 깨닫고 가족과 헤어져 혼자 다녔어요. 군부에서는 뿌리, 그러니까 당사자는 놔두고 가지부터 차례로 치기 시작하거든요. 그들은 내 주변 사람들에게 자신들이 누군지, 무엇 때문인지 묻지도 못하게 하면서 나에 대해서 탐문을 하고 다녔어요. 초등학교 때부터 시작했지요. 고향에 소문이 쫙 퍼지고 사람들이 몹시 불안해해서 더 이상 고향에 머물 수가 없었어요. 결국 늦가을 해남으로 마산으로 피신하면서, 이제 밀실은 어디에도 없다는 것을 깊이 절감했지요.

나는 그의 말을 들으며 『사라진 밀실을 찾아서』를 다시 읽어야겠다고 생각했다. 이청준은 그 밖에 일종의 신경증을 앓고 있던 유명 화가 이야기, 그 화가가 주기로 한 그림은 주지 않고 대신 출판사에 맡겨놓은 은수저를 끝내 가져오지 않았던 이야기 등을 이어갔다. 1월 29일에는 병원에서 항암주사를 맞으며 장흥 이야기를 들려줬다.

나는 늘 장흥집이 먼저 안정이 되어야 한다고 생각했어요. 그래서 노인과 혼자된 며느리가 사는 장흥에 소일거리 삼아 일하시라고 밭 다섯 마지기를 사드렸지요. 그 후 광주로 공부하러 간 애기들 쌀이나 대라고 논 한 마지기 반과 간척답 여섯 마지기도 사드렸어요. 땅은 은지 어매가 보러 다녔는데, 그때 장흥에 가려면 하루 종일 걸려야 했어요. 나중에 집을 사드리고 손을 보는 동안에도 그렇게 먼 거리를 오갔지요. 집 손보는 일이 끝나고 내가 직접 가서 2백만 원을 드렸어요. 사는 동안 나를 위해 쓴 돈은 거의 없는데…… 삶이 좀 길었으면 했지요……

이청준은 이룰 수 없는 바람을 담담하게 드러냈다. 그가 얼마나 가난했는지 아는 나는 할 말이 없었다. 우리는 그의 삶이 얼마 남지 않았음을 알고 있었다. 그는 치료를 게을리하지 않았지만 서서히 죽어가고 있었다. 밖에서는 그런 그에게 특별히 주목하는 사람들이 있었다. 신문과 방송에서 문학을 담당하는 기자들과 교양PD들이었다. 그들에 따르면, 자신들에게는 "기록해야 하는 의무"가 있었다. 사명감을 가진 그들은 대작가에 대한 예의를 잃지 않으려 애쓰며, 죽어가는 이청준에 대한 기록 작업을 다각도로 모색했다. 그들 중 한 사람인 MBC 김환균 PD가 문학과지성사에 보내온 메일 일부를 보자.

프로그램의 제작, 방영은 아직 염두에 두고 있지 않습니다. 우선 기록해두어야 한다는 것이 교양PD로서의 사명감이라고 생각하고 있습니다. 하지만 언젠가는 방영될 것입니다. 예를 들어, 추모 특집 같은 것이 될 수 있겠지요. 〔……〕

저희가 관심을 갖는 것은 우리 현대 문학사에 커다란 족적을 남기신 선생님의 사유세계입니다. 물론 선생님의 작품에 매료되었던 독자들이 스스로 반추하게 될 감동과 추억은 덤으로 주어지는 것이겠지요. 〔……〕

저희는 대부분 선생님의 작품들을 찾아서 읽은 세대입니다. 저에게는 고등학교 때 읽은 「잔인한 도시」가 제가 처음 접한 선생님의 작품입니다. 1987년 MBC에 교양PD로 입사해서 조연출로서 맨 처음 맡은 프로그램이 '명작의 무대'입니다. 처음에는 작고 문인들 중심으로 다뤘지요. 그러면서 왜 '방송쟁이'들이 이 중요한 분들의 영상을 기록하지 않았을까 부끄러웠습니다. 어쩌면 지금도 부끄럽지 않으려고 하는 건지 모르겠습니다.

나는 이 메일을 읽으며 이청준에 대한 진솔한 존경과 애정을 느꼈다. 하지만 그의 몸은 방송이나 신문의 취재에 응할 수 없는 상태였다. 2월부터 그는 줄곧 두통에 시달렸다. 숭례문이 불에 타 스러지던 2월 11일 새벽에도 두통은 여전했고 이도 몹시 나빠져 음식을 거의 먹지 못했다. 이청준은 집에서 대부분 누워 지냈다. 그런 와중에 그가 몹시 만나고 싶어 하는 사람들이 있었다. 그가 죽은 뒤 그의 전집을 만들 사람들이었다. 이청준은 죽음을 앞두고 장차 나올 전집에 대한 소망을 숨기지 않았다. 그가 평생 피와 땀으로 낳고 가꾼 자식들이 바로 작품들이었으니 그럴 만도 했다. 그는 내게 귀한 자식들을 한데 모아 줬으면 하는 사람들 이름을 하나하나 들려줬다. 나는 그들에게 전화해서 이청준의 소망을 전했고, 다들 흔쾌히 전집 일을 수락했다. 그때 나라 밖에 있던 권오룡은 이청준이 세상을 뜬 뒤 전집 일에 함께했다.

이청준은 몸이 더 나빠지기 전에 그들을 만나기로 했다. 2월 29일, 이인성, 정과리, 우찬제, 내가 그의 집에 모였다. 장차 10여 년 이어질 전집 일의 시작이었다. 이청준은 그날 소파에 등을 기대고 거실 바닥에 앉아 '채소수'를 마시며 매우 즐거워했다. 그는 세상을 뜰 때까지 우리들을 작품만큼 소중히 여겼다. 뒷날 그의 외조카 이양래는 앞으로 나올 '특별한 양식의 전집'에 대한 외숙의 자랑 섞인 기대를 우리에게 전했다.

3월 들어서 이청준에게 통증과 함께 우울증 증세가 찾아왔다. 그는 앞에 흰 벽뿐, 아무것도 보이지 않는다고 했다. 그러면서 그는 유동식과 함께 진통제를 삼켰다. 이청준은 꼭 필요한 사람만 집에서 만났다. 그는 그들을 어떻게든 앉아서 맞이했다. 나는 그런 자리에 가끔 함께했는데, 이청준은 사람들이 돌아간 후 매번 탈진해 누웠다. 이양래조차 외숙이 무너지는 모습을 본 적이 없다고 할 시경으로 그는 죽음 앞에서도 전혀 흐트러지지 않았다. 이청준은 자신에게 지나치게 엄격한 지독한 사람이었다. 병원을 찾을 때도 그는 아내와 딸을 포함해 누군가 부축하는 것을 극도로 싫어했다. 나는 위태롭게 걷는 그를 조마조마한 심정으로 바라보면서도 어떤 결기가 느껴져 안심하고는 했다. 아직 절망하지 않아도 되겠구나. 그가 없는 지금 그 모든 장면이 내 가슴을 아프게 한다. 그냥 모른 척 그의 걸음을 도울 것을.

3월 21일 나는 씨네큐브에서 영화 〈4개월, 3주…… 그리고 2일〉을 봤다. 관객은 열 명이 채 되지 않았다. 꼭 보고 싶어서 벼르고 벼르다 본 영화였지만 눈을 감고 외면한 장면이 많았다. 영화가 끝나고 났을 때 이청준에게서 전화가 왔다. 나는 텅 빈 영화관 복도에서 전화기 너머로 그의 말을 들었다. 이청준은 숨이 차는지 자꾸 기침을 했다. 나는 그로 하여금 더 이상 힘겹게 말을 이어가게 하고 싶지 않았다.

그가 무슨 말을 했던가? 나는 전화를 끊고 극장 복도 의자에 그저 멍하니 앉아 있었다. 얼마나 지났을까. 영화가 끝나자마자 전화를 받느라 잊었던 영상이 살아나기 시작했다. 나는 영화의 가장 끔찍한 장면을 보지 않았다. 다행히 다음을 예고하는 장면이 선행해서 그 부분이 얼마나 잔인하고 기괴할지 짐작이 가고도 남았다. 나는 눈을 감고, 감은 눈을 다시 손으로 꼭 가렸다. 끔찍한 일을 겪고도 "너무 배가 고 팠다"는 주인공은, 늘 그랬듯 밥을 먹으러 식당으로 갔다. 그래, 인간 이란 그런 거지.

밖으로 나와 걷자 따뜻한 봄기운이 몸을 감쌌다. 맞은편 교보빌딩 에는 파블로 네루다의 「하루에 얼마나 많은 일들이 일어나는가」의 시 구가 걸려 있었다. 눈을 들면 저절로 보일 만큼 터무니없이 커다란 시구였다. "사랑이여, 건배하자/추락하는 모든 것들과/꽃피는 모든 것들을 위해 건배!" 나는 사람들이 분주히 지나가는 광화문 길에 서 서 그 시구를 읽고 또 읽었다. 추락하는 모든 것들과 꽃피는 모든 것 들…… 봄이었다.

죽음과 그 이후

이청준은 3월 24일 항암치료를 중단했다. 그는 한동안 줄곧 누워 지냈고, 3월 말부터 진통제와 우울증 약과 하루 세 번 식욕촉진제를 먹었다. 약은 별 효과가 없었다. 암은 부신까지 전이됐지만, 치료를 멈추자 몸이 조금 숨을 돌리는 듯했다. 그는 "지옥 같은 치료를 다 받 으며 6개월을 사느니, 다 중단하고 3개월을 살겠다"고 말했다. 선택은 그의 몫이었다. 이청준은 밥을 조금씩 먹기 시작하면서 드물게 자리 에서 일어나 아내와 함께 집 주변으로 나들이를 했다. 그가 바람을 쐬 러 나갈 정도라는 소식을 들은 이인성과 정과리가 그를 찾았다. 이청 준은 전집을 만들어줄 사람들을 몹시 반겼다. 그는 평소보다 훨씬 활기차서 회복기에 접어든 환자 같았다. 그런 그에게 이인성이 넌지시 남도 여행이 가능한지 물었다. 그 말을 들은 이청준이 나가서 술 한잔 하자고 답했다. 술이라니? 놀라는 사람들에게 그가 말했다. 나는 마시는 거 보면 되지. 그날 그는 믿을 수 없는 식성을 보여줬다. 차돌박이와 이름도 생소한 설화등심을 안주로 맥주를 반 컵이나 마셨다. 게다가 그는 전집 만들 사람들과 남도 여행을 하기로 약속했다. 나는 그 모든 장면을 한 걸음 뒤에서 바라봤다. 이인성과 정과리는 아마 그가 많이 회복된 걸로 여겼을 것이다. 그는 치료를 중단한 지 거의 한 달 만에 처음이자 마지막으로 빛나는 모습을 그들에게 보여줬다. 이청준은 그날 지나치게 무리를 할 만큼 기분이 매우 좋았다.

밥을 먹고 걸어 다니는 이청준과 함께 일가친척은 물론 다양한 사람이 여행을 가고 싶어 했다. 그의 아내에게 소망을 전한 사람은 많았지만 답을 받은 이는 없었다. 그처럼 오불관언이었던 이청준이 이인성의 제안을 받아들였다. 사실 그는 그 제안을 몹시 기다리고 있었다. 여러 사람의 청을 받아놓았던 아내가 난처해하자, 그는 단호하게 말했다. 나는 책 만들 사람들과 가겠다. 그렇게 이청준과 '책 만들 사람들'의 여행이 4월 22일부터 24일까지, 2박 3일로 결정됐다. 이인성을 통해 『조선일보』 박해현 기자도 일행에 합류하기로 했다. 이청준은 이 여행을 결국 가지 못했다. 위급한 상황에는 응급실로 가면 된다며 그가 남행길을 고집했지만, 여행은 애당초 불가능한 일이었다. 이청준은 무산된 남행길이 자기 탓이라며 자책했다. 그는 책 만들 사람들에게 이메일을 보내 사죄했고, 박해현 기자를 걱정했다. 그는 22일 여러 번 내게 전화해서 거듭 박해현 기자 얘기를 했다. 출장을 냈을 텐데 어쩌나, 미안해서 어쩌나. 나는 다소 어이가 없었다. 지금 누가 누구를 걱정하나?

　　이 어이없는 낭패들을 안겨드리고……

　　어쩌다 이 지경까지 허물을 짓고 앉아 있게 됐는지, 용서를 빌 엄
두조차 안 나네요.

　　천행을 얻어 남행길이 다시 허락되기를 빌어볼 뿐.

　　이청준 합장. (2008년 4월 22일 이청준이 이인성, 정과리, 우찬제, 박
해현에게 보낸 메일)

　　나는 이청준이 남도 여행을 얼마나 간절히 원했는지 안다. 죽기를
각오하고 떠나려 했던 그는, 무엇보다 자신 때문에 남행길이 무위로
끝난 것을 받아들이기 힘들었다. 그때 이청준은 마지막 소망마저 거
부하는 가혹한 세상과 아픈 자신에게 몹시 화가 나 있었다. 그의 화풀
이를 아내가 고스란히 다 받았고, 남은 것은 내가 받았다. 우리 두 사
람은 그러는 그가 너무 안쓰러웠다. 한바탕 소동을 치른 다음 날 23
일, 나는 양평에 잠들어 있는 김현을 찾았다. 그의 무덤가에는 개나
리, 오랑캐꽃, 연산홍, 라일락, 그 밖에 이름 모를 온갖 봄꽃이 피어 있
었고, 무덤에는 꽃 같은 풀과 풀 같은 꽃들이 무성해서 마음이 좋기도
하고 나쁘기도 했다. 나는 그에게 이청준의 근황을 알렸다. 보고 싶겠
지만 10년…… 5년…… 아니 1년…… 그쯤 뒤에 만나시라. 나는 그런
말을 하며 무덤 옆에 있는 나무 그늘에 앉아 오래 쉬었다.

　　5월 1일 소설가 홍성원이 죽었다. 이청준은 아침에 김병익을 통해
소식을 들었다고 담담히 말하며, 내게 한 손에 들어오는 작은 돌을 하
나 줬다. 앞에서 말한 최명희 돌이었다.

그 또래가 싹쓸이야. 정공채도 오규원이도 홍성원이도…… 이 돌
은 최명희 거예요. 질도 좋고 사연이 있는 돌인데…… 내가 이 돌에
대해 글도 썼어요. 최명희가 없으니 이 선생이 가져갈밖에……

5월 5일 소설가 박경리가 죽었다. 오후 7시 무렵 나는 이청준의 전
화를 받았다. 그의 목소리는 가래가 끓는 듯 탁하게 가라앉아 있었다.
나는 매우 느리게 이어지는 그의 말을 알아듣기 힘들었다. 그렇다고
달리 어쩌겠는가. 놓친 부분은 그대로 놓아버려야지. 그가 하고 싶었
던 말은 예상과 달리 박경리가 아니라 홍성원에 대한 것이었다. 이청
준은 박경리와 별다른 친분이 없었지만 홍성원과는 달랐다. 그는 친
구의 죽음에서 자신의 죽음을 보고 있었다. 먼저 그는 박경리에 비해
홍성원의 죽음을 다룬 기사나 방송이 눈에 띄게 적은 사실에 마음 아
파했다. 그다음에 이어진 말은 자신이 죽은 뒤 우리에게 하는 당부이
자 걱정이기도 했다. 이청준은 한 사람의 삶이 가지는 입체감에 대해
오래 힘주어 말했다. 한 개인이 죽은 뒤, 그에 대해 가족을 포함한 사
람들이 갖는 시선의 편향성과 그 위험, 사람이 간 뒤 즉시 문학적 업
적 등에 대해 언급하고 평가하고 생애에 대해 말하는 천박함, 특히 가
까운 사람들의 평가나 언급은 모두 자신들에게 유리한 해석이어서 매
우 경계해야 한다는 말 뒤에 그가 덧붙였다. 평전을 쓰는 사람이 그것
을 제대로 복원해야 한다. 나는 그만 마음이 무겁고 복잡해졌다. 그가
죽은 뒤, 나는 그의 걱정이 다 이유가 있었음을 실감했다.
　이청준은 6월 15일 상태가 급격히 나빠져 삼성병원 응급실을 거쳐
암병동 1005호에 입원했고 다시 집으로 돌아오지 못했다. 주치의 박

근칠은 6월 25일 그의 가족에게, 남은 시간은 달로 얘기할 수 없다며 퇴원하겠냐고 물었다. 이청준은 매 순간 통증에 시달렸고 진통제 없이 견딜 수 없는 상태였다. 그의 아내는 병원에 남기를 선택했고, 그는 주치의가 예상했던 날보다 더 오래 견뎠다. 이청준은 2008년 7월 31일 새벽 4시 1분 죽었다. 아내와 딸과 친가 조카들이 그의 마지막 순간을 지켰다. 이청준의 빈소는 삼성병원 장례식장 14호실에 차려졌다.

7시에 김치수가 장례식장에 가장 먼저 왔다. 사람들이 차례차례 도착했고 9시 30분에 장례위원회가 열렸다. 영결식은 8월 2일 오전 7시, 발인은 8시로 정해졌다. 사회는 우찬제가 맡았다. 이청준에게는 친가에 남은 직계가족이 많지 않았다. 아내와 딸 은지를 빼면, 둘째형의 차남인 이영우와 막내 이양미, 단 하나 남은 누나와 그 아들 이양래가 있었다. 죽음을 앞둔 이청준은 이양래와 장례를 의논했다. 이양래는 그의 집안에서 드물게 보는 박사였고 외삼촌 이청준을 존경하며 아버지처럼 여기고 따랐다. 게다가 두 사람은 외모가 닮았다. 이청준의 아내 남경자와 딸 은지는 그의 장례를 가족장으로 치르려고 했다. 나는 그들이 그런 마음을 먹었던 이유를 듣고 마음이 아팠다. 주위에 사람이 너무 없어서요. 나는 3일장이 치러지는 과정을 보면서, 이양래가 없었다면 어땠을까 하고 여러 번 가슴을 쓸어내렸다. 유가족 대표로 혼신을 다해 외삼촌에게 예를 갖추는 그가 있어서 이청준의 가는 길이 덜 쓸쓸했다.

이청준의 장례식은 아내와 딸의 걱정과 달리 많은 사람의 애도 속에 성대히 치러졌다. 영화 〈서편제〉로 인연을 맺은 소리꾼 배우 오정해가 발인 때 만가를 불렀다. 그의 소리는 처연했다. 관이 검은 장의차에 실리고 오정해가 만가를 부를 때, 의연했던 김치수가 울었다. 이틀 내내 술만 마시며 빈소를 지키던 이인성은 그날 오지 못했다. 장흥에 이청준을 두고 집에 돌아오니 8월 3일 새벽 2시였다.

그가 죽은 뒤 꾸려진 '이청준기념사업회'는 '이청준문학자리' 조성과 정본 전집 출판에 힘썼다. "이청준의 문학과 염결한 정신을 형상화한 '이청준문학자리'(전남 장흥군 회진면 진목리 갯나들)"는 2010년 7월 31일 그의 묘소 앞에 개원했다. 이청준이 큰 기대와 사랑을 보냈던 '책 만들 사람들'은 2008년 2월 29일 전집을 위한 첫 모임을 시작해 2017년 7월 끝 모임을 가졌다. 모두 34권에 달하는 책 표지그림은 소설가와 동향 출신인 화가 김선두가 그렸다. 문학과지성사는 전집 완간을 기념해 표지화들을 곁들인 작은 안내책자 「행복한 동행」을 펴냈다. 그에 따르면 〈이청준 전집〉은 "인간의 진실과 운명을 향한 도저한 사유, 그 쉼 없는 열정"의 총체이다. 그렇기 때문에 "〈이청준 전집〉을 통해 독자들은 『당신들의 천국』이 완성한 지성의 정치학으로부터 『서편제』가 풀어낸 토속적 정한의 세계에 이르기까지, 이청준 문학이 뻗어 있는 영역이 바로 우리 삶의 전방위를 아우르고 있음을 다시 한 번 깨닫게 될 것"이다.

이청준에게 그의 소설들은 살과 피를 나눈 자식들이었다. 그는 자신이 사라진 뒤에도 작품-자식들이 세상에 퍼져 실한 열매가 되기를 소망했다. 바로 이것이 그가 작품-자식들을 한데 모을 '책 만들 사람들'을 매우 귀하게 여겼던 이유이다. 우리들은 그의 소망이 실현될 튼튼한 토대를 만드는 데 온 힘을 다했다. 이제 남은 몫은 온전히 작품-자식들이 감당하리라.

남은 일화들

1.

나는 2008년 7월 4일 '독바우'를 처음 만났다. 이청준은 투병하는 1년 동안 알게 모르게 독바우와 함께 있었다. 그는 입원하면서 아내에게 "독바우에게 연락할까" 물었다. 내가 모르는 '독바우'는 이청준에게 그처럼 중요한 사람이었다.

'독바우'는 장흥에서 '돌바위'를 가리키는 말이다. 우리는 독바우 이전우(李畑雨)가 똑똑한 어린이 이청준의 이야기를 들려주었던 것을 기억한다. 그리고 이전우가 이청준 집안의 종가를 이을 귀한 장자여서 사람들이 그를 다소 거친 발음의 '독바우'라고 불렀다는 것도 기억한다. 내가 앞서 그에 대해 쓴 모든 사실은 이청준이 세상을 뜬 후 알게 된 것이다. 이청준이 병상에 누워 보낸 삶의 마지막 한 달 반 동안, 나는 그가 평생 품고 있던 세계가 무엇인지 거듭 보았다. 그가 병실에서 독바우 이야기를 얼마나 여러 번 했던가. 그 숱한 이야기보다 인상적인 것은, 이청준이 잠든 상태에서 종종 '독바우'라고 내뱉으며 보여주던 미소였다. 그가 삶의 끝자락에 꿈에서 부르는 이름 '독바우'. 독바우는 이전우 한 사람이 아니라 그와 함께 보냈던 어린 시절 행복한 세계의 총체였다. 아픈 이청준은 장흥에 다녀온 사람들에게 고향 고을 이야기 듣기를 매우 좋아했다. 그가 고향 이야기를 들으며 보였던 미소가 바로 잠결에 독바우를 부르며 지었던 그 미소였다.

청사모 일원인 최현은 그에게 병영식당의 풍성한 한 상, 완도식당에서 마주한 그의 흔적, 생기에서 먹은 호박죽에 셜늘여 길을 묻자 그냥 보내지 않고 다양한 사설을 풀어놓던 남도 사내들에 대해 들려줬다.

"장흥에서 차를 몰고 다니다 정자 비슷한 데 모여 있는 남자들에게 길을 물은 적이 있어요. 평촌이 어디지요? 조수석 창문을 내리고 한껏 공손히 물었는데, 답이 걸작이에요."

평촌이 어딘데 여기서 찾냐. 몰라서 묻지 않냐. 그러게 평촌이 어디냐. 모른다. 그것도 모르냐. 모른다. 알고 보니 바로 앞이 평촌이었다. 그 남자들은 한동안 선문답을 이어가다 마침내 평촌이 어딘지 알려주며 한마디 덧붙였다.

"좌로 우로 가덜 말고 똑바로 가시오 잉."

최현은 그들이 판소리 사설을 풀어놓는 것 같았다고 말했다.

화가 김선두는 다른 화가들과 다녀온 장흥 이야기를 들려줬다. 장흥문화특구 지정과 군수의 당부, 잘 지어놓은 건물 묘사에 이어 화가들의 착각에 대해 이야기했다.

김선두: "화가들이 장흥을 경기도 장흥으로 알거나 충청도 장항 아니면 전북 어디쯤 있는 마을로 알았답니다."

이청준: "그 사람들 영원히 몰라도 돼요."

나: "선생님 다 나으셨네요. 저런 말씀 하시는 것 보니."

이청준의 아내: "그러게요."

2.

봄이 한창인 어느 날, 이청준의 아내가 싱싱한 두릅과 다래순과 엄나무순을 내게 주었다. 이 푸르고 낯선 봄나물은 어디서 온 것일까? 궁금해하는 내게 이청준이 '목수의 집'에 가보지 않겠냐고 물었다.

"팔당에 있는 홍성덕 사장 한옥이 바로 「목수의 집」에 나오는 그 집이에요. 나물들은 홍 사장이 보내온 것이고."

나는 갑자기 흥미진진해져서 꼭 가겠다고 약속했다. 병든 이청준은 봄의 초록 풍경에 집착이라 할 만한 관심을 쏟고 있었다. 그와 함께 깊은 봄을 찾아가는 길은 어디여도 괜찮았다. 하물며 '목수의 집'이라니. 며칠 후 이청준 부부와 나, 김선두는 '목수의 집'에 갔다. 엄나무순과 두릅이 지천이었다. 이청준의 몸과 마음이 누가 말릴 새도 없이 가지 끝 봄을 향했다. 그가 엄나무순을 따다 넘어지자 아내가 사색이 되었다. 우리는 그에게 그냥 앉아 있으라 간곡히 청했다. 다른 때와 달리 그가 순순히 말을 들었다. 고집을 부리지 않는 그 모습에 공연히 내 가슴이 철렁 내려앉았다. 그럴수록 나는 열과 성을 다해 엄나무순을 따고 두릅을 땄다. 그가 처마 아래 그늘에 앉아 우리들을 바라보았다. 돌아오는 차 안에서 이청준은 초록 봄을 보며 무심히 말했다.

"내가 이러니 어머니가 예전처럼 애틋하지 않고 그냥 무덤덤해요. 장흥 어머니 곁에 무덤을 쓰는 것도 그냥 그러려니 하고."

그가 자기 삶과 문학의 뿌리인 어머니 손을 놓고 있었다.

3.

 이청준이 장차 그의 전집을 만들어줄 사람들과 남도 여행을 꿈꾸던 4월 어느 날이었다.

 요즘은 자꾸 나무들, 꽃들이 나를 홀려서…… 이상하게 과거 사소한 사건들이나 이름들 같은 게 모조리 떠올라요. 하나도 빠짐없이 너무 생생하게 떠오르니, 기운만 있다면 지난 삶의 모든 순간을 다 기록할 수도 있을 것 같네요.

 그는 지난 삶에서 보았던 나무와 꽃, 그중에서도 고향 고을의 나무와 꽃에 홀린 것 같았다. 아픈 이청준은 그런 행복한 홀림뿐 아니라 온갖 옛날 기억에 시달렸다. 의사는 뇌에 방사선을 쏘인 이청준에게 말이 어눌해지는 것이나 어지럼증, 특히 기억력 감퇴라는 부작용을 경고했다. 기억력에 대한 부작용은 의사의 말과 반대였다. 평소에도 뛰어났던 이청준의 기억력은 더욱더 비상해졌다. 그는 기운을 잃고 설사를 하고 종일 누워 지내면서 몸의 아픔에 비례해 생생해지는 기억 때문에 힘들어했다. 한번은 예전 기억이 너무 또렷하게 떠오른다면서 "기억력이 감퇴되면 좋겠다"는 바람을 말하기도 했다. 다른 부작용도 있었다. 5월 말경에 그는 자꾸 사람이 겹으로 보인다고 했다. 나는 무슨 말인지 잘 알아듣지 못했다. 그러자 그가 힘들게 말했다. 사람의 숫자가 자꾸 헷갈려요. 더 있는 줄 알았는데 아니고. 게다가 아침인지 저녁인지 잘 모르겠고. 그러자 그의 아내가, 어제는 느닷없이 "이 선생은 어딨나" 물으셔서 "안 오셨잖아요" 했다고 내게 속삭였다. 그는 눈앞에 있는 사람과 기억 속에 있는 다른 사람을 동시에 보았다.

하루는 이청준이 지나가는 말처럼 한마디 했다. 나는 그 말을 들으며 가슴이 서늘해졌다.

요새는 사람들 뒷모습만 보여요. 속까지 훤히 다.

무서운 말이었다. 그의 병이 알려지자 가까운 사람은 대부분 마음을 다해 환자의 평안을 빌었다. 하지만 그렇지 않은 사람들도 있었다. 그들 중에는 결코 그래서는 안 되는 이들도 있었다. 그를 통해 문학적인 것은 물론 다양한 혜택을 얻었던 시인, 수십 년 동안 친교를 이어갔던 평론가, 그를 형으로 부르며 살갑게 굴던 소설가, 그런가 하면 쇠약해진 그에게 무례하기 그지없던 일면식도 없던 기자. 이청준은 불과 몇 달 동안 자신이 아는 앞모습과 뒷모습이 다른 사람을 여럿 겪었다. 그가 아프기 전에는 시도 때도 없이 연락했던 시인은 씻은 듯이 소식을 끊었고, 나라 안 자기 집에서 버젓이 지내던 평론가는 전화를 걸어 해외에 있다고 거짓말을 하며 병문안을 가고 싶어도 가지 못한다고 통보했다. 살갑던 소설가는 환자의 투병 모습을 찍어 자신이 몸담은 잡지 표지로 쓰고 싶어서 안달이었다. 기자는 또 어떤가. 그 이야기는 다시 하고 싶지 않다. 대신 이청준이 했던 다른 기자 이야기를 하는 편이 낫겠다.

언젠가 이청준은 내게 자신이 진짜 문학기자로 꼽는 두 사람에 대해 들려주었다. 그중 한 사람이 최재봉이었다. 이청준의 장편소설 『신화의 시대』는 작가가 세상을 떠난 뒤 출간되었다. 그는 죽기 전 내게, 이 책에 대한 수정과 출간 등을 당부했다. 그중에는 이 소설을 쓰게 된 배경이나 연유를 자신을 대신해 세상에 상세히 설명해달라는 것도 있었다. 그런저런 이유로 나는 『신화의 시대』 출간기념 기자간담회에 저자 대신 참석했다. 그 자리에 최재봉이 있었다. 그는 나를 모르지만 나는 그를 알았다. 그는 이청준이 인정한 진짜 문학기자가 아닌가. 나는 터무니없이 그가 반가웠다. 마른 몸에 안경을 쓴 그는 예민하고 깐깐한 인상이어서 쉽게 다가가기 어려웠다. 그런데도 나는 반가움에 그에게 먼저 아는 체를 했다. 이청준의 마지막 장편에 대해 진지하게 묻던 그는 다소 뜨악한 표정이었다. 그러거나 말거나, 나는 내 자리가 아닌 불편한 그곳에서 만난 최재봉이 그처럼 반가웠다. 그를 진짜 문학기자라고 지칭한 이청준의 말을 달리 표현하자면, 그는 앞모습과 뒷모습이 같은 사람이니까.

4.

이청준이 죽음을 앞두고 입원했을 때, 딸 은지는 새 라디오를 사 왔다. 그는 노래나 음악이 아니라 말을 하는 사람 목소리에 깊은 애착을 갖고 있었다. 은지는 그 점을 잘 알고 있었다. 산문 「살아 있는 동화책」을 보면, 사람 목소리에 대한 애착의 뿌리는 어린 시절 들었던 옛날이야기에 있다. 이웃집 섭섭이 할머니는 이청준의 어머니처럼 남편을 잃은 처지로 밤마다 마실을 와서 이야기하며 놀다 갔다. 그들 사이에서 어린 이청준은 자며 깨며 많은 이야기를 들으며 자랐다. '나무꾼과 선녀 이야기, 은혜를 갚고 죽은 까치와 두꺼비 이야기, 억울하고 안타까운 아기장수 이야기, 바보 이야기, 도깨비 이야기……' 어머니와 섭섭이 할머니는 이야기꾼 이청준을 만든 중요한 사람들이다. 이청준은 아프기 전에는 물론 병상에 누워서도 늘 라디오를 틀고 사람들이 떠드는 소리를 들었다. 그는 라디오에서 흘러나오는 사람들 목소리를 통해 어머니와 섭섭이 할머니가 들려주던 옛날이야기를 다시 만나고 있었다.

5.

이청준은 평소 TV를 거의 보지 않았다. 그런데 아픈 그가 병상에 누워 할 수 있는 일은 거의 없었다. 그때 그는 비로소 TV를 보기 시작했다. 눈을 뜨고도 보고 눈을 감고도 보았다. 어느 날 은지가 내게 말했다.

"TV를 보지도 않고 퀴즈를 푸셨어요. 우리말로 참다래라고 부르는 과일은? 갑자기 자던 아빠가 '키위' 그러잖아요. 게다가 자꾸 짖어대는 강아지에게는 '그 개 참 못됐다'고 그러시질 않나."

한번은 그가 병실 밖 창 쪽을 보면서 중얼거렸다.

"두루미 새끼 같아."

"뭐가요?"

"저기. 사내아이가 두루미 새끼같이 생겼어요."

나는 몹시 놀랐다. 그곳에는 아무도 없었다. 아픈 이청준은 가끔 없는 사람을 보곤 했다. 그 아이는 누구였을까?

"두루미 새끼는 어떻게 생겼어요? 저는 한 번도 본 적이 없어서요."

"조류 새끼는 다 못생겼지요. 다 똑같아요."

나는 언젠가 TV에서 본 제비 새끼 등을 떠올렸다.

"아, 알겠어요. 못생겼어요. 새끼는 개 새끼가 예뻐요."

내 말에 은지가 먼저 웃고, 그의 아내가 웃고 그가 웃었다. 나는 얼른 욕이 아니라 개의 새끼, "진짜 개 새끼"라고 힘주어 말했다. 다들 더 크게 웃었다. 그가 웃으며 말했다.

"개 새끼가 예쁘긴 예쁘지."

어느 날 이청준은 느닷없이 '전설의 고향'을 본 이야기를 했다. 먹어도 먹어도 배가 고픈 걸귀가 들린 가족 이야기였다. "뼈가 녹아내리는 허기를 아느냐." 그런 대사가 있던데, 표현이 그만하면 됐지요. 나는 "밥이 상상"이란 어느 탈북 시인의 표현이 떠올랐다. 이청준은 얼마나 여러 번 그런 허기를 겪었던 것일까.

6.

『사상계』『아세아』『지성』은 이청준이 몸담았던 잡지들이다. 그에 따르면 이청준을 포함해, 경영난을 겪던 『사상계』에 있던 사람들 일부가 1968년 『아세아』를 창간했다. 『아세아』는 1년 정도 이어지다 중단됐고, 그 후 『아세아』 사람들 일부가 『지성』을 창간했지만 이 잡지도 단명했다. 이청준은 자신이 참여한 잡지들 때문에 겪은 쓸쓸한 이야기를 들려줬다.

"『문학사상』이 창간될 때 그쪽 사람이 찾아왔어요. 이청준이 만든 잡지는 모조리 망했다는데 그 이유가 알고 싶다고."

이청준은 『아세아』를 창간할 무렵 「소문의 벽」을 쓰고 있었다. 그는 이 소설을 쓰기가 몹시 힘들었다고 고백했다. 3백 매를 썼다 폐기하고 다시 썼는데, 처음 원고를 버릴 때 아내에게 허락을 받았다고. 나는 놀라서 아내에게 소설을 검열받냐고 물었다. 그는 아니라고 대답했다. 매우 가난했던 그때, 장편을 오래 쓰고 있었으니 원고료에 대한 기대가 있었을 것 아니냐. 그러니 그동안 쓴 것을 모두 없애도 괜찮겠냐는 물음이었고, 한 걸음 더 나아가 원고료를 포기하라는 주문이었다. 젊고 가난한 소설가 부부는 원고료를 받으면 숨을 좀 돌렸고, 문학상을 타서 상금을 받는 날이 곧 빚을 갚는 날이었다. 나는 그의 아내가 했던 말이 떠올랐다. 한국일보상이 50만 원이었어요.

7.

이청준의 병이 깊어가던 6월 어느 날, 이런저런 얘기를 나누던 우리의 주제가 원고료로 넘어갔다. 그에게는 출판사 사정이 어렵다는 이유 따위로 받지 못한 인세가 꽤 많았다. 그중에는 총액이 2천만 원이 넘는 경우도 있었다. 떼어먹을 게 따로 있지. 나는 분개했다. 그의 아내가 남편 눈치를 보며 "받으면 좋겠지만, 이이가 아무 말도 안 하니 어쩔 수 없죠"라고 웃는다. 나는 그에 대한 변명을 대신하듯 내 이야기를 했다.

"제가 도록에 글을 쓴 화가 개인전이 매우 성공적이었대요. 작품이 거의 3억 원어치나 팔렸다네요."

"원고료나 그림 받으셨어요? 받지 않으셨죠?"

"예. 그림을 준다고 하는데, 그 화가 그림값을 아는데 어떻게 받아요."

"그러실 줄 알았어요."

그때 우리 대화를 듣고 있던 이청준이 진지하게 말했다.

"그럼 안 돼요. 글쓰기가 얼마나 어려운데. 마음이 그렇더라도 나중에 다른 사람 써줄 때는 어쩌려고. 글을 그냥 써준다는 생각이 들게 해서는 안 돼요. 받고 싶지 않아도 고맙다고 하면서 꼭 받아요."

"벌써 안 받는다고 말했는데요."

"그래도 다시 말해요. 받겠다고."

나는 잠시 생각에 잠겼다. 그의 말이 맞는 것 같았다. 그는 내 경우에 빗대 자신의 이야기를 하고 있었다.

"아닌 게 아니라 자꾸 그림 욕심이 생겨요. 제가 점점 나빠지는 것 같아요."

"그게 아니지…… 글값은 꼭 받아야 해요."

이청준이 종이에 글자를 꼭꼭 눌러 쓰듯 당부하면서 미소 지었다.

나는 그 화가에게 사양했던 글값을 달라고 다시 말하지 못했다. 그럼 밥이라도 사겠다던 화가가, 놀랍게도 밥자리에 그림 한 점을 가져와 내게 주었다. 참 좋은 그림이었다. 나는 상대방의 마음을 헤아려 읽을 줄 아는 화가에게 새삼 머리가 숙여졌다. 내가 그림을 받으며 '다행이다, 다행이다' 얼마나 마음속으로 되뇌었는지 그가 안다면. 나는 이청준이 받지 못했던 글값까지 받은 듯 기뻤다.

8.

이청준의 '자기 결벽증'은 주변 사람들에게 잘 알려져 있다. 그런 만큼 그와 관련된 일화는 차고 넘친다. 그는 병에 걸려 몸을 가누기 어려울 때도 여전했다. 어떻게든 혼자 꼿꼿이 걸으려 애썼다. 아내를 포함해 누군가 미리 나서서 부축하려는 것을 극도로 싫어했다. 오직 딸만 예외였다.

6월 11일, 입원하기 전 채혈과 엑스선 촬영을 마친 이청준이 김선두 덕에 몇 번 들렀던 밥집에 가고 싶어 했다. 그 집은 김선두의 작업실 근처에 있었다. 나는 화가에게 연락했고 모두들 그곳으로 갔다. 이청준은 점심값을 내야 된다고, 가는 내내 아내에게 말했다. 늘 그랬다. 그는 예전에도 그랬지만 아프면서 더욱더 나나 김 화백은 물론 누구도 밥값을 내게 내버려두지 않았다. 밥집에는 급히 사 온 싱싱한 병어와 모시조개 등을 넣어 끓인 맑은 생선탕과 이청준을 위한 동지팥죽이 있었다. 그는 팥죽과 생선탕 국물을 천천히 조금 먹었다. 모두들 맛있는 음식을 앞에 두고 식욕이 없었다. 식사가 끝나고 그의 아내와 내가 먼저 일어서서 그가 일어나기를 기다렸다. 그가 팔을 짚고 엉덩이를 들며 일어서려는 순간 그대로 쓰러졌다. 그는 중심을 전혀 잡지 못했다. 서 있던 우리는 몹시 놀랐다. 그의 아내가 얼른 쓰러진 그를 잡았고, 나는 그의 마음을 헤아려 방에서 나와 기다렸다. 그의 아내도 아마 부축하지 못하고 있을 것이다. 한참 지난 뒤 이청준이 나왔다. 방문 앞에서 신을 신는 그가 위태롭기 그지없이 흔들렸다. 그런데도 나와 그의 아내는 어쩔 수 없이 그냥 바라보았다. 하필 그때, 밥집 종업원이 "부축해드릴게요" 하며 덥석 그의 팔을 잡았다. 순간 그의 표정을 어떻게 설명해야 할까. 그를 휩싼 참담함이 고스란히 내게 와서 온몸으로 느껴졌다. 나는 그냥 먼저 밥집 밖으로 나와버렸다.

죽음을 앞둔 사람의 심정을 미루어 짐작하는 것은 어불성설이다. 돌아오는 차 안에서 이청준은 말이 없었다. 나는 아무렇지 않게 그에게 물었다.

"지금 천관산에는 무슨 꽃이 피었을까요?"

사람들은 그의 죽음을 앞두고 혼란에 빠졌다. 장례식을 어쩌나? 가족이래야 손에 꼽을 정돈데 가족장은 너무 초라하지 않을까? 이청준이 자리할 우리 문학사를 생각하면 가족장에 대한 걱정은 당연한 것이었다. 하지만 그의 성품도 고려해야 했다. 김병익, 김치수, 정현종, 오생근, 이인성, 정과리, 우찬제, 채호기…… 문인들은 결국 주관 단체 없이 가까운 문인들이 문인장 같은 예우를 갖춘 가족장을 하기로 결정했다.

9.

"삶을 다 바쳤는데, 뭘 또 바치라고 내게 이런 고통을 주는지……"

나는 죽음을 앞둔 이청준이 하늘을 향해 원망 비슷한 말을 하는 것을 단 한 번 들었다. 그의 친가에는 손자 항렬을 제외하고 남은 남자가 작은형의 아들 이영우 하나였다. 이청준은 뒷일을 그에게 맡길 수밖에 없는 처지였다.

"네 형도 저렇게 되고, 나도 이렇고…… 집안 기둥이 다 무너지니 네가 잘 알아서 해라."

그런데 이영우도 앓고 있는 병이 있어서 뒷일을 감당하기 어려웠다. 결국 이청준의 사후 장례부터 집안일까지 모든 일을 맡을 사람은 이양래뿐이었다. 7월 1일 김치수를 비롯해 이청준과 가까운 사람들이 모여 이양래를 가족 대표로 삼아 장례를 치르기로 결정했다. 이청준은 자기 집안에 대한 애착이 강한 사람이었다. 이양래는 이청준의 둘째누나 아들이니 그나마 다행이랄까.

7월 26일 주치의 박근칠은 이청준의 여명이 2, 3일이라고 말했다. 7월 28일, 29일, 30일 사흘 연속 주치의는 그가 그날을 넘기지 못할 것 같다고 말했다. 그런데도 이청준의 죽음은 계속 유예됐다. 주치의의 말에 사흘 동안 병실에서 밤을 지켰던 사람들은 그의 아내와 딸, 그리고 처가 식구들이었다. 친가 사람인 이영우와 이양래는 병실 밖 공동휴게공간에 머물렀다. 늘 그 자리에 있었던 나는 30일 문득 깨달았다. 나는 평소에 예감이나 육감 비슷한 것조차 염두에 없을 만큼 둔감하다. 그런데 그때는 달랐다. 내 예감은 결국 모두 사실이 되었다.

30일 오후 1시에 박근칠 교수는 보라색과 청색이 감도는 환자의 손끝과 발끝을 세심히 살핀 뒤 가슴을 살짝 꼬집어봤다. 이어서 그는 "오늘을 넘길 수 없다"고 단언했다. 그런데 오후 9시 무렵, 환자의 산소포화도 수치가 94로 갑자기 호전되었다. 나는 그 순간 주치의 말이 맞을 것이라는 확신이 들었다. 친가 사람들만 있다면 환자는 31일 새벽 2, 3시쯤 눈을 감을 것이다. 터무니없지만 그런 생각에 사로잡혀 나는 바람을 잡기로 했다. 그렇지 않아도 27일부터 사흘 내내 밤을 새웠던 사람들은 지쳐 있었다.

"수치가 모두 호전됐으니 오늘은 넘기실 거예요. 저도 그렇고, 다들 집에 가셔서 한숨 자고 나오시죠. 영우 씨와 이 박사님은 남아 계실 테니."

그렇게 오후 10시가 넘자 모두 집으로 돌아갔다. 나는 돌아오는 차 안에서 친가, '친'의 부재가 주는 슬픔이 무엇일까 생각했다.

이청준은 31일 아내와 딸, 친가 쪽 두 사람이 자리한 병실에서 새벽 4시 1분에 죽었다. 내가 4시 15분에 도착했을 때 그의 얼굴과 손발은 아직 따뜻했다.

10.

이청준은 특정한 종교의 신자가 아니었다. 그는 언젠가 종교를 깊이 믿으면 소설을 쓸 수 없다고 말했는데, 그의 세계관과 작품을 고려할 때 충분히 그럴 만했다. 이청준은 평소 주변에 자신이 종교를 믿지 않는다는 사실과 그런데도 불교와 절집에 특별한 애착을 갖고 있음을 숨기지 않았다. 그가 세상을 뜨기 전 여러 친지와 친척이 병실로 병문안을 왔다. 그들 중 개신교인 몇 명이 이청준을 힘들게 했다. 그들은 종교에 너무 몰입해 자신들이 그에게 무슨 짓을 하고 있는지 몰랐다. 이청준은 그들이 가고 나서야 괴로움을 토로했다. 그의 말에 따르면 그들은 그에게 '막말'을 하고 '폭력'을 휘둘렀다. 하나님을 영접하세요. 그래야 천국에 갑니다. 하나님을 영접하지 않으면 지옥행이에요. 하지만 그들이 채찍과 당근으로 아무리 애써도 소용없었다. 이청준의 아내도 마찬가지였다. 남편의 생각을 잘 아는 그녀는 어림없는 소리라며 그들의 말을 잘랐다. 나는 그들을 보며 「벌레 이야기」가 떠올랐다.

이청준의 사십구재는 장흥 보림사에서 있었다. 그의 아내가 가지산 보림사에 직접 들러 결정한 일이었다. 나는 그 결정에 진심으로 동의했다. 그의 아내나 나나 병실에서 이청준이 했던 말을 기억했다. "지금 가지산이 참 좋겠다." 그는 병상에 누워서, 고향에 가면 늘 들르던 가지산과 보림사를 보고 있었다.

이청준의 1주기 무렵 여러 문인이 버스를 대절해 장흥으로 내려갔다. 그 버스 안에서 내가 본 기묘한 장면이 있다. 몇몇 문인이 어떤 사항에 대해 의견 일치를 보지 못했던 것 같다. 그들 중 한 사람이 느닷없이 나를 불러냈다. 이 선생에게 물어보면 알겠죠. 이청준 선생 교인 맞죠? 이건 무슨 생뚱맞은 소리인가. 나는 멍해져 아무 말도 못 했다. 그 사람은 재차 나를 몰아세웠다. 기독교인이 아니면 그런 소설들을 쓸 수 없어요. 그건 분명해요. 이 선생이 잘 알 테니 말 좀 해봐요. 저는 모릅니다. 그 사람은 아무렇지 않게 모른다는 말을 그렇다는 말로 바꿨다. 봐요, 이청준 선생 기독교인 맞다잖아요. 나는 온몸이 굳어버리는 느낌이었다. 아닙니다. 제가 아는 한 이청준 선생은 기독교인이 아닙니다. 그 사람은 그쯤 내 말을 무시하기로 했다. 그가 자기 자리로 돌아가며 중얼대던 한마디. 내가 뭐래, 맞다니까.

11.

이청준은 30대에 묘비명에 대한 산문 「비명(碑銘)」을 썼다. 거기에는 이런 글이 있다.

> 살아 있는 사람보다 당당하고 규모 있는 비석을 우리는 부러워할망정 사랑하진 않는다. 그 비석의 색깔이 너무 화려하고 글씨가 온전해도 우리는 그것을 사랑하거나 그립게 꿈꾸지는 않는다. 적당히 부서지고 쇠락하고 또 적당히 외롭고 초라한 비석에 우리는 더욱더 마음을 적시고 그것을 사랑한다. 죽음이란, 그리고 그 죽음에 뒤따르는 일들이란 애당초 어떤 궁극의 소멸이 전제된 일이기 때문이다.
> 〔……〕
> 죽음이 원래 망각이요 소멸이듯이 그 죽음을 증거하는 비석이나

비명도 궁극에는 망각과 소멸에 귀의한다. 그래 그 비석이나 비명도 지나치게 그 죽음이 꿈꾸어 간 소멸에의 운명을 거역하려 들지 않는 편이 나을는지 모른다. 비석이나 비명(碑銘)은 그래 차라리 그 소멸에의 운명을 그리고 있는 편이 더욱더 아름답고 사랑스러운 것이 될 는지 모른다.

이청준은 「비명」에서 그의 어머니뿐 아니라 다양한 사람들의 묘비명을 소개하는데 정작 자신의 비명에 대해서는 아무 말이 없다. 6월 말경에는 그의 죽음이 거의 기정사실이 되어가고 있었다. 외조카 이양래가 고향 장흥에 늦지 않게 그의 묘터를 만들었다. 문제는 묘비명이었다. 이청준의 아내는 그에게 직접 물었다. 양래가 비석을 세울 텐데, 뭐 써놓은 거 있어요? 아니면 누구 써달라고 할 사람은요? 묵묵부답이던 이청준이 한참 있다 말했다. 작품이 있으니 작품에서 뽑으면 되지. 그뿐 그는 입을 닫았다. 이후 그의 아내는 한동안 묘비명 때문에 골머리를 앓다가 내게 넌지시 물었다. 뭐가 좋을까요? 나는 며칠 생각해보겠다고 했다.

6월 27일 아침에 나는 김현을 다시 찾아갔다. 그의 기일이었다. 쨍쨍한 햇살이 내리쬐는 더운 날씨였다. 묘지로 가는 오르막길에는 풀이 무성하게 자라 어디가 길인지 찾을 수 없을 지경이었다. 최근에 사람이 다녀간 흔적이 없었다. 나는 그의 묘비명을 오래, 자세히 봤다.

삶은 아픔이며, 늙음이다. 그러나 놀라워라. 그 아픔과 늙음 사이로 구원의 뜨거운 빛이 스며든다.

오후 3시경에 이청준의 병실에 도착했다. 나는 짐짓 명랑하게 말했다. 김현 선생님 묘소에 다녀오는 길이에요. 그는 가타부타 말이 없었다. 거기에 검은 비석 있잖아요. 나는 김현의 묘비명을 읊었다. 그래도 이청준은 대꾸가 없었고, 그의 아내가 큰 관심을 보였다. 나는 그가 들을 수 있게 천천히 분명하게 말했다. 제가 생각해봤는데요, 「해변 아리랑」의 한 부분이 좋을 것 같아요. 그의 아내가 놀랐다. 그렇지 않아도 어떤 작품이 있냐고 물었더니, 「해변 아리랑」도 있고…… 그러더라구요. 나는 안도했다. 그도 나와 같은 생각이라면, 「해변 아리랑」의 어떤 부분을 묘비명으로 써야 할지 짐작할 수 있었다. 그럼 따로 여쭐 필요 없이 「해변 아리랑」으로 하지요. 이청준은 그 말에도 끝끝내 대꾸하지 않았다. 그렇게 살아 있는 이청준 앞에서 그의 묘비명이 정해졌다.

　그는 늘 해변 밭 언덕 가에 나와 앉아 바다의 노래를 앓고 갔다. 노래가 다했을 때 그와 그의 노래는 바다로 떠나갔다. 바다로 간 그의 노래는 반짝이는 물비늘이 되고 먼 돛배의 꿈이 되어 섬들과 바닷새와 바람의 전설로 살아갔다.

사진 자료

1 | 장흥 대덕동국민학교 6학년 시절. 뒷줄 왼쪽이 이청준(1954)
2 | 광주서중학교 3학년 재학 중 광주학생운동기념탑 앞에서 『학원』 표지모델 촬영(1957)
3 | 광주일고 3학년 재학 중(1959)

1 입대 전 고향 친구들과 함께(1960)
2 동인문학상 수상 직후 사상계사 전 사장 장준하, 당시 사장 부완혁 선생과 함께(1968)
3 동인문학상 수상 직후 이호철, 최인훈, 전광용 작가와 함께(1968)

4 결혼식 사진. 한국신문회관에서(1968)
5 이상문학상 수상 연설. YWCA 회관 강당에서(1978)

1 파리에서 오생근, 조혜일, 김현과 함께(1981)

2 독도에서 홍성원, 김병익, 김원일과 함께(1986)

3 장흥 갯나들 본가에서 정문길, 김주연, 오생근, 김원일, 김치수와 함께(1993)

4 둘째, 셋째누나 종금과 종임

5 어머니 김금례 여사

6 장흥 회진면 어머니 묘소
  (1996. 촬영 신현림)

7 장조카 운우

집 근처 공원에서 가족과 함께(1987)

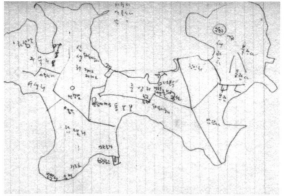

1 『당신들의 천국』육필 초고에 담긴 이청준이 직접 그린 소록도 지도
2 영화 <서편제> 제작 발표회에서 임권택 감독, 배우 오정해와 함께(1992)
3 호암상 수상 연설. 호암아트홀에서(2007)

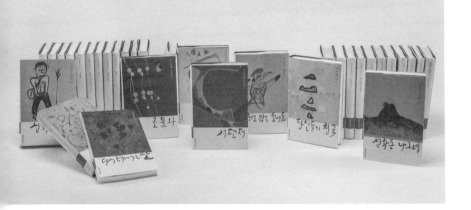

1 『당신들의 천국』 통쇄 100쇄 기념 『문학과사회』 대담(2003년 용인 자택 서재)
2 문학과지성사 <이청준 전집>(2010-2017)

이청준문학자리, 장흥 회진면 진목리 갯나들(2010, 촬영 박정환 신옥주)

고향 회진면 진목마을 입구에서
(2001. 사진 오정석)

이청준(李淸俊, 1939~2008) 연보

1939	8월 9일, 전남 장흥군 대덕면(大德面) 진목리(眞木里) (현 회진면(會鎭面) 진목리)에서 아버지 이남석(李南石)과 어머니 김금례(金今禮)의 5남 3녀 중 4남으로 출생.
1954	대덕동(大德東)국민학교 졸업.
1957	광주서중학교(光州西中學校) 졸업.
1960	광주일고 광주제일고등학교(光州第一高等學校) 졸업. 서울대학교 문리대 독문과 입학.
1962	2월, 2학년을 마친 직후 단기학보병으로 입대해 이듬해 8월 제대.
1964	3학년으로 복학.
1965	단편「퇴원」으로 제7회『사상계(思想界)』신인문학상에 당선.
1966	서울대학교 독문과 졸업. 사상계사(思想界社) 입사.
1967	여원사(女苑社)로 직장을 옮김.
1968	단편「병신과 머저리」로 제12회 동인문학상 수상. 10월, 한국신문회관(현 한국프레스센터)에서 남경자(南京子)와 결혼.

월간 『아세아(亞細亞)』 창간에 참여.

1969	단편 「매잡이」로 대한민국문화예술상 신인상 수상.

1969   단편 「매잡이」로 대한민국문화예술상 신인상 수상.

1971   9월, 첫 창작집인 『별을 보여드립니다』를 일지사(一志社)에서
         출간. 월간 『지성(知性)』 창간에 참여.

1972   창작집 『소문의 벽』(민음사) 출간.
         단편 「석화촌」이 영화화되어 제9회 청룡영화제 최우수작품상
         수상.

1973   집필 시기상 첫 장편인 『조율사』(삼성출판사) 출간.

1974   실존 인물 조창원(趙昌源) 국립소록도병원장을 모델로 한 장편
         『당신들의 천국』을 『신동아(新東亞)』에 연재 시작.
         중편 「이어도」를 계간 『문학과지성』(문학과지성사)에 게재.

1975   중편 「이어도」로 제6회 한국일보 창작문학상 수상.
         『씌어지지 않은 자서전』이 일본 다이류사(泰流社)에서 출간됨
         (번역: 조 쇼키치(長璋吉)).
         창작집 『가면의 꿈』(일지사) 출간.

1976   장편 『당신들의 천국』(문학과지성사), 창작집 『이어도』
         (서음출판사) 출간.

1977   창작집 『자서전들 쓰십시다』(열화당),
         『예언자』(문학과지성사) 출간.

1978   중편 「잔인한 도시」로 제2회 이상(李箱)문학상 수상.
         산문집 『작가의 작은 손』(열화당), 창작집 『남도 사람』(예조각),
         창작집 『백조의 춤』(여학생사) 출간.
         장편 『이제 우리들의 잔(盞)을』(예림출판사), 『잔인한 도시』
         (홍성사) 출간.

1979   작가·작품론 모음인 『이청준』이 도서출판 은애에서 '우리
         시대의 작가 연구 총서'(책임 편집 김병익·김현)로 출간.

「살아 있는 늪」으로 중앙문예대상 예술 부문 장려상 수상.
장편『춤추는 사제』(홍성사), 창작집『선학동 나그네』
(문학과지성사) 출간.

1980   창작집『살아 있는 늪』(홍성사),『매잡이』(민음사),
        『낮은 목소리로』(도서출판 문장), 콩트집『치질과 자존심』
        (도서출판 문장) 출간.

1981   창작집『잃어버린 말을 찾아서』(문학과지성사), 실존 인물
        안요한 목사를 모델로 한 장편『낮은 데로 임하소서』(홍성사)
        출간.
        중편「이어도」가 극화되어 극단 서울예술좌에서 공연됨.
        동화『뻐꾸기와 오리나무』(동화출판공사) 출간.

1982   창작집『시간의 문』(중원사) 출간.
        유일한 희곡「제3의 신」을『현대문학』8월호에 게재.

1983   창작집『제3의 현장』(동화출판공사) 출간.

1985   창작집『비화밀교』(나남),『썩어지지 않은 자서전』(중앙일보사),
        산문집『말없음표의 속말들』(나남) 출간.

1986   중편「비화밀교」로 대한민국문학상 우수상 수상.
        동화집『한국전래동화』(전 2권, 샘터) 출간.
        한양대학교 국문과에 출강.
        『당신들의 천국』이 미국 크리센트(Cresent Publications)에서
        출간됨(번역: 장왕록·장영희).

1987   대표작품선『겨울광장』(한겨레) 출간.

1988   창작집『벌레 이야기』(심지),『남도 사람』(문학과비평사),
        『아리아리 강강』(우석),『이교도의 성가』(나남) 출간.

1989   장편『자유의 문』(나남) 출간.

1990   장편『자유의 문』으로 제2회 이산(怡山)문학상 수상.

창작집『키 작은 자유인』(문학과지성사) 출간.

1991   작가·작품론 모음인『이청준론』이 삼인행에서 출간됨.

창작집『새가 운들』(청아출판사),『젊은 날의 이별』(청맥),

장편『인간인』1, 2(우석) 출간.

「이어도」와「예언자」가 프랑스 악트 쉬드Actes Sud에서

출간됨(번역: 최윤·파트리크 모뤼스Patrick Maurus).

1992   작품집『별을 보여드립니다』(중원사),『가해자의 얼굴』(중원사),

『누군들 초장부터 꾼으로 태어나랴』(성훈출판사) 출간.

『자유의 문』이 일본 가시와쇼보(柏書房)에서 출간됨

(번역: 이은택).

1993   「서편제」가 임권택 감독에 의해 영화화되어

제31회 대종상 최우수작품상 수상.

『당신들의 천국』이 프랑스 악트 쉬드에서 출간됨

(번역: 최윤·파트리크 모뤼스).

「예언자」의 터키어 번역판이 터키 Iletisim에서 출간됨.

1994   장편『쓰여지지 않은 자서전』(장락),『춤추는 사제』(장락),

에세이집『사라진 밀실을 찾아서』(월간 에세이),

동화책『바람이의 비밀』(삼성출판사) 출간.

「서편제」가 일본 하야카와쇼보(早川書房)에서 출간됨

(번역: 네모토 리에(根本理恵)).

장편『흰옷』으로 제2회 대산(大山)문학상 수상.

판소리 동화『토끼야, 용궁에 벼슬 가자』(열림원) 출간.

1995   동화『할미꽃은 봄을 세는 술래란다』(열림원) 출간.

1996   장편『축제』(열림원), 판소리 동화『놀부는 선생이 많다』(열림원)

출간.

장편『당신들의 천국』이 문학과지성사 '소설 명작선'으로 출간.

1997	소설선집『눈길』(문지 스펙트럼, 문학과지성사) 출간.
1998	'이청준 문학전집'이 열림원에서 출간 시작.
	「예언자」의 스페인어 번역판이 콜롬비아에서 출간됨.
	단편「날개의 집」으로 제1회 21세기문학상 수상.
1999	『가위 밑 그림의 음화와 양화』(열림원), 자전적 글 모음집
	『오마니』(문학과의식사) 출간.
	『제3의 현장(그대 다시 노래하지 못하네)』이 프랑스 L'Édition
	Librairie-Galerie Lacine에서 출간됨(번역: 최윤·파트리크
	모뤼스).
	중단편집『예언자』가 미국 코넬Cornell대학교 출판부에서
	출간됨(번역: Julie Pickering).
	중단편집『불의 여자』가 오스트리아 Residenz Verlag에서 출간됨
	(번역: 김상경).
	순천대학교 문예창작학과 석좌교수로 임명.
2000	『낮은 데로 임하소서』통쇄 100쇄 돌파.
2003	『당신들의 천국』통쇄 100쇄 돌파.『문학과사회』봄호
	(통권 제 61호)에 작가와의 대담, 비평 모음, 신작 소설
	「꽃 지고 강물 흘러」 등을 특집으로 게재.
	5월 20일, '이청준 문학전집'(열림원)의 완간(총 24종 25권)을
	기념하여, 세종문화회관 컨퍼런스홀에서 '이청준 소설의 넓이와
	깊이'라는 제목으로 심포지엄 개최.
	제17회 인촌상(仁村賞) 수상.
2004	창작집『꽃 지고 강물 흘러』(문이당) 출간.
	제36회 대한민국문화예술상 수상.
2005	대한민국예술원 회원으로 선출.
2006	장편『신화의 시대』를 계간『본질과현상』에 연재 시작.

	12월, 도쿄대학교에서 '화해와 공생'을 테마로 이청준 문학을 조명하는 심포지엄 개최.
2007	창작집 『그곳을 다시 잊어야 했다』(열림원) 출간.
	제17회 호암상(湖巖賞) 예술상 수상.
	7월, 폐암 판정을 받음.
2008	장편 『신화의 시대』(물레) 출간.
	7월 31일, 일 년 남짓 투병 끝에 별세.
	8월 2일, 영결식(일원동 삼성서울병원, 장례위원장 김병익)을 마치고 고향 장흥에 안장.
	금관문화훈장 수훈.
2009	7월 28일, '이청준기념사업회' 발기인 회의 개최 (서울 동숭동 아르코미술관).
2010	7월 31일, '이청준문학자리' 개원(장흥군 회진면 진목리 976-2).
	문학과지성사판 〈이청준 전집〉 출간 시작.
2017	문학과지성사판 〈이청준 전집〉이 총 34종 34권으로 완간됨 (중단편집 17종 17권(중단편소설 155편, 희곡 1편), 장편소설 17종 17권).
	완간 기념 표지화 전시회 '행복한 동행' 개최(김선두 作. 서울 종로구 '복합문화공간 에무').

작품명	최초 발표 지면	최초 단행본 수록	비고
퇴원	『사상계』 1965년 12월호	『별을 보여드립니다』, 일지사, 1971	제7회 『사상계』 신인문학상 당선작
아이 밴 남자	『사상계』 1966년 3월호	『별을 보여드립니다』, 일지사, 1971	「姙夫」에서 「아이 밴 남자」로 제목 변경(『별을 보여드립니다』, 중원사, 1992)
줄광대	『사상계』 1966년 8월호	『별을 보여드립니다』, 일지사, 1971	「줄」에서 「줄광대」로 제목 변경(『황홀한 실종』, 나남, 1984)
무서운 토요일	『문학』 1966년 8월호	『별을 보여드립니다』, 일지사, 1971	
바닷가 사람들	『청맥』 1966년 9월호	『별을 보여드립니다』, 일지사, 1971	
굴레	『현대문학』 1966년 10월호	『별을 보여드립니다』, 일지사, 1971	
병신과 머저리	『창작과비평』 1966년 가을호	『별을 보여드립니다』, 일지사, 1971	제12회 동인문학상 수상작. 김수용 감독의 영화 〈시발점〉(1969)의 원작
전근 발령	1966년 겨울	『살아있는 늪』, 홍성사, 1980	
별을 보여드립니다	『문학』 1967년 1월호	『별을 보여드립니다』, 일지사, 1971	
공범	『세대』 1967년 1월호	『별을 보여드립니다』, 일지사, 1971	
등산기	『자유공론』 1967년 2월호	『별을 보여드립니다』, 일지사, 1971	
행복원의 예수	『신동아』 1967년 4월호	『별을 보여드립니다』, 일지사, 1971	

작품명	최초 발표 지면	최초 단행본 수록	비고
마기의 죽음	『현대문학』 1967년 9월호	『별을 보여드립니다』, 일지사, 1971	
과녁	『창작과비평』 1967년 가을호	『별을 보여드립니다』, 일지사, 1971	
더러운 강(江)	『대한일보』 1967년 9월 21일 연재 시작. 9회로 종료	발표 이후 단행본 미수록	
나무 위에서 잠자기	『주간한국』 1968년 1월	『별을 보여드립니다』, 일지사, 1971	
침몰선	『세대』 1968년 1월	『별을 보여드립니다』, 일지사, 1971	
석화촌	『월간중앙』 1968년 6월	『별을 보여드립니다』, 일지사, 1971	정진우 감독의 영화 〈석화촌〉 (1972)의 원작
매잡이	『신동아』 1968년 7월호	『별을 보여드립니다』, 일지사, 1971	
개백정	『68문학』 1969년 제1집	『살아 있는 늪』, 홍성사, 1980	
보너스	『현대문학』 1969년 2월호	『가면의 꿈』, 일지사, 1975	

작품명	최초 발표 지면	최초 단행본 수록	비고
변사와 연극	『여원』 1969년 3월호	『가면의 꿈』, 일지사, 1975	
이상한 나팔수	『여성동아』 1969년 4월호	『병신과 머저리』, 삼중당, 1984	
소매치기올시다	『사상계』 1969년 5·6월호	『가면의 꿈』, 열림원, 2002	
꽃과 뱀	『월간중앙』 1969년 6월호	『별을 보여드립니다』, 일지사, 1971	
꽃과 소리	『세대』 1969년 7월호	『조율사, 꽃과 소리』, 삼성출판사, 1972	
가수(假睡)	『월간문학』 1969년 8월호	『별을 보여드립니다』, 일지사, 1971	
마스코트	『한국전쟁문학전집』, 휘문출판사, 1969년 10월	『가면의 꿈』, 일지사, 1975	

작품명	최초 발표 지면	최초 단행본 수록	비고
가학성 훈련	『신동아』 1970년 4월호	『가면의 꿈』, 일지사, 1975	
전쟁과 악기	『월간중앙』 1970년 5월호	『가면의 꿈』, 일지사, 1975	
그림자	『월간문학』 1970년 11월호	발표 이후 단행본 미수록	
미친 사과나무	『한국일보』 1971년	『가면의 꿈』, 일지사, 1975	
소문과 두려움	『월간문학』 1971년 4월호	『가면의 꿈』, 일지사, 1975	
소문의 벽	『문학과지성』 1971년 여름호	『소문의 벽』, 민음사, 1972	
목포행	『월간중앙』 1971년 8월호	『병신과 머저리』, 삼중당, 1984	
문단속 좀 해주세요	『현대문학』 1971년 8월호	『가면의 꿈』, 일지사, 1975	
들어보면 아시겠지만	『월간중앙』 1972년 3월호	『가면의 꿈』, 일지사, 1975	

5 이제 우리들의 잔을 | 장편소설

작품명	최초 발표 지면	최초 단행본 수록	비고
이제 우리들의 잔을	『조선일보』 1969년 11월 15일 ~1970년 8월 14일	『이제, 우리들의 잔을』, 예림출판사, 1978	원제는 『원무(圓舞)』로 총 203회 연재됨

6 젊은 날의 이별 | 장편소설

작품명	최초 발표 지면	최초 단행본 수록	비고
젊은 날의 이별	『여학생』 1971년 2월호 ~1972년 3월호	『백조의 춤』, 여학생사, 1979	

작품명	최초 발표 지면	최초 단행본 수록	비고
귀향 연습	『세대』1972년 8월호	『자서전들 쓰십시다』, 열화당, 1977	
배꼽을 주제로 한 변주곡	『신동아』1972년 9월호	『가면의 꿈』, 일지사, 1975	
가면의 꿈	『독서신문』1972년 10월 8일, 10월 15일	『가면의 꿈』, 일지사, 1975	
현장 사정	『문학사상』1972년 11월호	『남도사람』, 예조각, 1978	
엑스트라	『여성동아』1973년 1월호	『살아있는 늪』, 홍성사, 1980	
대흥부동산공사	『자유공론』1973년 1월호	『남도사람』, 예조각, 1978	
떠도는 말들	『세대』1973년 2월호	『가면의 꿈』, 일지사, 1975	언어사회학 서설 1
그 가을의 내력	『새농민』1973년 2월호	『병신과 머저리』, 삼중당, 1975	

작품명	최초 발표 지면	최초 단행본 수록	비고
조율사	『문학과지성』 1972년 봄호~1972년 가을호	『조율사, 꽃과 소리』, 삼성출판사, 1972	

작품명	최초 발표 지면	최초 단행본 수록	비고
씌어지지 않은 자서전	『문화비평』1969년 3월호	『소문의 벽』, 민음사, 1972	

작품명	최초 발표 지면	최초 단행본 수록	비고
건방진 신문팔이	『한국문학』 1974년 2월호	『가면의 꿈』, 일지사, 1975	
안질주의보	『문학사상』 1974년 6월호	『병신과 머저리』, 삼중당, 1975	
줄 빰	『세대』 1974년 7월호	『남도 사람』, 예조각, 1978	
이어도	『문학과지성』 1974년 가을호	『가면의 꿈』, 일지사, 1975	제6회 한국일보 창작문학상 수상작. 김기영 감독의 영화 〈이어도〉 (1977)의 원작
뺑소니 사고	『한국문학』 1974년 9월호	『가면의 꿈』, 일지사, 1975	
낮은 목소리로	『현대문학』 1974년 10월호	『가면의 꿈』, 일지사, 1975	
장 화백의 새	『샘터』 1975년 9월호	『가면의 꿈』, 일지사, 1975	
마지막 선물	1975년		
구두 뒷굽	『문학사상』 1975년 12월호	『남도 사람』, 예조각, 1978	
필수 과외			
따뜻한 강	『한국일보』 1975년 12월 25일	『남도 사람』, 예조각, 1978	
사랑의 목걸이	『한국문학』 1976년 1월호	『남도 사람』, 예조각, 1978	
해공(蟹公)의 질주	『월간중앙』 1976년 4월호	『남도 사람』, 예조각, 1978	

작품명	최초 발표 지면	최초 단행본 수록	비고
당신들의 천국	『신동아』 1974년 4월호~1975년 12월호	『당신들의 천국』, 문학과지성사, 1976	

작품명	최초 발표 지면	최초 단행본 수록	비고
서편제	『뿌리깊은 나무』 1976년 4월호	『남도 사람』, 예조각, 1978	표제 변화: 「소리의 무덤」 →「서편제」 →「남도 사람」 →「서편제」 임권택 감독의 영화 〈서편제〉 (1993)의 원작.
황홀한 실종	『한국문학』 1976년 6월호	『예언자』, 문학과지성사, 1977	
자서전들 쓰십시다	『문학과지성』 1976년 여름호	『자서전들 쓰십시다』, 열화당, 1977	언어사회학 서설 2
꽃동네의 합창	『한국문학』 1976년 8월호	『남도 사람』, 예조각, 1978	
수상한 해협	『신동아』 1976년 9월호	『가해자의 얼굴』, 중원사, 1992	
새가 운들	『독서생활』 1976년 9월호	『남도 사람』, 예조각, 1978	
별을 기르는 아이	『부산일보』 1976년 11월 18일~12월 9일	『자서전들 쓰십시다』, 열화당, 1977	
치자꽃 향기	『한국문학』 1976년 12월호	『남도 사람』, 예조각, 1978	
문패 도둑		『살아 있는 늪』, 홍성사, 1980	육필 초고 제목은 「名士」
지배와 해방	『세계의 문학』 1977년 봄호	『예언자』, 문학과지성사, 1977	언어사회학 서설 3
연	『동아일보』 1977년 2월 5일	『남도 사람』, 예조각, 1978	새와 어머니를 위한 변주 1
빗새 이야기	『샘터』 1977년 4월호	『남도 사람』, 예조각, 1978	새와 어머니를 위한 변주 2
학		『비화밀교』, 나남, 1985	새와 어머니를 위한 변주 3

작품명	최초 발표 지면	최초 단행본 수록	비고
예언자	『문학사상』1977년 8월호~9월호	『예언자』, 문학과지성사, 1977	
거룩한 밤	『뿌리 깊은 나무』1977년 11월호	『예언자』, 문학과지성사, 1977	
눈길	『문예중앙』1977년 겨울호	『예언자』, 문학과지성사, 1977	
불 머금은 항아리	『문학과지성』1977년 겨울호	『예언자』, 문학과지성사, 1977	
소리의 빛	1978년	『남도 사람』 문학과비평사, 1988	남도 사람 2 육필 초고
누님 있습니다	1978년	『남도 사람』, 예조각, 1978	육필 초고
잔인한 도시	『한국문학』1978년 7월호	『잔인한 도시』, 홍성사, 1978	제2회 이상문학상 수상작
얼굴 없는 방문객	1978년	『살아 있는 늪』, 홍성사, 1980	육필 초고
겨울 광장	『문학사상』1979년 2월호	『살아 있는 늪』, 홍성사, 1980	

14   춤추는 사제 | 장편소설

작품명	최초 발표 지면	최초 단행본 수록	비고
춤추는 사제	『한국문학』 1977년 1월호~1978년 2월호	『춤추는 사제』, 홍성사, 1979	

작품명	최초 발표 지면	최초 단행본 수록	비고
선학동 나그네	『문학과지성』 1979년 여름호	『살아 있는 늪』, 홍성사, 1980	남도 사람 3. 임권택 감독의 영화 〈천년학〉 (2007) 원작
빈방	『문예중앙』 1979년 여름호	『살아 있는 늪』, 홍성사, 1980	
살아 있는 늪	『한국문학』 1979년 8월호	『살아 있는 늪』, 홍성사, 1980	
흐르지 않는 강	1979년 10월		육필 초고

작품명	최초 발표 지면	최초 단행본 수록	비고
새와 나무	『문예중앙』 1980년 봄호	『살아 있는 늪』, 홍성사, 1980	
새를 위한 악보	『한국문학』 1980년 8월호	『치질과 자존심』, 문장, 1980	
조만득 씨	『세계의 문학』 1980년 겨울호	『시간의 문』, 중원사, 1982	윤종찬 감독의 영화 〈나는 행복합니다〉 (2009)의 원작
가위 잠꼬대	『문학사상』 1981년 2월호	『잃어버린 말을 찾아서』, 문학과지성사, 1981	언어사회학 서설 4
기로수 씨의 마지막 심술	『소설문학』 1981년 2월호	『시간의 문』, 중원사, 1982	
다시 태어나는 말	『한국문학』 1981년 5월호	『잃어버린 말을 찾아서』, 문학과지성사, 1981	연작 〈남도 사람〉과 〈언어사회학 서설〉의 결편
노송	『소설문학』 1981년 9월호	『시간의 문』, 중원사, 1982	
생명의 추상	1981년	『비화밀교』, 나남, 1985	

작품명	최초 발표 지면	최초 단행본 수록	비고
낮은 데로 임하소서		『낮은 데로 임하소서』, 홍성사, 1981	이장호 감독의 영화 〈낮은 데로 임하소서〉 (1982)의 원작

작품명	최초 발표 지면	최초 단행본 수록	비고
시간의 문	『문학사상』 1982년 1월호	『시간의 문』, 중원사, 1982	
여름의 추상	『한국문학』 1982년 4월호	『시간의 문』, 중원사, 1982	
젖은 속옷	1982년	『비화밀교』, 나남, 1985	
노거목과의 대화	『현대문학』 1984년 4월호	『비화밀교』, 나남, 1985	
가위 밑 그림의 음화와 양화 1	『세계의 문학』 1984년 봄호	『황홀한 실종』, 나남, 1984	연작 〈가위 밑 그림의 음화와 양화〉의 첫 작품
비화밀교(秘火密教)	『문학사상』 1985년 2월호	『비화밀교』, 나남, 1985	

작품명	최초 발표 지면	최초 단행본 수록	비고
제3의 현장		『제3의 현장』, 동화출판공사, 1984	표제 변화: 『제3의 현장』→『이교도의 성가』→『그 노래 다시 부르지 못하네』→『제3의 현장』

작품명	최초 발표 지면	최초 단행본 수록	비고
해변 아리랑	『문예중앙』 1985년 봄호	『비화밀교』, 나남, 1985	
벌레 이야기	『외국문학』 1985년 여름호	『비화밀교』, 나남, 1985	이창동 감독의 영화 〈밀양〉 (2007)의 원작
불의 여자	1985년	『비화밀교』, 나남, 1985	
나들이하는 그림	『문학사상』 1985년 10월호	『따뜻한 강』, 우석, 1986	
누군들 초장부터 꾼으로 태어나랴	『문학사상』 1985년 10월호	『키 작은 자유인』, 문학과지성사, 1990	
흰 철쭉	『현대문학』 1985년 10월호	『키 작은 자유인』, 문학과지성사, 1990	
숨은 손가락	『문학과지성 신작 소설집-숨은 손가락』, 김치수, 오생근 편, 문학과지성사, 1985	『키 작은 자유인』, 문학과지성사, 1990	
섬	『현대문학』 1986년 5월호	『키 작은 자유인』, 문학과지성사, 1990	
흐르는 산	『문학과비평』 1987년 봄호	『키 작은 자유인』, 문학과지성사, 1990	
심지연(心池硯)	『문학사상』 1987년	『가해자의 얼굴』, 중원사, 1992	

작품명	최초 발표 지면	최초 단행본 수록	비고
전짓불 앞의 방백	『문학과사회』 1988년 봄호	『키 작은 자유인』, 문학과지성사, 1990	가위 밑 그림의 음화와 양화 2
소주 체질	1988년	『가해자의 얼굴』, 중원사, 1992	
종이새의 비행	『서울대 동창회보』 1989년 2월호	『가해자의 얼굴』, 중원사, 1992	
금지곡 시대	『문예중앙』 1989년 봄호	『키 작은 자유인』, 문학과지성사, 1990	가위 밑 그림의 음화와 양화 3
잃어버린 절	『현대문학』 1989년 7월호	『키 작은 자유인』, 문학과지성사, 1990	가위 밑 그림의 음화와 양화 4
키 작은 자유인	『문학사상』 1989년 8월호	『키 작은 자유인』, 문학과지성사, 1990	가위 밑 그림의 음화와 양화 5
이 여자를 찾습니다	『현대소설』 1989년 겨울호	『키 작은 자유인』, 문학과지성사, 1990	
지관의 소	『문학정신』 1990년 3월호	『키 작은 자유인』, 문학과지성사, 1990	육필 초고 제목은 「엄화백의 소」로 '사람의 얼굴'이라는 부제가 있음
용소고(龍沼考)	『현대소설』 1990년 가을호	『가해자의 얼굴』, 중원사, 1992	

작품명	최초 발표 지면	최초 단행본 수록	비고
자유의 문	『신동아』 1989년 7월호~1989년 11월호	『자유의 문』, 나남, 1989	

작품명	최초 발표 지면	최초 단행본 수록	비고
세월의 덫	『계간문예』 1991년 겨울호	『가해자의 얼굴』, 중원사, 1992	
선생님의 밥그릇	『경향신문』 1991년 11월 17일	『가해자의 얼굴』, 중원사, 1992	
작호기(作號記)	『경향신문』 1991년 12월 29일	『가해자의 얼굴』, 중원사, 1992	
기억 여행	1991년	『가해자의 얼굴』, 중원사, 1992	육필 초고 제목은 「노망 2代」
집터	1991년	『가해자의 얼굴』, 중원사, 1992	
도시에서 온 신부	1991년	『가해자의 얼굴』, 중원사, 1992	
나이의 짐	1991년	『목수의 집』, 열림원, 2000	
흉터	『현대문학』 1992년 2월호	『가해자의 얼굴』, 중원사, 1992	
가해자의 얼굴	『월간중앙』 1992년 5월호	『가해자의 얼굴』, 중원사, 1992.	
돌아온 풍금 소리	1993년	『목수의 집』, 열림원, 2000	
뚫어	1993년	『목수의 집』, 열림원, 2000	
아우 쌍둥이 철만 씨	『문학동네』 1994년 겨울호	『목수의 집』, 열림원, 2000	
날개의 집	『21세기문학』 1997년 가을호	『날개의 집』, 이수, 1998	제1회 21세기문학상 수상작
목수의 집	『문학과사회』 1997년 겨울호	『목수의 집』, 열림원, 2000	
내가 네 사촌이냐	『창작과비평』 1998년 여름호	『목수의 집』, 열림원, 2000	

작품명	최초 발표 지면	최초 단행본 수록	비고
인간인 1	『현대문학』 1988년 5월호~1988년 9월호	『아리아리 강강』, 우석, 1988	

작품명	최초 발표 지면	최초 단행본 수록	비고
인간인 2	『현대문학』 1988년 5월호~1988년 9월호	『인간인 2』, 우석, 1991	육필 초고

작품명	최초 발표 지면	최초 단행본 수록	비고
흰옷	『문예중앙』 1993년 겨울호	『흰옷』, 열림원, 1994	

작품명	최초 발표 지면	최초 단행본 수록	비고
축제	『축제』, 열림원, 1996		「눈길」「기억여행」 「빗새 이야기」 『할미꽃은 봄을 세는 술래란다』로 이어지는 '어머니 이야기'의 결산편. 임권택 감독의 영화 〈축제〉(1996)의 원작

작품명	최초 발표 지면	최초 단행본 수록	비고
빛과 사슴	『문학과 의식』 1998년 겨울호	『오마니』, 문학과 의식, 1999	PC 초고
오마니!	1999년	『오마니』, 문학과 의식, 1999	PC 초고
시인의 시간	『21세기문학』 1999년 가을호	『목수의 집』, 열림원, 2000	
인문주의자 무소작 씨의 종생기	『인문주의자 무소작 씨의 종생기』, 열림원, 2000		초고에는 부제 '새는 둥지에서 노래하지 않는다'가 있음.
들꽃 씨앗 하나	『21세기문학』 2002년 여름호	『꽃 지고 강물 흘러』, 문이당, 2004	PC 초고

작품명	최초 발표 지면	최초 단행본 수록	비고
신화를 삼킨 섬	『신화를 삼킨 섬』, 열림원, 2003		

작품명	최초 발표 지면	최초 단행본 수록	비고
심부름꾼은 즐겁다	문학 웹진 〈인스워즈Inswords〉 2001년 2월 1일	『꽃 지고 강물 흘러』, 문이당, 2004	PC 초고
꽃 지고 강물 흘러	『문학과사회』 2003년 봄호	『꽃 지고 강물 흘러』, 문이당, 2004	
문턱	『문학/판』 2003년 가을호	『꽃 지고 강물 흘러』, 문이당, 2004	
무상하여라?	『현대문학』 2004년 6월호	『꽃 지고 강물 흘러』, 문이당, 2004	
태평양 항로의 문주란 설화	『현대문학』 2005년 8월호	『그곳을 다시 잊어야 했다』, 열림원, 2007	
지하실	『문학과사회』 2005년 겨울호	『그곳을 다시 잊어야 했다』, 열림원, 2007	
부처님은 어찌하시렵니까?	『피처Feature』 2005년 12월호	『그곳을 다시 잊어야 했다』, 열림원, 2007	
천년의 돛배	『현대문학』 2006년 3월호	『그곳을 다시 잊어야 했다』, 열림원, 2007	
조물주의 그림	『현대문학』 2007년 2월호	『그곳을 다시 잊어야 했다』, 열림원, 2007	
그곳을 다시 잊어야 했다	『21세기문학』 2007년 봄호	『그곳을 다시 잊어야 했다』, 열림원, 2007	
이상한 선물	『문학의 문학』 2007년 가을호	『그곳을 다시 잊어야 했다』, 열림원, 2007	

작품명	최초 발표 지면	최초 단행본 수록	비고
신화의 시대	『본질과 현상』 2006년 겨울호~2007년 가을호	『신화의 시대』, 물레, 2008(1부만)	원고 상태로 남겨진 2부의 1장(「두 청년 이야기」)은 문지판 『신화의 시대』(2016)에 최초로 수록

신흥 귀족 이야기 | 장편소설

작품명	최초 발표 지면	최초 단행본 수록	비고
신흥 귀족 이야기	『여성동아』 1970년 1월~1971년 2월	『신흥 귀족 이야기』, 문학과지성사, 2016	연재 당시 원제는 「이제 우리들의 잔(盞)을」

사랑을 앓는 철새들 | 장편소설

작품명	최초 발표 지면	최초 단행본 수록	비고
사랑을 앓는 철새들	『서울신문』 1973년 4월 2일~12월 2일		총 209회 연재. 삽화는 천경자 (1924~2015)

거인의 마을 | 중단편집

작품명	최초 발표 지면	최초 단행본 수록	비고
닭쌈	『학원』 1958년 5월	『거인의 마을』, 문학과지성사, 2017	
진달래꽃	『일고문예』 제2집, 1958년	『거인의 마을』, 문학과지성사, 2017	
여선생	『지방행정』 1969년 7월~1969년 8월	『거인의 마을』, 문학과지성사, 2017	
바람의 잠자리	『여원』 1969년 10월호	『거인의 마을』, 문학과지성사, 2017	
거인의 마을	『농민문화』 1970년 10월~1971년 3월	『거인의 마을』, 문학과지성사, 2017	
우정	『여성동아』 1972년 7월호	『거인의 마을』, 문학과지성사, 2017	
제3의 신	『현대문학』 1982년 8월호	『비화밀교』, 나남, 1985	유일한 희곡
훈풍	기록 불명	기록 불명	PC 초고